열하일기

上

열하일기

上

박지원 씀
리상호 옮김

보리

겨레고전문학선집을 펴내며

우리 겨레가 갈라진 지 반백 년이 넘어서고 있습니다. 그러나 함께 산 세월은 수천, 수만 년입니다. 겨레가 다시 함께 살 그날을 위해, 우리가 함께 한 세월을 기억해야 합니다.

예부터 우리 겨레가 즐겨 온 노래와 시, 일기, 문집 들은 지난 삶의 알맹이들이 잘 갈무리된 보물단지입니다.

그동안 남과 북 양쪽에서 고전 문학을 되살리려고 줄곧 애써 왔으나, 이제껏 북녘 성과들은 남녘에서 좀처럼 보기 어려웠습니다.

북녘에서는 오래 전부터 우리 고전에 깊은 관심과 사랑을 보여 왔고 연구와 출판도 활발히 해 오고 있습니다. 그 가운데 〈조선고전문학선집〉은 북녘이 이루어 놓은 학문 연구와 출판의 큰 성과입니다. 〈조선고전문학선집〉은 가요, 가사, 한시, 패설, 소설, 기행문, 민간극, 개인 문집 들을 100권으로 묶어 내어, 고전을 연구하는 사람들과 일반 대중 모두 보게 한, 뜻 깊은 책들입니다. 한문으로 된 원문을 현대문으로 옮기거나 옛글을 오늘의 것으로 바꾼 성과도 놀랍고 작품을 고른 눈도 참 좋습니다. 〈조선고전문학선집〉은 남녘에도 잘 알려진 홍기문, 리상호, 김하명, 김찬순, 오희복, 김상훈, 권택무 같은 뛰어난 학자분들이 머리를 맞대고 연구한 성과를 1983년부터 펴내기 시작하여 지금도 이어 가고 있습니다.

보리 출판사는, 조선민주주의인민공화국 문예 출판사가 펴낸 〈조선고전문학선집〉을 〈겨레고전문학선집〉이란 이름으로 다시 펴내면서, 북녘 학자와 편집진의 뜻을 존중하여 크게 고치지 않고 그대로 내는 것을 원칙으로 삼았습니다. 다만, 남과 북의 표기법이 얼마쯤 차이가 있어 남녘 사람들이 읽기 쉽게 조금씩 손질했습니다.

이 선집이, 겨레가 하나 되는 밑거름이 되고, 우리 후손들이 민족 문화유산의 알맹이인 고전 문학이 지니고 있는 아름다움을 제대로 맛보고 이어받는 징검다리가 되기 바랍니다. 아울러 남과 북의 학자들이 자유롭게 오고 가면서 남북 학문 공동체가 이루어지는 날이 하루라도 앞당겨지기 바랍니다. 그리고 이 자리를 빌려, 어려운 처지에서도 이 선집을 펴내 왔고 지금도 그 작업에 몰두하고 있는 북녘의 학자와 출판 관계자들에게 고마운 마음을 전합니다.

2004년 11월 15일
보리 출판사

차 례

열하일기 上

압록강을 건너서〔渡江錄〕

관내에서 본 이야기〔關內程史〕

원문

열하일기 中

열하일기 下

■ 일러두기

1. 이 책은 조선민주주의인민공화국 평양의 문예 출판사에서 펴낸 책을 보리 출판사가
다시 펴내는 것이다. 《열하일기 상》은 1995년 것을 판본으로 했고, 《열하일기 중》과
《열하일기 하》는 1959년 것을 판본으로 했다.

2. 옮긴이와 북 문예 출판사 편집진의 뜻을 존중하는 것을 큰 원칙으로 했다. 다만 지금
은 거의 안 쓰는 한자와 옛날 말투들은 독자들이 알아듣기 쉽도록 바꾸었다.
예 : 거년→지난해, 주사→술집, 사괴다→사귀다

3. 맞춤법과 띄어쓰기는 '한글 맞춤법'을 따랐다.
ㄱ. 한자어들은 두음법칙을 적용했고, 모음과 ㄴ 받침 뒤에 오는 한자 '렬'은 '열'로
'률'은 '율'로 고쳤다. 단모음으로 적은 '계'나 '폐' 자를 '한글 맞춤법' 대로 했다.
예 : 리해→이해, 람루하다→남루하다, 리마두→이마두, 군률→군율, 페해→폐해

ㄴ. 'ㅣ' 모음동화, 사이시옷, 된소리 따위의 표기도 '한글 맞춤법' 대로 했다.
예 : 참이였다→참이었다, 바다가→바닷가, 날자→날짜

4. 남에서는 흔히 쓰지 않는 표현이지만, 북에서 흔히 쓰는 입말들은 다 살려 두어 우리
말의 풍부한 모습을 살필 수 있게 했다.
예 : 메투리, 날탕패, 저마끔, 헨둥하다, 끟다, 잔주르다, 덩둘하다

5. 저자가 글을 쓸 당시의 나라 이름, 사람 이름은 저자가 표현한 한자식 표기대로 두었다.
예 : 몽고(몽골), 안남(베트남), 이마두(마테오리치), 야소(예수), 섬라(타이)

압록강을 건너서[渡江錄]

1780년 6월 24일 신미일부터 7월 9일 을유일까지,
압록강에서 요양까지 15일 동안.

▪ 본편은 박지원이 사신 일행과 함께 의주를 떠나 압록강을 건너 요양까지 이르는 도중에 본 것을 중심으로 서술했다.

연도의 고을에 관한 흥미 있는 이야기와 함께 중국의 선진 문화를 과학적 입장에서 예리하게 평가, 분석하여 소개하였고 특히 봉황성을 지나면서 고조선의 강토를 명쾌하게 고증한 것은 본편의 이채이다.

머리말

무엇 때문에 후삼경자後三庚子[1]라고 하는가? 여행의 노정과 날씨가 흐리고 갠 사연을 기록하면서 해를 표준 삼아 달수와 날짜를 따지기 위한 것이다.

그러면 후는 무슨 뜻인가? 숭정崇禎 기원 '후' 란 말이다.

삼경자란 무슨 말인가? 숭정 기원 후 세 번째 경자년이란 말이다. 무엇 때문에 숭정 연호를 쓰지 않았는가? 압록강을 건널 것이고 보니 이를 피한 것이다.

무엇 때문에 이를 피하였는가? 강을 건너면 청인들이 산다. 세상이 다 청나라의 연호를 쓰고 있으므로 구태여 숭정이라고 부를 수는 없었던 것이다.

어째서 드러내 놓지는 못하면서도 숭정이라고 부를까? 명나라는 중국이다. 우리 나라를 처음으로 승인한 이웃 나라이기 때문이다.

숭정 17년(1644) 의종 열의宗烈 황제가 나라를 위하여 죽은 뒤 명

---

1) '경자' 란 말은 해를 육갑으로 따져 부르는 명칭으로, 육갑은 60을 단위로 한 번씩 반복된다.

나라가 망한 지 130여 년이 되었건만 무엇 때문에 이날까지도 숭정이라 부를까? 청인들이 중국땅에 들어가 통치를 한 뒤로 옛날의 문물제도는 오랑캐로 변해 버렸으나 다만 우리 나라 몇천 리 어란이 강을 경계로 나라를 삼고 홀로 옛날 문화를 지키면서 빛을 내고 있다.

명나라의 문화는 오히려 압록강 동쪽에서 부지되고 있는 셈이다. 비록 힘이 모자라서 오랑캐를 몰아내고 중원땅을 한번 숙청하여 옛날 모습으로 바로잡지는 못할망정 모두가 '숭정'을 떠받듦으로써 중국을 부지해 보고자 하는 것이다.[2]

숭정 156년 계묘년(1783)
열상외사洌上外史[3] 씀.

---

2) 의종 열 황제는 명나라 최후 황제인데, 1635년 이자성李自成의 반란으로 북경이 점령되면서 궁중에서 자살하고, 이어서 청군의 북경 점령과 함께 명나라는 멸망했으나 조선은 명나라를 잊지 못하여 명나라 최후 황제의 연호인 숭정 기원을 연장시켜 대내적으로 사용하였다.
3) 열상외사는 박지원의 다른 호이다.

후삼경자 우리 나라 성상 4년
(청나라 건륭 45년, 정조 4년, 1780년)
6월 24일 신미일. 아침에 비가 내렸다.
온종일 비는 오락가락.
오후에 압록강을 건너 30리 더 가
구련성에서 노숙하였다.
밤에 큰비가 내리다가 곧 들었다.

처음에 용만(龍灣, 의주관義州館)에 묵고 있는 열흘 사이 방물方物은 이미 도착하였고 길 떠날 날짜가 매우 촉박하던 판에 뜻밖에 비가 장마를 지워 두 강물이 합창이 되어 넘쳤다.

그사이 날씨는 활짝 개어 나흘이나 지났으나, 물살은 점점 더 심하여 나무고 돌이고 한목으로 굴러내려 흙물은 하늘과 맞닿았다. 그도 그럴 것이 압록강은 그 발원이 끔찍이 먼 까닭이다.

《당서唐書》를 보면,

"고려의 마자수馬訾水는 그 근원이 말갈鞨靺의 백산白山에서 출발했으니 물빛이 오리 대가리빛처럼 푸르다 하여, '압록강鴨綠江'이라고 한다."

했다. 이른바 백산은 장백산長白山을 가리킨 것으로, 《산해경山海經》에는 '불함산不咸山'이라 쓰여 있고, 우리 나라에서는 '백두산'이라 한다.

백두산은 여러 강물의 발원지로, 그 서남쪽으로 흐르는 물이 압록강이다. 《황여고皇輿考》에는,

"천하에 큰 강 셋이 있는데 황하, 장강, 압록강이다."
하였고, 진정陳霆이 쓴《양산묵담 兩山墨談》에는,

"회수淮水 이북으로부터는 북쪽 가닥물이 되어 모든 물들은 대하를 조종으로 삼고 있으므로 강으로 이름 붙인 물이 없으나, 북쪽으로 흐르더라도 고려에서는 압록강이라고 이름을 지었다."

하였으니, 곧 이 강을 말한 것이다.

이처럼 큰 강들은 그 상류가 가무는지 장마인지 천리 밖의 일을 헤아릴 길이 없으나, 오늘 이 강물이 불어 넘친 형세로 미루어 보아서는 백두산 일대가 장마임을 짐작할 수 있다. 더구나 소소한 나루터가 아닌 이곳이랴! 이즈막 큰물이 지고 보니 나루목들은 본데 자리가 없어지고 중류의 물속에 널린 바위들은 분간할 길이 없어, 배 젓는 자가 조금만 실수를 한다면 사람의 힘으로는 돌려 잡을 수 없는 형편이다. 일행 중 역원들은 전에 욕본 경험을 끌어 대면서 떠날 날짜를 미룰 것을 군이 청해 왔다. 의주 부윤 이재학李在學도 역시 수하 비장을 보내 며칠만 출발을 늦추도록 만류해 왔으나, 정사는 꼭 이날을 도강할 날짜로 정하고 장계에도 아주 날짜를 메워 버렸다.

아침 일찍 일어나 창문을 열고 보니 구름은 자욱하게 끼고 산 모양마저 방금 또 비를 부르는 듯. 세수를 한 후 행장을 정돈하고 집으로 보내는 편지며 여러 곳으로 부치는 회답 편지들을 파발 편에 부치고 나서 자릿조반으로 죽 한 그릇을 먹는 듯 마는 듯하고 어슬렁어슬렁 관소[4]로 나갔다.

여러 비장들은 벌써 군복 전립을 차렸다. 벙거지 정수리에는 은

---

4) 고관들이 공무 여행 때 묵는 장소.

화운월銀花雲月이 솟았고 공작 깃이 달렸으며, 허리에는 남방사주藍方紗紬 전대纏帶 5)에 환도를 차고 손에는 채찍을 잡았다. 서로들 마주 쳐다보고 웃으면서,

"자, 차림새가 어떤가?"

했다. 상방의 비장인 참봉 노이점盧以漸은 첩리帖裏를 입었을 적보다 훨씬 틀스러워 보였다.(첩리는 방언으로 철릭이라 한다. 비장은 국경 안에서는 철릭을 입다가도 강을 건너면 소매 좁은 옷으로 갈아입는다.)

상방 비장인 진사 정각鄭珏이 반겨 맞으면서,

"오늘은 정말 강을 건널 수 있겠지요?"

할 때에, 노 참봉이 곁에서 덩달아,

"시방 곧 강을 건널 것이오."

했다. 나는 그들에게 한마디로,

"하고말고."

했다. 아닌게아니라 열흘 나마 여관에서 묵고 보니 지루한 생각이 북받쳐 오르고 금방이라도 훨훨 날 것만 싶었다. 그나마 장마에 불어난 강물에 막혀 잔뜩 마음이 설레던 차에 막상 떠날 시각이 앞에 닥치고 보니 이제야 강을 건너고 싶지 않다손 치더라도 어쩔 수 없을쯤 되었다.

멀리 앞길을 헤어볼 때 무더위가 사람을 찌는 듯하고, 돌이켜 고향을 생각할 때는 구름과 산에 막혀 아득한지라 사람의 정리도 이럴 때는 느닷없이 떠오르는 가벼운 후회가 없지 못할 것이다. 소위 평생에 한 번인 장쾌한 여행이라고 하여 툭하면 '꼭 한번은 구경을 해

---

5) 남색 비단으로 만든 띠.

야지' 하던 말도 실상은 둘째 폭이요, 아까 노 참봉이나 정 진사가 오늘은 강을 건너겠다는 말도 실상은 상쾌하게 신이 나서 하는 말이 아니라 어데고 '이제는 안 건너려 해도 할 수 없구나.' 하는 뜻이 없지 않았다.

역관 김진하(金震夏, 2품 당상)는 늙고 병이 중하여 뒤에 떨어지게 되었다. 그의 정중한 작별 인사에는 서글픈 정을 금할 수 없었다.

조반을 마친 후 나는 혼자 말을 타고 나섰다. 내가 탄 말은 자줏빛 월따말인데, 이마는 희고 다리는 날씬하고 굽은 높고 머리는 갸름하고 허리는 짤막하고 두 귀는 뾰족한 품이 참으로 단걸음에 만리라도 뛸 성싶었다.

창대昌大[6]는 앞에 서고 장복張福[7]이는 뒤에 붙었다. 안장에 걸린 양쪽 걸랑에는 왼쪽은 벼루, 오른쪽은 석경, 붓 두 자루에 먹 한 장, 공책 네 권에 《이정록里程錄》한 축, 행장이 이렇듯 간편하니 국경의 세관 검사가 엄하다 하더라도 염려 없었다.

성문에 미처 닿지도 못했는데 한 줄기 소낙비가 동쪽에서 몰아왔다. 채찍으로 말을 빨리 몰아 성문 안으로 들어서 말에서 내려 문루門樓에 올라가 밑을 내려다보니, 창대는 말고삐를 잡고 섰는데 장복이가 보이지 않았다. 얼마간 있다가 장복이가 삿갓을 비껴들고 비를 가린 채 손에는 작은 오지병을 들고 아래위로 두리번대면서 길가에 섰는 소각문小角門에서 나와 이편으로 사뿐사뿐 걸어온다. 사정인즉 우리 나라 돈을 나라 밖으로 지니고 가지 못하게 하는 금법이 있

---

6) 박지원의 마부 이름.
7) 박지원의 마두 이름.

으므로, 이자들이 가졌던 돈을 길에 내버리기는 아까우니까 서로 주머니를 털어 돈 스물여섯 닢을 모아 술을 샀다고 한다.

"너희들이 술을 몇 잔씩이나 먹느냐?"

하고 물으니, 이자들은 술은 입에 대지도 못한다고 했다. 나는 소리를 버럭 질러,

"에끼! 쫄보 녀석들, 술을 못 먹다니."

하고는, 한편으로 생각하니 이것도 먼 길을 떠나는데 미상불 위로가 될 것 같아 시름없이 술 한 잔을 들었다.

동으로 멀리 바라보니 의주 철산의 여러 봉우리들이 모두 아득한 구름 속에 묻혔다. 술 한 잔을 가득 부어 먼저 첫째 기둥에 뿌려 이 몸이 무사히 강을 건널 것을 빌고, 또 한 잔을 가득 부어 둘째 기둥에 뿌려 창대와 장복을 위하여 빌었다. 술병을 흔들어 보니 아직도 몇 잔이 남았기에 창대를 시켜 술 한 잔을 따라 내가 탄 말을 위하여 땅에 뿌렸다.

문루의 담장에 비껴서서 동쪽을 바라보니 여름 구름이 뭉게뭉게 피어오르는데, 백마산성 서쪽에 새파란 봉우리가 반 나마 내민 것이 흡사 내가 살던 연암서당[8]에서 불일산 佛日山 뒷봉우리를 바라보는 것만 같았다.

붉은 단청 다락에서 님마저 이별하고
변방에 선 말 탄 손님 바람도 쌀쌀해라.
꽃배에서 들려오던 피리 소리 끊어질 제

---

8) '연암燕巖'은 박지원이 피신 겸 두류하던 황해도 금천 산골. 서당書堂은 서재.

청남땅 9) 이곳에서 이내 간장 끊누나.

紅粉樓中別莫愁, 秋風數騎出邊頭.

畵船簫鼓無消息, 腸斷淸南第一州.

이 시는 유혜풍柳惠風이 심양으로 들어갈 때 지은 것이다. 나는
이 시를 몇 차례 읊고 나서 혼자 한바탕 웃었다. 이것은 고국을 떠나
국경을 넘는 사람의 호젓한 감정에서 느닷없이 터져 나오는 심심풀
이다. 꽃배고 피리, 장구가 있을 것이 무엇인가.(혜풍의 이름은 득공得
恭이고, 호는 영재泠齋이다.)

옛날에 형가荊軻 10)가 역수를 건널 때, 한동안 지나도 떠나지 않아
서 연나라 태자는 그의 결심이 풀어졌는가 의심하여 진무양秦舞陽 11)
을 먼저 보내기로 청했더니 형가는 성을 버럭 내면서 꾸짖기를,

"내가 여기 머무는 까닭은 내 친구를 기다려 같이 가려는 것이다."

했다. 이 말 역시 형가가 누구를 마음에 두고 하는 말이 아니라 무심
결에 나온 군소리에 불과했을 것이다. 그때에 형가의 결심을 의심한
다는 것은 참말 형가를 못 알아주는 야속한 일이요, 형가가 기다린
다는 친구도 반드시 그 성명과 실재 사람이 있었던 것이 아니다. 한
자루 비수를 가슴에 품고 원수의 소굴을 향하여 들어갈 바엔 진무양
한 사람이라도 그만인 터인데, 다른 자객이 여기 또 무슨 소용이 있
을 것인가. 북풍 찬바람에 축筑 12)을 치면서 노래를 불러 최후의 홍

---

9) 청천강 남쪽, 평양을 가리키는 듯.
10) 전국 시대 자객. 연나라 태자 '단'의 부탁을 받아 진 시황을 찔러 죽이려다 실패했다.
11) 형가가 데리고 가던 인물.
12) 형가가 태자와 이별할 때 '역수가易水歌'를 부르면서 치던 악기.

을 풀었을 따름일 것이다.

　그러나 글을 쓰는 사람은 '그 사람'이 멀리 있기 때문에 못 왔다고 했다. 멀리 있다는 수작은 참말 공교롭기도 하지. 소위 '그 사람'이 있다면 천하에 둘도 없는 친구일 터요, 이 약속이고 보면 세상에 두 번 못 할 중대한 약속일 것이다. 천하에 둘도 없을 친구로서 한 번 가면 다시 돌아올 기약이 없는 약속을 지키는 마당에 어쩌면 공교롭게 날이 저물어 못 왔을까? 그러고 보니 '그 사람'이 산다는 곳이 반드시 오나라나 초나라나 삼진三晉 같은 먼 곳도 아닐 터요, 또 이날을 기약하여 진나라로 가자고 반드시 손을 마주잡고 약속한 것도 아닐 것이다. 다만 형가의 가슴속에서 문득 어떤 친구가 떠올랐을 뿐인데, 이것을 쓰는 사람은 형가의 마음속에 있는 친구를 꾸며대다 보니 '그 사람'이라고 부른 것이다. '그 사람'이란 어떤 사람인지도 모르는 바요, 어떤 사람인지도 모르는 사람을 그저 멀리 있다고만 하여 형가의 위안거리로 삼은 것이다. 또 한편으로 '그 사람'이 정말 왔다면 어찌 되었을 것인가? 정말 오지 않은 것은 형가로 보아서 오히려 다행스러운 일일 것이다.

　천하에 정말 '그 사람'이 있었다면 나는 그를 보았을 것이다. 그 사람인즉 키가 7척 2촌이요, 눈썹과 수염은 시꺼멓고 머리는 삐죽하고 두 볼은 축 늘어진 친구라고 해 둘까? 무엇으로 그런 줄 알았던가? 나는 혜풍의 시를 읽고 혜풍의 속을 짐작하고 이것을 알았다.

　정사의 행렬 선두(前排, 깃발과 나무 막대 등속을 맨 앞에 쭉 늘여 세우므로 전배라고 한다.)가 깃발을 펄펄 날리면서 성에서 나온다. 내원來源과 주 주부周主簿가 나란히 서서 온다.(내원은 나의 팔촌 아우요, 주 주부의 이름은 명신命新으로 함께 상방 비장이다.)

채찍을 옆구리에 꽂고 안장 위에 솟아 앉아 높직한 어깨, 늘씬한 목덜미가 과연 늠름들 해 보였다. 자리 밑은 부담이 부풀어 두툼하고 하인들의 짚신이 안장 옆에 걸려 있었다. 내원이 입은 군복은 푸른 물 들인 모시베 가음인데 헌 것을 새로 빨아 입어 꾸겨지고 버성한 품이 퍽 검소하다고 말할 수 있었다.

부사가 나오기를 잠깐 기다려 말고삐를 잡고 천천히 맨 뒤를 따라 구룡정九龍亭에 이르니, 여기가 바로 배 떠나는 곳이다. 의주부윤이 벌써 나와 장막을 치고 기다리고 있었다. 서장관은 이른 새벽에 먼저 나와 부윤과 함께 수검을 하는 것이 준례로 되어 있다.

방금도 인마를 검열하고 있는데 사람마다 본적, 성명, 거주, 연령, 수염과 흉터의 유무, 키의 장단을 기록하고 말은 털빛까지 등록한다. 깃대를 세 개 세워 문턱을 삼고 거기서 금수품을 뒤지는데, 금수품인즉 중요한 것으로는 황금, 진주, 인삼, 수달 가죽, 포包[13]에 들지 않은 남은 濫銀[14]들이요, 소소한 것으로는 예전 명목과 새 명목을 합하여 무려 수십 종으로 번쇄하기 짝이 없었다.

부리는 하인들은 옷을 벗기고 바지춤까지 끌렀으며, 비장이나 역원들은 행장만 풀어본다. 이불 보통이, 옷 보따리들이 강가에 풀어 흐트러지고 가죽 상자, 종이 함짝들은 풀섶에 나뒹구는데 서로 흘깃흘깃 쳐다보면서들 저마끔 수습하기에 아주 야단법석이다. 일인즉 이런 수검이 없다면 불법을 막을 도리가 없고 법대로 하려니 체모가 꼴이 아니다. 그러나 실상인즉 이것도 모두가 겉치레뿐으로 의주 상

---

13) 국가가 공인한 국외 반출 자금의 단위.
14) 불법적인 은품.

인들이 먼저 앞질러 남몰래 월강하는 것을 누가 막아 낼 것인가?

금수품이 첫 번째 세운 깃대에서 발각될 때에는 곤장으로 치고 물건은 몰수하는 법이요, 두 번째 깃대에서 발각되면 귀양을 보내는 법이요, 세 번째 깃대에서 발각된 범인은 목을 베어 효수하나니 법들인즉 매우 엄하다. 그러나 이번 사행에 가져가는 원포原包[15]는 그 절반도 못 되고 대부분이 공포空包[16]라, 불법적인 남은들이야 여기서 이렇고 저렇고 한댔자 무슨 소용이 있을 것인가?

초라한 다담상茶啖床을 차려 놓았으나 대하다 말고 곧들 돌아서니 모두가 배타기에 바빠 젓가락을 대는 사람이 없었다.

준비된 배는 불과 다섯 척으로 한강 나룻배 비슷하나 그보다는 좀들 컸다. 먼저 방물과 인마를 건네게 하고, 정사가 탄 배에는 표자문表咨文[17]을 싣고 수역 이하 상방에 딸린 권솔들이 같이 타고, 부사와 서장과 그에 딸린 권솔들은 다른 배에 한목 탔다. 이때야 의주의 아전붙이, 장교들과 기생과 통인이며 평양서 배행해 온 영리營吏[18]와 계서啓書들이 뱃머리에서 저마끔 작별 인사를 아뢰었다.

상방의 마두[19](순안 사는 종으로서 이름은 시대時大이다.)가 아뢰는 창소리가 끝나지도 않아 사공의 긴 삿대는 어느새 언덕을 질렀다. 물길이 급하고 보니 사공들이 뱃소리를 한꺼번에 맞춰 불러 모둠힘을 쓰는 바람에 배는 쏜살같이 내닫는다. 통군정統軍亭의 난간들이

---

15) 국가에 등록된 휴대금.
16) 국가에 등록되지 않은 자금.
17) 국서.
18) 관찰사의 아문에서 복무하는 아전.
19) '마두馬頭'는 마부 중에서 두목인데, 일행에서 주요한 잡무를 맡아 본다.

팔면으로 빙빙 돌아가는 것만 같다. 멀리 바라보이는 모래사장에는 아까 작별 나온 사람들이 콩낱만큼씩 해 보이게 아직도 뭉쳐 서서들 있었다.

나는 홍명복(洪命福, 수석 역관) 군에게,

"자네 도를 아는가?"

하니, 홍군은 얼떨떨하여,

"그 무슨 말씀인지요?"

하기에, 나는 말했다.

"도를 안다는 것이 그리 어려운 일은 아닐세. 도는 저 강시울에 있느니."

"그러면 누구나 먼저 언덕에 올라간다는 말씀인지요?"

"그런 말이 아닐세. 이 강물은 두 나라의 경계선으로서, 경계란 물이 아니면 시울이 될 것 아닌가? 도대체 천하 백성들이 법도를 지킨다는 것은 저 강물 시울 짬과 같은 것일세. 도를 다른 데서 찾을 것이 아니라 저 물시울 짬에서 찾아야 될 것이네."

"그 무슨 뜻인지요?"

"세상 인심人心[20]은 갈수록 간드러지고 도심道心[21]은 갈수록 메말라든다고 했네. 서양 사람들은 기하학에서 한 획의 선을 변증할 때도 선이라고만 해서는 그 정미한 점을 표현할 수 없다 하여 빛이 있고 없는 짬으로 표현하였고, 불교에서 말하는 '붙지도 떨어지지도 않으므로 그 짬에 잘 처할 수 있다.'는 바로 그 '짬'으

---

20) 유교에서 말하는 도덕 철학에서 인간의 후천적 기질.
21) 유교에서 말하는 인간의 선천적인 도덕적 품성.

로써, 이는 도를 아는 자라야 할 수 있는 노릇이니, 이런 사람은 정나라 자산子産[22] 같은 이를 들 수 있을 것이네."

배는 어느새 맞은편 언덕에 닿았다. 갈대가 엉켜 땅바닥을 볼 수 없었다. 하인들은 앞을 다투어 뛰어내려 갈대를 베고 배 위에 깔았던 멍석을 내려 깔려고 바쁘게 서두르고 있었다. 바닥에는 뿌리가 창날처럼 솟고 검은 진흙이 질벅하여 정사 이하 사람들은 어쩔 바를 모르고 갈대숲 속에 멍멍히 서 있었다. 정사가 물었다.

"먼저 건너온 인마들은 어데 있는고?"

좌우는 모르겠다는 대답이다.

"방물들은 어데 있는고?"

다시 물었더니, 이도 잘 모르겠다 하고는 멀리 구룡정 모래사장을 가리키면서,

"인마의 태반도 아직 건너오지 못했고, 저기 개미 떼처럼 뭉쳐 있는 것이 바로 그것입니다."

한다.

멀리 용만을 바라다보니 일편 고성孤城이 피륙을 바래듯이 뻗쳤는데 바늘구멍같이 뚫린 성문으로 새어 나오는 햇발이 한 점 새벽별처럼 반짝였다.

마침 앞 강에는 커다란 뗏목이 불어난 물을 타고 내려온다. 시대가 손을 흔들면서,

"웨이!"

하고 고함을 쳐 부른다. '웨이'는 중국말로 사람을 존대해서 부르는

---

22) 중국의 춘추 시대 정치가.

소리다. 뗏목 위에 한 사람이 나서서 중국말로 소리쳐 대답한다.

"당신들은 대국에 조공을 하면서 어쩌자고 철도 없이 이런 더운 날씨에 고생들이시오?"

시대가 나서면서,

"너희들은 살기는 어데 살며, 어데서 벌목을 해 가지고 오는가?" 물으니, 그들은 모두 봉성鳳城 사람들인데 장백산에 가서 벌목을 해 오는 길이라고 대답했다. 말이 미처 끝나지도 못한 채 뗏목은 어느새 지나가 버려 멀리 가물가물해 보인다.

두 강물이 합창이 되면서 강 한복판에는 외딴 섬이 생겨 먼저 건너온 인마들은 이곳을 대안으로 잘못 알고 내려 버렸다. 여기서 5리쯤 떨어져 있지마는 도로 건너갈 배가 없다. 할 수 없이 이미 건너온 두 배의 사공들에게 빨리 인마들을 건네 오도록 하라고 호령했으나, 배가 물을 거슬러 올라가야 할 판이라 이러자면 어지간한 시간으로는 미치지 못하게끔 되었다.

사신들은 조바심에 골이 바짝 나서 배 맡은 의주의 군교를 치죄하려 했으나 군뢰軍牢[23]가 한 명도 없었다. 군뢰들도 모두 섬에 내린 까닭이다. 부방副房 비장 이서구李瑞龜가 골을 참다 못해 부방 마두에게 소리쳐 의주 군교를 잡아들였다. 잡아 엎을 만한 자리가 없어 그대로 볼기를 반쯤 벗기고 말채찍으로 네댓 번 때린 후 빨리 거행할 것을 호령했다. 의주 군교는 한 손으로는 갓을 바로잡아 쓰고 한 손으로는 바지춤을 잡은 채 연방 "네, 네." 소리를 외쳐 대답하면서 뛰어내려갔다. 두 뱃사공이 물에 들어가 배를 끌었으나 물살

---

23) 군대에서 죄인을 다루는 하급 병졸.

이 급하여 밀려 내리기만 하니 위엄이고 호령이고 펼 수가 없었다. 이윽고 배 한 척이 강기슭을 따라서 나는 듯이 닿았다. 군뢰들이 삼방三房 가마꾼이며 말들을 데리고 왔다. 장복이가 창대를 반겨 부르면서,

"너도 왔구나."

하고 소리친다.

하여튼 다행이다. 두 놈을 시켜 행장을 점검해 보니 모두 별 탈 없었다. 비장과 역관들이 탄 말들은 혹 오기도 했고 뒤떨어지기도 해 이때야 정사는 먼저 떠나기로 했다. 말 탄 군뢰 한 쌍을 길나팔을 불게 해서 길잡이로 앞에 내세우고, 다른 한 쌍은 보군으로 맨 앞에 내세워 엉클어진 갈대를 쓸쓸 휘어 제쳐 지나갈 길을 내도록 했다. 나는 말을 탄 채 찼던 칼을 뽑아 갈대 한 꼬치를 베어 보았다. 껍질은 여물고 속살이 두터워 화살 만들기에는 소용이 닿잖고 붓대로나 쓸 만하였다. 문득 사슴 한 마리가 보리밭 고랑 틈에서 새처럼 놀라 갈대를 뛰어넘어 달아난다. 일행은 깜짝 놀라 주춤들 했다.

10리 나마 가서 삼강三江이란 곳에 닿았다. 강물은 맑기가 비단결 같은데 '애자하愛刺河'라고 한다. 발원지가 어데인지는 알 수 없으나 압록강과 거리가 불과 10리인데도 아무런 장마 티가 안 보이니 그 발원이 각기 다름을 알 수 있겠다.

배 두 척이 있는데 모양이 우리 나라 놀잇배 비슷하나 크기는 따를 수 없었고, 매무새는 아주 탄탄해 보였다. 사공은 다들 봉성 사람들인데 여기 와서 우리 일행을 기다린 지 사흘째라, 양식이 떨어져 굶을 지경이라고 투덜거렸다.

본디 이 강은 양쪽 어느 나라에서든지 내왕을 할 수 없는 지점이

다. 우리 나라 역학譯學[24] 관계나 중국에서 이자移咨[25] 같은 불시에 생기는 급한 일에 대비해 봉성장군鳳城將軍이 여기에 배를 준비해 두었다고 한다. 배를 댄 목이 질벅질벅하여 발을 들여놓을 수 없어,

"웨이!"

하고 되사람 한 명을 불렀다. '웨이'는 바로 아까 시대에게 배운 말이다. 되사람은 냉큼 삿대를 놓고 내 앞으로 왔다. 나는 이자의 등에 덥썩 업혔다. 이자는 "히히." 웃으면서 나를 업어 뱃장에 부려 놓고는 한숨을 "휘이." 내쉬면서,

"흑선풍黑旋風[26] 어머니가 이토록 무거웠다면 기풍령沂風嶺을 오를 수 있었을랴고!"

했다. 주부 조명회趙明會가 이 말을 듣고 깔깔 웃었다. 나는,

"이 녀석이 흑선풍만 알았지, 강혁江革[27]은 모르는 게지."

했더니, 조군이 말하기를,

"그자의 말 속에 뼈가 있어도 이만저만이 아니오. 그 속뜻인즉 이규의 어머니가 이토록 무거웠다면 비록 이규 같은 무서운 힘으로도 그 어머니를 업어 재를 넘기지 못했을 것이요, 또 이규의 어머니는 필경 범에게 잡아먹혔을 것이니, 말하자면 이렇게 살진 고깃덩이를 범의 차반으로 바쳤으면 하는 뜻이오."

했다. 나도 웃음을 참지 못하고,

---

24) 역관들의 관계 사업.
25) 외교 문서의 교환.
26) 《수호지》에 나오는 역사力士 이규李逵의 별명.
27) 동한 때 효자로 이름난 사람. 어머니를 업고 피난하다가 도적을 만났는데 어머니 목숨을 보존했다 한다.

"저 꼴에 어느 입에서 그런 글풀이가 나올까?"

했더니, 조군이 하는 말이,

"낮 놓고 기역자도 모른다는 말은 참말 이런 자들을 두고 하는 말입니다. 이 나라에 유행하는 패관소설들이 아주 입에 젖다시피 그들의 상용어가 되어, 소위 관화官話[28]란 것이 이런 것이지요."

했다.

강물 넓이는 우리 나라 임진강 폭은 되었다. 일행은 곧바로 구련 성九連城을 향해 떠났다.

풀숲 위에 장막을 죽 벌려 치고 호망虎網[29]을 둘러쳤다. 의주 창 군槍軍[30]들이 벌목하는 도끼 소리가 넓은 벌판 여기저기서 쩡쩡 울 렸다.

높은 둔덕 위에 혼자 올라가 사방을 둘러보니, 산수가 맑은데 무 연히 열린 벌판에 하늘가를 맞물고 늘어선 수림 틈 사이로 은은히 마을들이 보이는 듯하다. 개 소리, 닭 소리가 금세라도 들려오는 것 만 같고 땅은 갈아제침 직하게 기름졌다. 대동강 서쪽에서 압록강 동쪽까지 이만한 데를 볼 수 없을 만치, 큼직한 고을이라도 자리를 잡을 만한 곳이다. 하지만 두 나라가 함께 이곳을 내버려 두어 아주 빈 터가 되고 말았다.

어떤 사람은 일찍이 고구려가 도읍했던 국내성이 이곳이라고도 한다. 명나라 때는 이곳에 진강부鎭江府를 두었는데, 오늘의 청나라 가 일어서면서 요양을 함락할 때에 진강 백성들은 머리 깎는 욕을

---

28) 중국의 표준어.
29) 맹수를 막는 그물.
30) 창 쓰는 군사.

보지 않고저 혹은 모문룡毛文龍[31)]에게로, 혹은 우리 나라로 몰려왔다. 그 뒤에 우리 나라로 피난 온 자들은 청인들이 다 몰아갔고, 모문룡에게 간 자들은 유해劉海[32)]의 난리 통에 많이들 죽었다고 한다. 이 땅은 이후 백여 년 동안 빈 터로 되어 높은 산, 맑은 물, 쓸쓸한 경치로나 남아 있을 뿐이다.

여러 곳의 노숙처를 둘러보니 역관들은 혹은 세 사람이, 혹은 다섯 사람이 한 장막씩 차지하고 역졸과 마부, 하인들은 무더기무더기 냇물을 등지고 나무를 얽어매어 자리를 잡았다. 밥 짓는 연기는 서로 잇닿았고 사람들이 떠드는 소리, 말 울음소리가 아주 버젓해서 한 동리를 방불케 했다. 의주 장사패 한 떼가 따로 자리를 잡고 냇가에서 닭 수십 마리를 잡아 씻고 있고, 한편으로는 그물로 고기를 잡는다, 국을 끓인다, 나물을 삶는다 야단이다. 밥알은 번지르하게 기름져 살림이 제일 푼더분해 보였다.

이윽고 부사와 서장관이 차례로 도착하였다. 날은 이미 저물어 서른 곳이나 화톳불을 피웠다. 모두 아름드리 큰 나무들을 베어 눕혀 날이 새도록 화톳불을 밝혔다. 때로는 군뢰가 나팔을 한 번씩 불면 삼백여 명 일행이 여기 맞추어 한꺼번에 고함을 치는데, 이것은 범이 못 오도록 하는 '경호警虎'라고 하여 밤새도록 이렇게 했다.

군뢰들은 모두 의주에서 뽑아온 다들 내로라하는 건장한 자들로서, 아랫것들 가운데는 제일 바쁘고 또 누구보다 많이 처먹는 패들이다. 그 차림차림이란 실로 가관이다. 남빛 운문단雲紋緞으로 속을

---

31) 명나라 장수로 청병에게 패하여 조선 서해 초도에 한때 주둔했다.
32) 명나라를 반역한 장수.

받쳐 댄 전립 정수리에는 운월雲月과 상모를 달았고, 벙거지 이마에는 쇠붙이로 오려 낸 '용勇'자를 붙였다. 아청빛 마포, 좁은 소매 전복에 홍포 등거리를 입고, 허리에는 남방사주 전대를 질끈 졸라매고, 어깨에는 주홍빛 면사 대융大絨을 걸고, 발에는 누구나 메투리를 신었다. 허우대와 사지를 보면 죄다 장사들이다. 그러나 안장이 없는 반부담 차림으로 말을 타 가랑이로 걸타는 것이 아니라 부담 위에 걸터앉았다. 등에는 남빛깔의 작은 영기令旗를 꽂고 한 손에는 군령판軍令板을 들고, 한 손에는 벼루와 붓, 총채와 팔뚝만 한 짧은 채찍을 잡고, 입으로는 나팔을 불고, 앉은 자리 밑에는 붉은 칠한 방망이를 십여 개나 비스듬히 꽂았다.

각 방에서 무슨 호령이 내리면 만만한 것이 군뢰다. 그들은 듣고도 일부러 못 들은 척하고 있다가는 연달아 십여 차례나 부르면 그제야 입속으로 무어라고 중얼대면서 부르는 소리를 처음 들은 듯이 목청을 길게 빼서 대답한다. 한번 말에서 뛰어내리면 허둥지둥 돼지 식식거리는 소리, 소 헐떡이는 시늉을 하면서 나팔이며 군령판이며 필연 등속은 어깨에 둘러메고 방망이 한 자루는 질질 끌면서 대령한다.

반 밤도 못 되어 폭우가 쏟아져 위로는 장막이 새고, 아래로는 풀 섶이 축축하여 어데고 피할 곳이 없었다. 이윽고 하늘은 활짝 개 뭇 별들은 총총 나지막하게 드리워 손을 내밀면 금방이라도 만져질 것만 같았다.

6월 25일 임신일. 아침에는 비가 좀 오다가 한낮에 개었다.

각 방 역원들의 야영터에서는 군데군데 옷가지와 이불을 내어 널었다. 간밤 비에 젖은 까닭이다. 말 시중하는 하인들 가운데는 술을 지고 온 자가 있어서 대종(戴宗, 선천宣川 종으로 어의御醫 변 주부의 마두다.)이가 한 병을 사서 바치기에 함께 냇가에 나가서 술을 마셨다. 강을 건넌 뒤로는 우리 나라 술은 바라지도 못했다가 이제 뜻밖에도 우리 나라 술을 마시게 되니 비단 술맛만 좋을 뿐 아니라 한가한 틈을 얻어 냇가에 나앉은 정취란 이루 말할 수 없었다.

마두배들이 서로들 다투어 가면서 낚싯대를 던진다. 나도 취한 김에 낚싯대를 빌려 무심코 던졌더니 앉은자리에서 작은 고기 두 마리를 낚았다. 까닭인즉 이곳 고기들이 아직 낚시 맛을 별로 못 봤던 때문이다.

방물들이 아직도 도착하지 않았으므로 이날도 구련성에서 노숙했다.

6월 26일 계유일. 아침에 안개가 끼었다가 좀 늦게 개었다.

구련성을 출발하여 30리, 금석산金石山 아래 와서 점심을 치르고 다시 30리를 더 가 총수蔥秀에 와서 노숙하였다.

날이 새자 안개를 무릅쓰고 출발하였다. 상판사上判事[33] 마두 득룡得龍이가 말꾼들과 더불어 강세작康世爵 이야기에 한창이다. 득룡이는 안개 속으로 멀리 금석산을 가리키면서 저기가 바로 형주 사람 강세작이 숨어 살던 곳이라고 했다. 이 이야기인즉 들음 직하고 재미있는 이야기다.

세작의 할아버지 '임림'은 일찍이 임진란 당시 양호楊鎬를 따라 우리 나라를 돕고저 조선에 나왔다가 황해도 평산서 죽었다. 그 아버지 국태國泰는 벼슬이 청주통판青州通判으로 만력萬曆 정사년(1617)에 일을 저지르고 요양으로 귀양살이를 왔던바, 당시 열여덟 살 난 세작은 아버지를 따라 요양에 와 있었다. 그 이듬해에 청인들이 무순撫順을 함락시키고 유격 장군 이영방李永芳이 항복하자 경

---

33) 사신 행차가 있을 때 임시 편제로 붙인 잡무 처리자의 직명.

략經略 양호가 여러 장수들을 뿔뿔이 나누어 파견하는데, 총병 두송杜松은 개원開原으로, 총병 왕상건王尚乾은 무순으로, 총병 이여백李如柏은 청하淸河로, 도독都督 유정劉綎은 모령毛嶺으로 각각 보냈다.

이때 국태 부자는 유정을 따르던 길에 중로에서 청나라 복병을 만났는데, 대군은 앞뒤를 서로 구하지 못하고 유정은 진중에서 제 몸을 불에 던져 타 죽고 국태는 헛살에 맞아 넘어졌다. 세작은 날이 저물고서야 아비의 시체를 찾아 골짜기 속에 묻고 돌멩이들을 모아 표를 해 두었다.

당시 조선의 도원수 강홍립姜弘立과 부원수 김경서金景瑞가 산 위에다 진을 치고 있었고, 조선의 좌우 영장營將들은 산 아래 진을 쳤다.[34] 세작은 강 원수의 진에 몸을 피했는데, 이튿날 청병이 조선군의 좌영을 습격하자 좌영 군사는 한 사람도 빠져나오지를 못하고 산 아래 군사들이 이것을 바라다보고는 모두들 다리만 벌벌 떨고 있었다고 한다. 홍립이 싸움도 못 해 보고 항복을 하자[35] 청인들은 홍립의 군사를 몇 겹씩 둘러싸고 숨어든 명나라 군사들을 찾아 모조리 묶어 몰아내어 목을 베었다.

이때에 세작도 묶어서 큰 바위 아래 앉혀 두었는데 두목 되는 자는 그만 잊어버리고 가 버렸다고 한다. 세작이 조선 군사를 보고 결박을 풀어 달라고 애걸하였으나 조선 군사들은 서로들 쳐다만 보고

---

34) 광해군 11년(1619) 조선은 명나라를 돕기 위하여 강홍립을 도원수로, 김경서를 부원수로 하여 군사 2만을 출병하였다.

35) 당시 조선은 명나라와 청나라 틈에 끼어 외교적으로 곤란한 처지였다. 광해군이 일부러 항복하라는 밀령을 내렸다는 말도 있다.

는 감히 움찔하는 자도 없었다. 세작은 등 뒤의 돌에 비벼 박승을 끊어 풀고는 일어나 죽은 조선 군사의 옷을 벗겨 입고 몰래 조선 군사 속에 끼어 화를 면했다고 한다. 그 길로 세작은 요양으로 돌아왔다. 웅정필熊廷弼이 요양에 진을 잡자 세작을 불러 아비의 원수를 갚으라고 했다. 이 해에 청인들은 개원, 철령 등지를 연달아 함락시켰다. 웅정필을 대신하여 설국용薛國用이 오자 세작은 그대로 설국용의 부하로 남아 있었다.

심양이 함락되면서 세작은 낮에는 숨고 밤길을 걸어서 봉황성까지 와서 광녕廣寧 사람 유광한劉光漢과 함께 요양서 흩어진 군졸들을 수습하여 봉황성을 지키다가 얼마 못 되어 광한은 전사하고 세작도 역시 몸에 십여 군데 상처를 입었다. 세작이 스스로 생각해 보니, 중국 본토는 이미 길이 끊어졌으니 가지 못할 것이요, 동으로 빠져 조선으로 나와 머리를 깎고 되복 입는 욕을 면하는 것만 못하다 싶어 드디어 달아나와 금석산에 들어갔다. 가죽옷을 입고 나뭇잎을 그슬러 먹어 가면서 수개월 동안 숨어 간신히 목숨을 구했다고 한다. 다시 압록강을 건너 조선으로 와서 관서의 여러 고을을 돌아다니다가 회령으로 돌아들어 조선 여자에게 장가들어 두 아들을 낳고 살다가 여든 살이 되어 죽었다고 한다. 그 자손들이 번창하여 지금도 백여 사람이 모여 살고 있다 한다.

이 이야기를 하는 득룡은 원래 가산嘉山 사람으로 열네 살 때부터 북경 출입을 하기 시작하여 벌써 삼십여 차례를 드나든 사람인데, 일행 가운데서는 중국말을 제일 잘하여 여행 중의 크고 작은 일에 있어 득룡이 아니면 임무를 감당할 수 없었다. 득룡은 이미 본군(가산)과 의주, 철산 각 군의 중군中軍[36]까지 지내고 품계도 가선嘉

喜[37]에 이르렀다. 매번 사신 행차가 있을 때는 미리 본군에 의뢰하여 사신 행차에 따르는 자의 가솔을 감금함으로써 본인의 도피를 막았는바, 이런 것으로도 그 위인의 재간을 알 수 있을 것이다.

세작이 당초 조선으로 망명할 때에 득룡의 집에 묵게 되어 득룡의 조부와 친하게 되고 보니 중국말과 조선말을 서로 바꿔 배웠다고 한다. 오늘 득룡이 한어에 능통한 것도 실상은 그 가문에서 물려받은 것이라고 한다.

해가 저물어서야 총수에 닿았다. 여기는 꼭 우리 황해도 서흥瑞興 총수와 같았다. 필시 우리 나라 사람들이 붙인 이름으로, 그래서 서흥 총수와 이름이 같아진 것이나 아닐까?

---

36) 지방 장관 막하의 수석 군관.
37) 품계의 종2품.

6월 27일 갑술일. 아침에 안개가 끼었다가 늦게야 개었다.

날이 희읍스름할 때 떠나 길에서 되사람 대여섯 명을 만났다. 모두 자그마한 당나귀를 탔는데 모자와 옷이 남루하고 얼굴 모습이 파리했다. 모두 봉성 군사들로서 애자까지 다른 사람 대신 품팔이 수자리를 살다 오는 길이라고 한다. 우리 나라에는 이런 걱정이 없으나 중국의 변방이란 실로 어수선하다. 마두와 말꾼들이 그들을 보고는 말에서 내리라고 소리쳐 호령하였다. 앞에 가던 두 사람은 내려서 길옆으로 걸어가는데 뒤의 세 사람은 내리지를 않았다. 마두들이 소리를 한목 질러 호령을 하니 이자들은 눈을 부릅뜨고 똑바로 쳐다보면서,

"당신네 어른이 내게 무슨 상관이 있는가?"

했다. 한 마두가 앞으로 쫓아나가 채찍을 빼앗아서 걷어붙인 종아리를 후려갈기면서,

"그래, 우리네 어른들이 가지고 가는 물건들이 어떤 물건인지, 어떤 문서인지, 저 누런 깃발 위에 똑똑히 '황상어용皇上御用'이라고 쓴 것을 눈이 멀어서 못 알아보는 거냐?"

하니, 이자들은 황급히 당나귀에서 내려 땅바닥에 머리를 박고 죽을 죄를 지었다고 했다. 한 놈은 일어나 자문 마두[38]의 허리를 움켜잡고 얼굴에는 애원하는 웃음을 띠면서,

"나으리 참으십시오. 소인들이 죽을죄를 지었습니다."

했다. 마두들은 깔깔 웃으면서 머리를 조아리고 사죄를 하라고 호령하였다. 모두들 진탕 속에 꿇어 엎드렸다.

이마에 다들 누런 진흙을 덮어쓰고 보니 일행은 배를 쥐고 웃으면서, 물러가라고 호령을 하였다. 나는 마두들을 보고,

"너희들이 중국에 드나들면서 자주 야료와 행패를 부린다는 말을 내가 일찍부터 들었는데, 과연 오늘 일을 목도하고 보니 들은 바와 다름없구나. 이번은 그랬다 하더라도 이제부터는 아예 농을 붙여 실랑이를 일으키지 말아라."

하고 타일렀다. 이자들은 한꺼번에 대답했다.

"이런 먼 길에 나서서 그런 장난도 없으면 종일 심심들 해서 어쩝니까?"

여기서 봉황산을 바라다보니 순 돌을 땅속에서부터 뽑아 내어 일으켜 세운 것처럼 우뚝 솟았다. 그 모양이 손가락을 세운 것 같기도 하고, 반쯤 핀 부용꽃 봉오리 같기도 하고, 여름 하늘 흰 구름을 뽑아 내고 깎아 내고 도끼로 쪼개 놓은 것 같기도 하여 이루 형용해 말할 수 없었다. 다만 흠절이 있다면 맑고 기름진 맛이 없을 뿐이다.

예로부터 말하기를 삼각산 도봉道峯이 금강산보다 낫다고들 한다. 금강산은 골이 깊은 산으로 일만이천 봉이라 하여, 별난 봉우리

---

38) 표자문 즉, 국서를 실은 짐을 감독하는 마두.

가 깎은 듯이 서고 우람차고 깊은 맛이야 말할 것도 없다. 그러나 길짐승, 날짐승이 깃들고 신선이 오르내리고 부처가 도사려 앉아 음산하고 침침한 품이, 무슨 귀신 사는 동굴에 든 느낌이 없다고 못 할 것이다. 내가 일찍이 신원발申元發과 함께 단발령斷髮嶺에 올라가 금강산을 바라볼 때 마침 가을 하늘이 쪽같이 푸르고 석양이 산봉우리들을 가로 비쳤다. 그러나 산색이 어데고 뽑아 낸 듯한 빛깔과 기름진 맛이 없어 미상불 금강산의 흠절을 두고 한번 탄식해 본 적이 있다.

한강 상류에서 배를 타고 두미강頭尾江[39] 어귀로 내려 서쪽으로 바라보면 한양의 삼각산 봉우리들이 하늘에 닿을 듯 푸르게 솟은 위에 영롱한 이내와 맑은 아지랑이가 자욱이 서리면서도 어데고 상긋거리고 한들거리는 듯한 풍치는 삼각산이 아니고는 찾아볼 수 없을 것이다. 또 나는 일찍이 남한산성 남문에 올라가 북으로 한양을 바라볼 때에, 물에 비친 꽃그림자 같기도 하고 거울에 비친 달그림자 같기도 하였다. 더러는 이것을 '공중에 뜬 밝은 기운'이라고도 한다. 이는 즉 '운수가 뻗은 기운〔旺氣〕'을 말하는 것으로 '왕기旺氣'는 '왕기王氣'[40]라고도 할 수 있으니, 우리 나라 서울이 억만 년 도읍지로서 움직일 수 없는 산세는 그 주산이 보통 산들과는 마땅히 다른 바 있을 것이다.

오늘 보는 이 산도 그 산세가 묘하고 높으며 빼어난 형상은 오히려 삼각산 도봉보다 더하다 할 수 있으나 앞에서 말한 삼각산이 가

---

39) 한강의 지류.
40) 임금의 기상을 상징하는 기운.

진 여러 가지 자랑에는 멀리 미칠 수 없겠다.

편편한 들바닥이 개간은 안 했으나, 군데군데 나무해 간 자리가 낭자하고 풀밭에는 소 발자국, 수레바퀴 자국들이 종횡으로 남아 있음을 보아 책柵[41] 가까이 온 것을 알 수 있었고, 또 일반 백성들이 평소에 책 밖으로 나다니는 증거이기도 했다. 약 7, 8리가량 빨리 몰아서 책 가까이 닿았다.

양 떼, 돼지 떼가 산비탈에 우글거리고 아침 짓는 연기가 동리를 푸르스름하게 둘러쌌다. 나무를 베고 목책을 만들어 세워 경계선을 알도록 했으니, 이야말로 버들가지를 꺾어 채마밭 바자를 만든 셈이다.

책문은 이엉을 엮어 덮었고, 판자문을 단단히 채워 두었다. 책을 떨어져 수십 보 되는 지점에 삼사三使[42]의 장막을 쳐 잠시 쉬도록 하고 방물이 모두 닿았으므로 책문 밖에 쌓아 두었다.

책 안에는 청인 구경꾼들이 죽 늘어섰는데, 입에 담뱃대를 물지 않은 자가 없고 번질번질 벗겨진 대머리에 부채질을 하는 자, 혹은 흑공단을 입은 자, 혹은 수화주秀花紬를 입은 자, 혹은 생포, 생저나 삼승베, 산동주 등 각양각색의 옷을 차려입은 자들이 수놓은 주머니 서너 개씩을 너저분하게 주렁주렁 차고 있었다. 차는 손칼은 모두 상아집에 꽂았고 담배 쌈지는 호로병 모양 같은데 갖가지 꽃 모양, 새 모양 혹은 옛날 사람들의 글귀들을 수놓았다.

역관들과 마두들은 책 밖에 늘어서서 책 안에 있는 청인들과 서

---

41) 국경을 표식한 일종의 울타리. 압록강에서 약 100리쯤 떨어진 봉황성 어귀에 있다. 압록강과 이 사이 땅은 양국의 완충 지대로 어느 나라도 이용 못 하고 중국 주민들도 이 책 밖으로는 못 나오는 것이 규례다. 보통 '채'라고 발음했으나, 여기서는 '책'으로 쓴다.
42) 정사, 부사, 서장관.

로 손을 붙잡고 다정하게들 인사를 한다. 서울은 언제 떠났던가, 도중에서 장마로 고생은 없었던가, 집안은 다들 태평한가, 포은包銀은 잘 준비되었는가……. 왁자지껄 저마끔 하는 소리가 다 같은 말이다. 또 아무 없이 한 상공, 안 상공은 이참에 안 왔는가 묻는다. 한 상공이니 안 상공이니 부르는 몇몇 인물들은 모두 의주 사람으로 해마다 북경으로 출입하는 두목 가는 간교한 상인들이다. 북경 사정이라면 훤하게 아는 자들로서 소위 '상공'이란 것은 장사치들이 서로 존칭해서 부르는 명색이다.

사신 행차가 있을 때는 으레 정관正官에게는 여덟 포包를 주는 법이다. 정관이란 것은 비장, 역관들을 합하여 30명이요, 여덟 포란 것은 옛날에는 관 등급으로 정관에 한하여 인삼 몇 근씩 정해 준 것을 이른다. 이것을 '팔포'라고 했는데, 요즘은 이것을 관 등급으로 하지 않고 각각 자비로 은을 준비하게 하고 나라에서는 포수만 한정해 준다. 당상관은 포은 3천 냥, 당하관은 2천 냥으로 정하여 각자가 은을 차고 북경으로 가서 무역을 하도록 되었다. 그런데 이들 정관 중에도 주변성이 없어서 은을 자비로 준비할 수 없으면 자기가 얻은 포를 송도(松都, 개성), 평양, 안주 등지의 연상燕商[43]들에게 팔아 은을 변통하여 가게 된다. 그러나 포를 산 여러 지방 연상들은 법이 금하니 자신이 직접 북경으로 갈 수는 없고, 이 포를 무역해 특권을 얻은 의주 상인들에게 부탁을 하여 물건을 사 오게 된다.

의주 상인 중에서도 한가, 임가 같은 자들은 해마다 북경 드나들기를 제 집 문 드나들듯 하여 북경 시장의 장사치들과는 아주 창자

---

43) 북경 물건을 매매하는 장사.

가 맞통하다시피 되었다. 물건을 사고 팔고, 값을 올리고 낮추는 것은 몽땅 이자들의 손아귀에 달려서 연화燕貨[44] 값이 자꾸만 오르는 것도 전부가 이자들의 농간이다. 온 나라가 이 속을 모르고는 모두가 역관들의 소행인 줄만 알고 있다. 실상은 역관들도 자기들의 권리까지 의주 상인들에게 다 빼앗기고 팔짱을 끼고 구경만 할 뿐이다. 각지의 연상들도 이런 의주 상인들의 농간을 잘 짐작하고 있지마는 눈앞에서 본 일이 아니니 속만 태울 뿐이요, 감히 입 밖에 내지는 못하게끔 되어 이 폐단이 생긴 지 이미 오래다. 오늘도 이치들이 몸을 잠시 숨겨 얼굴을 내밀지 않은 것은 필시 또 어데서 무슨 잔재주를 부리고 있음에 틀림없다.

책 밖에서 조반을 마치고 행장을 정돈한즉 부담 주머니의 왼쪽 자물쇠가 없어졌다. 풀밭을 샅샅이 뒤졌으나 끝내 찾지 못했다. 장복이에게,

"네가 행장 보살피는 데는 조심성이 없고 언제나 한눈을 팔다가 이제 겨우 책문도 못 들어서서 이렇게 물건을 잃었으니 속담에, 사흘 길을 하룻길도 못 왔다고 앞으로도 이천 리 길이 되는 북경까지 가자면 네놈의 오장까지 다 잃어버릴까 걱정이다. 내가 일찍이 들으니 구요동이나 동악묘 같은 데는 악당들이 많다는데, 네가 또다시 한눈을 팔다가는 앞으로 얼마나 많은 물건을 잃을지 모르겠구나."

하고 꾸짖었다. 장복이는 민망한 듯이 머리를 긁으면서,

"소인은 이미 다 알고 있습니다. 그런 데 가서 구경을 할 때는 소

---

44) 북경 상품.

인은 두 손으로 눈을 막을 터이온바, 그렇게만 한다면 눈을 팔기는 고사하고 어떤 놈이 내 눈을 뽑아 가겠습니까?"

했다. 이렇게도 한심한 놈이 또 있을 것인가? 할 수 없어 나는, "오냐, 좋다." 했다. 장복이는 처음 길에 나이가 어리고 성질이 아주 투미한 데다가 동행하는 마두들이 자주 농담을 붙여 놀려준즉, 장복이는 이것을 참말로만 알아듣고 매사를 이런 대중으로만 해석하고 있다. 먼 길에 길동무가 이 꼴이니 참으로 기가 막히고 답답하구나.

책 밖에서 책 안을 바라다보니 여염집들이 다들 높직하고 대개는 오량五樑[45] 집들이다. 이엉으로 집을 이었으나 용마루가 높이 솟고 문호들이 번듯하며 거리는 곧고 판판하여 양측은 먹줄을 친 듯하다. 담장은 모두 벽돌로 쌓았고 거리에는 사람 타는 수레, 짐 실은 수레가 왔다 갔다 한다. 벌여 둔 기명들은 모두 그림 놓은 꽃사기들로서 일반 풍물이 하나도 시골티가 없어 보인다.

전일 내 친구 홍덕보洪德保[46]에게 중국 문물의 규모와 수법들을 들은 적도 있었지마는 오늘로 보아 책문은 중국의 맨 동쪽 끝 벽지인데도 오히려 이만하거든, 앞으로 구경할 것을 생각하니 문득 기가 꺾여 그만 여기서 발길을 돌리고 싶은 생각이 치밀면서 전신에 불을 끼얹은 것같이 후끈한 느낌을 받았다.

그러나 나는 여기서 크게 반성을 하면서 혼잣말로, '이것은 질투심이구나.' 했다. 내 본성이 담박하여 일찍이 부럽다든가 질투나 시기가 없었는데, 한 번 국경을 넘어 타국의 경내에 발을 들여놓았을

---

45) 겹들보가 다섯.
46) 담헌 홍대용(1731~1783) 으로 박지원의 학우요, 친구이다.

뿐, 아직 그 만분의 일도 못 본 내가 벌써 이런 그릇된 생각을 하는 까닭은 무엇일까? 이는 아직 본 것이 적은 탓일 것이다. 이른바 시방 세계를 둘러본다는 석가여래의 밝은 눈으로 본다면 세계는 모두 평등이라고 한다. 만사가 평등이면 질투도 없을 것이 아닌가? 나는 장복이에게 물었다.

"장복아, 너는 죽어서 중국에 한번 태어나면 어떨꼬?"

"천만에요. 소인은 싫습니다. 중국은 되땅이니까요."

마침 한 장님이 어깨에 비단 주머니를 둘러메고 손으로 월금을 타면서 지나간다. 나는 깨달았다.

'응! 이것이야말로 정말 평등한 눈이로구나.'

이윽고 책문이 활짝 열리고는 봉성장군과 책문 어사가 점방에 나와 앉았다고 한다. 청인이 책문이 메이도록 떼로 몰려나와 다투어 가면서 방물과 개인 짐짝들의 무게를 알려고 들어 본다. 까닭인즉 여기서부터는 짐차를 삯을 내어 짐을 싣게 되기 때문이다. 청인 구경꾼들은 사신들의 좌처로 몰려와 담뱃대를 문 채로 손가락질을 해 가며 흘겨보면서 서로들 수군거린다.

"저분이 왕자인가?"

이자들은 종실 출신의 사신이면 '왕자'라고 부른다. 그중에서도 잘 아는 자는,

"아니야. 저기 머리가 희끗희끗한 분이 부마인데, 몇 해 전에도 왔었고."

그러고는 다시 부사를 가리키면서,

"저기 수염 나고 쌍학무늬 관복 입은 분이 을대인乙大人이고."

하더니 다시 서장관을 가리키면서,

"저분은 산대인山大人인데, 한림翰林[47] 출신이야."
했다. 을乙은 2요, 산山은 3이다.[48] 한림 출신이란 말은 문관을 말함이다.

냇가에서 말다툼질하는 싸움 소리가 들렸다. 무어라고 지껄이는지 한마디도 알아들을 수가 없었다. 쫓아가서 본즉 득룡이가 방금청인들과 예단이 적으니 많으니 힐난이다. 예단을 보낼 때는 반드시전례에 따라 주는 법인데, 봉성의 간악한 청인들은 언제나 품목과수량을 더 청한다. 이것을 잘 처리하고 못 하는 책임은 전부가 상판사 마두에게 달려 있다. 그이가 중국말이 능숙하지 못하여 싸움을해 가면서라도 사리를 따지지 못하고 달라는 대로 주고 보면 올해잘못 준 것이 내년에는 전례가 되는 것이다. 그러므로 반드시 싸움을 해 가면서라도 이것을 바로잡아야 한다. 사신들은 언제나 이런사리를 모르고 책에 들기가 바빠서 무턱대고 일 맡은 역관에게 재촉을 하고 역관은 마두를 재촉하게 되어 이 폐단인즉 실로 오래 묵은폐단이 되었다.

상판사 마두 상삼象三이가 방금 예단을 나누고 있는데 청인들이백여 명이나 둘러서 있었다. 그 가운데 한 청인이 갑자기 상삼이를보고 고함을 쳐 욕을 퍼부었다. 득룡이는 이것을 보고 눈을 부라리고 수염을 거슬려 가지고 앞으로 뛰어나가 그놈의 멱살을 걸어잡고주먹을 내두르면서 모여 선 청인들 앞에서 외치기를,

---

47) 예문관 검열에 해당한 관직으로, 문벌이 특출하고 우수한 수재들이어야만 임명되는 관직이니, 이 경력이 없이는 장래 대신급으로 출신하지 못했다.
48) 을대인과 산대인은 둘째 어른, 셋째 어른이라는 뜻을 지닌 중국말.

"이 버릇없는 망나니 놈이 지지난해는 대담하게도 어른의 털휘
항[49]을 도적질했고, 지난해에는 어른이 주무시는데 허리에 찬 칼
을 뽑아서 어른의 칼집 끈을 끊어 갔고, 또 내 주머니를 떼어 가려
다가 나에게 들켜 내 주먹맛을 봤다. 그러고서 이놈이 나를 재생
한 부모나 다름없다고 손이야 발이야 빌었는데, 이놈이 해가 바뀌
고 오래되고 보니 어른이 제 놈 얼굴을 못 알아볼 줄만 알고 대담
하고도 뻔뻔스럽게 이렇게 큰소리를 치니, 이런 쥐새끼 같은 놈은
용서 없이 잡아다가 봉성장군에게 압송을 하여야만 되겠다."
했다. 그랬더니 모여든 청인들이 모두들 나와 말린다. 그중에 옷을
깨끗이 입고 수염이 그럴듯한 자가 득룡의 허리를 안으면서,
　"형장이 참으시오."
한다. 득룡은 웃음을 띠고 돌아다보면서,
　"아우님의 얼굴을 안 보았다면 이놈의 코빼기를 가로 갈겨 봉황
　산 밖까지 삐뚤어지도록 만들었을 것이네."
하면서 너스레를 떠는 것이 가관이었다.
　판사 조달동 趙達東이 마침 내 옆에 와 서기에 나는,
　"아까 본 광경은 참으로 혼자 보기 아까웠어."
하면서 이야기를 대강 했더니, 조군은 웃으면서,
　"이것이 '살위봉법殺威棒法'[50]이란 것이랍니다."
했다. 조군은 득룡을 재촉하여,

---

49) 방한모의 일종.
50) 《수호지》에 나오는 말로, 옥졸이 새로 온 죄수에게 '살위봉'이라는 몽둥이로 마구 때려
　　기를 죽이는 것. 여기서는 먼저 선수를 쳐서 상대의 기를 죽인다는 말이다.

"사또께서 금방 곧 책문에 듭실 터인데 빨리 예단을 나누어 주게."

하니, 득룡은 연방 "예, 예." 하면서 짐짓 황급하게 덤비는 시늉을 부린다. 나는 일부러 머물러 서서 자세히 보니 예단에 실린 물건 명목들이란 괴잡하기 짝이 없었다.

책문수직보고柵門守直甫古 2명, 갑군甲軍 8명에게 각각 백지 10권, 작은 담뱃대 10개, 화도火刀 10자루, 담배 10봉.

봉성장군 2명, 주객사主客司 1명, 세관 1명, 어사 1명, 만주 장경章京 8명, 가출加出 장경 2명, 몽고 장경 2명, 영송관迎送官 3명, 대자帶子 8명, 박씨博氏 8명, 가출 박씨 1명, 세관 박씨 1명, 외랑外郎 1명, 아역衙譯 2명, 필첩식筆帖式 2명, 보고甫古 17명, 가출 보고 7명, 세관 보고 2명, 분두分頭 9명, 갑군甲軍 50명, 가출 갑군 36명, 세관 갑군 16명, 이상 모두 102명에게 장지壯紙[51] 156권, 백지 469권, 청서피靑鼠皮 140장, 작은 갑에 넣은 담배 580갑, 봉지 담배 800봉, 가는 연죽 74개, 팔모진 대꼭지 74개, 주석 장도 37자루, 칼집 있는 손칼 284자루, 자루부채 288자루, 대구어 74마리, 혁장니革障泥[52] 7벌, 환도 7자루, 은장도 7자루, 은연죽 7개, 주석 연죽 42개, 붓 40자루, 먹 40정, 화도 262개, 청청다래〔靑靑丹乃〕[53] 2벌, 별연죽 35개, 유단油單 2벌.

그때야 청인들은 한마디 끽소리도 못하고 술술이 받아 갔다. 조군이 말하기를,

---

51) 두터운 종이.
52) 말안장 밑으로 길게 늘이는 다래.
53) 말안장 밑에 늘여 진흙 튀는 것을 막는 마구.

"득룡이가 참 용하기는 용하단 말이야. 아까 득룡이가 말한, 연전에 휘항이니 칼이니 주머니를 잃었단 말은 다 헛소립니다. 공연히 탈을 잡아 한 놈을 욕질로 쥐어질러 놓으면, 여럿은 무슨 영문인지도 모르고 멍멍하여 서로 얼굴들만 쳐다보다가 수그러지는 법입니다. 이런 수라도 안 쓴다면 사흘이 지나도 낙착을 못 지을 것이요, 언제 입책을 할는지 모릅니다."

했다. 군뢰가 와서 꿇어 아뢰되, 문상어사門上御史와 봉성장군이 수세청收稅廳에 나왔다고 한다. 이때야 삼사는 차례로 책문에 들어섰다. 장계는 전례에 따라 의주 창군들이 돌아가는 편에 부쳤다. 이 문에 한 발자국 들어서면 이제는 중국땅이다. 이로부터 고국 소식은 끊어질 참이다. 나는 서글프게 동쪽을 향하여 한참 동안 섰다가, 이윽고 몸을 돌려 천천히 걸어 책문 안에 들어섰다.

길 오른편으로 초청草廳 세 칸이 섰는데, 거기는 어사와 장군으로부터 아래로 아역衙譯에 이르기까지 반을 나누어 죽 늘어앉았고, 수역 이하 차례로 공손히 손길을 잡고 섰다. 사신이 이 앞까지 이르자 마두는 하인들에게 소리쳐 가마를 멈추라고 한다. 가마꾼들은 빨리 걸어오던 바람에 제자리에 멈추지 못하고 가마를 부리려는 듯이 주춤주춤하다가 지나쳐 선다. 부사와 서장관이 탄 가마들도 앞 가마꾼의 시늉을 내는 것 같아서 보기에 우스웠다. 비장이나 역관들은 다들 말에서 내려 걸어 지나가는데 유독 변계함卞季涵이 탄 말이 그대로 뛰어 지나가 버렸다. 말석에 앉았던 청인 한 명이 돌연 조선말로 고래고래 소리를 질러,

"무례하군! 어른들이 앉은 자리를 몰라보고 일개 외국 수행원이 감히 당돌하게도 뛰어 지나가다니. 사신에게 고하여 볼기를 쳐야겠군."

했다. 목청은 대단스러우나 혀가 굳고 목이 꺽꺽하여, 젖먹이 어리
광하는 소리 같기도 하고 주정뱅이 혀꼬부랑 소리 같기도 했다. 이
자는 호행통관護行通官⁵⁴⁾ 쌍림雙林이라고 한다. 수역이 나서서 대답
하기를,

> "그는 우리 나라 어의御醫인데 초행이라 사리를 잘 모르오. 또 어
> 의는 국명을 받들어 사신을 수호하기에 사신도 손을 못 대오. 여
> 러분들은 황제님의 넓으신 도량을 받들어 깊이 탄하지 마시고,
> 대국의 관대한 도량을 한번 더 보여 주심이 어떠리까?"

하니, 여러 사람들이 모두 빙그레들 웃으면서 고개를 끄덕이고 옳은
말이라고 했다. 유독 쌍림만은 눈을 부릅뜨고 아직도 성이 풀리지를
않았다. 수역은 눈을 끔쩍하여 나를 저편으로 가라고 한다. 길에서
변군을 만났더니 변군이,

> "오늘 큰 봉변을 했는데……."

하여, 나는,

> "'볼기 둔臀' 자가 걱정스러웠지."

하고는 둘이 껄껄 웃었다.

나는 변군과 함께 거리 구경을 하고 입에 침이 없이 탄복을 했다.
책 안에 있는 인가는 불과 이삼십 호나 집들이 모두 크고 깊숙했
다. 울창한 버들 그늘 속으로 한 가닥 푸른 깃대가 섰기에 같이 들어
가 보니 벌써 조선 사람들이 꽉 찼다. 벌거숭이, 상투백이, 앉은 놈,
기댄 놈, 부르고 떠들고 왁자지껄하다가 우리를 보고는 모두들 뛰어
나가 버린다. 주인은 골이 나서 변군을 가리키면서 아무런 사정도

---

54) 일행을 따라가는 청나라 쪽 통역.

모르는 관인들이 남의 흥정을 방해한다고 야단을 친다. 대종이가 곁에 있다가 이자의 등을 툭툭 치면서,

"이 형님아, 잔소리할 것 없네. 두 분이야 한두 잔 마시고 곧 일어서실 터인데 저런 망나니들이 뒹굴어서야 될 것인가? 잠깐 피했다가 돌아올 것이니 이미 먹은 자가 있다면 술값을 계산해 치를 것이요, 아직 안 먹은 자는 아주 옷끈을 풀어 놓고 먹을 수 있을 것이 아닌가? 그러니 형은 안심하고 여기 술이나 너덧 냥 내놓우."

한다. 주인은 그제야 웃는 낯을 지으면서,

"아우님은 지난해에 보지를 않았소, 저 불한당들이 북새통에 술값을 내지 않고 뿔뿔이 달아난 것을. 술값을 어디서 찾겠소?"

하니, 대종이가 다시,

"걱정 마우. 두 분 나으리가 곧 자시고 일어서면 내가 꼭 그 패들을 되몰아올 터이니 그때 술을 팔아도 좋을 것 아니오?"

하니, 주인은,

"좋소."

하면서,

"두 분에게 술을 도중으로 넉 냥을 낼까요, 각 분 넉 냥씩 낼까요?"

하니, 대종은,

"한 분 앞에 넉 냥이오."

한다. 이 말을 듣고 변군이 옆에서 나무라는 말로,

"넉 냥어치 술을 누가 다 먹는단 말인가?"

하니, 대종이가 웃으면서,

"넉 냥은 술값이 아니오라 술 중량이외다."

했다. 탁자 위에 술병들을 늘어놓는데 한 냥쭝들이 병으로부터 열

냥쭝들이 병에 이르기까지 각각 크기가 달랐다. 모두 주석납으로 만들어 빛이 은빛이다. 넉 냥쭝을 내자면 넉 냥쭝들이 그릇에 부어 오고 보니 술을 사는 사람도 술을 다시 계량할 필요가 없어 그 간편한 법도가 이렇다. 술은 모두 백소주로서 맛은 그리 좋지 못하나, 선자리에서 취했다가 돌아서면 깬다. 주위에 차려 놓은 범절을 보면 어느 한구석이라도 빈틈이 없이 모두가 방정하고 물건 한 개라도 허투루 굴려 놓은 것이 없었다. 비록 소 외양간, 돼지우리까지라도 되는 대로가 아니라 일정한 법식이 있으며 심지어 거름더미 똥구뎅이까지도 그림같이 정갈했다.

옳다! 이렇고 난 후에야 이용利用이라 말할 수 있을 것이요, 이용이 있은 후에야 비로소 후생厚生이 될 것이요, 후생이 있은 후에야 그 질서를 바로잡을 것이다. 물건을 이롭게 쓸 줄 모르고 그 생활을 넉넉하게 할 수는 없는 법이다. 물건을 이롭게 쓸 줄 몰라 생활 자료가 근본 부족하면서 억지로 잘살겠다고만 한다면 어떻게 그 도덕과 질서를 바로잡을 것인가?

정사는 이미 악鄂가 성 가진 사람 집을 숙소로 잡았다. 주인은 키가 칠 척이요, 엄장이 덜썩 크고 거세게 생겼다. 그의 어머니는 나이가 칠순이 가까운데 머리에는 빈자리 없이 꽃을 꽂았고 눈매가 곱상스러운 것을 보아 젊었을 때 풍모를 짐작하겠다.

점심을 마친 후 내원과 정 진사와 함께 이곳에서 한 6, 7리 떨어져 있는 봉황산 구경을 나섰다. 산의 앞면은 보기에 별스럽게 깎였다. 산중에는 안시성安市城 옛터가 있고 아직도 성가퀴가 남아 있다고들 하나, 이는 빈말이다. 삼면은 깎아 세운 듯하여 나는 새도 오르기 어렵게 되어 있고, 다만 정남향으로 약간 평평해졌으나 이것도 주위는 불과 수백 보로서 이 손바닥만 한 작은 성으로 대군을 막았다고는 볼 수 없다. 그러니 남았다는 것은 고구려 때의 작은 보루인 듯도 하다.

동행과 함께 버드나무 아래 이르러 더위를 식혔다. 곁에는 우물이 있는데 벽돌 틀을 쌓아 올리고 위에는 큰 돌을 다듬어 덮개로 덮었다. 덮개돌 양 끝에는 구멍을 두 개 뚫어 겨우 두레박이 드나들도록 만들었으니, 이로써 사람이 빠질 위험을 없애고 먼지와 더러운 것이 못 들어가도록 했다. 또 물이란 원래 음성이므로 볕을 가려 활수活水를 만드는 셈이다.

뚜껑 위에는 녹로[55]를 달아 줄을 두 가닥으로 드리웠는데, 버들로 두레박을 엮어 그 모양이 표주박 같으면서도 깊다. 한쪽을 내리면 한쪽이 올라와 종일 물을 푸더라도 힘이 들 것이 없었다. 물통은 다들 쇠로 테두리를 메우고 작은 못으로 단단히 조아 대나무 테보다는 백 번 낫다. 대나무 테는 오래되면 썩어 끊어질 수 있고 또 몸통이 마르면 테가 풀려 벗겨지니 쇠 테가 아무래도 나아 보였다. 물통은 다들 어깨로 메는데 그 법인즉 팔목만 한 나무 한 가치를 한 발쯤 길이로 다듬어 두 머리에 물통을 땅바닥에서 약 한 자쯤 떨어지게 매달아 통의 물이 출렁거려도 좀체로 넘지 않는다. 우리 평양에도 이런 식이 있으나 어깨에 메는 것이 아니라 등에 지고 보니, 좁은 골목에는 불편하기 짝이 없다. 물통 메는 법 하나로도 이만큼 덕을 본다.

옛날 포선飽宣[56]의 처가 동이를 '들고' 나가 물을 긷는다는 글을

---

55) 녹로轆轤는 도르래를 말한다.
56) 한나라 때 저명한 무인이며 관리.

보고 어째서 물동이를 이지 않고 들고 나갈까 하고 의심했다. 오늘 이곳에서 보면 여자들은 다들 머리를 정수리에 높게 틀어 얹고 보니 무엇이고 일 수 없음을 알겠다.

서남쪽은 광활하여 번번하게 터졌고 산은 맑고 물은 오리오리 갈라져 버들숲 그늘은 짙을 대로 짙은데, 농가 집들의 듬성듬성한 울타리가 숲 사이로 간간이 보였다. 푸른 잔디로 덮은 동둑 여기저기는 소와 양 떼가 흩어져 있고, 멀리 보이는 다리 위에는 무엇인지 메거나 들고 길 가는 행인들 모습이 그림 같다. 이런 풍경을 멀거니 바라보고 있자니 그동안의 피곤이 다 풀리는 듯만 같았다.

동행 두 사람은 새로 지은 불당 구경을 간다고 나 혼자만 남겨 두고 갔다. 때마침 말 탄 사람들 십여 명이 채찍을 휘두르면서 지나가는데, 다들 수놓은 안장을 차린 준마에 의기들이 양양했다. 나를 보고는 멈칫하고 말을 돌려 세우면서 안장에서 내려 서로들 내 손을 붙잡고 친절한 표정을 짓는다. 그중에 얼굴이 잘생긴 젊은이가 있기에 나는 땅바닥에 글자를 써서 말을 물어 보니, 이 젊은이는 머리를 구부리고 한참 내려다보고는 고개만 끄덕끄덕하는 것이 무슨 말인지 못 알아차리는 모양이다.

곁에는 푸른 비석이 두 개 섰는데, 하나는 문상어사의 선정비善政碑요, 하나는 어느 세관의 선정비다. 모두 만주 사람들의 넉 자 이름이요, 글이나 글씨나 만주 사람의 솜씨 같은데 문장이나 필치가 함께 보잘것없었다. 그러나 비석 세우는 제도는 볼 만한 데가 있어 비용이나 공력을 얼마 안 들인 점은 모범으로 삼을 만했다. 비석의 양쪽을 갈아 다듬지 않고 양측에는 벽돌로 담장같이 쌓아 올려 비석을 담장 틀 속에 끼워 둔 것처럼 하고 위에는 기와로 덮었으니, 풍우를 가리는 데도 비각보다 나았다. 비석의 앉임앉임이나 비부碑趺[57]의 힘찬 모양새나 비문의 새김들이 빈틈없이 치밀한 점은 이런 벽지의 민가에서 세운 비석이라고는 볼 수 없을 만큼 그 정교하고 얌전한 품이 예사가 아니다.

저녁녘이 되면서 날씨가 몹시 더워나기에 빨리 숙소로 돌아와 북창을 훨씬 젖히고 옷을 벗고 누웠다. 뒤뜰은 펀펀하게 넓은데 파 심은 이랑, 마늘 심은 둔덕들이 다들 곧고 반듯하며 오이, 호박 넝쿨을 올리는 시렁들이 정갈하여 뜰에 그늘이 자욱하게 덮였다. 울타리 가에는 희고 붉은 촉규화와 옥잠꽃이 한창이고 처마 밖으로 석류나무 두어 분과 수구화繡毬花 한 분과 가을 해당화 두 분이 놓여 있다. 주인 마누라는 손에 대광주리를 들고 꽃을 따 모아 저녁 화장을 할 모양이다. 창대가 어디서 술 한 병과 볶은 닭알 한 접시를 들고 와서 내게 권하면서,

"어데를 가셨습니까? 소인은 속이 타서 꼭 죽을 것만 같았습니다."
하면서 짐짓 응석을 부려 내게 정성을 보이려고 하는 꼴이 한편으로는 밉살스럽고 한편으론 우습다. 허나 술은 내가 즐기는 바요, 닭알까지 가져왔으니 눈을 감을밖에.

이날은 30리를 왔다. 압록강에서 이곳까지는 120리다. 조선 사람들은 '책문'이라 하고, 이곳 사람들은 '가자문架子門'이라 하고, 관내 사람들은 '변문邊門'이라 한다.

---

57) 비석을 박은 밑바탕 돌.

6월 28일 을해일. 아침에 안개가 끼었다가 늦게야 개었다.

새벽에 변군과 함께 먼저 떠났다. 대종이가 멀리 커다란 집 한 채를 가리키면서 저것이 통역관 서종맹徐宗孟의 집이라고 했다. 북경에도 저 집보다 더 훌륭한 집이 있었는데 종맹이 욕심이 사나워 조선의 고혈을 불법으로 빨아들여 큰 치부를 했다가 늘그막에 이것이 예부禮部[58]에 발각되어 북경 있던 집은 몰수당하고 이것만 남아 있다고 한다. 또 한 군데를 가리켜 말하기를, 저것은 쌍림의 집이요, 그 맞은편 문은 문 통역관의 집이라고 했다.

대종은 입에 익은 글을 읽듯 청산유수같이 술술 잘도 설명을 했다. 대종은 본래 선천 사람으로 벌써 예닐곱 차례 북경을 내왕했다고 한다.

봉황성을 한 30리 못 와서 옷이 모두 축축하게 젖고, 길 걷는 사람들의 수염에는 벼 잎에 달린 이슬인 양 구슬을 꿰어 놓은 듯이 방울이 맺혔다. 서쪽 하늘가에서 무거운 안개가 뚫리면서 새파란 조각

---

58) 중앙 정부의 한 성으로 외교, 인사, 의식 등을 맡은 기관.

하늘에 영롱한 빛을 드러내는 것이 흡사 작은 유리쪽을 붙인 창구멍처럼 터졌다. 이윽고 안개 기운은 맑은 구름으로 변하여 장엄한 광경이 이루 말할 수가 없었다. 동쪽으로 머리를 돌리니 벌써 붉은 햇발은 서 발 나마 솟았다.

강영태康永太란 사람의 집에 와서 점심을 먹었다. 영태란 사람은 나이 스물셋인데 자칭 민가民家라고 한다.(한인은 민가라고 하고, 만인은 기하旗下라고 한다.) 해말쑥하고 얌전하게 생긴 이 젊은이는 양금洋琴을 탈 줄 알았다.

"글을 읽었는가?"

하고 물었더니 사서四書는 읽었으나 아직 강의講義를 못 했다고 한다.

글을 배우는 데는 소위 '송서誦書'와 '강의' 두 가지가 있어서 우리 나라와는 아주 딴판이다. 우리 나라에서는 처음부터 음과 뜻을 한목으로 배우지마는 중국에서는 초학자가 먼저 사서의 문장을 입으로 읽기만 하고, 읽는 것이 완전하게 숙달된 뒤에야 다시 선생에게 그 뜻을 배운다. 이것을 '강의'라고 한다. 설사 평생 강의를 못 받는다고 하더라도 읽어 익힌 문장들은 일상 표준말로 쓰이고 보니 청국의 방언 가운데도 한어가 가장 쉽고 이치에 맞는다고 할 수 있겠다.

영태의 집은 정갈하고 사치한데, 늘어놓은 기구 설비가 다들 처음 보는 것이다. 구들 위에 펴 둔 것은 모두 용봉 무늬를 놓은 털담요들이요, 의자와 탁자는 모두 비단 방석, 비단 치장을 하였다. 가운데 뜰에는 횃대를 엮고 가는 자리로 덮어 햇빛을 가리고 사방으로 주렴을 드리웠다. 앞에는 석류나무 대여섯 분을 늘어놓았는데 그중에도 흰 석류꽃이 한창 피고 있는 것이 눈에 띄었고, 또 못 보던 나무가 한 분 있는데 잎은 동백잎 같고 열매는 탱자같이 생겨 이름을 물으니, 무화과無花果라고 한다. 열매는 쌍쌍이 꼭지를 맺고 꽃은 피지 않으므로 '무화과'라 부른다고 한다.

서장관 조정진趙鼎鎭이 찾아왔다. 서로 나이를 통하니 나보다 다섯 살이 연장이다. 부사 정원시鄭元始도 일부러 찾아와서 앞으로 만리 길에 같이 고생할 정리를 서로 터놓고 이야기를 하였다. 김문순 金文淳이 하는 말이,

"국경에서는 분주하고 뒤숭숭한 통에 미처 찾아뵙지를 못해 미안합니다."

한다. 나는,

"타국 땅에 와서 교분을 맺고 보니 가위 이역 친구로구먼."

했더니, 부사와 서장관이 껄껄 웃으면서,

"누가 이역인지 알 수 없구려."

했다. 부사는 나보다 두 살 위인데 일찍이 나의 조부와 부사의 조부는 함께 공부를 하고 같이 벼슬을 하여 동연록同硏錄[59]까지 있다. 내조부가 경조 당상京兆堂上[60]으로 계실 때에 부사의 조부는 경조의 낭관郞官[61]이 되어 내 조부를 찾아와, 서로들 어릴 때 같이 공부하던 이야기를 주고받고 하는 것을 본 적이 있었다. 나는 당시에 나이가 여덟아홉 살로 옆에서 두 분이 의가 좋음을 짐작한 기억이 있다.

서장관이 흰 석류를 가리키면서,

---

59) 동창생끼리 지은 문집.
60) 정3품 통정대부 이상 벼슬.
61) 한성부의 당하관.

"이런 석류나무를 본 적이 있소?"

하고 물었다. 처음이라고 말했더니 서장관이 자기가 어렸을 때 집에 이 나무가 한 그루 있어 온 나라에 단벌 나무였는데, 이 나무가 꽃은 장하게 피어도 열매가 없다고 했다. 얼마간 한담을 나누다가 모두 일어섰다.

압록강을 건널 때에 갈대밭 속에서 서로들 면식은 가졌지마는 이야기를 섞어 보지 못했고, 책 밖에서도 이틀 동안 장막을 이웃하여 노숙까지 했지마는 서로 인사도 못 했던 차에 오늘 틈이 있어 이역에서 농담을 서로 바꾸는 것도 이런 까닭이었다.

점심이 아직도 멀었다고 하기에 그대로 앉아 기다리기도 심심하여 배고픈 것도 참고 구경을 나섰다. 처음 이 집에 들어올 때는 바른편 협문으로 들어왔기 때문에 이 집이 크고 화려한 것을 잘 못 봤더니 이제 앞문으로 빠져 바깥뜰에 나와 보니 집이 수십, 수백 칸으로 삼사에 딸린 사람들이 한목 이 집에 들었지마는 어느 틈에 끼었는지 못 찾을 형편이다. 비단 우리가 든 처소만 여유가 작작할 뿐 아니라 오는 장사 패거리, 가는 나그네가 꼬리를 물고 잇달았다. 짐수레 이십여 대가 대문이 메도록 꾸역꾸역 들어온다. 수레 한 채에 보통 노새가 대여섯 마리씩 붙었지마는 떠들고 분주한 것이 없음을 볼 때에, '깊이 간직한 것은 빈 것 같아 보인다.'는 말이 이를 두고 한 말 같았다. 모든 사물의 규모가 말같이 째여 서로 티각태각이 없었다. 대충 겉으로만 보아도 이럴진대 속속들이 알아본다면 더 말할 나위도 없을 것이다.

천천히 걸어 대문을 나와 서니 번화하고 화려한 품이 북경도 이 이상 더할 수는 없을 것 같았다. 중국의 문물이 이렇듯 장할 줄은 몰랐다. 좌우로 맞물고 늘어선 점포들은 아로새긴 창, 비단으로 바른 문, 그림을 그려 놓은 기둥, 붉게 칠한 난간, 푸른 현판, 금자로 쓴 글자들, 가위 휘황하다 할 수 있었다. 점방에 찬 물건들은 다들 관내의 진품들로서 이 같은 변방답지 않게 일반의 안목이 높은 것을 알 수 있었다.

또 한 집을 들어서니 그 화려한 품이 아까 강가네 집보다는 더하나 그 집짓는 제도인즉 거의 같았다. 집을 짓는 데는 먼저 집터 수백 보를 길이와 넓이를 적당히 정하여 수평 보는 물반과 지남철과 측량기를 사용하여 칼로 벤 듯이 판판하게 닦은 후, 그 위에 축대를 쌓는다. 축대는 한 층, 두 층 혹은 세 층으로 다 벽돌로 쌓고 주추는 깎은 돌을 쓴다. 벽돌 축대 위에 집을 세우는데, 집은 어떤 집이나 일자집이요, 곡자집은 없었다.

첫째 채를 가장 화려하게 꾸며 이것이 안채요, 둘째 채가 가운뎃 채요, 셋째 채는 앞채요, 넷째 채는 바깥채로 하여 큰 길을 면하게 되고 여기를 점포로 사용하게 된다. 매 집채 앞의 좌우 옆방은 행랑 채가 된다.

한 채의 길이는 육영,[62] 팔영, 십영, 십이영으로 두 영의 사이는 꽤 넓어, 그 넓이는 우리 나라 보통 집 두 칸 폭은 된다. 재목의 장단에 따르거나 제 마음대로 칸살을 정하는 것이 아니라 일정한 규격이 있다. 들보를 올리는 데는 모두 오량이 아니면 칠량이다. 땅바닥으로부터 용마루까지 높낮이를 재면 처마 끝이 그 절반쯤 높이이므로 기왓골이 아주 가파르다. 지붕의 좌우나 뒷면에 쓸데없는 군더덕지

---

62) 여섯 개의 둥근 기둥[六楹].

처마가 없고, 아주 지붕 높이와 같게 벽돌을 쌓아 서까래 끝까지 묻어 버린다. 동서 벽에는 둥근 창을 내고 남쪽 면에는 모두 창문을 내어 제일 가운데 칸에는 출입문을 낸다. 앞뒤채가 한 줄로 그은 듯이 마주 서, 집채가 세 겹, 네 겹 되면 문은 여섯 겹, 여덟 겹이 되고 제일 안채 문으로부터 제일 바깥채 문까지 한목으로 열면 한 줄로 꿴 듯이 통하여 화살같이 곧곧하다. 마음성이 곧은 것을 비겨서 말할 적에 소위 '통개중문洞開重門'이라고, 겹싸인 문들을 활짝 열어젖혔다는 말을 쓰는 것도 이 까닭이다.

길에서 마침 동지同知 이혜적(李惠迪, 역관인데 3품 당상관이다.)을 만났더니, 이군이 웃으면서,

"이런 궁벽한 촌가에 무엇이 볼 것이 있다고 그러시우?"

한다. 막말인지는 몰라도,

"황성도 이보다 더 나을 것은 없을 것이 아닌가?"

했더니, 이군은 그렇다고 하면서, 비록 크고 작고 사치하고 검소한 차는 있을 값에 그 규모 범절은 대충 같다고 했다.

집들은 어데고 벽돌이 아니면 못 짓다시피 벽돌을 단벌로 쓰고 있었다. 벽돌은 길이가 한 자요, 넓이가 5촌인데 두 장을 가지런히 놓으면 네모반듯해진다. 두께는 2촌인데 한 틀에 박아서 뽑아 내는 것이다.

벽돌에는 세 가지 경계하는 것이 있다. 첫째로 귀가 떨어진 것, 둘째로 모가 죽은 것, 셋째로 뒤틀어진 것이니, 이 세 가지 중에 한 가지라도 범한다면 모처럼 온채 집에 들인 공을 잡칠 수가 있다. 그러므로 한 틀에 뽑아 낸 벽돌이지마는 그래도 들쑥날쑥할까 봐 염려하여 쌓을 때는 기역자 자로 대어, 바로잡고 깎고 갈아 판판하고 가

지런히 만들어 만 장 벽돌이라도 한 가늠으로 나간다.

그 쌓는 법인즉 한 번은 길이로, 한 번은 가로로 놓아 저절로 엇
묶도록 하고 장과 장 사이는 종잇장같이 회를 먹여 겨우 맞붙도록만
하여 맞붙은 금자국은 줄을 그은 듯하다.

회를 개는 법은 굵은 모래를 섞어서는 안 되고, 찰흙도 역시 피한
다. 모래가 굵은즉 차지지 않고, 흙이 너무 차진즉 말라 터지기가 쉬
운 까닭이다. 그러므로 반드시 부드럽고 기름진 까막흙에 회를 섞어
이기면 그 빛깔이 검푸러, 갓 구워 낸 기왓빛 같으니 이렇게 하면 그
성질이 차지지도 않고 버스러지지도 않을 뿐만 아니라 또 빛깔도 볼
만한 까닭이다. 여기는 또 어저귀[63]를 가늘게 썰어 넣는다. 우리 조
선에서 새벽 흙에 말똥을 섞어 이기는 것이나 같다. 까닭인즉 질겨
서 터지지 않도록 하는 것이요, 때로는 오동나무 기름을 타서 젖같
이 부드럽고 미끄럽게 하여 떨어지고 터지는 탈을 막는다.

기와를 이는 법은 더구나 본받을 만한 데가 많으니, 모양은 동그
란 통대를 네 쪽으로 쪼개면 그 한쪽 모양처럼 되어 크기는 두 손바
닥쯤 된다. 보통 민가는 짝기와를 쓰지 않으며 서까래 위에는 산자
를 엮지 않고 삿자리를 몇 닢씩 펼 뿐이요, 진흙을 두지 않고 곧장
기와를 인다. 한 장은 엎치고 한 장은 젖히고 암수로 서로 맞아 틈서
리는 한 층 한 층 비늘진 데까지 온통 회로 발라 붙여 때운다. 이러
니까 쥐나 새가 뚫거나 위가 무겁고 아래가 허한 폐단이 절로 없게
된다.

우리 나라의 기와 이는 법은 이와는 아주 다르다. 지붕에는 진흙

---

63) 삼의 일종.

을 잔뜩 올리고 보니 위가 무겁고, 바람벽은 벽돌로 쌓아 회로 때우지 않고 보니 네 기둥은 의지할 데가 없어 아래가 허하며, 기왓장이 너무 크고 보니 지붕의 비스듬한 각도에 맞지 않아 절로 빈틈이 많이 생겨 부득불 진흙으로 메우게 되며, 진흙이 내리눌러 무겁고 보니 들보가 휠 염려가 없지 않다. 진흙이 마르면 기와 밑창은 절로 들떠 비늘처럼 이어 댄 데가 벗어지면서 틈이 생겨 바람이 스며들고 비가 새고 새가 뚫고 쥐가 구멍을 내고 뱀이 붙고 고양이가 뒤집는 등 온갖 폐단이 생긴다.

그렇고 보니 무릇 집을 짓는 데는 벽돌을 쓰는 것이 얼마나 득이 되는지 모른다. 비단 담벽을 쌓는 데 쓸 뿐만 아니라 방 안이나 방 밖이나 벽돌을 깔지 않는 데가 없다. 넓은 마당을 통으로 벽돌을 깔아 '정井' 자로 또렷또렷한 금이 바둑판같이 보이고 집채는 담벽에 부축되어, 위는 가볍고 아래는 든든하며 기둥은 담벽 속에 박혀 비바람을 겪지 않으니, 이로써 화재 염려가 없고 도적이 뚫을 걱정이 없고 더구나 새, 쥐, 뱀, 고양이의 피해가 없을 것이다. 한번 복판문을 닫으면 온 집은 절로 성새같이 되어 집안에 든 물건은 궤짝 속에 넣은 것이나 다름없이 된다. 이로써 보면 집을 짓는다고 많은 흙과 나무와 쇠붙이와 토역이 소용 없고 벽돌을 한바탕 구워 내는 때는 벌써 집은 다 된 폭이나 다름없다.

방금 봉황성을 새로 쌓고 있는 중이다. 이 성을 안시성安市城이라고 말하는 이도 있다. 고구려 방언에 큰 새를 '안시' 라고 하고, 지금도 우리네 속어에 왕왕 봉황을 '안시' 라 하고, 배암을 '백암白巖' 이라고 음을 따서 붙인다. 수나라, 당나라 시절에는 우리 나라 말을 따라 봉황성을 '안시성' 이라 불렀고, 사성蛇城을 '배암성' 이라고 했다

하니, 이 말이 매우 이치에 닿는 말로 본다.

또 세상에 전하는 말로는 안시성주 양만춘 楊萬春이 당나라 황제[64]의 눈을 쏘아 맞혀, 당나라 임금은 양만춘이 성을 굳게 지키는 데 탄복하여 군사를 성 아래 머물게 하고, 비단 백 필을 성주에게 보냈다고 한다.

삼연三淵 김창흡金昌翕이, 그 아우 노가재老稼齋 김창업金昌業이 북경으로 갈 적에 지은 전별시에,

> 천추에 대담한 양만춘은
> 수염 털보 눈알을 쏘아 뽑았네.
> 千秋大膽楊萬春, 箭射虯髥落眸子.

라는 구절이 있고, 목은牧隱 이색李穡은 '정관음貞觀吟'이란 제목으로 지은 시에,

> 독 안에 든 쥐로만 생각했더니
> 흰 깃에 검정 꽃 빠질 줄이야.
> 爲是囊中一物爾, 那知玄花落白羽.

라고 하였으니, '검정 꽃〔玄花〕'이라고 함은 눈알을 이름이요, '흰 깃〔白羽〕'이라고 함은 화살을 말한다.

이상 두 분이 읊은 시는, 물론 우리 나라에서 옛날부터 내려오는

---

64) 당 태종 이세민李世民.

전설에서 따온 것이다.

당 태종이 천하의 군대를 몰아왔다가 보잘것없는 조그마한 성에 와서 뜻을 이루지 못하고 창황히 돌아섰다 함은 그 사실이 다소 의심스럽다. 그런데 김부식은 역사에서 당 태종의 이름이 밝혀지지 않은 것을 애석해했을 뿐이다. 원래 김부식은 《삼국사기》를 지으면서 다만 중국의 사서를 무턱대고 베껴 사실로 삼았을 뿐이다. 심지어는 유공권柳公權[65]의 소설까지 인용하여 당 태종이 포위당한 것을 입증하였다. 그러나 이 사실은 《당서》나 사마광司馬光의 《자치통감資治通鑑》에도 기록되지 않았다. 아마도 중국에서는 이 사실을 꺼려 숨기려 했던 것 같다. 그리하여 본토에서 옛날부터 전해 내려오는 사실을 감히 한 구절도 쓰지 못했으니, 그것이 믿을 만하건 못 하건 간에 몽땅 빠지고 만 것이다.

나는 여기서 말할 수 있다. 당 태종이 안시성에서 눈알을 잃어버렸는지는 똑똑히 고증할 수 없다손 치더라도 이 성을 안시성이라고 하는 데는 분명히 아니라고 주장할 것이다.

《당서》를 보면 안시성은 평양에서 500리요, 봉황성은 '왕검성王儉城'이라고도 한다고 썼고, 《지지地志》에는 봉황성을 '평양'이라고도 한다 하였으나, 이러고 보면 무엇을 표준 삼아 이름을 붙였는지 모를 일이다. 또 《지지》에는, 옛날 안시성은 개평현盖平縣의 동북 70리 지점에 있다고 하였고, 개평현으로부터 동으로 수암하秀岩河까지 300리요, 수암하로부터 동으로 200리를 가면 봉황성이라고 했으니, 이것으로써 옛 평양이라 한다면 《당서》에서 말한 평양과 안시성

---

65) 당나라 원화(元和, 806~820) 연간의 대학자요, 글씨 잘 쓰는 명필.

의 거리가 약 500리쯤 된다는 것이 맞아떨어지는 셈이다. 우리 나라 인사들은 기껏 안다는 것이 지금의 평양뿐으로, 기자箕子가 평양에 도읍을 했더라 하면 이 말은 꼭 믿고, 평양에 정전井田이 있었더라 하면 이 말은 넙적 믿고, 평양에 기자묘가 있다면 이 역시 믿으나 만약에 봉황성이 평양이었더라 하면 깜짝 놀랄 것이요, 더구나 요동에도 평양이 있었느니라 한다면 아주 괴변으로 알고 야단들일 것이다.

그들은 요동이 본래 조선의 옛 땅인 것을 모르고, 숙신肅愼, 예맥濊貊과 동이東夷의 잡족들이 모두들 위만조선衛滿朝鮮에 복속하였던 것을 모를 뿐만 아니라 오랄烏剌, 영고탑寧古塔, 후춘後春 등지가 본디 고구려의 옛 강토임을 모르고 있다.

애달프구나! 후세에 와서 경계를 자세히 모르게 되고 본즉, 함부로 한사군의 땅을 압록강 안으로 죄다 끌어들여 억지로 사실을 구구하게 끌어 붙여 놓고는 그 속에서 패수浿水까지 찾아 혹은 압록강을 가리켜 패수라 하기도 하고 혹은 청천강을 가리켜 패수라 하기도 하고, 혹은 대동강을 가리켜 패수라 하기도 하여, 이로써 조선의 옛 강토는 싸움도 없이 쭈그러들고 만 것이다. 이것은 무슨 까닭일까? 평양을 한 군데 붙박이로 정해 두고 패수는 앞으로 물려내어 언제나 사적을 따라다니게 된 까닭이다.

나는 일찍이 한사군 땅은 비단 요동뿐만 아니라 여진도 마땅히 들어간다고 주장하였다. 왜 그러냐 하면 《한서漢書》 지리지地理誌에는 현도玄菟, 낙랑樂浪은 있으나 진번眞番, 임둔臨屯은 나오지 않았다. 그런데 한나라 소제昭帝 시원始元 5년(기원전 82)에 4군을 합쳐 2부府로 만들고 원봉元鳳 원년(기원전 80)에는 또다시 2부를 2군으로 고쳤는데, 현도 3개 현에 고구려가 있고 낙랑 25개 현에 조선이 있고, 요동 18현에 안시성이 있다. 그런데 진번은 장안으로부터 7천 리 떨어져 있고 임둔은 장안에서 6천 1백 리 떨어져 있어 조선의 김 륜金崙이 말한 바와 같이 이 땅들은 우리 나라 안에서는 찾아 낼 수 없을 것이고 마땅히 지금의 영고탑 등지가 됨이 옳을 것이다. 이로 써 미루어 보아 진번과 임둔은 한나라 말년에 부여, 읍루, 옥저에 들어갔고 부여는 다섯 부여가 되고 옥저는 네 개 옥저가 되어 혹은 변하여 물길勿吉이 되고 말갈로, 발해로, 여진으로 차차 변하게 되 었다.

발해의 무왕 대무예大武藝가 일본의 성무왕聖武王에게 회답한 글 에, "고구려의 옛 땅을 회복하고 부여의 유속을 가졌다."는 구절이 있으니 이로써 본다면 한사군은 절반은 요동에 있고 절반은 여진에 있어 본래의 우리 강토를 가로지르고 있었던 사실이 명백하다. 한나 라 이래로 중국에서 말하는 패수란 일정하지 아니하다. 그런데 우리 나라 인사들은 반드시 지금의 평양을 표준으로 삼고는 저마끔 패수 자리를 찾고들 있다. 이것은 다름이 아니라 중국 사람들은 무릇 요 동의 왼편 강물들을 몰밀어 패수라 하고 보니, 이정이 맞지를 않고, 사실이 어긋남이 모두 이 까닭이다. 그러므로 고조선과 고구려의 옛 땅을 알고저 할진대 먼저 여진의 국경을 맞추어 보아야 할 것이요, 다음으로 패수를 요동에서 찾아야 할 것이다. 패수의 자리가 확정된 뒤에야 영토와 경계가 밝혀질 것이요, 영토의 경계가 밝혀진 뒤에야 고금의 사실들이 부합될 것이다.

그러면 봉황성은 과연 평양이던가? 여기가 혹 기씨나 위씨나 고 씨들이 도읍한 곳이었다면 이것도 하나의 평양이 될 것이다. 왜 그 러냐 하면 '배구전裴矩傳'에는,

"고구려는 원래 고죽국孤竹國으로서 주나라는 기자를 여기에 봉했고, 한나라는 4군으로 나누었으니 이른바 고죽땅은 지금의 영평부永平府에 있다."

했다. 또 광녕현廣寧縣에는 옛적에 기자묘가 있어 한관을 씌운 소상을 세웠는데, 명나라 가정(嘉靖, 1522~1566) 때에 전쟁에 불타 버렸다고 한다. 광녕 사람들은 여기를 평양이라 했고, 《금사金史》나 《문헌통고文獻通考》에는 다 같이 '광녕과 함평咸平은 모두 기자의 봉지'라고 하였으니, 이로써 미루어 영평, 광녕 사이가 또 한 개 평양이 될 것이요, 《요사遼史》에 보면 발해 현덕부顯德府는 본디 조선 땅으로 기자가 있었던 평양성이라고 하였는데, 요나라가 발해를 치고 동경으로 고쳤으니 지금의 요양현遼陽縣이 바로 이곳이다. 이로써 미루어 요양현이 또 한 개의 평양이 되어야 할 것이다.

나의 생각에는 기씨는 처음 영평, 광녕 사이에 자리를 잡았다가 뒤에는 연나라 장수 진개秦開에게 쫓겨나 2천 리 땅을 잃어버리고 점점 동쪽으로 옮겨 중국의 진나라, 송나라가 남쪽으로 밀려가던 것처럼 되었다. 이리하여 가는 곳마다 평양이라고 하였으니 지금 대동강가에 있는 평양도 그 하나일 것이다.

패수도 또한 이와 흡사하니 고구려의 판도가 가끔 늘기도 하고 줄기도 하였은즉, 패수란 이름도 역시 국경을 따라 옮겨 다녀 중국의 남북조 시대에 주나 군의 이름들이 서로 섞갈렸던 것과 다름없다. 그런데 오늘의 평양으로써 평양이라 하는 자는 대동강을 가리켜 패수라 하고 평안, 함경 양도의 접경에 있는 산을 가리켜 개마대산蓋馬大山이라 한다.

요양을 두고 평양이라고 하는 자는 헌우낙수蓒芋濼水를 패수라 하고, 개평현의 산을 개마대산이라 하는 것이니 어느 것이 옳은지 꼭이는 모를 일이나 오늘의 대동강을 패수라 함은 제 땅을 스스로 줄잡는 소극론일 것이다.

당나라 의봉義鳳 2년(677)에 고구려의 보장왕을 요동주 도독으로 삼아 조선 왕으로 봉하고 요동으로 보내어 안동 도호부를 새 성으로 옮겨 이를 통치하게 하였다. 이로써 보면 요동에 있는 고구려의 영토를 당나라가 비록 얻기는 하였으나, 이를 지니지 못하고 다시 고구려에 돌렸는바, 평양은 본래 요동에 있었는데 혹은 이 당시 이름을 평양으로 붙여 패수와 함께 왔다 갔다 하였음이 분명하다.

한나라가 요동에 두었던 낙랑군 관아는 그 자리가 오늘의 평양이 아니요, 요양의 평양이다. 왕씨의 고려 시대에 요동과 발해 전폭은 한목으로 거란에 들어가고 보니 겨우 자비령, 철령 선을 그어 이를 지켜 냈고 선춘령, 압록강마저 다 내버려 돌아다보지도 않았으니 그 밖의 땅들이야 한 자국인들 말해서 무엇하랴.

비록 안으로는 삼국을 통일했지만 그 강토와 무력은 고구려의 강대함에 멀리 미치지 못하였거늘 후세의 곡학자들은 평양의 옛 명칭에만 마음이 쏠려서 함부로 중국의 사전史傳에만 등을 대고는 수, 당의 구적에 정신이 팔려, 여기가 패수다 여기가 평양이다 당토 않은 수작들을 하니 이 성을 안시성이니 봉황성이니 하는 것도 무슨 재주로 변증해 낼 것인가?

성의 주위는 3리에 불과한데 벽돌로 수십 겹 쌓아 제도는 웅장하고도 사치스럽고 네모반듯하여 흡사 말(斗)을 놓아 둔 것만 같다. 아직도 절반쯤 쌓아 올렸은즉 그 높이는 비록 알 수 없을지라도 성문 위에 누각을 세우는 데는 구름다리를 놓고 공가空駕[66]를 달아 역사는 비록 방대해 보여도 기계가 편리하여 벽돌을 운반하고 흙을 실어 나르는 것도 모두 기계로 움직인다. 더러는 위에서 끌어올리고, 더러는 저절로 밀려가기도 하는 것이 여러 가지 방법으로 되어, 어느 것이나 모두 힘은 절반 들고 보람은 곱절이나 나는 기술이요 방법이다. 앞길이 바빠 자세히 볼 수도 없었을 뿐만 아니라 또 온종일 틈을 내어 익히 들여다본다 하더라도 짧은 시간으로는 이것들을 도저히 배워 낼 수 없으니 실로 애달픈 일이다.

식사를 마치고 변계함과 정 진사와 함께 먼저 떠났다. 강영태가 대문에 나와서 전송을 하는데 매우 섭섭해하는 뜻을 보이면서, 돌아올 때가 겨울철이거든 역서曆書 한 권을 구해 달라고 부탁한다. 나는 청심환 한 개를 꺼내 그에게 주었다.

어느 점방 앞을 지나려니 금글자로 한 면에 '당當' 자를 쓴 패쪽을 걸어 놓았는데 그 옆에는 "다만 군기는 잡지 않는다.〔惟軍器不當〕"고 쓰여 있었다. 이곳은 전당포다.

귀엽게 생긴 소년 두서너 명이 점방에서 뛰어나와 말을 가로막으면서, 잠깐 땀이나 걸을 겸 쉬었다 가시라고 권한다. 우리는 못 이겨 말에서 내려 따라 들어서니 집안의 차림차림이 아까 강씨네 집보담도 훨씬 낫다. 뜰 복판에는 커다란 항아리가 있어 네댓 가지 연꽃을 심고 오색 붕어를 기른다. 소년은 손바닥만 한 사紗그물 쪽지를 가지고 나와 작은 항아리 속에 꼬물거리고 있는 몇 알의 붉은빛 물벌레를 떠서 붕어를 먹인다. 작은 항아리 속의 벌레는 작기가 게알같은데 모두 곰실거리고 있었다. 소년은 다시 부채로 큰 항아리 가장

---

66) 기중기 같은 도구.

자리를 탁탁 치면서 입으로 무어라고 중얼거리면서 고기를 부른다. 고기들은 모두 물속에서 나와 거품을 내면서 물을 먹는다.

때가 한낮이라 불볕이 내리쪼이고 보니 답답하여 오래 머물 수가 없으므로 정 진사를 데리고 앞서거니 뒤서거니 길을 나섰다. 나는 정 진사를 보고,

"성 쌓는 제도가 어떻던가?"

하고 물으니, 정 진사는,

"벽돌이 돌만은 못해요."

한다. 나는 말하였다.

"자네가 모르는 말일세. 우리 나라 성곽 제도가 벽돌을 쓰지 않고 돌을 쓴다는 것은 옳은 일이 아니네. 벽돌로 말할 것 같으면 한 틀에 뽑아 내는 것인즉 만 장의 벽돌이 한 모양으로 되어, 다시 쪼고 갈고 손질할 필요가 없고, 한 가마에서 만 장 벽돌을 앉은자리에서 구워 내고 보니 새로 품을 들여 운반할 필요가 없고, 가지런하고 반듯하여 힘을 덜되 보람은 곱절이요, 실어 나르기에 가볍고 쌓기 쉬운 것은 벽돌 이상 또 무엇이 있을 것인가? 그러면 이제 돌을 보건대 산에서 깨뜨릴 때에 석공이 얼마나 들며, 이것을 메어 나를 때 품이 얼마나 먹히며, 이미 나른 뒤에도 이것을 다듬는 데 석수장이가 얼마나 들 것이며, 또 다듬어 내기까지는 날짜가 몇 며칠이 허비될 것이며, 이것을 쌓을 적에는 한 덩이 돌을 바로 놓자 해도 또다시 몇 명의 인부를 사용할 것인가?

다음에는 언덕을 깎고 돌을 입히니 이야말로 흙은 살이 되고 돌은 옷이 되는 셈이라, 바깥 모양은 반반해 보이나 속판은 우툴우툴할 것이 아닌가? 돌이 이미 울룩불룩 가지런하지 못한즉, 흔

히 작은 돌로 밑을 고이고 성벽과 언덕 사이는 조약돌에다가 진흙을 섞어 메워 한번 장마나 지면 창자는 비었지마는 배는 불러 돌 한 개만 퉁겨 나오면 어느 돌 할 것 없이 한꺼번에 무너지는 꼴은 흔히 보는 일이렷다. 그리고 횟가루의 성질은 벽돌에는 잘 붙지마는 돌에는 붙지를 않거든!

내가 전에 차수次修[67]와 더불어 성곽 제도에 대한 이야기를 할 때에 누가 있다가, '벽돌의 여문 품이 어찌 돌을 당할 것이냐?' 하자 차수는 고함을 질러, '벽돌이 돌보다 낫다는 것이 돌 한 개, 벽돌 한 장을 맞비해서 말하는 줄 아는가?' 하였네. 이야말로 다시 없는 명담으로서 대체 회는 돌에는 잘 붙지 않으므로 회를 지나치게 많이 쓰면 아문 자리가 절로 갈라져 트면서 돌에서 떨어져 일어나므로 돌은 언제나 한 덩이씩 따로 저대로 흙에 붙어 있을 뿐일세.

그러나 벽돌은 회로 메우면 아교풀로 나무를 붙인 것 같고, 붕사로 금을 메우는 것이나 다름없으니 만 장 벽돌이 엉켜붙어 한 개 성을 이루매, 한 장 벽돌의 단단한 품은 돌보다 못하다 할 수 있으나, 한 개 돌이 여문 품은 엉켜 붙어 한 덩어리가 된 만 장 벽돌보다 못할 것이야. 이것이 벽돌과 돌의 이해와 득실을 쉽게 가릴 수 있는 이유가 아닌가?'

정 진사는 말 등 위에 꼬부리고 앉아 방금도 떨어질 것만 같았다. 그가 꾸벅꾸벅 존 지는 이미 오래였다. 나는 부채로 그의 옆구리를 쿡 찌르면서 큰 소리로,

---

67) 박지원의 제자로 초정 박제가의 자이다.

"어른이 말씀을 하는데 듣지 않고 졸다니!"

하고 나무라니, 정 진사는 웃으면서,

"죄다 들었지요. 아무래도 벽돌은 돌만 못하고, 돌은 잠만 못하군
요."

한다. 나는 화가 나서 한 대 쥐어질러 주려다가 서로 껄껄들 웃고 말
았다. 우리는 냇가에 다다라 버들 그늘이 좋기에 더위를 식히고 쉬
었다.

오도하五渡河까지 5리마다 돈대가 하나씩 있는데 소위 두대자頭
臺子, 이대자, 삼대자라 한다. 다들 봉화를 놓는 자리이다. 벽돌로
성처럼 쌓았는데, 높이가 대여섯 길씩 되고 필통처럼 동그랗게 되어
위는 성첩처럼 꾸몄다. 군데군데 무너지고 헐었으나 수리를 하지 않
았으니 웬일인지 모르겠다.

길가에는 간혹 시체가 든 널이 보인다. 돌무더기로 눌러 몇 해씩
버려 두었다가 나무가 썩고 뼈가 마르기를 기다려 불에 살라 버린다
고 한다.

길가에는 무덤이 많이 보이는데 봉분이 뾰족하고 뗏장을 입히지
않았으며 백양나무들을 곧게 줄을 지어 많이 심었다.

길에는 걸어서 다니는 사람들이 아주 드물었다. 걸어가는 사람들
은 으레 어깨에 이불 뭉치를 메고들 걷는다. 이불이 없는 자는 여관에
서 붙여 주지를 않으니, 이는 도적이나 간첩으로 의심하기 때문이다.

안경을 끼고 가는 자는 눈이 나쁜 자일 것이요, 말을 탄 자는 다
들 검정 공단 신을 신었고, 걸어서 가는 자는 푸른 무명 신발을 신었
는데, 신 바닥은 낡은 헝겊을 몇십 벌씩 포개어 대고 메투리나 짚신
이라고는 찾아볼 수 없었다.

송점松店에서 묵었다. 송점은 설리점雪裏店이라고도 하고 설류점薛劉店이라고도 하며 여기를 '구진동보舊鎭東堡'라고도 한다. 이날 70리를 왔다.

6월 29일 병자일. 날이 맑았다.

배를 타고 삼가하三家河를 건너니 배는 통나무를 파서 만들어 노도 없고 삿대도 없었다. 양편 언덕에 말뚝을 박고 굵은 동아줄을 건너 매고는 줄을 붙들고 가면 배는 절로 왔다 갔다 한다. 말은 모두 헤엄쳐 건넜다. 또다시 배로 유가하劉家河를 건너 황하장黃河庄에서 점심을 치렀다.

낮은 몹시 덥다. 금가하金家河를 말로 건너니 여기가 소위 팔도하八渡河다. 임가대林家臺, 범가대范家臺 등 5리, 10리마다 동리가 서로 마주보고 뽕나무와 삼대가 우거졌다. 때마침 올기장이 누렇게 익었고 수수는 이삭이 돋았는데, 그 잎사귀를 모두 베어 버리고 노새를 먹이니 한편으로는 기장 대를 온전히 가꾸자는 까닭이다.

가는 곳마다 관우묘가 있고 몇 집만 모이면 반드시 큼직한 벽돌 가마가 있어 벽돌을 굽고 있었다. 벽돌장을 박아 내어 볕에 말리는데 새로 구워 낸 것, 전에 구운 것 해서 군데군데 산더미처럼 쌓였다. 그도 그럴 것이 벽돌은 언제나 일용에 으뜸을 삼고 있기 때문이다.

잠시 전당포에 들어가 쉬었다. 주인이 뒷방으로 인도해 들이고 뜨거운 차 한 잔씩을 권한다. 집 안에는 볼 만한 물건들이 많고 시렁을 매고 전당 잡은 물건들을 가뜬하게 얹어 두었는데 물건인즉 모두 의복 등속이다. 보자기에는 종이 나부락지를 붙여 물건 임자의 성명, 별호, 얼굴 모양의 특징, 사는 곳 등을 쓰고 다시 "아무 해 아무 달 아무 날, 어떤 물건을 아무 자호 전당포에 손수 전당했다."고 썼다. 그 이자는 십분의 이를 넘지 않고 기한은 한 달을 넘으면 팔아 처분해도 좋다는 규례다.

금자로 쓴 주련이 붙었는데, "홍범구주洪範九疇[68]에 재물을 먼저 말했고, 《대학》열 장이 절반은 재물 이야기다." 하고 썼다.

수숫대로 간드러지게 누각 모양을 만들어 그 속에 여치 벌레를 잡아넣어 두고 울음소리를 듣는다. 처마 끝에 달아 둔, 아로새긴 조롱에는 이상한 새 한 마리를 기르고 있었다.

이날에 50리를 와서 통원보通遠堡에서 묵으니 여기가 곧 진리보鎭吏堡다.

---

68) 기자가 무왕에게 제출했다는 국가의 기본 법도.

7월 1일 정축일. 새벽에 큰비가 내려 이곳에 묵었다.

정 진사, 주 주부, 변군, 내원, 상방건량판사上房乾糧判事인 주부 조학동趙學東 등 여럿이 모여 소일 겸 술내기 투전을 했다.

여럿은 나를 투전 솜씨가 서툴다 하여 판에서 따돌려 내고 가만히 앉았다가 술만 얻어먹으라고 한다. 속담에 "굿이나 보고 떡이나 먹으라."는 격으로 속으로는 슬며시 좀 꼴렸으나 하는 수 없었다. 앉아서 누가 따는지 구경이나 하다가 술잔은 내가 먼저 들 터이니 해롭지 않은 일이다.

벽 틈으로 가끔 아낙네 말소리가 새어 들리는데 가냘프고 아양스럽고 꾀꼬리 같은 목청에, 나는 물을 나위도 없이 필시는 절대가인이리라 생각하고 짐짓 담뱃불을 붙이러 가는 척하고 부엌에 들어갔다. 나이는 한 쉰이나 넘어 보이는 여자가 문 앞 평상 위에 걸앉았는데 상판이 아주 험상궂게 생겼다. 나를 보고는,

"아주바니, 안녕하시오?"

하기에 나는,

"덕분에 무고하오."

하고는 일부러 재를 오래 뒤적거리면서 옆눈으로 흘깃흘깃 그 여자를 보니 머리에는 빈자리 없이 꽃을 꽂았고 금비녀, 옥귀걸이에 연지까지 엷게 발랐다. 몸에는 검정빛 긴 옷을 걸쳤는데 은단추를 죽 꿰었고, 발에는 화초봉접을 수놓은 신을 신었다. 대체로 만족 여자는 전족을 하지 않고, 궁혜를 신지 않는다.

주렴 속에서 한 처녀가 나오는데 나이는 스무 살쯤 되어 보이고 머리는 가운데를 갈라 틀어올린 것으로 보아 처녀임을 알겠다. 얼굴은 역시 우악스럽고도 사납게 생겼으나 몸집은 뚱뚱하고 살결은 희다. 그는 쇠주전자를 들고 초록빛 자배기를 기울여 수수밥 한 보시기를 수북하게 담고 물 한 사발을 따라서는 서쪽 바람벽 아래에 있는 의자에 걸터앉아 젓가락으로 끌어먹으면서 두어 자 길이나 되는, 잎이 달린 파를 들고 밥과 번갈아 된장에 찍어 먹었다. 목에는 닭알만이나 한 혹이 붙었고, 밥을 먹고 차를 들이키는 것이 조금도 수줍은 빛이 없었다. 그도 그럴 것이 해마다 조선 사람들을 겪고 보니 모두가 심상스럽고 친숙해진 탓이다.

마당은 넓이가 수백 간이나 되고 장마에 아주 진탕이 되었다. 본디는 아무런 소용도 없어 보이는 강가에 매끈매끈한 조약돌로 바둑돌이나 노란 새알빛 자갈을 생김새와 빛깔이 같은 놈을 골라 모아 문 앞에다가 봉황 무늬를 놓아 깔아서 비가 와도 질벅거리지 않게 하였다. 폐물의 이용이 얼마나 알뜰한가를 이로써 알 수 있었다.

닭은 깃과 꼬리가 빠져 얼핏 보아서는 족집게로 뽑아 낸 것처럼 보인다. 때로는 고깃덩이만 남은 닭이 절룸절룸하고 걷는 꼴이란 차마 볼 수 없었다.

7월 2일 무인일. 새벽에 큰비가 내리다가 저녁녘에 멎었다.

앞냇물이 잔뜩 불어 건널 수 없었으므로 할 수 없이 못 떠나고 머물렀다. 정사는 내원과 주 주부를 시켜 먼저 나가 물을 보도록 했다. 나도 역시 따라 나갔다. 몇 리도 못 되는 곳에 큰물이 져서 앞을 가로막아 강이 보이지 않았다. 헤엄 잘 치는 자를 시켜 물에 들어가 깊이를 헤어 보니 여남은 자죽도 못 나가 벌써 어깨까지 잠겼다. 돌아와서 물 형편을 고한즉, 정사는 매우 걱정하면서 역관들과 각 방 비장들을 다 불러 저마다 물 건널 방책을 아뢰도록 하였다. 부사와 서장관도 참석하였다. 부사가,

"대문짝과 수레들을 많이 세내어 뗏목을 묶어 건너는 것이 어떨꼬?"

하니, 주 주부가 있다가,

"그것 참 좋은 의견입니다."

한다. 수역이 말했다.

"대문짝과 수레들은 그렇게 많이 구하기가 어려울 것입니다. 이 근방에 금방 집 지으려는 십여 칸통 재목이 있어 세를 내어 쓸 수

는 있지마는 얽어맬 칡넝쿨이 걱정입니다."

여럿이들 공론이 이러쿵저러쿵 떠들썩했다. 나는,

"뗏목을 얽을 것이야 있나? 내게 두어 척 통배가 있는데, 노고 삿대고 다 갖추었지마는 꼭 한 가지 부족한 것이 있어 걱정이야!"

했더니, 주 주부가 묻기를,

"없는 것이 무엇인지요?"

한다. 나는,

"배 잘 저을 사공이 없단 말이오."

했더니, 사람들이 허허 웃었다.

주인은 막돼먹어 보이고 일자무식이면서도 책상 위에는 그래도 《양승암집楊昇庵集》[69]과 《사성원四聲猿》[70]이 있고, 한 자 남짓 되는 새파란 사기병에는 조남성趙南星[71]의 철여의鐵如意[72]를 비스듬히 꽂았고, 고동 빛깔 작은 향로와 운간雲間의 이름난 장인인 호문명胡文明이 만든 의자, 탁자, 나무 병풍 들이 모두 아담하고도 운치가 있어 조금도 촌티가 없었다. 나는 물었다.

"어디 임자네 살림은 대체 견딜 만한 모양이구면!"

"일년 내 부지런히 서둘러서 기한이나 면하지요. 귀국의 사신 행차가 없으면 지내기가 말 아닐 거요."

"아들딸은 몇이나 두었소?"

---

69) 명나라 시대 저명한 학자 양신揚愼의 문집.
70) 중국 극본 책.
71) 명나라 만력 연간의 유명한 관리 이름.
72) 옛날 중국의 고관들이 손에 지니던 쇠 또는 나무, 상아, 옥 등으로 만든 기물로, 후에는 완상물로 만들었다.

"남아 있는 도적이라고는 단 한 명인데, 아직 사위를 못 봤지요."

"도적이라니?"

"딸 형제 다섯 둔 집 앞에는 도적도 안 지나간다는 말이 있는데, 어째서 이것이 집 안에 숨은 도적이 아니겠습니까?"

오후에는 심심하기에 밖에 나가 사잇길을 거닐었다. 수수밭 속에서 별안간 한 방 총소리가 들렸다. 주인이 바쁘게 뛰어나가 보니 밭 가운데 웬 사람이 한 손에 총을 들고 한 손에는 돼지 뒷다리를 끌고 점방 주인을 노려보면서 성이 나서 소리를 친다.

"어째서 이놈의 짐승을 밭에 들어가도록 놓아두었담!"

점방 주인은 얼굴에 무안하고도 당황한 빛을 띠고 공손히 사과를 한다. 그자는 피투성이가 된 돼지를 끌고 가 버렸다. 점방 주인은 얼이 빠진 것처럼 우두커니 서서 한숨만 거듭 쉰다. 나는,

"저자가 잡은 돼지는 뉘 집에서 기르던 돼지요?"

하고 물으니, 점방 주인은,

"우리 집에서 치던 겝니다."

한다. 나는,

"짐승이 어쩌다가 남의 밭에 들어갔다손 치더라도 수숫대 한 대 다친 데라고는 없거든, 어쩌자고 남의 짐승을 함부로 막 죽일 수야 있겠소? 임자는 응당 돼지 값을 물리겠지?"

하니, 점방 주인은,

"웬걸요, 물리다니요. 우리 단속을 못 한 것이 이쪽 불찰이니깐요."

한다. 대체 강희 황제는 농사를 끔찍이 소중히 여겨 마소가 곡식을 밟으면 곱절을 물리고 짐짓 짐승을 놓는 자는 곤장 예순 대를 친다. 그리고 돼지가 밭 가운데 들어가면 밭 임자가 그 자리에서 잡아도

방목한 자는 임자라고 나서지를 못한다고 한다. 다만 수레 다니는 것까지 막을 수는 없어 수레가 진탕을 만나면 밭 사이로 빠져나오게 되므로 밭 임자는 항시 길을 손질하여 밭을 보살핀다고 한다.

이 벽촌에도 벽돌 가마가 두 군데 있었다. 한 군데는 마침 벽돌을 알맞게 다 구웠다. 가마 아가리를 진흙으로 바르고 물을 수십 통 져다가 가마 꼭대기에 연달아 붓는다. 가마 꼭대기는 좀 우묵하여 물을 퍼부어도 넘지를 않는다. 가마 몸은 금방도 화끈 달아 물이 닿자 곧 마르고 보니 마치 물을 끼얹지 않으면 금방 타 버릴 것만 같이 보였다. 한 가마는 이미 먼저 구워 식힌 벽돌을 아궁이에서 끄집어 내고 있었다.

대체로 가마의 법식은 우리 나라 것과는 판이하다. 먼저 우리 나라 가마의 결함을 말하고 보아야 참말 가마 제도를 똑똑히 알 수 있다. 우리 나라 가마는 한 개 누운 아궁이라고나 할까, 가마라고는 할 수 없을 것이다. 애초에는 가마를 만들 벽돌이 없으므로 고임대 나무로 받치고 진흙으로 쌓아 소나무 통장작을 때어 가마를 굳히는데, 우선 굳히는 비용이 많이 든다. 가마는 길기만 하고 높지는 않으므로 불꽃이 타오르들 못하고, 불꽃이 타오를 수 없고 보니 불기운이 없고, 불기운이 없고 보니 반드시 소나무 장작을 때 불길을 세게 해야만 되고, 소나무 장작을 때 불길을 세게 하고 보니 불길이 고르지 못하고, 불길이 고르지 못하고 보니 불에 가까운 기왓장은 깨지고, 불에서 먼 놈은 잘 구워지지 않을 염려가 크다. 사기나 옹기나 할 것 없이 무릇 옹기점의 가마란 죄다 이런 따위다.

소나무 장작을 때는 방법도 또 같은 꼴이다. 소나무 송진 불길은 다른 장작보다도 불길이 세다. 소나무는 한번 베면 다시 돋지 않는 나무로 옹기점을 한번 잘못 만나고 보면 사방의 산은 발가벗게 되고 백 년을 길러 하루아침에 없애게 되매 옹기점은 또다시 소나무 있는 곳을 따라서 뿔뿔이 흩어지게 된다. 이것은 벽돌 가마 만드는 방식이 한번 잘못된 탓으로 온 나라의 좋은 재목이 날로 없어지는 셈이요, 옹기점으로서는 날로 곤경에 빠지고 있다.

오늘 이곳 가마를 보면 벽돌로 쌓고 석회로 봉하여 애초부터 구워 굳히는 비용이 먹히지 않고, 마음대로 크고 높게 만들 수 있어 모양은 종을 엎어 놓은 것 같다. 꼭대기는 우묵하여 물을 몇 섬씩이고 찰 수 있도록 하고, 옆에는 연기 뽑는 구멍 네댓 개를 뚫어 불이 잘 타오르도록 했고, 벽돌은 그 속에 두는데 서로 엇괴어서 불꽃을 낸다. 대체 용한 것은 쌓는 격식이다. 당장에 내 손으로도 아주 쉽사리 함 직하되 입으로 형용해 내기는 실로 어렵다. 정사는,

"쌓는 법이 '품品' 자와 같지 않나?"

했다. 나는 그와 비슷하지마는 같지는 않다고 말했다. 변 주부는,

"쌓는 법이 책갑冊匣을 포개 놓은 것과 같지 않습니까?"

했다. 나는 그와 비슷하지마는 같지는 않다고 말했다. 벽돌은 반듯하게 놓는 것이 아니라 죄다 모로 세워 방고래처럼 여남은 줄로 하고 그 위에 다시 엇비슷하게 벌려 올려 차례차례로 시렁처럼 쌓아 가마 꼭대기까지 닿도록 걸쳐 쌓아 올린다. 구멍들은 고라니 눈처럼 절로 숭숭 뚫려 불기운이 치오르도록 서로 엉켜 목구멍같이 화염을 빨아당기게 되었다. 수없는 불목이 번갈아 빨아들이니 불기운은 늘 세차서 수수깽이, 기장대라도 고루 구워지고 고루 익어 뒤틀리고 터질 염려가 별로 없다.

우리 나라 옹기점들은 먼저 가마 궁리를 하는 것이 아니라 큼직

한 소나무 산판을 끼지 않으면 옹기점을 못 벌이는 줄만 안다. 질그 릇은 없앨 수 없는 물건이요, 소나무인즉 한정이 있는 물건이니 부 득불 먼저 가마 제도부터 고쳐 양편이 다 이롭도록 해야 할 것이다.

오성 이항복과 노가재는 함께 벽돌이 이로운 점을 설명하면서도 가마 제도에는 자세하든 못하였으니 애석한 일이다. 혹은 말하기를, 수수깽이 삼백 줌이면 한 가마치 땔나무로서 벽돌 8천 장을 구울 수 있다고 한다. 수숫대 길이는 발 가웃쯤이요, 엄지손가락만큼 굵으 니, 한 줌이면 네댓 대이므로 수수깽이로 땔나무를 한다면 불과 천 여 대로 근 만 장 벽돌을 얻게 된다.

해가 몹시 길어 하루가 일 년만 싶었다. 저녁녘이 될수록 더 더워 나 몸이 나른하고 졸음을 견딜 수 없었다. 곁방에서는 방금 여럿이 모여 투전을 하기에 떠들썩하고 야단스럽게 다투는 소리가 들렸다. 나는 와락 놀음판에 뛰어들어 연거푸 다섯 판을 이겨 돈 백여 닢을 따서 술을 사 먹으니 아까 분풀이가 제법 되었다.

"그래도 항복을 못 할까?"

하고 따지니, 조군과 변군은,

"요행수겠지."

하고는, 같이 껄껄 웃었다. 변군과 내원은 분을 참지 못해 나더러 한 판 더 놀자고 졸랐다. 나는,

"성공한 곳에는 두 번 안 가고, 만족을 알아차리는 것이 위태롭지 않으이!"

하며 거절하였다.

7월 3일 기묘일. 새벽에 큰비가 내렸다.
아침과 낮에는 맑게 개었다가 밤에는 또 큰비가
날샐 녘까지 내려서 또 묵었다.

아침에 일어나 창문을 여니 장맛비는 활짝 걷고 맑은 바람이 이따금 불어드는데 날씨가 이렇게 청명하니 한낮은 무던히 더울 것 같다. 석류꽃은 떨어져 땅에 질펀히 깔린 채 짓이겨져 붉은 흙탕이 되었다. 수구꽃은 이슬에 젖고 옥잠화는 눈 속에서 뽑은 듯하다.

문 앞에서 피리, 젓대 소리와 꽹과리 소리가 들리기에 뛰어나가 보니 결혼 행렬이다. 채색 그림을 그린 사초롱이 여섯 쌍, 푸른 일산 한 쌍, 붉은 일산 한 쌍, 퉁소 한 쌍, 최금 한 쌍, 피리 두 쌍, 징 한 쌍에 가운데는 네 사람이 푸른 덮개 가마 한 틀을 어깨에 멨으니, 사면에는 유리창을 달았고 네 귀에는 비단 색실이 휘늘어졌다. 가마의 허리 복판에는 가마채를 대어 푸른 실을 동아줄로 삼아 가로 틀었고, 가마채의 앞뒤에는 다시 짧은 방망이를 가운데로 꿰어 틀어서 그 양쪽 머리를 넷이 어깨에 메고 여덟 발이 한 걸음이 되어 발을 맞추고 보니 가마는 까딱도 않고 흔들리지 않아 허공에 매달려 가게 되어 그 방법이 썩 묘했다.

가마 뒤에는 수레 두 채가 다 검정 천을 씌워 방처럼 만들고 당나귀 한 마리로 끌고 간다. 한 수레에는 두 노파가 같이 탔는데 얼굴은 다들 늙어 보잘것없지마는 그래도 화장을 했다. 머리는 죄다 벗겨져 바가지처럼 번질거렸으나 뒤로 젖혀진 자그마한 쪽에는 꽃송이를 잔뜩 꽂았고, 두 귀에는 귀걸이를 늘이고 검정 저고리, 누런 치마를 입었다.

한 수레에는 젊은 여자들 셋이 같이 탔는데, 붉은 바지 또는 초록 빛 바지에 치마라고는 도무지 걸치들 않았다. 그중의 한 소녀는 꽤 예쁘게 생겼다. 알아보니 노파들은 수모手母[73]와 젖어미요, 젊은 여 자들은 시녀들이다. 말 탄 사람들이 30여 명이나 빽빽이 둘러싸고 가는 중에는 몸집이 뚱뚱하고도 크고 망측하게 생긴 자가 입가와 턱 아래는 검은 수염이 숭숭 나고 몸에는 구조망포[74]를 차려입고 금빛 안장을 차린 백말에 은등자를 넌지시 디디고 빙그레 웃고 앉았다. 뒤에 오는 수레 두세 채는 옷농을 잔뜩 실었다.

나는 점방 주인에게 물었다.

"이 마을 안에 수재秀才[75]나 글방 선생이 있소?"

"마을에서 좀 들어간 곳에 학구 선생이 한 분 있습니다. 작년 가 을에 뜻밖에도 수재 한 분이 서울에서 세관稅官을 따라오다가 길 에서 이질에 걸려 이곳에 머물게 되었습니다. 이곳 사람들에게 많이 신세를 입어 줄곧 병 치료에 한겨울을 나고 지난 봄에야 깨 끗이 나았습니다. 그 선생은 문장이 출중하고 겸해서 만주 글자

---

73) 혼인 때 신부의 단장과 그 밖의 일을 곁에서 거두어 주는 여자.
74) 청인 관리들이 입는 관복.
75) 과거 시험에 응시하는 학도.

도 쓸 줄 안답니다. 인정으로 이곳에 한동안 머물러 있으면서 한 두 해 동안은 서당을 차리고 이 마을 어린아이들을 가르쳐 병 치료받은 은혜를 갚겠다고 청해 왔습니다. 시방 바로 관우묘 안에 좌정하고 있습니다.”

“수고스럽지마는 주인이 좀 인도를 해 줄 수 없겠소?”

“일부러 인도할 것까지도 없습니다.”

하고는 손을 들어 가리키면서,

“저기 지붕머리를 내민 커다란 묘당집이 바로 거기입니다.”

한다.

“그 선생의 성명은 무어라 하는지?”

“온 마을 사람들이 모두 부富 선생이라고 합니다.”

“부 선생의 나이는 얼마나 됐소?”

“그건 서방님께서 가시면 직접 물어 보십시오.”

하더니, 부리나케 방안으로 들어가 붉은 종이 수첩장을 끄집어 내보이면서,

“이것이 부 선생이 손수 쓴 글씨입니다.”

한다. 그 붉은 종잇장 왼편 가장자리에는 가는 글씨로, ‘아무 분의 아버님 앞. 아무 해, 월, 일에 변변치 못한 좌석에 왕림해 주실 것을 삼가 바람.’ 이라고 쓰여 있다. 점방 주인은 말하였다.,

“지난 봄 제 동생이 사위를 볼 때에 부탁한 초청장입니다.”

대체 글씨는 그리 변변치 못하나 수십 장 종이에 쓰인 글씨 자체가 크도 작도 않고 구슬을 꿴 듯, 틀에 박아 낸 것 같았다. 그 수재는 혹시나 부 정공富鄭公[76]의 후손이나 아닌가 하고 곧 시대를 불러 같이 묘당을 찾았다. 집안은 괴괴하여 인적이 없어 한 바퀴 빙 돌아 구

경을 하는데 오른편 행랑채 안에서 아이들이 글 읽는 소리가 났다.
마침 한 아이가 머리를 뻐금히 내밀고 한 번 두리번거리더니 이내
뛰어나와 뒤도 안 돌아보고 달려간다. 나는 따라가 그 아이더러,

"너희들 선생님이 어데 계시냐?"

하고 물으니, 아이는,

"무어요?"

한다. 나는,

"부 선생 말이야."

하니, 아이는 들은 체도 않고 입속으로 무엇을 중얼대면서 소매를
흔들면서 간다. 나는 시대를 보고,

"그 선생이 필시 저 안에 있을 거다."

하면서 곧추 오른편 행랑채로 가 문을 밀고 들여다보니 네댓 개 빈
의자만 놓여 있을 뿐이요, 역시 인기척이 없었다. 문을 막 닫고 돌아
서려고 하는 차에 아까 그 아이는 웬 늙은이를 데리고 왔다. 이가 부
씨임에 틀림없었다. 이웃으로 막 놀러가는 것을 이 아이가 달려가서
손이 왔다고 일러 주니까 되돌아온 것이다. 생김새를 얼른 보기에
인품 있는 고상한 기운이란 꼬물만치도 찾아볼 수 없었다. 내가 앞
으로 나아가 깍듯이 읍을 하니 늙은이는 뜻밖에 와락 달려들어 내
허리춤을 안고 꺼불꺼불하고는 손을 잡고 덜덜 떨면서 얼굴에 한껏
웃음을 띤다. 나는 처음에 깜짝 놀랐다가 다음엔 아주 못마땅하여
묻기를,

"당신이 부공이신지요?"

---

76) 송나라 인종 시대의 저명한 학자로서 이름은 필弼이다.

하니, 이 늙은이는 매우 좋아서,

"영감께서는 어데서 제 성을 아셨는지요?"

한다.

"내가 선생의 성화를 들은 지는 이미 오래여서 귀에 젖고 있지요."

하니, 부가는,

"존함은 무어라신지요?"

하기에, 내가 글을 써서 보인즉, 부가는 이름은 부도삼격富圖三格,
호는 송재松齋, 자는 덕재德齋라고 쓴다.

"삼격이란 무슨 말이요?"

"이것이 내 성명입니다."

"고향과 관향은 어데신지요?"

"나는 만주 양람기鑲藍旗[77] 사람입니다."

하면서 부가는 물었다.

"영감은 이번 걸음에 면가面駕를 하시나요?"

"그 무슨 말이오?"

"만세야萬歲爺는 응당 영감네를 접견하시겠지요?"

하기에, 나는,

"황제께서 만일 접견하실 때는 내가 꼭 당신을 작은 벼슬자리라
도 한자리 얻도록 아뢰지요."

했더니, 부가는,

"만일 그렇게만 된다면 박공의 큰 은덕은 결초보은을 해도 못다
하지요."

---

77) 만주족은 전부 군대 편제로 하여 팔기八旗로 나누었는데 그중의 하나이다.

한다.

"내가 물에 막혀 이곳에 묵은 지가 벌써 며칠이나 되는데 정말 심심해 못 배기겠으니 영감께 볼 만한 책이 있다면 어디 며칠만 빌릴 수 없을까요?"

"볼 만한 책이 없는데요. 이왕 북경 있을 적에 가친 절折공이 '명성당鳴盛堂'이라고 이름을 붙인 각포刻鋪[78]를 새로 냈는데 그 각포의 서적 목록이 마침 행장 속에 들어 있습니다. 심심소견을 하시겠다면 빌려 드리기는 어렵지 않습니다마는 한 가지 청이 있습니다. 이참에 돌아가시거든 진짜 환약(청심환)과 좋은 조선 부채를 골라 초면의 정표로 가져다 주신다면 과연 영감의 우러나오는 정으로 알겠사오니, 책 목록은 그때 빌려 드려도 늦지 않을 것입니다."

나는 이자의 꼴이나 말이나 생각이나 뜻하는 것이 용렬하고 더럽고 아니꼬워서 데리고 이야기할 위인이 못 되기에 오래 앉았기가 견디기 어려워 곧 일어섰다. 부가는 대문까지 와서 전송을 하면서,

"귀국의 명주를 좀 살 수 없을까요?"

하는데, 나는 대꾸도 않고 돌아왔다. 정사는 묻는다.

"무어 볼 만한 것이 있던가? 더위라도 먹는다면 걱정이지!"

"방금 어떤 늙은 학구를 만났는데 비단 만인滿人일 뿐만 아니라 비루해서 말할 거리도 못 됩니다."

"그자에게 이왕 소청이 있다면 환약 한 알, 부채 한 자루쯤 아낄 거야 있는가. 책 목록을 빌려 보는 데 구애나 안 되도록 하지!"

---

78) 판각하는 집.

하기에, 곧 시대를 시켜 청심환 한 알과 부채 한 자루를 보냈다. 시
대는 당장에 몇 장도 못 되는 손바닥만 한 작은 책을 가지고 왔다.
거의 빈 종이요, 적힌 책 목록이란 것이 모두 청인의 소품 70여 종뿐
이다. 불과 몇 장밖에 안 적은 이따위 책을 가지고 턱없는 값을 앗아
내려 드니 염치가 없다 해도 심하지 않은가. 그러나 기왕 빌려온 것
이요, 또 처음 보는 것들이니 우선 베껴 놓고 돌려 주기로 하였다.

《척독신어尺牘新語》 모두 6책, 왕기汪淇 담의澹漪 전전箋.

《분서焚書》 모두 6책, 《장서藏書》 모두 18책, 《속장서續藏書》 모두 9책, 이
지李贄 탁오卓吾 저.

《궁규소명록宮閨小名錄》,《장주잡설長洲雜說》,《서당잡조西堂雜俎》, 우동尤
侗 전성展成 저.

《균랑우필筠廊偶筆》, 송락宋犖 목중牧仲 저.

《동서자同書字》,《촉민소기蜀閩小記》,《인수옥서영因樹屋書影》, 주량공周亮
工 원량元亮 저.

《사례촬요四禮撮要》, 감경甘京 저.

《설림說林》,《서하시화西河詩話》, 모기령毛奇齡 저.

《운백광림韻白匡林》,《운학통지韻學通指》,《손서손書》,《모선서毛先舒》, 치
황稚黃 저.

《서산기유西山紀游》, 주금연周金然 저.

《일지록日知錄》,《북평고금기北平古今記》, 고염무顧炎武 저.

《부지성명록不知姓名錄》, 이청李淸 영벽映碧 저.

《장설蔣說》, 장호신蔣虎臣 저.

《영매암억어影梅庵憶語》, 모양冒襄 벽강辟彊 저.

《고금서자변와古今書字辨訛》,《동산담원東山談苑》,《추설총담秋雪叢談》, 여회余懷 담심澹心 저.

《동야전기冬夜箋記》, 왕숭간王崇簡 저.

《황화기문皇華記聞》,《지북우담池北偶談》,《향조필기香祖筆記》, 왕사정王士禎 이상첩上 저.

《모각양추毛角陽秋》,《군서두설群書頭屑》,《규합어림閨閤語林》,《주조일사朱鳥逸史》, 왕사록王士祿 저.

《입옹통보笠翁通譜》,《무성희無聲戲》,《소설귀수전고사小說鬼輸錢故事》, 이어李漁 입옹笠翁 저.

《천외담天外談》, 석방石龐 저.

《주대기연奏對機緣》, 홍각弘覺 저.

《십구종十九種》, 시호신柴虎臣 저.

《귤보橘譜》, 저호남諸虎男 저.

《일하구문日下舊聞》모두 20책, 주이준周彝尊 석창錫鬯 저.

《우초신지虞初新志》, 장조張潮 산래山來 저.

《기원기소기寄園寄所寄》모두 8책, 조길사趙吉士 저.

《설령說鈴》, 왕완汪涴 저.

《설부說郛》, 오진방吳震芳 청단靑壇 저.

《단궤총서檀几叢書》, 왕탁王晫 저.

《삼어당일기三魚堂日記》, 육롱기陸隴其 저.

《역선록亦禪錄》,《유몽영幽夢影》, 장조張潮 저.

《분묵춘추粉墨春秋》, 주이준 저.

《양경구구록兩京求舊錄》, 주무서朱茂曙 저.

《연주객화燕舟客話》, 주재준周在浚 저.

《숭정유록崇禎遺錄》, 왕세덕王世德 저.

《입해기入海記》, 사사련査嗣璉 저.

《유구잡록琉球雜錄》, 왕집汪楫 저.

《박물전휘博物典彙》, 황도주黃道周 저.

《관해기행觀海記行》, 시윤장施閏章 저.

《탁진일기柝津日記》, 주운周篔 저.

혹시 서사에서 구해 볼 자료나 삼을까 하고 정 진사와 함께 나누어 베끼고는 곧 시대를 시켜 돌려 주면서 일러 보내기를,

"이 책 따위는 우리 나라에 다 있고 보니 우리 서방님께서는 이 목록을 보시지도 않았습니다."

하라고 했더니, 시대가 돌아와서 하는 말이 부가가 제 말을 듣고는 매우 무안한 기색을 보이면서 저에게 수건 하나를 주더라고 한다. 수건은 길이가 두어 자가량 되고 검정빛 추사縐紗[79]이다.

---

79) 올이 말려들게 짠 천.

7월 4일 경진일.
간밤부터 날샐 녘까지 비가 억수로 쏟아져서 또 묵었다.

《양승암집》도 읽고 혹 투전으로 소일도 하였다. 부사와 서장관도
왔다. 상방에서 또 일행을 불러 모아 놓고 물 건널 방책을 두루 물었
으나 얼마 안 되어 곧 헤어졌으니 신통한 방책이 없었던 것 같았다.

7월 5일 신사일. 날이 맑았다. 물에 막혀서 묵었다.

  점방 주인은 안방 '캉'의 구들 곬을 열고 자루가 긴 가래로 재를 쳤다. 나는 이 틈에 '캉'의 제도를 대강 봤다. 대체로 캉을 만들 때는 먼저 캉 바닥을 한 자쯤 더 높이 쌓아 바닥이 판판하게 하여 놓고, 다음에는 부서진 벽돌 쪽으로 바둑판같이 놓아 고임돌을 만들고, 네모지고 판판한 벽돌을 그 위에 깔 뿐이다. 벽돌 두께가 본래 고르고 보니 깨어서 고임돌로 쓰더라도 어데고 기울 까닭이 없고, 벽돌 몸이 본디 가지런하고 보니 차례로 벌여 까는데 절로 틈서리가 없었다.

  구들 곬 높이는 간신히 손을 펴서 들이고 낼 만하고 고임돌은 서로 엇먹여 불목이 되어 있었다. 불길이 불목을 만나면 반드시 빨아 당기듯이 넘게 되고 불꽃은 재까지 휘몰아 여러 불목으로 가뜩 미어지게 퍼져들면서 번갈아 연방 삼켜 갈아들이고 보니 불길은 거슬러 나올 쭘도 없이 굴뚝목에까지 닿게 된다. 굴뚝목에는 길 나마 되는 도랑이 하나 있으니 우리 나라 말로 하면 '개자리'다. 재는 언제나 불길에 몰려나와 개자리에 떨어지고 개자리가 메이면 3년에 한 번은 굴뚝목의 한쪽을 헐고 재를 쳐 낸다.

아궁이 문은 땅을 한 길이나 우묵하게 파고, 불 때는 아가리를 위로 향하게 내어, 때는 나무는 곧추세워 꽂는다. 아궁이 옆에는 큰 항아리만 하게 땅을 뚫고 위에는 돌로 덮어서 평지로 만들어 그 속은 텅 비어 바람이 나게 되었으므로 불길을 굴뚝목까지 몰아들이되 내 한 방울이 새지 않는다. 또 굴뚝목의 법식은 큰 항아리만 하게 땅을 파고 벽돌로 탑 모양처럼 쌓아 올려 높이는 지붕과 가지런하게 하였다. 연기는 항아리 속에 떨어져 들이마시고 빨아 내는 듯하니 이 법이 더욱 용하다. 대체 굴뚝목에 틈이 있은즉 한 오라기 바람이 능히 한 아궁이 불을 꺼지게 할 수 있으므로 우리 나라 온돌은 언제나 내를 토하고 고루 덥지 못함이 탈이니 이는 오로지 굴뚝목의 불찰이다.

우리 나라 굴뚝인즉 싸리 둥지에 종이를 바르기도 하고 혹 나무판자로 통을 만들어 세워 처음 세운 흙으로 쌓은 곳이 틈이 나거나 혹 붙인 종이가 떨어지기도 하고 혹 나무통이 틈이 벌어진즉 연기가 안 샐 수가 없고, 센 바람이나 한번 몰아붙이면 연통은 헛치레나 다름없다.

나는 생각하기를, 우리 나라에서 집은 가난하고 글읽기를 좋아하는 백천 명 형이야 아우님들이 유월 한더위에도 코끝에는 언제나 수정 구슬을 드리우고 있을 바엔, 이 법을 궁리하여 삼동의 고생을 면했으면 했다.

변계함이,

"구들 만든 법은 아무래도 괴상스러워서 우리 나라 온돌만 못해!"

하기에, 나는,

"대체 못한 것이 무엇인가?"

하니, 변군은,

"어떻게 장판을 깔아 빛은 화제火齊[80]같이 번질거리고 미끄럽기는 수골水骨 같을 수야 있나요?"

한다.

"'캉'이 방보다 못하다는 것은 옳네. 다만 구들 놓는 법만 본떠서 이것을 방에다 적용하고 장판을 깐들 누가 말릴 것인가? 대체 우리 나라 구들 놓는 법에 여섯 가지 탈이 있는데 아무도 말하는 사람이 없네. 내가 이야기해 줄 터이니 자네는 떠들지 말고 잠자코 듣게나.

흙을 이겨서 쌓아 구들 곬을 내고 돌을 걸쳐 얹어 온돌을 만드니 돌이란 크고 작고 두텁고 엷어서 본디가 고르지 못한 것이라 반드시 조약돌을 겹쳐 네 모서리를 괴어 놓지 않도록 하고 보니 돌은 달고 흙은 말라 언제나 짜그라져 퉁겨나니 이것이 첫째 탈이요, 구들장 거죽이 움푹움푹 들어간 데를 흙으로 두텁게 메우고 새벽질을 판판하게 고르고 보니 불을 때도 골고루 덥지 못한 것이 둘째 탈이요, 고래가 높고도 넓어 불길이 미처 닿질 않으니 이것이 셋째 탈이요, 바람벽이 엷고도 성글어 언제나 틈서리로 바람이 새들면 불길은 거꾸로 새 나오고 연기는 방안에 꽉 차서 욕을 보니 이것이 넷째 탈이요, 불목 아래 불곬들을 엇비슷이 내들 않고 보니 불길은 멀리 넘나들지를 못하고 나무 위에서 맴돌이를 하고 보니 이것이 다섯째 탈이요, 구들을 말리는 데는 아무래도 나무 백 단은 들 것이요, 열흘 안에는 거접하기 어려울 것이니, 이것이 여섯째 탈이거든.

---

80) 황적색 금빛으로 번쩍거리는 운모와 같이 생긴 광물로 만든 구슬.

자, 어떤가? 자네와 함께 벽돌 수십 장을 깔았고 웃고 이야기
하는 동안에 벌써 온돌 몇 칸을 놓고 그 위에 누운 셈이로구먼!"

밤에는 여러 사람들과 함께 술 몇 잔씩을 마시고 밤 시간이 이미
깊었기에 취한 채 돌아와 정사와 함께 캉을 마주 대하여 누웠다. 중
간에는 휘장을 드리워 막았다. 정사는 벌써 잠이 깊이 들었고 나는
방금 담뱃대를 물고 거나해서 누웠으려니 머리맡에서 별안간 발자
국 소리가 났다. 나는 깜짝 놀라,

"그 뉘기냐?"

하고 소리를 치니,

"도이노음이오."

한다. 음성이 아무래도 예사로 들리지 않아 나는 다시 고함을 쳤다.

"이놈 누구냐?"

"소인은 도이노음이오."

시대와 상방 하인들이 한목으로 놀라 일어나 뺨 치는 소리가 나
고 등덜미를 쳐 밀어 문 밖으로 끌어간다.

이것은 갑군이 밤마다 일행의 숙소를 순찰하면서 사신 이하 사람
수효를 전부 헤어 가는데 이 시각은 언제나 밤이 깊어 함빡 잠이 들
때라 여태까지는 누가 다녀갔는지 몰랐던 것이다. 갑군이 자칭 '도
이노음'이라고 한다는 것은 정말 포복절도할 일이다. 우리 나라 방
언엔 오랑캐를 불러서 '되놈'이라고 한다. 갑군들은 해마다 사신 행
차를 맞아 보내면서 우리 사람들에게 말을 배울 적에 '되'라고 부른
것이 아주 귀에 젖게 된 까닭이다. 한바탕 야료로 말미암아 잠을 더
치고 정사도 역시 잠을 깼다. 그 위에다 벼룩 등쌀에 못 이겨 촛불을
켜 놓고는 날을 밝혔다.

7월 6일 임오일. 날이 맑았다.

냇물이 좀 줄었기 때문에 곧 출발하였다. 나는 정사의 가마에 같이 타고 건너가게 되었다. 30여 명의 하인들이 벌거벗은 채로 가마를 둘러메고 간다. 물살이 센 중류의 여울에 닿자 별안간 가마는 왼편으로 기울어지면서 하마터면 떨어질 뻔, 정말 아슬아슬했다. 정사와 마주 서로 껴안아 가까스로 빠지지를 않고 맞은편까지 건너와서 물 건너는 사람들을 바라본즉, 혹은 목말을 태우고 혹은 좌우로 서로 부축을 하기도 하고 혹은 나무를 엮어 사립문짝같이 만들어 네 사람이 어깨에 추켜 메어 타고 건너기도 했다. 말 등에 탄 채로 헤엄쳐 건너는 자는 모두 고개 들어 하늘만 쳐다보거나 두 눈을 감기도 하고 억지로 웃는 낯을 짓는 자도 있었다. 하인들은 모두 안장을 끌러 어깨에 메고 건넌다. 행여 물에 젖을까 봐 그렇다. 이미 건너온 자도 어깨에 무엇을 메고 건너간다. 꼴이 괴이쩍어서 까닭을 물었더니 빈손으로 물에 들어서면 몸이 가벼워 혹시 물에 떠내려가기가 쉬우므로 일부러 무거운 것으로 잔뜩 어깨를 눌러 놓아야 된다고 한다. 여러 차례 왕복한 자는 벌벌 떨지 않을 수 없으니 산골물이라 무섭게 찬 탓이다.

초하구草河口에서 점심을 치르니 소위 '답동畓洞'이다. 여기는 언제나 진탕이기 때문에 우리 사람들이 이 이름을 붙였다고 한다. ('답畓' 자는 원래 없는 글자인데 우리 나라 아전들 장부에 수水와 전田 두 자를 합해서 '논'이란 뜻을 붙이고 '답'이라고 발음했다.)

분수령分水嶺, 고가령高家嶺, 유가령劉家嶺을 넘어 연산관連山關에 와 잤다. 이날 60리를 왔다.

밤에는 약간 취하여 어렴풋이 잠이 들었는데, 내 몸은 별안간 심양성 안에 있고 궁궐이며 성곽이며, 주택 시가들이 번화하고 질펀하여 나는 혼잣말로 '이렇게 장관일 줄은 생각도 못 했구나.' 하면서, '당장에 집으로 돌아가 자랑을 하리라.' 하고는 이내 훨훨 날아가니 산이고 물이고 모두가 발 밑이요, 빠르기는 나는 솔개나 다름없이 순식간에 야곡冶谷에 있는 옛 집까지 와서 안방 남창 아래에 가 앉았다. 형님은,

"심양이 어떻더냐?"

하고 물으셨다. 나는 본 것이 들었던 것보다 훨씬 낫더라고 공손히 대답하면서 무진 아름다움을 자랑했다. 남쪽 담장 밖으로 이웃집에 선 음침한 회나무를 쳐다보니 커다란 별 하나가 환하게 번쩍이기에 나는 큰형님에게,

"저 별을 아십니까?"

하고 여쭈었더니, 큰형님 말씀이,

"별 이름을 알 수 없네."

하신다. 나는,

"이 별은 노인성이올시다."

하고는 일어나 큰형님에게 절을 드리고,

"나는 이참에 잠시 집에 들러 심양 이야기를 아뢰고 다시 일행을 따라가야겠습니다."

하고는 방문을 나서서 사랑을 거쳐 바깥행랑 대문을 밀어제치면서 뒤를 돌아보니 지붕 너머로는 똑똑하게 안현鞍峴의 여러 봉우리들이 보였다. 나는 혼자 소스라쳐 깨닫기를,

"천만 잘못이지! 나는 인제 어떻게 혼자 책문으로 들어갈 것이며 여기서 책문까지가 천여 리인데 누가 갈 길을 멈추어 가면서 나를 기다려 줄 것인가?"

하고는, 이내 "아이고!" 고함을 치고 후회를 하면서 대문을 열고 나가려니 빗장이 단단히 걸렸기에 소리를 질러 장복이를 불러도 목 안에서 소리가 나오지 않아 와락 힘을 내어 대문을 한 번 밀어젖히다가 잠에서 깨니, 정사가 막 "연암!" 하고 부른다. 나는 그제도 정신이 얼떨떨하여,

"여기가 어뎁니까?"

하고 물으니, 정사는,

"아까부터 잠꼬대한 지가 오래네."

한다.

이내 일어나 앉아 이를 깍깍 물고 관자놀이를 툭툭 두드려 정신을 가다듬으니 머리가 건듯해지면서 한편으로는 서글프레하고 한편으로는 개운했다. 한참은 정신이 떨떨하여 다시 잠을 잘 수가 없어 이리 뒹굴 저리 뒹굴 이것저것 생각다 보니 날이 밝는 줄을 몰랐다. 연산관連山關은 일명 아홀관鴉鶻關이다.

7월 7일 계미일. 날이 맑았다.

2리를 더 가서 말을 탄 채로 물을 건넜다. 내는 비록 넓지는 않으나 물살이 세고 급하기는 어제 건넌 데보다 더하다. 나는 무릎을 꼬부리고 두 발을 모아 안장 위에 쪼그리고 앉았다. 창대는 말머리를 단단히 붙잡고 장복이는 내 엉뎅이를 힘껏 붙들어 서로 의지로 목숨을 삼아 잠깐만 무사할 것을 빌었다. 말 모는 '오호(嗚呼, 말을 조심해 가자고 모는 소리는 본래 '호호好護'인데 조선 발음으로 '오호'와 비슷하다.)' 소리도 구슬펐다.

말이 중류에 이르자 별안간 한쪽 몸이 왼쪽으로 비스듬하게 쏠렸다. 대체 말 배때기가 물에 잠기면 네 발굽이 절로 뜨게 되므로 말은 옆으로 누워서 헤엄쳐 건너게 된다. 내 몸뚱이가 갑자기 오른쪽으로 쏠려 까딱하면 물에 떨어질 판이다. 앞에 가는 말꼬리가 물 위에 흩어져 떴기에, 나는 재빨리 그것을 붙들어 몸을 가누고 앉아 겨우 떨어질 고비를 면하였다. 나 역시 이런 고비에 이렇게 재빠를 줄이야 생각도 못했다. 창대 역시 말 다리에 휘감겨, 까딱했으면 큰일날 뻔했다. 그러다 말이 갑자기 머리를 쳐들고 바로 서는 것을 보니 물이

얕아지면서 발을 땅에 붙인 것을 알았다.

마운령摩雲嶺을 넘어 천수참千水站에 와 점심을 치렀다. 오후는 몹시 더웠다. 다시 청석령靑石嶺을 넘으니 잿마루 턱에는 한 곳에 관우묘가 있어 영험이 대단타고 하여 역졸과 마부들이 앞을 다투어 가면서 탁자 앞에 가서 절을 한다. 어떤 자는 오이를 사다가 치성도 하고, 역관 중에도 역시 분향을 하고 제비를 뽑아 일생 운수를 점치는 자도 있었다. 도사가 바리때를 치면서 구걸을 하고 있었다. 도사 만은 머리를 깎지 않고 우리 나라 중속환이처럼 상투를 틀고 등나무 갓을 쓰고 몸에는 산동주 도포를 한 벌 걸쳐 마치 우리 나라 선비들이 입는 도포 같았으나 검정 깃을 단 것이 좀 달라 보였다. 또 다른 도사가 있어 참외와 닭알을 팔고 있었다. 참외 맛은 썩 달고 물이 많으며 닭알은 약간 짰다.

밤에는 낭자산狼子山에서 잤다. 이날 우대령雨大嶺을 넘어 전부 80리를 왔다.

마운령은 일명 회령령會寧嶺인데, 높고도 험준한 품이 우리 나라 함경도에 있는 마천령에 못지않다고 한다.

7월 8일 갑신일. 날이 맑았다.

정사와 한 가마를 타고 삼류하三流河를 건너 냉정冷井에 와서 아침을 먹고 10여 리를 가 한 줄기 산기슭을 돌아 나서니 태복이가 허리를 꾸부리고 말머리 앞을 주춤거리고 나가 땅에 머리를 조아리고 소리를 질러서,

"백탑白塔이 현신합신다. 뵈와 아뢰오."

한다. 태복이란 자는 정 진사의 마두다.

산기슭에 가려 아직도 백탑은 보이지 않는다. 말을 채찍질하여 수십 보를 못 가서 겨우 산기슭을 벗어나자 눈앞이 아찔해지며 눈에 헛것이 보일만치 벌어진 광경은 어마어마했다. 나는 오늘에야 비로소 사람이란 본시 어디고 붙어 의지하는 데가 없이 다만 하늘을 이고 땅을 밟아 제 신대로 다니게 마련임을 알았다. 말을 멈추고 사방을 휘둘러보다가 나도 모르게 손을 들어 이마에 대고 말했다.

"한바탕 울 만한 자리로구나!"

정 진사가,

"천지간에 이런 넓은 시야가 펼쳐지는데 별안간 새삼스레 울 생

각을 하다니요?"

하기에, 나는 말했다.

"참 그렇겠네. 그러나 아니거든! 옛날부터 영웅은 잘 울고 미인은 눈물이 많다지마는 불과 두어 줄기 소리 없는 눈물이 옷깃을 적실 뿐이요. 아직까지 그 울음소리가 쇠나 돌에서 짜 나온 듯하고 하늘과 땅 사이에 가득 찰 만한 소리를 들어 보지 못했거든! 사람들은 다만 안다는 것이 칠정七情 가운데 '슬픈 감정'만이 울음을 자아내는 줄만 알았지, 칠정이 모두 울음을 자아내는 줄은 모르고 있다네. 까지껏 기쁘면 울 수 있고, 까지껏 골이 나면 울 수 있고, 까지껏 즐거우면 울 수 있고, 까지껏 사랑하면 울 수 있고, 까지껏 미우면 울 수 있고, 까지껏 하고 싶으면 울 수 있으니, 맺힌 감정을 한번 활짝 푸는 데는 소리쳐 우는 것처럼 더 빠른 방법이 없네.

울음이란 천지간에 있어서 뇌성에 비할 수도 있는 것일세. 북받쳐 나오는 감정은 언제나 이치에 맞아 발작하는 것이니 웃음만 하더라도 그러한 감정의 발로라네. 사람들의 보통 감정은 이러한 지극한 감정을 겪어 보지 못하고 보니 공연히 까다롭게 칠정으로 나누어 '슬픈 감정'에다가 울음을 짝 맞추어 둔 것이네. 이러므로 사람이 죽어 초상이 나면 즉시 억지로라도 '아이고!' 하고 부르짖는 것이지.

정말로 칠정에 느낀바, 지극한 감정에서 나왔다고 볼 수 있는 참소리는 천지 사이에 참고 눌리고 쌓이고 맺혀서 간대로 풀려 발로가 안 되네. 저 가생賈生[81]이란 이는 자기의 자리를 얻지 못하고 참다못해 필경은 선실宣室[82]을 향하여 한번 큰소리로 호령을 한 것이라네.[83] 이러고 보니 어째서 여러 사람들을 놀라게 하지 않을 수 있었겠는가?"

정 진사가,

"그래, 시방 울 만한 자리가 저토록 넓으니 나도 당신을 따라 한바탕 통곡을 해야 할 터인데, 칠정 가운데 어느 '정'을 골라잡아야 하겠소?"

하여, 나는 말했다.

"이것은 갓난애에게 물을 일이네. 아이가 처음 배 밖에 나올 때에 느낄 정이란 무엇이겠는가? 처음에는 광명을 대할 것이요, 다음에는 부모, 친척들이 눈앞에 가득 차 있음을 보면 기쁘고 즐겁지 않을 수 없을 것이요, 이 같은 기쁨은 늙을 때까지 두 번도 없을 일이매 슬프고 성이 날 까닭이 있을 것인가?

'정'인즉 응당 즐겁고 웃을 일인데 도리어 분하고 서러운 생각에 벅차서 울부짖네. 혹은 인생은 잘나나 못나나 죽기는 일반이요, 커서는 더구나 백 가지 근심 걱정에 성화를 받을 터이니 갓난아이는 세상에 태어난 것을 후회하여 먼저 울어서 제 조문을 제가 하는 것이라고 하네. 이것은 갓난애의 본정과는 당토 않은 소리지. 아이가 어미 태 속에 자리 잡고 있을 때 어둡고 갑갑하고 졸립고 비좁다가 하루아침에 어미 뱃속을 벗어나자 팔을 펴고 다리를 뻗고 정신이 툭 트이게 될 터이니 어찌 한번 있는 '정' 그대로

---

81) 한나라 시대 유명한 문인으로 이름은 의誼다. 젊은 수재였으므로 가생이라 한다.

82) 한나라 재궁齋宮을 이렇게 부르나, 여기서는 한나라 정권을 말한다.

83) 가의는 한나라에 등용되었다가 쫓거나 장사왕과 양왕의 태부로 있으면서 한나라 문제에게 정치상 폐단을 들어 명문장으로 유명한 치안책을 상소했다.

참된 소리를 쳐 보지 않겠나? 그러매 갓난애의 울음소리에는 거 짓차림이 없다는 것을 마땅히 본받아야 할 것이네.

비로봉 꼭대기에서 동해 바다를 굽어보는 곳에 한바탕 통곡할 '자리'를 잡을 수 있을 것이요, 장연長淵[84]의 금모래톱에 가서 한 자리를 잡을 수 있을 것이요, 오늘 요동벌에 다다라 이로부터 산 해관까지 1천 2백 리 어간은 사면에 한 점 산도 볼 수 없고 하늘 가와 땅 끝은 풀로 붙인 듯, 한 줄로 기운 듯 비바람 천만 년이 이 속에서 창망할 뿐이니, 또 한 자리를 잡을 수 있을 것이야."

한낮은 몹시 더웠다. 말을 빨리 몰아 고려총高麗叢, 아미장阿彌庄 을 지나 길을 나누어 주부 조달동과 변군, 내원, 정 진사, 부리는 사 람 이학령李鶴齡과 함께 구요양舊遼陽에 들었다. 번화하고 장한 품 은 봉황성의 열 배나 되니 따로 '구요동 견문기〔舊遼東記〕'에 쓰기 로 한다.

서문을 나서서 백탑을 보았다. 그 건축이 화려하고 웅장한 품은 요동벌과 필적할 만하니 따로 '요동 백탑 견문기〔遼東白塔記〕'편에 서 쓰겠다.

요양성으로 돌아왔다. 거마들이 은성하게 모여들어 구경꾼은 이 르는 곳마다 떼를 지었고 붉은 난간을 한 술집들은 큰길에 높다랗게 솟았는데, 한쪽 면에 금자로 쓴 술집 깃발이 너펄거렸다. 거기에는,

이름을 들은지라 말을 세우고
향내를 찾아 수레를 멈추다.

---

84) 황해도 고을.

聞名應駐馬, 尋香且停車.

하는 글귀가 쓰여 있었다. 글귀를 보니 한잔 먹을 만도 하다. 둘러선 구경꾼들이 어찌나 많은지 어깨를 마주들 비빈다. 전에 듣기로는 이곳에 도적이 많아 초행자들이 구경에 눈이 팔려 잘 보살펴지들 못하다가는 영락없이 무엇이고 잃어버린다고 한다. 작년에도 사신 일행이 여러 명 건달패들을 작반했는데, 모두 초행인 상하 수십 명 일행이 옷차림이고 안장 기구들을 잘 차리고는 요양에 들러 구경을 하던 중 어떤 이는 말안장을, 어떤 이는 말등자를 잃어 낭패를 보지 않은 이가 없었다고 한다.

장복이가 별안간 말안장을 머리에 둘러쓰고 허리에는 등자 한 쌍을 차고는 조금도 부끄러운 기색이 없이 천연스레 앞에 서서 기다리고 있었다. 나는 웃으면서,

"이 녀석, 왜 두 눈깔은 가리지 않느냐?"

했더니, 보는 사람들이 모두 깔깔 웃었다.

태자하에 이르니 장마물이 한창 불어 건널 배가 없었다. 강가로 왔다 갔다 방황하던 참에 문득 갈대숲에서 콩깍지만 한 낚싯배가 튀어나오고, 또 작은 배 한 척이 섬 언저리에 숨어 있었다. 장복이, 태복이 들을 시켜 한꺼번에 고함쳐 배를 불렀으나, 한 쌍 어부는 두 개 낚싯대를 드리우고 앉았는데 버드나무 그늘은 짙어 우거지고 석양은 비껴 금빛으로 물들고 잠자리는 물을 찍고 제비는 파도를 차는데 천만 번 불러도 머리도 까딱 않는다. 모래판에 오래 섰으려니 더운 김이 후끈 달고 입술은 타고 머리엔 진땀이 흐르면서 창자는 비고 기운은 빠져 일평생 이런 유람을 좋아했더니만 오늘이야 된 빚을 갚

는 셈이다. 정군 등 여럿은 다투어 가면서 서로 농지거리로,

"해는 지고 길은 다하고 상하가 다 주려 곤하니 통곡이나 하는 수밖에 별 도리가 없구면요. 선생은 어째서 참고 울지를 않는지요?"

하여, 모두들 한바탕 웃었다. 나는 말했다.

"저 어부 녀석이 말을 안 들으니 그 심보를 넉넉히 짐작할 수 있네. 비록 육로망陸魯望[85] 선생이라도 이럴 때는 주먹다짐이 나갈 것이네."

태복이가 그중 초조하여,

"여기는 벌판이라도 해가 땅과 맞붙으려고 하는데 산이나 있는 곳 같았으면 벌써 캄캄했을 것입니다."

한다. 대체 태복이는 비록 나이는 어리지만 북경 내왕이 이미 일곱 번째라 범사에 능숙하다.

뱃사람이 낚싯대를 걷고 배 밑창에 있는 고기 종다래끼와 삿대를 건사하여 버드나무 그늘까지 저어 나오니까 작은 배 대여섯 척이 고깃배 오는 것을 보고는 그제야 앞을 다투어 가면서 덤벼들었다. 비싼 뱃삯을 짜내기 위하여 일부러 사람을 기다리도록 하여 애가 타게 한 뒤에야 비로소 건네 주겠다고 온 것이니 그 심보들인즉 참으로 괘씸하다. 한 배에 세 사람씩만 태우고 뱃삯은 한 사람 앞에 또박또박 1초鈔[86]씩 받는다.

배들은 모두 통나무를 후벼 파서 만든 것인데 소위 '야항野航'이라고 하여 간신히 두세 사람 탈 수 있게 되어 있다. 일행은 상하를

---

85) 당나라 시대의 유명한 은사로 낙천가이다.
86) 163푼. 은으로는 서 돈.

합해 꼭 17명이요, 말이 6필이다. 뱃머리에서 말 굴레를 잡고 강 위에 둥실 떠 물길을 따라 7, 8리 내려가니 위태롭기는 통원通遠의 나루들을 건널 때보다 더했다.

신요양新遼陽 영수사映水寺에서 묵었다. 이날 70리를 왔다. 밤에는 무섭게 더워 자다가 홑이불을 차 던져서 감기 기운이 좀 있었다.

7월 9일 을유일. 날이 맑았다.

몹시 덥기에 새벽 서늘한 때를 타서 먼저 떠났다. 장가대張家臺, 삼도파三道巴를 지나 난니보爛泥堡에 와서 점심을 먹었다.

요동에 들어온 이래로 마을들은 연이었고, 길 너비는 수백 보씩이나 되고, 양쪽 길옆에는 쭉 수양버들을 심었다. 인가가 많이 들어서 있는 곳, 대문들이 마주 보는 복판에는 장마물이 빠지지를 않고 이따금 절로 큰 못이 되어 집에서들 기르는 거위며 오리 들이 천백 마리씩 물에 떠 헤엄질을 하고 있었다. 양쪽 가로 마을 집들은 제물에 물역 누대들이 되어 붉은 난간 푸른 헌함들은 좌우로 마주 비치어 바로 어렴풋이 강호의 풍광 생각을 자아낸다.

군뢰는 세 번 나팔을 불고는 반드시 몇 리 앞서 떠나고 전배 군관前排軍官[87] 역시 군뢰를 따라 먼저 떠난다. 나는 행동이 자유로워 언제나 변군과 함께 새벽 서늘한 때 길을 떠나는데, 늘 10리를 못 가서 뛰따라온 전배를 만나게 된다. 그러면 으레 군관들과 고삐를 나란히

---

87) 행차의 앞머리에 가는 군관을 말한다.

하고는 농지거리를 한다. 매일 이같이 하여 마을에 가까이 이를 때마다 군뢰를 시켜 나팔을 불게 하고 마부 네 명이 권마성勸馬聲[88]을 외치면 집집이 부녀들이 문이 미어지라고 뛰어나와 구경을 한다. 늙으나 젊으나 차림은 한 틀에 뽑은 듯이 꽃 치장, 귀걸이에 분연지 화장을 엷게 하고는 입에는 으레 담뱃대를 물었고 손에는 신 속창받침, 누비 가음을 들고 어깨를 가지런히 빽빽이 서서 손가락질을 하면서 상글상글들 웃는다. 처음으로 한족 여자들을 보는데 모두 전족을 하고 궁혜를 신었으나 인물은 모두 만족 여자보다 못하다. 만주 여자들은 인물이 다들 잘났다.

만보교萬寶橋, 연대하煙臺河, 산요포山腰鋪를 지나 십리하十里河에 와 묵었다. 이날 50리를 왔다.

비장 역관들은 말 위에서 만주 여자나 한족 여자를 보는 대로 말로써 첩을 하나씩 정하는 장난을 한다. 만약 다른 사람이 먼저 점을 찍으면 감히 겹쳐서 정하지 못하고 서로 피하는 법이 매우 엄격하다. 소위 구첩이라 하여, 때로는 서로 질투를 하여 새움질까지 하는 농지거리를 하니, 이것도 먼 길 가는데 한 소일거리가 되는가 보다. 내일은 장차 심양을 들어갈 터이다.

---

88) 높은 관리들이 행차할 때는 앞선 하인들이 행렬의 위신을 돋우고 일반 행인들을 비껴 세우기 위하여 길게 외치는 소리.

구요동 견문기 [舊遼東記]⁸⁹⁾

요동 옛 성은 한나라 당시의 양평襄平과 요양 두 현 땅이다. 진나라 적에는 요동이라 했고, 그 후에는 위만조선에 편입되었다가 한나라 말기에는 공손도公孫度가 점거하였고 수당 시대에는 고구려에 속했고, 거란은 남경南京이라 불렀고, 금나라는 동경東京이라 불렀고, 원나라는 지방 행정 구역을 두었고, 명나라는 정료위定遼衛를 두었고, 시방은 요양주로 승격되었다. 성에서 20리쯤 떨어져 신요양이 있으니, 이는 옛날의 요동성을 폐하고 새로 붙인 이름이다. 성의 주위는 20리인데 더러는 말하기를, 웅정필이 쌓은 성이라고들 한다.

성은 헐고 낮고 좁다. 명나라가 망할 당시 웅정필은 적군이 경내로 들어온다는 소문을 듣고 두말 없이 성을 헐어 버리라고 호령을 내렸다. 이것을 본 청인들은 괴이쩍게 여겨 감히 진격을 못 하다가 실상은 성을 개축한다는 계획을 알아 내고야 군사를 몰고 성 밑까지 닿았

---

89) 본편은 구요동성을 중심으로 명나라 말기에 청나라 군대가 명나라 군대를 상대하여 격렬했던 공격 전투의 역사를 평론 필치로 서술하였다.

으나 벌써 그때는 하룻밤 사이에 성을 훌륭하게 쌓았더라고 한다.

그 후 웅정필은 도망을 치고 요양이 청군에게 함락되자 청인들은 성이 너무나 견고하여 함락시키기에 애먹었던 것을 분하게 여겨 아주 성을 헐어 버리기로 했다. 이 성을 허는 데는 방금 승승장구로 기세가 오를 대로 오른 군사들로도 열흘이 걸려도 오히려 다 못 헐었다고 한다.

명나라 천계天啓 원년(1621) 3월에 청인이 심양을 차지하고 다시 군사를 몰아 요양으로 향할 때다. 경략經略 원응태袁應泰는 방금 세 방면으로 군사를 풀어 무순撫順을 회복할 의논을 하던 중 미처 손도 쓰지 못한 채 적들이 심양을 함락하고 다시 요양으로 쳐들어온다는 소문을 듣고는 뒤미처 곧 태자하 물을 터서 해자에다 물을 대고 군사들은 성 위에 올라가 진을 쳤다. 청인들은 심양을 함락한 지 닷새 만에 벌써 요양성 밑까지 들어왔다.

누르하치[奴兒哈赤]는 소위 청 태조다. 이때에 그는 친히 좌익을 맡아 군사를 거느리고 선봉으로 닿았다. 명나라 총병 이회신李懷信들은 군사 5만을 거느리고 성을 나와 5리쯤 떨어져 진을 쳤다. 누르하치는 좌익 군대에 속한 사기군四旗軍[90]으로 왼쪽을 향하여 쳐 왔다.

청 태종은 우리 나라에서는 한汗이라고 하는데, 이름인즉 홍태시洪台時다.(우리 나라의 《병정록丙丁錄》같은 책에 너저분하게 홍타시洪打時나 홍타시洪他時라고 쓰인 것은 다 글자 발음이 비슷해서 그런 것이요, 영아아대英阿兒台를 용골대龍骨大라 쓰고, 마복탑馬伏塔을 마부대馬夫大라 쓴 것 같은 것도 다 그런 이유다.) 정병을 이끌고 와서 싸우기를 청했으

---

90) 청나라 군대 편제의 단위.

나 누르하치는 이를 허락치 않았다. 홍태시는 기어코 제 뜻대로 홍기紅旗[91] 두 대를 성 옆에 복병해 두어 대기시켰다. 누르하치는 정황기正黃旗, 양황기鑲黃旗[92]를 보내 홍태시를 도와 명나라 진지의 왼쪽을 찔렀다. 사기에 속한 군사들이 연거푸 돌격을 하니 명나라 군사는 크게 혼란에 빠졌다. 홍태시는 승승장구로 60리를 추격하여 안산鞍山에 이르러 한창 싸우는 판에 명나라 군사는 요양성의 서문을 빠져 나오다가 청인들이 복병해 둔 홍기군에게 걸려 갑자기 되돌아서 성 안으로 몰려드는 통에 저들끼리 서로 짓밟아 총병 하세현賀世賢과 부장 척금戚金 들이 죄다 전사하였다.

이튿날 아침 누르하치는 패륵貝勒[93]의 좌사기병을 거느리고 성의 서쪽 물문을 파헤쳐 못물을 빼고, 다음엔 우사기병으로 하여금 성 동쪽의 물목을 막도록 하고는 자신은 우익 군사를 이끌고 난간 달린 수레를 성의 주변에 늘어놓고 모래 가마니와 자갈을 실어 날라 물을 막았다. 명나라 군사 보병과 기병 3만 명은 동문으로 나와 진을 치고 마주 대항하였다.

청인들이 방금 다리 있는 지점을 빼앗으려고 하자 때를 같이하여 수문이 막혀 물은 말라들었다. 사기병의 선봉들은 못물을 건너 "악!" 소리를 치면서 동문 밖을 습격하니, 명나라 군사도 맞받아 힘껏 싸웠다. 청인들의 홍기 2백 명과 백기 천 명이 일제히 돌격하여 죽은 명나라 군사가 못을 메우다시피 되었다. 청병이 무정문武靖門

---

91) 만주군의 편제인 팔기 중의 하나.
92) 정황기와 양황기는 역시 만주군의 편제인 팔기 중의 하나.
93) 만주의 관직 명칭.

다리를 빼앗고는 부대를 나누어 쳐 나가면서 못을 확보하자 명나라 군사는 성 위로부터 잇대어 쉴새없이 총을 놓았다. 청인들은 용기를 떨쳐 돌격하여 사닥다리를 놓고 성으로 기어올라 마침내 성의 서쪽 한편을 점령하고는 주민들을 마구 죽이니 성 안이 뒤집히다시피 되었다. 이날 밤 성 안에서 명나라 군사는 줄 횃불을 켜 들고 마주 싸웠으나 우유요牛維曜 등은 갈팡질팡 줄을 타고 성을 빠져 달아났다. 이튿날 아침 명나라 군사는 다시 방패를 나란히 세우고 힘껏 싸웠으나 청나라 사기병은 역시 성 턱으로 계속 올라왔다.

경략 원응태는 성 북쪽에 있는 진원루鎭遠樓에 올라가 독전을 하다가 성이 함락되는 것을 보고는 성루에 불을 지르고 죽었다. 분수도分水道 하정괴河廷魁는 처자를 데리고 우물에 빠져 죽고, 감군도監軍道[94] 최유수崔儒秀는 목을 매어 자살하고, 총병 주만량朱萬良, 부장 양중선梁仲善, 참장 왕치王豸와 방승훈房承勳, 유격遊擊 이상의李尙義와 장승무張繩武, 도사都司 서국전徐國全과 왕종성王宗盛, 수비守備 이정간李廷幹은 모두 전사하였다. 사로잡힌 어사 장전張銓은 항복을 하지 않으니, 누르하치는 사사賜死를 하여 제 소원을 풀도록 해 주었으나 홍태시는 장전을 아껴서 어떻게든 살려 보려고 여러 차례 타일러 보았다. 그러나 종시 듣지 않아 부득이 목을 졸라 죽여 묻어 버렸다.

건륭 황제는 작년 기해년(己亥, 1779)에 전운시全韻詩[95]를 지어 요양성이 함락되던 시말을 자세히 기록하면서,

---

94) 분수도와 감군도는 군대의 직위명.
95) 건륭 황제의 저작 《어제전운시御製全韻詩》를 말한다.

"명나라 신하로서 항복하지 않은 자들에게 우리 조종들은 오히려 은혜를 베풀었다. 그러나 명나라 임금과 신하들은 이런저런 상관을 하지 않고 부하들에 대한 상벌이 분명찮게 되었으니 그들이 망하지 않으려고 버둥거렸던들 될 수 있었으랴!"

하였다.

《명사明史》를 들춰 보면 웅정필이 광녕땅을 구하지 않고 그대로 버려둔 데 대하여 삼사三司[96]인 왕기王紀, 추원표鄒元標, 주응추周應秋는 웅정필을 문죄하였다.

"정필의 재주와 지식과 기백은 한때는 세상을 노려볼 만치 놀라웠다. 지난날에 그가 요동에 주둔할 적엔 요동이 부지되었고, 그가 요동을 떠나게 될 적엔 요동이 망하게 되었다. 그러나 다만 그의 교만하고 고집 센 성질은 아주 굳어져 버려 고칠 수 없는 고질이었다. 오늘은 상소를 하는가 하면 내일은 방을 내붙이는 버릇이다. 양호楊鎬에 비하면 도망질을 한 번 더 친 편이요, 원웅태에 비하면 도리어 죽음 한몫을 덜한 폭이다. 왕화정王化貞을 죽이고 정필을 용서한 것은, 죄는 같은데 벌은 다르다고 할 수 있을 것이다."

오늘, 허물어진 흙벽을 삥 두르고, 남아 있는 깨진 벽돌 조각 흔적을 보면서 당시 삼사가 논죄한 글을 읽다 보니 넉넉히 웅정필의 사람됨을 짐작할 수 있었다. 슬프다, 명나라가 망하는 운명에 처하매 쓸 것, 버릴 것을 거꾸로 고르고 상과 벌이 흐리터분하여 웅정필, 원숭환袁崇煥 같은 장수들이 죽은 것을 본다면 만리장성을 제 손으

---

96) 사법 장관들.

로 헐어 버리는 것이나 다름없었으니, 어찌 후대의 비웃음을 받지 않을 것인가.

　태자하 물을 끌어 못을 만들고 못 가운데는 두서너 척 고깃배가 떠 있고 성 밑으로는 낚싯대를 드리우고 있는 사람들이 수십 명이나 되었다. 다들 고운 입성에다가 얼굴 생김새들이 놀이에 한가한 귀공자들만 같아 보였다. 모두 성 안에 사는 장사붙이들이다. 나는 못을 한 바퀴 돌아 물을 빼고 대고 하는 물문의 시설을 구경하였다. 낚시꾼들이 떠들썩하게 낚싯대를 잡은 채 내 곁으로 와서 말을 붙인다. 내가 땅바닥에 글자를 써 보이니 다들 한참씩 들여다보다가는 웃으면서들 가 버렸다.

요동 백탑 견문기 [遼東白塔記]

관우묘를 나와서 반 리도 못 가 탑이 있었다. 겉면은 흰빛이요, 8면, 13층에 높이가 70길이나 된다고 한다. 세상에 전해 오는 이야기로는 당나라의 울지경덕尉遲敬德[97]이 군사를 거느리고 고구려를 침입할 때 세운 탑이라고도 하고, 혹은 신선 정령위丁令威가 학을 타고 요동성으로 돌아왔을 때 성곽에 살던 사람들이 다 못 알아보게 갈렸으므로 슬퍼하던 나머지 노래를 지어 불렀다고도 한다.[98] 여기는 정령위가 머물렀다는 화표주華表柱[99]라고도 한다.

그러나 이것은 안 될 말이다. 화표주는 요양성 밖으로 10리도 못 떨어진 가까운 곳에 있으며, 그리 높고 크지도 못하다. 여기서 말하는 백탑은 이곳을 지나다니는 우리 나라 하인배들이 제멋대로 부르는 이름이다.

---

97) 당나라 초기의 명장으로 당 태종을 따라 여러 군데 원정을 한 일이 있다.
98) 정령위는 한나라 요동 사람으로 신선이 되어 천 년 만에 고향에 돌아왔다는 전설이 《수신후기搜神後記》라는 책에 있다.
99) 기념비와 비슷한 구조물로서 근세에는 장식물로도 건축되었다.

요동은 왼편으로 바다를 끼고 앞으로는 망망 천리, 거칠 데 없는 큰 벌에 다다르고 있어, 백탑은 그 넓은 들을 삼분의 일이나 차지하고 앉은 느낌을 준다. 탑 꼭대기에는 쇠북 세 개를 두었고 층계마다 추녀 끝에는 크기가 물통만큼씩이나 되는 풍경을 달아 바람이 불면 풍경 소리가 넓은 요동벌을 울린다.

탑 아래서 사람들을 만났는데, 모두 만주 사람들로서 영고탑까지 약을 무역하러 가는 사람들이라고 한다. 땅바닥을 그어 가면서 문답을 했는데 그중 한 사람은 《고본상서古本尙書》를 묻고, 또 안부자顔夫子가 지은 책이 있느냐고 묻기도 하고, 《악경樂經》은 자하子夏의 저작이 아니냐고 묻기도 한다. 나는 처음 듣는 이야기라 대답하지 않았다.

두 사람은 모두 새파란 젊은이들로서 이곳을 처음 지나면서 탑을 구경코저 들른 모양이다. 길이 바쁘기에 미처 그들의 이름도 물어 보지 못했다. 아마도 수재들인가 보다.

관제묘 견문기 [關帝廟記]¹⁰⁰⁾

구요동의 성문 밖을 나서면 돌다리가 있었다. 다리 가장자리에는 돌난간을 세웠는데 그 솜씨가 매우 정교하니 강희 57년(1718)에 축조한 것이다.

다리 맞은편으로 백여 보쯤 떨어져 패루牌樓¹⁰¹⁾가 섰는데, 구름이며 용이며 물에 사는 신선을 새겨 그림이 은근히 도드라져 나왔다. 패루 안으로 들어서니 동쪽에는 큰 누각이 서 있어 그 아래로는 문이 났고 편액을 붙였는데 '적금摘錦'이라 하였고, 왼쪽에는 종루가 섰는데 '용음龍吟'이라 붙였고, 오른쪽에는 고루鼓樓가 있는데 '호소虎嘯'라고 붙였다. 묘당은 장엄, 화려한데 전각들은 겹겹이 들어서 있고 금벽 단청으로 찬란했다. 정전에는 관우의 상을 모셨고 동쪽 행랑에는 장비, 서쪽 행랑에는 조운趙雲의 상을 모셨다. 또 촉나

---

100) 본편은 구요동에 있는 관제묘의 참관기를 비롯하여 심양을 떠나 3일 동안 겪은 일들을 서술하였다. 관제묘는 서기 220년대 중국의 삼국 시대 촉나라 명장이었던 관우를 위하는 당집으로서 중국 민간 신앙의 대상이었다.

101) 우리 나라의 홍살문처럼 세우는 기념용 장식 건조물.

라 장군들로서 엄안嚴顔의 씩씩한 모습도 목상을 만들어 세웠다.

뜰에는 큰 비석 몇 개가 섰는데 모두 창건한 내력이나 중수한 내력들을 썼고 새로 세운 딴 비석에는 산서 상인이 중수한 내력을 써 놓았다. 관제묘 안에는 날탕패 건달꾼 수천여 명이 모여 시끄럽기가 장터만 같았다.

어떤 데서는 창봉槍棒 연습도 하고, 어떤 데는 권술拳術과 씨름도 하고, 혹은 소경 말 타는 놀음도 놀았다. 한 군데는 《수호전》을 앉아서 내리읽는데 여럿이들 빙 둘러싸고는 듣고 있었다. 글 읽는 군은 머리를 툭툭 치면서 코를 쳐들고 아주 신이 나서 가관이다. 방금 읽고 있는 대목은 와관사瓦官寺에 불을 질러 태우는 대목인데 손에 쥐고 있는 책을 가만히 보니 《서상기西廂記》[102]다. 눈으로는 고무래 정 자도 못 알아보면서 입으로는 청산유수다. 흡사 우리 나라 가겟방에서 《임장군전》[103]을 외고 있는 것만 같았다. 글 읽던 자가 잠시 멈추니 이번에는 두 사람이 나와 비파를 타고 한 명은 바라를 치고 있었다.

---

102) 왕실보王實甫가 지은 원나라 시대의 유명한 희곡 책.
103) 인조 때 청병이 침입하자 군사, 외교적으로 활약한 임경업 장군을 주인공으로 한 우리
    나라 국문 소설.

광우사 견문기 [廣祐寺記]

백탑의 남쪽에는 옛 절이 있어 '광우사'라고 한다. 만주 사람이라는 수재의 말을 들으면 한나라 때 창건한 절로서 당 태종이 요동을 침입했을 때에 수산首山에 주둔하고 있었는데 당시 악공鄂公 울지경덕을 시켜 중수했다고 한다.

세상에 전하는 이야기로는 옛날 어떤 촌사람이 광녕이란 곳을 가다가 길에서 웬 소년을 만났는데, 소년의 말이 자기를 광우사까지 업어다 주면 절 오른쪽 열 자국 되는 지점 고목나무 밑에 묻혀 있는 금 십만 냥을 보수로 주겠다고 했다. 촌사람이 그 아이를 업고 하루아침에 걸어서 절까지 대고 보니, 아이는 바로 한 개 금부처였다고 한다.

절에 있던 중이 이상히 여겨 절 오른쪽 열 보 지점을 파 보니 과연 십만 금을 얻게 되어 촌사람은 그 돈으로 이 절을 중수했다고 한다. 절 안에 세운 비석을 읽어 보니 강희 27년(1688) 태황태후가 돈을 내어 지었다고 했다. 강희 황제도 일찍이 이 절까지 와서 중에게 비단 가사를 주었다고 한다. 시방은 폐사가 되고 중도 없었다.

성경의 이모저모[盛京雜識]

7월 10일 병술일부터 7월 14일 경인일까지,
십리하十里河에서 소흑산小黑山까지 도합 327리.

• 본편은 일기와 주로 박지원이 심양을 두류한 견문기 다섯 편이 수록되었다.

7월 10일 병술일. 비가 내리다가 곧 개었다.

십리하에서 일찌감치 떠나 판교보板橋堡까지 5리, 장성점長盛店 5리, 사하보沙河堡 10리, 포교와자暴交蛙子 5리, 전장포甀匠鋪 5리, 화소교火燒橋 3리, 백탑보白塔堡 7리, 도합 40리를 와서 백탑보에서 점심을 치르고 또다시 백탑보로부터 일소대一所臺까지 5리, 홍화포紅火鋪 5리, 혼하渾河 1리, 배로 혼하를 건너 심양에 들기까지 9리, 도합 20리로서 이날 모두 합해 60리를 와서 심양에서 묵었다. 이날 은 몹시 더웠다.

돌이켜 요양성 밖을 멀리 바라다보니 나무숲은 자욱한데 수없는 새벽 갈까마귀는 들판에 날아 흩어지고, 한 줄기 아침 연기는 하늘 가에 가로 뻗쳤는데, 눈부신 햇발이 처음으로 솟아오를 제 상서로운 아지랑이가 네 둘레를 가없이 퍼져도 걸리고 막힐 데가 없었다.

어허 참! 여기야말로 영웅들이 수없이 싸웠던 땅이로구나. 영웅 장사들이 범과 용처럼 날고 뛴다 해도 높고 낮은 거야 제 맘에 달렸 겠지마는 천하를 두고 마음을 놓고 못 놓는 것은 오로지 요동벌에 달려 있으니 요동벌이 한번 조용하면 나라 안에 난리가 일어날 턱이 없을 것이요, 요동벌이 한번 소란하면 천하의 병마들이 쇠북 소리를 한꺼번에 요란하게 울릴 것이다. 어째서 그럴 것인가? 이 벌은 일망천리 평원 광야라 지켜 내기는 참으로 힘든 일이요, 그렇다고 내버려 둔다면 오랑캐들이 꼬리를 물고 쳐들어와 담 없는 마당이나 다름없었다. 이것이 바로 중국으로 하여금 여기를 언제나 마음 못 놓는 땅으로 여기게 한 이유가 될 것이매 천하의 힘을 끌어 모아서라도 이곳을 지킨 후에야 나라가 평안했다. 오늘로 보아 이사이 백 년 어간에 세상이 잠잠한 까닭이 어찌 한갓 도덕과 교육과 정책만이 전대보다 나은 때문이라고 볼 것인가.

심양은 곧 청조가 처음 일어난 곳으로서 동으로는 영고탑에 닿고 북으로 열하를 누르고 남으로 조선을 어루만지면서 한번 서로 향하자 천하는 감히 꿈틀하지도 못하였다. 그 까닭은 근본을 튼튼히 하는 점에 있어서 역대에 비할 바가 아니었던 때문이다. 요동땅에 발길을 들여놓은 이래로 뽕나무와 삼대가 우거지고 개소리, 닭소리가 잇달아 들리며 백 년을 두고 잠잠한 것을 볼 때에 오히려 청국 황실을 위하여는 걱정스러운 일이 아닐까 싶었다.

몽고 수레 수천 대가 벽돌을 싣고 심양으로 들어온다. 수레마다 소 세 마리씩 붙여 끌고 있었다. 소는 흰 소가 많고 가끔 푸른 빛깔을 한 소도 섞여 있었다. 이 염천에 무거운 짐을 끄니 소코에는 피가 흘렀다.

몽고 사람들은 대개 코가 크고 눈은 깊숙하고 거세고 사납게 생겨 사람 같아 보이지 않을 뿐만 아니라 의복이나 쓰개는 남루하고 얼굴은 먼지와 때를 뒤집어썼지마는 그래도 버선은 벗지 않았다. 우리 하인들이 맨발로 걷는 것이 이상하게 보이는 모양이다.

우리 나라 말꾼들이 해마다 몽고 사람들을 보고 또 그 성정을 잘 알고 보니 툭하면 그들을 놀려 댄다. 채찍 끝으로 모자를 벗겨 길가에 떨어뜨리기도 하고 제기를 차기도 하나 몽고 사람들은 골을 안 내고 웃으면서 두 손을 벌리고 돌려 달라고 사정사정한다. 말꾼들은 혹시 그들의 뒤를 쫓아가 모자를 벗겨 가지고는 밭 가운데로 들어가 일부러 몽고 사람들에게 쫓기는 척하다가는 몸을 슬쩍 빼면서 휙 돌아서 그의 허리를 안고 발을 차 붙이면 넘어지지 않는 자가 없다. 그러고서는 가슴팍 위에 걸터앉고는 입에다가 흙을 집어넣으면 청인들은 지나다가도 수레를 세우고는 일제히 웃는다. 넘어진 자도 빙그레 웃으면서 일어나 입을 닦고 모자를 고쳐 쓰고는 다시 시비를 하지 않았다.

가다가 수레 한 대를 만났다. 일곱 사람을 한목 실었는데 모두 붉은 옷을 입고 쇠줄로 어깨와 등을 둘러 얽어 못에 걸어 채우고 다시 한 끝은 손을, 한 끝은 발을 묶어 채웠다. 알아본즉 금주위錦州衛가 사형할 도적놈들의 죄를 감소하여 흑룡강으로 수자리 귀양을 보내는 길이라고 한다. 얼굴에는 어데고 겁내는 빛이 있으면서도 그래도 연송 수레 위에서 농지거리를 하면서 조금도 괴로운 빛이 없었다.

수백 필 말 떼가 길을 가로채다시피 차지하여 몰려 지나간다. 맨 뒤에 한 사람이 좋은 말을 타고 손에는 수숫대 한 개비를 쥐고는 고삐도 없는 벌말 떼를 그저 뒤에서 보살펴 주면서 몰아갔다.

탑포塔鋪에 닿으니 탑은 마을 가운데 섰는데 높이는 20여 길이요, 13층에 팔모가 지고 가운데는 허통이 되고 층마다 네 개 둥글문이 났다. 말을 탄 채로 그 안에 들어가 머리를 들고 위를 쳐다보니 갑자기 눈이 아찔해지면서 현기증이 난다. 말고삐를 돌려 나오니 사신 일행은 벌써 숙소에 들었다.

숙소의 뒤채에 들어서니 바로 집주인의 턱 아래에서 개 짖는 소리가 몇 번 났다. 깜짝 놀라 주춤 서니 집주인은 빙그레 웃으면서 자리를 권한다.

집주인은 긴 수염을 늘이고 머리는 반백인데 구들간 위 앉은뱅이 책상 앞에 우뚝 앉았다. 구들간 아래 놓인 의자에는 웬 노파가 앉았는데 머리에는 붉고 흰 접시꽃을 꽂고 도화 수를 놓은 아청빛 치마를 입었다. 노파의 가슴팍에서도 개 짖는 소리가 나는데 아까 주인영감치보다 더 사납게 짖었다. 집주인은 슬그머니 품속에서 삽살개 한 마리를 끄집어 내는데, 크기는 토끼만 하고 털은 길이가 한 치나 되고 털오리는 눈빛같이 희고 등골은 푸르스름하고 눈은 노랗고 주둥이는 빨갛다. 노파도 역시 품속에서 삽살개를 끄집어 내어 두 양주가 나에게 번갈아 보인다. 털빛은 마찬가지였다. 노파는 웃으면서,

"손님은 괴이쩍게 생각하지 마십시오. 우리 늙은 양주가 집에서 종일 참말 소일거리도 없이 한가히 지내면서 이 흰 강아지새끼를 가지고 놀다나니 처음 본 손님에게 웃음거리가 되는갑소이다."

한다. 나는 집주인에게 물었다.

"댁에는 자제들이 없소?"

"자식 셋, 손자 한 놈을 두었는데 서른한 살 난 맏자식은 성경장군盛京將軍 막하에 장경章京으로 있고, 둘째 자식은 열아홉 살, 막내놈은 열여섯 살로 다들 서당에 가서 글을 읽습니다. 아홉 살 난 작은 손자놈은 버드나무 숲에 매미잡이를 나가 종일 얼굴을 볼 수 없답니다."

조금 있으니 주인의 손자아이가 손에는 나팔을 들고 헐떡거리면

서 방 안으로 뛰어들어 늙은이의 목을 껴안고 나팔을 사 내라고 졸라 댄다. 늙은이는 정이 넘치는 얼굴로 타이른다.

"애야, 이것은 쓸모없는 거란다."

어린놈은 눈망울이 또록또록하고 살구빛깔 무늬 놓은 비단으로 만든 옷을 입고는 재롱을 피우고 응석을 부리면서 이리 뛰고 저리 뛰고 있었다. 늙은이는 어린 손자를 일러 나에게 절을 시킨다. 군뢰 한 명이 눈을 부라리고 방 안에 뛰어들면서 나팔을 빼앗고는 크게 소리를 치며 부산을 떨었다. 늙은이는 몸을 일으켜,

"이것 참 안됐소. 어린것이 떼를 쓰는구려. 물건은 상하지 않은 갑소."

하면서 사과를 한다. 나는,

"나팔을 찾았으면 그만이지 무에 그리 사람을 점직하도록 만들 거야 있나?"

하여 군뢰를 나무랐다. 나는 주인에게,

"그 강아지는 어디 소산인지요?"

하고 물으니, 주인은,

"운남雲南 소산인데 촉蜀에도 역시 이런 개가 있답니다. 요놈 이름은 '옥토끼' 고, 저기 짖는 놈은 '눈사자' 인데, 다 운남 소산입니다."

했다. 그러더니 '옥토끼' 를 불러 절을 하라고 한다. 개는 발딱 일어서서 앞발을 모두고 절하는 시늉을 내고는 곧 땅에 머리를 조아린다. 장복이가 와서 밥이 다 되었다고 부르기에 일어서니 주인이,

"손님께서 이 미물이나마 그렇게 귀여우시다면 정으로 꼭 올리겠사오니 돌아오실 참에 가져가셔도 무방할 것입니다."

하기에,

"어찌 그런 것을 무단히 받겠소."

하고는 곧 돌아서서 나왔다. 사신 일행은 출발 신호의 첫 나팔을 불 적에 내가 간 곳을 몰라서 장복이를 시켜 두루 찾아도 알아 내지 못했던 것이다. 밥은 이미 식어 굳어지고 조바심에 밥이 잘 넘어가지 않기에 장복이와 창대에게 먹으라고 내주고 나는 가게에 들어가 국수 한 그릇, 술 한 병, 삶은 계란 세 개, 오이 한 개를 사 먹고 셈을 치르니 모두 마흔두 닢이다.

사신 일행이 막 가게 앞을 지나가기에 곧 변군과 고삐를 나란히 하여 따라갔다. 배가 몹시 불러 한 20리 동안은 속이 거북해 못 배겼다.

해는 거의 사시巳時[1]나 되어 불볕이 내리쬐었지마는 요양으로부터 죽 행길 가에는 버드나무를 수없이 심어 거의 침침하도록 그늘이 지고 보니 그리 더운 줄을 모르겠다. 가끔 버드나무 밑에 물 고인 데가 둘러 꺼져 부득이 길바닥으로 빠져나올 때마다 뙤약볕 아래 달아오른 땅바닥으로부터 후끈 치오르는 땅김 바람에 가슴이 대번에 탁탁 막힐 때도 있었다.

멀리 버드나무 그늘 아래 수레며 말들이 수없이 뭉쳐 머물고 있기에 재빨리 말을 몰아 그곳에 내려서 잠시 쉬었다.

여기는 수백 명 장사패들이 짐을 부리고 땀을 들이고 있었다. 어떤 사람은 버드나무 뿌리에 걸타고 앉아 웃통을 벗어젖히고 부채질을 하기도 하고, 어떤 사람은 차를 마시거나 술을 들이켜기도 하고, 어떤 사람은 머리를 감고, 어떤 사람은 머리를 깎고, 어떤 사람은 골패도 놀고, 어떤 사람들은 채권猜拳[2]도 하고 있었다. 멜대 짐에는

---

1) 오전 열 시.

그림 놓은 꽃사기 그릇을 다들 가졌고, 또 수숫대 껍질을 벗겨 자그마한 누각 모양으로 결어 그 속에는 여치나 매미를 잡아 넣은 것을 여남은 개씩 걸어 두었다. 어떤 데는 항아리 속에다 붉은 벌레와 푸른 물이끼를 담아 벌레가 물 위에 떠 꾸물거리는 것이 마치 새우알 같이 작은데 물고기의 먹이로 한다.

짐수레 30여 대가 석탄을 가득들 실었다. 술 장수, 차 장수, 떡 장수, 과일 장수가 모두 버드나무 그늘 아래 죽 의자에 늘어앉았다. 나는 여섯 닢을 내고 양매차楊梅茶 반 사발을 사서 먹고 갈증을 풀었다. 맛은 달고 시어 제호탕醍醐湯[3] 비슷하다.

태평차太平車 한 대에 두 여자가 타고 노새 한 마리가 끌고 간다. 노새는 물통을 보고 수레를 끈 채 물통 앞으로 왔다. 한 여자는 늙은이고 한 여자는 젊었는데 주렴을 걷고 바람을 쐤다. 다들 앵두빛깔 윗옷에 주황색 바지를 입고 머리에는 옥잠화, 석죽화, 석류꽃으로 야단스럽게 치장을 하였다. 보아하니 한족 여자 같았다.

변군이 한잔 하자고 하여 저마끔 한잔씩 마시고 몇 리를 못 가서 바라다보니 희멀쑥한 탑들이 띄엄띄엄 나타나면서 눈 안에 쑥 들어온다. 틀림없이 심양이 점점 가까워진 모양이다.

> 강성이 보인다고 사공이 손짓하자
> 뱃머리에 솟은 탑은 보는 동안 더 커지네.
> 漁人爲指江城近, 一塔船頭看漸長.

---

2) 두 사람이 주먹을 내어 손가락을 펴면서 숫자를 불러 손으로 승부를 다투는 놀음.
3) 향기 있는 한약 몇 종을 가루를 내어 꿀에 버무려 끓인 청량 음료의 일종.

하는 옛 시가 생각난다. 그림을 모르는 자는 시를 모를 것이다. 그림 그리는 화가는 반드시 짙음새가 있고 원근감이 있다. 오늘 여기서 탑 그림자를 볼 때에 옛 사람이 지은 시가 반드시 그림의 뜻을 잊지 않고 있음을 절실하게 깨닫겠다. 성이 멀고 가까운 것은 다만 탑의 길이로 보아 짐작할 수 있을 것이 아닌가?

혼하는 일명 아리강阿利江이요, 또 소요수小遼水라고도 한다. 물 근원은 장백산에서 나와 사하沙河와 합쳐서 성경성盛京城 동남을 감돌아 태자하와 합류하고 다시 서쪽으로 흐르다가 요하遼河와 합쳐 삼차하三叉河가 되어 바다로 든다.

강물을 건너 몇 리 더 가니 그리 높지 않은 토성이 있었다. 토성 밖에는 검정 소 수백 마리가 있었다. 빛깔은 아주 옻칠한 듯이 새까맣다. 넓은 못에는 물이 뚝뚝 듣게 곱고 붉은 연꽃이 한창인데 수없는 거위, 오리 들이 헤엄질을 하고 있었다. 천여 마리 양 떼가 물을 먹고 있다가 사람을 보고는 머리를 쫑긋하고들 선다.

외성 문 안으로 들어가니 성안 풍물이 번화한 것과 상점 가게들이 사치하고 번화한 품이 요양보다 열 배다.

관우묘에 들러 잠깐 쉬면서 삼사는 다들 관복을 갈아입었다.

웬 노인이 수화주秀花紬 홑적삼을 입고 대머리에 땋은 머리를 늘인 채 나를 보고는 넌지시 읍을 하면서 수고들 한다고 인사를 하기에 나도 마주 읍을 했다. 늙은이는 내가 신은 진신을 한참 들여다보고는 어떻게 만들었는지 자세히 보고 싶어하는 기색이 있기에 나는 앉은자리에서 선뜻 한 짝을 벗어 보였다. 때마침 웬 도사 한 명이 몸에는 산동주 도포를 걸치고 머리에는 삿갓을 쓰고 검정 공단신을 신은 채 안채에서 달려나와 갓을 벗고 상투를 어루만지면서 나를 보고는, 나와 마찬가지로 자기도 상투를 틀었다고 한다. 늙은이는 신었던 이녁 신을 벗고는 내 신과 바꾸어 신으면서 나에게 물었다.

"대체 이 신은 무슨 가죽인가요?"

"노새 가죽이라오."

"그러면 신창은 무슨 가죽인지요?"

"이것은 소가죽을 기름에 결은 것으로, 진 데 들어가도 물이 스미들 않지요."

했더니, 늙은이와 도사는 이구동성으로 입에 침이 없이 칭찬하면서,

"이 신이 진땅에는 마침이지마는 마른 길에는 발이 부르틀 염려가 없잖구려."

하기에, 나는 옳은 말이라고 했다.

늙은이는 나를 안방으로 인도하여 들이고 도사는 차를 두 잔 따라 내놓으면서 이쪽 저쪽 권한다. 늙은이의 성명은 복녕福寧이라 하고 만주 사람으로서 벼슬은 성경 병부낭중兵部郎中인데, 마침 성 밖에 피서차 나왔다가 연꽃이 한창이라 한 바퀴 거닐다가 방금 막 돌아오는 길이라고 한다.

"상공께서는 벼슬은 몇 품이시고 춘추는 올해 얼마이신지요?"

하고 묻기에, 이름을 말하고,

"수재의 몸으로 귀국까지 구경차로 왔고 정사생丁巳生⁴⁾입니다."

대답했더니, 또 생일, 생시를 묻는다. 2월 초닷새 날 축시丑時⁵⁾라고 대답한즉, 그는 다시 나더러 무관武官이냐고 묻기에 아니라고 했다.

---

4) 박지원은 당시 44살.

5) 새벽 두 시.

"저기 상좌에 앉으신 분은 재작년에 북경 오실 때 내가 심양으로 돌아가는 길에 옥전玉田에서 같은 여관에 들었던 일이 있었습니다. 저분은 한림 출신인지요?"

"그렇지 않소. 그분은 부마도위인데, 나와는 족형제 간이오."

그가 다시 부사와 서장관의 성명과 관품 등을 묻기에 대답해 주었다. 사신 일행이 옷을 갈아입고 출발하려기에 나도 인사를 하고 일어서니, 그는 내 손을 붙들고,

"부디 도중에 몸을 보중하시고, 요즘 첫가을 늦더위가 심하니 설 익은 오이나 찬 음식에 조심하십시오."

하고 신신당부를 하면서 자기 집은 서문 안 나마장騾馬場 남쪽에 있는데, 대문 위에는 '병부낭중'이란 패를 걸었고, 또 금자로 '계유문과癸酉文科'란 패를 붙였으니 아주 집 찾기가 쉽다고 하고는 언제쯤 돌아오겠느냐고 묻는다. 아마도 9월 중에는 성경에 들를 것이라고 했더니, 그는 특별한 일이 없으면 그때는 꼭 반갑게 만나게 될 것이라고 하면서,

"인제는 당신의 생일 생시까지 알았으니 좋은 날받이를 하여 한 번 모실 것입니다."

하며, 퍽이나 말씨가 다정스럽고 작별을 섭섭해하는 빛을 보인다. 도사는 코가 뾰족하고 눈은 사팔뜨기인데 몸가짐이 경망스럽고 진중한 맛이 없었으나, 복녕은 사람이 듬직하고 의젓하게 생겼다.

삼사는 차례로 말을 타고 떠나는데 문관과 무관들은 각기 반열을 지어 성 안으로 들어갔다.

성의 주위는 10리요, 벽돌로 쌓았는데 문루 여덟 개는 모두 삼첨 三簷[6]이요, 옹성으로 둘러쌌다. 옹성의 좌우에는 또다시 마주 문이

섰다.

네거리에는 높은 축대를 쌓고 역시 삼첨 누각을 세웠는데, 그 아래로는 십자로 길이 나서 사람들이 서로 부딪치고 어깨를 맞비비면서 떠드는 소리가 장마당 그대로다.

점방들은 길을 가운데 끼고 단청한 누각, 아로새긴 창문, 금색 간판이며 푸른 현판들이 휘황하고 수많은 보화들은 그 안에 가득 찼다. 점방 앞에 앉은 자들은 다들 얼굴이 깨끗하고 의복이며 모자는 다 말쑥했다.

심양은 본디 조선 지역이다. 어떤 사람은 한나라가 사군을 둘 때에 낙랑이 다스리던 곳이라고 한다. 원래 위나라, 수나라, 당나라 시대에는 고구려에 속했던 곳이다. 지금은 성경이라고 하는데 봉천 부윤이 백성을 다스리고 봉천장군 부도통副都統은 팔기를 관할하고 있다.

또 승덕지현承德知縣[7]이 있어 각 부에는 좌이아문佐貳衙門이 있고 그 맞은편에는 차면담이 섰고 문 앞에는 검정 칠한 나무를 목책처럼 세워 난간을 삼았다. 장군부 앞에는 큰 패루가 섰고 길에서 바라다본즉 가지각색 유리 기와가 보였다. 나는 내원과 계함과 함께 행궁 앞까지 왔다.

거기서 웬 관속 한 명을 만났는데 손에는 채찍을 들고 몹시 바쁘게 걸어가고 있었다. 내원의 마두 광록光錄은 원래 관화를 잘했다. 광록이 그 관속 앞으로 달려가 한쪽 무릎을 꿇고는 머리가 땅에 부

6) 처마가 세 층으로 되어 있다.
7) 승덕현 장관이 있는 기관.

딪치는 소리가 나도록 절을 하니, 관인은 황급히 광록을 붙들면서,

"형장! 웬일이오? 좋을 대로 합시다."

하니, 광록은 머리를 조아리고,

"소인은 조선서 온 놈인데 우리 나리들이 대궐 한번 보고 싶어 하기를 천상 세계나 다름없이 알고 있소이다. 영감께서 들어주실는지 감히 아뢰오."

그 관속은 웃으면서,

"무방한 일이지요. 나를 따라오오."

한다. 나는 곧 뒤를 따라갔다. 나는 그와 인사라도 하려 했더니 어떻게나 빨리 걷는지 미처 닿지를 못했다. 길이 막다른 곳을 바라다보니 주홍빛 나무로 울타리를 둘러쳤는데 관인은 울타리 안으로 들어서서 뒤를 돌아다보고는 채찍으로 가리키면서,

"여기서 건너다보고들 구경하시오."

하고는 휙 돌아서 가 버린다. 내원은 아무래도 안에 들어가서 구경을 못할 바에야 이렇게 한번 봤으면 그만이지 여기서 오래 머뭇거릴 필요야 있나 하고는 이내 계함을 끌고 술집을 찾아갔다. 나는 혼자 떨어져 광록과 함께 울타리 안으로 들어갔다. 정문은 태청문太淸門이라고 한다. 문 안으로 썩 들어서니, 광록이,

"아까 내가 만났던 관속은 바로 수직장경守直章京[8]인데 재작년에 하은군河恩君을 모시고 와서 행궁을 고루 구경했지마는 말리는 사람이 없었습니다. 마음 놓고 구경하셔도 좋습니다. 설사 누구를 만나더라도 쫓겨날 뿐이겠습죠."

---

8) 대궐 파수 보는 관원.

하기에, 나는,

"네 말이 옳다."

하고는, 바로 맨 앞에 있는 전각까지 오니 한 편액은 승정이라고 붙였고 또 한 편액은 정대광명正大光明이라고 했고, 전각의 왼편은 비룡각飛龍閣이요, 오른편은 상봉각翔鳳閣이다. 전각 뒤에는 삼첩 누각이 솟았는데 봉황루라 하고, 좌우에는 겹문이 있어 문 안에는 갑군 수십 명이 있다가 길을 막는다. 하는 수 없이 문 밖에서 멀리 바라보았다.

층층거리 누각과 겹겹이 닿은 전각과 군데군데 정자와 굽이굽이 복도는 모두 오색 유리 기와로 이었다. 두 겹 처마 팔각집이 있는데 '태정전太政殿'이라고 한다. 태청문 동쪽에는 신우궁神祐宮이 있어 삼청三淸[9]의 소상을 모셨는데 강희 황제 어필로 소격昭格이라고 써 붙였고, 옹정雍正 황제 어필로는 '옥허진제玉虛眞帝'라고 써 붙였다.

나는 구경을 마치고 돌아나와 내원을 찾아 어떤 술집에까지 왔다. 깃발에는 금자로 이렇게 적혀 있다.

하늘에는 주성 한 알 반짝이고 있건마는
땅에는 둘도 없는 술 샘이 여기라오.
天上已多星一顆, 人間空間郡雙名.

술집에 들어선즉 붉은 난간, 푸른 문짝, 흰 바람벽, 그림 기둥에 선반 위에는 꼭 같은 주석으로 만든 큰 술병을 죽 늘어놓았고 붉은

---

9) 중국의 도교에서 신선이 사는 세 곳을 삼청이라 부르는데, 여기는 세 신선을 말한다.

종이에다가 술 이름을 각각 써 붙였는데 그 종류는 이루 다 기록할 수가 없었다. 주부 조학동이 방금 그 안에 앉아 다른 사람들과 술을 먹다가 웃으면서 일어나 맞는다. 5, 60개나 되는 좋은 의자에 2, 30개 탁자가 놓여 있고 몇십 개 되는 화분에다 방금 저녁 물을 주고 있었다. 가을 해당과 수국이 한창이고 그 밖에 다른 꽃들은 모두 처음 보는 꽃들이다.

조군은 불수로佛手露란 술 석 잔을 내게 권한다. 계함이네 일행이 어데로 갔느냐고 물었더니 모르겠다고 하기에 나는 먼저 일어서서 나왔다. 길에서 주부 조명회를 만났더니 반색을 하면서 같이 술을 먹으러 가자고 했다. 나는 돌아서 아까 나온 술집을 가리키면서 다시 가서 술을 먹자고 했더니 조군은, 어디고 다 마찬가진데 꼭 거기 갈 맛이야 있느냐고 하면서 또 다른 주점으로 들어갔다. 크고 깊숙하고 화려한 품은 아까 술집보다도 훨씬 나았다. 닭알 볶음 한 접시와 사국공史國公이란 술 한 병을 청하여 둘이 잔뜩 먹고 나섰다.

나는 한 군데 골동품을 사고 파는 가게에 들렀다. 상점 이름은 '예속재藝粟齋'라고 하는데 수재 댓 명이 같이 경영을 한다고 한다. 다들 나이가 젊고 얌전하게들 생겼다. 다시 한 번 오기로 약속하였는바, 이 집에 와서 주고받은 이야기는 '속재필담粟齋筆談'에 싣기로 한다.

또 한 가게에 들렀더니 다들 먼 지방 선비들이 비단 점방을 새로 내고 점방 이름을 '가상루歌商樓'라고 했다. 여섯 사람이 함께 있는데 입성이 다 말쑥하고 몸가짐이라든가 사람 대하는 범절이 다들 단정했다. 여기서도 다시 만나기로 약속하고는 형부刑部 앞으로 지나가니 아문을 활짝 열어젖히고 대문 앞에는 나무를 가로 꽂아 둘러

세워 울을 만들고 아무나 마음대로 못 들어가도록 해 두었다. 그러나 나는 외국 사람이랍시고 아무 관청이든지 겁도 허물도 없이 드나들 참인데 더구나 여기만은 문이 열려 있었으므로 일반 관청의 제도를 구경할 겸 문 안으로 썩 들어갔으나, 아무도 막는 사람이 없었다.

관리 한 사람이 마루 위 걸상에 걸터 앉았으며 등 뒤에는 한 사람이 붓과 종이를 들고 서 있었다. 댓돌 아래는 죄인 한 명이 무릎을 꿇고 있었다. 양옆에는 사령 두 사람이 대나무 곤장을 버티고 섰다. 크게 분부하거나 호령하는 소리도 없이, 관리는 죄인을 마주 보고는 부드러운 말씨로 심문하고 있었다. 이윽고 그 관리가 소리를 질러 호령하니 사령은 곤장을 내려놓고는 죄인 앞으로 걸어가 손바닥으로 뺨을 네댓 차례 후려 붙이고는 제자리로 돌아와 다시 곤장을 짚고 선다. 글쎄, 법인즉 간편하다 할 수 있겠지마는 세상에 뺨치는 형벌이란 듣도 보도 못 한 일이다.

저녁을 먹고 나서는 달밤에 가상루에 이르러 여러 사람들과 함께 예속재에 와서 날이 밝도록 놀았다.

7월 11일 정해일. 날이 맑고 몹시 더웠다. 심양에서 묵었다.

이른 새벽에 온 성안이 떠나가도록 대포 소리가 요란했다. 상점
가에서는 아침 일찍 일어나 가게 문을 열고 문 앞에는 딱총을 늘어
놓고 터뜨렸다. 나는 급히 일어나 가상루로 갔다. 여러 사람들과 함
께 모여 조용히 이야기들을 하다가 숙소로 돌아왔다. 식사를 마친
후 또 여럿이들 손을 마주 잡고 거리 구경을 나섰다.

길에서 팔짱을 끼고 둘이 같이 가는 사람이 있어, 차림이 다들 점
잖게 생겼기에 글자나 하는 사람들이 아닐까 하고 곧 그들 앞으로
가서 머리를 숙여 인사를 하니, 두 사람은 팔짱을 빼고 답례를 하는
데 매우 공손스러웠다. 그들이 곧 약방으로 들어가기에 나도 따라
들어갔다. 두 사람은 한목으로 빈랑檳榔[10] 두 개를 사서 네 개로 쪼
개 반쪽을 내게 주면서 씹으라고 권하면서 자기들도 씹어 먹는다.

내가 글로 써서 성명 주소를 물어보니, 두 사람이 다 물끄러미 들
여다보고는 멀뚱하고 있는 꼴이 글을 알아보지 못하는 모양이다. 나

---

10) 한약의 일종으로 소화제로 씹기도 한다.

는 곧 인사를 하고 돌아섰다.

　매년 북경에서 심양 여러 관아의 팔기 녹봉祿俸과 또 심양으로부터 홍경興京 선창船廠과 영고탑 등지로 보내는 돈이 은 125만 냥이라고 한다.

　달빛이 유달리 밝기에 변계함과 같이 가상루에나 가 보려고 하여 변군이 수역에게 여부를 의논차로 갔더니, 수역은 펄펄 뛰면서 성경은 황성이나 다름없는 곳인데 밤출입이란 당찮은 말씀이라고 하는 바람에 변군은 아주 풀이 탁 죽어 버렸다. 수역은 실상 간밤 일은 까맣게 모르고 있었다. 수역이 이것을 안다면 나도 마저 못 가게 될 것이라 일부러 이를 기이고 나는 혼자 슬며시 숙소를 빠져나오면서 장복에게,

　"혹시나 누가 나를 찾거든 뒷간에 갔다고 대답을 해라."
하고 당부해 두었다.

속재필담粟齋筆談[11]

전사가田仕可의 자는 대경代耕이요, 다른 자는 보정輔廷이요, 호
는 포관抱關이니 무종無終 사람이다. 자기 말로는 전주田疇[12]의 후
손이라고 하며 본집은 산해관인데 태원太原 사람 양등楊쯢과 함께
이곳에 점포를 냈다고 한다. 나이는 스물아홉이요, 키는 칠 척이나
되고 이마가 널찍하고 코가 크고 풍채가 늠름하여 고기古器 내력에
지식이 있고 사람을 대하는 데 친절했다.

이구몽李龜蒙의 자는 동야東野요, 호는 인재麟齋며 촉땅 금죽錦
竹 사람이다. 나이는 서른아홉이요, 키는 칠 척, 입은 큼직하고 턱이
넙죽한 데다가 얼굴은 분을 바른 듯이 희다. 글을 한번 읽으면 목소
리가 찌렁찌렁 울렸다.

목춘穆春의 자는 수환繡寰이요, 호는 소정韶亭인데 촉땅 사람이

---

11) 본편은 저자가 심양 시가를 구경하던 중 예속재라는 골동품점에 들렀다가 점포를 경영
   하는 사람들과 친해져 그날 밤 초대를 받고 가서 여러 사람들과 함께 온갖 화제를 필담
   으로 교환한 내용을 수록했다.
12) 삼국 시대 위나라의 현인으로 쳐주던 사람.

148 | 열하일기

다. 나이는 스물넷, 눈매는 그림 같으나 글눈은 까막이다.

온백고溫伯高의 자는 목헌騖軒이요, 촉땅 성도成都 사람인데 나이는 서른하나, 글을 모른다.

오복吳復의 자는 천근天根이요, 항주杭州 사람이다. 호는 일재一齋요, 나이는 마흔인데 문필은 보잘것없으나 사람이 진중하다.

비치費稚의 자는 하탑下榻이요, 호는 포월루抱月樓라고도 하고, 지주芝洲라고도 하고 가재稼齋라고도 하니, 대량大梁 사람이다. 나이는 서른다섯인데, 아들 여덟 형제를 두었다. 서화와 조각에 능하고, 또 경서의 토론에 능하다. 집은 가난하되 친구 돕기를 좋아하여 많은 자식들의 복을 닦고 있으며 목수환과 온목헌이 영업하는 데서 일을 보고 있다. 오늘 아침에 바로 촉땅에서 돌아온 길이라고 한다.

배관裴寬의 자는 갈부褐夫요, 노룡현盧龍縣 사람이다. 나이는 마흔일곱에 키는 칠 척가량이요, 수염이 좋고 술을 잘 먹고 편지 글씨는 펄쩍 날고 사람이 푼더분하여 장자의 풍모가 있었다. 그의 저작인《과정집蕎亭集》두 권을 자기 손으로 판각을 하였고, 또 그의 저작으로《청매시화青梅詩話》두 권과 그 부인 두씨杜氏가 열아홉 살에 죽었을 때 지은《임상헌집臨湘軒集》한 권이 있다. 나에게 그 서문을 위촉하였다.

나머지 몇 사람은 기록할 나위도 없을 만큼 다들 신통치 못했다. 그나마 목가나 온가처럼 얼굴도 잘난 맛이 없고 보니 판에 박은 장사붙이들의 꼴이라 이틀 밤이나 이야기 상대를 했지만 그 이름들은 다 잊고 말았다.

나는 눈매가 그림같이 생긴 청년 목소정에게, 무엇 때문에 고향을 떠나 이렇게 먼 곳까지 왔으며 인재나 온공과는 다 같이 고향이 촉땅이니 서로들 친척 관계나 없느냐고 물었더니 인재가 말하였다.

"꼭 그 사람을 붙들고 물을 것은 없나 봅니다. 그 사람의 얼굴은 관옥같이 잘났지마는 속이 비었답니다."

"사람 꼬누는 품이 꽤 까다롭구려."

"온형과 수환은 이종사촌입니다마는, 나와는 아무런 친척 관계가 없고 우리 세 사람은 병신년(1776) 3월에 비단을 싣고 촉땅을 배로 떠나 삼협三峽으로 내려왔습니다. 오중吳中에 와서 물건을 팔고 이득을 좇아서 구외口外까지 와 이곳에서 점포를 낸 지도 벌써 3년이 되었습니다."

나는 목춘이가 몹시 귀여워서 그와 필담을 하려고 드니, 이생이 손을 내젓는다.

"온백고, 목춘 두 사람은 입으로는 봉황새를 읊을 수 있지마는 눈으로는 돼지새끼도 분간 못 한답니다."

"그럴 리가 있겠소?"

하니, 배관이 있다가,

"허튼소리가 아닙니다. 귀에는 만 권 장서를 쌓아 놓고도 눈에는 낫 놓고 기역 자도 없답니다. 하늘에는 글 모르는 신선이 없는가 하면 땅에는 말 잘하는 앵무새가 있으니깐요."

하여,

"과연 그렇다면 비록 진림陳琳[13]이 격문을 지어도 두통 낫기는 틀렸구면!"

---

13) 삼국 시대 위나라 조조의 부하로 글을 잘 짓는 사람인데 원소袁紹에게 보내는 격문을 지어 조조에게 바쳤더니, 조조는 앓던 머리가 그 자리에서 나았다는 고사가 있다.

하니, 배관이 말했다.

"아주 이것이 큰 유행이랍니다. 한나라가 창건된 뒤에 이 법이 틀린 줄은 알았지마는 소위 귀와 입에만 담는 학문으로써 시방 세상에도 서당이란 서당에서는 다 이 법이 통하여 글은 읽기만 하고 뜻풀이가 없어 귀는 똑똑하되 눈은 희미하고, 입으로는 제자백가가 청산유수 같되 두 손으로 쓰라면 괴발개발 말이 아니랍니다."

이생이 있다가 물었다.

"귀국에서는 어쩌시나요?"

"책을 펴놓고 새겨 읽을 때는 음과 뜻이 맞아떨어지지요."

배생은 무릎을 치면서,

"그럴 일이지요!"

한다. 나는 비공에게 물었다.

"비공은 언제 촉땅을 떠났소?"

"초봄에 떠났습니다."

"촉땅은 이곳서 몇 리나 되는지요?"

"오천여 리는 넉넉할 것입니다."

"비공의 자제분 여덟은 한 탯줄이신지요?"

비치는 빙그레 웃는데 배관이 곁에서 나서면서,

"작은마누라 둘이 좌우를 모시지요. 나는 저 사람의 아들 팔형제가 부러운 것보다 작은마누라나 하룻밤 빌렸으면 그만이겠소."

하여, 만좌가 배를 부둥켜 쥐고 웃었다.

"오는 길에 검각 劍閣의 잔도 棧道[14]를 거쳤던가요?"

---

14) 중국의 사천 지방 험준한 절벽 산길에 나무로 시렁을 만들어 길을 낸 곳.

"암요. '새도 발을 못 붙이는 천릿길에 밤낮 없이 열두 시간 원숭이 울음〔鳥道一千里 猿聲十二時〕'이지요."

배관이,

"정말 촉도蜀道야 수로, 육로가 다 험하지요. 하늘에 오르는 것 못지않다는 말이 빈말이 아닐 것입니다. 나도 신묘년(1771)에 뱃길로 서촉에 들어가는데 74일 만에야 백제성白帝城에 닿았답니다.

때는 바로 춘삼월이라 양쪽 언덕에 꽃나무와 수림은 한창 우거질 대로 우거졌는데 나그네 몸으로 컴컴한 객창 앞 책상머리에서 쓸쓸한 밤을 지루하게 밝힐 때는 두견 소리, 원숭이 울음, 학두루미 눈물, 솔개 웃음, 이것이 빈 강 달 밝은 밤의 풍광이요. 한쪽 언덕에서 바윗돌은 강으로 떨어지고 돌들은 서로 부딪치면서 절로 번갯불을 번쩍이는 광경은 여름날 장마철에 보는 광경입니다. 아무리 금방석에 비단 사태가 난다더라도 머리가 세고 똥이 타는 이 노릇이야 어찌 감당을 하겠소?"

하기에, 나는,

"고생이야 좀 하겠소마는 그래도 육방옹陸放翁[15]의 《입촉기入蜀記》를 읽으면 미상불 금방 신선이 되어 훨훨 날 것만 같잖아요?"

했더니, 배생이,

"정말 그렇지요."

하고 마주 받는다.

이날 밤에 달빛은 대낮처럼 밝았다. 전사가는 술참을 주선하러

---

15) 중국의 송나라 때 유명한 시인으로 평생에 촉도 풍토를 제목으로 시와 글을 지어 더욱 유명하다.

나갔다가 2경¹⁶⁾이나 되어 돌아왔다.

차려 들인 음식은 떡 두 쟁반, 삶은 거위 한 쟁반, 닭찜 세 마리, 돼지찜 한 마리, 신출 과일 두 쟁반, 양배알국 한 자배기, 임안 술 세 병, 계주 술¹⁷⁾ 두 병, 잉어찜 한 마리, 백반 두 냄비, 나물 두 쟁반에 값이 은 열두 냥이라고 한다. 전생은 앞으로 나와서 공손히 인사말로,

"주인 된 처지에 변변치 못한 것을 차리느라고 오히려 좋은 말씀을 듣는 이 밤에 실례가 많사외다."

하기에, 나는 자리에 내려서서 사례를 하였다.

"몸소 수고를 하시는데 도리어 대접을 받는 것이 참으로 부끄럽소이다."

여럿은 다 같이 일어서서 인사를 한다.

"멀리 오신 손님에게 변변치 못한 대접으로 이편이야말로 부끄러운 일이외다."

이윽고 모두들 일어나 점방 문을 닫고는 천장에 부채 모양으로 생긴 사초롱 한 쌍을 달았다. 초롱에는 모두 그림을 그렸고 유명한 시들도 쓰여 있다. 또 유리방등 한 쌍이 걸려 낮 못잖게 밝다.

여러 사람들은 서로들 한두 잔씩 술을 권한다. 닭이나 거위는 모두 주둥이와 발을 통째로 놓았고 양고깃국은 노린내가 비위에 거슬리기에 떡과 과일만 주워 먹었다. 전생은 그동안 우리들이 필담한 초기를 죄다 뒤적거려 보고는 연송 "그렇지!", "좋고!" 하면서 감탄을 한다. 전생이 나에게 물었다.

---

16) 밤 열 시경.
17) 임안臨安 술은 중국 남방 절강성 명산 술이고, 계주薊州 술은 중국 북방 술이다.

"선생은 아까 낮에 골동을 찾으셨는데 어떤 물건을 구하시는지요?"

"골동뿐만 아니라 문방구 일습도 필요하오. 물건이 썩 좋고 희귀한 진품이라면 값을 다투지 않겠소."

"선생은 오래잖아 북경에 들러 아마 유리창琉璃廠[18] 같은 데도 찾으실 터인데 물건을 못 구하실 것이 걱정이 아니라, 진짜와 가짜를 골라잡기가 걱정일 것입니다. 선생은 골동 감상이 어떠신지요?"

"바다 구석 촌뜨기로 그런 감식이 고루할 것은 뻔한 일이지요. 어찌 물건의 속을 알 수 있겠소?"

"이곳이 비록 행도行都[19]라고는 하나 중국의 변방으로서 장사는 주로 몽고, 영고탑, 선창 등지를 상대로 삼고 있을 뿐 변방의 본바가 무뚝뚝하며 색다른 고기란 못 알아먹고 보니 이곳까지 오기가 드뭅니다. 더구나 은나라 적 그릇, 주나라 적 솥 같은 것이야 생의도 못할 것입니다.

보아하니 귀국서 골동 다루는 속이 이곳과는 또 달라 전에 한 번 장사치들을 보니 차나 약 같은 것이라도 품질을 택하지 않고 눅은 값만 취하니 여기서야 무슨 가짜, 진짜 문제가 붙겠습니까? 비단, 차나 약품뿐만 아니라 여러 가지 기물 따위로서 운반하기 어려운 무거운 물건들은 거꾸로 국경 지방에서 사 가지고 돌아갑니다. 그렇고 보니 북경 장사치들은 미리 내지에서 못 쓸 물건을 무역해다가 국경으로 보내고 서로 속임수를 써서 이익을 낚고 있습니다.

오늘 선생께서 쓰실 물건이야 속스러운 장내기가 아닐 터이매

---

18) 북경의 동리 이름. 골동 전문 상점을 비롯한 백화가 집중한 곳이다.
19) 서울은 아니나 황제의 대궐이 있는 곳.

우연히 뵙고 몇 마디 이야기를 서로 바꾼 처지나 이미 지기나 다름없는 터에 비록 마음껏 해 올리지는 못할망정 어찌 일시인들 쉽사리 정의를 저버릴 수야 있겠습니까?"

"선생의 말씀은 참말 진정에서 우러나오는 말씀이라 이야말로 주신 술에 취했고 베푸신 덕으로 배가 부른 셈입니다."

"과찬의 말씀이외다. 내일 아침 다시 오셔서 점방 안에 있는 물건들을 둘러보시는 것이 좋을 것 같습니다."

배생이 있다가,

"내일 아침 일을 시방 꾸미는 것보다는 오늘 저녁 흥을 다할 궁리가 더 바빠 보이외다."

하니, 여럿이들 다,

"옳소!"

한다. 전생의 말이,

"공자는 오랑캐 고장에 있고 싶다 했고, '군자가 가서 살아서 더러울 데가 어데 있을 것인가.' 했습니다. 선생은 비록 먼 나라 출생이지마는 기상이 늠름하고, 학문은 공맹의 학설에 정통하고, 예는 주공周公[20]의 도에 미쳤다고 할 수 있으니 틀림없는 군자입니다. 그러나 유감은 우리들이 서로 떨어진 곳에 살고 하늘가 이쪽 저쪽에 갈려 있어 그리던 정회도 풀 새 없이 눈 깜짝할 사이에 이별을 하게 되니, 이를 어찌겠소?"

하니, 이구몽은 연송 권주圈朱[21]를 치면서 두루두루 마음에 먹었던

---

20) 기원전 462년 주나라 초기의 대표적 정치가.
21) 글을 평할 때에 우수한 구절에는 동그라미로 표시하는 채점 방식.

바로 그대로라고 탄복을 한다. 몇 차례 순배를 돌리고는 이생이 물었다.

"술맛은 귀국의 술맛과 어떤지요?"

"임안 술은 술맛이 너무 묽고, 계주 술은 너무 독하고 보니 어느 것이 적당하다고는 말하기 어렵습니다. 우리 나라에서는 모두 일정한 술 빚는 법식이 있으니까요."

전생이 물었다.

"소주도 있는지요?"

"있지요."

전생은 일어나서 벽에 걸린 비파를 내려 몇 곡조 뜯는다. 나는,

"옛날부터 연나라, 조나라에서는 슬픈 곡조가 유행했다는데 여러분들은 다들 잘 부를 테니 어디 한 곡조 들어 봅시다."

하니, 배생이,

"잘 부르는 사람이 없나 봅니다."

하고, 이생이 있다가,

"예로부터 이르는 연나라, 조나라의 곡조가 슬픈 까닭은 변지에 밀려나 뜻을 얻지 못한 인사들이 있었던 탓이었지마는 오늘이야말로 천하가 한 집안이요, 위로는 갸륵한 천자가 계셔 만백성들은 자기의 직업을 즐기고 현명한 인사들은 각자 밝은 조정에 나가 버젓이 자리를 잡게 되니 제 신대로 노래를 부를 것이요, 평범한 백성들은 태평 시절을 만나 격양가擊壤歌를 노래할 것인데 무슨 불안이 있다 하여 슬픈 노래를 부르겠습니까?"

하여, 내가,

"위로 갸륵한 천자가 계실 바엔 여러분들은 다들 당세의 인물들

로서 학문과 재주가 놀랍거늘 어째서 벼슬자리에 나아가 세상을 위하여 봉사를 하지 않고 녹록스럽게 이 같은 시정에 잠겨들 있소?"

하니, 배생의 대답이,

"그런 자격은 다만 전공의 독차지인가 보외다."

하고는, 여럿이 한목 깔깔 웃었다. 이생이,

"운수와 때가 있는 것이지 어디 억지로야 됩니까?"

하면서 시렁 위에서 책 한 권을 내려 나에게 한번 읽어 보라고 한다. 내가 '후출사표後出師表' [22]를 토를 달지 않고 소리를 내어 한 번 읽었더니, 여러 사람들은 둘러앉아 들으면서 장단을 맞추어 "좋다." 소리를 안 낼 수 없었다.

이생은 내가 다 읽기를 기다려 유량庾亮의 '사중서감표辭中書監表' [23]를 골라서 읽는데 높았다 낮았다 음절이 분명하여 비록 한 자 한 자씩 떼어 알아듣지는 못해도 대체로 알 만했다. 어느 구절인가 읽어 내려갈 때는 소리가락이 뽑는 듯이 맑아, 무슨 음악 소리라도 듣는 것만 같았다.

때는 이미 달도 지고 밤이 깊었다. 그러나 거리에는 사람들 발자국 소리가 끊어지들 않는다. 나는 물었다.

"성경은 야행을 금하는 순라가 없는지요?"

전생은,

---

22) 중국의 삼국 시대 촉나라의 승상 제갈량이 두 번이나 북벌을 할 때에 황제에게 바친 두 번째 상소문으로 '전출사표'와 함께 역사적 명문장으로 높이 평가되는 글.
23) 동진(東晉, 318~419) 시대 정치가이자 학자인 유량이 쓴 명문장.

"있다 뿐이겠소?"

한다. 나는 다시 물었다.

"노상에 행인들이 그대로 통행을 하고 있으니 무슨 까닭인지요?"

"무슨 볼일들이 있겠지요."

"그러나 볼일이 있다손 치더라도 밤에 나돌 수가 있소?"

"밤이라도 못 다닐 리야 없지요. 그러나 초롱을 안 들고는 다닐 수 없답니다. 골목의 이끝, 저끝에는 어디나 파수 보는 데가 있어 갑군들이 지킵니다. 다들 창대를 가지고 밤낮없이 감시를 하고 있으니 야행을 금할 필요가 없습니다."

"밤도 깊고 졸리기도 하니 등불을 켜 가지고 숙소로 돌아가도 무방하겠지요?"

배생과 전생은 다 같이,

"안 될 말입니다. 못 가십니다. 영락없이 파수청에 걸립니다. 밤이 이슥한데 함부로 혼자 나서시다가는 반드시 검문을 당하고 내왕한 처소에까지 말썽이 붙습니다. 그렇게 졸리신다면 누추한 자리지마는 잠시 평상 위에 기대고 누우시면 좋겠습니다."

한다. 목춘이 일어나 평상 위를 털고 내 잠자리를 본다. 내가,

"인제야 졸음이 달아나고 정신이 드누만요. 여러분은 공연히 나 때문에 하룻밤 잠을 못 주무시나 봅니다."

하니, 여러 사람들은,

"조금도 잠이 오들 않습니다. 귀한 손님을 모시고 좋은 이야기로 하룻밤을 밝힌다는 것은 참말 일생에 얻기 어려운 좋은 인연인가 봅니다. 세상살이가 이렇기만 하다면 촛불 아래 백 날을 마주 앉아도 싫증이 나질 않겠습니다."

하면서 다들 신이 나서 새로 술을 데우고 다시 과실이며 안주를 바로 손질해 놓는다. 내가,

"술을 데울 필요야 있나요?"

했더니, 여럿이들,

"안 데운 술은 허파에 나쁘고 또 주독이 이빨에 든답니다."

한다. 오복은 밤내 꼿꼿이 앉아 남달리 눈을 똑바로 뜨고 있었다. 내가 물었다.

"일재 선생은 오중을 떠난 지 몇 해나 되오?"

"십일 년이나 됩니다."

"무슨 까닭으로 고향을 떠나 이런 객지 생활을 하나요?"

"장사를 하여 생활하기 때문이지요."

"댁 권솔들은 이곳에 같이 있소?"

"나이는 마흔이나 되었지마는 아직도 장가를 들지 못했답니다."

"오서림吳西林 선생의 이름은 영방穎芳이요, 항주 지방에서는 이름난 선비인데 혹시 당신과 일족인지요?"

"아닙니다."

"해원解元 육비陸飛와 철교鐵橋 엄성嚴誠과 향조香祖 반정균潘庭筠 같은 이들은 모두 서호西湖 명사들인데 혹시 아는지요?"

"모두 이름도 들어본 적이 없습니다. 집 떠난 지가 오래라 그런 것인데 다만 육비가 손수 그린 모란 그림은 한번 본 적이 있습니다. 그는 호주湖州 사람입니다."

하였다. 이윽고 이웃집 닭들이 홰를 치면서부터 나도 피곤해지고 또 주곤증이 나서 의자에 기댄 채로 코를 골면서 날이 밝도록 내내 자 버렸다. 깜짝 놀라 일어나 보니 여럿이들 역시 평상 위에 서로 기대

기도 하고 의자에 앉은 채로 자고들 있었다. 나는 혼자 술 두어 잔을 따라 마시고는 배생을 흔들어 깨워, 가겠다고 말하고 숙소로 돌아오니 날이 벌써 밝았다.

장복이는 잠이 깊이 들었고 일행은 아래위 할 것 없이 아무도 몰랐다. 장복이를 질러 일으켜 아무도 날 찾아오지 않았더냐고 물었더니 아무도 안 왔다고 하기에 세숫물을 떠 오라 하여 세수를 하고 망건을 바로 쓰고 바삐 상방으로 달려가니 비장, 역관들이 다들 방금 일제히 아침 인사를 아뢰고 있었다. 아무도 내가 밖에서 자고 온 줄 모르기에 속으로 괜찮다 하고는 장복에게 아예 입 밖에 내지 말라고 당부를 했다. 자릿조반 죽 한 그릇을 대강 먹고 곧장 예속재로 갔다. 여러 사람들은 벌써 다 일어나 가 버리고 전생이 이인재와 함께 고기들을 늘어놓다가 나를 보고는 반색을 하면서,

"선생은 밤새 곤하시지 않습니까?"

하기에, 나는,

"밤낮없이 부지런은 하니깐요."

했더니, 전생이,

"어디 차나 한 잔 드시지요."

했다.

조금 앉았으려니 웬 예쁘게 생긴 소년이 밖에서 들어와 차를 권한다. 성명을 물어 보니 부우재傅友梓라 하고, 집은 산해관이요, 나이는 열아홉 살이라고 한다.

전생은 골동 진열을 마치고 나에게 감상을 청한다. 자기磁器와 동기銅器 등 도합 열한 점인데 큰 놈, 작은 놈, 둥근 놈, 모난 놈, 만든 솜씨가 다 각각이다. 새겨 물린 데가 번쩍번쩍 저마끔 옛스럽고

우아한 맛이 있다. 관지款識[24]를 보니 다들 주나라, 한나라 시대 물건이다. 전생은,

"새긴 글자로 대중할 것은 못 됩니다. 이것은 다 근년에 금릉, 하남 등지에서 새로 부어 만든 물건들로 꽃무늬나 글자 새긴 품은 옛 본을 떴으나 모양이 벌써 질박한 데가 없고 빛깔이 또 순정하지 못합니다. 만약에 이것을 참말 진품 고동기 틈에 끼워 두고 본다면 진짜와 가짜를 선 자리에서 알아 낼 것입니다.

내 아무리 몸이야 시정에 박혀 있다 하더라도 마음은 학문에 붙이고 있답니다. 한번 선생 같은 점잖은 분을 만나고 보니 백 사람 부럽잖은 친구를 얻은 것만 같은 터에 어찌 일시라도 속여 넘겨 백 년 믿을 마음을 저버리겠습니까?"

한다. 나는 여러 기물들 가운데서 창날 귀가 달린 세 발 통화로를 자세히 들여다보니 고동빛으로 되었는데 꽤 정교롭고도 얌전하기에 밑을 들춰 보니 양각으로 '대명선덕년제大明宣德年製'라고 새겼다.

"어떻소? 이 물건이 꽤 얌전치 않소?"

하고 물으니, 전생은 대답하였다.

"역시 속일 수는 없구만요. 이것도 역시 선덕 연간 제품이 아닙니다. 선덕 화로는 만들 때 고동빛 수은을 화로 몸에 문질러 살 속에 스며들도록 하고 다시 쇳가루를 발라서 오랫동안 불로 달구면 붉은빛으로 변합니다. 어찌 보통 민간에서야 이런 시늉을 내겠습니까?"

나는 다시 물었다.

---

24) 쇠나 돌에 새긴 글자로서 음각을 '관'이라 하고, 양각을 '식'이라고 한다.

"고동기의 푸른 주사 얼룩은 오랜 시일을 흙속에 파묻혀 있어서 비로소 생기는 것입니다. 옛날 무덤에서 출토되는 것이 이 때문에 값진 것인데 시방 여기 보이는 기물들이 만약에 새로 부어 만든 물건들이라면 어째서 그런 빛깔이 날 수 있을까요?"

"이것이 정말 알아야만 될 일입니다. 대체로 퉁이란 흙에 파묻힐 때는 푸른 빛깔로 변하고 물에 넣어 두면 녹색으로 변합니다. 무덤 속에서 발굴한 순장한 그릇들은 수은빛 나는 것이 보통인데, 어떤 사람들은 이것이 시체에서 풍겨 나오는 기운이 젖어든 탓이라고도 하나 이 말은 빈말입니다. 아주 옛날에는 수은으로 염을 하는 습속이 있어 혹시 제왕들의 능묘에서 출토된 옛 그릇들은 오랜 시일 수은에 젖어 수은이 속속들이 스며들기도 합니다. 이러고 보니 새 것, 옛것, 진짜, 가짜는 대개 쉽게 분간할 수 있습니다.

진짜 옛 그릇은 퉁의 살이 두텁고 질박해 보일 뿐만 아니라 제 몸에서 나는 빛깔이 밝고도 윤기가 나지요. 수은빛도 그릇 전체에서 나는 것이 아니라 때로는 한쪽만, 때로는 귀나 또는 다리에만 나기도 하고 혹시는 차차 번져 나가는 수도 있습니다. 푸른빛 주사 얼룩도 역시 이와 마찬가지로 짙기도 하고 약간 엷기도 하고 정하기도 하고 탁하기도 합니다. 그러나 탁하다 해서 더럽지 않고 더덕더덕 덮쳐 덥수룩하지요. 정해도 마르지 않아 윤기가 흐르는 품이 축축하게 젖은 것만 같아 보입니다. 때로는 주사 점이 파뜩파뜩 찍혀 속으로 파고 들어갔으니 이것은 고동빛을 제일로 쳐준답니다. 흙속에 오래 묻혀 있을수록 푸르고 붉고 점점으로 얼룩이 져, 얼룩은 불로초 무늬 같기도 하고 참나무버섯 테두리 모양 같기도 하고 짙은 구름장 모양 같기도 합니다. 이러자면 적어도 흙속에서 천 년쯤은 안 파묻혀 있고는 안 될 일입니다. 명나라 선종 황제는 갈색으로 본뜨기를 좋아하여 선덕(1426~1435) 연간의 화로는 갈색이 많답니다.

근년에 와서 섬서陝西 지방에서 새로 주조를 하는데 당장 선덕치를 본떠서 선동宣銅[25]과 한데 놓아 못 알아볼 만치 꼭 같이 만들고 있답니다. 요즘 와서 꽃무늬를 놓지마는 본래는 꽃무늬라고는 없었는바, 이것은 다 위조물입니다.

색깔을 본떠 내고자 할 때는 어찌하는고 하니 주조를 마친 후 칼로 무늬와 관식의 자획을 파 새기고는 땅에다 구뎅이를 팝니다. 거기에 소금물 몇 동이를 부어 잦아지는 것을 기다려 퉁 그릇을 그 속에 넣고 몇 해 동안 묻어 두었다가 끄집어 내면 꽤 고물다운 빛을 띠게 됩니다. 이것이 가장 신통찮은 방법이면서 또 물건으로도 하품입니다.

아주 감쪽같이 하자면 붕사硼砂, 한수석寒水石, 망사硇砂, 담반膽礬, 금사반金砂礬[26] 들을 가루로 내어 소금물에다 잘 버무려 놓고 붓으로 찍어 고루고루 바르고 그것이 다 마르면 다시 씻어 버리고 또 씻고는 다시 찍어 발라 이러기를 하루 서너 차례씩 하여 땅에다 깊은 구뎅이를 파고는 그 속에 숯불을 피우되 구뎅이 속에 모닥불 화로처럼 하여 놓고 독한 초醋를 그 위에 뿌리면 구뎅이 속에서 뒤끓고 타다가 말라 버립니다. 이내 그릇을 그 속에 집어넣고 다시 초 찌꺼기로 두텁게 싸 덮고 그 위에 또다시 빈틈이

---

25) 선덕 연간의 화로.
26) 광물질 약품.

없도록 흙으로 두텁게 덮어 두었다가 한 네댓새 만에 끄집어 내
보면 각양각색 고물 얼룩이 생깁니다. 다시 댓잎을 태워 그 연기
를 쐬면 푸른 빛깔이 더 진하게 되고 다시 밀랍으로 문질러야 합
니다. 수은 빛깔을 내고자 할 때는 강철 쇳가루로 문지르고 백랍
으로 닦아 문지르면 제자리에서 고물 빛깔을 내게 됩니다. 때로
는 일부러 한쪽 귀를 떨어뜨리기도 하고 때로는 그릇 몸뗑이까지
상처를 내어 바로 상商, 주周, 진秦, 한漢 적의 물건이라고 내놓
는답니다. 참으로 야속한 일이지요.

훗날 유리창에 드시더라도 알아 두실 것은 거기 모인 꾼들이란
모두들 먼 곳서 온 거간꾼들이라는 것입니다. 물건을 사실 때는
잘못 멍청해서 웃음거리가 되었다가는 큰일입니다."

"선생의 성의에는 참으로 감복했소이다. 나는 내일 이른 아침에
북경으로 떠날 터인데 수고스럽지마는 선생께서 문방구, 서화,
골동 옛 그릇들이 옛것과 지금 것이 어떻게 같고 다른지, 붙인 이
름들의 진짜, 가짜를 낱낱이 적어 주신다면 어둔 길에 다시 없는
지남이 되겠습니다."

"선생께서 시간만 어긋나지 않으신다면 이것이야 어렵지 않습니
다. 《서청고감西淸古鑑》[27]과 《박고도博古圖》[28]에서 참고하여 저
의 변변찮은 의견을 붙여 정서하여 아뢰 올리겠습니다."

이어 달밤을 타서 다시 올 것을 약속하고 숙소로 돌아오니 벌써

---

27) 건륭 시대에 청나라 궁실에 간직한 기물들의 목록을 편찬한 책명.
28) 송나라 대관(1107~1110) 연간에 서른 권으로 편찬한 역대 고기들의 그림과 설명을 첨가
한 책.

아침 참이 되었다고 아뢰었다. 잠시 상방을 거쳐서 서둘러 아침을 먹고는 다시 나왔다. 정 진사가 계함과 내원과 더불어 역시 구경차 나서서 나를 나무라면서,

"무슨 재미로 혼자 구경을 다니는가?"

한다. 내원은,

"정말 볼 것이 없네. 광주 생원님 첫 서울 걸음처럼 이리 끼웃 저리 끼웃 한눈이 팔려 서울내기 놀림감이 되다시피 시방 우리들이 그것과 다를 것이 무엇인가? 나는 두 번째 걸음이고 보니 더구나 싱거운걸!"

했다. 길에서 비치를 만났다. 그는 나를 이끌어 담요 가게로 들어가 가상루에서 밤에 모꼬지가 있다고, 오라는 부탁을 하기에 나는 벌써 전포관田抱關과 예속재에서 만날 약속이 되어 있다고 사양을 하면서 간밤에 만났던 여러분들도 수고스러운 대로 다시 모일 것이라고 했더니, 비생은,

"아까 포관과는 충분히 이야기가 되었답니다. 선생은 오늘이야말로 '사방에 솥을 건' 셈이요, 열 손가락 깨물어 안 아픈 손가락이 없을쯤 되었나 보외다. 배공은 벌써 촉땅 사람 온공과 함께 변변찮지마는 준비를 하고 있으니 약속을 어길 수 없을 것입니다."

한다. 나는,

"간밤에도 여러분들로부터 분에 넘치는 대접을 받고 오늘 또 여러분들에게 폐를 끼친다는 것은 실로 죄송하외다."

했더니, 비생은,

"서로들 속을 알아주고 피차 허물 없이 된 처지에 어디 애초부터 단골 친구가 매겨져 있답니까? 천하가 다 동포 형제 간인데 차별

대우가 있겠습니까?"

하고 늘어놓는다.

내원이 떨거지가 거리를 돌아다니다가 나를 찾으러 점방에 들어왔기에 나는 얼핏 필담하던 종이쪽지를 감추면서 고개만 끄덕거려 승낙을 하였다. 비생은 역시 내 눈치를 알아차리고 웃음을 띠면서 턱을 끄덕여 좋다는 뜻을 보인다. 계함이 필담을 하려고 종이를 찾기에 나는 일어서서 나오면서,

"말할 따위가 못 돼!"

하니, 계함이 웃으면서 일어섰다. 비생은 대문까지 나와 몰래 내 손을 붙잡으면서 다짐하는 뜻을 보이기에 나도 머리를 끄덕이고 왔다.

상루필담商樓筆談

이날 저녁에 더위는 더 심하고 하늘 끝에는 붉은 햇무리가 끼었다. 나는 밥을 재촉해서 먹고 잠시 상방에 들러 조금 앉았다가 곧 일어서면서 혼잣소리로,

"너무도 덥고 곤해서 일찍 자는 것이 수로구만!"

하고는, 뜰에 내려와 거닐면서 빠져나갈 궁리만 하는 중인데 내원과 주 주부와 노 참봉이 식후에 뜨락을 거닐면서 배를 쓰다듬고는 트림을 한다. 이윽고 달은 차츰 돋아 오르고 사방은 괴괴해졌다. 주 주부는 달 그림자를 따라 한 바퀴 빙 돌면서 부사가 요양을 두고 지은 시 한 수를 외워 전한다. 다시 그 시에 자기가 차운한 시를 외우려 할 때 바삐 상당上堂을 향하여 걸어가면서 노군에게 말을 붙여,

"형님이 꽤 궁금하신 모양인데?"

했더니, 노군은,

"아닌게아니라 퍽 적막해하시어."

하면서 곧장 안으로 들어간다. 주 주부도 얼굴에 수심을 띠면서,

"요즘은 병환이라도 나시지 않을까 걱정이야."

하고는, 이내 또 안으로 들어갔다. 내원이도 역시 따라갔다. 나는 잘
됐다 하고 문을 나서면서 장복에게 어제처럼 잘 어물쩍해 달라고 당
부를 할 때 마침 계함이가 밖에서 들어서면서 어디 가느냐고 묻는
다. 나는 귓속말로,

"달도 좋은데 어디 그럴 듯한 곳에 가서 이야기나 하게 같이 안
가겠는가?"

했더니, 계함은,

"어덴가?"

한다. 나는,

"어데야 알아 무엇 하는가?"

하자, 계함은 발걸음을 멈추고 망설이는 판에 수역이 어디 갔다 쑥
들어왔다. 계함은 수역을 보고,

"달밤에 어데 밤 출입을 해도 괜찮을까?"

하니, 수역은 펄펄 뛰면서 전에 하던 그대로 또 야단이다. 계함은 웃
으면서,

"일이야 옳을 법하이!"

하고, 나도 못 이긴 체,

"그럴 테야!"

했다. 수역과 계함은 함께 상당으로 먼저 들어가면서 나를 돌아보지
는 않는다. 뒤로 슬금 빠져 행길 바닥으로 나오니 그제야 숨이 활짝
내쉬어진다.

더위는 좀 가신 듯하고 달빛은 땅에 가득 찼다. 먼저 예속재로 가
보니 벌써 점방 문은 닫혔고 전생은 외출하고 없는데 이인재만 남아
있었다. 이는 차를 마시면서 잠시 앉았으면 전생이 곧 돌아올 것이

라고 한다. 나는,

　"상루의 여러분들이 아마도 인제는 다들 모여 픽 기다리겠는데요."

했더니, 이생이,

　"상루 약속 건은 저도 압니다. 제가 모시고 갈 터입니다."

할 때에 전생이 손에 붉은 접초롱을 들고 와서 나를 보고 빨리 같이 가자고 한다. 이생과 함께 우리는 담뱃대를 문 채 대문 밖을 나섰다. 넓은 행길을 하늘이라고 하면 밝은 달빛은 물이라고 할까. 전생은 손에 들었던 초롱을 문 위에다 건다. 내가,

　"초롱을 안 들어도 괜찮겠소?"

하니, 이생이,

　"아직도 밤이 안 깊었으니깐요."

한다. 곧장 거리 복판을 천천히 걸어가노라니 양쪽 점방들은 죄다 벌써 문을 닫았고 문 밖으로는 다들 접초롱을 걸어 두었다. 드문드문 푸르고 붉은 색등도 섞여 있었다. 상루의 여러 사람들은 방금 난간 위에 죽 늘어서서 내가 오는 것을 내려다보고는 다들 얼굴에 반가운 기색을 흠뻑 띠고 점방 안으로 맞아들인다. 배관, 이구몽, 비치, 전사가, 온백고, 목춘, 오복 들이 다 모였다. 배생이,

　"박공이야말로 참 신용 있는 사람이외다."

한다. 방안에는 부채 모양으로 생긴 사초롱 한 쌍을 달았고, 책상 위에는 촛불 두 가락을 켰다. 고기며 생선이며 채소 과일 등을 차려 놓은 지도 이미 오래다. 북쪽 바람벽 아래에도 따로 한 상을 벌여 놓았다. 여럿이들 나에게 음식을 권하기에, 나는,

　"아직 저녁밥도 내리지 않아서!"

했다. 비생은 손수 뜨거운 차 한 잔을 따라 권한다. 좌석에 웬 낯선

손이 앉아 있기에 내가 그의 성명을 물어 보니 이름은 마영馬鏷이
요, 자는 요여耀如인데 산해관 사람으로 이곳 와서 장사를 하는데
나이는 스물셋이라고 하며 글을 조금 아는 편이라고 했다. 비생이,

　《논어》에 '오십독역五十讀易'이란 구절이 있는데, '오십'이란 글
　자가 '오五' 자는 '정正' 자의 오자 誤字요, '십十' 자는 원래 '복卜'
　자인데 복자의 안쪽에 점이 한점 더 붙어 '십' 자가 되어 실상 '정
　복독역正卜讀易'을 틀리게 전한 것이 아닐까요? 선생 생각에는
　어떠신지요?"

하기에, 나는,

　"'오십五十'을 두 자 어울러 '졸卒' 자의 오식이라고 의심하는 사
　람은 없잖아 있지마는 '정복正卜'이라는 말은 당찮은 견해 같소.
　《주역》이란 책은 본디 점치는 책이라 하지마는 '계사繫辭'에는
　점치는 이야기를 하면서 '복卜' 자가 따로 나왔고, 또 '복' 자는 한
　획 밖에 점 하나를 친 글자이고 보니 원래가 한 획 더 붙일 터가
　못 될 것이오."[29]

하였다. 비생이 또,

　"어떤 사람들의 말과 같이 '무약단주오無若丹朱傲'[30]란 글귀에서
　'오만할 오傲' 자는 사람 이름 '오奡'[31]자의 오자가 아닐까요? 바
　로 다음 글귀를 보면 '물도 없는데 배를 밀고 간다.〔罔水行舟〕'고

---

29) 《논어》의 술이述而 편에 나온 글귀로서 '오십이학역五十而學易'이란 글귀는 장구의 해
　석 여하에 따라 '오십五十'이 '졸卒'로 될 수도 있고, '역易' 자가 '역亦' 자로 될 수도
　있어 역대 유학자들 간에 문제 되는 글귀다.
30) 《서경書經》에 나온 글. 요 임금의 아들인 단주丹朱같이 오만한 자는 없다는 뜻.
31) 《논어》 헌문憲問 편에 '오'란 사람이 힘이 세어 배를 육지에서 끈다는 구절이 있다.

하였으니, '단주'와 '오'두 사람으로 보아야 될 것입니다."

하여, 나는,

"'오란 사람이 육지에서 배를 밀었다.'는 문구는, '물도 없는데 배를 가게 했다.'는 문구와 뜻이 우연히 맞는 것 같지만 '오傲'자 와 '오敖'자는 음은 비록 같으나 글자 모양이 어림없이 다르고 또 '오'란 사람은 하나라 태강太康 때 사람으로서 우나라 순 임금 시 절과는 연대가 멀리 떨어지고 있으니 될 말이 아닐 법하오."

하니, 이동야가,

"선생의 변론이 지당합니다."

했다. 내가 전포관에게,

"부탁드린 골동품의 목록은 집필을 했는지요?"

하고 물으니, 전생이 말했다.

"낮에 사소한 바쁜 일이 생겨 절반도 못 베끼고는 접어 두게 되었 습니다. 내일 새벽 지나가시는 길에 잠시 우리 점방 앞에 말을 세 워 주신다면 제 손으로 반드시, 틀림없이 댁 하인에게 꼭 전하겠 습니다."

"선생에게 이토록 수고를 끼쳐 참말 미안합니다."

"이것쯤이야 친구로서 떳떳한 도리겠지요. 오히려 모처럼 부탁하 신 것을 밤을 재워서 부끄럽습니다."

나는 다시 물었다.

"여러분들은 혹시 천산千山을 유람해 본 적이 있소?"

"이곳서 한 백 리쯤 떨어져 있는데 아무도 가 본 적은 없나 보외다."

"혹시 병부낭중 복녕福寧을 아는 분이 있는지요?"

전생이,

"우리들 중에서는 아는 사람이 없나 보외다. 그런 사람은 벼슬하는 이고, 우리들이야 장사하는 사람들인데 어찌 감히 찾아뵐 기회가 있겠습니까?"

동야가 있다가,

"선생은 이번 걸음에 황제를 직접 배알하시게 되나요?"

하고 묻기에,

"사신이야 때로는 그런 기회가 있겠지마는 나야 일개 명목 없이 따라온 사람인바에 참반參班[32]할 기회가 간대로 없겠나 보외다."

하니, 동야가,

"지난 해 황제가 능행 거둥을 할 때에 귀국의 종관從官들이 황제의 수레 곁에서 바라보는 것을 보고 우리들은 도리어 부러워했답니다."

한다. 내가 다시,

"여러분들은 어째서 쳐다보지도 못하는가요?"

물었더니, 배갈부가,

"어찌 감히 그런 당돌한 짓을 할 수 있나요? 문을 닫고 숨죽이며 들어앉았을 뿐이지요."

하였다. 내가,

"천자가 거둥을 한다면 필시 어린아이, 늙은이 할 것 없이 엎어지고 자빠지고 한둔을 해 가면서라도 다투어 거둥 행렬을 구경하기에 야단일 것 같은데!"

했더니, 배갈부는,

---

32) 궁중에 들어가는 반열에 참가.

"천만에요. 어림도 없답니다."

했다. 나는 다시 들어,

"시방 각로閣老들 중에 인망이 제일 높은 이로는 누구를 칠까요?"

하니, 동야가 대답했다.

"만인, 한인 할 것 없이 일류 인물들을 한 문서에 뽑아 놓고 한번 끊어 보면 곧 알 수 있겠지요."

하기에, 나는,

"문서에만 뽑아 놓고 보았자 그들의 이룩들이야 어찌 알 수 있겠소?"

했더니, 동야가,

"우리네들이야 검불 속에 파묻힌 하찮은 인간들로서 시방 조정 에는 더구나 누가 주공인지, 소공³³⁾인지 누구에게 몽복夢卜³⁴⁾이 맞아떨어질는지 알 수 있어야지요."

한다. 내가 다시,

"심양성 안에 학자나 문장이 몇이나 있을까요?"

하니, 배생이,

"워낙 고루해서 들어본 적도 없나 보외다."

하고, 전생이 있다가,

"심양 서원에 네댓 명 거인擧人³⁵⁾이 있었는데 과거를 보기 위하여 서울로 간 모양입니다."

---

33) 주공周公과 소공召公은 주나라 초기의 명재상으로, 후대까지 이상적 재상으로 평가되는 인물들이다.

34) 꿈으로 점치는 것. 주나라 문왕이 여상呂尙 같은 유명한 재상을 꿈으로 점을 쳐 만나게 되었다는 고사에서 나온 말.

35) 지방적 국가 시험에서 합격하고 중앙 시험을 볼 자격을 가진 후보자.

하여, 내가,

"여기서 북경까지 천오백 리 어간 연로에 이름난 선비들이 많을 터인데 그 이름을 알려 주신다면 도중에서 찾아보기 수월할 것 같소."

하니, 전생이,

"이곳 산해관 밖은 모두 시골 변지로, 땅은 높고 추울 뿐 아니라 인물이란 모두 무뚝뚝하고 연로가 다 메말라 우리네 같은 따위고 보니 누구라 치켜 내놓을 인물이 없소이다. 또 사람을 소개한다는 것은 매우 어려운 일로 자기가 아는 점을 들어 소개해 놓고 보면 으레 자기가 좋아하는 점에만 쏠리고 보니, 한번 높은 안목을 거쳐 참으로 공변된 마음을 쓰지 않는다면 자기 마음에는 들어도 남에게는 실망을 줄 수가 있습니다.

오늘 이 자리만 하더라도 선생은 무슨 바람에 불려 오셨든, 얼굴을 마주 뵈어 선생의 높으신 덕에 배를 불리고 밤이 깊도록 가슴속을 털어 이야기하게 될 것을 어찌 꿈엔들 생각할 수 있었던 일이겠습니까? 이것이야말로 공교롭게 천생연분이 아닐 수 없고 천하에 둘도 없는 지기를 얻었음은 실로 여한이 없답니다. 이로써 보아 선생은 앞으로 만날 만한 사람은 절로 만나게 될 것이니 무엇 한다고 다른 사람의 힘을 빌릴 필요가 있겠습니까?"

하였다. 술을 몇 순배 돌리고는 비생이 먹을 갈고 종이를 펴면서,

"목수환의 소원이 선생의 글씨 한 폭을 얻으면 다시없는 보배로 지니겠답니다."

하기에, 나는 반향조가 김양허金養虛에게 보내는 칠언 절구 한 수를 썼다. 동야가 물었다.

"반향조는 귀국의 명사인지요?"

"우리 나라 사람이 아니오. 그는 전당錢塘 사람으로 이름은 정균庭筠인데, 현재 중서 사인 벼슬자리에 있고 향조는 그의 자이지요."

배생이 또 백지 서첩을 내놓으면서 글씨를 청한다. 먹은 진하고 붓촉은 부드러워 글자 획이 아주 그럴 법하다. 나 역시 이만큼은 생각도 못했던 터요, 여럿이들 칭찬이 대단하매 한 잔 들고 한 장 쓰고, 이야말로 필세는 종횡하였다. 밑에 놓인 몇 장에는 초묵焦墨[36]으로 고송, 괴석 같은 묵화를 쳤다. 여럿이들 더 좋아라고 종이와 붓을 서로 다투어 내놓으면서 빙 둘러싸고 글씨를 청한다. 나는 다시 검은 용 한 마리를 그렸다. 붓을 툭툭 쳐서 시커먼 구름과 소낙비가 몰아드는 모양을 그렸다. 그려 놓고 보니 용의 수염이 너무 뻣뻣하고 비늘이 고루 잡히지 못하고 발톱이 상판보다 크고 코가 뿔보다 길어 여럿이들 한목 웃으면서 좋아라고 한다. 전생이 마영과 함께 손에 초롱을 들고 먼저 돌아가려기에, 나는,

"아직 이야기판이 한창인데 왜 일찍 돌아가시우?"

물었더니, 그는,

"앞질러 돌아가고 싶어 그런 것이 아니외다. 내일 약속을 지키려니 그렇습니다. 내일 들르실 때는 작별 인사를 몸소 아뢰겠습니다."

한다. 나는 손에 들었던 용 그림을 촛불에다 태우려고 했더니 온목헌이 벌떡 일어서 손으로 빼앗아 척척 접어서 품속에 집어넣는다. 배생이 깔깔 웃으면서,

"관동 천리에 큰 가뭄이 들 뻔했군!"

---

36) 묵화를 칠 때 빛깔을 내기 위한 먹빛.

한다. 나는,

"가물이 들다니? 왜?"

하고 물으니, 배생은,

"만약에 그 용이 화룡으로 변한다면 단번에 큰 난리가 날 것 아니
겠소?"

하여, 모여 앉았던 사람들은 한목 웃었다. 배생이 말하였다.

"용에도 좋은 용, 나쁜 용 두 가지 용이 있는데 그중에도 화룡이
란 놈은 가장 독하답니다. 건륭 8년(1743) 계해년 3월에 관외의
땅으로 여양闾陽이라는 들판에 용 한 마리가 떨어졌답니다. 그러
자 구름도 없는데 뇌성 소리가 나고, 비도 오지 않는데 번개가 번
뜩거려 그 지방의 늦은 봄 일기가 갑자기 6월 염천으로 변하고 용
이 떨어진 곳을 중심으로 백 리 어란은 이글이글하는 홍로 세계
같이 되어 더위에 지쳐서 죽은 사람과 집짐승이 부지기수였답니
다. 장사고 여행이고 할 수도 없고 집 안에 있는 사람들도 밤낮없
이 옷을 홀딱 벗고 손에서 부채를 놓지 못했답니다.

황제는 칙서를 내려 관내에 저장했던 얼음 천여 수레를 내어
관외에 풀어 구제를 했지요. 용이 누운 근방에 있던 나무나 돌은
다른 데보다도 곱절이나 눋고 타고 우물물은 뒤끓었답니다.

용이 누워 있은 지 열흘 만에는 갑자기 무시무시한 우렛소리와
함께 바람이 불고 콩알만큼씩 한 비가 쏟아지면서, 대릉하大凌河
에 있던 농막에서는 비가 오는데도 절로 불이 붙었으나 사람과
집짐승이 상하지 않았답니다.

용이 떠날 때는 사람들이 서로들 구경을 하겠다고 덤벼들었는
데 바로 몸을 뛰쳐 하늘로 오르려고 할 때는 처음은 장히 꾸물대

면서 머리를 쳐들고 꼬리는 땅에 끌며 약대가 선 것처럼 하여 길이는 겨우 서너 길밖에 되지 않았다가 입으로 불꽃을 뿜으면서 꼬리로 땅바닥을 치고 몸뚱이를 한번 꿈틀하니까 비늘마다 번갯불이 번쩍이고 이어 우렛소리를 내면서 허공에는 비가 쏟아지고 몸뚱이를 고목 버드나무 위에 걸쳤는데 꼬리는 이쪽 나무에, 대가리는 저쪽 나무에 걸쳐 두 나무 사이에 여남은 발이나 되게 뻗었더랍니다.

강물을 뒤엎은 듯이 소낙비가 쏟아지다가는 얼마 못 되어 비는 멈추고 하늘은 높직하게 개면서 동쪽 구름 속에는 뿔을 내밀고, 서쪽 구름 속에는 발이 보여 뿔과 발톱 사이는 몇 리나 되었을 뿐 아니라 용이 사라지자 일기는 청명하여 3월 날씨로 되돌아왔답니다.

용이 누웠던 자리는 두어 길이나 되게 움푹 패어 맑은 물이 고인 못이 생겼고 못 둑에 있던 나무고 돌들은 다 타고, 몸뚱이가 절반씩이나 타다 남은 마소들의 뼈다귀와 털들이며, 불에 탄 크고 작은 고기들이 무더기로 쌓였답니다. 썩는 흉한 냄새 통에 곁에 가지도 못했습니다.

한 가지 괴상한 일은 용이 걸렸던 버드나무는 잎사귀 하나 다치지 않았더랍니다. 이 해에 관동땅은 큰 가물이 들어 9월까지도 비 한 방울 안 비쳤다는데 아마 이 용이 떠나가면서 저지른 장난이라고 저는 생각합니다."

일동은 또다시 한바탕 크게 웃었다. 나는 큰 보시기에 이녁 손으로 술을 한 잔 따라 쭉 들이키면서,

"여기 제일 좋은 큼직한 안주가 있소."

하니, 여럿이들,

"좋소!"

하면서, 이로부터는 그 잔을 가지고 술잔을 돌려 나, '박공'을 위해 흥을 도왔다. 나는 물었다.

"그래 제공들은 그 용의 이름이 무슨 용인지들 아시오?"

더러는 '응룡應龍'이라고도 하고, 더러는 '한발旱魃'이라고도 했다. 나는,

"다들 틀렸소. 그 용 이름은 강철이란 게요. 우리 나라 속담에 '강철이 간 데는 가을도 봄'이란 말이 있는데 이것은 가물이 들어 흉년이 진다는 말이지요. 그래서 가난한 사람이 무슨 일을 꾸미다가 뜻대로 되잖을 때도 '강철의 가을'이라고 한답니다."

배생이 있다가,

"그놈의 용 이름도 괴상하군요. 내가 난 때가 진시辰時[37]라 '강철의 가을'에 나고 보니 어떻게 가난뱅이가 안 되겠나요?"

하면서 되새겨 읊는 듯이 길게 목청을 빼어,

"강 — 처!"

하기에, 나는 고함을 질러,

"강 — 철!"

하니까, 배생은 다시,

"강천!"

한다. 나는 웃으면서,

"'천'이 아니라 그릇 만드는 '쇠 철'자의 '철'입니다!"

하니까, 동야가 있다가 깔깔 웃으면서 큰소리로,

---

37) 간지에서 용을 의미한다.

"강청!"

이라고 하여, 여럿이들 또 웃었다. 대체 중국 발음에 갈, 월 따위 'ㄹ' 음은 혀를 돌리지 못해 발음을 잘 못 하기 때문이다. 나는 말을 이어,

"여러분들은 다들 오촉 지방의 객상들로서 먼 지방에 와서 이렇게 몇 해씩 지낸다면 고향 생각이 여북들 할까요?"

했다. 오복이 있다가,

"정말 고통입니다."

하고, 동야는 있다가,

"고향 생각이 날 적마다 혼과 마음이야 훨훨 날아갈 것만 싶지요. 장사푼어치를 한다고 하늘 끝이나 다름없는 이렇듯 먼 곳에 떨어져 있으니 저녁 자리에도 빈 의자뿐이요, 봄철의 안방도 독수공방, 기러기 편지 소식도 오래 끊어지고 상사의 꿈마저 꾸지 않을 때야 머리가 안 세고 어찌 배겨 내겠습니까? 더구나 달 밝고 바람 맑고 나뭇잎 떨어지고 꽃 피는 시절들이 더 견디기 어렵답니다. 그러나 어쩔 도리가 있나요?"

하여, 내가,

"그럴 바에야 어째서 아주 고향에 돌아가 벗어젖히고 밭뙈기나 갈면서 부모를 모시고 자식들이나 기를 일이지, 이렇게 멀리 떠나 장사판에 좇아다닐 필요가 있소. 비록 의돈, 도주[38]와 같은 부자란 말을 듣는다고 한들 그것이 무슨 낙이 된단 말이오?"

하니, 동야가 말하였다.

---

38) 의돈猗頓과 도주陶朱는 중국 고대의 대표적인 재산가이다.

"반드시 그렇지도 않답니다. 우리 고향 인사들 중에도 때로는 반딧불 아래 공부를 한다,[39] 허벅다리에 송곳질을 하면서 글을 읽는다.[40] 아침에는 풋나물, 저녁에는 소금국을 먹어 가면서 공부를 하다가도 어쩌다가 귀신이라도 돌보아주어 보잘것없는 벼슬자리라도 한 자리 얻어 만리 변방에 부임을 하고 보면 이 노릇 역시 고향 떠나기는 마찬가지지요.

부모상이나 만나잖을까, 벼슬자리가 떨어지지나 않을까 모두가 붙어다니는 걱정이랍니다. 더러는 벼슬자리를 잡고 늘어져 제자리에서 죽는 자도 있는가 하면 때로는 그릇된 처신이라도 하여 잘못 걸려들면 닦은 공도 헛일이요, 원통하다고 한탄을 한들 무슨 소용이 있겠어요? 우리네들이야 학식이란 보잘것없어 벼슬자리란 꿈 밖 일이요, 그렇다고 손가락에 피를 내고 얼굴에는 땀을 흘려 가면서 오이꽃 같은 귀 밑에 빼빼 마른 목덜미로 알알이 신고하며 농사일로 한평생을 보내는 노릇도 또 못 한답니다.

나고, 늙고, 앓고, 죽을 때까지 고향을 떠나지 않고 우물 속 개구리처럼 고생살이를 붙들고 늘어져 평생을 한 꼴로 보낸다는 노릇이야 참말, 죽지 못해 사는 것이겠지요. 점포를 내고 장사를 한다는 노릇을 비록 얕잡아 쳐준다 해도 장사란 하늘에는 한 구석에 극락 세계를 벌여 놓고 땅 위에는 쾌활림快活林[41]을 차려 놓아 도주공陶朱公의 배를 띄우고 단목端木[42]의 수레를 몰아 사방을

---

39) 진晉나라 때 가난한 학자 차윤車胤의 고사.
40) 육국 때 여섯 나라 재상을 겸임했던 소진蘇秦의 고사.
41) 송나라 서울 교외에 있던 이름 있던 유원지.
42) 공자의 제자 자공子貢의 성. 공자의 제자 중에서 가장 돈벌이를 잘하던 사람.

흐느적거리고 다녀도 좀체로 참견할 자가 없을 것이요, 사통팔달한 대처 바닥이나 큼직한 고을이라도 살기 좋은 곳은 다 제 집이라 덜썩 높은 처마 밑 곱게 치장한 이녁 방안에 들어앉으면 추운 겨울과 불볕 쬐는 여름날이라도 절로 방도가 나서니, 이로써 부모의 정은 더 두텁게 오고 처자는 원망이 없어, 나나 드나 양쪽이 다 흐뭇할 뿐이요, 누가 잘 봐주고 못 봐주는 것이야 이편으로서는 생각할 필요조차 없는 일이랍니다. 이러고 보면 장사가 벼슬이나 농사일에 비해 보아 고락이 어떨지요? 우리네들은 누구나 없이 극진한 친구들을 가졌답니다.

세 사람이 걸음을 함께하면 반드시 제 스승이 있는 법이요, 두 사람이 마음을 같이하면 단단하기가 쇠라도 끊는다는데, 세상에 이보다 더한 낙이 어데 있겠습니까? 사람이 한평생에 친구 못 가진 것처럼 재미없는 일이 또 어데 있겠습니까? 몸에 천 나부랭이나 걸치고 밥술이나 먹는 작자들은 이 재미를 모릅니다. 세상에는 흔히 몰취미하고 못생긴 자들은 눈에 붙인다는 것이 옷가지나 밥술뿐이요, 친구 사귀는 낙이란 이자들의 배짱에는 눈 씻고도 찾아볼 수 없답니다."

나는 물었다.

"중국에서는 사농공상이 다들 제자리를 잡고 귀천의 차별이 없다고 들었는데 혼인과 벼슬을 하는 데 구애되는 일은 없는지요?"

동야가,

"우리 나라 조정에서는 벼슬하는 집안에서 장사치나 장인바치들과 통혼하는 것을 금하여 벼슬살이 체모를 닦고 있답니다. 말하자면 도덕을 귀하게 잇속은 천하게, 근본을 쳐주고 말단은 눌리는 까닭일 것입니다. 우리들은 모두가 대대로 장사를 하던 집안들로 선비네 집안과는 혼사를 못 합니다. 돈이야 쌀이야 바쳐 가면서 어쩌다가 생원 자리나마 한 자리 얻더라도 향공鄕貢[43]으로 거인이 될 수는 없답니다."

하니, 비생이 있다가,

"이 법은 고향에서만 실시되는 법이요. 고향을 떠나면 반드시 그렇지도 않지요."

하기에, 나는,

"한번 제생諸生[44]이 되고 보면 어디 일류 선비로 쳐주는가요?"

하니, 이생이 대답했다.

"그렇답니다. 제생도 명목이 많지요. 늠생廩生,[45] 감생,[46] 공생으로 있다가 생원으로 올라붙게 됩니다. 한번 생원이 되면 온 일가친척들은 빛이 나지마는 이웃 사방은 못살게 되는 판입니다. 관청을 끼고는 고장과 이웃을 억누르는 버릇이 생원들의 단벌 재주지요. 소위 선비붙이도 역시 세 층거리가 있어, 상등은 벼슬에 나가 녹봉을 받고, 중등은 글방에 나가 생도들을 끌어 모으고, 최하는 남의 눈치나 훑어보아 가면서 누구한테나 대고 손을 벌려 꾸어라, 빌려라 하는 작자들입니다.

아무런 생업이 없이 눈치꾸러기 비럭질꾼이 되어 분주히 거리

---

43) 과거의 응시 자격자를 선출할 때 지정 학교 출신 외에 지방 관청에서 추천한 자.
44) 과거 제도가 있던 시대에 고등 교육 기관에 입학한 자.
45) 국가가 일정한 학비를 지급하는 급비생.
46) 원래는 국립 대학인 국자감의 학생을 감생監生이라 했으나, 당시는 공생貢生과 함께 국가에 일정한 월사금을 내고 관립 학교에 학적을 가지게 된 자.

바닥을 나돌면서 더운 날, 추운 날 없이 사람만 만나면 숙덕숙덕 궁상을 떠는 정상이야말로 한창 시절에는 큰소리를 탕탕 치던 이들이 오늘은 누구나 싫증내는 지천꾸러기가 되고 말았지요. 속담에 남의 돈 천 냥이 제 돈 한 푼만 못하다고, 우리네 장사치들은 이런 딱하고 아쉬운 사정은 없답니다."

"중국의 술 먹는 법에 묘한 벌주 먹이는 놀음이 재미있다던데, 이참에 이틀 밤이나 모여 술을 먹으면서도 이 놀음이 없는 것은 웬일이오?"

배갈부가 있다가,

"이 놀음은 옛날 풍속입니다. 요즘은 말꾼이나 수판 튀기는 점원들까지도 다 알고 보니 그리 고상한 놀음이 못 됩니다."

하니, 비생이 있다가,

《입옹소사笠翁笑史》[47]에 실린 고려 중의 주령酒令[48]에 보면 중국 사신이 고려로 갔을 때 고려에서는 중을 시켜 접대를 하는데 중이 주령 한 구를 내어 '항우장량쟁일산項羽張良爭一傘, 우왈우산양왈양산羽曰雨傘良曰涼傘'[49]이라고 하니 중국 사신은 창졸간에 여기 맞춰 대구하기를, '허유조조쟁일호로許由鼂錯爭一胡盧, 유왈유호로조왈초호로由曰油胡盧錯曰醋胡盧'[50] 하고 선뜻 대답했답

---

47) 청조의 저명한 희곡 작가 이어李漁의 저작.
48) 술 먹는 좌석에서 수수께끼 같은 문제를 내면 여기 맞추어 대구를 하여 승부를 보아 벌주를 먹이는 놀음.
49) 초나라 항우와 한나라 장량이 우산 한 개를 두고 서로 제 것이라고 다투는데, 항우는 '우산' 이니 제 것이라 하고, 장량은 '양산' 이니 제 것이라고 했다는 말로, 글자 음을 맞춰 재담을 쓴 것.

니다. 고려 중은 누구일까요?"

하기에, 나는,

"이 주령이 온통 이치에 닿지 않고, 중 이름은 모르겠소."

하고 말했다.

닭이 울기에 잠깐 눈을 붙였다가 문 밖에서 사람들 떠드는 소리가 나서 곧 일어나 숙소로 돌아오니 아직도 날이 다 새들 않았다. 곧 옷을 벗고 자리에 누웠다가 아침밥이 다 되었다고 알리는 바람에 깨어났다.

---

50) 허유許由는 요 임금이 나라를 맡겨도 싫다고 한 중국 고대 은사요, 조조鼂錯는 한나라 초기의 학자요, 정치가인데 이 두 사람이 호로병 한 개를 두고 서로 제 것이라고 다투는데 허유는 '유(기름) 호로병'이니 제 것이라 하고, 조조는 '초 호로병'이니 제 것이라 했다는 뜻이다. 여기서 조조의 '조鼂'는 조선 음으로는 보통 '조'라고 쓰나 중국 발음은 '초醋' 발음과 같다.

7월 12일 무자일. 비가 조금 오다가 개었다.

　심양으로부터 원당願堂까지 3리, 탑원塔院까지 10리, 방사촌方士村까지 2리, 장원교壯元橋까지 1리, 영안교永安橋까지 14리, 이 다리로부터 길을 새로 닦았는데 쌍가자雙家子까지 5리, 대방신大方身까지 10리, 도합 45리를 와서 점심을 치르고 대방신으로부터 마도교磨刀橋까지 5리, 변성邊城까지 10리, 홍릉점興隆店까지 12리, 고가자孤家子까지 13리, 도합 40리로서 이날은 모두 합해 85리를 와서 고가자에서 묵었다.

　아침 일찍 심양을 떠났다. 가상루 앞에 이르니 배관이 나와 마중을 하고 온백고는 방금 잠이 깊이 들었다고 한다. 나는 손을 쳐들어 작별 인사를 하고 다시 예속재에 이르니 전사가가 비치와 함께 나와 맞는다. 전사가는 두 통 봉서를 내어 한 통은 그 자리에서 뜯어 보인다. 이것은 곧 나에게 주려고 기록한 골동 명목이요, 다른 편지 한 통은 바깥 면에 붉은 찌지를 붙였는데 '허許 태사 대촌台村 선생 앞'이라고 쓰여 있다. 전생은 말하였다.

　"편지 부탁까지 드려 체면이 아닙니다마는 이야말로 저의 충심입니다. 조선관朝鮮館[51]과 서길사관庶吉士館[52]은 문을 나란히 하고 있습니다. 선생은 북경에 닿는 날로 이 편지를 전하십시오. 허 태사는 한번 보아 사람이 속되지 않고 겸해서 문장이 놀라운 분이니 응당 선생을 반겨 만날 것입니다. 편지에는 선생의 높으신 이름과 훌륭한 인격을 세세히 소개했으니 아마 이번 걸음에 실망할 일은 없을 것입니다."

"여러분들과 일일이 작별을 못 드리게 되니 더구나 섭섭하기 비할 데 없소. 여러분께도 안부를 전해 주시오."

전생은 고개를 끄덕인다. 내가 막 일어나려고 하니 전생이 목수환이 온다고 한다. 목수환은 웬 소년에게 포도 한 광주리를 들려 가지고 왔다. 그 소년은 나를 보기 위하여 초면 인사 선물로 포도를 들고 온 것이다. 소년은 나를 향하여 정중하게 읍을 하고는 앞으로 와서 조금도 서툴잖게 손을 잡는다. 그러나 갈 길이 바쁜지라 나는 손을 들어 작별하고 점방에서 나와 말에 올랐다. 소년이 말머리 앞에 와서 두 손으로 포도 광주리를 공손히 내밀었다. 나는 말 위에서 포도 한 송이를 반갑게 받고 손을 들어 치사를 하면서 떠났다. 고개를 돌이켜본즉 여러 사람들은 아직도 점방 앞에 서서 내가 가는 것을 바라보고들 섰다. 애석한 것은 길이 바빠 미처 소년의 이름을 못 물어본 것이다.

며칠 밤 잇달아 잠을 버성기고 보니 해가 돋고 나서는 유달리 곤했다. 창대를 시켜 말고삐를 놓고 장복이와 함께 양쪽으로 나를 꽉

---

51) 조선 사신이 드는 객관.
52) 한림원에 속한 문인들을 모아둔 곳으로 서길사는 한림의 후보 격.

붙잡도록 하고 말 위에서 도적잠을 한잠 자고 나니 정신이 바싹 나고 주위의 물색이 헨둥하게 새롭게 보였다. 장복이 있다가,

"아까 몽고 사람이 약대를 두 마리 몰고 가더이다."

하기에, 나는 나무라면서,

"왜 내게 고해 바치들 못했니?"

하니, 창대가,

"서방님은 그때 코를 드르렁드르렁 고시면서 아무리 불러 아뢰도 대답이 없으신 데야 어쩌겠습니까? 소인들도 처음 보는 것이라 무엇인지는 잘 몰랐습니다마는 짐작에 그저 약대 같아 보입디다."

하였다.

"그래, 모양이 어떻게 생겼더냐?"

"정말 뭐 같더라고 말씀드리기는 어렵습니다. 말 같다고 하자니 발굽이 두 굽통이요, 겸해 꼬리는 소꼬리 같고, 소 같다고 하자니 대가리에 뿔이 없고 상판은 양같이 생겼으며, 그렇다고 양 같다고 하자니 털이 곱실곱실하잖고 등에는 봉우리가 두 개 솟았고, 목을 쳐들면 거위 같고 눈은 떠도 감은 것만 같습니다."

"틀림없는 약대로구나. 그래, 크기는 얼마나 크던?"

창대는 한 길이나 되어 보이는 허물어진 담장을 가리키면서,

"키가 저만은 합디다."

했다.

"다음부터는 무엇이든지 처음 보는 것이거든 잠을 잘 때나 밥을 먹을 때나 가릴 것 없이 지체 말고 고해 바치렷다!"

나는 신칙을 해 두었다.

지는 해는 어스름하게 바로 말머리를 비치는데 강가에는 수백 마

리 노새 떼가 방금 물을 켜고 있었다. 촌뜨기 파파 늙은 할멈 한 명
이 손에 수숫대를 쥐고는 노새 떼를 몰고 온다.

일여덟 살 된 어린애가 할멈 뒤를 따라다닌다. 이 노파는 푸른 천
으로 만든 짧은 치마를 몸에 걸치고 발에는 검정 신을 신고 머리는
홀딱 벗겨져 바가지처럼 번쩍거렸다. 뒤통수에는 쪽을 튼 것이 겨우
한 치나 될까, 그래도 온갖 꽃떨기로 야단스럽게 치장을 하였다. 장
복이를 보고는 조선 담배를 달라기에, 나는,

"저 짐승 떼는 당신네 한 집에서 기르고 있는가?"
하고 물었더니, 노파는 고개를 끄덕이고 가 버린다. 내 말을 알아먹
었는지 모르겠다.

골동 이야기 [古董錄][53]

문왕정文王鼎, 소부정召父鼎, 아호부정亞虎父鼎.

이상은 상나라, 주나라의 우수품이다.

주왕백정周王伯鼎, 단도정單徒鼎, 주풍정周豊鼎.

이상은 다 당나라 천보(天寶, 742~755) 연간 제품으로 몸뚱이가 작아 서재 같은 데 불 피우기가 좋다.

상부을정商父乙鼎, 부사정父巳鼎, 부계정父癸鼎, 상자정商子鼎, 병중정秉仲鼎, 도철정饕餮鼎, 이부정李婦鼎, 상어정商魚鼎, 주익정周益鼎, 상을모정商乙毛鼎, 부갑정父甲鼎.

이상은 원나라 시대에 강낭자姜娘子가 본떠서 만든 것이다.

53) 본편은 골동품상인 전사가가 주요 골동 기물들의 목록을 기록하여, 박지원이 북경에 가서 이 같은 골동품을 수매할 때에 참고하도록 의견서를 붙이고 아울러 북경에 사는 태사 허조당을 소개하는 편지를 수록한 것이다.

주대숙정周大叔鼎, 주련정周縺鼎.

이상은 다 서재 같은 데 두고 취미 있게 쓸 만하다. 화로의 귀가 고리처럼 생긴 것, 입이 깨진 것, 배가 할퀸 것, 다리가 닭다리처럼 된 것은 다 나쁜 물건으로서 두고 볼 가치가 없으니 구할 필요가 없다.

주사망돈周師望敦, 시돈兕敦, 익돈翼敦, 상모을격商母乙鬲, 주멸오격周蔑敖鬲, 상호수이商虎首彝, 주신이周辛彝.

이상은 모두 《박고도博古圖》에 실려 있는 물건들로서 요즘 새로 베낀 《서청고감西淸古鑑》에는 만든 법들이 더욱 정교하다. 그래서 먼저 책점에서 《서청고감》을 찾아 그릇 이름과 그림들을 잘 조사하여 그 양식이 얌전하고 쓸 만한 것을 살핀 다음에 유리창과 혹은 융복사, 홍인사[54]에 서는 장날에 가서 찾아보았는데, 모두들 좋은 것이었다.

고觚, 준尊, 치觶.

이 세 가지 그릇은 모두 술 그릇들이나 역시 꽃을 꽂아 조용한 방에 차려 두고 취미 있게 볼 만하다. 관요官窯[55]의 법식과 품격은 대체 가요哥窯[56]와 같다. 빛깔은 분청색이나 혹은 닭알빛을 쳐주고 물기가 있어 보이고도 광택이 나며 기름 어린 것같이 보이는 것이 상품이요, 그 다음은 담백색, 유회색이 있으나 이것은 아예 쳐줄 것이

---

54) 융복사隆福寺와 홍인사弘仁寺는 북경에 있는 절로, 절에서 장이 서는데 골동품들이 많이 매매되었다.

55) 송나라 정화(政和, 1111~1117) 연간에 나라에서 직접 만든 자기 명칭.

56) 역시 송나라 시대 처주處州란 땅 장張씨 형제가 구워 낸 유명한 자기의 명칭이다.

못 된다. 무늬는 얼음 깨진 무늬나 뱀장어 무늬를 쳐주고 너무 가늘게 부서진 듯한 무늬는 하품으로서 쳐줄 것이 못 된다. 제품의 양식은 역시 《박고도》 중에서 딴 식이 많되 솥이나 화로나 병이나 두루미나 술잔 등 어떤 것을 물론하고 키가 작고 배가 부른 것은 비속한 물건으로서 두고 볼 만한 것이 못 되니 골라 사지 말 것이다.

"전사가 머리를 조아리고 삼가 올립니다. 저는 작년 겨울에 북경까지 갔다가 2월이나 되어 돌아왔습니다. 북경서 체류할 때에 매일 유리창에 가 보았습니다마는 눈에 띄는 것이란 모두 진기하여 이루 말할 수 없었습니다.

'촌뜨기 관청 구경'이란 말도 있지마는 소주서 올라온 건달패들은 이나 벼룩이 쏘대듯이 유리창에 배겨 들어앉아 함부로 물건값을 불러 열 배나 올리고 달콤한 수작을 붙여 사람의 창자를 아주 녹인답니다. 저도 전번 걸음에서 처음 당했던 일이라 눈이 휘둥그레지고 오장육부를 내줄 듯이 홀딱 빠졌다가 보니 이자들에게 털끝만치도 덕을 본 것은 없고 바보 놀음만 하고 돌아왔습니다.

가만히 생각해 보니 문득 머리털이 거꾸로 설 만치 분이 치솟아 올랐습니다. 무슨 까닭이겠습니까? 나는 시골서 나고 자라나 마음이 소박하고 속이 허탈한 것은 가위 타고난 본성이라고 할 수 있습니다. 참말 연석燕石[57]을 보배로만 여기고 고기 눈알과 진주를 분간 못 했습니

---

57) 중국 전국 시대 학자 한비자의 글에 나오는, "기왓장을 보석으로 알았다."는 고사에서 나온 돌 이름.

다. 형편인즉 할 수 없었다 하겠사오나 더구나 분한 일인즉 웃음거리가 될 값으로 물건을 사 들인 것입니다. 이야말로 도척에게 곱리를 준 폭입니다.

오늘 당신을 황성으로 떠나보내면서 다시금 두고두고 부탁드릴 말씀은 이방의 점잖으신 분으로서 후일 고국에 돌아가시더라도 행여 무턱대 놓고 중국에는 사람다운 놈이 없다고 오해하고 말씀 말아 줍시사는 것입니다. 아울러 진정 까놓고 말씀드릴 것은 옛날 글씨나 옛날 그림을 감상하는 눈이 아직 익숙하지 못하고 심오하지 못할 때는 알지 못하는 밑천으로 우겨 세워 경솔히 대중 없이 응대를 말 것입니다. 대체로 모두가 옛날 명현의 필적이 아니라 하더라도 역시 글씨가 잘 쓰였거나 잘된 모본들은 그것이 노성하지 못하다 치더라도 전형으로서는 볼 만한 데가 있을 것입니다. 미불, 채경, 소식, 황정견[58]의 글씨는 모두 그 이름들을 잘 따져서 볼 것입니다.

선생께서 전일 저를 하찮게 생각잖으시고 대하시어, 외람되이 쓸 만한 인물을 찾으신다는 핑계로 길에서 만난 저와 서슴잖고 선자리에서 통정을 해 주셨습니다. 또 그렇게 쉽게도 발길을 돌려서 집에까지 걸음을 하신 것도 쉬운 일이 아니었지요.

제가 북경에 머물 당시 태사 허조당許兆黨이라는 이와 더불어 며칠 동안 사귀는 사이에 지기의 벗을 맺게 되었습니다. 자는 대촌台村이요, 호북 성사람이외다. 여기 문안 편지 한 장을 동봉했사오니, 북경 듭시는 날은 한림원으로 허 태사란 분을 찾으시고 제 이름을 말씀하시면서 이 글월을 전해 주십시오. 그가 만약 당신과 제 사이가 이렇듯 가까운

---

58) 미불, 채경, 소식, 황정견은 모두 송나라 시대 명필이며, 학자, 시인들이다.

줄 알게 되면 간대로 외면을 하지는 않을 것입니다.

　한마디 더 말씀드릴 것은 대촌의 위인이 선선하고 속이 터져 한번 만나신다면 소개를 잘못해 올렸다는 허물을 면할 수 있을 줄로 믿습니다. 아울러 선생의 통촉을 바라오면서 이만 갖추지 못합니다.”

7월 13일 기축일. 바람이 세게 불었다.

고가자에서 새벽에 출발하여 '주류하周流河'라고도 하는 거류하 巨流河까지 8리, 거류하보巨流河堡까지 7리, 비점자泌店子까지 3리, 오도하五渡河까지 2리, 사방대四方臺까지 5리, 곽가둔郭家屯까지 3 리, 신민둔新民屯까지 3리, 소황기보小黃旗堡까지 4리 와서 점심을 치르니 도합 35리다. 소황기보로부터 대황기보까지 8리, 유하구柳 河溝까지 12리, 석사자石獅子까지 12리, 영방營房까지 10리, 백기보 白旗堡까지 5리, 도합 47리로서 이날 모두 82리를 와서 백기보에서 묵었다.

꼭두새벽에 일어났다. 세수하고 머리 빗는 것이 왜 이토록 싫증이 나는지! 지새는 새벽 하늘에는 총총한 별들이 마주 눈을 깜박일 때 마을 닭들은 번갈아 홰를 쳤다. 몇 리를 못 가서 안개는 자욱이 넓은 들을 먹어들어 수은 바다처럼 되었다. 의주 장사꾼 떨거지가 웅얼웅얼 무슨 이야기들을 하면서 길을 가는 것이 어렴풋이 꿈속만 같았다. 이상한 글을 읽은 것처럼 똑똑하지 못하고 도깨비들 같아만 보였다. 이윽고 동이 트면서 버드나무 가지마다 가을 매미들은 한목으로 울음이 터져 제 놈들이 부러 와서 일러 주는 건 아니겠건만 벌써 한낮의 불볕더위를 아는 것만 같았다. 들에 자욱하던 안개가 사라지면서 멀리 보이는 마을 절간 앞에 세운 깃대가 돛대처럼 솟아 있었다. 돌이켜 동편 하늘을 바라다볼 때 불빛 구름은 뭉게뭉게 퍼지면서 수레바퀴 같은 붉은 해가 수수밭 속으로부터 반은 솟고 반은 잠겼다가 슬금슬금 둥그렇게 돋아 올라 온 요동벌을 덮는다. 지평선 위로는 가는 말과 오는 수레, 말 없는 나무와 움직이지도 않는 집들이 깃털처럼 늘어선 채 햇발 속에 휘덮여 있었다.

신민둔의 시가는 요동 못지않다. 한 군데 전당포에 들르니 뜰에는 포도 넝쿨 시렁으로 가득 차서 녹음이 우거졌다. 마당 복판에는 형형색색의 괴석으로 석가산石假山을 모았는데, 가산 앞에는 길 나마 되는 큰 항아리를 놓았고 그 속에는 네댓 포기 연을 심었다. 땅을 파고 한 간 폭이나 되는 나무통을 묻고는 한 쌍의 뜸부기를 기르고 있었다. 가산을 빙 둘러 종려나무, 장미꽃, 석류 등 화분 십여 분을 놓아 두었다. 주렴 휘장 아래는 어데로 보나 판박이 장사치들 대여섯이 앉았다가 나를 보고는 일어나 인사를 하면서 자리를 권하고는 냉차 한 잔을 내놓는다. 전당포 주인은 붉은 종이 두 장을 내놓는데 종이 바탕에는 희읍스름한 금자로 가늘게 두 마리 용무늬가 있었다. 주인은 주련 한 폭을 써 달라고 청한다.

원앙새 노는 모습 한 폭의 그림인가
갓 피어난 연꽃이야 저 선경을 어이 알랴!
鴛鴦對浴能飛繡, 菡萏初開不語仙.

시 한 구절을 쓰니 구경하던 사람들이 이구동성으로 좋다고들 떠든다. 주인은 다시 종이를 가져올 터이니 나더러 앉아서 기다리라고 부탁하고 나갔다. 조금 뒤에 주인이 왼손에는 종이를 들고 오른손으로는 진하게 간 먹 한 종지를 들고 들어온다. 칼로 백로지 한 장을 베어 석 자가량 되게 두루마리로 내놓으면서 점방 문 위에 붙일 좋은 글귀를 써 달라고 청했다.

나는 흔히 길가 점방 문 위에 써 붙여 놓은 '기상새설欺霜賽雪'[59]이라고 쓴 넉 자 간판들을 보고 내 속짐작으로 장사치들이 응당 지킬 본분을 자랑 삼아, 마음이 맑고 깨끗하기는 서릿발이나 다름없고 눈보다도 더 희다는 뜻으로 저런 간판을 걸었나 보다 생각했고, 또 한편으로는 며칠 전에 내가 난니보를 지나올 때에 어느 점방 문 위에 써 붙여 놓은 간판에 역시 이 네 글자가 쓰여 있었는데 필법이 하도 절묘하기에 말을 세우고 한참 들여다보니 '상설霜雪'이란 두 글자는 분명히 미해악米海嶽[60]의 글씨체라. 이것이 문득 생각나기에 나는 한번 그 본을 떠 보리라 하고 붓을 먹물에 듬뿍 찍어 내둘러 보니 먹빛은 검자줏빛이 돌고 진하기는 아주 마침하다.

이윽고 종이 앞에 나앉아 왼쪽으로부터 시작하여 '설雪' 자부터 한 자 먼저 써 놓고 보니 미상불 미원장의 글씨에는 미치지 못한다 손 치더라도 동董 태사[61]의 글씨보다야 어데고 못할 바 없었다. 구경꾼들은 덮쳐 모여들어 글씨가 잘 쓰였다고 야단들이다. 이어서 다

---

59) 회기는 서리를 점쩌 먹고, 눈을 걸고 내기할 수 있다는, 즉 '한없이 희다'는 말로 중국에서 보통 밀가루 장수의 점포에 거는 간판 글제로 쓰이고들 있다.

60) 송나라 시대의 저명한 서화가로 이름은 불芾. 자는 원장元章. 해악은 그의 호이다.

61) 명나라 시대의 유명한 서화가로 이름은 기창其昌이다.

음 글자인 '새賽' 자를 쓰니 더러는 역시 좋다고들 떠들었지마는 유독 전당포 주인은 '눈 설' 자 쓸 때 소리치던 폭보다는 기색이 아주 확 달라졌다.

나는 속으로, '새 자는 흔히 쓰이는 글자가 아니라 손에 익지를 못했고 보니 글자 웃동갱이는 획이 너무 빽빽하고 아랫동갱이 패貝 자는 너무 길어져서 그래서 못마땅해하는가?' 했고, 마침 붓끝에 묻었던 먹이 '새' 자 왼편 점 옆에 잘못 떨어져 조금씩 번져서 얼룩이 지고 보니 이 작자들이 이것으로 탈을 삼나 보다고만 생각했다. 잇달아 '상기霜欺' 두 자를 단숨에 쓰고는 붓을 놓고 오른편으로부터 차례로 붙여 읽으니, 큰 글자로 '기상새설' 넉 자가 뚜렷했다. 전당포 주인은 고개를 쩔쩔 흔들면서,

"당토 않은데!"

했다. 나는 불쾌하여,

"또들 봄세!"

인사를 하고는 일어서 나오면서 속으로 괘씸해서,

'하기야 소읍 장사치들이 어데라고 심양 사람들을 따를랴고! 벽창호 촌뜨기 놈들이 주제에 글씨 잘 쓰고 못 쓰는 것을 알아볼 것이 무어람!'

하고 혼자 투덜댔다.

이날은 해가 돋은 후 바람이 지동 치듯 불다가 오후에야 바람이 잤다. 하늘은 티끌 한 점 없는데 불볕이 찌는 듯만 같다. 영안교부터는 아름드리나무를 엮어 나무 다리를 놓았는데, 다리 높이는 두어 길이나 되고 넓이는 댓 발이나 되었다. 양 가장자리는 서두書頭를 친 듯이 간쫑하고 다리 아래 봇물은 한없이 푸른데 기름이 뚝뚝 들

는 것만 같은 진펄이 무연하게 뻗었다. 만약에 여기를 개간하여 몇만 뙈기고 논을 푼다면 일 년에 몇억만 석 금싸락 같은 벼를 거두어들일지 모를 일이다.

더러는 말하기를 강희 황제는 《경직도耕織圖》와 《농정전서農政全書》까지 만들고 지금 황제는 실상 오랜 농가에 태어난 분으로 관외의 검푸른 옥토가 논을 풀면 상상답이 될 것을 모를 리가 없다고 한다. 그러나 산해관 밖의 만주땅은 청나라 황실이 뿌리를 박은 고장으로서 이 고장 백성들을 기름이 번지레 도는 옥설 같은 쌀밥으로 장복을 시키고 보면 힘줄은 풀리고 뼈는 녹신해 버려 무력으로는 쓰기 어렵게 될 것이므로 차라리 백성들에게 수수, 기장밥을 상식으로 하여 주림을 견뎌 내고 혈기를 돋우는 버릇을 가르쳐 구복을 아주 잊어버리게 하는 것만 같지 못하다는 배포다. 못내 천 리 옥야를 내버리고 박토를 갈더라도 충의를 지향하는 백성을 만들어 보고자 함이니 이야말로 심원한 묘책이라고 할까?

연도에는 2, 3리 사이를 두고 인가가 이었다 끊어졌다. 수레들은 연달아 달렸고 양쪽의 점포들은 어데나 할 것 없이 다들 볼 만하다. 봉황성을 떠난 이래, 사치하고 검소한 것만은 다르다손 치더라도 맵시는 다 한 틀이다. 때로는 어렴풋이 꿈속 같지만 눈앞에 지나가는 풍물들이 놀랍기도 하고 좋기만 했지, 그 모습들을 이루 다 적어 낼 재주가 없었다.

해는 저물고 먼 바탕으로 연기는 자욱하게 땅을 덮었기에 다음 숙참을 향하여 말을 재게 몰았다. 마침 참외밭에서 웬 늙은이가 쫓아 나와 바로 말머리에 무릎을 꿇고 앉아 서너 칸짜리 낡은 외딴집을 가리키면서,

"이 늙은 놈이 단신으로 길가에서 참외 몇 푼어치씩을 팔아 호구를 하는 터인데 조금 전에 당신네 조선 사람 사오십 명이 여기를 지나면서 잠시 쉬던 차에 처음에는 값을 내고 참외를 사들 자시더니만 일어들 서는 막참에는 뿔뿔이 참외 한 개씩을 가지고는 몽땅 도망질을 쳤답니다."

하기에,

"그렇다면 왜 어른들에게 고해바치들 않았어?"

했더니, 늙은이는 눈물을 지으면서,

"고해바쳤다 뿐이겠습니까? 그러나 당신네 어른들은 짐짓 귀를 막고 눈을 딱 감아 버리십디다. 저 같은 늙은 놈이 어떻게 사오십 명이나 되는 펄펄 뛰는 망나니들을 당할 재주가 있겠습니까? 방금도 그자들을 쫓아갔습니다마는 웬 녀석이 길을 막고 두 눈깔에 불이 번쩍 나도록 얼굴에다 참외를 내던져 참외 속이 터져 아직도 마르지 않았답니다. 그러니 청심환 한 알을 주셔야겠습니다."

한다. 내가 아무 대답도 하지 않은즉 창대를 안고 늘어져 참외를 사달라고 죽자고 조르면서 참외 다섯 개를 앞에다 내놓는다. 나는 목이 컬컬한 김에 한 개를 깎아 먹어 본즉 감칠맛이 제법이라 장복이를 시켜 밤참감으로 네 개를 따로 건사하도록 하고 저들 몫으로 두 개씩 먹이고 보니 도합 아홉 개다. 늙은이는 기어코 팔십 푼을 내라고 우겨 댄다. 장복이가 오십 푼을 치러 주니 이자는 성을 시퍼렇게 내면서 받지 않았다. 두 놈은 주머니를 톡톡 털어서 도합 일흔한 푼을 내 준다. 나는 먼저 말에 오르면서 장복이에게 돈을 더 줘 버리라고 했더니 장복이는 주머니를 까뒤집어 보인다. 그제야 이자는 못 이기는 체하고 말았다.

처음엔 이자가 눈물을 지어 가면서 넋두리를 하기에 불쌍히 여겼다가 막판은 참외 아홉 개를 억지로 팔아서 거의 백 푼에 가까운 어처구니없는 값을 기어코 받아 내니 정말 괘씸하구나 싶다. 그러나 우리 일행의 하인들이 연로에서 건달을 부리는 버릇이 더욱 한심했다.

어둑어둑한 뒤에야 숙참에 닿았다. 나는 참외를 내어 청여淸如와 계함이네 떨거지에게 주면서 식사 뒤에 입가심이나 하라 하고는 낮에 말을 갈아탈 때 하인들이 길에서 참외 빼앗아 먹었다는 이야기를 내놓으니 여러 마두들은 모두들 애당초 그런 일이 없었다고 펄펄 뛰면서,

"외딴집 참외 장수 늙다리놈은 원래가 흉물스럽기 짝이 없는 놈입니다. 서방님께서 뒤에 떨어져 혼자 오시는 걸 보고 빨간 거짓말을 꾸며 대고는 건성으로 엄살을 떨어 필경은 청심환을 짜 내려는 것입니다."

한다. 나는 비로소 그놈에게 넘어간 것을 깨닫고 생각할수록 더욱 분했다. 더구나 그놈의 벼락 눈물이 대체 어데서 그렇게 터져 나왔는지 모를 일이다. 시대가 있다가,

"분명코 그자는 한인입니다. 만인은 그런 간악한 짓은 할 줄 모릅니다."

했다.

7월 14일 경인일. 개었다.

백기보에서 소백기보小白旗堡까지 12리, 평방平房까지 6리, 일반납문一半拉門 혹은 일판문一板門까지 12리, 고산둔靠山屯까지 8리, 이도정二道井까지 12리, 도합 50리를 와서 점심을 치르고 이도정에서 은적사隱寂寺까지 8리, 고가포古家鋪까지 22리를 왔다. 나무 다리 길은 여기서 끝난다. 고정자古井子까지 1리, 십강자十扛子까지 9리, 연대煙臺까지 6리, 소흑산小黑山까지 4리, 도합 50리로 이날 통쳐 100리를 와서 소흑산에서 묵었다.

오늘은 말복이다. 늦더위가 더욱 혹심하겠고 다음 참에 닿을 노정이 멀고 보니 일행은 새벽길을 떠났다. 나는 정 비장, 변 주부와 함께 앞서 떠나 길을 가면서 어제 해뜰 때 광경을 이야기하였다. 두 사람은 해뜨는 구경을 하겠다고 벼르고들 있었다. 이윽고 해가 뜨는데 동쪽 하늘의 구름과 안개는 사라지지 않고 어제 해뜰 때보다는 광경이 온통 다르다.

해는 땅으로부터 벌써 발 나마 올라왔건마는 그 밑에 구름층들은 수없는 금 빛깔, 용 모양으로 틀어오르고, 꿈틀거리고, 신출귀몰하

다시피 빛깔은 천변만화인데 해는 느릿느릿 중천만 바라보고 치솟을 뿐이다.

요양을 떠난 이래 수없이 거쳐 온 자그만큼씩한 성들은 이루 다 꼽을 수 없었다. 3리, 5리도 못 가서 있는 성곽들이 반드시 군이나 읍의 소재지라고는 할 수 없고 한 마을 한 동리에 불과하건마는 그 제도란 큰 성들과 조금도 다른 데가 없었다. 일판문, 이도정 등지의 지세는 우묵하고 언제나 물이 질벅질벅하여 비가 조금만 와도 진흙 수렁이 되어 버렸다. 봄철 해토할 때쯤 되어 흙탕 속에 잘못 발을 집어넣다가는 사람이고 말이고 삽시에 사라지고 말지마는 지척에서도 건져 낼 도리가 없다고 한다. 작년 봄에는 산에서 사는 길손들 20여 명이 다들 힘센 노새들을 타고 일판문에 닿았다가는 한꺼번에 빠져 죽었고 우리 나라 말몰이꾼 두 사람도 역시 빠져 죽었다고 한다.

《당서》에는, 태종이 고구려를 치다가 뜻대로 안 되어 돌아가던 길에 발착수渤錯水에 이르자 80리 뻗은 진흙 수렁에 막혀 수레고 말이고 가지를 못하고 당나라 장수 장손무기長孫無忌는 양사도楊師道와 함께 만여 명 사람들을 데리고 나무를 베어 길을 쌓고 수레를 연달아 다리를 놓았는데, 황제가 친히 말을 탄 채 나무를 져 날라 이 역사를 거들었다고 한다. 때마침 눈이 몹시 와 황제는 횃불을 들고 다리를 건너라고 명령했다고 한다. 시방은 발착수가 어데 있는지 알 길이 없다.

요동벌 천리 어간은 밀가루나 다름없이 흙이 부드러워 비가 한번 내리면 엿을 녹인 것처럼 아주 풀죽이 되어 길 걷는 사람들이 보통 다리나 허리까지 빠지는 것은 예사요, 한쪽 다리를 겨우 뽑으면 한쪽 다리는 더 깊이 들어가 얼른 다리를 뽑지 못할 때는 땅속에 무슨 빨아 당기는 귀신이나 있는 듯이 온 몸뚱이가 빨려 들어가 사라지면서 빠진 자리조차 흔적이 없어진다고 한다.

오늘의 청나라 황실은 성경까지 자주 나들게 되므로 영안교로부터 나무를 엮어 진흙 수렁 위에 다리를 놓아 고가포까지 와서 끝이 났는데 200여 리 길이 다리 한 개로 되었다. 비단 물력物力만이 넉넉하고 놀라울 뿐 아니라 다리 놓은 나무는 길거나 짧고 우툴두툴한 것을 볼 수 없고 200여 리 어간 다리의 양 가장자리는 먹줄을 친 듯하여 이것만으로도 다리 놓은 솜씨의 정밀한 품을 짐작할 수 있었다. 그러므로 일반 민간에서 하는 여느 공사들도 언제나 이런 것을 본뜨게 되니 법도는 다 비슷했다. 덕보德保가 일찍이, "대국의 틀거지는 당해 내기 정말 어렵다."고 한 말은 바로 이런 것을 두고 한 말일 것이다. 이제 들으매 이 다리 길은 3년 만에 한 번씩 수리를 한다고 했다. 《당서》에 나온 발착수는 어림에 일판문과 이도정 사이가 아닐까 한다.

아홀관鴉鶻關으로부터 길옆 마을 가운데 허연 패루를 높다랗게 세운 데가 자주 눈에 띄었다. 이것은 다들 초상집이라고 한다. 삿자리로 만들었는데 기왓골이라든가 지붕의 치문鴟吻[62] 들이 나무나 돌로 만든 것과 다를 게 없었다. 높이는 네댓 길씩이나 되는데 상갓집 대문 앞 여남은 발자국 떨어져 세우고 그 아래서는 풍악꾼들이 죽 늘어섰다. 바라 한 쌍, 피리 한 쌍, 새납 한 쌍이 밤낮 자리를 떠나잖고 조객이 문 어귀에 나타나기만 하면 소리를 더 내어 불고 치고 야단이다. 또 안에서 상식上食[63]이나 제전祭奠이 있어 곡소리가

---

62) 큰 전각 같은 지붕 용마루 끝에 장식하는 물형.

들리면 밖에서도 이내 맞받아 불고 뚜드리고들 한다.

나는 십강자에 이르러 잠시 쉬면서 정 진사, 변 주부와 함께 거리에 나가 어느 삿자리 패루까지 와서 방금 패루 세운 구조를 자세히 구경하려고 드는데 갑자기 와자지껄 징을 치고 피리를 불고 떠드는 바람에 두 사람은 귀를 틀어막고 달아나 버리고 나 역시 두 귀가 멍멍하여 손을 흔들어 제발 멈춰 달라 했으나 거들떠보지도 않고 내 말은 들은 척 만 척, 불고 두드리기만 한다.

상갓집 제도를 구경하려고 대문 앞까지 몇 자국 발을 옮기니 안에서 상주 한 명이 곡을 하면서 다짜고짜 바로 내 코앞에까지 다가와 대지팡이를 놓고는 두 번씩이나 엎드렸다 일어났다 절을 하는데 엎드릴 때는 머리를 땅바닥까지 조아리고 일어나면 발을 동동 굴러 눈물은 비 오듯 하고 연방 "아이고!"를 부른다. 나도 창졸간에 만난 괴변이라 어찌할 바를 몰라 어리둥절하였다. 상주 뒤에는 대여섯 사람이 머리에 흰 수건을 쓴 채 따라나와 내 양쪽 팔을 잡고 부축을 하여 대문 안으로 끌어들인다. 상주도 울음을 그치고는 뒤에 따라온다. 마침 건량 마두 이동二同이 안에서 쫓아 나오기에 만난 것이 반가워서,

"이 일을 어쩌면 좋단 말인가?"

하고 서둘러 물으니, 이동은,

"죽은 사람과 소인은 나이가 동갑입니다. 생전에 서로 친하게 지내던 터라 방금 그 마누라를 찾아 문상을 하고 나오는 길입니다."

한다.

---

63) 초상집에서 아침 저녁 영좌에 음식을 차려 놓는 것.

"대관절 문상은 어떻게 하는 거냐?"

"상주 손을 붙잡고는 '당신 아버지는 하늘로 올라가셨소.' 라고만 하면 됩니다."

이동도 나를 따라 다시 안으로 들어가면서,

"불가불 백지권이나 부의를 해야 하겠습니다. 소인이 그것은 주선을 합지요."

한다. 몸채 앞에 삿자리로 시렁처럼 높다랗게 꾸며 놓은 가가집이 모두 눈 서툴다. 마당에는 흰 휘장을 죽 둘러친 속에 내외 복인服人[64] 들이 자리를 잡고 있었다. 이동이 내게 말했다.

"주인이 응당 주과를 대접할 것입니다. 조금 기다리셔야 너무 빨리 일어나시지 말고 또 드린 음식을 안 잡수시는 것도 큰 실례랍니다."

"이왕 예까지 들어온 걸음이니 구경은 하겠지마는 문상을 한다는 것은 좀 계면쩍은 일인데!"

"아까 문상을 하신 셈인데 새삼스레 또 하실 건 없습니다."

이동은 삿으로 지은 집을 가리키면서,

"저기가 빈소입니다. 집안 권솔들은 남녀 할 것 없이 원래 방들은 다 비워 두고 모두들 빈소로 옮겨 와 휘장을 쳐서 자리를 잡고는 복상을 하다가 장사를 치른 뒤에야 다들 돌아가는 법입니다."

한다. 휘장 속으로 웬 여자가 자주 머리를 내밀어 내다보는데 흰 수건을 머리에 둘러썼고 인물이 꽤 잘생겼다. 이동이,

"저 여자가 바로 산해관에 있는 부잣집 장사꾼에게 시집을 간 망

---

64) 죽은 사람의 친척들로서 상복을 입어야 하는 사람들.

자의 딸이랍니다."

한다. 이윽고 상주는 삿집에서 나와 의자에 앉는다. 머리에 흰 수건
을 쓴 사람들이 국수 두 그릇과 과일 한 쟁반, 두부 한 쟁반, 나물 두
접시, 차 두 잔, 술 한 주전자를 들고 나와 탁자 위에 차려놓는다. 바
로 앞에는 빈 잔 세 개를 놓고 마주 보는 탁자에도 빈 의자를 늘어놓
고 술잔 세 개를 벌여 놓고는 이동에게 자리를 권하니 이동은 굳이
사양을 하면서,

"우리 서방님께서 바로 여기 앉아 계신데 감히 대좌할 수 있겠소?"

하고는 곧 밖으로 나가 백지 한 권과 돈 한 초를 가지고 들어와 주인
앞에 내놓으면서 내가 부의하는 뜻을 전하니, 주인은 의자에서 일어
나 머리를 조아려 가면서 깍듯이 사례를 한다. 나는 과일과 나물 몇
점을 대강 집어먹고는 곧 일어나 나왔다. 주인은 대문 밖까지 전송
을 한다. 대문간 행랑채 속에는 방금 대나무로 말을 만들어 종이를
바르고 있었다.

얼마 후에 사신 일행은 이곳까지 닿아 말을 갈고 부사도 뒤를 대
어 와서 가마로부터 내렸다. 길에서 아까 문상하던 이야기를 했더니
여럿이들 한참 웃었다.

이도정 마을은 꽤 번화하다. 은적사는 집은 굉장히 컸으나 많이
헐었다. 비석 중에는 시주한 조선 사람들 이름이 눈에 띄었다. 모두
의주 상인들 같다.

이로부터 의무려산醫巫閭山이 처음으로 보인다. 서북쪽 하늘 끝
을 가로막아 푸른 휘장을 둘러친 듯, 아직도 봉우리들은 똑똑히 보
이지 않았다.

혼하를 건너온 뒤로 다섯 번째나 물을 건넜으나 다 배로 건넜다.

연대煙臺[65]는 이로부터 시작하는데 5리마다 축대 하나씩이 있어 직경이 여남은 발이요, 높이가 대여섯 길이나 성 쌓듯이 쌓고 그 위에는 대포 쏘는 구멍과 성가퀴를 쌓았다. 남궁南宮 척계광戚繼光[66]이 쌓은 팔백망八百望이란 것이 바로 이것이다.

소흑산은 들 가운데 조금 펀펀한 둔덕이 지고 그 위에 주먹만 한 산이 있다고 하여 붙인 이름이다. 집들이 즐비하고 점포들이 번화하여 신민둔에 못지않다. 푸른 풀숲에는 말과 노새와 소, 양들이 천이야 백이야 떼를 지어 있어 이만해도 가위 큰 고장이라고 할 수 있었다. 일행의 하인배들은 소흑산에 닿으면 돼지고기 추렴을 하는 것이 준례라고 하여 창대와 장복이는 밤에 나가 돼지고기를 얻어먹고 오겠다고 고해 왔다.

이날 밤에 달은 낮같이 밝은데 더위는 이미 물러나 식사를 한 후 댓바람에 나와 멀리 들판을 바라다보니 푸른 연기는 땅을 덮었는데 소와 양 떼는 집을 찾아 돌아오고 점방 문들도 아직 미처 안 닫은 곳도 있었다.

나는 혼자 웬 점방에 들어갔다. 마당에는 시렁을 높다랗게 매고 삿자리로 덮었다가 방금 밑으로부터 줄을 끌어당겨 가렸던 삿자리를 말아 올려 달빛을 받아들이니 가지각색 화초들은 달빛 속에 서로 맞비치고 있었다. 거리에서 놀던 패들이 나를 보고는 우 따라 들어와 마당이 가득 찼다.

일각문으로 다시 들어서니 안마당도 앞서 마당이나 다름없이 넓

---

65) 옛날에 통신 기관 역할을 한 봉홧불을 놓는 축대.
66) 명나라 시대의 유명한 군사 전술가.

은데 몸채 집 난간 아래는 몇 포기 파초가 섰고 네 사람이 탁자를 둘러싸고 앉았다. 그중 한 사람은 탁자를 의지 삼아 글씨를 쓰는데, '신추경상新秋慶賞' 넉 자를 쓰고 있었다. 종이는 붉고 먹은 검자줏빛이 나고 달빛은 희어 자세튼 못하나 붓 놀리는 법이 아직 서툴러 글자 모양이 엉망이다. 나는 속으로 슬그머니, '저자의 필법이 그토록 졸렬할 바엔 이제야 바로 내 솜씨를 한번 뽐내 볼 판이로구나.' 했다.

여러 사람들은 글씨를 서로 보겠다고 하다가 몸채 가운데 정문 도리 위에 붙였다. 이것은 그 달을 축하하는 지방이다. 여러 사람들은 자리에서 일어나 집 앞으로 가서 뒷짐을 지고는 쳐다들 보고 있었다. 탁자 위를 보니까 종이가 또 한 장 있기에 나는 곧 걸상에 앉아 먹이 찌꺼기든 진하든 가릴 바 없이 '신추경상'이라고 한바탕 휘둘러 큼직하게 썼더니 그중 한 사람이 내가 쓴 글씨를 보고는 부리나케 여럿을 불러 탁자 앞에 몰려와서는 왁자지껄 소리를 치고 좋아라고 껄껄 웃으면서 한 사람이,

"조선 명필이다!"

하니까, 또 한 사람은,

"조선 글자도 중국 글자와 같구먼!"

하고,

"글자는 같지만 음이 다르대!"

하면서 저마끔 한마디씩 한다. 나는 의젓하게 붓을 던지고 일어서니 여러 사람들은 저마끔 내 손을 잡고 만류하면서,

"영감, 수고로우신 대로 좀 앉으시지요. 성함은 누구신지요?"

한다. 내가 이름을 써 보이니까 여러 사람들은 더 좋아했다. 내가 처

음 여기 왔을 때는 그리 좋아하는 눈치가 아니요, 모두들 대수롭잖게 보더니 내 글씨를 보고 나서는 기색을 살펴보니 오히려 과분할 만치 좋아한다. 그제야 서둘러서 차를 따른다, 담배를 붙여 올린다, 눈 깜빡할 사이인데 다정하고 냉정한 구별이 이만저만 아니다.

여기 있는 여러 사람들은 다들 태원太原, 분진汾晉 사람들인데 작년에 이곳 와서 새로 은장방을 내고 비녀, 팔찌, 꽂이, 귀걸이, 가락지 등속을 사고 팔고 한다. 상호는 '만취당晚翠堂'이요, 최崔가가 셋, 유柳가, 곽霍가가 한 명씩으로 문필은 보잘것없어 이야기할 거리도 못 되나 그중 곽가가 제일 나은 편이다.

다섯 명이 모두 나이는 한 서른 남짓한데 노새처럼 튼튼하게들 생겼다. 얼굴 바탕들은 희멀쑥하고 모습들은 얌전하게 생겼으나 청수한 기품이 없어 오촉 사람들과는 아주 딴판이다. 곳곳이 풍토가 다르다는 것을 이것으로도 알만했다. 산서는 명장이 난단 말도 과연 빈말이 아닌가 보다.

나는 곽생에게 물었다.

"임자 고향이 태원이라니, 이름은 곽태봉郭泰峯이고, 호는 금눌錦衲이란 이를 아시우?"

그는 알 수 없다고 하면서 곽霍 자와 곽郭 자 두 글자를 짚고는,

"이 곽郭 자는 곽 태조郭太祖[67] 곽 자고, 이 곽霍 자는 곽거병霍去病[68]의 곽 자올시다."

하기에, 나는 웃으면서,

---

67) 중국의 오대 시기 후주後周의 태조 곽위郭威를 말한다.
68) 한나라 무제가 신임하던 유명한 장수.

"어째서 분양汾陽[69]과 박륙博陸[70]은 끌어 대지 않고 주 태조周太
祖와 표요驃姚[71]만을 끌어 대오?"

하니, 곽생은 내가 쓴 필담 글씨를 한참 들여다보기만 하고 아무 말
이 없었다. 이자가 필시 내가 곽霍 자와 곽郭 자를 만주 사람들 모양
으로 같이 쓰는 줄로만 알고 일부러 이렇게 분간하여 일깨워 주는
셈이다. 곽생이 있다가,

"등주登州서 내렸으면 무슨 일로 이곳까지 오셨습니까?"

하기에,

"나는 뱃길로 온 것이 아니라 육로로 황경 3천 리를 바로 댈 작정
이오."

하니, 곽생은,

"조선은 일본하고 다릅니까?"

한다. 또 한 사람이 붉은 종이를 가지고 와서 글씨를 청한다. 저마끔
아는 사람, 모르는 사람 꼬리를 물고 끌어들여 사람들은 자꾸만 모
여들었다. 나는 붉은 종이는 글쓰기가 말짜라 닭알빛 종이가 있으면
가지고 오라고 했더니 한 사람이 바삐 달려 나가 분백지 몇 장을 당
장 구해 가지고 왔다. 나는 곧 칼로 종이를 베어 주련 폭을 장만하고
는 붓을 들어,

---

69) 당나라 현종 황제 시대 서장을 징벌한 곽자의郭子儀란 장수로서, 뒤에 분양왕으로 봉하
였으므로 곽분양이라고도 한다.
70) 한나라 소제昭帝 시대에 곽광郭光이라고 하는 유명한 재상으로서 뒤에 박륙후로 봉했으
므로 박륙이라고도 한다.
71) 곽거병을 표요장군이라고도 했다.

이 늙은이 즐기는 게 산림이라오.

그대 역시 물 경치 즐김을 알리라.

翁之樂者山林也, 客亦知夫水月乎.

하고 써 주었다.

　이윽고 여러 사람들은 아주 흥이 나서 저마끔 먹을 갈아 대고 종이를 찾아 가지고 오느라 왔다 갔다 떠들썩하게 분주했다. 나는 그제야 종이를 펴는 족족 척척 쓰다 보니 손은 놀 사이가 없고 흡사 고소장에 판결문을 내리는 것처럼 연달아 써 제꼈다. 한 사람이 있다가,

　"영감은 술을 하십니까?"

하기에,

　"말술도 사양튼 않는다오."

하니, 여럿이들 깔깔 웃는다. 당장 술 한 주전자를 데워 가지고 와서 연거푸 석 잔을 권한다.

　"주인장은 어찌들 자시잖소?"

하고 물으니 술을 다 먹을 줄 모른다고 한다. 그제야 구경하러 온 사람들은 능금이야 사과야 포도 같은 과일을 가지고 와서 권한다. 내가,

　"달이 밝기는 하나 글씨를 쓰기에는 촛불만 못한 것 같소."

하니, 곽생은,

　　하늘에는 조각달 높다랗게 걸렸건만,

　　땅 위에 일 만 가닥 등불도 못잖으리.

　　天上高懸一片鏡, 人間勝似萬枝燈.

하고 시 한 구를 외운다. 누가 있다가,

"영감은 눈이 좀 어두우신지요?"

하기에, 나는 그렇다고 하니 이내 촛불 네 대를 켰다. 나는 어제 전당포에서 '기상새설' 넉 자를 썼다가 전당포 주인이 어떻든 달갑잖게 여겼던 터라 오늘에야 분풀이를 해 보리라 하고 드디어 주인에게,

"댁에서는 점방머리에 붙일 그럴 듯한 글씨가 소용 안 되나요?"

하고 물으니, 점방 주인들은 한목으로 반색을 하면서,

"소용이 되다 뿐이겠습니까?"

하기에, 나는 이내 '기상새설' 넉 자를 써 내놓았다. 여러 사람들은 모두 어리둥절하여 얼굴을 마주들 쳐다보는 품이 어제 전당포에서 보던 기색들이나 다름없이 괴이쩍었다. 나는 속으로, '이것 참 괴상한 일이구나.' 하고는 다우쳐 물었다.

"글 뜻이 맞들 않소?"

하니, 그렇다고 하면서 곽생이,

"우리 점방들은 단벌로 부인네들 머리꽂이만 사고 팔고 할 뿐이지 가루 점방은 아닙니다."

한다. 그제야 비로소 내가 잘못 안 것을 깨닫고는 어제 일이 장히 부끄러웠다. 그러나 나는 선뜻 말머리를 돌려,

"다 안다우! 한번 그저 써 봤다우."

하고는, 전일에 요양성 안에서 본 '계명부가鷄鳴副珂'[72]라고, 금자 백이로 쓴 간판이 선뜻 생각에 떠오르자 이 글귀가 아마 이런 등속 점방에는 아주 제격일 것이라 하고는 이내 '부가당副珂堂' 석 자를 썼

---

72) "닭이 울면 비녀를 꽂는다."는 의미.

다. 여러 사람들은 "악!" 소리를 치면서 좋다고들 야단이다. 곽생이,

"이 상호는 무슨 뜻입니까?"

하고 묻기에, 나는,

"당신네 점방에서는 부인네 머리 꾸미개를 사고 팔다 보니《시경》에 나오는 '부계육가副笄六珈'란 글귀를 따온 말이지요."

하니, 곽생이 인사를 늘어놓는다.

"우리 점방의 영광이야말로 무엇으로 보답해야 할지 알 길이 없소이다."

나는 내일 북진묘를 구경할 예정도 있어 일찍 일어나 숙소로 돌아와 이런 이야기를 해 주니 엉뚱한 글제를 쓰던 대목에 와서는 배를 쥐고 안 웃는 사람이 없었다. 이런 일이 있은 뒤로는 어데서나 점방머리에서 '기상새설'이란 글씨만 볼 때는 틀림없는 가루집으로 알게 되었다. 마음이 깨끗하다느니 하는 새김질은 동에 닿지도 않은 수작이요, 가루는 부드럽기가 서리와 다툴 만하고 희기는 눈보다 더 낫다고 자랑하는 뜻임을 알았다. 중국말로 '빠이멘[白麵]'은 우리나라의 밀가루를 말함이다.

청여, 계함과 주부 조달동과 함께 북진묘를 구경하기로 약속하였다.

성경의 절 구경[盛京伽藍記]

성자사聖慈寺는 숭덕崇德 3년 무인년(1638)에 지었다. 전각은 장엄하고도 화려했다. 법당의 축대 높이가 한 길이요, 돌난간을 둘렀다. 전각 위에는 부시罘罳[73]를 둘러쳤다. 뜰 위에는 세 그루 늙은 소나무가 있는데 큰 가지, 작은 가지가 얼기설기 엉켜 어두침침하고 음산스럽게 마당 하나 가득 찼다.

태학사 강림剛林의 비문이 적힌 비석이 섰는데, 후면에는 만주글로 썼다. 다른 비석 하나는 앞뒤가 모두 몽고, 서번[74] 글자로 썼다.

절을 지키는 라마 중 두어 명이 있었다. 전각 속에는 팔백 나한을 모셨는데 키는 불과 몇 치씩밖에 되지 않으나 한 개, 한 개 다들 정교하게 만들었다. 강희 황제가 손수 만들었다고 하는 자그마한 탑 수백 개가 크기는 쌍륙[75]만큼씩 한데 아로새긴 공력이란 귀신을 울

---

73) 큰 건물에서 참새 집을 막기 위하여 그물 같은 것으로 처마 밑을 둘러친 것.
74) 몽고 서번西番은 서장을 위시한 중국, 아시아 등지 서역의 여러 국가들 이름.
75) 윷과 같이 승부를 보는 우리 나라의 옛날 놀잇감.

릴 만했다. 큰 탑이 서 있는데 높이는 여남은 길이나 되고 위는 둥글
고 아래는 모가 나게 만들어 통째 사자 모양을 새겼다.

만수사萬壽寺는 강희 45년 병술년(1706)에 중수하였는데 절 앞에
는 한 채 큼직한 패루가 섰고 '만수무강'이란 편액을 써 붙였다. 전
각의 장려한 품은 성자사보다도 나았으나 다만 뜰을 덮은 정자 솔이
없었다. 비석 두 개가 섰고 정전에는 강희 황제가 쓴 '요해자운遼海
慈雲'이란 편액을 붙였다. 완상물로 늘어놓은 보기 드문 값진 향로며
솥과 기물들은 이루 다 쓸 수 없다. 라마 중 여남은 명이 누런 옷에
누런 모자를 썼는데 생김생김이 다 험상궂고 거세게 보였다.

실승사實勝寺에는 '연화정토'라는 편액이 걸렸는데 숭덕 3년
(1638)에 전각을 세우고 모두 푸르고 누런 유리 기와로 이었으니 청
태종의 원당願堂[76]이라고 한다.

---

76) 죽은 자의 명복을 빌기 위하여 세운 절.

산천 이야기 몇 마디[山川記略]

　주필산駐蹕山은 요양의 서남쪽에 있는 산으로서 당초는 수산首山
이라고 했는데, 당 태종이 고구려를 침략할 당시 이 산 위에 며칠 동
안 주둔하면서 돌에다가 공적을 새겨 세우고 산 이름을 주필산으로
고쳤다.

　개운산開運山은 봉천부의 서북쪽에 있어 수없는 봉우리가 이 산
을 복판으로 삼고 머리를 숙였으며 수없는 물줄기의 조종이 되어 있
다. 즉 청나라의 영릉永陵이다.

　철배산鐵背山은 봉천부 서북쪽에 있는데 산 위에는 계界와 번蕃[77]
이라 하는 두 성이 있다고 한다.

　천주산天柱山은 승덕현承德縣 동쪽에 있는데, 즉 청나라의 복릉
福陵이 있는 곳으로서 《진사晉史》에 나오는 동모산東牟山이 바로
여기다.

　융업산隆業山은 승덕현 서북에 있는데, 즉 청나라 소릉昭陵의 소

---

77) 계와 번은 청 태조가 쌓은 성 이름.

재지라고 한다.

십삼산十三山은 금주부錦州府 동쪽에 있는데 산봉우리가 열셋이다. 채규蔡珪[78]의 시에,

여산이 다한 곳에 십삼산이 솟아나니
굽이굽이 골짝 물은 그림에 본 그대로네.
闆山盡處十三山, 溪曲人家畵幅間.

라고 한 데가 바로 여기다.

발해는 봉천부 남쪽에 있다. 《성경통지盛京通志》에 보면 바다가 옆으로 내민 데를 '발渤'이라고 하는데, 요동은 넓이가 2천 리로 그 남쪽이 발해라고 했다.

요하는 승덕현 서쪽에 있는데, 즉 구려하句麗河니 혹은 구류하枸柳河라고도 한다. 《한서漢書》와 《수경水經》에는 모두 대요수大遼水로 나왔다. 이로써 요수의 좌우쪽을 요동, 요서라고 갈라 부르고 있다. 당 태종이 고구려를 침입할 때에 이곳 진펄 땅 200리를 흙을 깔고 다리를 놓아 건넜다고 한다.

혼하는 승덕현 남쪽에 있는데 소요수小遼水라고도 하고, 아리강阿利江이라고도 하고, 헌우락수蒯芋灤水라고도 한다. 발원은 장백산이요, 태자하와 만나 요수와 어울려 바다로 들어간다.

태자하는 요양 북쪽에 있는데 물 근원은 변외인 영길주永吉州에서 나와 국경을 감돌아 들어와 혼하, 요하와 더불어 삼차하三叉河가

---

78) 금나라 시대(1115~1231) 저명한 금석학자.

되었다. 세상에 전해 오는 말로는 연나라 태자 단丹이 도망을 하여 이곳까지 이르렀을 때에 뒤쫓아오는 자에게 붙들려 목을 베어 진秦나라에 바치게 되었는바, 후인들이 이를 슬퍼하여 이 강 이름을 '태자하'라 한다고 했다.

소심수小瀋水는 승덕현 남쪽에 있는데 동관東關 관음각觀音閣에서 발원하여 혼하에 흘러든다. 강 북쪽을 양陽이라고 하니, '심양'이란 이름도 여기서 나온 이름이다.

이번에 내가 거쳐 온 산천들은 다만 이 땅 사람들의 입으로 지껄이는 소리가 아니면 길 가는 사람들의 손끝을 통해서든지 혹시는 일행의 하인붙이들로서 여러 번 이곳 내왕을 한 자들이 무턱대고 하는 대답들을 가늠으로 삼았으니 다 자세하다고는 할 수 없을 것이다. 앞에서 말한 화표주 같은 것도 요동의 고적인데, 혹은 성 안에 있다기도 하고 혹은 성 밖으로 십 리 떨어져 있다기도 하니 다른 것도 미루어 알 수 있는 일이다.

일신수필馹汛隨筆

7월 15일 신묘일부터 7월 23일 기해일까지 9일 동안,
신광녕新廣寧에서 산해관山海關까지 도합 562리.

• '일신수필'은 달리는 역마 위에서 구경하듯 성큼성큼 빨리 본 것을 휘뚜루마뚜루 내갈겨 썼다는 의미이다. 본편은 일신수필의 '북진묘 견문기', '수레 만든 법식', '극장' 들 아홉 편이 수록되었다.

머리말

　함부로 입과 귀만 믿고 떠드는 자들은 족히 데리고 학문을 이야기할 껌목이 못 될 것이다. 하물며 평생을 두고 정력을 쓰더라도 알아낼 수 없는 학문일까 보냐.

　성인이 "태산에 올라가 굽어보면 천하가 자그마해 보인다."[1]고 하면 속으로는 '무엇이 그럴랴고?' 하면서도 입으로는 "그렇다."고 하렷다. 석가가 시방 세계를 다 보았다고 하면 꿈 같은 수작 말라고 들은 척도 않으렷다. 서양 사람들이 큰 배를 타고 지구 밖으로 튀어나갔다고 하면 허망스러운 소리라고 오히려 말하는 사람을 나무라렷다. 이러고 보면 나는 누구를 데리고 나의 세계관을 한번 이야기해 보겠는가?

　흥! 공자는 240년 동안 사적을 추려 모아 적어서,《춘추春秋》[2]라고 했으니, 이는 240년 동안 숱한 나라들의 외교 군사에 관한 사적

---

1)《맹자》에 나오는 구절로서 공자의 지식이 탁월하고 그의 학설이 위대하다는 의미.
2) 기원전 770년부터 240년 간 노나라를 중심으로 한 중국 역사를 일정한 정치 도덕에 표준하여 기술한 공자의 저서.

을 쓴 책으로서 말하자면 꽃 피고 잎 지고……, 덧없는 인생의 넋두리에 지나지 않을 것이다.

시방 여기까지 몰아쳐 쓰다 보니 문득 이런 생각이 드는구나! 먹한 점 쿡 찍는 '동안'은 눈 한 번 깜빡, 숨 한 번 쉬는 동안이요, 눈한 번 깜빡, 숨 한 번 쉬는 동안은 뒤미처 '작은 옛날', '작은 오늘'이 되어 버리고 마니 '큰 오늘'과 '큰 옛날'은 역시 '큰 눈 한 번 깜빡', '큰 숨 한 번 쉬는' 동안이라고 할 수 있을 것이다. 이 보잘것없는 '동안'에 이름을 내고 공로를 세우겠다고 날뛰는 것이야말로 그아니 서글픈 일이랴.

내 일찍이 묘향산에 올라 상원암上元菴에서 하룻밤 묵을 때의 일이다. 밤새도록 달은 대낮처럼 밝아, 창을 젖히고 동편을 바라다보니 절 앞에는 허연 안개가 뭉게뭉게 치오르는 것이 달빛에 마치도수은 바다처럼 보였다. 바다 밑으로부터는 은은히 들려오는 소리가있어 마치 무슨 코고는 소리처럼 들렸다. 절의 중들은 서로들,

"인간 세상에는 방금 야단스러운 뇌성과 함께 폭우가 쏟아지렷다."하고 있었다. 내가 며칠 지나 산에서 내려와 안주安州에 닿았을 때는 전날 밤에 이 지방에 뇌성벽력과 함께 큰비가 내려 평지에도 물은 길 나마 붓고 집들이 떠내려갔더라고 한다. 나는 말고삐를 잡은채 감개무량해서 말했다.

"전날 밤에 나는 구름비 밖에서 달을 안고 놀았구나!"

묘향산을 태산에 비한다면 자그마한 둔덕에 지나지 못할 것으로, 그 높고 낮은 데 따라 세상의 차이가 이럴진대 더구나 성인이 천하를 굽어봄이랴.

저 석가가 설산에서 고행한 것은, 공자의 집안에서 그 안해를 세

번씩이나 내쫓은 일이라든가 그 아들 백어가 일찍 죽은 일이라든가 노나라, 위나라로 종적을 숨겨 가면서 쫓겨다닌 사실과 같은 고생살이를 지레 짐작하지는 못했다 하더라도, 이런 인간살이 고생을 마다하여 세상을 버리고 중이 된 것이다. 이래서 세상 만물도 꼭 그의 눈에는 텅 빈 것으로만 보였다니 이것도 또 한심한 노릇이다.

저 서양인들은 공자나 석가가 보는 바는 아직 땅덩이로부터 떨어져 나가지 못했으니, 이번은 땅덩이는 제쳐 두고 허공을 성큼성큼 걸어 별을 어루만지면서 돌아다닌다고 듣고 나서서 저들 딴에는 공자나 석가보다도 나은 양으로 치고 있다.

그러나 그들이 여기서 이국 말을 배우고 머리가 세도록 공부를 함으로써 커다란 업적을 내고자 하는 것은 무엇 때문일까? 대체로 귀로 듣고 눈으로 보는 것은 언제나 과거로 흐르고 있으매 과거에 의존하여 학문으로 삼은 것도 이제 와서는 증거할 거리가 없기 때문에 짐짓 글로 남겨 사람들을 믿도록 하기 위함이다.

우리 유학자들 중에도 색다른 이론을 보고는 이런저런 끄트머리나 주워 모아 가지고 불교를 반대하는 시늉이나 내는가 하면 다른 한편으로는 불교를 찬성하고 불교의 천당, 지옥설을 좋아함을 보고는 남의 턱찌꺼기나 주워 씹어 (이 사이 몇 자 결자) 그러므로 나의 이번 여행에서.(이하 결문)[3]

---

3) 조선광문회본에는 이 대문 끝을 이어 '삼천三泉'이란 이가 142자를 보충하여 결론을 지었으나 박지원의 원작이 아니므로 여기서 생략한다.

7월 15일 신묘일. 날이 맑았다.

내원과 태의太醫 변관해卞觀海와 주부 조달동과 함께 신새벽에 소흑산을 떠나 중안포中安浦까지 30리를 와서 점심을 치르고는 또다시 앞서 떠나 구광녕舊廣寧을 거쳐서 북진묘를 구경하고 달밤을 타서 40리를 더 와 신광녕에서 묵었다. 북진묘까지 왕복 20리를 돌고 보니 도합 90리다. 《이정록》에 실린 백대자白臺子, 망우대蟒牛臺, 사하자沙河子, 굴가둔屈家屯, 삼의묘三義廟, 북진보北鎭堡, 양장하羊腸河, 우가둔于家屯, 후가둔侯家屯, 이대자二臺子, 소고가자小古家子, 대고가자大古家子 등 지명과 이정이 서로 틀리고 어긋나는 데가 많아 만약 이대로 친다면 180리나 된 것이니, 이제는 상고할 길이 없다. 이날은 몹시 더웠다.

우리 나라 인사들이 북경에서 돌아온 사람들을 만날 때는 으례,

"이번 걸음에 구경한 것 가운데 제일 장관이 무엇인가?"

하고들 묻는다. 이럴 때마다 대답하는 사람들은 저마끔 본 대로 이구동성이나 다름없이 요동벌 천리가 장관이라느니, 구요동 백탑이 장관이라느니, 연로의 점포들이 장관이라느니, 계문薊門의 숲이 장

관이라느니, 혹은 노구교蘆溝橋, 혹은 산해관, 혹은 각산사角山寺, 혹은 망해정望海亭, 혹은 조가祖家의 패루, 유리창, 통주通州의 선창船廠, 금주위錦州衛 목축牧畜, 서산西山 누대, 사천주당四天主堂, 호랑이 우리, 코끼리 우리, 남해자南海子, 동악묘東岳廟, 북진묘 등등 장관이 하도 많으니 이루 손을 꼽을 수도 없을 것이다.

이런 경우에 제 딴에 일류 인사는 감개 깊은 표정으로 얼굴빛을 변하고 몸을 도사리면서 이렇게 말하렷다.

"한마디로 말하자면 아무것도 볼 만한 것이 없었다. 볼 만한 것이 없다는 것은 무엇을 두고 말함인가? 황제가 머리를 깎고 장상과 대신과 백관이 머리를 깎고 만백성이 머리를 깎고 보니, 비록 나라의 공덕이 은, 주와 같고 부유하고 강한 품이 진나라나 한나라보다 앞섰다손 치더라도 인간살이가 생겨난 뒤로 아직 머리 깎은 천자는 볼 수 없었다. 육롱기, 이광지[4]의 학문과 위희, 왕완, 왕사징[5]의 문장과 고염무, 주이준[6]의 박식으로도 한번 머리를 깎고 보면 갈 데 없는 오랑캐다. 오랑캐는 개돼지나 다를 바 없을 바엔 개돼지에게 무슨 볼 만한 것을 찾을 것인가?"

이런 변론은 일등 가는 의리에서 나온 말일 것이다. 말하던 자도 입을 다물고, 듣던 좌중도 찍소리 없게 되었다.

제 딴에 중류 인사는 이렇게 말하렷다.

"성곽은 만리장성의 나머지요, 궁실은 아방궁의 찌꺼기요, 백성

---

4) 육롱기陸隴其와 이광지李光地는 청나라 강희 시대의 대표적 학자.
5) 위희魏禧, 왕완汪琬, 왕사징王士澂은 청나라 초기의 저명한 문장가.
6) 고염무와 주이준은 명나라 말기와 청나라 초기의 저명한 고증 학자.

들은 위나라, 진나라의 부화한 기풍을 받았고 풍속인즉 대업(大業, 605~616)과 천보(天寶, 742~755)[7] 연간의 사치를 그대로 본뜨고 있다. 명나라가 망하고 난즉 중국 산천은 날고기 누린 냄새를 피우는 고장으로 변했고 성인의 전통이 희미해지고 보니 언어는 꼭두각시 놀음판이 되고 말았다.

여기서 볼 만한 것이 무엇이란 말인가? 정말 십만 대군만 얻는다면 관내로 줄곧 몰아쳐 들어가 온 중국 천지를 한번 청소를 한 뒤에야 장관을 말할 수 있을 것이다."

이는 《춘추》를 많이 읽은 자가 할 소리로서, 《춘추》 한 질 책은 필경 중국을 떠받들고 오랑캐를 물리친다는 글이다. 우리 조선이 명나라와 형제 국가로 지내온 지 2백여 년에 뜨거운 정의는 간절하여 말로는 변방이라고 했지마는 사실은 한 집안이나 다름없었다. 임진년(1592) 왜적의 난리에 신종 황제가 전국의 군사를 내어 이를 막았으니, 실로 조선 사람들은 정수리부터 발꿈치까지 머리털 한 올이라도 새로 태어난 은혜를 잊지 못할 것이다.

숭정 병자년(1636)에 청병이 침략을 하자 명나라 열烈 황제는 조선의 병란을 듣고 총병 진홍범陳洪範에게 각 진의 병선을 풀어 놓아 빨리 원조할 것을 명령하였다. 진홍범은 관병이 바다로 출전했음을 보고하고, 산동순무山東巡撫 안계조顔繼祖가 서울이 점령되고 강화가 함락되었음을 보고하자, 황제는 계조가 조선 원조에 협력 못 한 것을 톡톡히 문책하였다. 이 당시 황제는 안으로는 복건福建, 호남湖南, 호북湖北, 섬서陝西 등지의 내란을 막지 못하면서도 오히려 밖

---

7) 대업과 천보 연간은 중국 역대 중 사치한 풍습이 가장 심하였던 시기.

으로 형제 국가의 우환에 더욱 애를 태워 물불을 가리지 않고 구조를 하고저 그 초조하고 답답해하던 심정은 골육 간의 정도 이 위에 더할 수 없었다. 하늘이 무너지고 땅이 꺼지다시피 명나라가 한번 멸망하자 천하에 머리란 머리는 죄다 깎아 버려, 온통 오랑캐로 화해 버렸다. 조선땅 한 모퉁이가 비록 이 수치를 면했다고는 하나 중국을 위해 복수, 설치를 해 보고 싶은 생각이야 하루인들 잊을 날이 있었을 것인가?

우리 나라의 상류 인사들 사이에서 춘추대의를 위하여 중국을 떠받들고 오랑캐를 배척한다고 떠드는 자들은 백 년을 하루같이 내려오면서 가위 장관을 이루었다고 할 수 있을 것이다. 그렇지마는 중국을 떠받드는 것도 제 탓이요, 오랑캐도 제 탓일 것이다. 오늘의 형편을 본다면 중국의 성곽과 궁실과 인민이 다 그대로 남아 있고 도덕과 산업, 경제가 전이나 다름없고 최씨, 노씨, 왕씨, 사씨[8]의 씨족이 없어지지 않았고 주돈이周敦頤, 정호程顥와 정이程頤, 장재張載, 주희朱熹의 학문이 그대로 남아 있고 하, 은, 주 삼대 이래로 현명한 제왕과 한, 당, 송, 명의 발달된 법률과 밝은 제도가 조금도 변함이 없다.

오랑캐로 부르는 오늘의 청조는 무엇이든지 중국의 이익이 될 만하고 그것으로써 오래 누릴 수 있는 일인 줄 알기만 할 때는 억지로 빼앗아 와서라도 이를 지켜 냈고, 만약 본래부터 있던 좋은 제도가 백성에게 이롭고 국가에 유용할 때는 비록 그 법이 오랑캐로부터 나왔다손 치더라도 주저 없이 이것을 그대로 이용하고 있다. 더구나

---

8) 최崔, 노盧, 왕王, 사謝 네 가지 성은 육조와 당나라 때 이름난 가문이다.

삼대 이래 현명한 제왕들의 법도와 역대 국가들이 가졌던 고유한 원칙들이야 말할 것도 없다.

옛날 성인이 《춘추》를 지을 때는 그 본의가 중화를 떠받들고 오랑캐를 배척함에 있을지언정, 나는 아직 오랑캐가 중국을 손아귀에 넣었다고 분개하여 중국의 제도로써 숭상할 만한 알맹이까지 아울러 배척하라는 《춘추》는 보지 못했다. 지금 사람들이 참으로 오랑캐를 배척하려거든 중국의 발달된 법제를 알뜰하게 배울 것이요, 자기 나라의 무딘 습속을 바꿔 밭 갈고 누에 치고 질그릇 굽고 쇠 녹이는 야장이 일을 비롯하여 공업을 고루 보급하고 장사의 혜택을 넓게 하는 데 이르기까지 모두가 배우지 않을 것이 없을 것이다. 다른 사람이 열 가지를 배울 때에 이녁은 백 가지를 배워 무엇보다도 먼저 우리나라 백성들에게 이익을 주어야만 할 것이다. 우리 나라 백성들의 튼튼한 준비 앞에 저들의 굳센 갑옷과 날카로운 병장기가 맥을 쓰지 못하게 될 때에야만 비로소 중국에는 볼 만한 것이 없다고 장담하는 것이 옳을 것이다.

나는 원래 삼류 인사다. 내가 본 장관을 말하리라. 깨진 기와 조각이 장관이요, 냄새나는 똥거름이 장관이더라. 왜? 깨진 기와 조각은 천하가 버리는 물건이다. 그러나 동리 집을 둘러싼 담장 어깨노리 위로는 깨진 기왓장을 두 장씩 마주 붙여 놓아 물결 무늬를 놓기도 하고 네 쪽이 안으로 합하면 동그라미 무늬가 되고 네 쪽을 밖으로 등을 대어 모아 붙이면 옛날 엽전의 구멍 모양을 이룬다. 기와 조각들은 서로 맞물려 알쏭달쏭 뚫린 구멍들이 안팎으로 마주 비치면서 별별 무늬가 다 놓이고 보니, 한번 깨진 기와 쪽을 내버리지 않아 천하의 문채는 벌써 여기 다 있지 않은가? 동리 집들의 문전 뜰에는 형세가 닿잖고 보니 벽돌은 깔 수 없고 오색 빛깔의 유리 기와 쪽과 냇가에서 동글고 반들반들한 조약돌을 주워다가 얼기설기 서로 맞추어 꽃 무늬, 나무 무늬, 새 무늬, 짐승 무늬를 놓아 가면서 깔아 놓아 비가 와도 땅이 질 걱정이 없이 만든다. 한 번 자갈과 조약돌을 내버리지 않으니 천하의 명화는 다 여기 있지 않은가.

똥오줌이란 세상에서도 가장 더러운 물건이다. 그러나 이것이 거름으로 쓰일 때는 금싸락같이도 아끼게 된다. 길에는 버린 재가 없고 말똥을 줍는 자는 오쟁이를 둘러메고 말꼬리를 따라다니고 있다. 이렇게 모은 똥을 거름간에다 쌓아 두는데 혹은 네모반듯하게, 혹은 팔모가 나게, 혹은 육모가 나게, 혹은 누각 모양으로 만들고 보니 한 번 쌓아 올린 똥거름의 맵시를 보아 천하의 문물 제도는 벌써 여기 버젓이 서고 있음을 볼 수 있었다.

그러매 나는 힘차게 말할 수 있다. 기와 조각, 조약돌이 장관이라고. 똥거름이 틀림없이 장관이라고. 하필 성곽과 연못과 궁실과 누각과 점포와 사찰과 목축과 광막한 벌판, 자욱한 수림의 꿈속 같은 풍광만을 장관이라고 부를 것인가?

구광녕성舊廣寧城은 의무려산 아래 있다. 앞으로는 큰 벌에 닿았고 강물을 끌어 못을 만들었는데 탑 한 쌍이 허공에 솟아 있었다. 성에서 조금 떨어진 곳에는 커다란 사당이 있는데 새로 금벽 단청을 하여 눈이 휘둥그레질 만했다. 광녕성의 동문 밖에 있는 다리 꼭대기에 새긴 온갖 짐승 모양 물형들은 웅대하고도 정교하였다. 두 겹으로 선 대문을 들어서 시가를 뚫고 지나가니 그 번화한 품은 요동에 못지않았다. 영원백寧遠伯 이성량李成樑의 패루는 성 북쪽에 있었다. 더러는 말하기를, 광녕은 기자箕子의 봉지로서 예전에는 관을

쓴 기자의 목상이 있었는데, 가정(嘉靖, 1522~1566) 연간에 병란에
타 버렸다고 한다. 성은 두 겹으로 내성은 그대로 남았으나 외성은
많이 허물어졌다.

성 안에 들어서니 남녀노소들이 집집마다 나와서 구경을 한다.
거리의 수백, 수천 명 놈팡이들이 둘러싸는 바람에 말이 잘 움직이
지 못할 지경이다. 성 밖의 관우묘는 그 장려한 품이 요양의 관묘와
다툴 만했다. 묘문 밖에 있는 희대戱臺[9]는 덜썩 높고 깊숙하고도 화
려하고 사치스러웠다. 방금도 연극을 놀고 있었는데 바빠서 구경을
못 했다. 명나라 천계(天啓, 1621~1627) 연간에 왕화정王化貞이 이
영방에게 속아서 그의 막하로 날랜 장수인 손득공孫得功이 성문을
열고 적군을 맞아들이자 광녕이 청군에게 함락되면서 천하 대세는
결정되고 말았다고 한다.

---

9) 극장 또는 무대.

북진묘 견문기 [北鎭廟記]

북진묘는 의무려산 앞에 있으니 묘의 배후를 둘러싼 천봉만학은 병풍을 둘러친 것만 같았다. 앞으로는 요동벌을 안았고 오른편으로는 바다를 둘러 끼고 있어 광녕성을 그 무릎 아래 놓고 쓰다듬으면서 있는 격이다. 눈 아래 질펀하게 들어선 집집마다 뿜어 올리는 연기는 파랗게 허공에서 감돌고, 멀리 보이는 층층탑 한 쌍은 허옇게 번쩍이고 있었다.

지세를 살펴본다면 편편한 둔덕이 어쩌다가 몇 길 나마 되는 둥그스름한 언덕으로 되면서 여기서는 하늘을 쳐다보나 땅을 굽어보나 가도 끝도 없어 해와 달이 지고 새고 비바람이 불고 개는 변화가 죄다 이 판국 속에서 벌어지고 있었을 뿐이다. 동쪽으로 바라다보면 강남땅이고 산동땅이고 가리키는 손가락 끝에 있을 것이로되 다만 안력이 미치지 못하는 것만 안타까울 뿐이었다.

당집은 우람차고 깊숙하고 괴상스럽게 생겨 집 모양이 이쯤 되잖고는 산과 바다를 지켜 누르고 앉을 만한 당집이 되지 못할 만도 하였다.

당집의 북쪽에 모신 현명제군玄冥帝君[10]은 따르는 신상들과 함께 모두 곤룡포, 면류관에 옥 패물을 찼고 손에는 홀을 잡혀 세웠다. 위풍이 늠름하고 엄숙하게 생긴 품이 누구나 마음을 잘못 먹고 앞에 섰다가는 곧 들킬 것만 같았다.

세워 둔 향로와 솥 높이는 여섯 자 나마 되는데 괴상망측한 귀신 모양을 새겨 푸른 기운이 뼛속까지 스며든 것만 같았다. 신상 앞에는 옻칠 등잔을 두었는데 기름 열 섬은 채울 수 있었고, 심지 네 개를 박아 밤낮없이 화톳불 피우듯 불을 켜 두었다.

순舜 임금이 열두 산을 봉하면서 의무려산을 유주幽州의 진산鎭山으로 삼았으니, 하, 상, 주, 진을 내려오면서 이 전통에 따라서 이름 높은 산천은 일정한 예절을 차려 대하게 되었다. 이 묘는 어느 시대에 창건되었는지 알 길이 없으나 당나라 개원(開元, 713~741) 연간에는 의무려산 산신을 광녕공廣寧公으로 봉했고, 요와 금 시대에는 처음으로 왕호를 붙였다. 원나라 대덕(大德, 1297~1307) 연간에는 정덕광녕왕貞德廣寧王으로 봉했고 명나라 홍무(洪武, 1368~1398) 초기에는 북진의무려산신北鎭醫巫閭山神이라고 하여, 설이 되면 향품 같은 것을 선물로 하사하는데 천자의 성명까지 쓴다고 한다.

나라에 큰 경사가 있을 때는 관원을 보내 제사를 지내도록 했다. 오늘의 청나라는 이 동북땅에서 나라를 창건하였으므로 이 묘를 더욱 치켜세우고 있다. 더러는 말하기를, 옹정 황제가 아직 황자로 있을 때에 황제의 명을 받아 이 묘에 향품을 하사하고, 제사를 지낸 후 밤에 재실에서 자던 중 꿈에 웬 신인이 현몽을 하여 옹정 황제에게

---

10) 물 귀신의 칭호.

커다란 구슬 한 개를 주었다고 한다. 그 구슬이 바로 해로 변하는 꿈을 꾸고 돌아와서는 천자의 자리에 오르게 되자 곧 이 묘당의 건물을 죄다 수축하여 현몽한 신인이 구슬 준 은혜를 갚았다고 한다.

묘집 앞에는 문이 다섯 개나 난 패루가 섰는데 통째로 석재만을 써서 들보, 서까래, 기와, 처마 들에 나무 한 개비 안 들었다. 높이는 네댓 길이나 되는데 모양새를 만든 훌륭한 기술이나 정교한 조각은 사람의 힘으로는 믿지 못할 만했다. 패루의 좌우편에는 돌로 깎아 만든 돌사자가 놓였는데 각각 두 길씩은 되었다. 묘문으로부터는 흰 돌로 깎아 층계를 만들었고, 문의 왼편에는 절이 있다.

절 마당에는 비석 두 개가 섰는데, 한쪽 비석에는 '만수선림萬壽禪林'이라 새겼고 다른 비석에는 '만고유방萬古流芳'이라 새겼다. 절에는 금부처 다섯 개를 모셨고 절 오른편에는 큰 문이 섰는데, 문 왼쪽은 고루鼓樓요, 오른쪽은 종루鐘樓다. 고루와 종루 사이에는 또 문 세 개를 세웠고 그 앞에는 비석 세 틀을 세웠는데, 다 누런 기와를 인 비각 속에 있었다. 비석 두 개의 비문은 강희 황제가 지어 자필로 쓴 글이요, 다른 한 개는 옹정 황제가 짓고 쓴 글이다.

정전은 푸른 기와로 이었는데 북쪽 바람벽에는 '울총가기鬱蔥佳氣'라 써 붙였으니 옹정 황제의 글씨요, 축대 위에는 동서로 돌향로 두 틀을 마주 앉혀 두었는데 높이는 다 길 나마 되었다. 또 양쪽으로는 행랑채가 수백 칸 늘어섰고 전각 뒤에는 아무것도 없는 빈 전각 한 채가 섰는데 모양은 앞채와 꼭 같았다. 금벽색 단청이 찬란한데도 안에는 아무것도 없이 텅 비었다.

그 뒤에 또 한 전각이 섰는데 안에는 목상 두 개가 있어 면류관을 쓰고 옥으로 만든 홀을 잡은 것이 문창성군文昌星君이요, 봉관鳳

冠[11]에 주옥으로 만든 띠를 띤 것이 옥비玉妃 낭랑娘娘이다. 좌우에는 두 동자가 모시고 섰다. 편액을 '건시영구乾始靈區'라고 써 붙였는데 지금 황제의 글씨라고 한다.

바깥 대문에서 층층대까지는 흰 돌난간으로 둘러세웠는데 반들반들 광채가 나는 품이 옥으로 깎아 세운 것만 같고 난간 기둥에는 용틀임을 새겨 행랑채까지 죽 둘렀고, 층층대는 제일 앞의 전각까지 와서는 다시 구부러져 뒤채 전각까지 돌아 한번 바라다보면 장하고도 멀쑥하여 티끌 한 점 붙을 데가 없었다. 앞뒤 뜰에는 역대로 내려오면서 세워 둔 높다란 비석들이 파밭 이랑처럼 총총 늘어섰는데, 새긴 글들은 모두 나라의 융성을 위한 덕담들이다. 원나라 연우(延祐, 1314~1320) 연간에 세운 비석이 제일 오래된 비석이었다.

서쪽에 있는 각문을 나서면 몇 길이나 되는 푸른 절벽으로 된 돌이 섰는데, 보천석補天石이라고 하여 명나라 시대 순무 장학안張學顔이 쓴 글씨로 새겼다. 한 간쯤 떨어진 곳에는 '취병석翠屛石'이라고 새겼고, 동쪽 문을 나서 수백 보 떨어진 곳에는 높고도 구부러진 커다란 돌이 거북 등처럼 되었는데 '여공석呂公石'이라 새겼으니, 여기를 '회선정會仙亭'이라고도 한다. 여기 올라서서 보면 의무려산이 장대하게 솟아난 기세가 한눈에 쑥 들어온다. 뜻밖에도 조그마한 정자 하나가 바윗돌 밑에 기대고 서 있었다. 툇마루 층층대에 짚이엉 처마를 손질도 한 듯 만 듯 그윽하고도 산뜻한 맛에 마음이 절로 푸근하여 여럿이들 같이 잠깐 이 정자에 앉았다. 변군이 말하기를,

"비겨 말하자면 감사가 각 군, 각 읍을 순찰하는데 아침 저녁 산

---

11) 중국 고대 여자용 갓.

해진미로 떠받드는 통에 고기 반찬에 물려서 식곤증으로 구역이 날 듯하다가 산뜻한 들나물 한 접시를 만나 구미가 확 돌아오는 것만 같은데!"

하기에, 나는 있다가,

"의원의 수작이 다른데."

했더니, 조군은,

"머릿기름, 분 냄새가 코를 찌르는 화류계에서 아주 지쳐난 오입 쟁이가 촌가의 밭두렁에서 푼 머리꽂이에 삼베 치마를 두른 촌뜨 기 여자를 만날 때는 또다른 새 맛이 나는 것과 일반인걸!"

하기에, 나는,

"그것은 계집에 밝은 자들의 수작이고, 설사 자네들 말과 같다손 치더라도 여기 있는 초가집 정자는 천자의 두 갈래 비위를 맞추 기 위한 노릇일세."

하고는 행랑채 아래로 돌아와 앉았다. 묘당을 수직하는 도사 세 사 람이 있기에 부채 세 자루, 백지 세 권, 청심환 세 알을 선사했더니 다들 좋아했다. 도사는 마당 앞에 선 복숭아나무에서 한창 무르익은 복숭아 한 소반을 따 와서 대접을 했다. 여러 하인들은 나무 아래로 모여들어 가지를 꺾는다. 사정 없이 마구들 따기에 내가 소리를 쳐 말렸으나 듣지를 않았다. 도사가 있다가,

"애태우실 것 없습니다. 배가 부르면 절로 그만두겠지요."

하면서 하인들에게 타이른다.

"마음대로 따들 자시요마는 가지는 다치지 맙시다. 명년에도 또 들 오실 터인데!"

도사의 성명은 이붕李鵬이요, 호는 소요관逍遙館이라고도 하고

찬하도인餐霞道人이라고도 했다.

당집 마당에는 반 나마 마른 고송 한 그루가 섰고, 갑술년(1754)에
황제가 동쪽 순회를 할 적에 지은 시와 그림을 바위 틈에 새겨 두었다.

수레 만든 법식 [車制][12]

　사람이 타는 수레는 이름을 태평차太平車라고 한다. 바퀴의 높이
는 팔굽까지 닿을 만하다. 서른 가닥 바퀴살이 굴대통에서 뻗어 나
갔고 대추나무로 둥글게 테 바퀴를 만들고 나무테 바퀴 위에는 철편
을 붙이고 쇠못을 박아 조였다. 바퀴 몸 위에는 서너 사람이 들 만한
둥근 가마틀을 만들어 올리고 푸른 천이나 혹은 공단이나 우단 같은
것으로 휘장을 만들어 늘이기도 하고 더러는 누런 주렴을 늘이고 은
으로 단추를 만들어 열고 닫고 한다. 좌우쪽에는 유리창을 붙이고
가마 틀 앞에는 판자를 가로 대고 그 위에 차부가 앉는다. 가마 틀
뒤에는 따르는 하인이 앉고 당나귀 한 마리로 끌게 했다. 먼 길을 갈
때는 말이나 노새를 한 마리씩 더 메기도 한다.

　짐 실은 수레를 대차大車라고 한다. 바퀴 높이는 태평차와는 조

---

12) 본편에서는 각종 수레의 구조와 바퀴를 이용하는 기계들의 구조, 성능을 소개하면서 백
　　성들의 생활과 산업 발전에 운수 수단이 어떤 역할을 하는지 절실하게 평가하였다.

금 다르다. 바퀴살이 '卄' 자 모양으로 되고 짐은 8백 근쯤 싣는데 말 두 마리가 끈다. 8백 근 넘는 짐은 말을 더 붙이고 말 위에다가는 배 위에 지은 삿자리 움집 같은 둥우리를 틀고 그 속에는 사람이 앉거나 눕도록 만들었다. 한꺼번에 여러 마리 말이 끌 때는 여섯 마리씩이나 메게 되고 수레 밑에는 왕방울을 달고 말 목에는 수백 개 작은 방울을 걸어 밤길을 갈 때는 서로 알리기 위하여 쩔렁댄다.

태평차는 바퀴가 굴러가게 되었고, 대차는 굴대가 굴러 가도록 되었다. 두 개의 바퀴는 크기가 똑같이 둥글고 보니 구를 때는 어느쪽도 절지를 않고 빠르다. 바로 멍에채를 메우는 말은 반드시 건장한 말과 힘센 노새를 골라서 메우되, 멍에를 쓰지 않고 작은 나무 안장을 지우고 다시 가죽 편대로 멍에채 머리에 비끄러매어 메우게 한다. 다른 말들은 모두 가죽 굴레와 뱃대끈을 채우고 줄을 매 끌도록 되었다. 무거운 짐은 때로 바퀴 위로 훨씬 솟아 몇 길씩이나 되고 끄는 말은 여남은 필씩 될 때도 있다. 마차부는 '간차看車'라고 하여 높다랗게 걸터앉아 손에는 한 가닥 긴 채찍을 잡았는데, 채찍 끈은 두 가닥으로 꼬아서 길이는 두 발이나 됨 직하다. 채찍을 한번 휘둘러 힘을 쓰지 않는 놈을 치는데, 귀가 맞기도 하고 옆구리가 맞기도 한다. 채찍 쓰는 법이 손에 익을 대로 익어 용하게 맞히는데 채찍 치는 소리가 무슨 벼락 소리만 같다.

독륜차獨輪車는 사람이 뒤에서 수레 채를 겨드랑이에 끼고는 밀고 가게 되었다. 수레 복판에 수레바퀴가 달려 바퀴의 반쯤은 수레 바탕 위로 솟아올라 바퀴 양쪽에 함을 만들고 물건을 싣는다. 물건은 한쪽만 무겁게 싣지 않아야 하고 바퀴가 올라온 데는 절반을 자른 북 모양처럼 되어 바퀴를 끼고 있어 양쪽으로 간격을 두고 바퀴가 물건에 닿지 않도록 했다. 겨드랑이에 긴 수레채 아래는 짤막한 막대기를 한 개씩 달아 밀고 갈 때는 수레채와 함께 땅에서 떨어졌다가 수레가 설 때는 바퀴와 함께 같이 서고 보니 언제나 받침대가 되어 수레가 간대로 넘어가지 않도록 한다.

길가에 있는 떡 장수, 과일 장수들은 다들 독륜차를 쓰고 있다. 무엇보다도 밭 가운데 거름을 실어 나르기에는 썩 편리하다. 언젠가 한번 보았는데 웬 촌여자 두 명이 독륜차의 양쪽 함지 속에 갈라 앉았고 다 각기 어린애를 안았으며 물통까지 양쪽에 대여섯 통씩 싣고 가는데 짐이 무겁거나 또 오르막길을 만났을 때에는 한 사람이 더 붙어 줄을 매어 끌었다. 때로는 두세 사람씩 붙어 끌기도 하여 흡사 뱃줄을 끄는 것만도 같았다.

무릇 수레란 하늘이 낸 물건[13]이로되 다니기는 땅바닥으로 다니기 마련이다. 그러고 보니 뭍에 다니는 배요, 움직이는 방이라 할 수 있을 것이다. 국가에 이바지하는바 이 위에 더할 수 없고 보니, 《주례周禮》[14]에는 임금이 재부를 물을 때에 반드시 수레의 수효로써 대답하였다.

수레는 단지 짐수레나 사람 타는 수레만 있는 것이 아니라 전투에 쓰는 수레, 공사에 쓰는 수레, 불 끄는 수레, 대포를 실은 수레 등

---

13) '수레'라는 말이 동양 천문학에서 나눈 28개 성좌 중에 수레를 의미하는 '진軫'이라는 성좌에서 나왔다는 뜻.
14) 경서의 하나로서 주나라 초기의 이상적 재상인 주공이 지었다는 책. 주나라의 문물 제도, 예법을 저술했다.

그 제도는 수백, 수천 가지로 시방 창졸간에 이것을 다 이야기할 수는 없으나 사람 타는 수레나 짐수레이고 보면 더욱이 사람의 생활에 직접 관계되는 물건이므로 무엇보다도 먼저 이것들을 바쁘게 이야기해야만 되겠다.

나는 언젠가 담헌 홍덕보와 참봉 이성재李聖載와 더불어 수레의 제도를 이야기하면서 한 말이 있었다. 수레를 만들 때 무엇보다 먼저 생각할 것은 궤도를 똑같이 해야 된다는 것, 소위 '동궤同軌'라는 것이다. 그러면 동궤란 무엇일까? 즉 두 바퀴 사이의 굴대 길이를 말하는 것이다. 어떤 수레고 두 바퀴 사이의 척수가 규격에 어긋나지를 않고 보면 수없는 수레들이 자국은 한 자국이 되는 법이니, 이것이 소위 동궤라는 것이다. 만일에 수레의 두 바퀴 사이가 제 마음대로 좁았다 넓었다 하고 보면 길바닥에 생긴 바퀴 자국을 궤도로 이용할 수가 없을 것이다. 이번에 천리 연도를 지나면서 하루에도 수없는 수레들을 보았지마는 앞수레와 뒤수레는 같은 바퀴 자국을 거듭 지나가고 있었다. 그러므로 무엇이든지 약속도 없이 꼭 같아지는 경우를 '일철一轍'이라고 하고, 뒤에 선 사람이 앞에 선 사람이 가는 대로 따를 때는 '전철前轍'이라고 한다. 성문 같은 데 바퀴 자국이 난 곳은 아주 'ㅁ' 모양으로 홈통처럼 되었다. 이것이 소위 성문의 '궤軌'라고 하는 것이다.

우리 조선에는 아직도 수레란 것이 없지만, 있다는 것도 바퀴가 똑바르지 못하고 바퀴 자국은 궤도에 들지를 못하니 수레가 아주 없는 셈이나 다름없다. 그러나 어떤 사람들은 흔히 말하기를, 우리 조선은 산협 지대라 수레를 쓰기에는 적당하지 못하다고들 한다. 이런 당토 않은 소리가 어데 있을 것인가? 나라에서 수레를 이용하지 않고 보니 길을 닦지 않고 있는 것이요, 수레만 쓰게 된다면 길은 절로 닦일 것이 아닌가? 거리가 비좁고 산마루들이 험준하다는 것은 아무 쓸데없는 걱정이다.

《중용》에 "배와 수레가 닫는 곳엔 서리와 이슬이 떨어지도다." 하는 말이 있는데, 수레는 아무리 먼 곳이라도 안 가는 곳이 없다는 말로서 중국에는 본디 아홉 번 꺾어 도는 험한 검각劍閣[15]이 있고 태항산太行山의 양장羊腸[16] 같은 가파로운 산길이 있건마는 이런 데도 수레를 채찍을 쳐 가면서 빨리 몰아가고 있다. 그러므로 섬서, 사천, 강소, 광동, 광서 같은 먼 지방의 큰 장사꾼들이나 권솔들을 데리고 먼 지방에 부임하는 관리들의 수레들은 언제나 서로 맞부딪치다시피 길이 비좁게들 이런 먼 곳을 문전 출입이나 다름없이 드나들어, 수레바퀴 굴러가는 요란한 소리들은 백일하에 우렛소리를 듣는 것만도 같다. 이번에도 우리 일행이 지나온 마천령, 청석령 같은 재와 장항獐項, 마전馬轉 같은 고개들이 우리 땅 산길에 비해 덜 가파로운 데가 어데 있겠는가? 그 험준한 품은 우리들 눈으로 똑똑히 보았지마는 그렇다고 어데 누가 수레를 버리고 주저앉는 사람을 본 적이 있었던가?

중국이 재물은 풍성풍성하되 한쪽에 몰려 있지를 않고 쉴새없이 흘러 퍼지고 장사를 통하여 이곳저곳 옮겨지는 것은 모두 수레를 이용하는 탓이다. 금방 한 가지 본뜰 만한 가까운 예를 들어 보더라도

---

15) 섬서성 장안에서 사천성 성도까지 가는 도중에 있는 험준한 산길. 대검산, 소검산을 중심으로 하여 중국에서 촉도蜀道라 한다.
16) 중국 산서성에 있는 험준한 산으로서 태항산 중에 있는 유명한 긴 고개 이름.

우리 나라 사신 일행이 도중에서 당하는 백폐를 덜어 버리고, 이녁 수레에 이녁 물건을 이녁이 싣고 곧추 연경까지 댄다면 얼마나 편리한 일인데 무엇 때문에 이것을 못 하는가?

영남 지방 아이들은 새우젓을 모르고, 관동(강원도) 사람들은 주두나무 열매를 담아 간장을 대신하고 서북 사람들은 감과 귤을 분간 못 하고 바닷가 사람들은 멸치를 거름 삼아 쓰되 어쩌다가 한번 이것이 서울까지만 오면 한 움큼에 한 닢 값이니 얼마나 이것이 귀물인가? 이제 보아 육진六鎭 지방의 마포麻布와 관서(평안도) 지방의 명주와 양남 지방의 닥종이와 해서(황해도) 지방의 솜과 쇠와 내포內浦의 생선과 소금이 죄다 백성들의 살림살이에 없어서는 안 될 물건들이요, 청산, 보은 지방의 무진장한 대추나무 숲과 황주, 봉산 지방의 무진장한 배나무와 흥양興陽,[17] 남해 지방의 무진장한 귤나무, 임천, 한산 지방의 천만 고랑 되는 모시밭, 강원도 지방의 수없는 벌통들은 모두가 사람들의 생활에 필요한 자원들로서 서로 유무 상통을 하고자 함이야 누가 싫다 할 것인가?

그러나 이 지방에는 흔한 것이 저 지방에는 귀하고, 이름만 들었을 뿐 물건을 볼 수 없는 까닭은 대체 무엇 때문일까? 이는 곧 가져올 힘이 없는 까닭이다. 그래도 넓이가 수천 리나 되는 나라에서 백성들의 살림살이가 이토록 가난한 까닭은 대체 무엇이겠는가? 한마디로 말하자면 국내에 수레가 다니지 못하는 까닭이라 할 수 있을 것이다. 그러면 다시 한번 물어 보자. 수레는 왜 못 다니는가? 이것도 한마디로 대답한다면 모두가 선비와 벼슬아치들의 죄다. 이 양반

---

17) 전라 남도 고흥의 옛 이름.

들은 평생에 읽는다는 글이 《주례》란 성인의 저술로서, 툭하면 '거인' 이니 '윤인' 이니 '여인' 이니 '주인'[18] 이니 하지마는 입으로만 외울 뿐이요. 정말 수레를 만드는 법은 어떠하다든가 수레를 부리는 기술은 어떠하다든가 하는 데는 연구가 없으니 이야말로 건성으로 읽는 풍월뿐이요. 학문이야 무슨 도움이 될 것인가? 어허! 한심하고도 기막히는 일이다.

황제黃帝[19]가 맨 처음 수레를 만들었다고 하여 이름까지 헌원씨軒轅氏라고 했을 때부터 시작하여 이후 천백 년을 거치면서 뛰어난 인물들이 머리를 짜서 생각하고 눈이 뚫어지라고 보고, 갖은 손재주를 다해 왔고 또 공수工倕[20] 같은 이름난 장인을 몇 차례나 거쳐 왔고 또 상앙商鞅[21]과 이사李斯[22]를 거쳐 제도를 일신했고, 나라에서 장려하는 학자들이 몇백 명씩이나 연구하고 노력한 것이 어찌 공연한 일일까 보냐. 이는 참말 백성들의 일상 생활에 유익코저 함이요, 또 국가로 보아서는 절대한 이용물이기 때문이다.

이번에 내가 날마다 수레들을 보면서 한편으로는 놀랍고 한편으로 기쁘게 생각하는 바는 이 한 가지 수레의 제도를 미루어서 만 가지 일을 알 수 있기 때문이요, 또 몇천 년을 내려오면서 여러 성인들이 이 때문에 얼마나 고심했나를 조금이라도 알게 된 까닭이다.

---

18) 거인車人, 윤인輪人, 여인輿人, 주인輈人 모두 《주례》에 나오는 옛날 수레를 맡은 관리들의 직명이다.
19) 중국 역사에서의 전설적인 최초의 임금.
20) 황제 시대의 유명한 기술자의 이름.
21) 중국 전국 시대 법률가. 법제가로 진秦나라 재상으로 있던 정치가.
22) 진나라 재상으로 시황을 도와 중국을 통일케 한 정치가로서 법제 학자.

밭에 물을 대는 수레를 용미차龍尾車라고도 하고 용골차龍骨車라고도 하고 항승차恒升車, 옥형차玉衡車라고도 하며 불을 끄는 데는 무지개처럼 뿜고 학두루미처럼 들이키는 법도 있다. 전차戰車에는 포차砲車, 충차衝車, 화차火車 등이 있는데, 이것들은 모두 서양의《기기도奇器圖》란 책과 강희 황제가 지은《경직도》에 실려 있다. 그에 관한 설명은《천공개물天工開物》,《농정전서農政全書》에 실려 있으니, 뜻 있는 사람이 이 책을 얻어 한번 자세히 연구해 본다면 우리 나라 백성들같이 가난하고 말라빠져 다 죽어 가는 판에도 무슨 변통수가 생길 법하다. 이제 나는 내 눈으로 본, 불 끄는 수레를 만든 법식을 대강이라도 기록하여 장차 고국으로 돌아가 이것을 여러 사람들에게 일러 줄까 한다.

북진묘에서 달밤을 타 신광녕으로 돌아오는 길에 마침 성 밖 어떤 민가에서 이날 저녁 나절에 불이 났다가 방금 불은 다 잡고 길 가운데 수차 세 대가 놓여 있는 것을 막 걷어 가려고 하였다. 나는 잠시 그들을 머물도록 하고 먼저 수레의 이름을 물으니 수총차水銃車라고 한다.

다음에는 그 만든 법식을 살펴본즉 네 바퀴가 달린 수레 위에 큼직한 나무 구유를 한 개 얹고 구유 가운데는 구리쇠로 만든 큼직한 그릇을 두고 구리쇠 그릇 속에는 두 개의 구리쇠 원통을 세우고 두 개의 원통 복판에는 구불구불한 물총 목을 세웠는데, 물총 목은 두 갈래로 갈려 좌우 원통을 통하게 되었다. 두 원통은 짧은 다리가 달렸고, 원통 바닥에는 속구멍이 났는데 구멍에는 얇은 구리쇠 쪽으로 문짝을 해 붙였고, 이 문짝은 물이 드나드는 데 따라 열렸다 닫혔다 한다. 원통 아가리에는 역시 구리쇠로 만든 마개를 끼웠는데, 그 둘레는 원통 아가리와 꼭 들어맞았고 마개 복판에는 쇠기둥 가닥을 꿰었다. 쇠기둥 가닥 위에는 막대기를 걸붙여, 막대기를 누르면 마개도 원통 속으로 따라 들어가고 올리면 따라 올라오게 되었다. 이렇게 마개가 오르내리고 드나드는 것은 걸친 막대기에 따라 놀게 되었다.

이리하여 물이 구리쇠 통에 모이면 몇 사람이 붙어서 나무 발판을 서로 번갈아 밟는데, 원통 아가리의 마개는 한쪽이 내려앉으면 한쪽은 솟아올라 이같이 물을 끌어들이는 묘방은 마개 노는 데 달렸으니, 구리쇠 마개가 솟아올라 원통 아가리와 가지런하게 될 때는 원통 밑바닥의 속구멍에 막혔던 문짝이 붙어오르는 듯이 절로 열리면서 바깥물을 빨아들이게 되고, 마개가 원통 속으로 내려앉을 때는 통 밑바닥의 속구멍 문짝은 눌려 터질 듯이 절로 닫히게 되면서 원통 속의 물은 팽창할 대로 팽창해도 갈 곳이 없다. 그러면 이내 물은 절로 물총 뿌리로부터 고기 배알같이 된 물총 목으로 밀려들어가 힘차게 위로 치솟아 뿜게 되어 꼿꼿이는 여남은 발이나 올라가고 옆으로는 약 삼사십 보나 뿜게 된다. 그 법식은 대나무 물총이나 다름없고 연거푸 물을 빨아당겨 큰 물통에 붓는 것만 다를 뿐이다.

옆에 있는 다른 수총차 두 채는 만든 법식이 아주 달라 또 다른 곡절이 있어 보였으나 삽시간에는 자세히 보아 낼 도리가 없어도 물을 빨아당기고 뿜는 이치는 비슷하다.

맷돌은 큰 아륜牙輪23) 두 짝을 포개고 가운데는 쇠 굴대를 박아 방 복판에 두고 기계를 설치하여 이를 돌리고 있었다. 아륜이란 것

---

23) 톱니바퀴를 말한다.

은 자명종 속에 이빨이 돋은 바퀴들이 맞물려 돌아가는 것과 같은 것이다. 방안 네 구석에는 역시 두 층으로 맷돌짝을 두고 맷돌짝 가장자리로 역시 이빨을 내어 큰 바퀴 이빨과 서로 맞물리도록 했다. 큰 바퀴가 한 번 돈즉 여덟 짝 맷돌이 한목으로 돌아 삽시간에 밀가루는 눈처럼 쏟아져 쌓인다. 그 이치는 시계 도는 이치와 비슷하다. 길에 오면서 본 민가에서 다들 맷돌 한 틀에 당나귀 한 마리가 붙었고 곡식을 찧는 데는 흔히들 연자방아를 노새로 끌어 절구방아 대신으로 삼았다.

체로 가루를 치는 법식을 보자. 밀폐한 방 안에 바퀴 셋이 달린 흔드는 수레를 두었는데, 앞바퀴가 두 개고 뒷바퀴는 한 개다. 수레 위에는 기둥 넷을 세우고 큰 체를 두 층으로 위태위태하게 올려 놓았는데, 가루 두어 섬은 넣을 만했다. 위층 체에서 친 가루는 그 밑에 비워 둔 아래층 체가 받아 다시 더 가는 가루를 뽑게 된다. 체를 흔드는 수레 바로 앞에는 나무 막대기를 하나 걸치고, 막대기의 한쪽 머리는 수레에 물리고 한쪽 머리는 방 바깥을 뚫고 나오도록 하고, 거기는 기둥을 한 개 세워 벽을 뚫고 나온 나무 끝을 기둥에다 이었다. 기둥 밑바닥에는 땅을 움푹하게 파고 큰 널판으로 기둥뿌리를 받쳤다.

널판 한복판 밑바닥에는 고임대를 가로 놓아 널이 들뜨도록 하여 흡사 디딤 풀무처럼 되었다. 사람이 널판 위에 걸앉아서 조금씩 발을 놀리면 널판의 양머리는 번갈아 올라갔다 내려갔다 하는 바람에 널판 위에 박은 기둥은 절로 끄덕끄덕 흔들리지 않을 수 없게 된다. 이와 함께 기둥머리에 물린 가름대는 절로 힘차게 밀치고 나가면서

방 안의 수레가 한 번은 앞으로, 한 번은 뒤로 왔다 갔다 하게 된다. 방 안 네 벽에는 열 층이나 시렁을 매고 그 위에는 그릇들을 쭉 얹어 두어 날리는 가루를 받는다. 밖에 앉아 널판을 밟고 있는 자는 책을 읽고 글을 쓰고 찾아온 손들과 이야기를 주고받기에도 아무런 구애가 없었다. 다만 등 뒤에서 왈가닥절거덕 요란한 소리들이 나는데, 누가 조작해 내는 소리인지 알 까닭이 없었으니, 그도 그럴 것이 발은 알 듯 모를 듯 놀리고 그 보람은 엄청나게 크기 때문이다. 우리나라 부녀들이 몇 말도 못 되는 가루를 한번 치자면 머리와 눈썹은 하루아침에 새하얗게 세고 손목은 저리고 물러 녹을 지경이고 보니 같은 일인데도 힘들고 편하고, 덕 되고 손 보는 정도를 한번 이것과 비교해 봄이 어떨까?

　고치실을 뽑는 소차繅車는 더구나 그 방법이 묘하여 꼭 본받을 만하였다. 큰 아륜이 붙은 것은 맷돌 도는 법과 같고 소차의 양머리에는 역시 아륜으로 맞물리게 되어 쉴새없이 절로 돌게 되었다. 소차란 결국 몇 아름이나 되는 커다란 얼레를 두고 말하는 것으로, 고치는 몇십 보 밖에서 삶고 그 중간에는 몇십 층으로 시렁을 매어 시렁들은 차차 높아졌다가 차차 낮아졌는데, 시렁마다 바늘귀 같은 구멍이 뚫린 철편을 세웠고, 실은 그 구멍으로 새어들어 틀이 돌면 바퀴가 따라 돌고 바퀴가 돌면 얼레도 따라 돌아 바퀴 이빨들은 서로 맞물고, 빠르지도 않고 느리지도 않고 슬금슬금 뽑아 내어 고치실은 흔들리고 부딪침이 없이 제 신대로 풀리도록 밀쳐 두었으므로, 곱거나 거친 것이 희뜩뻐뜩 섞여 나오지를 않는다. 고치실이 가마에서 나와 얼레에까지 감기는 동안에는 여러 개의 쇠구멍을 빠져나오게 되고 보니, 이 동안에 실에 붙었던 잡티는 죄다 떨어지고 얼레에 미처 감기기 전에 실은 벌써 말라 제풀에 바래고 맑은 광택이 번드레하게 나게 되어 다시 잿물에 이기지 않고도 바로 비단을 짤 수 있었다.

우리 나라에서 고치실 뽑는 법이란 기껏 안다는 것이 손으로 건져 뽑는 법뿐이요, 소차는 쓸 줄 모른다. 실을 뽑으면서 서툴게 고치에 손을 대는 것이 벌써 고치가 타고난 성질을 다치는 노릇이다. 손으로 실을 뽑을 때는 빠르기도 하고 느리기도 하여 솜씨가 고르지 못하고 가다가는 대중없이 흔들고 다치고 보면 성난 실과 놀란 고치는 뛰어오르기도 하고 쌍가닥으로도 뽑혀 나와 얼기설기 헝클어져 끝을 찾을 수도 없이 덩이로 굳어지면서 광택조차 잃어버리게 된다. 티가 박히고 멍울이 지고, 끊어졌다 이어졌다 하는 실을 애써 바로 잡기 위하여는 입과 손바닥만 죽을 고생을 한다. 이러고 보니 소차의 보람과 쓸모에 비해 보아 그 민첩하고 둔한 품이 어떻다고 할까.

다시 나는 고치가 여름을 지나도 벌레가 나지 않는 용수를 물었다. 그 방법인즉 고치를 약간 볶으면 나비가 나오지를 않고, 더운 구들에 달게 말리면 벌레도 안 먹고 나비도 나오지를 않아 겨울철까지도 실을 뽑을 수가 있다고 한다.

도중에 자주 상여를 보았다. 그 모양들은 가지각색이나 매우 질박해 보였다. 상여의 크기는 거의 두 칸 방 폭은 되고 오색 비단 휘장을 둘러치고 구름 모양, 새 모양 들을 그리고, 꼭대기에는 번쩍이는 은장식이나 혹은 오색실을 묶어 매짐을 틀었다. 상여채 길이는 거의 예닐곱 발은 되는데 붉은 칠을 하고는 도금한 구리쇠로 장식들을 해 붙였다. 멜대는 앞뒤로 다섯 개씩인데 역시 길이는 서너 발씩이나 되고 또 다른 짧은 멜대가 있어 두 끝마다 상두꾼이 붙어 어깨에 메게 되어 상여 한 채에 붙는 상두꾼 수는 수백 명을 밑돌지 않는다.

명정銘旌[24]은 다들 붉은 비단에 금 글자로 썼고 깃대는 서 발쯤 되는데, 검정 칠을 하고 금색으로 용틀임을 그렸다. 깃대를 꽂아 두는 말 등상이 있어 역시 멜대 한 쌍을 붙였는데, 이것은 꼭 아홉 명이 메고 간다. 붉은 일산 한 쌍, 푸른 일산 한 쌍, 검은 일산 한 쌍, 드리우는 깃발 대여섯 짝이 늘어서고 다음으로는 피리, 젓대, 북, 징들이 풍악을 잡고 다음으로는 중들이나 도사들이 저마끔 복색을 갖추고는 염불이나 주문을 외면서 상여 뒤를 따른다. 중국에서는 모든 일에 간편함을 으뜸으로 삼아 한 가지도 낭비하는 것을 볼 수 없었는데, 이것만은 알 수 없는 일이니 아무래도 본받을 일은 못 되었다.

---

24) 죽은 사람의 직위와 성명을 쓴 깃발.

극장[戱臺]

　절이나 관觀[25]이나 묘당의 대문을 마주보는 곳에는 어데고 극장이 있었다. 이 극장들은 모두 칠량 집이 아니면 구량 집들인데, 집이 높고 깊고 우람찬 품은 항용 점포집 따위에 견줄 것이 아니다. 이만큼이나 크지 않고서는 여러 골백 명 관중을 들일 수도 없는 일이다. 탁자고 의자고 앉을 자리로 마련한 물건이 거의 천으로 셀 만큼씩 한데 만든 솜씨나 모양들이 죄다 정교하고도 사치했다. 천리 연도에는 가끔 삿자리로 누각이나 궁전의 모양을 본떠 높다랗게 지은 집들이 있었는데, 틀이나 맵시가 기와집보다도 훨씬 나아 보였다. 이런 데는 다들 편액을 붙였는데 더러는 '중추경상仲秋慶賞'이라고도 붙이고, 더러는 '중원가절中元佳節'이라고 써 붙였다.

　보잘것없는 변촌의 작은 마을에는 묘당이 없은즉 정월 대보름이나 칠월 백중 같은 명절에는 으레 이런 삿자리 극장을 짓고는 온갖 연극을 논다.

---

　25) 중국 도교의 사원 명칭.

얼마 전에 고가포 오는 길에 수레들이 연락부절한 중에 야단스럽게 단장을 한 여자들이 일고여덟 명씩 한 수레에 같이 타고 가는 것을 수백 채나 보았다. 이것들은 모두 촌여자들이 소흑산까지 연극 구경을 갔다가 날이 저물어 돌아오는 참이었다.

저자[市肆]

　이번에 천리 길을 오는 동안에 구경한 점포들은 봉성, 요동, 성경, 신민둔, 소흑산, 광녕 같은 곳들인데 크고 작고, 검소하고 사치한 구별이야 없을 수는 없었지마는 그중에도 성경이 가장 번화하여 어느 집이고 창문들에는 무늬와 수를 안 쓴 집이 없었고 더구나 길 옆에 있는 주점 같은 곳은 단청 치장이 유달리 극성스러웠다. 한 가지 모를 일은 금벽색으로 단청한 난간들이 처마 밖으로 내밀고 있는데 여름 장마를 한 철 겪었건마는 단청 빛깔이 조금도 날지 않고 그대로 있음이다.

　봉성 같은 곳이야 이 나라 동쪽 국경의 맨 마지막 끝닿는 어구가 되어 한 발자국 더 나갈래야 나갈 수도 없는 벽지였건마는 집안에 차려 둔 의자, 탁자, 주렴, 휘장, 탄자, 기명, 화초 등속까지도 서로 경쟁해 가면서 치장을 하여, 이 때문에 드는 낭비가 천금으로도 부족할 것 같았다. 대체로 이렇게 꾸미지 않고 보면 흥성이 좋지를 못하고 재물 귀신마저 돌아봐 주지 않는다고 한다. 그들이 위하는 재물 귀신이란 관운장의 상을 탁자 위에 모시고 향불을 피우고는 아침 저녁이 멀다시피 절을 하는 품이, 이녁 집 가묘家廟보다도 더했다. 이런 것으로 미루어 볼 때에 한번 산해관 안으로 발길을 들여놓으면 대체 어떠리라는 것쯤은 미리 짐작할 수 있었다.

길로 다니면서 파는 소소한 들도부꾼들은 소리를 외쳐서 팔기도 하나 푸른 천 장사들은 손으로 흔들어 소리를 내는 작은 북을 흔들고 다니고, 머리 깎는 이발쟁이들은 두 가닥으로 된 쇠꼬치를 튀겨 소리를 내면서 다니고, 기름 장수는 징을 치고 이 밖에도 대쪽을 맞물려 치는 자도 있고 목탁을 치는 자도 있어, 골목골목이 돌아다니면서 두드리는 소리가 그칠 줄을 모르고 본즉 집안에 있던 어린애라도 쉽게 뛰어나가 장수를 부르게 된다. 고함을 질러, "사구려!"를 외치는 장수는 좀체로 볼 수 없었으니 무엇을 치는 소리만 듣고서도 벌써 무슨 물건을 사라는지 알아맞히게쯤 되었다.

점방집 [店舍]

　점방집들의 마당은 어데고 수백 보씩 안 되는 데가 없었다. 이만큼이나 넓지 못해 가지고는 수레며 말이며 많은 사람들을 들일 수가 없기 때문이다. 어느 집이고 대문을 들어가서는 한바탕 줄달음질을 치고 나야만 비로소 몸채에 닿게 되고 보니 마당이 얼마나 넓은지 알 수 있을 것이다. 행랑채 방 안에는 의자와 탁자가 항용 4, 50벌은 놓였고, 마구간에 놓인, 돌로 만든 구유는 길이가 두세 간이나 되고 넓이는 반 간씩은 됐다. 돌구유가 아닐 때는 벽돌로 꼭 돌구유처럼 쌓아 만들어 놓았다. 이 밖에도 마당 복판에는 나무 구유들을 양머리에 고임대나무 두 개씩을 엇대어 괴어 여러 줄로 늘여 두었다.

　기명들은 어데서나 꽃사기만 쓰고 백통, 유기 등속은 볼 수 없다. 비록 궁벽한 지방의 다 으스러져 가는 초막집 속에서도 그들이 항용 쓰는 밥그릇들은 모두 붉고 푸르고 채색 그림을 그린 보시기들이다. 이것은 꼭 사치를 하고 싶어서 그런 것이 아니라 사기점에서 항용 만드는 물건들이 본래가 다 이렇고 보니 일부러 장내기 뚝배기를 쓰고 싶어도 구해 낼 재주도 없을 만큼 되었다. 깨진 사기그릇은 그대로 내버리는 것이 아니라 그릇 거죽에다가 걸못을 물려 새 그릇이나 다름없이 만든다. 그러나 한 가지 모를 일은 쇠못이 그릇 몸을 꿰뚫지도 않았는데 꽉 물려서 까딱 없이 안 빠지고 그릇 안쪽에는 아무런 흔적도 없는 일이다.

어데든지 가면 높이는 두어 자씩이나 되고 온갖 빛깔로 된 술두루미와 꽃가지를 꽂는 화병들이 있었다.

이로써 볼 때에 우리 나라 분원의 사기쯤 가지고는 흥정거리도 못 될 판이다. 애달프구나! 사기 굽는 솜씨 잘잘못 한 가지 일이 어찌 사기그릇의 좋고 나쁜 데만 상관될 일이랴. 한번 사기 굽는 솜씨가 서툴고 보매 온 나라 안의 천 가지 일, 만 가지 물건이 죄다 이 사기그릇 꼴에 알맞게 닮아 버려 이것이 풍속으로 굳어지고 보니 어찌 원통한 일이 아닐까 보냐.

다리 [橋梁]

　다리들은 다들 성문처럼 홍예를 틀었다. 큰 데는 돛단배라도 드
나들 만하고 작은 데도 역시 거룻배쯤은 드나들 만했다. 돌난간에는
흔히들 구름 무늬, 지네 모양, 용틀임을 새겼고 역시 단청도 했다.
다리의 양 끝이 언덕에 붙는 쨤은 여덟 팔八 자로 날개 모양의 담장
을 쌓아 다리목이 상하지 않도록 했다.

　거쳐 온 다리들 중에는 만보교, 화소교, 장원교, 마도교 들이 아
주 큰 다리들이다.

7월 16일 임진일. 날이 맑았다.

　정 진사와 변 주부와 내원과 미리 약속을 하고 서늘한 때를 타 먼저 떠났다. 신광녕新廣寧부터 홍륭점興隆店까지 5리, 쌍하보雙河堡까지 7리, 장진보壯鎭堡까지 5리, 상흥점常興店까지 5리, 삼대자三臺子까지 3리, 여양역閭陽驛까지 15리, 도합 40리를 와서 점심을 치렀다. 여기서부터 용마루 없는 집들이 보이기 시작했다. 여양으로부터 두대자頭臺子까지 10리, 이대자二臺子까지 5리, 삼대자까지 5리, 사대자까지 5리, 왕삼포王三鋪까지 7리, 십삼산十三山까지 8리, 이날 모두 합해 80리를 와서 십삼산에서 묵었다.

　새벽길을 떠나다 보니 지는 달은 땅바닥 위에서 불과 두어 자 높이나 떨어져 보이는데 청승맞게도 둥글둥글하다. 계수나무 가지는 뻗을 대로 뻗었는데 옥토끼와 은두껍은 금방도 손으로 만져짐 직하고 펄펄 날리는 항아姮娥의 흰 옷자락 속으로 얼룽얼룽 비치는 살결! 나는 정 진사를 돌아다보면서,

　"괴상한 일인데! 오늘은 해가 서쪽에서 뜨누만!"
했더니, 정 진사는 처음에는 그것이 달인 줄 알아듣지 못하고,

"아닌 게 아니라 새벽길을 떠나면서 숙참을 나설 때마다 동서남
북 향방을 가리기가 정말 어렵거든!"
하여, 다들 함께 웃었다. 조금 있다가 지는 달이 지평선에 맞붙는 것
을 보고야 정 진사는 허허 웃었다. 아침노을은 늠실늠실 나무숲을 휩
싸 뭉개면서 수없는 봉우리로 뭉게뭉게 피어올라, 용이 둥지를 틀고
봉이 춤을 추는 듯 천 리 벌판을 뒤덮는다. 또 정 진사를 돌아보면서,
"바로 허여멀쑥한 장백산이 눈앞에 솟는 것만 같지 않아?"
했더니,

"그렇구면!"

한다. 다른 사람들은 모두 소리를 쳐서 좋다고 절찬을 한다. 이윽고
구름은 사라져 버리고 해는 서 발이나 돋아 올랐다. 하늘은 티끌 한
점 없이 맑은데 문득 멀리 뵈는 마을 수풀 사이로 새드는 햇발은 부
유스름하게 물이 고인 것처럼 보이는 것이 연기도 아니요, 안개도
아니요, 높지도 않고 낮지도 않고 나무 밑둥치를 감돌면서 때로는
맑은 물속처럼 툭 터져 보이는가 하면 이같이 서린 기운은 차츰차츰
펑퍼져 아득한 하늘가와 맞물고 벋어졌다. 희다고도 검다고도 할 수
없는 이 빛깔은 크나큰 유리 거울에 비친 오색빛깔 밖에 또 다른 빛
깔이 있는 것만 같았다. 이런 경우를 비겨서 말을 할 때에 흔히들 맑
은 강물빛을 쳐들지마는 이것도 멀쑥하고 툭 터진 광경에 이르러는
형용이 되지 않는다. 마을 집들과 수레야 말들의 그림자가 거꾸로
비쳤다. 태복이 말로는 이것이 유명한 계문연수[26]라고 한다. 나는

---

26) 북경 지방에서 자랑하는 여덟 가지 경치 중의 하나로서 계문薊門은 북경 교외의 땅 이름
이요, 연수는 대륙 평야 지방에서 바람기 없는 맑은 날 신기루와 비슷한 자연 현상이다.

물었다.

"계문이 아직도 천리 길이나 남았는데, 연수가 여기 있단 말은 웬 말인가?"

의주 상인 임경찬林景贊이 있다가 하는 말이,

"계문은 여기서 아직 멀지마는 이런 것을 어데서고 통칭해서 계문연수라고들 한답니다. 일기가 맑고 바람기 없는 날은 넓은 요동벌 천 리에 이 기운이 있습니다. 계주에 가더라도 바람이 일고 날씨가 궂으면 볼 수가 없습니다. 대체로 바람기 없는 온화한 겨울날은 매일같이 볼 수 있답니다."

한다. 때마침 여양 장날이라 가지각색 물품이 몰려들고 수레와 말이 길을 메우다시피 밀려들었다. 아로새긴 조롱 속에 새들을 넣어 두었는데 한 놈은 이름을 '매화梅花'라고 하고 한 놈은 '요봉幺鳳'이라 하고 오동조梧桐鳥, 청작靑雀, 화미조畵眉鳥 등 별의별 이름을 붙인 새를 판다. 새를 파는 장수의 수레가 여섯 채, 우는 벌레를 실은 수레가 두 채나 되어 새 우는 소리, 벌레 울음소리에 온 장판이 떠들썩하다. 무슨 산중에라도 들어온 것만 같았다.

국화차 한 잔에 만두 두 개를 사 먹다가 우연히 역관 조명회를 만나 어떤 술집을 찾아들었다. 마침 그 술집에는 방금 소주를 받고 있었기 때문에 다른 술집으로 가려고 한즉, 점원이 골이 나서 머리로 조 역관의 앙가슴을 떠받으면서 어데로 움직이지도 못하도록 한다. 조군은 할 수 없이 웃으면서 도로 들어와 앉았다. 돼지고기볶음 한 쟁반, 계란볶음 한 쟁반과 술 두 병을 사서 배불리 먹고 떠났다.

십삼산을 바라다보니 모래흙이나 낭떠러지로 산맥이 되어 있는 것이 아니라 큰 벌판에 돌무더기로 된 봉우리 열셋이 갑자기 하늘로부터 떨어진 듯이 까마득하게 보이는데 야릇하게 생긴 품이 여름날 구름 봉우리 같기도 했다.

웬 수염이 허옇게 난 노인이 가는 막대기를 손에 쥐었는데 막대기 끝은 고리같이 만들고 그 위에 참새 한 마리를 색실로 다리를 매어 앉히고는 길에서 놀리면서 간다. 새들을 길들이는 데는 모두 이같은 방법을 쓴다.

더위로 곤하고 또 졸리기에 말에서 내려 좀 걸어서 갔다. 일여덟 살이나 난 어린애가 머리에는 새빨간 실로 뜬 여름 모자를 쓰고 몸에는 고동색 운문사 두루마기를 입고 발에는 검정 공단 신을 신고 걸음맵시도 어여쁘게 사붓사붓 걸어오는데, 얼굴은 백옥같이 희고 눈매는 그림같이 고왔다. 내가 일부러 길을 가로막고 서니 어린애는 겁내는 기색도 없이 앞에 와서는 공손히 무릎을 꿇고 머리를 땅에 조아리면서 절을 나부시 했다. 나는 얼른 손을 내밀어 붙들어 안았다. 웬 노인이 멀찍감치 뒤에 따라오면서 얼굴에 웃음을 잔뜩 띠고는,

"그것이 내 작은손자놈이올시다. 영감께서 어린놈을 귀여워해 주시니 무슨 분복인지 정말 부끄럽습니다."

하고 인사를 한다. 나이가 몇 살이냐고 물었더니 어린놈은 손가락을 꼽으면서 아홉 살이라고 한다. 내가 다시 성명을 물었더니,

"제 성은 사謝가올시다."

하면서 이내 신발 속에서 작은 쇠빗치개를 끄집어 내어 땅바닥에다 그려 쓰기를,

"효는 백행의 근원이요, 수는 오복의 으뜸이지요. 우리 할아버지가 나를 위하여 사람의 자식으로 나서 효도를 할 것과 또 저의 장수를 축원하여 이름을 '효수孝壽' 두 자를 붙여 지었습니다."

했다. 나는 깜짝 놀라 시방 무슨 책 공부를 하느냐고 물었다.

"이서는 다 읽었고, 시방은《논어》학이편을 읽고 있습니다."

"무엇을 이서라고 하지?"

"《중용》과《대학》이지요."

강의를 받았냐고 물어 보니, 이서는 그저 읽었을 뿐이고,《논어》는 강의를 받는 중이라고 하면서 내 성을 묻는다. 박가라고 했더니, 효수는,

"백 가지 성에도 박씨라고는 없는데요?"

한다. 노인은 내가 그의 어린 손자를 귀해하는 것을 보고 기쁨을 참지 못해 입을 히죽히죽, 얼굴에 웃음을 가누지 못하면서,

"조선 양반은 참말 부처님같이 어진 어른들입니다. 필시 영감 슬하에도 봉황, 기린같이 잘난 아들, 손자님을 많이 두셨고 보니 남의 어린것을 보시고도 그토록 귀해하시는 거지요."

하기에,

"나도 나이는 지긋하지마는 아직 손자를 안아 보지 못했다오."

하면서, 노인의 나이를 물으니,

"실속 없는 나이를 쉰여덟이나 처먹었소이다."

한다. 내가 쥘부채 한 자루를 어린애에게 주니 노인은 허리에서 쇠사슬 줄에 달아매 찼던 비단 수건과 대꼭지 후비개를 풀어서 내게 주면서 사례한다. 그의 주소를 물었더니, 사생은 이곳에서 얼마 떨어지지 않은 왕삼포라고 한다.

"손자가 조달해서 참말 왕씨, 사씨네 집 풍류 문장에 부끄러움이 없을 만하오."

"천만에요. 가문내림이야 벌써 옛날에 끊어졌답니다. 어쩌자고

감히 강좌풍류江左風流[27]야 바랄 수 있겠습니까?"

앞길이 바쁘고 보니 이내 작별하였다. 어린애는 넌지시 읍을 하면서 여로에 몸을 보중하라고 인사를 한다. 길을 가면서도 사 소년의 얌전하게 생긴 모습과 동작이 생각에 떠오르면서 눈에 늘 삼삼했다. 사생도 땅바닥을 그어 가면서라도 서로 이야기를 붙일 만한 친구였는데 길이 바빠 그 집까지 한번 못 찾아본 것은 애석한 일이다.

---

27) 강소성 지방을 '강좌'라고 하는데, 옛날부터 문인들이 많이 나는 곳이다. 특히 남북조 (420~588) 시대 이 지방 출신들인 사조謝朓, 사장謝莊, 사혜련謝惠連, 사령운謝靈運 들은 저명한 문인 풍류들이다.

7월 17일 계사일. 날이 맑았다.

　아침에 십삼산을 떠나 독로포禿老鋪까지 12리를 와서 배로 대릉하를 건너기까지 14리, 4리를 더 와서 대릉하에서 묵었다. 이날은 30리밖에 못 왔다.

　대릉하의 발원지는 장성 밖인데 구관대九官臺 변문을 뚫고 광녕성을 거쳐 동으로 두산斗山을 나와 금주위錦州衛 지경에 들러 점어당占魚塘에 이르러 동으로 바다에 든다.

　호행통관護行通官[28] 쌍림雙林이란 자는 조선수통관朝鮮首通官 오림포烏林哺의 아들이다. 집은 봉성에 있으며 비록 호행이란 명색은 붙었으나 이자는 태평차를 타고 뒤를 따라오면서 우리 일행과 함께 행동도 같이하지 않는다. 하인 넷을 데리고 다니는데 한 놈은 악鄂가로서 연로에 오면서 식사 주선과 말먹이 대는 일을 도맡아 보고, 한 놈 성은 이李가인데 연로에 꿩 사냥하는 매를 주관하고, 한 놈은 서徐가로서 제 말로는 의주부윤 서 아무개와 일족이라고 하고, 한

---

28) 일행에 소속된 청국 측의 통역.

놈은 감甘가인데 저마끔 조선 사람이라고 하면서 나이는 다 열아홉
살이요, 얼굴이 예쁘장한데 모두 쌍림에게 딸린 사람들이라고 한다.
우리 조선에는 감가 성이 없어 좀 의심스러운 일이다. 책문에 들어
선 지 십여 일이 되어도 쌍림의 얼굴을 보지 못했다가 통원보 냇물을
건너 맞은편 언덕에 오르면서 내가 혼잣말로,

　　"물살이 험하니 물 조심들 해야겠군!"

했더니, 의관을 말쑥하게 차린 웬 청인 한 사람이 우리 역관들과 함
께 언덕 위에 서서 선뜻 조선말로,

　　"물 조심! 물 조심! 잘들 건너우!"

하는 것을 보았다. 그 후에 들은 이야기지마는 이러고 나서 연산관
에 이르러 이자가 우리 측 수역에게,

　　"아침에 냇물을 건널 때 얼굴이 아주 틀스럽게 생긴 양반을 봤는
　　데, 대체 누구인가요?"

하고 물어 왔다고 한다.

　　"상사 대감 아우님으로 글이 문장인데, 이번에 구경차 오셨지요."
　　"넉점백이[29]인가요?"
　　"천만에요. 상사대감 적친嫡親 삼종 아우님이라오."
　　"이량우첸인가요?"

　　'이량우첸'은 '한 냥 오 전[一兩五錢]'의 중국어 발음으로서, 우리
조선말로 한 냥 오 전을 항용 '양반兩半'이라고도 말한다. 양반은 조
선말에서 지체가 높은 사족 집안을 두고 하는 말인데, 돈을 세어

---

29) 남의 서자를 '넉점백이'라고도 하고 보통 '점백이'라고도 한다. 이는 서자라는 '서庶'
　　자에 점이 네 개 달린 것이 유래가 되어 곁말로 쓰고 있다.

'양반兩半'이란 말이나, 가품을 말하는 '양반兩班'이나 음이 같고 보니 쌍림은 양반을 '이량우첸'이란 곁말로 쓴 것이다. '넉점백이'라는 말도 조선말에 서자를 가리키는 말이다.

매번 사신 일행이 있을 때는 역관은 일행의 공비公費로 은 4천 냥을 가지고 가는 법인데 그중에서 5백 냥은 전례에 따라 호행장경護行章京[30]에게 주고 7백 냥은 호행통관에게 주어 삯 수레를 얻거나 기타 일체 도중 여비를 쓰도록 한다. 그런데 실상인즉 이자들은 여태껏 한 푼도 쓴 적이 없어, 상방 부방의 주방廚房부터 시작하여 돌림으로 이자들을 먹여 왔다.

쌍림은 교활하고 조선말을 잘한다고 한다. 전일에 소황기보에서 점심을 먹으면서 여러 비장들과 역관들끼리 한담을 할 때에 마침 쌍림이 밖에서 들어왔다. 여러 역관들은 당황하게 맞아들였다. 부방 비장 이성제李聖濟와 인사를 주고받더니 다음은 내원이에게 말을 붙였다. 대체 두 사람은 이번 걸음이 두 번째 동행이라 서로 낯이 익었기 때문이다. 내원이 쌍림에게,

"내 영감에게 좀 못마땅스러운 일이 있소."

하니, 쌍림은 웃으면서 물었다.

"무슨 못마땅한 일인지요?"

"우리 상사또께서 아무리 작은 나라 사신이라고 해도 우리 나라에서는 정1품 내대신內大臣[31]입니다. 황제께서도 역시 대우가 각

---

30) 사신 일행을 호행하는 총책임을 진 청국 관리.
31) 조선에는 이런 관직이 없으나 청나라에서는 황제의 친척 되는 자로 황제를 시위하는 관직인바 이에 비겨서 하는 말.

별한 터에 영감은 비록 대국 인사라고 하지마는 직품이 조선통관일 바엔 마땅히 우리 사또님의 체면을 보살펴, 두 분 사또께서 말을 갈아타실 때나 가마에서 내리실 때는 도중에서라도 응당 영감네 거마는 멈춰 기다리는 것이 마땅하리라 봅니다. 그런데 이렇들 못하고 번번이 요란한 소리를 내면서 수레를 몰아 앞질러 달리기도 하고 때로는 사또 일행이 지나가도 움쩍도 까딱도 않으니 이럴 도리가 있겠소? 이러자니 장경도 이 본을 받게 됐지요. 영감에게는 더욱 노엽소."

쌍림은 갑자기 얼굴색이 변하였다.

"당신은 모르는 소리요. 대국의 예절은 당신의 나라와는 아주 다르다오. 대국의 칙사가 한번 내릴 때는 당신네 나라의 의정대신議政大臣이라도 우리와 대등하게 예를 행하고, 서로 존경해 말하는 법이거든 당신이 새 법을 지어 내겠단 말이오!"

역관 조학동이 내원에게 눈짓을 하여 더 다투지 못하도록 하는데, 내원은 언성을 높였다.

"그래, 영감의 하인놈들이 감히 팔뚝에 매를 올려놓고는 의기양양해서 사또님 앞을 제 맘대로 내달려도 좋단 말이오? 이런 해괴할 데가 어디 있단 말이오! 한 번만 더 이런 꼴을 본다면 내가 붙들어다가 곤장을 칠 터이니 영감도 잘 요량하오."

"나는 아직 그런 걸 보지 못했소. 내가 보았다면 잡아다 쳤다 뿐이겠소?"

쌍림이 소위 조선말 잘한다는 것이 어림없이 똑똑지를 못하여 급해맞으면 처껑 중국말이 튀어나오고는 했다. 터무니없이 은 7백 냥만 떼먹는 것이 아까웠다.

내가 종이를 비벼 코침을 만들고 있으니까 쌍림은 코담배 그릇을 풀어 내놓으면서,

"재채기를 하고 싶소?"

하면서 나에게 내밀었으나 나는 받지를 않았다. 까닭인즉 이자와 말을 붙이기도 싫었고 또 코담배 피우는 법도 몰랐기 때문이다. 쌍림은 나를 향하여 여러 차례 말을 붙여 보고저 했으나 나는 이럴 때마다 더 틀을 차리고 버텼더니 쌍림은 그만 일어나서 가 버렸다.

그 후에 여러 역관들의 말을 들으니, 쌍림은 내가 말을 받아주지 않는 데 계면쩍어 뒤틀어져서는 골이 나 일어났다고 하면서, 이자의 아비가 언젠가 아문衙門에 나앉고 보니 쌍림이와 사감을 끼게 되면 구경 출입하는 데 필시 저애를 당할 터이므로, 속담에 웃는 눈에 침 못 뱉는다고 전일 쌍림을 냉대한 것은 좋은 꾀가 아니라고들 하기에 나도 그럴 성싶었다.

사신 일행은 먼저 떠나고 나는 곤해 잠이 들었다가 느지막이 일어나 식사를 막 마치고 행장을 챙기는 참인데 쌍림이 들어왔다. 나는 웃는 낯으로 맞으면서,

"영감 오래간만이오. 요즘 무양하시오?"

하니, 쌍림은 좋아서 어쩔 줄 모르고 자리에 앉으며 삼등초三等草[32] 담배를 청한다. 제 집에 붙일 주련柱聯을 부탁한다. 웃어른들이 먹는 진짜 청심환이며, 단오 부채 등속을 청하기에 고개를 끄덕이고 짐 실은 수레가 오면 다 주겠다고 승낙하면서,

"먼 길을 안장말로 오자니 꽤 고달픈데, 어디 한번 당신 수레에

---

32) 평남 삼등 고을(현재는 강동)에서 나는 상급 담배.

같이 타고 한참쯤 가 봅시다."

하니, 쌍림은 쾌히 승낙을 하면서,

"서방님을 길에서 모시기는 참으로 영광이올시다."

하고는 같이 나섰다. 쌍림은 자리 왼쪽을 비워 나를 앉히고 제 손으로 말을 몬다. 또 장복을 불러서 오른편 멍에채에 앉혔다. 쌍림은 장복이를 보고,

"나는 조선말로 물을 테니 너는 관화로 대답하렷다."

하고 약속을 한다.

두 사람이 주고받는 수작을 옆에서 듣고 있자니 포복절도를 할 만하다. 조선말로 한다는 작자는 세 살 난 어린애가 '밥'을 달라 하는지, '밤〔栗〕'을 달라 하는지 분간을 할 수 없는 시늉이요, 한어를 한다는 군은 반벙어리 놀음으로 "에, 에……." 더듬댄다. 혼자 보기는 정말 아까운 구경거리다.

쌍림이 하는 조선말이란 장복이 하는 중국말에 어림없이 못 따라 갔다. 말뜻을 맺는 대목에는 존비 경칭을 전연 모르고 더구나 말 마디를 똑똑히 굴려 넘기지 못한다. 그는 장복에게 묻는다.

"너 우리 아버지를 뵈었니?"

"칙사를 따라나왔을 적에 뵈었지요. 대감님은 털보 수염이 좋은 분입니다. 내가 모시고 가면서 연송 권마성을 부르니까 대감은 좋아서 웃으시면서 '네 목청이 좋구나. 자꾸 불러라.' 고 합디다.

쉴새없이 권마성을 불렀더니 대감은 연송 잘한다고 칭찬을 하시면서 곽산郭山까지 와서는 손수 다담상을 한 상 잘 차려 보냅디다."

"우리 아버지 눈알이 무섭단다."

장복은 죽겠다고 웃으면서,

"꿩 잡는 매 눈깔 같습니다."

하니, 쌍림은,

"네 말이 옳다."

하면서 다시 묻는다.

"너 장가 들었니?"

"살림이 구차해서 장가를 못 갔답니다."

쌍림은 연송 "불상不祥", "불상" 했다. '불상'이란 말은 조선말에
가엾다는 뜻으로 쓰는 말이다. 쌍림은 다시 물었다.

"의주에는 기생이 몇이나 되나?"

"한 사오십 명은 될 것입니다."

"예쁜 기생도 많은가?"

"가만 있자, 자랑을 어떻게 할까? 양귀비 같은 놈이 없는가, 서시
같은 놈이 없는가? '유색柳色'이라고 부르는 기생은 꽃이 부끄러
워하고 달이 얼굴을 못 들 만큼 자색이 곱고, '춘운春雲'이라는
기생은 가는 구름을 멈추고 남의 창자를 녹일 만큼 소리를 잘한
답니다."

쌍림이 허허 웃으면서 묻는다.

"그런 명기들이 있으면서 왜 칙사 행차 때는 코끝도 내밀지 않았
던가?"

"말씀 맙쇼. 대감들이 한 번만 보셨더라면 아주 넋이 빠져 천 냥
이고 만 냥이고 있는 돈을 다 썼을 터요. 압록강도 못 건너고 의
주 귀신이 돼 버렸을걸요."

쌍림은 손뼉을 치고 입을 틀어막고 킥킥 웃으면서,

"그렇다면 이후 칙사를 따라갈 적에는 네가 가만히라도 하나 끌어다 붙여 줄 수 있겠지?"

하니, 장복은 고개를 흔들었다.

"못 한답니다. 들키는 날은 목이 달아난답니다."

두 사람은 한목으로 껄껄 웃었다.

이같이 서로 주거니 받거니 이야기를 하면서 30리 길을 왔다. 두 사람은 서로들 말을 시험해 보기 위하여 이런 이야깃거리를 내놓은 것이다.

장복이는 겨우 책문을 들어선 뒤부터 연로에서 주워 들어 배운 중국말인데 평생을 두고 배운 쌍림의 조선말보다 훨씬 나았다. 한어가 조선말보다 배우기 쉬운 줄을 비로소 알 수 있었다.

우리가 탄 수레는 삼면은 초록빛 담요로 휘장을 해 둘러쳤고, 좌우 쪽은 누런 주렴을 늘였고, 전면은 공단으로 가렸다. 수레 속에는 이부자리를 깔아 두었고 조선 언문으로 쓴 《유씨삼대록劉氏三代錄》이 몇 권 있었다. 국문으로 되는대로 썼을 뿐 아니라 책장은 다 해지고 떨어졌다. 쌍림에게 한번 읽어 보라고 했더니, 쌍림은 몸을 흔들면서 큰 소리를 내어 읽었으나 온통 구절이 맞아붙들 않고 되는대로 글자만 읽어 나가는데, 입 속에는 가시가 돋고 입술은 굳어 글자 한 자 읽으면 끙끙대는 소리는 열 번씩이다. 나는 한참 동안 들었으나 대관절 무슨 소리인지 한 마디도 알아들을 재주가 없었는데, 이자로서는 제 평생 읽어 봤자 배울 수 없을 것만 같았다.

길 가운데서는 방금 사신 일행이 말을 갈아타고 있었다. 쌍림은 얼른 수레로부터 뛰어내려 어느 점방으로 들어가 몸을 피한다. 사신 일행이 다시 떠난 후 슬금슬금 수레를 잡아타고 떠났다.

일전 내원이 한바탕 나무랄 적에 당장에서는 뭐라고 되잖은 말로 맞받아 발명을 했지마는, 이 자리에서 볼 적에는 다소 풀이 죽은 것 같았다.

7월 18일 갑오일. 날이 맑았다.

새벽녘에 대릉하점을 떠나 사동비四同碑까지 12리, 쌍양점雙陽店
까지 8리, 소릉하小凌河까지 10리, 소릉하 다리까지 2리, 송산보松
山堡까지 18리 모두 합해 50리를 와서 점심을 치르고 다시 송산으로
부터 행산보杏山堡까지 18리, 십리하점十里河店까지 10리, 고교보高
橋堡까지 8리, 도합 36리로서 이날 모두 합해 86리를 와서 묵었다.

사동비까지 이르니 길가에 드높은 비석이 네 개 서 있었다. 만든
모양새가 꼭 같다고 해서 땅 이름도 사동비다.

첫째 비에는 "만력 15년(1587) 8월 29일, 칙명으로 왕성종王盛宗
을 요동전둔유격장군遼東前屯遊擊將軍으로 삼았다."고 쓰고 윗대가
리에는 '광운지보廣運之寶'라고 새겼는데, 비문 속에 있는 '노추虜
酋'[33] 두 자는 다 쪼아 지워 버렸다.

둘째 비에는 "만력 15년 11월 4일, 칙명으로써 왕성종을 요동도
지휘체통행사遼東都指揮體統行事로 삼고 금주金州 지방을 지키도록

---

33) '오랑캐 두목'이란 뜻으로 명나라가 청나라 임금이나 장수를 부를 때 쓰는 말.

한다."고 썼다.

셋째 비에는 "만력 20년(1592) 9월 3일, 칙명으로 왕평王平을 요동유격장군으로 삼았다."고 쓰고 위에는 '칙명지보勅命之寶'라고 새겼다.

넷째 비에는 "만력 22년(1594) 10월 10일, 왕평을 칙명으로써 유격장군 금주통할錦州統轄로 삼았다."고 쓰고, 위에는 '광운지보'라고 새겼다.

왕평은 왕성종의 자질 같아 보이며 신종 천자는 그들이 청인 두목들을 잘 막아 냈다고 해서 조칙을 내리고 그들의 공로를 표창하여 돌을 갈아 세우고 칙유勅諭와 임명된 관직을 새겨 써서 버젓한 공로를 세상이 우러러보도록 해 둔 것이다.

왕성종이 만일에 요하 오른쪽 지대에서 대대로 장수의 직책에 있었다면 임진년 왜놈들을 몰아 내는 전쟁에 나오지 않았다는 것이 무슨 까닭인지 모를 일이다.

먼저 온 사신 일행의 비장들이 매양 이곳 비석거리까지 오면 으레 아무 날 아무 시에 산해관을 나와 아무 날 아무 시에 이곳을 지나갔다고 써 두는 것이 행습이라고 한다.

말 떼를 놓아 먹이는데 곳곳이 떼를 지은 말이 한 떼에 몇천 마리씩이나 되었다. 죄다 흰 말들이다.

두 번째 소릉하를 건너는데 쌀을 실은 수레가 수천 대 지나갔다. 해주海州에서 금주錦州로 실어 오는 쌀이라고 한다.

갑자기 폭풍이 불면서 먼지가 하늘을 휘덮었다. 나는 먼저 앞으로 달려 어떤 가겟집에 들어가 잠시 눈을 붙였다.

정사가 뒤미처 와 닿으면서 하는 말이, 약대 수백 마리가 쇠를 실고 금주로 들어갔다고 했다. 나는 공교롭게도 약대 구경을 벌써 두 번째나 놓쳤다.

강가에 사는 수백 호 주민이 지난 해에 몽고 사람들에게 습격을 받아 그 여편네들을 다 잃어버리고 몇 리나 떨어진 곳으로 철거를 하였다. 사방은 길가에 허물어진 담장이 뚫렸고 네 벽이 공중 섰을 뿐, 아래위 강가로는 흰 장막들을 치고 수자리를 잡고 있었다. 안 그럴 수도 없는 것이 이 강에서 몽고 국경까지가 불과 50리라고 한다. 며칠 전에 몽고 군사 수백 명이 졸지에 강가까지 왔다가 이곳에도 수비가 있음을 보고 절로 달아나 버렸다고 한다.

송산과 행산에서 고탑高塔 사이 수백 리 어간은 비록 마을과 부락들이며 점포들도 있었으나 메마르고 빈약하여 모두들 사는 경황이 없어 보였다.

슬프다, 이곳은 숭정 경진년(1640)과 신사년(1641) 연간에 명나라와 청나라 군사들이 격전을 하던 피비린내 나는 전쟁터이다. 벌써 백여 년이 지난 오늘에도 난리의 상처는 아물지 못하고 시방도 넉넉히 당년의 장렬한 격전의 자취를 생각할 수 있었다. 시방 황제가 지은 전운시全韻詩 주註에는 이렇게 적혀 있다.

"숭덕崇德 6년(1641) 8월, 명나라 총병 홍승주洪承疇는 구원병 13만 명을 송산에 집결하였다. 이때에 청나라 태종은 군사를 통솔하고 떠났다. 때마침 태종은 코피가 터졌기 때문에 행군을 빨리 했으나 빨리 갈수록 코피는 더 심하여 사흘 만에야 피가 그쳤다. 부하 여러 왕과 패륵貝勒들이 좀 천천히 행군할 것을 청했으나 태종은 타이르기를, 행군에서 이기려면 빠른 것밖에 다른 방법이 없다고 하면서 엿새 동안을 빨리 몰아 송산에 닿아 송산과 행산 사이 큰길을 가로 끊어 진터를 잡았다. 명나라 총병 여덟 명이 선봉진을 범해 왔으나 이를 공격하여 물리치고 필가산筆架山에 쌓아 둔 양식을 빼앗고 못물을 대어 송산과 행산 사이의 길을 끊었다.

이날 밤에 명나라 장군들은 일곱 영에 속한 보병을 거둬 송산성 가까이 와서 진을 쳤다. 태종은 여러 장수들에게 명령하기를, 오늘 밤에는 적병들이 틀림없이 도망질을 할 터이니 호군護軍 오배鰲拜 들은 4기에 속한 기병과 전봉인 몽고병을 인솔하고 함께 날개를 펴듯이 진을 벌려 곧추 바로 해변에까지 닿게 할 것이요. 다시 몽고 장수 고산액진固山額眞 고로극固魯克에게 명령하여 행산으로 통한 길목에 복병을 하였다가 길을 막아 공격하도록 하고, 또 예군왕睿郡王에게는 금주로 가서 탑산으로 통하는 대로에서 가로막아 공격하라고 명령하였다.

이날 밤 초경初更[34]에 명나라 총병 오삼계吳三桂들은 바닷가를 따라 도망치는 것을 꼬리를 물고 추격을 하면서 파포해巴布海들을 시켜 탑산 가는 길을 끊도록 하고, 다시 무영군왕武英郡王 아제격阿濟格을 시켜 역시 탑산 길을 끊고 치도록 하고, 또 패자貝子 박락博洛으로 하여금 군사를 이끌고 상갈이채桑噶爾寨로 가서 이곳을 끊어 치도록 명령하고, 또 고산액진 담태주譚泰柱를 소릉하로 보내 해변으로 바로 닿도록 하여 돌아가는 길목을 끊도록 하고, 또 매륵장경梅勒章京 다제리多濟里에게 패병들을 추격하도록 하고, 고산액진 이배伊拜들은 행산에서 명나라 군사가 행산으로 달려들 때는 사면을 맞받아치도록 하고, 또 몽고 군사로 고산액진 사격도思格圖들에게 도망하는 군사들을 추격하

---

34) 오후 7시부터 9시까지 사이.

도록 하고, 또 국구國舅 아십달이한阿什達爾漢들을 행산의 본영으로 보내 그곳이 좋지 못할 때는 곧 좋은 곳을 택하여 옮기도록 명령하였다.

이튿날 예군왕과 무영군왕에게 명하여 탑산의 사대四臺를 둘러싸도록 하고 홍의포紅衣礮[35]로 공격하여 이겼다.

명나라 총병 오삼계와 왕박王樸은 행산으로 몰려들었다. 이날 태종은 본영을 송산으로 옮기고 못을 파서 둘러 막으려고 하는데 밤에 총병 조변교曹變咬는 서너 차례나 진터를 버리고 포위를 벗어나려 하였다. 내대신 석한錫翰들과 사자부락四子部落 도이배都爾拜로 하여금 각각 250명씩 인솔하고 고교보와 상갈이보에 복병을 하도록 명령하였다.

태종은 친히 군사를 거느리고 고교보 동쪽에 이르러 패륵 다탁多鐸에게 복병을 또 명령하였다. 오삼계와 왕복은 고교까지 패주해 왔다가 가는 곳마다 복병이 일어나자 간신히 몸을 피했을 뿐 이 싸움에서 명나라 군사 5만 3천 7백 명을 죽이고 말 7천 4백 필, 약대 60마리, 갑옷 9천 3백 벌을 노획하였다. 행산에서 탑산까지 바다로 쫓겨 밀려 죽은 자가 수없어 바닷물 위에는 명군의 시체가 기러기나 따오기 떼처럼 떠 있었다. 그러나 청군은 잘못 부상한 자가 불과 여덟 명으로서 나머지는 피 한 방울도 흘리지 않았다."

슬프다! 이곳의 싸움을 일러서 '송행의 싸움'이라고 한다. 각라[36]가 산해관 밖의 이자성李自成[37]이라면 이자성은 산해관 안의 각라라

---

35) 대포의 일종.
36) 청나라 황실의 성. 정확하게는 '애친각라愛親覺羅'인데, 여기서는 청 태종을 말한다.
37) 명말 관내 지방, 즉 명나라 내부에서 명조를 반대하여 섬서 지방에서 군사를 일으킨 사

할 수 있을 것이니, 명나라가 망하지 않겠다고 발버둥질을 쳤던들 무슨 소용이 있을 것인가?

당시의 명나라 군사는 13만 대군으로 각라가 인솔한 불과 2천도 못 되는 군사에게 포위되어 바로 눈앞에 마주 쳐다보면서 썩은 가랑잎 부스러지듯 망하고 말았다. 홍승주, 오삼계 같은 장수들은 지략과 용맹이야 천하에 적수가 없었건마는 한번 각라와 마주치자 혼비백산이 되어 13만 대군은 지푸라기나 물거품같이도 허무했다. 일이 이쯤 되고 보면 피치 못할 운수라고나 볼 수밖에 없을 뿐이다.

언젠가 인평대군麟坪大君이 지은 《송계집松溪集》을 보니, 우리 나라 효종孝宗이 즉위 전 왕자로 있으면서 인질로 청군의 진중에 붙들려 있을 때에 군막을 잠시 딴 데로 옮겼는데, 그사이 영원 총병寧遠摠兵 오삼계가 인솔했던 만여 명 군사가 포위를 뚫고 나오다가 청군과 부딪쳐 격전을 한 곳이 바로 처음에 군막을 쳤던 곳이라 했다. 이야말로 하늘이 시킨 영험이 아니고 무엇이겠는가?

이날 저녁은 고교보에서 묵었다. 이곳은 전에 사신 일행이 큰 돈을 도적맞은 곳이다. 이 사건 때문에 이곳 지방 관리는 파직당하고 부근에서 숙소로 썼던 점방 집에는 사형을 당한 자까지 내었으므로 갑군은 밤새도록 순라를 돌면서 우리 인원들을 감시하는 것이 무슨 도적이나 다름없이 하였다. 숙소로 정한 집 고지기의 말을 들으면

람. 명나라 숭정 17년(1644)에 북경을 함락시키자 명나라 의종 황제는 자살을 했다. 청나라 침략군을 막으러 요동까지 출동했던 명나라 장수 오삼계는 청군에게 쫓겨 관내로 밀려 들어오면서 명나라를 배반하고 청군을 관내로 끌어들여 청군과 합세하여 이자성을 쳐 물리쳤다. 이 바람에 청군은 힘들지 않게 산해관을 돌파하고 북경을 점령하여 명나라를 멸망시킬 수 있었다.

이곳 사람들이 조선 사람 대하기를 원수나 다름없이 하여 어데나 대문을 꼭꼭 닫고는 조선 사람이라면 상대를 않으면서,

"조선 사람이라면 이제 신물이 나오. 묵고 있던 집주인을 마구 죽였다오. 돈 천 냥에 사람 목숨 네댓이 없어졌으니 될 말이오? 우리네 사람들 중에도 나쁜 사람들이야 있겠지마는 일행 중에도 되놈들처럼 도적질 잘하고 도망질 잘 치는 놈이 없다고 누가 장담할 것이오?"

한다고들 했다.

나는 역관에게 그 사정을 물었다. 역관의 말을 들으면 지난 병신년(1776)에 부고를 전하기 위한 사행[38]이 조선으로 돌아오는 길에 이곳에 들렀을 때 공금 천 냥을 잃었다고 한다. 당시 사신들은 공론하기를, 이 돈은 공금이고 보니 쓴 곳을 명백히 밝히지 못한다면 계산에 나온 대로 국고에 바치는 것이 국법이요, 틀림없이 돈은 잃어버렸고 보니 무슨 말로써 조정에 보고를 할 것인가, 그렇다고 돈을 잃어버렸다고 하면 누가 곧이들을 것이며 또 잃은 돈을 물어 바친다고 하자, 누가 이 거액을 물 수 있을 것인가? 이리저리 궁리 끝에 할 수 없이 이 지방 관가에 이 사연을 글로 써 알렸다.

관가에서는 바로 이 사연을 중후소참장中後所參將에게 연락하고, 중후소에서는 금주위錦州衛에 연락하고, 금주위는 산해관 수비에게 보고하여, 불과 며칠 안에 이 사연이 예부로 보고되어 황제의 명령이 그날로 내려 해당 지방의 관부로 하여금 공금으로 사신이 잃은 돈을 물어주도록 하였다. 이 지방의 관리들이 평소 경비를 게을리하

---

38) 영조 임금의 부고를 청나라 황제에게 전달하기 위하여 북경으로 갔던 사신 일행.

여 멀리서 온 손으로 하여금 낭패를 보고 걱정을 사게 만들었다고 하여 그 죄책으로 모조리 파직시키고 숙참한 점방집 주인은 잡아 가두고 이웃 사람들로서 혐의쩍은 자들을 모조리 잡아 심문하다 죽은 자가 네댓 명이나 되었다.

이 같은 처리는 사신 일행이 심양에도 닿기 전에 벌써 황제의 명령이 떨어진 것이니 얼마나 일처리들이 신속했는지를 알 수 있을 것이다. 이러고 난 뒤로부터 고교보 사람들은 우리 사람들을 대할 때에 원수 보듯 하게 되었으니 그러는 것도 괴이할 바가 못 된다.

대체로 의주 태생의 말꾼들이란 그 태반이 속이 컴컴한 자들로서 단골로 북경 출입이 그들의 생계인바 해마다 북경 드나들기를 뜰 안 출입 삼아 하고 있다. 의주 관아에서 그들에게 주는 요料라고는 한 사람 앞에 백지 60권씩이고 보니 백여 명 말꾼들은 연도에서 도적질이 아니고는 북경까지 다녀올 재주가 없다. 압록강을 건너고 난 후로는 세수 한 번, 망건 한 번 갈아쓰지 못하고 머리에는 새집을 짓고 먼지와 땀은 엉켜 늘어붙고 비바람을 노다지로 겪고 나서 의관은 해지고 미어져, 귀신인지 사람인지 그 망측한 꼴이란 차마 볼 수 없을 형편이다.

이 사람들 중에 벌써 세 차례나 북경 출입을 하는 열다섯 난 어린 아이가 따라왔는데 구련성 올 때까지는 얼굴이 잘생겼다고 여럿이들 귀여워해 주었더니, 절반 행정도 못 와서 뙤약볕에 얼굴은 타고 진탄 위에 새까만 때를 뒤집어쓴 상판에는 두 눈만 하얗게 뚫어졌는가 하면 홑잠방이는 낡아 떨어져 두 볼기짝이 다 드러날 판이다. 이 아이 꼴이 이쯤 될 때에는 다른 작자들이야 말할 나위도 없었다. 부끄러움도 체면도 없이 눈에 띄는 대로 잡아채기가 예사요, 저녁으로 숙참에 들면 갖은 꾀를 다 써 가면서 도적질을 하고 보니 여점 주인도 도적 단속에 못 부리는 꾀가 없다.

작년 동지사冬至使[39] 사행이 있을 때 의주 상인 한 명이 몰래 은화를 국경으로 넘기다가 말꾼에게 맞아 죽었는데, 말 두 마리는 굴레를 풀어 놓아 제 발로 강을 건너 그 집으로 각각 돌아오게 되자 이 말을 증거로 삼아 치죄를 했다고 한다. 이자들의 버릇이 이토록 흉측한 것으로 보아 돈 잃어버린 사건도 이런 자들의 소행이 아니라고 누가 장담할 것인가? 이것쯤은 오히려 사소한 일이지마는 만일에 병자년(1576)과 정축년(1577) 사변[40]이 또다시 있다면 용천龍川, 철산鐵山 서쪽은 우리 땅이 못 되고 말 터이니, 이런 자들이 어떤 장난을 할는지 모를 일이다. 국경 변두리를 지키는 자로서는 명심해야만 될 일이다.

이날 밤에 큰바람이 불어 밤새도록 허공을 뒤흔들었다.

---

39) 청국 황제에게 신년 인사를 치르기 위하여 북경으로 가는 사절단은 '하정사賀正使'라고 하나 대체 일정으로 보아 매년 동짓날 전후 출발하게 되므로 '동지사'라고도 한다.
40) 청군이 우리 나라를 침략한 병자호란을 말한다.

7월 19일 을미일. 날이 맑았다.

새벽에 고교보를 떠나 탑산까지 12리, 주사하朱獅河까지 5리, 조라산점單羅山店까지 5리, 이대자二臺子까지 3리, 연산역連山驛까지 7리, 도합 32리를 와서 점심을 치르고 연산역에서 오리하자五里河子까지 5리, 노화상대老和尙臺까지 5리, 쌍수포雙樹鋪까지 5리, 건시령乾柴嶺까지 5리, 다팽암茶棚菴까지 5리, 영원위寧遠衛까지 5리, 도합 30리 와서 이날 모두 합해 62리를 와 영원성 밖에서 묵었다.

전날 부사와 서장관과 약속을 하고 이날 새벽에 탑산에 와서 해 뜨는 구경을 하려 했더니, 모두들 늦게 길을 떠나 탑산까지 오고 보니 벌써 해는 서 발 나마 돋고 말았다.

동남쪽은 망망한 바다가 하늘 끝과 이어졌고, 수없는 상선은 간밤의 폭풍을 피하러 들어와 작은 섬에 대고 있다가 이때야 막 일제히 돛을 올리고 물오리 떼처럼 둥실둥실 떠 나간다.

영녕사永寧寺는 숭정 연간에 조대수祖大壽가 창건한 절이라고 한다. 사찰이나 관묘 등은 요동땅에 들면서부터 그 장관을 대강 기록한 바 있었거니와 그 후 연도에서 본 사찰들도 규모의 대소는 다름이 있었지마는 집 제도는 대동소이하기 때문에 여기에 낱낱이 기록하지 않는다. 또 구경에 지쳐서 일일이 돌아보지도 못했다.

길가에 수십 길 나마 되는 산봉우리가 있는데, 이름을 '구혈대嘔血臺'라고 한다. 세상에 전하는 말로는 청 태종이 이 산 위에 올라가 영원성 안을 굽어보다가 명나라 순무 원숭환에게 패하여 피를 토하고 죽었으므로 이렇게 부른다고 한다.

영원성 안 한길 위에는 조가祖家의 패루가 마주 서 있었다. 두 개 누문 사이는 수백 보나 떨어져 있는데, 두 패루가 다 문은 셋씩으로 되었고 기둥 앞마다 몇 길씩 되는 돌사자를 앉혀 놓았다. 하나는 조대락祖大樂 패루요, 하나는 조대수 패루인데 높이는 다 예닐곱 길씩이나 되며 조대수 패루의 높이가 약간 작아 보였다.

조대수 패루는 광택이나 무늬가 옥돌처럼 생긴 흰 돌만 써서 층계가 나게 세웠는데 들보나 서까래나 기와나 기둥 들은 한 꼬치도 나무를 쓰지 않았고 조대락 패루는 오색 문채가 나는 돌로 세웠다. 어느 패루고 말 짜듯이 짜서 세운 이룩이라든가 각양 새김질 솜씨가 사람의 힘으로는 된 것 같지 않아 보였다.

조대락 패루에는 조대락의 증조인 조진祖鎭과 그 할아버지인 조인祖仁과 그 아버지인 조승교祖承敎까지 3대를 고증誥贈한 사연[41]을 죽 늘어 썼고, 앞면에는 '원훈초석元勳初錫'이라 쓰여 있고, 뒷면에는 '등단준렬登壇峻烈'이라 쓰여 있고, 맨 위에는 '옥음玉音'이라 쓰여 있다.

주련에는,

---

41) 자손의 공로에 대한 국가 표창을 그 선조에게까지 미치게 하는 표창 제도.

첫 경사 맞은 좋은 재목

네 대를 잘도 가꾸었네.

구슬이 빛을 뿌려

천추를 두고 기리리.

松檜如初慶, 善培于四世.

琳琅有赫賁, 永譽于千秋.

했고, 주련 뒷면에는,

나라 떠받들 무인

육중한 성벽인 양 미더워라.

조정이 내려준 지시

쇠 가마에 새겨 표창했네.

桓赳興歌國, 倚干城之重.

絲綸錫寵朝, 隆銘鼎之襃.

라고 새겨 놓았다. 조대수 패루에는 다시 그 증조와 조부와 조대락과 그 아버지 조승훈 4대를 고증한 글을 썼다.

아버지 조승훈은 우리 나라 임진 왜란 당시 요동부총병遼東副摠兵으로 있을 때 군사 3천 명을 거느리고 제일 먼저 원병으로 나온 사람이다. 위층에는 '확청지열廓淸之烈'이라 썼고, 아래층에는 '사대원융四代元戎'이라 쓰여 있다. 앞뒤의 주련이든지 아로새겨 놓은 날짐승, 길짐승들의 모양이나 군사들이 싸움하는 그림들은 다들 양각으로 새겼다. 주련에 나온 글들은 바빠서 미처 기억을 못 하였다.

조씨네 집안은 요동과 중국 북부 지방에서 대대로 내려오는 장수 집안이다. 숭정 2년(1629) 11월, 오랑캐 군사가 황성을 육박할 때에 독수督帥 원숭환은 조대수와 하가강河可剛을 데리고 구원차로 관내로 들어가면서 지나가는 성마다 군사를 머물게 하여 지키도록 하였다. 황제는 이 소문을 듣고 매우 기뻐하며 원군을 전부 원숭환의 통솔 아래 두도록 하였다.

청인은 이때에 이간책을 써서 고홍중高鴻中이라는 장수로 하여금 마침 포로로 잡아온 명나라 태감太監⁴²⁾ 두 사람 앞에서 일부러 귓속말을 시켜, 오늘 군사를 거두어들이는 것은 순무 원숭환과 밀약이 있었고 조금 전에 이 일 때문에 사람들이 왔더라고 원숭환을 모함하는 말을 한참 늘어놓고 가 버렸다. 양楊 태감은 가만히 누운 척하고 이 이야기를 죄다 엿들었다. 그러고는 두 태감을 풀어 놓아 돌려보냈는데 태감들은 곧 황제에게 이 사연을 고해 바쳤다. 황제는 드디어 원숭환을 붙잡아다가 사지를 찢어 죽였다. 이때에 조대수는 혼이 나서 하가강과 함께 졸개들을 데리고 동쪽으로 달아나 산해관을 허물고 나왔다. 후일 금주 송산 싸움에서 조대락, 조대성祖大成, 조대명祖大明은 모두 붙들리고 조대수는 대릉하를 지키다가 성을 포위당하여 군량이 떨어지자 항복을 하고 말았다.

오늘 조씨네 집 패루들은 으리으리하게 번쩍이고 있지마는 농서⁴³⁾ 집안의 명성은 말이 아니고 공연히 후인들의 웃음거리밖에 못 되고 있으니 이것이 무슨 소용이 있을 것인가? 조대수가 성 안에서 거처

---

42) 궁중에서 일 보는 고자의 벼슬 이름.
43) 농서隴西는 현재 감숙성 지방인데, 중국 고대 은나라 왕실의 성이 조씨다.

하던 곳은 '문방文坊'이라 하고 성 밖에서 거처하던 곳을 '무당武堂'이라고 한다. 지금은 다른 사람의 손에 넘어갔는데 서쪽 면으로는 두어 길 되는 담장이 섰고 담장에는 소각문이 났는데 문이나 담이나 그 제도는 패루의 정교한 솜씨를 많이 땄고 담장 안에는 아직도 몇 칸 되는 정갈스러운 집 한 채가 남아 있다. 본토 사람들은 지금까지 이 집을 가리켜 조대수가 심심할 적에 글 읽던 곳이라고 말한다.

이날 밤에 뇌성과 함께 비가 내려 새벽까지 그치지 않았다.

7월 20일 병신일.
아침에는 날씨가 좋다가 저녁에는 비가 내렸다.

새벽에 영원을 출발하여 청돈대靑墩臺까지 7리, 조장역曹庄驛까지 6리, 칠리파七里坡까지 7리, 오리교五里橋까지 5리, 사하소沙河所까지 5리, 도합 30리를 와서 사하소에서 점심을 치르니 여기가 바로 중우소中右所이다. 점심을 마치고 나니 찌는 듯한 더위는 비를 불러 건구대乾溝臺까지 3리를 오고 보니 큰 비가 쏟아졌다. 비를 무릅쓰고 연대하煙臺河까지 5리, 반납점半拉店까지 5리, 망하점望河店까지 2리, 곡척하曲尺河까지 5리, 삼리교三里橋까지 7리, 동관역東關驛까지 3리, 도합 30리, 이날은 모두 합해 60리를 왔다.

청돈대는 해뜨는 구경을 하는 곳이다. 부사와 서장관은 해뜨는 구경을 하고자 닭 울 녘에 먼저 떠나면서 사람을 보내 같이 가기를 청해 왔으나 나는 조용히 잠을 자기 위하여 사양하고 늦게야 떠났다.

대체 해뜨는 구경도 운수가 있어야 하는 법인지 일찍이 동해 구경을 할 적에 총석정에서도 해뜨는 구경을 못 하고 옹천甕遷[44]서도

---

44) 강원도 통천 남쪽 60리쯤 바다에 돌출한 산 이름.

못 하고 석문石門⁴⁵⁾서도 뜻대로 못 했다. 늦게 도착할 때는 해가 벌써 바다로부터 떠올라 버렸고 어느 때는 온 밤 잠을 안 자 가면서 새벽 일찍이 나가 보면 필경은 구름과 안개가 끼곤 했다.

대체로 해가 돋을 때에 하늘에 구름기가 한 점도 없으면 해뜨는 구경에는 좋을 성싶지마는 이럴 때가 해돋이 구경으로서는 제일 몰풍정하다. 그저 둥그렇고 붉은 구리쇠쟁반 한 개가 바다에서 떠오른들 무엇이 가관스러울 것인가?

해는 원래 임금의 상이라고 한다. 요 임금을 해에 비겨 찬양하기를, "멀리 바라다보면 구름이요, 가까이 나아가 보면 해로다."라고 했다.

그러고 보니 해가 채 돋기 전에는 반드시 하고많은 구름이 해의 변두리로 모여들어 마치 해돋이 앞장을 서는 것 같기도 하고, 마치 해돋이 뒤를 따라서는 것 같기도 하고, 마치 수천 수만의 수레와 말을 탄 군사가 옹위를 해 모시는 듯, 오색 깃발이 휘날리고 용틀임, 뱀 굽이를 쳐 한바탕 뒤흔든 뒤에야 비로소 장관이라 말할 수 있을 것이다. 그렇다고 구름이 너무 많이 끼면 도리어 캄캄하도록 해를 가려 아무것도 볼 수가 없게 된다.

대체로 날이 샐 녘에 밤에 몰렸던 음기가 태양의 직사를 한꺼번에 받고 나면 바윗돌 구멍에서는 구름을 뿜고 내와 못에서는 안개를 토하여 이것들이 서로 얽히고설켜 해가 방금 돋을까 말까 할 무렵은 원망을 하는 듯 수심을 하는 듯, 흙비 속에 잠긴 듯, 빛을 잃는 법이다. 나는 총석정에서 해돋이 구경을 하고 시를 지었다.

---

45) 역시 통천 해변에 있는 땅 이름.

밤길 걷는 나그네들 마주 불러 대답컨만
먼 곳에서 홰치는 닭 울어도 대답 없네.
먼저 난 닭 울음은 어디서 들려오는가?
파리 소린 양 가느다랗게 맘속에서 들리누나.
마을 개 짖는 소리 컹컹 나곤 뚝 그치자
찬바람이 절로 일고 가슴속엔 소름이 으쓱
귓결에 들려오는 난데없는 무슨 소리
목을 늘여 듣자니 참새 소리 재작인다.

이곳서 총석정은 십 리 나마 떨어진 곳
오늘이야 틀림없이 해돋이 구경하리.
물과 하늘 맞닿을 뿐 아무 기척 없는데
밀려드는 성난 파도 부딪치니 벼락 소리
뿌리째 산을 뽑고 바위더미 무너지듯
거센 폭풍 몰려들어 바닷물을 뒤엎는 듯
고래 곤어[46] 싸우다가 물으로 튀어났나
대붕[47] 새가 뒹굴면서 바다를 옮겼을까?

이 밤이 오래도록 새잖으면 어쩔거나.
지금껏 이 북새를 뉘라서 증거하리.
아마도 까막나라 큰 난리가 났나 보다.

---

46) 《장자》에 나오는 전설적 동물로서 큰 고기.
47) 《장자》에 나오는 전설적 동물. 한 번 나래를 치면 구만 리를 간다는 큰 새.

해 드나드는 땅 밑창에 구멍이 막혔는가?
하늘을 비끄러맨 동아줄이 끊어졌나?
세 발 가진 까마귀[48]의 발 하나를 잡아 맸지.
바다 신령 옷자락은 물이 뚝뚝 듣듯 검고
용궁 여왕 쪽튼 머리 차디차게 쌀쌀하이.

큰 물고기 제멋대로 용마인 양 내달릴 제
붉고 푸른 날개미를 제 신대로 폈으려니
천지 배판 혼돈할 적 누가 있어 보았기에
미친 듯이 큰소리쳐 등불을 밝히려나.
창날 같은 혜성 꼬리 불살을 드리운 듯
우뚝 선 나무 위에 올빼미 울음 고약코나.
어느덧 물 바닥엔 작은 멍울 돋아났네.
용님 발톱 조심하소, 건드리면 터진다오.

빛 멍울은 점점 커져 가도 끝도 없이 뻗쳐
물결 위에 금티 은티 꿩 가슴팍 무늬인 듯
어둠속에 하늘 땅은 붉은 줄로 금을 그어
아래위 두 층대로 뚜렷하게 갈라졌네.
천 오리 만 오리 산듯 깨운 색실 가음
금단 수단 오색 비단 물감들이 가마인 듯

---

48) 옛날 중국 전설에 나오는 해 속에 사는 까마귀. '삼족오三足烏'라고 하는데, 해의 대명
사로도 쓴다.

산호 가지 꺾어 내어 숯불 장만 누가 했나.
부상⁴⁹⁾의 뽕나무를 하늘하늘 태우는 듯

염제⁵⁰⁾는 불 불기에 주둥이가 쑥 나왔고
축융⁵¹⁾은 부채질에 오른팔이 녹아 났다.
새우 수염 기다라니 맨 먼저 탈 것이요,
조개 껍질 더 굳어져 절로 익을 참이렷다.
구름이란 구름장은 동쪽으로 몰려들어
저마끔 상서인 양 뽐내 보기 한창이다.
자신전⁵²⁾ 조회 마당 미처 차비 못 됐으니
금관조복 늘인 휘장 그대로 걸렸을걸.

그래도 새벽달은 태백성과 마주 서서
내가 밝나 네가 밝나 손꼽 장난 한창이다.
붉은 기운 잦아들고 오색 빛깔 서리더니
멀리 솟은 파도머리 맨 먼저 툭 터졌네.
바다 위에 갖은 괴물 다 어데로 사라지고
해님 타신 수레 모는 희화 님만 남았구나.
6만 4천여 년⁵³⁾ 나마 한결같이 둥근 얼굴

---

49) 옛말에 해 돋는 곳에 서 있다는 뽕나무를 말하는 것. 《남사南史》에는 동으로 2만 리 밖에 '부상' 이란 나라가 있어 뽕나무가 많다고 쓰여 있다.

50) 더위 귀신.

51) 불 맡은 귀신.

52) 당나라 궁궐에 있던 전각의 명칭이다.

오늘 아침 망령 나서 네모로 변할랴고.

만 길 물 깊은 바다 뉘 감히 길러 내랴.
하늘 닿은 바다이매 금방도 올라갈 듯
등림[54]에 을 드니 빨간 여름 한 알인 듯
해 아드님 찬 쭝방을 반만 솟다 말았는가.
과보[55]는 헐떡이며 뒤를 따라 쫓아오고
육룡[56]은 신이 나서 앞장서서 끄덕대네.
하늘 끝은 암담하여 얼굴을 찡그리며
제 힘껏 용을 써서 바퀴 끌어 어기여차.

아직도 덜 둥글고 동이처럼 길쭉하이
물을 빠져나오는데 출렁 소리 들리는 듯
사방을 돌아보아 어제 보던 그대로다.
어느 누가 두 손으로 번쩍 끌어올렸을까.

行旅夜半相叫囂, 遠鷄其鳴鳴未應.
遠鷄先鳴是何處, 只在意中微如蠅.
村裏一犬吠仍靜, 靜極寒生心兢兢.

---

53) 천지 개벽 후의 연대를 쳐서 말한 모양이나 출처는 미상.
54) 복숭아나무 숲을 말한다.
55) 과보는 중국의 전설에 나오는 사람으로 해를 쫓아 따라가다가 실패를 했다. 누구나 자기의 힘을 모르고 망상을 실천해 보려는 자를 비겨서도 말한다.
56) 천자의 수레를 끄는 여섯 마리 말을 부르는 명칭.

是時有聲若耳鳴, 纔欲審聽簹鵝仍.

此去叢石只十里, 正臨滄溟觀日昇.
天水湏洞無兆朕, 洪濤打岸霹靂興.
常疑黑風倒海來, 連根拔山萬石崩.
無怪鯨鯤鬪出陸, 不虞海運值搏鵬.

但愁此夜久未曙, 從今混沌誰復徵.
無乃玄冥劇用武, 九幽早閉虞淵氷.
恐是乾軸旋幹久, 遂傾西北隳環絙.
三族之烏太迅飛, 誰呪一足繫之繩.
海若衣帶玄滴滴, 水妃鬟鬟寒凌凌.

巨魚放蕩行如馬, 紅鬐翠鬣何鬅鬙.
天造草昧誰參看, 大叫發狂欲點燈.
攙搶擁彗火垂角, 禿樹啼鶹尤可憎.
斯須水面若小痏, 誤觸龍爪毒可瘞.

其色漸大通萬里, 波上邅暈如雉膺.
天地茫茫始有界, 以朱畫一爲二層.
梅澁新醒大染局, 千純濕色縠與綾.
作炭誰伐珊瑚樹, 繼以扶桑益熾蒸.

炎帝呵噓口應喎, 祝融揮扇疲右肱.

鰕鬚最長最易爇, 蠣房逾固逾自牕.

寸雲片霧盡東輳, 呈祥獻瑞各效能.

紫宸未朝方委裘, 陳辰設黼仍虛凭.

纖月猶賓太白前, 頗能爭長觧與謄.

赤氣漸淡方五色, 遠處波頭先自澄.

海上百怪皆遁藏, 獨留義和將驂乘.

圓來六萬四千年, 今朝改規或四楞.

萬丈海深誰汲引, 始信天有階可陞.

鄧林秋實丹一顆, 東公綵毬麼半登.

夸父殿來喘不定, 六龍前導頗誇矜.

天際黯慘忽曭曀, 努力推轂氣欲增.

團未如輪長如瓮, 出沒若聞聲砅砅.

萬物咸覩如昨日, 有誰雙擘一躍騰.

대체로 해가 돋을 때는 천변만화를 일으켜 구경하는 사람마다 저 마끔 본 것이 다르다. 그리고 바닷가에 나서야만 꼭 해뜨는 구경을 할 수 있는 것도 아니다. 나는 요동벌에서 매일같이 해돋이 구경을 하였지만 하늘이 맑고 구름 한 점 없는 날은 해 바퀴가 그리 크들 못하고 열흘 동안인데도 날마다 크기는 달랐다.

부사와 서장관은 오늘도 역시 구름이 가려 해돋이 구경을 못 했다고 한다.

오후는 몹시 덥더니 억수가 내리퍼부어 비옷 유삼油衫이 찌는 듯만 같고 뱃속이 부듯하여 더위를 먹은 것만 같아서 자리에 들면서 마늘을 갈아 소주에 타서 마셨더니 그제야 속이 좀 가라앉았다.

큰비가 새벽까지 내렸다.

7월 21일 정유일. 비가 오다 멎다 했다.

　　냇물이 불어 건너들 못하고 동관역東關驛에서 묵었다. 바로 이웃 집에 든 등주登州에 산다는 이 선생이란 자가 점술이 용한데, 조선 사람을 만나고 싶다고 사람을 보내 왔으므로 식사를 마친 후 찾아갔 다. 점을 치는 법은 태을수太乙數[57]를 푼다고 하기에,

　　"이것이 자미두수紫微斗數[58]가 아닌가?"

하고 물었더니, 이생은,

　　"이른바 자미는 소수小數이니, 태을은 자미 성좌에 있는 한 별로 　　하늘에 속해 있으면서 물을 낳고 있으므로 태을이라고 하지요. 　　을은 하나를 두고 말함이요, 물이란 천지 조화의 근원이고 보니 　　육임六壬[59]도 역시 물을 두고 하는 말이지요. 둔갑도 역시 태을로 　　써《오월춘추吳月春秋》[60] 같은 책들에도 많은 증험들이 나타나 있

---

57) 태을은 별의 이름으로서《주역》에 나오는 점술 용어.
58) 자미는 성좌의 이름으로 역시 점술 용어.
59) 점치는 법의 하나.
60) 중국의 전국 시대 오, 월 두 나라의 흥망을 기록한 소설체의 역사 서적.

지요. 64괘가 여기서 나오지 않은 것이 없답니다. 장수 노릇을 하려면 육임과 둔갑에 정통하지 못하면 재주를 못 부리지요."

한다. 나는 성미가 원래 관상이니 점이니 하는 것을 좋아하지 않으므로 평생을 두고 그 법을 알려고도 해 본 적이 없었다. 더구나 육임이니 둔갑이니 하는 것은 말부터도 허탄하여 내 사주도 대주지 않았더니, 이자는 역시 자기의 술수를 자랑하여 복채라도 톡톡히 청해 보려다가 내 기색이 의외로 냉담한 것을 보고는 다시 말이 없었다.

맞은편 구들간 위에는 웬 노인이 앉아 안경을 쓰고 무슨 글을 베끼고 있기에 나는 그 앞으로 옮겨 가서 베낀 것을 들여다보니 요즘의 시화詩話다. 늙은이는 붓을 멈추고 안경을 벗으면서,

"손님은 멀리서 오시어 연도에서 얻은 시첩 주머니가 두둑하실 테니, 좋은 글귀가 있으면 한두 구 남겨 두심이 어떻겠소이까?"

한다. 베낀 글씨란 보잘것없으나 글 내용은 몇 군데 볼 만한 것이 있고 늙은이도 역시 사람이 좀 때물이 달라 보이고 거처 범절이 정갈하기에 구들간에 올라가 앉아 성명을 통하니 이 늙은이도 역시 등주 사람이다. 성은 축祝가요, 이름은 잊어버렸다. 늙은이가 우리 나라 여자들의 복식과 머리 꾸미는 제도를 묻기에 모두 중국의 고대 풍속을 본뜨고 있다고 했더니 늙은이는 좋다고 칭찬을 한다.

"당신네 고향에서는 부녀자들의 의복 제도가 어떻소?"

"대체로 비슷합니다. 여자가 출가를 할 때는 머리만 틀어 올리고 비녀는 꽂지 않습니다. 빈부를 가릴 것 없이 평민 부녀자는 관을 쓰지 못하지요. 다만 명부命婦[61]여야만 관을 쓸 수 있는데, 그 남

---

61) 여자로서 관직을 가진 자와 고관으로서 남편의 관직에 따라 봉직을 받은 자.

편의 직위에 따라 비녀나 머리꽂이 또한 다르지요. 쌍봉차雙鳳釵[62]가 제일이요, 봉차에도 나는 봉, 선 봉, 앉은 봉, 웅크린 봉, 모양에 따라 구별이 있고, 비취꽂이에 이르기까지 다 직품에 따라 차이가 납니다. 처녀는 긴 저고리에 바지를 입다가도 출가를 하면 긴 소매가 달린 저고리에 긴 치마를 받쳐 입고 띠를 띤답니다."

"등주는 여기서 몇 리나 되고, 여기는 무슨 일로 오셨소?"

"등주는 옛날 제나라 땅으로서 소위 바다를 등지고 있는 곳입니다. 육로로는 황성서 천오백 리지요. 이번 참에 우리들은 뱃길로 금주까지 가서 목화를 무역해 가지고 이곳까지 오는 길입니다."

그가 적고 있는 글을 보면, 길수吉水 사람으로 명나라 가정嘉靖 기축년(1529) 과거에 장원한 나홍선羅洪先, 직례直隷 사람으로 만력 계축년(1613) 과거에 장원한 주연유周延儒, 통주通州 사람으로 숭정 경진년(1640) 과거에 장원한 위조덕魏藻德 등이 쓰여 있다. 주연유는 명나라 황실에 큰 낭패를 끼쳤고, 위조덕은 적에게 항복을 했다가 죽었고, 나홍선은 죽어 공자묘에 종사從祀[63]하였으니 20년 동안 도학을 닦은 공으로 간신히 마음속에서 '장원'이란 두 글자를 씻어 버렸다고 한다.

또 근세의 유림들이 쓰여 있었는데, 육가서陸稼書 선생의 시호는 청헌清獻으로 문묘에 종사하였고, 탕형현蕩荊峴 선생의 휘는 빈斌이요, 시호는 문정文正이요, 자는 공백孔伯이요, 호는 잠암潛庵이니

---

62) 쌍봉을 아로새긴 큰 비녀.
63) 유학자로 걸출한 자는 공자를 제사하는 문묘에 합쳐서 제사를 지내는 제도.

역시 문묘에 종사하였고, 이용촌李榕村 선생은 광지光地이며, 위상
추魏象樞 들은 다 큰선비라 했고, 서담포徐澹圃의 휘는 건학乾學이
라는 따위를 써 놓았다.

축가 늙은이는 이야기를 멈추고 바쁘게 또 적고 있었다. 곁에는
다섯 권짜리 책이 한 벌 있었는데, 옛날 사람들의 생년월일시를 쭉
베껴 놓았다. 하우씨夏禹氏,[64] 항우, 장량, 영포,[65] 관성關聖[66]의 생
년월일시가 써 있었다.

나는 종이 몇 장을 얻어 가지고 같은 벼루에 이 명단들을 대강 베
끼고 있는데 소위 점친다는 작자는 마침 자리에 없었다. 거의 백여
명쯤이나 적고 있는 판에 이 선생이란 자가 밖으로부터 들어오면서
보고는 노발대발 종이를 빼앗아 찢어 버리면서 천기를 누설했다고
야단이기에 나는 한바탕 크게 웃고 일어났다.

바로 숙소로 돌아왔는데, 아직도 손에는 종이쪽이 반이나 남았기
에 보니, 왕서공王舒公은 신유년 11월 11일 진시생이요, 부정공富鄭
公은 갑진년 정월 20일 사시생이요, 소자용蘇子容은 경신년 2월 22
일 사시생이요, 왕정중王正仲은 계해년 정월 11일 신시생이요, 한장
민韓莊敏은 기미년 7월 9일 인시생이요, 채경蔡京은 정해년 임인 임
진 신해생이요, 증포曾布는 올해년 정해 신해 기해생이라고 쓰여 있
었다. 한장민, 왕정중은 어느 시대 사람인지는 잘 알 수 없으나, 요
컨대 다 귀인들인 모양이다. 이가가 말하는 소위 천기누설이란 말에

---

64) 중국 상고의 하나라 임금.
65) 항우項羽, 장량張良, 영포英布는 기원전 2세기 경, 초楚, 한漢 두 나라의 명장들이다.
66) 관운장을 말한다.

는 정말 더럽고 아니꼬웠다.

오후에는 날이 좀 개기에 한가로이 구경을 나서 어떤 점포에 들렀더니 마당 가운데는 무늬 있는 대나무로 난간을 하고 시렁 아래는 한 길이나 되는 태호석太湖石[67])이 서 있는데 돌 빛깔이 새파랗고 돌 뒤에는 길 나마 되는 파초가 섰는데 비 온 뒤 허울색이 한결 좋았다. 난간 가에는 웬 사람이 혼자 걸상에 앉았는데 탁자 위에는 필연이 얌전하게 놓여 있었다.

자리에 나가 앉으면서 글을 써서 성명을 물었더니 손을 흔들면서 대답이 없이 이내 일어서서 문으로 나가 버렸다. 그가 주인이 아니라는 뜻인 줄만 알고 태호석을 더 구경하기 위하여 곧장 나오들 않고 머뭇거리고 있었더니 그가 얼굴에 웃음을 띠면서 웬 소년을 데리고 들어왔다. 소년은 나에게 읍을 하고 앉더니 바쁘게 종이에다가 만주 글자를 썼다. 나는 만주 글자는 모른다고 했더니 두 사람은 한목 웃었다.

사정인즉 이 집 주인이 글이라고는 한 글자도 모르고 보니 바삐 맞은편 점방으로 뛰어가서 이 소년을 청해 데리고 왔던 것이다. 이 소년은 만주 글을 잘 쓰지마는 한문 글자는 알지 못했다. 할 수 없이 말로 몇 마디 수작을 붙였으나 피차에 무슨 뜻인지 모르고 멍멍하게 들 있었다. 이야말로 귀머거리가 아닌데 듣지를 못하고, 소경이 아닌데 보지 못하고, 벙어리가 아닌데 말을 못하는 셈이다. 세 사람이 둘러앉고 보니 세상에 병신들만 모아 놓은 것 같아서 서로들 웃음판으로 얼버무렸다. 지금 소년이 쓰고 있는 것은 만주 글자로, 주인의

---

67) 태호에서 나는 괴석.

말인즉,

"친구가 있어 먼 곳으로부터 찾아왔다면 역시 즐거운 일이 아닐 까 보냐."

하기에, 나는 만주 글은 모르겠다고 했다. 소년이 말하기를,

"학문을 배워서 자주 익히면 역시 즐거운 일이 아닐까 보냐."

하여, 나는,

"그대들이 어째서 《논어》는 외우면서 글자는 모른단 말이오?"

했더니, 주인은 또,

"사람들이 몰라준다고 언짢게 여기지 않는다면 역시 군자가 아닐 까 보냐."

한다. 나는 그들이 외우는 글 석 장을 글씨로 써서 보인즉 그들은 눈을 똑바로 뜨고 뻔히 보기만 하고는 무슨 말을 할지 망설이고 멍하니 있었다.

이윽고 폭우가 내리퍼부었다. 곁에는 아무런 떠드는 소리도 없이 조용하여 은근한 이야기를 주고받기에는 아주 알맞은 기회인데 두 사람인즉 이미 일자무식이요, 나 역시 중국말이 서툴고 보니 별 도리가 없었다.

지척에서 비에 막혀 심심하고도 초조하던 차에 소년이 일어나서 나가더니 조금 뒤에 억수를 무릅쓰고 손에 사과 한 광주리와 계란볶음 한 쟁반과 수란水卵[68] 한 자배기를 가지고 들어왔다. 자배기를 보니 둘레는 일곱 아름이나 되고 두께는 한 치, 높이는 서너 치나 되며 곁에는 새파란 유리를 올리고 양측에는 도철[69]을 붙여 입에는 큰

---

68) 계란을 까서 뜨거운 물에 데쳐 낸 요리.

고리를 물렸으니 세숫대야나 하기에 알맞을 만하고 육중하여 멀리는 가지고 다니지 못하게 되었다. 값을 물으니 1초라고 하는데, 1초는 163푼이요, 은으로서 치면 불과 서 푼이다. 상삼의 말을 들어보면 북경서는 이만한 것이면 값이 은 두 푼에 불과한데 국경 밖으로만 내다 놓으면 드문 보물이 될 것은 뻔히 알 수 있건마는 몸이 육중해서 나르기 어려우니 어쩔 도리가 없다고 한다.

저녁 나절이 되매 날은 활짝 개었다. 또 한 점방에 들르니 역시 등주 행상 세 명이 묵는데 솜을 타고 고치를 헤기 위하여 뱃길로 금주, 개주蓋州, 우가장牛家庄까지 가는 길이라 했다. 이곳은 등주서 수로로 2백여 리 되는 대안으로서 돛만 달면 한 바람에 내왕한다고 한다. 세 사람은 다 글자를 조금씩 알기는 하나 위인들이 불량스럽고 예절이란 전연 못 차릴 뿐 아니라 수모가 심하므로 곧 돌아왔다.

---

69) 도철饕餮은 기물의 양쪽에 짐승의 머리 모양으로 만들어 붙인 장식물.

7월 22일 무술일. 날이 맑았다.

동관역에서 이정자二亭子까지 5리, 육도하교六渡河橋까지 11리, 중후소까지 2리, 도합 18리를 와서 점심을 치르고 중후소에서 일대자一臺子까지 5리, 이대자까지 3리, 삼대자까지 4리, 사하점沙河店까지 8리, 섭가분葉家墳까지 7리, 구어하둔口魚河屯까지 3리, 어하교魚河橋까지 1리, 석교하石橋河까지 9리, 전둔위前屯衛까지 6리, 도합 46리를 와서 전둔위에서 묵었다. 이날 모두 합해 64리를 왔다.

배로 중후소 물을 건넜다. 예전에는 성이 있었는데 중간에 와서 허물어진 것을 지금 수축하고 있었다. 시가와 민가들은 심양에 다음갈 만했다. 관제묘는 요동 치보다도 더 장려한데 아주 영험이 많다 하여 일행은 다들 전폐奠幣[70]를 바쳐 치성을 드리고 절을 하면서 제비를 뽑아 점을 친다.

창대는 참외 한 개를 공양하고는 수없이 절을 하더니 금방 소상 앞에서 참외는 제가 먹어 버린다. 아무래도 모를 일이다. 기도를 올

---

70) 공양으로 바치는 물품.

리는 작자는 대체 바라는 것이 무엇인지 이야말로 바치는 것은 적고 바라는 것은 사치하다고 볼 수밖에 없구나.

대문 안 차면담에 그린 청사자 그림은 볼 만했다. 감로사甘露寺에 있는 오도자吳道子[71]의 그림을 본뜬 듯한데 일찍이 소동파가 칭찬한 바, "위엄은 이빨에 나타나고 반가움은 꼬리에 나타난다."란 말이 더할 나위 없는 형용이라 할 수 있겠다.

우리 나라에서 많이들 쓰는 털모자는 다 이곳서 나오고 있다. 털모자점은 세 군데 있었는데, 한 점포가 4, 50칸씩이나 되고 모자 만드는 장인바치들이 백 명씩은 좋이 될 것 같았다. 의주 상인들은 벌써 이곳에 우글우글 모여 모자들을 계약하고는 돌아가는 길에 실어 갈 모양이다. 모자 만드는 법인즉 아주 손쉬워, 양털만 있다면 나라도 금방 만들 만했다.

우리 나라에서는 양을 치지 않으니 백성들은 한 해를 다 보내도록 고기맛을 모르고 일국남녀의 수백만 못잖은 인구가 털모자 한 개씩은 쓴 뒤에야만 겨우살이 준비를 했다고들 한다. 동지 사행이나 황력黃曆,[72] 재자賫咨 등의 사행에 가지고 가는 은화가 좋이 십만 냥은 된다. 이 돈이 십 년 동안이면 백만 냥이 된다. 모자는 한 사람이 삼동이나 날 쓰개로서 봄이 되어 떨어지고 해지면 버리고 만다. 천년을 두어도 축이 안 나는 은으로써 삼동만 지나면 해지고 말 모자와 바꾸고, 산에서 캐내는 한정 있는 물건으로 한 번 가면 다시 돌아올

---

71) 당나라 현종 시대에 '화성畵聖' 으로 부른 저명한 화가.
72) 조선 사신이 해마다 중국 황제로부터 받는 책력으로서 거죽빛이 누런 색이라 '황력' 이라고도 한다.

길이 없는 곳으로 보낸다는 것은 그 얼마나 생각 없는 노릇들이랴.

모자를 만드는 공인들은 다들 옷을 벗고 일을 하는데, 손에서는 자개바람이 날 듯이 재빠르다. 우리 나라 은의 절반은 이 점포에서 녹는 판이다. 점포 주인은 각각 주객을 정하고 의주 상인이 올 때는 반드시 한바탕 주식을 잘 차려 대접을 한다고 한다.

길에서 웬 도사 세 사람이 패를 지어 점방마다 돌아가면서 동냥을 하고 있었다. 한 사람은 머리에 구름을 그린 검정 사紗로 만든 모난 관을 쓰고, 몸에는 옥색 추사緯紗로 만든 소매 넓은 긴 도포를 걸치고, 속에는 초록빛 항라 치마를 두르고, 허리에는 붉은 비단 띠를 두르고, 붉은빛 구름무늬를 놓은 모난 신을 신고, 등에는 악귀를 물리치는 검 한 자루를 메고, 손에는 대쪽을 쥐었는데 얼굴빛은 희고 삼각 수염에 눈썹은 성글었다.

한 사람은 머리 위에 쌍뿔이 나게 붉은 비단으로 머리를 묶고, 몸에는 좁은 소매 초록색 비단 두루마기를 껴입고, 어깨에는 벽려薜荔를 걸치고, 두 겨드랑 위까지는 범가죽을 두르고, 허리에는 붉은 비단으로 넓은 띠를 만들어 두르고, 발에는 푸른 신을 신고, 등에는 비단축으로 된 오악도五岳圖[73]를 지고, 허리에는 금 호로병을 차고, 손에는 도서道書 한 갑을 지녔는데 얼굴은 희고 잘생겼다.

한 사람은 머리털을 말아 어깨까지 드리우고, 금고리를 머리에 걸고, 몸에는 검정 공단 넓은 소매 장삼을 입고 맨발로 걸었다. 손에는 붉은 호로병을 가지고, 붉은 얼굴 고리눈에 입으로는 주문을 외우고 있었다. 시정 사람들의 눈치를 보니 다들 싫어하고 귀찮게 여

---

73) 중국의 대표적 명산인 숭산, 태산, 형산, 화산, 항산의 그림.

기는 기색이다.

석교하는 물가가 안 보일 만큼 물이 엄청나게 불어 물은 그다지 깊지 않으나 물살이 세었다. 여러 사람들의 말인즉 만약 시방 안 건넜다가는 물은 틀림없이 더 불어날 것이라고 했다. 나는 곧 정사의 가마에 같이 타고 건넜다.

맞은편 언덕까지 건너와 보니 말을 타고 물을 건너는 자들은 누구나 고개를 쳐들고 하늘만 쳐다보면서 얼굴빛이 파랗게 질렸다. 서장관의 비장 조시학趙時學은 물에 빠져 거의 죽을 뻔하여 혼이 났고 의주 상인 한 명은 은 넣은 전대를 물에 빠뜨리고 물가에서 "엄마, 엄마." 하면서 엉엉 울었다고 한다.

전둔위 시장 안에는 가설 극장이 막 파하여 촌부녀 수백 명이 몰려나왔다. 모두 노파들이지마는 다들 야단스럽게 치장을 하였다. 연극하던 자들이 방금 파하고 나오는데 망포에 상아홀을 든 자와 가죽 갓, 종려 껍질 갓, 등나무 갓, 털 갓, 실 갓, 사모, 두건 등속이 흡사 우리 나라 풍속과 같고 도포는 혹 자줏빛도 있는데, 모난 깃이라든가 검정 선을 두른 것은 모두 옛날 당나라 제도와 같았다.

슬프다. 명나라가 망한 지 백여 년에 의관 제도는 오히려 배우들의 잡극 속에 비슷하게 남아 있으니, 이것도 하늘이 돌보는 뜻이라고 할까. 무대에는 어데고 '여시관如是觀'이라고 써 붙였으니, 이것도 말 못 할 뜻을 간직하고 있음인가 한다.

마침 지현知縣[74] 일행이 지나간다. 큰 부채에다가 '정당正堂'이라 쓴 것이 한 쌍, 붉은 일산 한 쌍, 검정 일산 한 쌍, 붉은 우산 한

---

74) 지방 장관.

자루, 깃발 두 쌍, 대곤장 한 쌍, 가죽 채찍 한 쌍이 지나가고 지현은
가마를 타고 뒤에 따라간다. 활과 살을 찬 말 탄 군사가 대여섯 명
따랐다.

7월 23일 기해일. 비가 조금 내리다가 곧 맑아졌다.

전둔위를 아침에 출발하여 왕가대王家臺까지 10리, 왕제구王濟溝까지 5리, 고령역高嶺驛까지 5리, 송령구松嶺溝까지 5리, 소송령小松嶺까지 4리, 중전소中前所까지 10리, 도합 39리를 와서 점심을 치르고 중전소에서 대석교大石橋까지 7리, 양수호兩水湖까지 3리, 노군점老君店까지 2리, 왕가점王家店까지 3리, 망부석望夫石까지 10리, 이리점二里店까지 8리, 산해관까지 2리, 산해관에 들어서서 3리를 더 가 심하深河에 이르러 배로 홍화포紅花鋪까지 건너 7리, 도합 45리를 왔다. 이날 모두 합해 84리를 와서 홍화포에서 묵었다.

연도의 분묘들은 반드시 담장을 둘러쌌는데 주위가 수백 보씩은 되고 소나무, 전나무, 버드나무 들을 심되 반드시 줄을 지어 심었다.

무덤 앞에는 다들 화표를 세우고 물상을 세웠는데, 이것들은 다 지나간 왕조의 귀인들 무덤이다. 문들은 세 개로 내거나 더러는 패루도 세웠는데, 제도는 전에 본 조가 패루에는 미치지를 못하나 역시 크고 화려한 것도 많았다. 문 앞에는 무지개를 튼 돌다리에 난간을 둘렀는데 영원 서문 밖에 있는 조대수의 선영이나 사하점의 섭가

분묘墳墓 같은 것이 가장 웅장하고 사치한 편이다.

계집애들 세 명이 준마를 타고 마상재馬上才[75]를 놀고 있었다. 그 중에도 열세 살 난다는 계집애가 제일 날쌔고 잘 달렸다. 머리에는 모두 초립을 썼는데 좌우, 칠보, 도괘, 시괘[76] 등 재주넘는 법이 눈발이 휘날리고 나비가 춤을 추는 듯만 같았다. 한족 여자들이 살아갈 길이 없어 돌아다니면서 동냥이라도 안 하면 이런 노릇을 한다고 한다.

벌판에는 한 무더기 군사들이 진을 벌여 치고 있었는데 네 모서리에는 각각 기를 세우고 창검 등속은 지니지 않은 채 사람마다 앞에는 화살통을 놓아 두었는데 크기는 쳇바퀴만큼씩이나 되고 화살을 수백 개씩 꽂아 두었다. 진형은 네모가 난 정방형이요, 기병들은 모두 말에서 내려 진 밖에 흩어져 있었다. 나는 말에서 내려 한 바퀴 빙 돌아보니 그저 두 명씩 열을 지어 섰을 뿐 중권中權[77]의 깃발이나 북은 볼 수 없고 또 군막도 치들 않았다. 누구는 말하기를, 성경 장군盛京將軍이 내일은 조련 순찰을 한다기도 하고, 혹은 성경 병부 시랑이 갈려 가는데 점심참을 이곳에 대고 보니 중전소참장이 여기서 마중 대령을 하기 때문이라고도 한다. 참장이 아직도 오지 않으므로 진을 흩고 신지汎地[78]에서 모으려 하기 때문이라고 한다.

벌판 못에는 붉은 연꽃이 한창이다. 말을 멈추고 서서 잠시 구경을 했다.

왕가점 산 위에 이르니 만리장성이 멀리 바라다보인다.

75) 말 위에서 재주를 하는 곡마단과 같다.
76) 칠보七步, 도괘倒掛, 시괘尸掛 모두 마상재 연기의 종목 명칭.
77) 군진에서 참모부 같은 중심부.
78) 청나라 병제에 있는 일종의 군관구를 말한다.

부사와 서장관과 변 주부, 정 진사, 따르는 수종꾼 이학령李鶴齡
들과 함께 강녀묘를 구경하고 다시 돌아 산해관 밖에 있는 장대까지
올라갔다가 드디어 산해관을 들어갔다. 해가 저물어 홍화포에 닿으
니 밤에는 약간 감기 기운이 있어 잠을 덧들였다.

강녀묘 견문기 [姜女廟記]

　강녀의 성은 허許씨요, 이름은 맹강孟姜인데 섬서 동관同官 사람이다. 범칠랑范七朗이란 사람에게 시집을 갔다. 진秦나라 장수 몽염蒙恬이 만리장성을 쌓을 적에 범칠랑은 부역에 끌려나와 일을 하다가 육라산六螺山 아래서 죽었다고 한다. 그의 처 맹강은 꿈에 남편의 현몽을 받고 손수 옷을 지어 혼자 천리를 걸어 그 남편이 죽었는지 살았는지 찾아다니다가 이곳에 와서 쉬면서 장성을 바라보고 울다 말고 그만 돌로 화해 버렸다고 한다.

　혹은 말하기를, 맹강이 그 남편이 죽었다는 소문을 듣고 혼자 걸음으로 찾아와서 남편의 뼈를 모아 가지고 등에 지고는 바다로 들어갔는데, 며칠 후 바윗돌 한 개가 바다에서 솟아올라 조수가 밀려와도 이 돌은 물에 잠기지 않았다고도 한다.

　뜰에 세워 놓은 비석 세 개에 쓰인 기록은 제각기 다르고 이야기들이 다 황당했다.

　묘廟에는 소상을 모시고 좌우에는 동남童男, 동녀童女들을 늘여 세웠다. 황제는 여기다가 행궁을 두었는데, 작년에 심양으로 거둥할 때 들렀던 행궁들은 죄다 중수를 해 놓아 금벽 단청에 눈이 휘황하다.

묘에는 문문산文文山[79]이 손수 쓴 주련이 있고, 황제가 지은 시를 새긴 망부석이 있고, 그 곁에는 진의정振衣亭이 있었다.

당나라 왕건王建이 지은 망부석 시는 이 돌을 두고 지은 시가 아니요, 《지지地志》에는 망부석이 하나는 무창武昌에 있고 하나는 태평太平에 있다고 했는데, 역시 왕건이 지은 시는 어느 망부석을 두고 지은 시인지 알 길이 없다. 그리고 또 진나라 땅을 아직 섬陜으로 부른 적이 없고 '강羗'이란 이름은 제나라 여자를 부르는 이름이다. 그러고 보면 허씨가 섬서 동관 사람이라고 하는 것은 더구나 틀린 소리만 같다.

행궁의 섬돌 위로부터 강녀묘까지는 돌난간을 두르고 '유방요해流芳遼海'라고 써 붙였는데 지금 황제의 글씨이다.

---

79) 송나라 말기에 충신으로 이름난 문천상文天祥.

장대 견문기 [將臺記]

만리장성을 보지 않고는 중국이 얼마나 큰 줄 모를 것이요, 산해
관을 보지 않고는 중국의 제도를 모를 것이요, 산해관 밖의 장대를
보지 않고는 장수의 위엄이 얼마나 장한지를 모를 것이다.

산해관을 1리쯤 못 미처 동으로 자리잡은 네모난 성이 있으니, 높이
가 여남은 길이나 되어 있고 둘레가 수백 보이며 한쪽 면이 일곱 성가
퀴로 되고 성가퀴 아래는 토굴이 되어 수십 명은 들어갈 수 있게 되었
다. 이런 토굴은 전부 스물네 군데다. 성의 아랫등이에는 네 개 토굴을
만들어 병기를 간직하고 땅굴을 파서 장성 안까지 통하게 되어 있다.

역관들은 다들 한汗[80]이 쌓은 것이라 하지마는 그런 것도 아니
다. 혹은 오왕대吳王臺라고도 하여 오삼계가 성을 지킬 당시 땅굴을
통하여 불시에 이 축대에 올라 방포放砲를 놓은즉, 관내에 있던 수
만 명 군사는 한목으로 "악!" 소리를 외쳐 천지가 진동하자 산해관
밖의 여러 돈대를 지키던 군사들도 모두 여기 따라 호응하여 불과

---

80) 흉노 및 북방족의 두목.

몇 시간에 호령은 천리에 퍼졌다고 한다.

일행 여러 사람들과 함께 성가퀴에 의지하고 바라다보니 장성은 북으로 내달렸는데 남쪽으로는 창망한 대해가 벅차 있고, 동쪽으로는 큰 벌에 닿고 서쪽으로 산해관 안을 내려 굽어보니 주위를 둘러보기에 우람찬 곳으로서는 여기만 한 데가 없겠다. 산해관 안의 수만 호 시가와 누대들은 손금 들여다보듯 똑똑하여 가리는 것이 없었다. 바다 위에 뾰족하게 하늘을 찌르고 선 봉우리는 창려현昌黎縣 문필봉文筆峰이다.

한참 동안이나 구경을 하다가 성에서 내려오자니 아무도 감히 먼저 내려오는 자가 없었다. 벽돌로 쌓은 층층대를 까마득하게 올라왔다가 내려 굽어보니 사지가 떨릴 지경이다. 하인들이 부축해 안으려 해도 몸을 돌릴 자리가 없고 보니 형편은 딱하게 되었다. 내가 서쪽 층층대로 내려와 평지에서 쳐다보니 대 위에 선 사람들은 벌벌 떨면서 어쩔 줄 모르고들 있었다. 그도 그럴 것이 올라갈 때는 한 층대 한 층대 붙들고 올라가다 보니 위태한 줄을 몰랐다가 도로 내려오려고 보니 한번 눈을 들자 뜻도 못한 자리에 서게 되어 금방 눈이 핑 돌았다.

탈은 눈에서 생겼으니 벼슬하는 자들도 이와 마찬가지일 것이다. 바로 떠받들려 올라갈 때는 한 층대 반 층대가 남보다 뒤떨어질까 하여 더러는 동배를 떠밀고 앞을 다투다가도 급기야 몸이 높은 자리에 처하고 보면 겁이 나고 외롭고 위태로워 나아갈 곳은 한 자죽도 없고 물러설 자리는 천길 낭떠러지가 있을 뿐으로 어데를 더위잡았자 도움될 가망도 없고 보니 내려오려 해도 제 마음대로 안 되는 것이다. 천고를 두고 통하는 이치렷다.

산해관 견문기[山海關記]

산해관은 옛날 유관楡關이다. 왕응린王應麟[81]의 《지리통석地理通釋》에는 우虞나라는 하양下陽, 조趙나라는 상당上黨, 위魏나라는 안읍安邑, 연나라는 유관, 오나라는 서릉西陵이라 했고, 촉나라는 한락漢樂이라 했다. 산해관은 지세로 보아서도 반드시 차지해야 할 곳이고 성으로 보아도 꼭 지켜야 한다고 했다.

명나라 홍무 17년(1384) 대장군 서달徐達은 유관을 이곳에 옮겨 다섯 겹으로 성을 쌓고 이름을 '산해관'이라 했다. 태항산太行山이 북쪽으로 달려 의무려산이 되었는데 순 임금은 열두 산을 봉할 때 의무려산을 유주의 진산으로 봉하여 동북을 가로막아 오랑캐와 중국의 경계를 삼았다. 산은 이곳에서 한목으로 끊어져 평지가 되면서 앞으로는 요동벌에 닿고 창해를 껴서 '우공禹公'[82]에서 이른, "오른쪽으로는 갈석碣石을 끼고 있다." 한 곳은 바로 여기다.

---

81) 송나라 시대 학자.
82) 《서전書傳》의 편명으로 우 임금이 구주를 제정하고 지리와 물산을 상세히 쓴 기록.

장성은 의무려산을 따라 구불구불 그대로 내려와 각산사角山寺 산봉에 이르러서는 모두 돈대를 두었고 평지에 내려와서 관을 두었다. 장성을 15리쯤 따라 내려가 남으로 바다에 들어가서는 쇠를 녹여 주추를 삼고 성을 쌓았다. 성 위에는 삼첨 큰 누각이 섰는데 이름을 '망해정望海亭'이라고 하니, 모두 서중산徐中山의 이룩이다.

첫째 관문은 옹성으로 누각은 없었다. 옹성은 남쪽, 북쪽, 동쪽 세 곳을 뚫어 문을 내고 쇠문짝을 달았는데 홍예 이마에는 '위진화이威鎭華夷'라고 새겼고, 둘째 관문은 4층의 망루인데 홍예 이마에는 '산해관'이라고 새겼고, 셋째 관문은 삼첨 누각으로 되었는데 편액을 세워 '천하제일관天下第一關'이라고 써 붙였다.

삼사는 심양에 들어갈 때 모양으로 문무관이 다 반열을 지어 들어갔다. 세관稅官과 수비守備들은 관문 안 양쪽 행랑에 앉아 봉성서 만든 명단에 따라 인마를 점검했다. 대체로 중국의 상인과 길손들도 역시 성명, 거주, 소지품들의 이름과 수량을 죄다 등록하여 도적을 조사하고 간첩을 막는 것이 아주 엄중하다. 수비들은 모두 만주 사람들인데 붉은 일산과 파초선을 들고 앞에는 군졸 백여 명이 칼을 차고 있었다. 십자거리가 성으로 되고 사면에는 홍예문이 있는데 문 위에는 삼첨 누각이 섰고 편액은 '상애부상祥靄榑桑'이라 써 붙였는데 옹정 황제의 글씨라고 한다. 수부문帥府門 밖에는 돌사자 두 마리를 놓았는데 높이가 두어 길씩은 되었다.

여염집과 민가라든가 시정은 성경보다도 나아 거마가 복잡하고 사람들은 어데보다도 때가 벗었고, 번화하고 장려하기는 연도에서는 비할 데가 없었으니 여기야말로 천하에 자랑하는 웅장한 관으로서 이로부터 서쪽은 점차 황도皇都에 가깝기 때문이다.

봉황성으로부터 천여 리 사이에 보堡니 둔屯이니 소所니 역驛이
니 하루에도 몇 성씩 거쳐 왔지마는 오늘 이곳 장성의 시설과 포치
를 살펴본다면 모두가 이 관에서 본뜨지 않은 것이 없었으니, 다른
것들은 다들 이곳의 아들손자뻘밖에 안 되는 폭이다.

흥! 몽염은 장성을 쌓아서 오랑캐를 막고저 했는데, 진秦나라를
망친 오랑캐는 필경 집안에서 기르게 되었고 서중산도 이 관을 지어
오랑캐를 막고저 했더니 오삼계가 관문을 열어 적군을 맞아들이기
에 여가가 없었구나. 천하가 무사태평한 이때야말로 공연히 장사치
길손 나부랭이나 붙들고 이러쿵저러쿵 힐난을 한대서야 난들 이 관
에 대하여 무어라 말해서 좋을지 모르겠구나.

관내에서 본 이야기[關內程史]

7월 24일 경자일부터 8월 4일 경술일까지 열하루 동안,
산해관에서 황성까지 도합 640리.

▪ 본편은 산해관에서 북경까지 가는 동안의 견문기다. '관내'란 말은 산해관 안을 말한다. 연암 작품 중에도 걸작편인 '범의 꾸중〔虎叱〕'도 본편에 수록되었다.

본편에서 박지원은, 이제묘에서 점심 식사에 고비 나물 차린 것을 좋은 화제로 삼아 이것을 자료로 하여 당시 조선의 선비들이나 통치 계급이 소위 춘추대의와 명분을 지킨다고 하여 언제나 은나라에 대한 백이, 숙제의 처지에서 명나라를 무조건 숭배하고 청나라에는 매년 사절을 보내는 정상적 국교를 가졌음에도 이를 오랑캐라고 멸시하는 사대주의적 근성을 여러 가지 수법으로 풍자한 서술을 중심으로 하고 기타 연도의 잡관들을 서술하였다.

7월 24일 경자일. 날이 맑았다.

이날은 처서이다. 홍화포紅花鋪로부터 범가장范家庄까지 20리를 가서 점심을 치르고 양하제楊河堤까지 3리, 대리영大理營까지 7리, 왕가령王家嶺까지 3리, 봉황점鳳凰店까지 2리, 망해점望海店까지 8리, 심하역深河驛까지 5리, 고포대高鋪臺까지 8리, 왕가포王家鋪까지 2리, 마팽포馬棚鋪까지 7리, 유관楡關까지 3리, 도합 48리, 이날 모두 합해 68리를 와 유관에서 묵었다. 혹은 유관渝關이라고도 하는데 지금의 임유현臨渝縣이다.

관내의 풍경은 관동 산천과 사뭇 달라지면서 맑고도 고와 굽이굽이 그림만 같았다.

홍화포에서부터 돈대가 있기 시작하여 5리에 한 개, 혹은 10리에 한 곳씩 있으니 제도는 모두 네모반듯하고 높이는 다섯 길이나 된다. 돈대 위에는 방을 세 칸 두고 곁에는 서 발이나 되는 깃대를 세웠다. 대 아래에도 방 다섯 칸 집을 두어 담장 위에는 활집과 화살통과 총, 대포 등의 그림을 진열하였고 방 앞에는 차는 칼, 창검 등을 늘여 세웠고 봉홧불을 드는 사건 목록들을 쭉 써서 벽에 붙여 두었다.

7월 25일 신축일. 날이 맑았다.

　유관에서 영가장榮家庄까지 3리, 상백석포上白石鋪까지 2리, 하
백석포下白石鋪까지 3리, 오가장吳家庄까지 3리, 무녕현撫寧縣까지
9리, 양장하羊腸河까지 2리, 오리포午哩鋪까지 3리, 노가장蘆家庄
까지 2리, 시리포時哩鋪까지 3리, 노봉구蘆峯口까지 5리, 다팽암茶
棚菴까지 5리, 음마하飮馬河까지 3리, 배음보背陰堡까지 3리, 도합
46리를 와서 배음보에서 점심을 치렀다. 쌍망점雙望店까지 8리, 요
참要站까지 5리, 달자영㺚子營까지 3리, 부락령部落嶺까지 6리, 노
룡새盧龍塞까지 3리, 여조驢槽까지 13리, 누택원漏澤園까지 3리, 영
평부永平府까지 2리, 도합 43리로써 이날 모두 합해 89리를 와 영평
부에서 묵었다.
　무녕현을 지나면서부터 산천은 점점 더 밝게 터지고 성 안의 거
리거리에는 집집이 금옥으로 편액과 패를 걸었고 곳곳이 눈이 부실
만하다.
　행길 오른쪽 어떤 대문 앞에 부사와 서장관의 하인들이 가마와
함께 머물고 있었다. 여기는 진사 서학년徐鶴年의 집이다. 부사와

서장관이 지금 이곳에서 구경을 하고 있다고 한다. 나도 뒤따라 말에서 내려 들어갔다. 집들이 사치한 품이라든가 기물 골동들이 뛰어난 품은 참으로 듣던 바와 다름없었다.

서학년은 십여 년 전에 죽고 두 아들이 있는데, 맏아들은 초분苕芬이요, 둘째는 초신苕信으로, 초신은 문필이 똑똑하여 사고전서四庫全書[1] 베끼는 소임을 맡아 방금 북경에 있고 초분이 혼자 집에 있는데 문필은 보잘것없었다고 한다.

집안에 가득 차게 걸어둔 각자刻字들은 과친왕果親王, 아극돈阿克敦, 우민중于敏中, 악이태鄂爾泰, 셋째 황자와 다섯째 황자들의 시가 있었다. 이것은 다 흥경興京에 제관祭官으로 가는 길에 흔히 이곳에 들러 묵을 적에 남겨 놓고 간 시들이라고 한다. 우민중과 아극돈은 모두 중국의 명필이나 과친왕의 글씨에 비하여는 손색이 있었다.

침실 도리목 위에는 판서 백하白下 윤순[2]의 칠언시 한 수와 방문 앞 도리 위에 참판 조명채[3]의 차운시를 새겨 붙였다.

윤공은 우리 나라의 명필이다. 글씨의 한 점, 한 획이 옛 법을 본받지 않은 것이 없고 타고난 재주는 구름이 가고 물이 흐르는 듯 고와 빽빽하고도 간엷은 획 사이로는 때로 굵고 가는 획이 서로 알맞게 어울려 어데로 보나 쳐줄 만한 글씨였지마는, 시방 여기서 보는 다른 글씨들과 섞어 놓고 볼 때에 어데고 조금 달라 뵈는 까닭은 무엇일까?

---

1) 청 건륭 37년(1772)에 전국의 서적을 긁어 모아 16만 8천여 책의 서적을 네 종류로 분류하여 일곱 벌을 손으로 베껴 중국의 각지에 보관한 것. 10여 년 걸려 완성한 대백과전집이다.
2) 윤순尹淳은 숙종 시대 이름난 명필.
3) 조명채曹命采는 영조 시대 인물.

대체로 우리 나라에서 습자하는 사람들이 옛 사람들의 필적을 직접 보지 못하고 평생에 대한다는 것이 다만 금석문뿐이다. 금석문이란 옛 사람 글씨의 전형만 상상될 뿐이요, 그 붓과 먹 사이에 어린 한없이 미묘한 감정의 표현은 벌써 선천先天에 속한 만큼 글씨의 체體나 세勢는 비슷하게 본뜰 수 있으나 힘차고 세찬 글씨의 뼈다귀에 스며들어 있는 글씨의 감정은 도무지 찾을 수 없어 먹이 짙은 데는 먹돼지처럼 되고 여윈 데는 마른 등넝쿨같이 되는 것이 보통이다. 이것은 다름 아니라 돌의 새김질이나 쇠에 새긴 획에 습성이 젖어 버린 까닭이다.

뿐만 아니라 종이와 붓이 중국과는 사뭇 다르다. 옛날부터 조선의 백추지白硾紙⁴⁾와 낭미필狼尾筆을 중국에서는 외국 물건으로 별나다고 하여 쳐주는 것이지, 실상은 이름뿐이요 그 성능은 서화에 그리 맞지 못하다. 종이란 먹빛을 잘 받고 필태를 잘 먹어 들이는 것을 쳐주는 것이지, 하필 여물고 질겨 찢어지지 않는다고 쳐줄 것은 못 된다. 서위徐渭⁵⁾의 말에 따르면 조선 종이는 그림에 적당하지 못하고 다만 약간 두터운 놈은 조금 낫다고 했다. 이것이야 보지 않더라도 그럴 일이다. 다듬질을 않은즉 종이털이 꺼칠해 글 쓰기가 어렵고, 다듬질을 한 종이는 지면이 너무 굳고 미끄러워 붓이 잘 머물지 않고 굳어서 먹이 받지 않는다. 이러고 보니 종이는 중국 것만 못하다.

붓이란 조절해 놀리기에 부드럽고 손 놀리는 데 따라 힘이 서로

---

4) 백지를 다듬질한 종이.
5) 명나라 사람으로 서화에 뛰어났다.

맞아 나가야만 좋다고 할 수 있다. 굳고 딱딱하고 끝이 뾰족한 것은 쳐줄 수 없는 것이다. 그러므로 중국서 좋은 붓은 반드시 호주湖州치라 하여 전부 양털을 쓰고 다른 잡털을 섞지 않는다. 양털은 다른 털에 비하여 가장 보드랍다. 보드랍기 때문에 가장 잘 닳지 않고 종이에 대면 먹이 제 마음대로 놀아 흡사 효자 자식이 부모의 뜻을 지레 알아차리고 받드는 것처럼 된다. 소위 '낭미' 라는 말은 더구나 맹랑한 소리다. 나는 아직 '낭狼' 이란 무슨 짐승인지 모른다. 더구나 그 꼬리를 어디서 구할 수 있겠는가? 이 짐승은 예서禮鼠[6]라는 짐승으로 속명을 '광獷' 이라고 하는데 그 '개사슴 록犭'을 떼 버리고 머리의 'ㄱ' 자를 없앤 소위 황필黃筆이 바로 이 붓이다. 언제나 딱딱하고 사납고 성이 나서 앞뒤를 못 차리는 장난꾸러기 아이처럼 돼먹었고 보니 붓은 역시 중국 것만 못하다.

종이와 붓이 이미 이렇고야 안동 마간석馬肝石[7] 벼루에 해주 후칠厚漆 먹[8]에 왕희지 솜씨를 가지고 '난정집서蘭亭集序'[9]를 쓴다 하더라도 석 줄을 못 나가 붓은 꺾어지고 자획은 메마르고 보매 어린애들이 쓰는 분판 글씨나 다를 것이 무엇이랴.

집 후당은 깊숙하고도 고요하고 정갈하여 바깥세상을 아주 잊을 것만 같았다. 강진향絳眞香[10]으로 만든 침대가 한 틀 놓였는데, 위에 깐 덮개는 여느 사람들이 거처할 바가 못 될 만큼 사치했다. 서가

---

6) 황서黃鼠라고도 하는데, 사람을 보면 서서 절을 한다는 쥐.
7) 경상도 안동 독천이라는 강에서 나는 저명한 벼룻돌.
8) 황해도 해주 명산인 상상품 먹.
9) 왕희지의 서체본.
10) 남양 지방에서 나는 향나무의 일종.

위에 둔 서화와 비단 거죽 책들과 화축들은 줄을 지어 정연하게 꽂아 놓았다.

양방 비장들은 왁자지껄하게 둘러서서 함부로 서화들을 뽑아 제멋대로 펼치는 버릇이 마치 조보朝報[11]를 보는 것 같기도 하고 무슨 피륙을 재는 것 같기도 했다. 움켜잡고 빼앗고 꾸기고 주름을 내고 화폭을 휘날려 마치 성을 무너뜨리고 진을 함락시키고 적장의 목을 베고 깃대라도 빼앗는 형세다. 더구나 마음은 조급하여 긴 서축 같은 것을 한번 풀어 헤쳤다가 그 길이가 짐작이 안 될 때는 잘못 펴본 것을 후회하고는 도리어 서화의 작자를 나무라면서,

"이런 장축들은 어데 써먹는 것이야! 병풍을 만들 수도 없고 족자 감도 못 되고……."

하기도 하고, 어떤 자는,

"나는 그림 속은 모르지마는 그림은 그저 울긋불긋한 것이 제일 좋더만!"

한다. 이러고 보니 환현桓玄[12] 같은 사람은 자기 집에 손이 와도 혹시나 붙여 둔 서화가 더러워질까 하여 기름 과자를 대접하지 않았으니 이야말로 참말 명사라 할 수 있을 것이다.

서쪽 바람벽 앞에서 난데없는 쇠북소리가 요란스럽게 나기에 깜짝 놀라서 돌아다보니 다른 것이 아니라 여럿이들 골동 고기들을 만지고 있었다. 나는 그만 이 꼴을 보기에 송구증이 나서 견디다 못하여 바삐 문 밖으로 뛰어나왔다.

---

11) 정부에서 그때그때 조정의 소식을 알리기 위하여 발행한 일종의 관보.
12) 진晉나라 시대 인물로 서화의 애호가.

이 집은 어느 채나 아래위 없이 금자로 편액을 써 붙였다. 나는 장복이만 데리고 두루두루 채마다 들렀으나 아무 데도 주인은 없었다. 다른 집 한 채에 돌아드니 담장 아래는 수십 그루 자죽紫竹이 섰다. 섬돌 앞에는 벽오동 한 그루가 섰는데 오동나무 서쪽 둔덕에는 네모로 조그마하게 쌓은 못이 있고 못 둑으로는 백옥빛 돌난간을 둘렀다. 못 가운데는 대여섯 가지 연꽃 봉오리가 돋았고 난간 가에는 거위 새끼 세 마리가 있었다. 별당 속에는 가는 주렴을 땅바닥까지 드리웠는데 주렴 속에서는 여러 사람들이 떠들고 웃는 소리가 들렸다.

내가 못가에까지 나아가 잠시 난간에 기대고 서 있노라니, 별당 안은 숨을 죽이고 조용해지면서 살그머니 주렴 틈으로 엿보는 그림자가 어른거렸다. 나는 거니는 듯이 걸어 별당 안을 향하여 기침을 한 번 하니 마침 웬 아이가 별당 뒤에서 쫓아 나와 멀리 서서 읍을 하고는 소리를 질러,

"어르신네는 무슨 일로 예까지 오셨소?"

한다. 장복이가 있다가,

"너희 집 큰주인어른은 어데 계신가? 어째서 멀리서 오신 손님을 응접도 않는담?"

"조금 전에 우리 아버지는 집안 아저씨 이공과 함께 조선 사람들 숙소로 귀국 태의관太醫官을 찾으러 나가서 아직도 안 돌아오셨습니다."

하기에, 나는,

"너희 집에서 의원을 찾을 때는 필시 집안에 병자가 있는 모양이로구나. 내가 태의관인데 이미 이곳까지 왔으니 진찰을 해도 무방하겠다. 또 진짜 청심환까지 가지고 있으니 너는 이 걸음으로

쫓아가서 너의 아버지를 곧 찾아오려무나."

했더니, 어린아이는 아무런 대답도 없이 옷을 벌리고 거위 새끼를 몰아 우리 속에 집어넣고 난간 가에 있는 낚싯대를 갈고리로 삼아 못 가운데 떨어진 연잎을 끄집어 내어 우쭐대면서 우산같이 쳐들고는 가 버린다. 주렴 속에 사람 그림자는 한 일고여덟 명이나 되어 보이는데 수군수군 이야기들을 하면서 때로는 입을 막고 웃음을 참는 소리가 들렸다. 나는 한참 동안 거닐다가는 그만 되돌아 문 밖으로 나왔다.

장복을 돌아다보니 귀밑털 아래 돋은 사마귀가 요즘은 좀더 커졌다.

나는 주부 조명회와 함께 고삐를 가지런히 하면서 무녕 인심이 좋지 못한 것을 이야기하였다. 조 주부가,

"무녕 사람들은 바로 조선 사람들을 귀찮은 손으로들 치고 있답니다. 서학년은 성질이 원래 손 접대를 좋아하여 처음에 백하 윤공을 만날 적에는 흉금을 털어놓고 흔연히 접대를 하면서 자기가 가진 많은 서화를 내어 구경을 시켰지요. 이때부터 무녕현의 서진사 이름이 조선에 널리 알려지게 되어 해마다 사행이 반드시 한 번 찾아보는 일이 드디어 하나의 전례로 되어 버렸습니다.

그러나 보물로 친다면 읍 안에서 다른 집도 서씨네 집보다 나은 집이 많고 주인이 손을 좋아하기도 다들 서학년이나 다름없었지마는 윤공이 우연히 이 집을 먼저 구경하고 나서 조선의 재상으로서 눈이 휘둥그레졌고 보니 이 집 호사가 장하다는 소문이 쫙 퍼지게 된 것이지요. 이로부터 역관배들은 서씨 집 구경을 하고서 돌아서는 사람들에게 또다시 다른 집에 폐를 끼쳐 가면서 한 일 더 보태고 싶잖았기 때문에 여기만 들르게 된 까닭이랍니다.

우리 나라 사신이 그래도 따르는 종관을 수십 명씩 데리고 비록 몇 길씩 되는 대문이라도 출입을 할 적에는, 반드시 한목으로 '위이' 소리를 치고 윗사람을 옹위하여 대청으로 모시고 물러나 기다릴 줄을 모르는 바가 아니지마는, 이 집들 제도에 널마루 대청이 없는 까닭에 이런 위세를 안 보여서 얕잡아 보았던지 그들이 접대하는 범절은 점점 처음만 같지 못하고 서학년이 죽은 뒤에는 여러 자식들이 조선 사람 손들이라면 더욱 달갑잖게 여겨 매양 우리 사행이 갈 때쯤 되면 쓸 만한 골동 기물들을 다 감추고 일부러 나쁜 물건들만 얼마간 벌여 놓아 간신히 구례를 지킬 따름입니다. 이즈막에 와서는 그 이웃집들까지도 피신을 하는 것은 모두 서씨 집 본을 보고 겁을 집어먹은 탓이랍니다."

하여, 나는 조 주부와 함께 한바탕 웃었다.

윤 판서가 돌아온 후에 되놈의 새끼한테 재주를 잘못 팔았다고 말썽이 붙었으니, 이는 그가 써 준 시를 가리키는 말로서 세상에 이렇게도 점잖지 못한 말이 어데 또 있을랴고!

유주와 기주의 산세는 멀쑥하게 자리를 잡았다. 태항산은 서쪽으로부터 와서 연도燕都를 둘러싸고 의무려산은 동으로 달려 뒤를 누르고 용이 날고 봉이 춤을 추듯 각산角山에 이르러는 한목으로 끊어져 산해관이 되었다.

산해관에 들어선 뒤로 보이는 여러 산들은 점점 멋없이 크고 스산하고 거친 맛을 벗어나 남쪽을 향하여 맑고 아담하게 둘러앉았다. 창려현에 이르러서는 바닷가에 붙은 고을들은 산세가 더욱 아름다웠다. 《서경》우공禹貢 편에 나오는 갈석碣石은 현의 서쪽 20리 지점 가까운 데 있다. 조조曹操의 시에, "동쪽으로 갈석에 와서, 창해를 구경하다."라는 데가 바로 여기다.

창려현에는 한 문공韓文公[13]의 사당이 있고 또 한상韓湘[14]의 사당도 있었다.

《당서》본전本傳에 보면 한 문공은 등주 남양南陽 사람이라 했고, 《광여기廣輿記》에는 창려 사람이라고 하였다. 송나라 원풍(元豐, 1078~1085) 연간에 공을 창려백으로 봉했는데 원나라 지원至元 때에 와서야 처음으로 사당을 이곳에 창설하였다 한다. 여기에 문공의 목상이 있다.

나는 평생을 두고 문공을 몽상하였던 터라 즉시 여러 사람들에게 두루두루 사당 구경 갈 것을 청해 보았으나 이곳으로 가면 길을 한 20리 돌게 된다 하여 아무도 가려고 드는 자가 없었다. 혼자는 가기도 어렵고 애석한 일이었다.

동악묘를 지나다나니 마당에는 비석 다섯이 섰고, 전각 위에는 금자로 '동악대제東岳大帝'라고 써 붙였다. 전각 속에는 두 분 금신金神을 모셨는데 손을 잡고 홀을 갖추고 있었다. 앞의 전각에는 '낭랑묘娘娘廟'라는 여상 셋이 앉았는데 머리에는 모두 면류관을 썼다.

영평부 성 밖에는 긴 강물이 성을 안고 감돌아 지형은 평양과 흡사하되 활짝 터져 넓은 품은 그 곱절이나 되면서도 다만 대동강 청류가 없음이 한이었다. 세상에서 전하기는 학사 김황원金黃元[15]이 부벽루에 올라가 시를 한 구 지었다.

---

13) 당나라의 저명한 학자이자 문장가. 이름은 '유愈'요, 자는 '퇴지退之'이다.
14) 한유의 조카로, 세상에서 여덟 신선 중의 하나라고 말한다.
15) 고려 선종, 숙종, 예종 시대의 대학자요, 고관.

길게 뻗은 성 옆구리 늠실늠실 물굽이요,

아득한 벌 동쪽 머리 띄엄띄엄 산일러라.

長城一面溶溶水, 大野東頭點點山.

이렇게 짓고 나서는 아무리 머리를 짜 보아도 다음 구가 막혀 통곡을 하면서 부벽루를 내려왔다는 이야기가 있다. 이야기를 옮기는 사람들은 평양의 경치는 이 두 구절로써 다하고 보니 천년을 가도 여기 한 구절 더 보탤 자가 없다고들 한다.

나는 언제나 이 글귀를 그리 대수롭게 생각지 않고 있다. 용용溶溶이란 형용은 큰 강물의 형용이 아니요, 동두점점산東頭點點山은 멀었자 40리에 불과할 터인데 이것으로야 어찌 '아득한 벌〔大野〕'이라고 할 수 있을 것인가. 시방은 이 글귀를 연광정練光亭의 주련으로 붙여 두었는데, 혹시 칙사가 이 정자에 올랐다가 이 글귀를 본다면 '대야' 두 자를 안 웃을 수 없을 것이다.

지금 보는 영평 성루는 이야말로 '대야동두점점산'이다. 더러는 말하기를 영평을 기자의 봉지라고도 하나 안 될 말이다. 영평은 즉 한나라의 우북평右北平이요, 당나라의 노룡새로서 옛날은 궁촌 벽지이였지마는 요나라, 금나라 이래로는 오랫동안 황도를 둘러싼 땅이 되어 민가와 점포들은 다른 데보다도 번화하기 곱절이다.

진사들 기념 패액들은 무녕보다도 더 많다. 관청 앞에 있는 원문轅門[16]에는 '고지우북평古之右北平'이라고 써 붙였다.

저녁 뒤에 정 진사와 함께 한가롭게 걸어 우연히 어떤 집에 들르

---

16) 병영 앞에 세우는 문.

니 방금 등불을 밝히고 '고려진공도高麗進貢圖'를 새기고 있었다. 오는 길에서도 이런 그림을 많이들 붙인 것을 보았으나 모두 그림 솜씨가 졸렬하고 새겨 뜨는 법이 거칠고 허황 괴상하여 우스웠다. 붉은 도포를 입은 것이 서장관(수십 년 전에는 당하관은 홍포를 입었으나 지금은 초록빛이다.)이요, 검정 갓을 쓴 것이 역관이다. 꼴은 우바새優婆塞[17]같이 차리고 입에 담뱃대를 문 자는 전배 비장이요, 곱슬수염에 고리눈으로 생긴 자는 군뢰다. 시방 여기서 새기고 있는 것은 더욱 조악하여 면목이 모두 원숭이만 같았다. 집안에는 세 사람이 앉아 있었으나 데리고 이야기할 만한 위인들이 못 되었다.

탁자 위에는 연병이 있는데, 높이는 두 자 남짓하고 넓이는 한 자 가량 되는데 화반석花班石에다가 산수, 수목, 누대, 인물들을 아로새겨 각종 물형은 돌무늬에 맞추어 정교하기가 짝이 없었다. 강진향으로 받침대를 만들어 받쳐 두었다.

책상 앞에 소주 사람 호응권胡應權이란 자가 있다가 화첩 하나를 가지고 나왔다. 화첩 거죽은 허튼 글씨들을 쓴 헌 종이에, 먹 딱지가 더덕더덕 앉고 떨어지고 해지고 더러워 한 돈 값어치도 못 돼 보였다. 그러나 호생의 거조를 보니 이것을 세상에 없는 보물로 여기고는 꿇어앉아 떠받들고, 펴고 덮는 데도 조심조심이다. 정군은 눈이 좀 침침하고 보니 두 손으로 덥썩 집어 책장을 넘기는데 바람이 획획 나도록 빨리 넘기니 호생이 못마땅해서 얼굴을 찡그리고 앓는 소리를 낸다. 정군은 끝장까지 다 보고는 책을 획 동댕이를 치면서,

"겸재謙齋, 현재玄齋가 청인의 호이구면!"

---

17) 중이 되지 못하고 불교를 독신하는 자.

하여, 나는 웃으면서,

"안 봐도 알 일이지."

하고는, 다시 호생에게 물어서,

"대체 이것은 어데서 났소?"

하니, 호생은,

"아까 저녁 전에 귀국의 김 상공이 팔고 갔습니다. 김 상공은 참
말 맘씨가 곧은 분으로 저와는 정분이 친형제나 다름없지요. 그
래서 나는 은 석 냥 닷 푼을 주고 샀습니다. 다시 책뚜껑이나 손
질한다면 일곱 냥 값은 잘 될 것입니다. 그러나 그림에 서명들이
없습니다. 어데 나으리들께서 일일이 보시고 밝혀 주시면 고맙겠
습니다."

하면서 품속에서 붉은 먹통 한 개를 선물로 내놓는다. 그러고는 화
가의 이력들을 간단히 써 달라고 조른다. 집주인은 또 술상을 차려
내놓는다.

대체로 우리 나라에서는 서화나 그릇 등속에 연호를 박아 넣지
않고 시축詩軸 같은 데도 이름 밝히는 것을 싫어하고 그저 '강호산
인'이라고들 많이 쓰고 보니 어느 시대, 어데 누구의 그림이며 글씨
인지 알 길이 없다. 이 책만 해도 두 자 별호들은 적혀 있지마는 누
구란 것을 꼭 집어 알기 어려울 만큼 애매하다. 정군이 겸재, 현재를
청인이라 하는 것도 괴이쩍은 일이 아니다.

정군은 중국말이 워낙 서툴고 또 이가 빠져 닭알 볶음을 좋아한
다. 중국땅에 들어온 뒤로 두고 쓴다는 단벌 중국말이 초란炒卵이란
말뿐으로 그나마 이 말도 발음이 잘못되면 남이 못 알아들을 것이
걱정이 되어 어데서도 사람만 대하면 곧 '초란', '초란' 두 자로 혀

가 잘 돌아가는지 못 돌아가는지를 시험 삼아 하고 보니 여러 사람들은 이로써 정군을 아주 '초란공'이라고 별명을 지어 불렀다.(우리나라에서 광대놀음에 탈 쓴 놈을 '초란俏亂'이라고 하는데, 중국말로 '닭알 볶음'이라는 '초란'과 발음이 비슷하기 때문이다.) 주인은 곧 나가서 닭알 볶음 한 쟁반을 만들어 왔다. 돌아다니면서 토식을 하는 것만 같아서 둘이 한바탕 웃고는 까닭을 저저이 말하고 음식값을 치러 주려고 드니 집주인은 매우 무안해하면서 여기는 음식점이 아니라고 골을 냈다.

나는 드디어 그림 옆에 있는 별호를 대강 상고하여 그 성명들을 기록해 주어 사례를 했다.

열상화보洌上畵譜[18]

이조화명도 二鳥和鳴圖

충암冲菴.(김정金淨. 자는 원충元冲이요, 명나라 가정 때 사람이다.)

한림와우도 寒林臥牛圖

김식金埴.

석상분향도 石上焚香圖

이경윤李慶胤.(학림정鶴林正이다.)

녹죽도 綠竹圖, 묵죽도墨竹圖

탄은灘隱.(이정李霆. 자는 중섭仲燮이요, 석양정石陽正이고, 익주군益州

---

18) 이 편은 전편에 나온 그림 책의 화보를 서두에 늘어놓았다. 화보는 서화의 목록이므로
   번역을 생략하고 그대로 옮긴다. '열상'이란 말은 열수洌水, 즉 한강가란 말로 서울을
   가리키는 말이다. 즉 조선 명사들의 화보라는 의미다.

君 이지李枝의 아들이다.)

노안도 蘆鴈圖
이징李澄.(자는 자함子涵, 호는 허주재虛舟齋다. 학림鶴林의 아들이다.)

노선결기도 老仙結綦圖
연담蓮潭.(김명국金明國. 명나라 천계 연간 사람이다.)

연강효천도 烟江曉天圖, 임지사자도 臨池寫字圖
공재恭齋.(윤두서尹斗緖. 자는 효언孝彦이고, 강희 때 사람이다.)

춘산등림도 春山登臨圖
겸재謙齋.(정선鄭歚. 자는 원백元伯이고 강희·건륭 연간 사람이다. 여든 살이 넘었는데도 몇 겹 돋보기를 걸고 촛불 아래에서 작은 그림을 그려도 털끝만큼도 어그러짐이 없었다.)

산수도 山水圖
4폭, 겸재.

사시도 四時圖
8폭, 겸재.

대은암도 大隱巖圖
겸재.(이 앞의 것에는 모두 정선, 원백이라는 작은 도장이 찍혀 있었다.)

부장임수도扶杖臨水圖

종보宗甫.(조영석趙榮祏. 자는 종간宗間이요, 호는 관아재觀我齋이고, 강희·건륭 연간 사람이다.)

도두환주도渡頭喚舟圖

진재眞宰.(김윤겸金允謙. 자는 극양克讓, 강희·건륭 연간 사람이다.)

금강산도金剛山圖

현재.(심사정沈師正. 자는 이숙頤叔이고, 강희·건륭 연간 사람이다.)

초충화조도草蟲花鳥圖

8폭, 현재.(아울러 이름과 자를 새긴 사인私印과 현재라는 작은 도장이 찍혀 있다.)

심수노옥도深樹老屋圖

낙서駱西.(윤덕희尹德熙. 자는 경백敬伯이고, 공재의 아들이다.)

백마도白馬圖, 군마도羣馬圖, 팔준도八駿圖, 춘지세마도春池洗馬圖, 쇄마도刷馬圖

(이상에는 모두 낙서의 이름을 새긴 사인과 낙서라는 작은 도장이 있다.)

무중수죽도霧中睡竹圖

수운岫雲.(유덕장柳德章. 수운이라는 사인이 찍혀 있다.)

설죽도雪竹圖

수운.(자와 아울러 수운이라는 도장이 찍혀 있다.)

검선도劍仙圖

인상麟祥.(이인상李麟祥. 자는 원령元靈이요, 호는 능호관凌壺觀이다. 이름을 새긴 도장이 찍혀 있다.)

송석도松石圖

원령元靈.(인상이라는 도장이 찍혀 있고, 기미년 3월 3일이라는 소지小識가 있다.)

난죽도蘭竹圖, 묵죽도墨竹圖

표암豹菴.(강세황姜世晃. 자는 광지光之다. 표암 광지라고 새긴 도장이 찍혀 있다.)

추강만범도秋江晚泛圖

연객煙客.(허필許佖. 자는 여정汝正이다. 연객이라고 새긴 작은 도장이 찍혀 있다.)

7월 26일 임인일. 날이 맑았다. 오후는 큰바람이 불고
소나기가 내리다가 곧 그쳤다.

영평부에서 청룡하 青龍河까지 1리, 남허장南墟庄까지 2리, 압자
하鴨子河까지 7리, 범가점范家店까지 3리, 난하灤河까지 2리, 이제
묘夷齊廟까지 1리, 도합 16리를 와서 점심을 치르고 이제묘에서 망
부대望夫臺까지 5리, 안하점安河店까지 8리, 적홍포赤紅鋪까지 7리,
야계타野鷄垞까지 5리, 사하보沙河堡까지 8리, 조장棗場까지 10리,
사하역沙河驛까지 2리, 도합 45리, 이날은 모두 합해 61리를 와서 사
하역 성 밖에서 묵었다.

아침에 영평부를 떠나니 아침 날씨가 조금 선선했다. 성 밖에는
냇가에 장이 섰는데 백화가 처밀리고 거마가 오가고 분주했다.

나는 내 발로 장판에 들어가서 사과 두 알을 샀다. 바로 옆에는
채롱을 멘 자가 있었는데 채롱을 열고는 수정합水晶盒 다섯 개를 내
놓는다. 합 속에는 각각 뱀을 한 마리씩 담아 두었는데, 뱀은 다 둥
지를 틀고 한복판으로 대가리를 내민 꼴이 흡사 솥뚜껑에 손잡이가
달린 것만 같고 두 눈깔이 빤짝반짝한다. 검정 뱀 한 마리, 흰 뱀 한

마리, 파란 뱀 두 마리, 붉은 뱀 한 마리다. 어느 것이나 수정합 밖에서 들여다보이도록 되었다. 죽었는지 살았는지 물어 보아도 대답이 모호했다. 대체로 이것은 고치기 힘든 부스럼에 직효라고 한다.

이 밖에도 쥐 놀리는 놈, 토끼 놀리는 놈, 곰 놀리는 놈, 여러 가지 놀음거리가 있는데 이 패들은 죄다 동냥꾼들이다.

곰은 크기가 개만 한데 칼춤, 창춤을 추고 사람처럼 서서 걸어, 놀리는 사람이 시키는 대로 꿇어 엎드려 머리를 조아리면서 절도 한다. 생긴 꼴은 더럽고 자국 떼는 것은 원숭이같이 날쎄지 못하다. 토끼와 쥐놀음은 더 용하여 사람의 뜻을 잘 알아먹는데 길이 바빠 자세히 구경을 못 했다.

도사 두 사람과 도동道童 하나가 장터에서 동냥을 하고 있었다. 운관, 하대[19]에 얼굴들이 희맑게 생겼다. 손에는 요령을 흔들고 입으로는 주문을 외는 것이 괴망스럽기가 귀신인지 사람인지 모를 만했다.

웬 여자 셋이 몸을 가뜬하게 차리고는 말을 타고 달렸다.

배로 청룡하와 난하를 건넜다. 따로 '이제묘 견문기', '난하에 배 띄우고', '고죽성 견문기' 들을 쓰기로 한다.

이제묘에서 먼저 떠나 야계타까지 몇 리를 남겨 두었는데 날씨 불볕이 내리쬐면서 구름기 한 점 없다. 노, 정, 주, 변 제군과 더불어 앞서거니 뒤서거니 이야기들을 하고 가던 차에 갑자기 난데없는 냉수 한 종지가 손등에 덜컥 떨어져 몸이 으쓱했으나 사방을 돌아다보아도 물을 뿌리는 사람은 없었다. 또다시 주먹만 한 물덩이가 창대

---

19) 운관雲冠, 하대霞帶는 도사들의 복색.

가 쓴 벙거지 가장자리에 탕 하고 떨어졌다. 노 참봉의 갓에도 이같이 떨어지기에 고개를 쳐들어 하늘을 바라보니 바로 해 옆에 검정 바둑돌만 한 구름장이 나타나고 맷돌 가는 소리같이 우루루 하는 소리가 은은히 들리더니 삽시간에 사방 벌판 끝으로부터 여기저기 작은 구름장이 까마귀 대가리처럼 내밀었다. 구름 빛깔은 독기가 서린 듯하고 해 곁에 뵈던 구름장은 벌써 해 바퀴를 반 나마 덮더니 한 줄기 흰 불빛이 버드나무 속으로 번뜩 하고 지나가면서 해는 구름 속에 숨고, 구름 속에서 번갈아 나는 소리는 바둑판을 밀치는 듯, 비단필을 찢는 듯, 버들숲은 침침해지고 잎새마다 번갯불이 번득였다.

일행은 일제히 채찍질을 다그쳐 말을 모는데 등 뒤에서는 천 대 만 대 수레가 앞을 다투어 몰려오는 듯, 산은 미쳐나고 들은 뒤엎어져 성난 나무, 취한 수풀…… 하인들은 손발 어지럽게 놀려 비옷을 바쁘게 끄집어 내리려고 했으나 전대에 꽉 잠겨 빠져나오지 않고 비 귀신, 바람 귀신, 우레 귀신, 번개 귀신은 가로 세로 달리고 뛰어 지척을 분별할 수 없었다. 말은 다리를 벌벌 떨고 사람들은 기겁을 하여 할 수 없이 말머리들을 모아 빙 둘러들 섰다. 하인들은 모두 대가리를 말갈기 밑에 틀어박고 있는데 번갯불 속으로 보이는 노군은 소름이 돋아 발발 떨면서 기가 눌려 웅크러져 두 눈을 꽉 감고 방금 숨이 넘어가는 사람만 같아 보였다.

이윽고 비바람이 좀 자자 얼굴들을 서로 마주 쳐다보니 제 얼굴 빛 가진 사람이 없었다. 인제야 보니 길 양쪽으로 불과 4, 50보 떨어진 곳에 집이 있었는데 바로 비가 쏟아질 때는 여기 피할 줄도 몰랐다. 모두들 말하기를, 반 시간만 더 당했던들 거반은 까무라쳐 죽을 뻔했다고 하였다.

곧 점방으로 들어가 한참 쉬다나니 비는 활짝 걷고 볕은 쩅쩅 나날씨가 말쑥해졌다. 술 한 잔을 마시고 곧 떠나 길에서 부사를 만나 비를 어데서 피했느냐고 물었더니, 부사는,

"가마 창은 바람에 다 떨어지고 빗발은 가로 대고 뿌리고 보니 한데 섰는 것이나 다름이 없었고 빗방울은 크기가 술잔만큼씩이나 하니 대국 빗방울은 정말 무섭더군요."

한다. 나는 계함이더러,

"나는 오늘부터 더는 사전史傳을 믿지 않을까 봐!"

했더니, 정 진사가 말을 채찍질하여 앞으로 다가서면서,

"어쩐 말이오?"

한다. 나는,

"항우가 아무리 고함치는 소리가 크다고 한들 우렛소리만이야 할 수 있으려고. 《사기》에는 말하기를, 적천후赤泉侯[20]의 병사들이 항우의 고함에 놀라 사람이고 말이고 할 것 없이 몇 리씩 비켜 섰다지마는 이것도 허황한 소리요, 항우가 눈을 아무리 부라려 보았자 번갯불 같지는 못했을 터이니, 여마동呂馬童[21]이 항우가 눈 부릅뜨는 바람에 말에서 떨어졌다는 말도 더구나 믿지 못할 소릴 것이네."

하고는, 함께들 웃었다.

---

20) 한나라 유방의 부하 장수 양무楊武로서 항우가 죽었을 때 시체를 찢어 가진 다섯 장수 중의 한 사람.
21) 한나라 유방의 부하 장수.

이제묘 견문기 [夷齊廟記]

난하 물가에 작은 둔덕이 있는데 수양산首陽山이라 하고, 이 산 북쪽에 조그마한 성이 있어 고죽성孤竹城이라 한다. 성문에는 '현인 구리賢人舊里'라고 써 붙였고, 오른쪽에 있는 비에는 '효자충신'이 라 썼고, 왼쪽 비에는 '지금칭성至今稱聖'이라 썼다. 묘문에 있는 비에는 '천지강상天地綱常'이라 썼고, 문 남쪽에 있는 비에는 '고금사 표古今師表'라고 썼다. 문 위에 붙은 편액에는 '상고일민上古逸民' 이라 썼다. 비는 문 안에 셋, 마당에 둘, 섬돌 위 좌우편으로 네 개가 섰으니, 다 명·청 시대 어제御製들이다.

뜰에는 노송 수십 그루를 심었고 섬돌 위에는 흰 돌난간을 둘렀 다. 이 가운데 큰 전각을 '고현인전古賢人殿'이라 부르는데 전각 가 운데 곤룡포 면류관에 홀을 바로잡고 선 것이 바로 백이, 숙제다. 전 각문에는 '백세지사百世之師'라고 써 붙였고, 전각 안에 큰 글씨로 '만세표준萬世標準'이라고 쓴 것은 강희 황제의 글씨라고 한다. 또 '윤상사범倫常師範'이라고 쓴 것은 옹정 황제의 글씨라고 한다.

전각 안에는 보물 그릇들이 많이 있었는데, 다들 만력 시대 물건들이라고 한다. 주련에는 '어짊을 구하며 어짊을 행했으니, 만고의 맑은 바람 고죽국이요. 포악함으로 포악함을 바꾸었으니, 천추의 외로운 절개 수양산이로세.〔求仁得仁 萬古淸風孤竹國 以暴易暴 千秋高節首陽山〕'라고 써 붙였다.

가운데 뜰에는 문이 두 개 났는데 동쪽문은 '염완廉頑'이라 하고 서쪽을 '입나立懦'라고 한다. 또 두 개 작은 문이 났는데, 왼쪽은 '관천盥薦'이라 하고 오른쪽은 '제명齊明'이라고 한다. 이 문을 나가면 또 집이 있는데 '읍손揖遜'이라 했고, 비가 있어 성화(成化. 1465~1487) 연간에 세웠다고 한다. 비 뒤에는 누대가 있는데 '청풍淸風'이라 하고 문 두 개가 났으니 하나는 '고도풍진高蹈風塵'이라 써 붙였고 하나는 '대관환우大觀寰宇'라고 써 붙였다.

대 위에는 누각이 있어 '재수지미在水之湄'라 했고 주련에는 '산은 어진 이처럼 고요하고, 바람은 성인처럼 맑도다.〔山如仁者靜 風似聖之淸〕'라고 쓰여 있고, 또 '좋은 물 좋은 산 고죽국에, 난형난제 옛 성인이로세.〔佳水佳山孤竹國 難兄難弟古聖人〕'라고 쓰여 있다. 대 위에 또 두 개 문이 있어 한 쪽에는 '백대산두百代山斗'라고 썼고 한 쪽에는 '만고운소萬古雲霄'라고 써 붙였다.

명나라 헌종 순 황제 때에 백이는 소의청혜공昭義淸惠公이라고 추증을 하고 숙제는 숭양인혜공崇讓仁惠公이라고 추증을 하였다.

중국에서 수양산이라고 하는 곳은 다섯 군데나 된다. 하동河東 포판蒲坂 화산華山 북쪽 황하가 구부러진 곳에 있는 산을 수양산이라 하기도 하고, 혹은 농서에 있다기도 하고 혹은 낙양 동북쪽에 있다기도 하고 또는 언사 서북쪽에 이제묘가 있다기도 하고 혹자는 요양에도 수양산이 있다고 하여 이러저러한 전기에 대중없이 나오고 있다.

맹자는 말하기를, 백이가 주紂[22] 임금을 피하여 북해변에 와서 살았다고 했다. 우리 나라 해주에도 역시 수양산이 있고 백이, 숙제의 사당까지 있으면서 아직 세상에 알려지지 않고 있다.

내가 말한다면 기자가 동으로 조선에 나온 까닭은 주나라의 오복五服[23] 안에 살기를 싫어했음이요, 백이는 은나라를 위하는 의리에서 주나라 곡식을 안 먹었다고 했으니 혹시 기자를 따라와서 기자가 평양에 도읍하고 백이는 해주에 살았던 것이나 아닐까? 이렇고 보면 우리 나라에서 돌아가는 말로는 "대련, 소련은 해주 사람"[24]이라고 하니, 이것은 무엇을 증거로 하는 말일까?

대문 담벽에는 당송 시대 제문들을 새겨 놓았다. 이 묘를 영평에 세운 지는 오래되었으니 혹시 말하기는 홍무洪武 초년(1368)에는 성의 동북쪽 언덕에 옮겨 지었다가 경태(景泰, 1450~1456) 연간에 다시 이곳에 세웠다고도 한다.

행궁이 있는데 집 제도는 역시 강녀묘나 북진묘와 같고 수직하는 자가 말려서 구경을 하지 못하였다.

---

22) 은나라 최후 왕으로 중국 고대의 폭군.

23) 중국 고대의 행정 구역으로서 왕도를 중심하여 매 500리마다 제후를 두어 천자에게 복종케 했다는 고사에서 나온 말.

24) 《소학》에, 대련大連과 소련小連은 오랑캐로서 부모의 거상을 잘했다는 공자의 말을 해석하여 이 두 사람을 조선 사람이라고 생각했다는 말.

난하에 배 띄우고[灤河泛舟記]

난하는 장성 북쪽 개평開平에서 발원하여 동남쪽으로 흘러 천안 현계天安縣界를 거쳐 노룡새盧龍塞에 이르러 칠하漆河와 합쳐서 다시 남쪽으로 낙정현樂亭縣까지 와서 바다로 든다.

요동서부터 서쪽으로는 하수로 이름 붙인 강물은 어데 없이 탁류였으나 난하 한 군데만 고죽사孤竹祠 아래 와서는 물이 고여 호수가 되면서 거울같이 물빛이 맑았다.

고죽성은 영평부 남쪽 10여 리 되는 곳에 있는데《후한군국지後漢郡國志》에는 우북평 영지令支에 고죽성이 있다 하였고, 주註에는 백이, 숙제의 본국이라고 하였다. 강물 남쪽 언덕은 절벽으로 깎이면서 우뚝 솟아 그 위에는 청풍루淸風樓가 있고, 누대 밑으로는 물이 더욱 맑다. 강 복판에는 작은 섬이 있고 섬 가운데는 바윗돌들이 병풍처럼 섰고 그 아래는 고죽군의 사당이 있다. 배를 띄워 사당 밑으로 가니 물은 맑고 모래는 희고 들은 넓고 숲은 멀리 보이는데 강둑에 늘어선 수십 호 집들은 물속에 그림자를 거꾸로 던졌다.

고깃배 서너 척이 방금 사당 아래에서 그물을 치고 있었다. 물을 거슬러 올라간즉 중류에는 대여섯 길 나마 되는 바윗돌이 솟았는데 '지주砥柱'라고 한다. 기암괴석이 지주를 둘러 모종을 부은 듯이 섰고 해오라비와 뜸부기 수십 마리가 모래사장에 늘어앉아 깃을 털고 있었다. 배를 같이 탄 사람들은 돌아다보면서 좋아라고,

"산수가 그림 같구먼!"

하기에, 나는,

"자네들이 산수도 모르고 그림도 모르는 말일세. 산수가 그림에서 나왔겠는가, 그림이 산수에서 나왔겠는가?"

했다. 이러므로 무엇이든지 비슷하다, 같다, 유사하다, 근사하다, 닮았다고 말하는 것은 다들 무엇으로써 무엇을 비유해서 같다는 말이다. 그러나 무엇과 비슷한 것으로써 무엇을 비슷하다고 비겨서 말하는 것은 어데까지라도 그것과 비슷해 보일 뿐이지 아주 같은 것은 아니다. 옛날 사람이 양자강에서 나는 요주瑤柱[25]는 여지荔支[26] 비슷하게 생겼고 서호西湖[27]는 서자西子[28]와 비슷하게 생겼다고 하니까 어떤 되퉁맞은 자가 있다가 다시 말하기를 담채淡菜[29]는 용안龍眼[30]과 같고 전당錢塘[31]은 비연飛燕[32]과 비슷하다고 했다. 모두들 생각에는 어떠한가?

---

25) 조개의 일종으로 껍질이 엷고 길게 생겼고 줄이 방사선으로 났다.
26) 남방에서 나는 과실나무로 과실은 여지라고 하여 껍질에 금이 지고 씨는 완두처럼 생겼다.
27) 중국 절강성 항주에 있는 경치 좋기로 유명한 호수 이름.
28) 중국 춘추 시대 오吳왕의 애첩으로서, 대표적 미인으로 치는 서시를 말한다.
29) 역시 조개의 일종이다.
30) 과실은 용안육이라고 부르는바, 여지와도 비슷하다. 역시 남방산이다.
31) 서호의 다른 이름.
32) 한나라 효성孝成제의 황후 조비연을 말하는바, 역시 중국의 대표적 미인이다.

사호석 이야기 [射虎石記]

영평부에서 남쪽으로 십수 리를 가면 언덕이 끊어지면서 큰 돌이 드러나 흘겨보듯이 서 있으니, 그 빛은 희고 그 아래 비석에 '한비 장군漢飛將軍[33]이 범을 쏜 곳' 이라고 쓰여 있다.

나는 거기에 "건륭 45년(1780) 7월 26일 조선인 아무아무가 보았다."고 썼다.

---

33) 한나라의 명장 이광李廣을 말한 것으로 뛰어나게 날쌔다 하여 '비장군' 이라는 별호를 붙였다.

7월 27일 계묘일. 날이 맑았다.
아침 나절에는 서늘하다가 한낮에는 몹시 더웠다.

사하역에서 홍묘紅廟까지 5리, 마포영馬鋪營까지 5리, 칠가령七家嶺까지 5리, 신점포新店鋪까지 5리, 건초하乾草河까지 5리, 왕가점王家店까지 5리, 장가장張家庄까지 5리, 연화지蓮花池까지 10리, 진자점榛子店까지 5리, 도합 50리를 와서 점심을 치르고 진자점으로부터 연돈산煙墩山까지 10리, 백초와白草窪까지 6리, 철성감鐵城坎까지 4리, 우란산포牛欄山鋪까지 4리, 판교板橋까지 6리, 풍윤현豊潤縣까지 20리, 도합 50리, 이날 모두 합해 100리를 와서 풍윤성 밖에서 묵었다.

어제 이제묘에서 점심을 먹을 때 맛좋은 고비나물 닭찜을 차려 내놓았다. 길에서 오랫동안 입맛을 잃었던 차라 갑자기 맛난 음식을 만나 구미가 당기기에 무슨 영문인지도 모르고 배가 잔뜩 부르도록 먹었다. 그런데 길에서 소낙비를 만나곤 하여 밖은 냉하고 속은 거북하여 먹은 것이 잘 내리지를 않고 가슴에서 체했는지 트림을 한 번 하면 고비 냄새가 목을 찔러 생강차를 한 잔 달여 먹었으나 아직도 속이 거북하였다. 그래서 시방이 가을철인데 대관절 때 아닌 고

비가 어데서 난 것이냐고 물었더니, 옆에서들 말하기를,

"이제묘에서 점심참을 먹는 것이 전례인데, 이곳에서는 으레 고 비 나물을 차립니다. 어떤 철이라도 주방에서는 우리 나라에서 마른 고비를 가지고 와서 고비국을 끓여 일행에게 차려 내놓는 것이 한 가지 준례로 되어 있습지요.

십수 년 전에 건량청乾糧廳에서 잊어버리고 고비를 가져오지 않았다가 여기 와서 고비 음식을 차려 내지 못하여 건량관은 서 장관에게 곤장을 얻어맞고 냇가에 나가서, '백이, 숙제, 백이, 숙 제. 네가 나와 무삼 원수냐.' 하며 통곡했답니다. 소인의 생각에 는 고비는 고기반찬만 못할 것 같고 백이, 숙제도 고비를 캐 먹다 가 죽었다니 고비는 정말 사람 잡는 독물인 것 같습니다."

하여, 여러 사람들은 한바탕 웃었다.

태휘太輝란 자는 노 참봉의 마두로서 이번이 처음길인데 위인이 경망스러워 조장棗庄을 지나오면서 대추나무가 바람에 넘어져 어떤 집 담장 밖으로 걸쳐 있는 것을 보고 설익은 풋대추를 따먹고 복통 에다가 설사가 몹시 나서 아무래도 그치들 않아 방금 몸부림을 치고 있던 차에 고비 나물 독에 사람이 죽었다는 말을 귓결에 듣고는 대 성통곡을 하면서, "백이, 숙채熟菜[34]가 사람 죽인다!"고 떠들었다. '숙제'는 '숙채'와 발음이 비슷하고 보니 이 말을 듣고 온 방안이 한목으로 웃었다.

내가 백문白門[35]에 있을 적이다. 그때는 숭정 기원 후 137년 세 번

---

34) 삶은 나물.
35) 서울 시내의 지명으로서 현대 지명은 미상.

째 갑신년(1764)이었는데, 바로 3월 19일은 즉 의종 열 황제가 자살한 날이다. 글방 선생은 같은 동리의 젊은이와 아이들 수십 명을 데리고 서대문 밖에 송宋씨가 살던 집에 가서 우암尤庵 송시열 선생의 유상 앞에 절들을 했는데, 그이의 유품인 초피貂皮 두루막³⁶⁾을 끄집어 내어서는 어루만져 가면서 강개비분하여 우는 자까지 있었다. 다시 성 밑으로 돌아와서는 팔뚝들을 뽐내면서 서쪽을 향하고는 "되놈!"이라고들 욕질하는 자도 있었다. 글방 선생은 여수旅酬³⁷⁾를 차리고 고비 나물에다가, 당시 술을 금하여 술 대신 꿀물을 타서 꽃항아리에 잔뜩 담아 놓았다. 그 꽃항아리 바닥에는 '대명성화년제大明成化年製'라고 써 있었다. 술잔을 따르는 자마다 항아리 바닥을 굽어보았으니 춘추대의를 잊지 말자는 뜻이다.

이윽고 돌림 시를 짓게 되어 마침 한 아이가 시 한 수를 지었다.

무왕이 은주殷紂와 싸움에서 졌던들
천백 년 역사에는 역적이 되었을걸.
강태공이 백이를 살렸다지만
필경은 역적 두둔하고 말았지.
오늘도 춘추대의 그대로라면
오랑캐놈 역적이란 무슨 수작고.
武王若敗崩, 千載爲紂賊.
望乃扶夷去, 何不爲護逆.

---

36) 효종이 하사한 것.
37) 제사를 마친 후 술잔을 나누는 절차.

今日春秋義, 胡看爲胡賊.

　이 시를 보고 좌중은 한바탕 웃었다. 글방 선생은 계면쩍게 아이를 나무라면서,

　"어린애들에게는 《춘추》를 일찍 읽혀서는 못쓰겠군!《춘추》의 해석을 잘못하다 보니 이런 고약한 소리를 하는 것이지. 어디 즉경 卽景³⁸⁾을 두고들 한 수 지어 보렴!"

하니까, 다른 아이가 있다가,

　　고비를 캐 먹어도 배는 안 불러

　　백이는 마침내 굶어 죽었네.

　　우리 먹는 꿀물은 술보다 다니

　　꿀물 먹고 죽는다면 원통도 하리.

　　採薇不眞飽, 伯夷終餓死.

　　蜜水甘過酒, 飮此亡則寃.

하여, 글방 선생은 눈살을 찌푸리면서,

　"어, 또 고약한 소리로군!"

하여, 일좌는 또 한바탕 크게 웃었다.

　지금 생각하니 어언 17년 전 일로서 이제는 다 옛말이 되고 말았건만 또다시 백이의 고비가 이토록 말썽이 되어 이향의 등불 밑에서 옛날 이야기를 쓰다 보니 필경 잠을 버성기고 말았다.

---

38) 그 자리에서 눈에 띄는 것을 제목으로 삼으라는 말.

꼭두새벽에 길을 떠나니 길에서 상여 수레를 만났다. 관 위에는 흰 장닭 한 마리를 놓아 두었다. 닭은 홰를 치면서 울었다. 길에서 연거푸 상여를 만났는데 모두 닭을 올려 놓았다. 이것은 닭이 혼백을 인도한다는 뜻이라고 한다.

길옆에는 수백 묘畝[39]나 되는 못이 있는데, 연꽃은 이미 떨어지고 동리 사람들은 저마끔 작은 배를 타고서 마름과 연뿌리들을 캐고 있었다.

돼지 수천 마리를 한꺼번에 몰고 간다. 그 모는 법인즉 마소를 먹이면서 모는 것이나 다름없었다.

아름드리 버드나무들이 백여 리를 두고 뻗쳐 있었는데, 밑둥치가 뽑혀 넘어진 것이 수도 없다. 어제 분 바람 탓이다.

진자점에 이르니 여기는 본디 '축창畜娼'이라고 하던 곳이다. 강희 황제는 천하의 창기를 엄금하여 양자강 판교板橋 등지의 창루娼樓와 기관妓館들은 아주 쑥대밭이 되었는데, 홀로 이곳만은 절종이 안 되었다. '양한養閑'[40]이란 이름을 붙였는데, 자색도 약간 있고 풍악도 좀 할 줄 안다.

재봉再鳳이와 상삼이가 뒤채로 들어가다가 나를 보고는 빙그레 웃으면서 가 버린다. 나는 눈치를 채고 뒤를 따라가 문틈으로 들여다보니 상삼이는 벌써 계집 하나를 차고 앉았으니 역시 낯이 익은 모양이다. 젊은이 둘이 마주 걸앉아서 비파를 타고 있고 계집 한 명은 또 마주 보고 걸앉아 젓대를 부는데, 젓대에는 금고리를 물리고

고리에는 붉은 술을 달았다. 재봉이는 교의에서 일어서서 술을 어루만지고 있었다. 또한 계집이 주렴을 걷고 나와 손에 박자판을 들고 재봉이를 부축해 앉으라고 권했으나 재봉이는 듣지 않는다. 주렴 속에는 웬 늙은 놈팽이가 있다가 주렴을 헤치고 재봉이에게 인사를 한다. 내가 큰 기침을 하고 침을 탁 뱉으니 방 안에서는 모두 깜짝 놀라고 재봉이와 상삼이는 마주 보고 웃으면서 벌떡 일어나서 문을 열고 나와 나를 맞아들여 구경을 하라고 한다. 나는 문을 열고 들어서면서 중국 말로,

"하오? (좋으냐?)"

하니, 늙은 놈팽이와 두 젊은이는 한목 일어나면서 웃음들을 띠고,

"하오."

한다. 세 창녀도 한꺼번에 인사를 한다. 재봉은 누런 저고리에 붉은 바지를 입은 계집을 가리키면서,

"저 애 이름은 유사사柳絲絲인데 지난 병신년(1776)에 여기를 지날 때는 나이 스물네 살에 인물이 일색이더니 5년 사이에 얼굴이 아주 틀려져서 보잘것없이 되었습니다."

하니, 상삼이가 있다가,

"유사사는 열네 살 때부터 소리를 썩 잘합니다."

한다. 다시 검정 저고리에 주홍 바지를 입은 계집을 가리키면서,

"저 애 이름은 요청요靑이요, 나이는 금년 스물다섯으로, 작년부터 이곳에 와 있는데 산동 계집이랍니다."

하기에, 나는 검정 저고리에 초록빛 바지를 입은 계집을 가리키면서 물으니 상삼이 있다가,

"저 애는 초면인데 이름과 나이는 모르겠습니다."

한다. 기녀 셋은 그리 인물들이 뛰어나든 못하나 대체로 중국 그림의 미인도에서 보는 모습이다.

늙은 놈팽이는 관의 주인이요, 두 젊은이는 다 산동 행상들이다. 나는 상삼에게 눈짓을 하여 비파를 한번 타도록 청해 보라 했더니 상삼은 젊은이들을 보고 무어라 무어라고 하니 젊은 사람 하나가 혼자 창을 하고 요청은 박자판을 치면서 같이 받아 창을 한다. 다른 기생들은 다 불던 것을 멈추고 귀를 기울이고 듣는다. 젊은 사람 하나가 자리를 옮겨 앉으면서 나더러,

"알아들으시는지요?"

하기에 나는 모르겠다고 했더니, 그 젊은 사람은 글씨로 써서 보이는데 이 곡조는 '계생초鷄生草'란 곡조다.

예전 왕조의 영웅 장수
도원결의 유비, 관운장, 장비.
제갈량을 군사로 맞아
신야 박망둔 불지르고
상양성을 태워 버렸다.
하늘도 야속하지
주유[41]를 낳았으면
제갈량은 왜 낳았던가?
前朝出了英雄將, 桃園結義劉關張.
他三人請了君師諸葛亮, 火燒薪野博望屯.

---

41) 삼국 때 오나라의 총사령관.

炮打上陽城, 怨老天旣生瑜又生亮.

　젊은 사람은 제법 글을 알고 얼굴은 못생겼다. 제 말로는 신성新城 사람으로 성은 왕王가이고, 이름은 용표龍標라고 한다.
　"그대가 왕서초王西樵 사록士錄[42] 선생의 후손이 아닌가?"
하고, 물었더니,
　"제 집은 장사 집안이올시다."
한다. 젊은이는 또다시 한 곡조 창을 하는데 여러 기생들이 더러는 박자판을 치고 더러는 비파를 타고 또 젓대를 불어 맞춘다. 왕용표가 또,
　"선생님은 알아들으시는지요?"
하기에, 모르겠다고 했더니, 이 곡조는 '답사행踏莎行'이라 하였다.

　　세월은 아물아물 화살같이 빠르고
　　강물은 동으로 흘러 다함이 없네.
　　명리를 다투는 초로 같은 인생아,
　　백년 세월에 몇 명 살아남았던가?
　　日月隙駒塵埃野馬, 東流不盡江河瀉.
　　向來爭奪名利人, 百年幾個長存者.

　여기까지 부르자 유사사가 이어 대었다.

---

42) 청나라 산동성 신성 사람으로 순치 때 저명한 문인.

어부와 초부 사이 주고받는 이야기

봄바람 가을 달 밑 시비가 없고

제 잔 부어 제 마시고 제 노래 제 읊으니

잘한다 못한다가 소용이 없네.

漁樵冷話, 是非不在春秋下.

自斟自飮自長吟, 不須贊嘆知音寡.

  목청이 처량하여 간장을 녹일 것만 같고 티끌 세상을 떠나서 절
로 훨훨 날 것만 같았다. 상삼이 또다시 이어 부르라고 청하니 유사
사는 눈을 주면서,

  "술상을 들일까요?"
한다. 이것은 돈을 좀 벌겠다는 말이다. 젊은이는 제 손으로 비파를
타면서 노래를 더 청하니 사사의 목청은 한결 더 곱고 간드러지다.

  용표는 또 이 곡조는 '서강월西江月'이라고 한다. 가사도 써 주었다.

쓰르라미 울고울어 세월은 총총

산에서도 물에서도 모기 떼는 잉잉

간밤의 비바람에

간 곳이 없네.

蟪蛄忽忽甲子, 蚊虻擾擾山河.

疾風暴雨夜來過, 轉眼都無一個.

요청이 이어 대어 불렀다.

두루미에 남은 술은 다 말라가고

달 아래 하염없이 그대 노래 들을 적

부귀와 공명을 나는 몰라라.

닥쳐 오는 뒷일일랑 묻지 말아 주.

且盡尊中美酒, 閒聽月下高歌.

功名富貴竟如何, 莫問收場結果.

요청의 목소리는 좀 꺽꺽하며 사사의 애운성을 볼 수 없었다.

나는 그만 일어서서 나오자니 재봉이도 따라나오면서, 상삼이가 관 주인에게 은 두 냥과 대구 한 마리와 꽃부채 한 자루를 치러 주었 다고 한다.

식암息庵 김공[43]이 보았다는 계문란季文蘭[44]의 시는 보지 못하였 다.(이 일에 대해서는 '피서록避暑錄'에 썼다.)

연로 수천 리 사이에 부녀들의 말소리는 모두들 꾀꼬리 소리처럼 고왔고 무뚝뚝하고 거친 소리란 좀처럼 들어볼 수 없었다. 소위 "모 를러라 예쁜 그대 어데 있던고? 주렴 속에 들리는 그 소릴러라."고 한 옛날 시처럼 언제고 한번은 그들의 아름다운 목청을 듣고저 했더 니 오늘에야 그 소리를 듣고 보니 비록 가사의 글뜻은 있겠지마는 곡조를 알 수 없고 가락을 분별할 수 없어 차라리 안 들은 때가 여운 이나 있었을 것만 같았다.

---

43) 이조 숙종조 우의정 벼슬까지 지낸 청성부원군淸城府院君 김석주金錫胄.

44) 계문란은 강희 시대 호남성 여자로서, 만인에게 팔려 심양으로 가는 길에 이곳 청루에 와서 바람벽에다가 자기의 신세를 한탄하는 명작시 한 편을 지어 붙인 일이 있다.

저녁에야 풍윤성豊潤城 아래에 닿았다. 주인집 뒷문은 못을 마주 보고 열려 있고 대문 앞에는 버드나무 몇 그루가 서 있었다.

정사가 일찍이 정유년(1777) 봄에 사행으로 갔다가 돌아오는 길에 이 집에서 하룻밤 묵으면서 서장관 신형중申亨仲 사운思運과 저 버드나무 아래 앉아서 이야기를 한 적이 있었다고 한다. 정사는 가마에서 내리던 길로 뒷문 밖에 자리를 만들도록 하고 이내 여러 비장들과 함께 간략한 술자리를 차렸다.

성 밑 못 넓이는 수십 보가량이나 되고 그늘이 짙어 우거진 버드나무 가지는 땅바닥을 쓸면서 물 위에 흐느적거렸다.

성 위에는 삼첨 누각이 중천에 까마득하게 솟았다. 여러 사람들과 함께 성 위로 올라가 구경을 하였다. 누각 이름은 문창文昌인데 문창성군文昌星君의 사당으로 되었다고 한다.

길에서 초땅 사람 임고林皐를 만나 호형항胡逈恒이란 사람의 집으로 가서 등불을 밝히고는 차수(次修, 박제가)가 쓴 무관(懋官, 이덕무)의 시를 보았다. 저녁 식사 후에 다시 오기로 약속하고 성문을 닫느냐고 물어보니 곧 닫았다가는 반경半更[45]쯤 지나면 다시 연다고 했다.

저녁 먹고는 초롱을 들고 다시 그 집에 가노라니 성문은 아직 닫히들 않고 우리 사람들이 맨머리에 갓도 안 쓴 채 성문이 메이도록 왔다 갔다 하고 있으니 말먹이 꼴을 얻으려고 돌아다니는 모양이다.

호가와 임가 두 사람은 흔연히 나를 맞아 주었다.

방 안에는 벌써 술상을 벌여 두었다. 이형암李炯庵과 박초정朴楚

---

45) 약 45분 간.

后의 안부를 묻기에 나는 다들 편안하다고 했더니, 임생이,

"박씨와 이씨는 참말 점잖고 고매하신 분들입니다."

하였다.

"그들은 다 내 제자들인데, 아직들 모두 미숙한 재주들을 가지고 그렇게 말할 껌목들이 못 되지요."

"정승의 가문에는 정승이 나고 장수의 가문에는 장수가 난단 말이 과연 헛말이 아닌갑습니다."

형암과 초정 두 사람은 무술년(1778) 황태후 진향進香⁴⁶⁾ 때에 이곳을 지나면서 하룻밤 묵고 갔다고 한다.

임고와 호형항은 접대는 정성껏 하나 글공부는 아주 보잘것없었다. 호생은 얼굴이 상스럽게 생기고 시정배 냄새가 나고 임생은 긴 수염이 척 늘어져 장자의 풍도가 없지 않았으나 그래도 수작을 할 때는 장사 이야기를 빼놓지 못했다.

호생이 '송하선인도松下仙人圖' 한 폭을 주고 임생은 그림 부채 한 자루를 선물로 주기에, 나도 청심환 한 알과 부채 한 자루를 답례로 각각 돌렸다.

나는 그들과 술을 몇 잔씩 마셨다. 유리등 한 쌍이 있는데 꽤 얌전스럽게 되었다. 밤이라서 다른 기물들은 구경을 못 하고, 돌아오는 걸음에 다시 한번 찾기로 약속하고는 즉시 물러 나왔다. 임생이 문간까지 나와 전송을 하는데 매우 섭섭한 기색을 보였다.

숙소에 돌아와서 호생이 보내 준 복건 생강 국화차와 귤병橘餠을 내어 장복이를 시켜 흠뻑 달이게 하고 소주에 타서 몇 잔 마시니 맛

---

46) 황태후의 탄생일에 천자가 열흘 전에 향을 바치는 예식.

이 일품이다.

성 밖에는 사성묘四聖廟가 있고, 옹성 안에는 백의암白衣菴이란 절집이 있고, 한길에는 패루가 두 개 있고, 북을 달아 두는 초루譙樓에는 관공의 소상이 있었다.

7월 28일 갑진일. 아침 나절에는 갰다가 오후에는 바람과
뇌성이 크게 일었으나 비는 야계타에서만은 못했다.

　새벽에 떠나 풍윤에서 고려보高麗堡까지 10리, 사하포沙河鋪까지
10리, 조가장趙家庄까지 2리, 장가장蔣家庄까지 1리, 환향하還香河
까지 1리, 혹은 어하교漁河橋라고도 하는 민가포閔家鋪까지 1리, 노
고장盧姑庄까지 4리, 이가장李家庄까지 3리, 사류하沙流河까지 8리
와서 점심을 먹으니 도합 40리요, 사류하로부터 양수교亮水橋까지
10리, 양가장良家庄까지 5리, 이십리포二十里鋪까지 5리, 십오리둔
十五里屯까지 5리, 동팔리포東八里鋪까지 7리, 용읍암龍泣菴까지 1
리, 옥전현玉田縣까지 7리, 도합 40리로써 이날 모두 합해 80리를 와
서 옥전성 밖에서 묵었다.
　옥전은 옛 이름이 유주요, 옛날 무종국無終國으로, 소공召公[47]의
봉지이다. 《정의正義》[48]에는 소공을 처음에는 무종에 봉했다가 뒤에
는 계薊땅으로 옮겼다고 했고, 시서詩序[49]에는 부풍扶風 옹현雍縣

---

47) 주나라 문왕의 아들이요, 주공의 동생으로 주공과 함께 명재상으로 이른다.
48) 당나라 공영달孔穎達의 저작인 경서들의 주해 책명.

남쪽에 소공정召公亭이 있으니, 즉 소공의 채읍采邑[50]이라고 하였는데, 어느 것이 옳은지 알 수 없었다.

고려보까지 오니 집들이 모두 초가요, 초솔하기 짝이 없으니 묻지 않아도 고려보인 줄 알겠다. 정축년(1637) 난리에 붙들려 온 조선 사람들이 저대로 일촌을 이루어 살고 있었다.

관동 천여 리에 논 한 뙈기를 볼 수 없었는데 다만 이곳에만 논이 있고 떡이라든지 엿 같은 것은 본국 비슷이 많이 남았다. 옛날에는 사신 행차가 오면 하인들이 술이든 밥이든 사 먹어도 더러는 돈을 받지 않고 부녀들도 내외가 없이 고국의 이야기가 나오면 우는 자까지도 많이 있었다고 한다. 말꾼과 하인들은 이것을 기화로 삼아 술값을 떼먹고, 같은 본국 사람이라는 정분을 내세우고는 그릇 같은 것을 토색하기도 하고, 무관스럽게 하는 데 틈을 타서 물건들을 훔치기도 하였다. 이러고 나서부터는 우리 사람들을 점점 싫어하게 되어 매양 사신 행차가 있을 때에는 술과 음식 등속을 감추고 팔지를 않다가도 졸라 대면 비싼 값을 정하기도 하고 더러는 선금을 받기도 한다. 그럴수록 하인들은 무슨 수를 써서라도 속여 분풀이를 한다. 이러고 보니 서로 개 닭 보듯이 원수끼리나 다름없게 되었으니 하인들은 이곳을 지나갈 때는 반드시 한목 고함을 쳐서 욕질하여,

"네놈들은 조선 사람 자손으로 너희들 할애비가 오시는데 어째서 나와 절들을 하잖느냐!"

하면, 동리 사람들도 나와 마주 대고 욕설을 퍼붓는다. 우리 사람들

---

49) 공자의 제자 자가가 지은 《시경》 각 편의 서문.
50) 식읍과 같다. 국가의 조세를 개인이 받아 쓰게 한 고을.

은 도리어 이곳 사람들의 인심이 아주 나쁘다고들만 하니 참말 한심한 일이다.

길에서 소나기를 만나 비를 피하여 웬 점방에 들어가니 점방에서는 차를 내놓고 잘 대접한다. 비는 한참 되어도 그치지 않고 뇌성도 야단스러웠다.

점방의 앞채는 꽤 넓고 가운데 마당이 백여 보는 되었다. 앞채에서는 늙거나 젊은 부인네들 다섯 명이 방금 붉은 부채를 물들여 말리고 있는 참에 웬 말꾼 한 명이 벌거벗은 몸으로 뛰어 달려드는데, 머리에는 떨어진 전립을 뒤집어쓰고 허리 아래는 간신히 헝겊 한 조각으로 가렸을 뿐이다. 사람도 아니요 귀신도 아니요, 꼴이야말로 흉측했다. 집 안에 있던 부녀자들은 "으악!" 소리를 치면서 염색하던 감을 내동댕이치고 모두 달아난다. 점방 주인이 몸을 기우뚱하고 보다가는 얼굴이 붉으락푸르락하더니 의자에서 벌떡 일어나 팔을 둥둥 걷어붙이고 쫓아나가 말꾼의 뺨을 한 차례 후려 붙인다. 말꾼은,

"지금 말이 굶는 판이라 보리 기울을 사러 온 사람을 왜 치오!"

하니, 주인이 있다가,

"예절을 모르는 녀석, 벌거벗고 남의 집에 뛰어드는 놈이 어데 있어!"

한다. 말꾼이 문 밖으로 나가자 점방 주인은 분이 아직 가라앉지 못해서 비를 맞으면서 뒤를 쫓아 따라나갔다. 말꾼은 돌아서서 욕질을 하면서 가슴팍을 한주먹 내지르니 점방 주인은 흙탕에 가로 나가 넘어진다. 마부가 또다시 한쪽 다리로 그의 가슴을 질끈 눌러 밟고는 달아나 버린다. 점방 주인은 몸을 움직이지 못하고 죽은 사람처럼 누웠다가 한참만에야 일어나 절뚝절뚝 절면서 온 몸뚱이에 싯누렇

게 흙칠을 해 가지고 성이 나서 부르터 가지고는 점방 안으로 들어왔다. 눈을 부릅뜨고 나를 노려보면서 입 밖으로 말은 없어도 형세가 장히 좋지 못했다. 나는 짐짓 눈을 아래로 떠 보면서 한결 점잖을 빼고 틀을 차려 범접을 못 하도록 한 후 이윽고야 화색을 지으면서 점방 주인에게,

"못된 놈이 무례하고 당돌하게 덤벼서 안됐소. 마음에 끼울 것 없소."

했더니, 점방 주인은 그제야 얼굴빛을 돌리고 웃음을 띠면서,

"부끄러운 일입니다. 나으리께서는 마음을 놓으시우."

한다. 비는 더 심하고 오래 앉았기도 심심하더니, 점방 주인이 앞채로 들어가 새 옷을 갈아입고는 여덟아홉 살 난 계집애를 데리고 나와 절을 시키는데 계집아이의 얼굴은 우악스럽고도 못나게 생겼다. 점방 주인은 웃으면서,

"이것이 제 셋째 딸년입니다. 보아하니 나으리께서는 점잖은 어른이시니 정으로 이 아이의 수양아버지로 모셨으면 합니다."

하기에, 나는,

"참말 주인의 후의는 감사하오마는 이런 일은 않는 것만 못할 때가 있다오. 나는 외국 사람으로 이곳을 한번 떠나면 다시 못 올 터인데 함부로 서둘러 인연을 맺었다가 후일에 서로 만나지도 못한다면 공연한 업원이 될 것 아니겠소?"

라고 해도, 점방 주인은 군이 수양딸로 인정해 달라고 청했으나 나는 끝내 사양을 했다. 이럴 때에 한번 승낙을 하면 돌아오는 길에는 반드시 북경 물건으로 결의한 선물을 해야 되는 것이 마두배들의 상례로 되어 있기 때문이다. 한편 귀찮기도 하고 한편 가소롭기도 한

일이었다.

　비가 좀 걷히고 서늘한 바람기가 약간 돌기에 일어나 대문을 나서니 점방 주인이 대문까지 나와 전별을 하면서 매우 섭섭해하는 기색을 보인다. 할 수 없이 청심환 한 알을 내주었더니 수없이 사례를 한다. 계집아이가 검정 신을 신은 것을 보니 아마 만주 사람인가 보다.

　용읍암까지 오니 암자 앞 큰 정자나무 아래 십여 명 소일꾼들이 바람을 쐬고 있었다. 토끼를 놀리는 자도 있고 '서유기'를 노는 자도 있었다.

　저녁에 옥전현에 닿았다. 무종산이 이곳에 있는데 혹은 연나라 소왕昭王의 묘廟가 여기 있다고 한다.

　성 안으로 들어가 어떤 점포에 들어가 구경을 하자니 생황에 맞추어 노래들을 부르는 소리가 들렸다. 정 진사와 함께 노랫소리 나는 데를 찾아 들어가 보니 행랑채 안에 젊은 패들 대여섯 명이 앉아 더러는 생황을 불고 더러는 무엇을 타고 있었다. 돌아서서 정침 안으로 들어서니 웬 사람 하나가 의자 위에 단정히 앉았다가 우리를 보고 일어서서 읍을 한다.

　얼굴이 점잖게 생기고 나이는 한 쉰 나마 되어 보이는데 수염은 반백이요, 이름 적은 종이쪽을 내보이니 고개만 끄덕이고 성명을 물어도 대답을 않는다.

　네 벽에는 이름난 이들의 서화를 붙여 놓았다. 주인이 일어나 자그마한 함을 내어서 여니 함 속에는 주먹만 한 옥으로 만든 부처가 앉았고, 부처 뒤에는 관음상을 그린 작은 그림 쪽을 걸었는데 거기에는 태창泰昌 원년(1620) 3월 제양滁陽 구침邱琛이 그렸다고 써 놓았다.

　주인은 부처 앞에 분향을 하고 절을 하고는 일어나 부처 넣은 함

문짝을 닫고 의자에 나앉으면서 성명을 써서 보이는데, 심유붕沈有朋이라 하고 소주 사람으로 자는 기하箕霞요, 호는 거천巨川이요, 나이는 마흔여섯이라는데, 사람이 말이 없고 방정해 보였다.

인사를 하고 일어나서 방을 나오자니 탁자 위에는 구리쇠로 부어 만든 사슴이 놓였는데 볼품 있는 고물로서 키는 한 자가량이나 되었다. 또 두어 자 높이 되는 연병이 있는데 국화를 그렸고 거죽은 유리를 입혀 매우 정교하게 만들었다. 서쪽 바람벽 아래는 꽃 항아리가 있고 벽도화 한 가지를 꽂았는데, 검정 빛깔 큰 범나비 한 마리가 앉았기에 처음은 만든 나비인 줄만 알았다가 자세히 들여다본즉 비취 바탕 금무늬가 진짜 나비로서 꽃잎 위에 다리를 풀로 붙여 놓은 지가 오래되었다.

바람벽 위에는 이상한 글 한 편을 써서 걸어 두었는데 흰 종이에 가는 글씨로 벽 한 면이 가로 차도록 족자같이 붙여 놓았다. 글씨가 또 해정하게 쓰였기에 벽 앞으로 다가서 한번 읽어 보니, 가위 세상에 없는 야릇한 글 한 편이었다. 나는 이내 돌아와 앉아 벽에 걸린 글은 누가 지은 글이냐고 물었더니, 주인은 누가 지은 글인지 모르겠다고 한다. 정군이 있다가,

"이 글이 요즘 세상 글 같아 보이는데 주인 선생이 지은 글 아니오?"
하니, 심유붕은,

"주인은 글자도 모르고 작자의 성명조차 없으니, 한나라가 있는 줄도 모르는 놈이 위나라, 진나라 이야기를 어떻게 할 수 있겠습니까?"
했다. 나는 물었다.

"그렇다면 이 글씨는 어디서 났는지요?"

"일전 계주 장날에 샀습니다."

"베껴 가도 좋겠소?"

심유붕이 머리를 끄덕이면서 무방하다고 하기에 나는 종이를 가지고 다시 오겠다고 약속을 하였다.

밥을 먹은 후에 정 진사와 함께 다시 그 방으로 찾아 들어서니 벌써 촛불을 두 개나 켜 놓았다.

벽 앞으로 다가가서 족자를 벗겨 내리려고 드니, 심유붕은 심부름하는 사람을 불러 막대기로 내려 준다. 나는 다시 물었다.

"이것은 선생이 지은 글이지요?"

그는 고개를 흔들면서,

"그야 뻔한 일이 아니겠습니까? 제가 일상 부처님을 모시면서 어찌 함부로 거짓말을 하겠습니까?"

한다. 나는 정군에게 중간에서부터 시작해 베끼도록 당부하고 나는 대가리부터 베껴 내려갔다. 심유붕이,

"선생은 그것을 베껴서 무엇 하십니까?"

하기에,

"고국으로 돌아가면 국내 사람들에게 한 번씩 읽혀 그들로 하여금 배를 틀어쥐고 넘어지도록 웃게 하되, 먹던 밥티가 벌 날듯 튀고 갓끈이 썩은 새끼처럼 끊어지게 될 것이오."

하고는, 숙소로 돌아와서 등불을 켜고 훑어본즉 정 진사가 베낀 몫은 오자 낙서가 허다하고 글귀는 문리가 통하지 않는 데가 많았으므로 내 뜻을 약간 붙여 엮어 한 편의 글이 되었다.

범의 꾸중 [虎叱]⁵¹⁾

범이란 영특하고 갸륵하고 문무가 겸전하고 자애롭고 효성 있고 어질고도 슬기롭고 용맹이 놀랍고 장하여 천하에 적수가 없건마는 비위狒胃란 짐승이 범을 잡아먹고, 죽우竹牛란 짐승이 범을 잡아먹고, 박駮이라는 짐승이 범을 잡아먹고, 오색사자五色獅子가 큰 나무 둥치 구멍에 있다가는 범을 잡아먹고, 자백玆白이란 짐승이 범을 잡아먹고, 표견鏢犬이란 짐승이 날아서 범을 잡아먹고, 황요黃要라는

---

51) 본편은 앞에서 본 바와 같이 박지원의 말로는 옥전현 어느 점포에 들렀다가 바람벽에 붙여둔 괴상한 글 한 편을 발견하고 이 글을 베껴 발표한 것이라고 했다. 다만 베껴 옮길 적에 생긴 오자, 낙서로 인하여 문맥이 잘 통하지 않는 곳만 자기의 의사대로 손질하여 내놓은 듯이 편술되었다. 그러나 본편을 일관한 특유의 수법과 문투로 보든지, 또 작품에 나타난 사상이 박지원 평소의 지향과 또 박지원의 다른 작품에서 보인 지향과 일치되는 점으로 보든지, 작품의 배경이 중국이요, 인용한 출전이 대부분 중국의 고전인데도, 단편적 자료로서는 때로 조선의 전래 고담의 편린이 끼어들어 있는 점 등으로 보아 이는 의심할 바 없는 박지원의 창작이다. 이 작품을 본권에 끼워 편술하면서 앞뒤에 짐짓 이 글의 유래와 논평을 붙인 것은 당시의 정계나 도학자 진영의 직접적 규탄을 피하고자 한 일종의 복선에 불과한 것이다. 다른 편들에서도 이와 비슷한 수법으로 자기의 사상을 표현한 데를 가끔 볼 수 있다.

짐승은 범이나 표범의 염통을 끄집어 내 먹고, 뼈가 없는 활猾이라는 짐승은 범이나 표범이 삼키면 뱃속에서 그 간을 먹고, 추이魑耳란 짐승은 범을 만나면 짓찧어서 씹어 먹고, 범이 맹용猛獞이란 짐승을 만나면 눈을 감아 감히 쳐다보지를 못한다. 그러나 사람들이 맹용은 무서워하지 않고 범을 무서워하고 보니 범의 위엄이란 대단하지 않은가. 범은 개를 잡아먹으면 취하고, 사람을 잡아먹으면 귀신이 붙는 법이다.

범이 첫 번째 사람을 잡아먹으면 죽은 사람의 혼은 '굴각屈閣'이라는 창귀倀鬼가 되어 범의 겨드랑 밑에 붙어서 범을 끌어다가 남의 집 부엌으로 들어가 범이 그 집 솥전을 핥으면 그 집 주인은 그만 배가 고파지면서 그 아내에게 밥을 시키게 된다고 한다. 범이 두 번째 사람을 잡아먹으면 죽은 사람의 혼은 '이올彝兀'이란 창귀가 되어서 범의 광대뼈 위에 붙어서 높은 데 올라가 망을 보다가 덫이나 함정이 있을 때는 앞질러 가서 덫틀을 풀어 놓아 버린다고 한다. 범이 세 번째 사람을 잡아먹으면 죽은 사람의 혼은 '육혼鬻渾'이란 창귀가 되어 범의 턱에 붙어 있다가 제가 아는 친구들의 이름을 죄다 주워섬겨 바친다고 한다.

하루는 범이 창귀들더러 호령조로 말했다.

"인제는 해가 저물어 가는데 어데 가서 끼니를 치를꼬?"

굴각이 있다가,

"저는 벌써 저녁 끼니를 점찍어 두었습니다. 뿔난 놈도 아니요, 깃 달린 놈도 아니요, 대가리는 새까만 놈으로 눈 가운데 걸어간 발자국으로 보아서는 조작조작 걸음이 엉성하고 꼬리는 뒤통수에 올려 붙어 항문도 못 가리는 놈입니다."

하고, 이올이는 있다가,

"동문께에도 먹을 차반이 있는데 이름은 의원이라고 하며 입으로 는 가지각색 풀을 뜯어먹어서 살에는 향내가 풍긴답니다. 서문께 에도 먹을 차반이 있는데 이름을 무당이라고 합니다. 온갖 잡귀 신에게 아양을 떨기 때문에 매일같이 목욕재계를 한답니다. 이 두 가지 중에 어느 고기 차반이나 골라 잡수시지요."

하니, 범은 수염을 떨치고 얼굴빛이 금방 달라지면서,

"의원이란 건 의심이렸다. 알지도 못하고 의심을 가진 채 병 고치 기를 시험하다가는 멀쩡한 사람들을 해마다 몇만 명씩 잡거든! 무당이란 건 무함이렸다. 귀신을 속이고 사람을 호려 일년에도 몇만 명씩 예사로 사람을 죽이거든! 이러고야 뭇사람의 노기가 그놈의 뼈다귀에 스며들어 금잠金蠶[52]으로 화했을 터이니 독해서 그놈을 어떻게 먹을 것이냐!"

하니, 이번에는 육혼이 있다가 말하였다.

"여기야말로 맛좋은 고기가 숲속[53]에 있습니다. 간은 어질고, 열 은 의롭고, 충성을 안고, 결백을 품고, 풍류를 머리에 이고, 예절을 행하고, 입으로는 온갖 글을 다 외우고 세상에는 모르는 이치가 없 다고 하여 이름인즉, '덕이 대단한 선비'라고 합니다. 등판은 두 드러지고 몸집은 뚱뚱하여 별의별 맛을 다 갖추고 있소이다."

이 말을 듣자 범은 눈썹을 실룩거리고 침을 개개 흘리면서 고개

---

52) 중국의 귀주, 광서 지방 묘족들이 기르는 누에의 한 종류로서 그 똥이 독하여 음식에 잘 못 섞이면 사람이 죽는다고 한다.
53) 숲은 산림의 '림林'으로 유림儒林의 '림林'과 통한다.

를 젖히고는 껄껄 웃으면서,

"응, 그래! 무엇이 어째?"

물으니, 창귀들은 저마끔 꼬아 바치기를,

"음 하나와 양 하나[54]를 일러서 '도道'라고 하는데 이 오묘한 이
치를 선비가 다 뚫어 맞혔답니다. 오행五行이 서로 낳고 육기[55]가
서로 펴지는 것은 다 선비가 이끌어 내는 조화랍니다. 세상에 맛
좋은 고기로서야 이 위에 더할 것이 있겠습니까?"

한다. 범이 이 말을 듣고는 그만 실쭉해지면서 내색이 달라지고 몸
을 다시 도사리면서 달갑잖아한다.

"음양이란 건 원래가 한 가지 기운에서 나오는 것인데 둘로 쪼개
놓았다니 그놈의 고기가 벌써 잡되구나. 오행이란 건 원래 제자
리를 잡고 있어 서로 낳고 말고가 없을 터인데 요즘에들 공연히
어미니 새끼를 만들어 놓고, 짜다니 시다니 갈라 놓았다니 이러
고야 그 맛이 성할 수 없으렷다.

육기란 것은 원래 절로 돌아가는 것이지 일부러 당기고 말고
할 까닭이 있어야지. 요즘에 와서 함부로들, 이런 데 손을 대느니
돕느니 떠들어 제 생광을 쓰려고 드니 이런 놈의 고기를 먹다나
면 질기고 여물어서 삭여 낼 것 같잖구나."

정나라 어떤 고을에 벼슬에 뜻이 없는 한 선비가 있어 북곽 선생
北郭先生이라고 불렀다. 나이 마흔에 제 손으로 교열한 책이 만 권

---

54) 음과 양은 유교 세계관에서 사물의 발생과 현상을 설명하는 기초 단위로 삼는 철학 술어다.
55) 음과 양에다가 비, 바람, 밝음, 어둠 네 가지를 더 보태서 '육기六氣'라고 한다.

이나 되고 사서오경의 뜻을 풀어서 다시 지은 책이 1만 5천 권이나 되었다. 이래서 천자는 북곽 선생이 이룩한 것이 놀랍다고 칭찬을 하고 제후들까지도 북곽 선생이라면 한번 찾아보기가 원이었다.

그 고을 동쪽 마을에는 일찍이 혼자된 인물로 잘난 과부가 살았는데 '동리자東里子'라고 했다. 역시 천자는 동리자의 절개가 놀라운 것을 칭찬하고 제후들까지도 그가 현숙하다고 떠받들어 그 고을의 몇 리 둘레를 잡아 떼어 아주 동리 과부의 마을로 정해 주었다.

동리자가 수절은 잘한다지마는 아들 오형제가 모두 각성바지였다. 하루는 다섯 아들이 모여,

"윗마을에는 닭이 홰를 치고, 아랫마을에는 계명성이 반짝이는 이 깊은 밤에 안방에서 도란도란 들리는 소리가 어쩌면 꼭 북곽 선생의 목청만 같구나."

하고는, 오형제가 번갈아 문창 틈으로 들여다보노라니 동리자가 북곽 선생에게 청하여,

"오랫동안 선생님의 덕을 그리워해 오던 차에 호젓한 이 밤 선생님의 글 읽는 목청을 한번 들었으면 원이 없겠습니다."

하니, 북곽 선생은 옷깃을 바로 여미면서 단정히 차리고 앉더니 시를 읊었다.

"병풍 위엔 원앙 한 쌍, 반딧불은 반짝반짝, 오롱조롱 살림 그릇, 누구누구 본떴다지. 흥야興也[56]라."

다섯 아들은 서로 수군거리기를,

---

56) '흥'이란 말은 시의 표현 방법을 분류한 여섯 가지 종류 중의 하나로서, 자기와 아무런 관계가 없는 사물을 들어 자기 의사를 표시하는 방식을 '흥'이라고 한다.

"북곽 선생은 어진 분이라 예절로 보아 설마 과부의 문간에 발길을 들여놓을 리가 만무할 터요, 내가 일찍이 들으니 정나라 성문이 무너진 데 여우굴이 있다더라. 여우가 천년을 묵으면 사람 두겁을 쓴다는 말을 들었는데 이것은 필시 여우가 북곽 선생의 탈을 쓰고 나온 것이 틀림없구나!"

하면서, 서로 쑥덕공론을 하기를,

"내 들은 말로는 여우 갓을 얻으면 만부자가 되고, 여우 신을 얻으면 대낮에도 제 몸이 다른 사람 눈에 안 보인다 하고, 여우 꼬리[57]를 얻으면 남을 잘 호려 반하도록 만든다는데, 어째서 이놈의 여우를 잡아 죽여 우리끼리 나눠 가지지 않을 것인가?"

하고는, 이내 다섯 아들은 안방을 둘러싸고 덤벼 들이쳤다.

북곽 선생은 깜짝 놀라 허겁지겁 도망질을 치는 판인데, 행여나 제 얼굴이 탄로날까 봐 겁이 나서 한 다리를 목에다 걸고는 귀신 춤에 귀신 웃음을 웃으면서 문 밖으로 튀어나와 달아나다가 그만 들판에 파 놓은 똥구덩이에 빠졌다. 똥이 가득 찬 구덩이 속에서 간신히 버둥거리면서 기어올라 대가리를 내밀고 바라본즉 범 한 마리가 길을 가로막고 서 있었다.

범은 얼굴을 찡그리고 구역질이 나 코를 쥐고 고개를 외로 돌리면서, "푸우!" 하고는,

"이놈의 선비, 에이, 구린 냄새야!"

했다. 북곽 선생은 머리를 조아리고 엉금엉금 기어 범 앞으로 나와 절을 세 번 하고는 꿇어앉아 고개를 젖히고 하는 말이,

---

57) 음문을 말한다.

"범님의 덕이야말로 참말 지극하오이다. 세상에 큰 인물들은 당신이 변화하는 재주를 본받고, 제왕들은 당신의 걸음걸이를 배우고, 사람의 자식 된 자들은 당신의 효성을 법도로 삼고, 장수들은 당신의 위엄을 취하오이다.

당신의 이름은 신령스러운 용님과 짝이 됩시와 한 분은 바람을 맡고 한 분은 비를 맡으신지라 인간 세상의 천한 이 몸은 감히 당신의 아랫자리에서 삼가 모실까 하오이다."

하니, 범이 꾸짖는다.

"아예 가까이 오지 말라. 내 일찍이 들으매 '선비 유儒' 자는 '아첨 유諛' 자와 통한다더니 과연 그렇구나. 네가 어느 날에는 천하에 못된 이름은 다 끌어 모아다가 함부로 내게 가져다 붙이더니, 오늘은 정 급해맞고 보니 얼굴 간지러운 아첨을 하는구나. 그래 누가 네 말을 믿을 것이냐? 무릇 천하에 이치는 하나이어든, 범의 성품이 나쁘다면 사람의 성품도 역시 나쁠 것이요, 사람의 성품이 착하다면 범의 성품도 역시 착할 것이다.

네가 주절거려 대는 천만 마디 말이 오상五常[58])을 떠나지 않고 남을 훈계하거나 권고할 때는 으레 삼강三綱을 둘러메고 나오지마는 사람 많이 사는 대처 바닥 거리에 돌아다니는 코 떨어진 놈, 발뒤꿈치 없는 놈, 상판에 먹침을 맞은 놈들은 죄다 무지막지한 망나니놈들로서 날마다 먹을 아무리 갈아 대고 연장을 아무리 벼려 대도 그놈의 나쁜 버릇들을 막아 낼 재주는 없을 것이다. 그러나 범의 집안에는 이런 형벌이란 것이 본디부터 없다. 이로써 보

---

58) 유교 도덕의 기본으로 삼는 부자, 군신, 붕우, 부부, 장유 사이에서 취할 실천 도덕.

건대 범의 성품이 역시 사람의 성품보다는 어질지 않은가!

범이야 푸성귀나 과일 따위에 입을 대지 않고, 벌레나 생선 같은 것을 먹지 않고, 잡스러운 누룩 국물 같은 것을 좋아하지 않고, 새끼 가진 짐승이나 알 품은 짐승이나 하찮은 것들을 건드리지 않고는 산에 들면 노루, 사슴이나 사냥하고 들에 내리면 마소나 잡아, 아직까지 배를 채우는 끼닛거리 때문에 남에게 신세를 지거나 송사질을 해 본 적이 없다. 그래, 범의 도덕이 얼마나 광명정대한가!

범이 노루, 사슴을 잡아먹을 때 너희놈들이 범을 밉다, 곱다 끽소리 없다가도 범이 한번 마소를 잡아먹을 때는 너희놈들이 범을 원수로만 여기니, 이것은 노루, 사슴이 사람에게 덕 되는 데가 없고 마소는 너희들이 부려 덕을 본다고 해서 그런 것이겠지. 그렇지마는 너희놈들은 마소 대접을 어떻게 하느냐? 태워 주고 부리던 고생도, 심부름하고 주인을 따르던 정성도 알아줄 까닭 없이 날마다 푸줏간이 비좁도록 몰아넣어 뿔다귀 한 개, 갈기 한 오리도 남기지 않을 뿐더러 이것도 부족하여 내 양식인 노루, 사슴에까지 손을 뻗쳐 우리들이 산에서는 배를 못 불리고 들에서는 끼니까지 건너게 만들어 놓았으니, 이쯤 되고 보면 어디 하늘더러 이 사정을 한번 처리해 달라고 해 보자. 네놈들을 우리가 잡아먹어야 할 것이냐, 그만두어야 할 것이냐.

무릇 제 것 아닌 물건을 가져가는 놈을 불러서 '도적놈'이라 하고, 남의 생명을 빼앗고 물건을 해치는 놈을 가져다가 '화적놈'이라고 하느니라.

네놈들이 밤낮을 가리지 않고 분주하게 팔뚝을 뽐내고 눈을 부릅뜨고 잡아채고 훔치고 하건만 부끄러운 줄도 모르고, 심한 놈은 돈을 형님이라고까지 하고[59] 장수가 되기 위해서는 제 계집조차 죽이는 놈[60]이 있는 데야 삼강오륜을 더 이야기할 나위가 어데 있겠느냐. 어디 그뿐인가. 메뚜기에게서 밥을 가로채고, 누에에게서 옷을 빼앗고, 벌 떼를 쫓고는 꿀을 도적질하고, 더 악착한 놈은 개미 새끼로 젓을 담아 제 할애비 제사를 지내는 놈까지 있으니, 잔인하고도 악착한 버릇이 네놈들을 덮을 놈이 또 어데 있단 말인가.

네가 세상 이치를 펴 늘어놓을 때는 걸핏하면 하늘을 둘러메고 나서지마는 참말 하늘이 마련한 대로 본다면 범이나 사람이나 마찬가지 물건이어든, 천지만물이 살아나가는 어진 도리에서 본다면 범이나 메뚜기나 누에나 벌이나 개미나 다 사람과 함께 같이 살기 마련이지, 서로 등지고 지낼 터수가 아니렸다. 또 이것을 선악을 두고 따져 본다면 드러내놓고 벌과 개미집을 털어 가는 놈이 천하에 큰 도적놈이 아니고 무엇일까 보냐. 제 마음대로 메뚜기와 누에의 밑천을 훔쳐가는 놈이 의리로 보아 대적이 아니고 무엇일까 보냐.

범이 여태껏 한 번도 표범을 잡아먹지 않은 것은 제 동류에게는 차마 손을 못 대는 탓이요, 범이 노루나 사슴을 잡아먹는 수효는 사람이 잡아먹는 수효처럼 그렇게 많지 못하고, 범이 마소를

---

59) 옛날 돈에는 보통 네모난 구멍이 뚫렸으므로, '돈' 이 이름이면 자를 '공방孔方' 이라 했고, 친한 사람을 '형' 이라고 한다고 하여, 돈을 '공방형' 이라고도 한다고 중국 고서에 쓰여 있다.
60) 전국 시대 오기吳起란 장수의 고사를 말한다.

잡아먹는 수효도 사람처럼은 많지 못하니라.

그런데 지난해 관중關中에 큰 가물이 들었을 적에 사람들끼리 서로 잡아먹은 수효가 수만 명이요, 몇 해 전에 산동서 큰 물이 졌을 적에도 사람들끼리 서로 잡아먹은 수효가 역시 수만 명이나 되지 않나.

말이 났으니 말이지 사람 잡아먹은 수효가 많기로는 어디 춘추春秋 때만큼 많았던 적이 또 언제 있었겠는가? 춘추 적 세상에는 정의를 위해서 싸운다는 난리가 열일곱 번이요, 원수 갚는다고 일으킨 난리가 서른 번에 피가 천리 어간에 흐르고 거꾸러진 시체가 백만이나 되겠다!

그러나 범의 집안에서는 홍수나 가물을 모르고 보니 하늘을 원망할 리 없고 덕이고 원수고 다 잊어버리는지라 세상에 미운 것이 없고, 하늘의 마련대로 따라 살다나니 무당이나 의원의 농간에 넘어갈 턱이 없고, 타고난 성품에 따라 저 생긴 대로 살다나니 더러운 세상살이 잇속에 병들지 않는다. 이것이 바로 범이 영특하고 갸륵하다는 내력이란 말이다.

한 가지 얼룩을 보아 열 가지 문채를 세상에 자랑할 수 있을 것이다. 한 치의 병장기를 손에 대지 않고도 다만 날카로운 발톱과 이빨만 가지고서 위풍을 천하에 뽐내고 범의 형상을 그린 제기들로써 효성을 세상에 널리 퍼뜨려 가르친다. 하루에도 한 끼는 까마귀, 솔개미, 개미 떼가 대궁을 갈라 먹으니 우리들의 어진 행실이야 이루 다 칠 수 없을 것이고, 애매하게 남에게 먹힌 사람을 잡아먹지 않고, 병자나 폐인을 잡아먹지 않고 상주를 잡아먹지 않으니 의로운 행실까지도 이루 다 들 수 있겠느냐?

정 모질구나, 네놈들이 잡아먹는 버릇이야말로. 덫과 함정이 부족하다 하여 새 그물, 노루 그물, 후리 그물, 반두 그물, 자 그물들을 만들었으니 대관절 맨 처음에 그물을 뜨기 시작한 놈이 화근을 세상에 퍼뜨린 놈일 것이다.

어디 그뿐인가? 뾰족 창, 넙적 창, 긴 창, 삼지창, 도끼, 환도, 비수, 쇠꼬치가 있지 않나, 또 한 방만 터뜨리면 소리는 산악을 무너뜨리고 불길을 번쩍번쩍 토하면서 벼락보다도 더 무서운 대항구까지 있다. 이것도 제 신대로 포악을 부리기에는 부족하다고 하여 이번에는 부드러운 털을 아교풀로 붙여 길이는 한 치도 못 되게 대추씨처럼 뾰족하게 만들어 먹물에 덤벅 찍어서는 이것으로 가로 찌르고 모로 찌르면 굽은 놈은 갈구리창 같고, 날이 선 놈은 칼 같고, 뾰족한 놈은 검 같고, 갈라진 놈은 가장귀창 같고, 곧은 놈은 화살 같고, 둥그레한 놈은 활같이 생겨 이놈의 병기들이 한번 움직이는 곳에는 뭇 귀신들이 밤 울음을 울게 되는 판이다. 참혹하게 서로들 잡아먹는 데야 누가 너희놈들보다 더 심할 것이냐?"

북곽 선생은 자리를 옮겨서 머뭇머뭇 땅에 코를 박고 두 번씩 머리를 조아렸다.

"옛글에도 있지만 아무리 악한 놈이라도 목욕재계를 하고 나면 하느님이라도 모실 수 있다고 했습니다. 인간 세상에 천한 이 몸이지마는 감히 당신의 아랫자리에서 삼가 모셔 받들까 하오이다."

북곽 선생은 숨소리를 죽이고 가만히 귀를 기울이고 있었지마는 아무런 분부가 없었다. 황송해서 조심조심 손길을 잡고 머리를 조아렸다가 고개를 들어 보니 날은 훤히 샜는데 범은 벌써 가고 말았다.

새벽에 밭일 나온 농부가,

"선생님! 이 꼭두새벽에 벌판에 대고 절은 웬 절이십니까?"

하니, 북곽 선생은,

"내 들으매 하늘이 높다 해도 머리를 맘대로 못 들고, 땅이 두텁다 해도 발을 맘대로 못 디딘다고 했거든!"

한다.

연암씨는 이르노라.

이 글에는 작자의 성명이 없지마는 대체로 보아 근세의 중국 사람들이 비분강개해서 지은 글로 보인다. 세상 운수가 한밤중으로 들어가게 되자 오랑캐로부터 받은 재화가 맹수의 피해보다도 더할새, 소위 선비 나부랭이로서 염치를 못 차리는 자들이 글줄이나 꿰어 맞춰 가지고 시속 세상에 아첨을 하니, 범도 물어 가지 않을, '무덤 파는 선비'보다 나을 것이 있으랴.

이 글을 읽어 본다면 이치에 당찮은 데가 많이 있고 《장자》의 거협胠篋이나 도척盜跖 편 같은 글과 한 본이다. 그러나 천하에 뜻 있는 인사로야 어찌 하루라도 중국을 잊어버릴 수 있을 것인가. 오늘 청나라 세상이 된 지 겨우 4대에 불과하지마는 문화와 무력을 오래 부지해 왔고, 백년 동안을 태평세월로 국내, 국외가 잠잠하니 이런 세월은 한나라, 당나라 시절에도 없었다. 이런 이룩은 범연한 일이 아니라 오늘의 천자도 역시 하늘이 마련한 우두머리로밖에 볼 수 없을 것이다. 옛날 사람들은 이런 '하늘의 마련'을 두고 설마 하늘이 그러랴 하고는 성인에게 물어 본 적도 있었다. 이럴 적에 성인은 분

명히 하늘의 뜻을 받아서 말하기를,

"하늘은 말이 없이 행동과 사실로 보여 준다."[61]

고 했는바, 어린 나로서는 일찍이 이 대문을 읽을 때마다 실상 의혹이 없지 않았다.

나는 묻겠다. 하늘이 행동과 사실로 보인다 치고 보면 오랑캐로써 중국을 바꾸어 놓은 사실은 천하의 큰 치욕이매 백성들의 원통함을 어떻게 하랴? 향내 나는 제물과 비린내 나는 제물은 각각 제물 임자들이 닦은 공덕이 다를 것이매 대관절 귀신이 먹을 때는 무슨 냄새로써 짐작을 삼았을 것인가?

이러고 보니 사람의 처지에서 본다면 중국과 오랑캐는 반드시 등분이 있겠지마는 하늘이 마련한 것을 본다면 은나라의 한관이나 주나라의 면류관이나 다 각기 그 당시의 시속을 따른 것이다. 유독 오늘날 청인의 붉은 모자에만 의심을 둘 까닭이 어데 있을 것인가? 이래서 하늘이 정한 것은 사람이 어쩔 수 없다는 말과, 사람이 많으면 하늘도 막아 낼 수 없다는 말이 떠돌게 되어 사람과 하늘 사이에 서로 어울리는 이치는 한 걸음 물러서게 되고, 옛날 성인의 말을 징험으로 맞추어 보아 맞지 않을 때는 대번에 천지의 운수라고 해 버리고 마는 것이다.

애달프다! 이것이 어째서 한갓 운수일까 보냐.

어허! 명나라의 끄틀이 아주 없어져버린 후 중국의 선비들이 머리 깎는 풍속을 따른 지도 백년 나마 되건마는 자나깨나 가슴을 치면서 명나라를 생각하는 것은 무엇 때문인가? 이는 중국을 잊지 못

---

61) 맹자의 제자 만장萬章이 이런 뜻으로 물을 때에 한 맹자의 대답.

하는 까닭이다.

청나라 역시 자기네를 위해서 하는 짓이 서툴렀다. 역대 오랑캐 천자들의 후손들이 중국을 본뜨다가 필경은 잡혀버린 것을 경계하여 쇠비석을 만들어 파수 보는 전정篩亭에다 묻었는데, 그 비에 새긴 말을 보면 자기네의 의복과 모자를 부끄럽게 여기면서도 오히려 강하고 약한 것을 이 의관에 붙여서 마음을 켜고 있다는 것은 참으로 어리석은 노릇이 아니고 무엇이랴! 문물 제도와 무력이 버젓하고도 마지막 판 임금들의 잦아드는 운수를 건져 낼 도리가 없었거든 하물며 의관 나부랭이가 들어서 무슨 맥을 쓸 것인가.

의복과 모자를 정말 싸움에 편한 것으로 쳐준다면 북쪽, 서쪽 오랑캐들은 싸우기에 편한 의관이 아니던가? 그보다도 서북땅의 다른 오랑캐들로 하여금 도리어 중국의 묵은 풍속을 따르도록 할 만한 힘이 있는 뒤에야 참말 천하에서 제일 강하다고 쳐줄 것이다. 천하를 한목으로 욕을 보이는 구덩이로 몰아넣고는 외치기를, '너희들은 수치를 좀 참고서 나를 따라 강해지려무나.' 하니, 나는 모를 일일러라, 그 강해진다는 속을. 도적 무리들만이 눈썹을 붉게 하고 머릿수건을 누렇게 하는 것[62]은 아닐 것이다.

가령 여기서 한 사람의 백성이라도 그가 쓴 모자를 한번 벗어 땅바닥에 동댕이치는 날은 청나라 황제는 가만히 앉아서 천하를 잃어버렸다고 볼 것이다. 아까 바로 강해지는 까닭으로 믿었던 그것이

---

62) 지배 계급의 역사에서는 어데고 반란을 일으킨 농민들을 도적이라 불렀다. 중국 역사에서 그들은 흔히 반란 참가자로서 결의를 표명하기 위하여 일정한 색 수건으로 머리를 동이기도 하고 다른 모양으로 표식을 삼기도 했다.

이번은 주체할 수 없이 망해 빠지는 동티가 될 것이다. 이런 것을 비석까지 묻어 후손을 신칙한다는 것은 어찌 좀 과한 일이 아닐까.

이 글에는 본래 제목이 없었는데 이제 글 가운데 있는 '범의 꾸중〔虎叱〕'을 제목으로 삼아 중국이 맑아지기를 기다리는 바이다.

7월 29일 을사일. 개었다.

새벽에 옥전을 떠나 서팔리보西八里堡까지 8리, 오리둔五里屯까지 7리, 채정교采亭橋까지 5리, 대고수점大枯樹店까지 10리, 소고수점小枯樹店까지 2리, 봉산점蠭山店까지 3리, 별산점鱉山店까지 12리, 송가장宋家庄까지 들러 도합 47리 와서 점심을 치르고 다시 별산으로부터 이리점二里店까지 2리, 현교現橋까지 5리, 삼가방三家坊까지 2리, 동오리교東五里橋까지 16리, 용지하龍池河, 어양교漁陽橋라고도 하는 계주성薊州城까지 5리, 서오리교西五里橋까지 5리, 방균점邦均店까지 15리, 도합 50리로서 이날은 모두 합해 97리를 와 방균점에서 묵었다.

산 홈타기에 큰 고목나무가 섰는데 잎이 안 돋은 지가 수백 년이나 된다는데도 가지나 밑둥치가 썩지 않은 고목이었다.

송가장 성의 주위는 2리요, 명나라 천계(1621~1627) 연간에 송씨네 집안에서 쌓은 성이다. 소위 '외랑外郞'이란 말은 아전의 다른 칭호이다. 송가성은 이 지방의 대성으로서 그 일족 수백 명이 다 부요한데, 명나라와 청나라가 바뀌던 때에 사사로이 이 성을 쌓고 지겼다고 한다. 성 안에는 누대가 세 곳이나 있는데 높이가 여남은 길씩이나 되고 문 위에는 누각을 세웠는데 사첨 고루로서 위층에는 금부처를 모셔 두었다. 난간을 기대고 멀리 바라다보니 눈앞이 툭 터진다.

청인들이 이곳으로 쳐들어올 때 온 가족이 이 성을 지키다가 천하가 다 끝장이 나고도 진작 나와 항복을 하지 않으니, 청인들은 밉다고 해마다 은 천 냥씩 벌금을 물렸으나, 강희 말년에 와서는 말먹이 꼴 천 단씩을 바치게 했다고 한다. 성 안에 있는 10여 호 대가는 다 송 씨네 집으로 아직도 남종, 여종들이 5백여 명이나 된다고 한다.

계주성 안에는 물산이 넉넉하고 우람차니, 바로 황성 동쪽에 자리잡은 대처다.

산 위에는 안녹산安祿山의 사당이 있고, 성 안에는 돌로 건축한 패루 세 개가 있는데 패루 한 군데는 금자로 '대사성大司成'이라 썼고 아래층에는 국자 좨주國子祭酒의 3대 고증誥贈을 쭉 늘여 써 놓았다.

계주 술맛은 관동 제일이라 하기에, 술집 한 군데 들어가서 여러 사람들과 허리띠를 끄르고 한잔 먹었다.

독락사獨樂寺에 들어가니 정전에는 '자비사慈悲寺'라고 패를 붙였고, 절 뒤에는 이첨 누각을 세웠는데 그 속에는 아홉 길이나 되는 금불을 세워 두고 머리 위에는 수십 개나 되는 작은 부처를 앉혀 두었다. 다락 아래는 누운 부처가 있는데 비단 이불을 덮었다. 편액에는 '관음지각觀音之閣'이라 써 붙였고, 왼쪽에는 작은 글씨로 '태백太白'이라 써 놓았다. 더러는 말하기를 이불을 덮고 누운 것은 부처가 아니요, 이태백이 술에 취해 누운 상이라고도 한다.

행궁은 문을 채워 두고 구경을 시키지 않았다.

숙소로 돌아오니 대문 밖에는 장사꾼들이 빽빽이 몰려 있었다. 말이야, 노새야, 책, 서화, 골동 들을 가지고 온 자도 있고, 역시 곰 놀리는 자와 그 밖에도 구경거리로 뱀 놀리는 놈, 범 놀리는 놈까지 왔다가 다 파하고 돌아갔다고 한다. 구경 못 한 것이 애석했다.

앵무새를 파는 자가 있었으나 날이 이미 저물어 털빛을 자세히 볼 수 없기에 뒤미처 등불을 찾는 판인데 가 버리고 말아서 더구나 서운했다.

7월 30일 병오일. 날이 맑았다.

방균점에서 별산장別山庄까지 2리, 곡가장曲家庄까지 2리, 용만자龍灣子까지 4리, 일류하一柳河까지 2리, 현곡자現曲子까지 2리, 호리장胡李庄까지 10리, 백간점白幹店까지 2리, 단가점段家店까지 2리, 호타하滹沱河까지 5리, 삼하현三河縣까지 5리, 동서조림東西棗林까지 5리, 도합 41리를 와서 점심을 치르고 조림에서 백부도장白浮屠庄까지 6리, 신점新店까지 6리, 황친점皇親店까지 6리, 하점夏店까지 6리, 유하점柳河店까지 5리, 마이핍馬已乏까지 6리, 연교보煙郊堡까지 7리 도합 42리로서 이날은 모두 합해 83리를 와서 연교보에서 묵었다.

계주는 옛날 어양漁陽으로서 북쪽에는 반산盤山의 우뚝한 봉우리가 깎은 듯이 서 있어 위가 넓고 아래가 빨게 되어 소반처럼 생겼으므로 이름을 반산이라고 하는데, '오룡산五龍山'이라고도 한다.

일찍이 읽은 원중랑袁中郞[63]의 《반산기盤山記》에 경치가 좋다고

---

63) 명나라 시대의 저명한 문인으로 이름은 굉도宏道. 중랑은 그의 자이다.

해서 꼭 한번 올라가 볼 작정을 했는데 길동무가 없고 보니 어쩔 도리가 없었다. 산은 비록 깎은 듯이 둘러섰지마는 수백 리를 두고 구불구불 뻗었고 밖은 뼈다귀요, 속은 살로 되어 산속에는 과실나무가 매우 많아 황성에서 소용되는 대추, 밤, 감, 배 등속이 거반 이곳에서 난다고 한다.

어양교까지 오니 길 왼쪽에는 양귀비의 사당이 있어 산봉우리 위에 있는 안녹산의 사당과 함께 서로 마주 보게 되었으니 세상에 돈 가진 놈들이 무슨 할 짓이 없어 이따위 음탕한 사당을 세워 두고 명복을 비는 것인지. 《시경》에도 "복을 빌어도 돌아오지 않는다."는 말이 있지마는 이야말로 헛돈이 아니고 무엇이랴. 혹자는 말하기를, 성인도 정鄭, 위衛의 음탕한 시를 버리지 않고[64] 이로써 훈계하는 거울을 삼았다는 말로도 변명한다.

계주의 금병산錦屏山 석벽에는 양웅楊雄[65]이 반교운潘巧雲을 찔러 죽이는 장면을 새겨 놓았다고 한다.

백간白幹이라는 정자에 놀러 나온 젊은이들이 서로들 웃으면서 말하기를,

"안녹산은 정말 잘난 군이거든! 그가 앵도櫻桃를 읊은 시에, '앵도 한 광주리, 절반은 푸르고 절반은 누렇네. 푸른 절반은 회왕[66]에게 주고, 누런 절반은 주지[67]에게.〔櫻桃一籃子 半青一半黃 一半寄

---

64) 공자가 편찬한 《시경》에도 음탕하기로 유명한 정풍鄭風, 위풍衛風 장이 있다는 말.
65) 중국 고전 소설 《수호지》에 나오는 인물로서 그 애인 반교운이 행실이 부정타고 하여 금병산에서 찔러 죽였다는 이야기가 있다.
66) 안녹산의 아들.
67) 회왕의 선생.

懷王 一坐寄周撃)'했는데, 누가 있다가 주지와 회왕 구절을 바꾸
어 협운協韻[68]으로 함이 어떠냐고 청했더니, 안녹산이 성을 버럭
내면서 주지로 하여금 내 아들을 누르게 할 작정이냐 했다는데,
이런 시인이야말로 사당에 모시기는 좀 모자라지 않을까?"
하고는, 여럿들 같이 웃었다.

돌아서서 향림사香林寺에 들르니 불전의 편액에는 '향림암香林
菴'이라 써 붙였고, 전각 위에는 금자로 '향림법계香林法界'라고 써
붙였으니, 강희 황제의 글씨라고 한다.

순치順治 황제의 누이 되는 이가 일찍이 혼자 되어 여승 노릇을
하고 이 암자에 거처하다가 나이 아흔이 넘어서 죽었다고 한다. 절
에 있는 중들은 모두가 여승들뿐이다.

뜨락에는 높이 수십 길씩 되는 백송 두 그루가 있어 껍질이 하얗
다. 동쪽에는 작은 부도가 다섯 개나 있고, 부도의 좌우 옆에도 백송
세 그루가 서서 뜨락을 내리덮었고 물소리는 듣기만 해도 서늘했다.
바람 쐬는 정자를 '백간白幹'이라고 하는데, 백간송白幹松의 백간을
딴 것 같다.

북경이 가까워오니 오가는 거마 소리는 쨍쨍한 날에 우렛소리가
나는 것만 같았다. 길옆 좌우에는 다들 돈 있는 집이나 귀인들 무덤의
담장이 동리 집 담장처럼 죽 잇대었고 담장 밖으로는 물을 끌어 못을
만들어 두르고 무덤 문 앞에는 돌다리로 홍예를 틀어 놓았다. 이따금
돌로 만든 패루를 해 세웠고, 못가 갈대숲에는 콩깍지만큼씩 한 통배
를 매 두었고, 다리 아래로는 군데군데 고기 그물을 쳐 두었다.

---

68) 시에서 운자를 서로 맞추는 운조.

담장 안으로는 나무숲이 자욱히 들어선 틈서리로 가끔 기와집 추녀가 드러나기도 하고 뽀족 지붕 꼭대기가 솟았기도 했다.

점방에 들어가 잠시 쉬려니 난간 밖으로 수십 명이나 되는 예쁜 어린애들이 패를 지어 노래를 부르면서 간다. 비단 저고리 수놓은 바지에 옥 같은 얼굴로 더러는 박자판을 치기도 하고 더러는 생황도 불고 더러는 비파도 타면서 손을 잡고 느릿느릿 노래를 부르는데 차림이 다들 말쑥하다. 이 아이들은 황성에서 빌어먹는 남사당 아이들로, 거리를 나돌면서 먼 지방에서 온 행상들에게 웃음을 팔아 하룻밤 같이 자면 때로는 은 수백 냥씩 받기도 한다고 한다.

길가에는 삿자리를 이어 볕을 가리고는 군데군데 놀이터를 벌여 '삼국지'를 놀기도 하고, '수호전'을 놀기도 하고, '서상기'를 놀기도 하여 고함을 질러 창도 하고 악기에 맞추기도 한다. 천백 가지 놀잇감을 늘어놓고 파는 것은 모두 어린애들 장난감인데, 만든 감들만 희귀한 것일 뿐 아니라 만든 솜씨란 어느 것이나 정교하여 어떤 것은 손만 대면 부서질 것도 몇 냥씩이나 값을 들여 만들었다. 은빛 무늬 탁자에는 칼을 비껴 들고 말을 타는 관공의 인형을 몇만 개나 벌여 놓았다. 크기는 두어 촌씩도 못 되는 것을 모두 종이로 만들었는데 교묘한 솜씨는 귀신이 하품을 할 만하다. 이런 것쯤은 어린애들 장난감인데도 이렇게 종류가 많을 바엔 다른 것이야 미루어 알 수 있다. 이상야릇하여 눈이 휘둘리고 오관이 피로해지는 것만 같았다.

호타하를 배로 건너 삼하현三河縣 성 안에 들려 용주蓉洲 손유의 孫有義[69]의 댁을 찾았다. 용주는 벌써 달포 전에 산서 지방으로 가서

---

69) 박지원의 친우 홍대용이 전년에 왔을 적에 친교를 맺은 학자.

아직 돌아오지 않았다고 한다. 집은 성 동쪽 관우묘 옆에 있는 대여섯 칸 되는 초가라 가난한 살림살이를 알 수 있겠고, 심부름할 하인 한 명도 없이 주렴을 사이에 두고 부인네 목소리가 들렸다. 똑똑히 알아들을 수는 없으나 바깥양반은 누구의 청으로 서당 훈장으로 산서 지방에 갔는데, 집에는 딸애 하나를 데리고 혼자 있다고 하면서 조선 양반이 모처럼 오셨는데 맞지를 못해서 죄송하다고 하고는 사람 부르는 소리가 났다. 담헌이 부탁한 편지와 선물을 주렴 앞에 놓아 두고 나오노라니 담장이 무너진 곳에 열대여섯 살이나 된 웬 처녀가 서 있는데 얼굴이 희고 이마가 툭 터진 품이 손용주의 딸 같아 보였다. 심하현은 옛날의 임후다.

8월 1일 정미일. 아침에는 개었고 몹시 덥다가 오후에는
비가 오락가락, 밤에는 뇌우가 쏟아졌다.

새벽에 연교보를 떠나 사고장師姑庄까지 5리, 등가장鄧家庄까지
3리, 호가장胡家庄까지 4리, 습가장習家庄까지 3리, 노하潞河[70]까
지 4리, 통주通州까지 2리, 영통교永通橋까지 8리, 양가갑楊家閘까
지 3리, 관가장管家庄까지 3리, 도합 35리를 와서 점심을 치르고 다
시 삼간방三間房까지 3리, 정부장定府庄까지 3리, 대왕장大王庄까
지 3리, 태평장太平庄까지 3리, 홍문紅門까지 3리, 시리보是里堡까
지 3리, 파리보巴里堡까지 2리, 신교新橋까지 6리, 동악묘東岳廟까
지 1리, 조양문朝陽門까지 1리, 서관西館에 들어가기까지 도합 28
리로서 이날 모두 합해 63리를 왔다. 압록강에서 황성까지는 모두
합해 33참에 2,030리다.

새벽에 정 진사와 변 주부 등 몇몇이 함께 연교보를 먼저 떠나 몇
리를 못 와서 날이 밝았다. 갑자기 하늘이 무너지는 듯 우레 같은 소
리가 들렸다. 노하의 배들에서 나는 대포 소리라고 한다.

---

70) 통주에서 천진까지 이르는 운하.

아침 노을은 고요히 하늘거리는데, 멀리 뵈는 돛대들은 삼대처럼 늘어섰다.

버드나무 위에는 나무 꼬치, 풀뿌리들이 수두룩하게 걸려 있었다. 한 열흘 전에 북경 지방에는 큰비로 노하가 불어 넘쳐 민가 수만 호가 무너지고 사람과 가축들이 빠져 죽고, 떠내려간 자가 부지기수라고 한다. 시방도 말 위에서 담뱃대를 쥐고 팔을 펴야 버드나무 위에 뵈는 물 지나간 자취에 닿게 되니 거의 몇 길은 될 성싶다.

강역에 닿으니 강물은 넓고 또 맑아 수없는 배들이 몰려 대고 있으니, 장관은 만리장성의 놀라움과도 비할 만했다. 10만 척이나 되어 보이는 큰 배들은 모두 용을 그렸으니, 바로 어제 호북의 전운사 轉運使[71]가 좁쌀 3백만 석을 싣고 왔다고 한다.

시험 삼아 배 한 척에 올라가 배 만든 법식을 대강 구경해 보니 배의 길이는 여남은 발씩은 되고 쇠못을 박아 꾸몄는데, 배 위에는 널을 깔고 층대집을 지었으며 곡식은 모두 배 밑창에 그대로 쏟아 실었다. 뱃전 위에 세운 집은 모두 아로새긴 난간, 그림 벽, 무늬를 놓은 창과 문들이 육지에 있는 집이나 다름없었다. 밑은 창고이고 위는 누각으로 되어 현판, 주련, 휘장, 서화 등속이 바로 신선놀음이다. 지붕 위에는 쌍돛대를 세웠는데, 가늘게 짠 등자리로 폭을 이어 돛을 만들어 달았다. 온 배 거죽에는 납가루에 기름을 섞어 두텁게 바르고 그 위에는 누런 칠을 하여 물 한 방울 샐 틈 없이 만들어, 비가 와도 아무런 걱정이 없이 되었다. 배에 단 깃발에는 '절강'이니 '산동'이니 배의 자호를 크게 써서 달았다.

---

71) 지방에서 걷은 조세를 운송하는 일을 맡은 관직 명칭.

강물을 끼고 백 리 어간에는 돛대 선 것이 대숲처럼 빽빽하여 남으로 직고해直沽海로 통했는데 천진위天津衛에서 장가만張家灣까지 모여들었다. 천하에 배로 실어 나르는 물건은 한목 통주로 밀려들어 노하의 배 구경을 못 한다면 천자 있는 도성의 장관을 모를쯤 되었다.

다시 삼사들과 함께 다른 배에 올라가 보니 좌우로는 채색 난간을 세우고 앞에는 휘장을 늘여 문을 삼았고, 양쪽으로는 의장 깃발을 세웠는데 칼, 창, 검, 가장귀창, 날창들은 다 나무로 만들었다.

집 안에는 관을 한 개 놓고 관 앞에는 탁자와 제사 지내는 기구들을 늘어놓고 상복 입은 상주는 의자를 기대고 푸른 사창 아래 앉아 있었다. 몸에는 무명 옷을 입고 머리는 깎지를 않아 두어 치씩 긴 것이 중의 머리 같은데 다른 사람의 말을 받도 않고 앞에는 《의례儀禮》를 한 권 두고 있었다.

부사가 그 앞으로 나가 읍을 하니 상주도 답례를 하면서 머리를 조아리고 절을 하는 자리에 도로 앉는다. 부사가 나를 보고 필담을 해 보라기에 내가 부사의 성명과 관직을 써 보였더니 상주는 머리를 한 번 조아리고 쓰기를 성은 진秦이요, 이름은 경璟이라고 한다. 호북 사람으로, 돌아간 아버지는 벼슬살이로 북경에 와서 벼슬은 한림수찬翰林修撰으로 있다가 금년 7월 9일에 죽어 황제가 논밭까지 주어 이번에 유해를 모시고 고향으로 돌아가는 길이라고 했다. 몸이 상중이라 주인 된 도리에 실례가 많다고 이야기했다. 부사가 나이를 물으니 대답이 없어 다시,

"중국에서는 삼년상을 지내오?"

하고 물으니,

"성인이 다 마련한 제도라 못생긴 이 몸도 다리를 끌면서라도 따

라갑지요."

한다.

"상례는 주자朱子의 예법을 따르오?"

"문공文公을 따를 뿐이지요."

창 밖에는 반죽 난간이 사창에 비치어 영롱하고 옆배에서는 풍악을 잡히고 떠들고 있었다. 나는 갈매기, 뜬 구름, 웅기중기한 누각, 창을 통하여 보이는 까마득한 모래사장, 어슬렁어슬렁 드나드는 돛, 이런 경물을 볼 때는 물 위에 뜬 집이란 것도 깜빡 잊어버리게 되고 몸은 바로 어느 전각 집 화려한 방에 앉아 겸해서 강호의 풍광을 즐기는 것만 같았다. 부사는 몸을 돌리면서 빙그레 웃고는,

"가위 풍류 상주로구먼!"

했다. 나도 남모르게 웃었다.

정사가 사람을 보내어 구경거리가 있다고 바삐 오라고 불렀다. 부사와 함께 일어나노라니 등 뒤에서 무엇이 땅에 부딪치는 소리가 나기에 돌아다보니 부방 비장 이서구가 넘어져 쳐다보고 웃는다. 배 위에 깐 널이 얼음 못잖게 미끄러워 발을 붙일 수가 없었기 때문이다. 부사도 방금 조심조심 부축을 받고 돌아다보고는 조심하라고 말하다 말고 미끈덕하고 양쪽을 붙잡은 채 넘어졌다.

휘장 속에서는 네 사람이 방금 투전을 놀고 있었는데, 나는 들여다보아도 만주 글자라 무엇인지 잘 모르겠다. 혹은 이 놀음을, '마조馬弔'[72]라고도 한다.

안창으로 깊숙하게 들여다보이는 곳에는 탁자를 늘어놓고 기명

---

72) 투전 40장을 가지고 노는 중국의 노름감.

을 벌여 놓았는데 두루미, 병, 잔, 동이 등이 모두 예사 물건들이 아니다. 한쪽 문으로 나서니 정사와 서장관이 뱃장 널판을 붙잡고 배 밑창을 들여다보고 있었다. 여기는 부엌인데 늙은 여자 둘이 흰 수건을 머리에 쓰고 방금 숙주 나물, 무, 미나리 등속을 새로 냉수에 씻고 있었다. 나이 열여섯쯤 되어 보이는 한 처녀가 섰는데 예쁘기 짝이 없었다. 사람을 보고도 수줍어하는 기가 없이 얌전스레 서서, 하던 일을 천연스레 그대로 하고 있었다.

안개 같은 망사 속으로 새하얀 팔뚝이 연뿌리처럼 포동포동해 보였다. 아마도 진씨네 여종으로서 아침밥을 차리는 모양이다.

배의 양쪽 옆에는 파초선을 꽂고 한림, 지주, 정당, 포정사라고 썼으니 모두 죽은 이의 이력인 모양이다.

강 복판에는 군데군데 자그마한 놀잇배를 띄우고 더러는 붉은 일산도 받치고 더러는 푸른 휘장도 두르고 삼삼오오 저마끔 다리가 짧은 의자에 앉기도 하고 더러는 등자에 앉기도 했다. 평상 위에는 책이야, 화축이야 향정이야 차 끓이는 풍로 등을 늘어놓고 더러는 피리와 젓대도 불고 더러는 평상에 기대고 서화도 치고 술도 마시고 시도 읊고 있어 다들 풍류 선비들로 한가로운 정취가 그럴듯해 보였다.

배에서 내려 언덕에 오르니 수레와 말이 길을 막아 걸음을 옮겨 놓을 수 없었다. 동문을 들어서부터 서문에 이르는 5리 어간은 외바퀴 수레 수만 대가 꽉 들어차서 발길 돌릴 틈이 없어 할 수 없이 말에서 내려 한 점방에 들르니 점방 안이 풍성풍성하기는 성경이나 산해관 나위가 아니었다. 간신히 길을 비잡아 뚫고 한 자죽 한 자죽 나아가 저자 문 앞까지 와서 보니 문에는 편액을 '만소운집萬艘雲集'이라 써 붙였고, 한길 위에는 이첨 누각을 세우고 '성문구천聲聞九

天'이라 써 붙였다.

성 밖에는 세 군데나 큰 창고가 있는데, 성곽 모양으로 쌓고 위로는 기와를 이고 지붕 위에는 창 구멍을 낸 집을 세워 속으로부터 나쁜 공기를 뽑고 담벽 사이로는 구멍을 내어 습기를 막는다. 물을 끌어 창고를 빙 둘러 못을 만들었다.

영통교까지 이르렀다. '팔리교八里橋'라고도 하는데, 길이가 수백 발 나마 되고 넓이가 십여 발이나 되며 홍예 높이가 십여 길로 양쪽에는 난간을 늘여 세우고 난간 기둥들 머리에는 수백 개 짐승 모양을 만들어 앉혔는데 그 조각한 솜씨는 바로 도장꼭지처럼 되었다. 다리 아래에 있는 배들이 바로 조양문 밖까지 닿게 되었고, 여기서는 다시 작은 배로 물 문을 열고 태평창太平倉까지 실어 나른다고 한다.

통주에서 황성까지 40리 사이는 길바닥에 죽 돌을 깔아 쇠수레 바퀴들이 마주치는 소리가 더욱 놀라워 사람의 심신을 뒤흔들어 오히려 불안케 만들었다. 길 양쪽에는 모두가 분묘들로서 담장이 서로 잇대고 나무숲이 울창하여 무덤 모양은 볼 수 없었다.

대왕장에 이르러 잠시 쉬고는 다시 떠나니 길 왼편에는 세 칸으로 된 돌로 만든 패루가 서 있었다. 패루 아래 말을 멈추고 건축한 솜씨를 보니 동국유倣國維의 무덤 어란으로서 패루에는 관고官誥[73]를 새겼고 위층에는 '포총조칙襃寵詔勅'이라 새겼다.

다리를 건너 문 안으로 들어서니 양쪽에는 팔모난 망두석을 세우고 그 위에는 돌사자를 앉혀 놓았다. 가운데 뜨락에는 길 담을 쌓았

---

73) 고관들이 봉작을 받을 때 국가로부터 내리는 일정한 축사.

는데 높이가 한 길 나마 되고 길 좌우편으로는 늙은 소나무 수십 그루가 섰다. 3층으로 축대를 쌓고 그 위에는 높다란 비석을 열세 개나 세웠는데, 모두 황제가 동씨네 3대의 공훈을 표창한 글들이다.

동국유의 다른 이름은 융과다隆科多이고, 그의 처는 아사례씨阿奢禮氏라고 부른다.

북쪽 담장 밑에는 무덤 여섯 자리가 죽 한 줄로 있는데 봉분은 뗏장으로 덮지 않고 밑은 둥글고 위는 뾰족하게 석회로 발랐다.

누런 기와를 올린 수십 칸이나 되는 집이 한 채 섰는데, 단청이 다 시커멓게 되고 돌층대가 무너지고 채색한 주렴들은 다 썩어 떨어져 집 안에는 박쥐똥만 자욱할 뿐으로 적막하기 짝이 없는데, 그나마 수직군도 하나 없어 깊은 산중에 있는 빈 절간같이도 이상해 보였다. 아마도 한때 서슬이 푸르던 가문이 시방은 자손이 끊어져 버린 것이나 아닌가.

동악묘에 이르러 삼사는 심양에 들 때처럼 관복을 고쳐 입고 반열을 지었다.

통관 오림포, 서종현徐宗顯, 박보수朴寶秀 들은 벌써 묘까지 와서 기다리고 있었다. 다들 망포수보蟒袍繡補에 목에 조주朝珠[74]를 걸고는 말을 타고 앞장을 서서 길잡이를 했다.

조양문朝陽門에 이르니 그 제도는 산해관이나 다를 것 없었으나 티끌이 하늘을 뒤덮어 눈을 바로 뜨고 볼 수가 없었다. 군데군데 수레에 물통을 싣고서 길에다가 물을 뿌리고 있었다.

사신은 바로 예부로 표자를 올리러 가고 나는 길이 갈라져 조명

---

74) 청나라 제도로서 5품 이상의 관리는 목에 산호, 금파 등으로 만든 염주를 건다.

회와 함께 관소로 먼저 왔다.

순치順治 초년에 조선 사신이 드는 집을 처음으로 옥하玉河의 서쪽 언덕에 두어 이름을 '옥하관'이라 했다가 후에 아라사鄂羅斯 사람들에게 내 주었다. 아라사는 소위 코보들로서 아주 거세어, 청인들도 잘 제어를 못 했다. 그 뒤 사관은 건어호동乾魚衚衕에 있는 도통都統 만비滿조의 집에 회동관會同館을 두게 되었는데, 만비가 잡혀 죽을 때에 그 집안 사람들이 많이 자살을 해서 집이 음산했다고 한다. 더러 우리 나라 별사別使가 동지사와 행기가 마주칠 적에는 갈라서 서관西關에 들게 된다. 연전에 별사가 먼저 와 건어호동에 들게 되었으므로 동지사로 온 금성위錦城尉[75]는 서관에서 묵었다고 한다. 작년에 건어호동에 있던 회동관이 불에 타고 나서 아직도 개축을 못 했으므로 금번 일행도 다시 서관으로 옮겨 들게 되었다고 한다.

애석한 일이지마는 옛 역사에 이르기를, 문자가 생기기 전의 역사를 상고할 길이 없다고 했다. 그러나 문자가 생긴 이후 21대[76] 3천여 년 동안을 두고 천하를 다스리는 데는 대체 무슨 방법을 썼던가. 그것은 소위 '유정유일惟精惟一'[77]의 정신이 아니었던가. 그러고 보니 천하를 잘 다스린 자로 요 임금과 순 임금이 있음을 나는 알고 있

---

75) 박지원의 팔촌형 정사 박명원. 그는 박지원과 동행하기 3년 전에 역시 동지사로 온 일이 있었다. 금성위는 영조 임금의 사위로 그의 신분 칭호다.

76) 중국 역사에서 원나라 이전 역대 21조朝의 정사正史를 21사라고 부르는 데서 나온 말. 중국의 오랜 역사를 형용한다.

77) 중국의 고대 이상적 군주들로서 일련의 철인 정치의 표본으로 치는 요, 순, 우, 탕으로부터 문, 무, 주공을 거쳐 공자에게까지 계승하였다는 정치 철학의 골자로서 소위 '중용주의中庸主義'의 유일성을 의미한다.

다. 치수 사업에는 하우씨가 있음을, 정전에는 주공씨周公氏가 있음을, 학문에는 공자씨가 있음을, 재정과 조세에 있어서는 관중씨管仲氏가 있음을 나는 잘 알고 있다. 그러나 3천여 년 전 문자가 나오기 전에도 몇몇 성인들이 더 있어서 이런 정신으로 연구에 몰두하고 눈으로 보고 귀로 듣는 데 정력을 다했으며 몇몇 성인들이 창작을 하고 윤색하고 꾸미고 다듬질을 했는지 나는 모른다. 대체 이 같은 성인들의 노력은 자기를 위한 것이었던가, 그렇지 않으면 자손만대를 두고 같이 그 복리를 누리고저 함이었던가?

그러나 여기서 마음 쓰는 법이 벌써 다르고 그 겨누는바 일거리가 달라질 때는 일러서 성인이 아닌 우인愚人 즉, 어리석은 자라고 했다. 이런 자들은 일찍이 나라를 망치고 집안을 해치지 않은 자가 없었던 것이다. 이들이 애써 연구한다는 것은 모두가 부화한 것이지마는 눈과 귀의 정력을 애써 기울이는 데 들이는 정력은 성인들의 그것보다도 훨씬 지나치고 본즉 그들의 부화와 기교는 점점 더 후세의 환영을 받게 되어 아무 없이 겉으로는 이런 것을 배척하는 척하면서도 속으로는 그 달콤한 맛에 취하고, 내놓고는 이런 데 노력하는 자를 나무라는 척하면서도 숨어서는 은근히 끌어당겨, 세상에는 괴상야릇한 재주와 부화한 기교가 여기서부터 날로 더욱 불어 나가게 되었다.

보자! 옥으로 궁전과 누대를 지은 자는 소위 걸傑, 주紂가 아니었던가. 산을 깎고 골짜기를 메워서 성을 만 리나 쌓은 자는 몽염이 아니었던가. 천하의 곧은 길을 낸 자는 소위 진 시황이 아니었던가. 천하에 어떤 일이고 법이 아니고는 안 된다고 하여 나무 기둥을 옮기고 재를 길에 버리면 처벌을 하기까지 하는 법을 만들어 강한 법제를 실시한 자는 소위 상앙商鞅[78]이 아니었던가.

　이상 네다섯 공들은 그 역량과 재주와 정신과 기백과 배포와 시설이 하늘과 땅을 뒤흔들 만하며 미상불 여러 성인들과 맞겨누고 맞서 보려고까지 했으나 불행히도 문자가 생긴 후 처음으로 이런 일을 하였기 때문에 그들이 조작한 공로와 이익은 다만 후인들에게 돌아갔을 뿐 자신들은 모든 화단禍端의 장본인들이 되어 역사에서는 그들을 어리석은 자들로 이름을 매기게 되었으니, 그 아니 원통한 일인가.

　나는 또 모를 일이다. 21대 3천여 년 동안에 몇 명의 걸, 주, 몇 명의 몽염, 몇 명의 시황, 몇 명의 상앙과 같은 자들이 문자가 생긴 뒤에 이 같은 잘못을 더 본떴는지. 문자를 만든 후가 이러할 때야 문자를 만들기 전의 일은 또 알 만한 일일 것이다.

　무엇으로 보아 이것을 알 수 있을 것인가? 옛날 진나라 황제는 육국[79]의 본을 떠서 아방궁 전전前殿을 크게 지었으니 본을 떴다는 말은 화공이 모방을 해서 그려서 떴단 말이다. 육국의 정객들이 그 임금들에게 돌아다니면서 유세를 할 때는 응당 걸, 주 두 임금에 대하여 많은 욕설을 했겠지마는 소위 걸, 주가 옥으로 궁전을 지었다는

---

78) 전국 시대 진秦나라의 재상인 유명한 법제가로서 그는 처음 법률을 실시하는 데는 백성들의 신용을 얻어야 된다 하여 나무 기둥을 한 개 수도의 남문에 세우고는 그 나무를 북문까지 옮기면 상금 50냥을 준다고 하였다. 처음은 백성들이 의심을 하다가 한 사람이 이 나무를 옮기고는 상을 탄 것을 보고 이로부터 정부가 발표한 법을 백성들은 신용하게 되었다. 그 후 상앙은 여러 가지 까다로운 별별 법률을 만들어 실시하다가 필경은 자기가 만든 법에 걸려 죽었다.

79) 중국의 전국 시대 진秦나라를 제외하고 각자 할거했던 초, 연, 제, 조, 한, 위 여섯 나라를 말한다.

경궁瓊宮 요대瑤臺는 장화대章華臺나 황금대의 시늉에 불과할 것이요, 장화대와 황금대는 겨우 아방궁의 윤곽에 불과할 것이다.

이렇게 화려한 궁전도 항우가 지른 한 개비 불길로 말미암아 적지赤地로 화하고 말았으니, 족히 후세에 있어 집 치장하는 자들로서는 정신을 차려야 될 일이겠지마는 항우가 먹었던 속마음인즉 자신은 이왕 이 같은 궁전에 거처하지 못할망정 이것도 다른 사람의 차지가 될까 걱정이 되었고 본즉, 팽성彭城[80]에다가 또 한 개 아방궁을 지으려다가 미처 짓지를 못하였던 것이다.

또 소하蕭何[81]가 미앙궁未央宮을 크고 훌륭하게 지었을 적에 한漢나라 고제高帝는 눈과 귀가 멀쩡하게 있으면서도 짐짓 모르는 척하고 있다가 궁궐이 다 낙성된 뒤에야 도리어 소하를 꾸짖었으니, 꾸짖는 것이야 그럴듯한 일이지마는 이렇게 꾸짖을 바에야 어째서 소하를 처벌하여 조리라도 돌리고 지은 궁전은 태워 버리지 않았을까? 이로써 본다면 육국의 사치를 본떠 아방궁을 지은 것은 벌써 미앙궁을 지을 실마리가 되었던 것이 아니고 무엇이랴.

내가 조양문에 들어서서 처음 받은 인상으로는 소위 요순의 유정유일 정신이 바로 여기 있고, 우 임금의 치수 사업도 바로 이것이요, 주공의 정전법도 이런 것이요, 공자의 학문도 바로 여기 있고, 관중의 이재理財도 바로 여기 있었다. 걸, 주의 경궁 요대도 이 법에 불과하였고, 몽염의 만리장성도 이 법에 불과하였고, 진 시황의 치도 사업도 이 법에 불과하였고 상앙의 법제도 이 법에 지나잖게 보였다.

---

80) 항우가 도읍을 정한 수도.
81) 유방을 도와 한나라를 창건한 공신.

이것은 무엇으로써 증명할 것인가? 성인은 일찍이 재고, 되고, 다는 것을 한 가지 법칙으로써 규정해 왔으니 원형은 規規[82]에 맞도록 하고, 모난 것은 구矩[83]에 맞도록 하고, 직선은 먹줄에 맞추고 본즉, 이 법칙이야말로 천하에 퍼뜨리면 천하가 지키고 걸, 주에게 퍼뜨리면 걸, 주도 지킬 수밖에 없는, 움직이지 못할 법칙이다.

우 임금이 일찍이 거대한 치수 사업을 할 때에 그가 사용한 삼태기와 가래의 수효와 날카로운 연장들이며 공수의 재주와 수효도 헤아릴 수 없는 역군들이 어째서 몽염이가 산을 헐고 골을 메워 만리장성을 쌓을 때보다 못했을 것인가.

주공이 일찍이 천하에 밭이라고 하는 밭은 죄다 금을 그어 정전법을 실시하면서 도랑과 골창들 사이에는 한목 수레가 몇 채씩 다닐 만한 길을 내었으니 그 거대한 공사의 규모가 진 시황이 곧은 길 천리씩을 닦은 데 비하여 못하다고 할 수 있을 것인가.

성인은 일찍이 그 제자들이 나라를 다스리는 방안을 물을 때 대답하면서 말로는 그럴듯하게 벌여 놓았지마는 몸소 실천을 못 했다. 그러나 후세에 소위 하늘의 뜻을 받아 위에 올라서게 된 임금이란 학문으로 보아서는 반드시 성인보다 낫다고 할 수 없더라도 하루아침에 능히 들고 나서 제 손으로 실천을 할 수 있었던 것이다. 하필 중국 사람들만 이럴 수 있었던 것이 아니라 오랑캐의 임금으로서 중국을 정복한 자도 모두 다 이 법도를 계승하고 있다.

의식이 족한 뒤라야 예절을 알게 되는 법이라, 후세에 있어서 그

---

82) 컴퍼스.
83) 직각자.

나라를 부강코저 하는 자가 때로는 각박하다. 덕이 적다는 비평이야 들을 값에 그렇다고 그들의 이룩이 자기 한 몸의 이익만 돌보았다고는 말할 수 없을 것이다. 여기서 위태롭고 미약할 때의 마음 쓰는 법이나 일의 공사를 분명히 따져 말한다면 유정유일 정신을 그들에게 함부로 말할 것은 못 된다. 그러나 그 공덕과 이용에서 볼 때는 비록 그 방법이 오랑캐로부터 나왔다고 하더라도 여러 가지 장점들을 모아서 유정유일로서 표본을 삼지 않을 수 없었을 것이다.

그러므로 앞에서 말한 소위 재주와 지혜와 역량이 천지를 뒤흔들 만했다고 한 자들도 중국의 거대한 문화에 이바지한 자들이니, 이것은 21대 3천여 년 동안에 마련된 법도와 제도로써 넉넉히 알 수 있을 것이다.

그 나라를 세워 이름을 '청淸'이라 하고 도읍을 정하여 순천順天이라 하니 천문天文으로서는 기미箕尾[84]의 한 가닥이요, 지리로 보면 《서경》 우공 편에서 말한 기주의 지역이요, 고양씨高陽氏[85]는 유릉幽陵이라 했고, 도당陶唐[86]은 유도幽都라 했고, 유우有虞[87]는 유주幽州라 했고, 은나라는 기주冀州라 했고, 진나라 때는 상곡上谷, 어양漁陽이요, 한나라 초기는 연국燕國으로 되었다가 뒤에 탁군涿郡으로 갈려 다시 광양廣陽으로 고쳤고, 진晉나라, 당나라에서는 범양范陽이라 했고, 요遼나라 때는 남경南京이 되었다가 뒤에 석진부析津府로 고쳤고, 송나라는 연산부燕山府로 고쳤고, 금金은 연경燕京

---

84) 동북방에 있는 성좌 이름.
85) 중국 최초의 군주로 이르는 황제黃帝의 손자 전욱顓頊. 기원전 2,300년.
86) 요 임금을 이른다.
87) 순 임금을 말한다.

이라고 하다가 미구에 중도中都라 고쳤고, 원나라는 대도大都라 했고, 명나라 초기에는 북평부北平府라 하다가 태종 황제는 수도를 이곳에 옮기면서 순천부順天府라 고쳐 오늘 청나라의 수도로 삼았다.

성의 주위는 40리요, 왼쪽으로는 멀리 바다가 둘렀고 오른쪽으로는 태항산을 안고 북쪽으로는 거용산居庸山을 베고 남쪽으로는 하남 산동을 굽어 본다. 성문의 정남문은 정양正陽이요, 오른편이 숭문崇文이요, 왼편이 선무宣武요, 동남이 제화齊化, 동북이 조양朝陽이요, 서남이 평택平澤이요, 서북이 서직西直이요, 북동이 덕승德勝이요, 북서가 안정安定이다. 외성의 문이 일곱 있고 자금성紫禁城의 문이 세 개 있고 궁성은 주위 17리인데 문이 네 개요, 맨 앞에 정전은 태화太和라고 하는데, 한 사람이 있으니 그 성은 애친각라요, 그 종족은 여진女眞 만주부滿洲部요, 그 지위인즉 천자요, 그 칭호인즉 황제요, 그 직분인즉 하늘을 대신하여 나앉았고 자기가 불러서는 짐이요, 만국이 떠받들 때는 폐하요, 말을 내면 조서詔書요, 호령을 하면 칙서요, 그 쓰개는 붉은 모자요, 그 입성은 마제수馬蹄袖[88]요, 그 대를 전해서 4대요, 그 연호를 건륭이라고 부른다.

이 글을 쓴 자는 누구던가? 조선의 박지원이요, 쓴 때는 언제던가? 건륭 45년 8월 초하룻날이다.

---

88) 소매가 말발굽 모양으로 생긴 청인의 옷.

8월 2일 무신일. 간밤에 소나기가 퍼붓고 번개가 심했다.

　숙소로 든 곳은 아직 수리를 못 해서 창문에 바른 종이가 떨어지고 또 새벽 바람이 차가워 약간 감기 기운이 있어 음식을 잘 먹지 못했다.

　아침 나절에는 예부와 호부의 낭중들과 광록시光錄寺 관원들이 아문에 모였다. 쌀과 콩이 대여섯 수레나 되고 돼지, 양, 닭, 거위들이 바깥마당에 들어찼다. 소임 맡은 관원들은 의자에 죽 늘어앉았고 모두들 움쩍 않고 조용하여 아무도 떠드는 자가 없었다.

　정사의 매일 식사에 쓰이는 물목은 거위 1마리, 닭 3마리, 저육 5근, 생선 3마리, 우유 1병, 두부 3근, 밀가루 2근, 황주 6병, 김치 3근, 차엽 4냥쭝, 오이장아찌 4냥쭝, 소금 2냥쭝, 간장 6냥쭝, 된장 8냥쭝, 초 10냥쭝, 참기름 1냥쭝, 후추 1돈쭝, 등불기름 3병, 밀초 3가락, 우유기름 3냥쭝, 가는 가루 1근 반, 생강 5냥쭝, 마늘 10톨, 사과 15개, 배 15개, 감 15개, 마른 대추 1근, 포도 1근, 능금 15개, 소주 1병, 쌀 2되, 땔나무 30근, 사흘마다 몽고 양 1마리.

부사와 서장관에게는, 매일 두 사람 몫으로 양 1마리, 거위 1마리씩, 닭 1마리씩, 생선 1마리씩, 우유 두 몫에 1병, 소고기 두 몫에 3근, 밀가루 2근씩, 두부 2근씩, 김치 3근씩, 후추 1돈쭝씩, 차엽 1냥쭝씩, 소금 1냥쭝, 간장 6냥쭝씩, 된장 6냥쭝, 초 10냥쭝씩, 황주 6병씩, 오이 장아찌 4냥쭝씩, 참기름 1냥쭝씩, 등유 1종지씩, 쌀 2되씩, 사과 두 몫에 15개, 능금 두 몫에 15개, 배 두 몫에 15개, 포도 두 몫에 5근, 마른 대추 두 몫에 5근으로 과실은 닷새마다 한 번씩 내준다. 부사에게는 매일 땔나무 17근, 서장관에게는 매일 땔나무 15근.

　대통관大通官 3명과 압물관押物官 24명에게는 매일 닭 1마리, 고기 2근, 밀가루 1근, 김치 1근, 두부 1근, 황주 2병, 후추 5푼쭝, 차엽 5돈쭝, 간장 2냥쭝, 된장 4냥쭝, 참기름 4돈쭝, 등유 1종지, 소금 1냥쭝, 쌀 1되, 땔나무 1근.

　상급을 탈 종인從人 30명에게는 매일 고기 1근 반, 밀가루 반 근, 김치 2냥쭝, 소금 1냥쭝, 등유 도중으로 6종지, 황주 도중으로 6병, 쌀 1되, 땔나무 4근이요, 상을 못 탈 자는 221명에 매일 고기 반 근, 김치 4냥쭝, 초 2냥쭝, 소금 1냥쭝, 쌀 한 되, 땔나무 4근씩 준다.

8월 3일 기유일. 날이 맑았다.

해가 돋은 뒤에야 숙소의 대문이 열렸다. 곧 시대와 장복을 데리고 숙소를 나와 걸어서 첨운瞻雲 패루 아래까지 와서 태평차 한 대를 잡아 탔다. 수레는 노새 한 마리로 끈다. 주방에서 나오는 하루치 물자를 시대를 시켜서 돈으로 바꾸어 수레 앞에 놓았다. 은 두 냥이 엽전으로 2,200닢이나 되었다.

시대는 수레의 오른쪽에, 장복은 수레 뒤에 앉아 선무문까지 내달렸다. 선무문은 제도가 조양문이나 다름없고 왼편엔 코끼리를 둔 상방象房이요, 오른편엔 천주당이 있었다. 문을 나서서 오른편으로 구부러져 유리창 첫거리에 닿으니 '오류거五柳居'라는 석 자 문패가 눈에 띈다. 이곳이 바로 도옥屠鈺 책방으로서 지난해에 이덕무 일행이 이 책방에 와서 책을 많이 샀다고 하여 오류거 이야기를 귀가 아프게 들었던 터라 이제 이곳을 지나려니 무슨 구면 친구나 만난 듯했다. 이덕무와 작별할 적에 그의 말이 만약에 낙우樂宇 당원항唐鴛港을 찾으려거든 먼저 선월루先月樓에 가서 남쪽으로 작은 골목을 돌아 들어 둘째 대문집이 바로 당씨네 집이라고 하였다.

수레를 몰아 양매서가楊梅書街까지 와서 길모퉁이에 있는 육일루
六一樓에서 황포黃圃 유세기兪世琦를 만나 잠깐 이야기를 할 제 문
포文圃 서황徐璜과 입재立齋 진정훈陳庭訓 들이 자리에 앉았는데 다
들 얌전한 선비들로서 다시 날을 택하여 이곳서 만나기로 약속하고
수레를 돌려 북쪽으로 난 길로 들어서니 길옆에 금자로 쓴 '선월루'
란 간판이 우리 수레 앞에 선뜻 보였다. 여기도 역시 책방이다. 바로
이곳서 내려 두 하인을 데리고 걸어서 익히 다니던 곳처럼 당씨집까
지 찾아드니 문 앞에는 하인 셋이 있다가 마중을 나오면서,

　"우리 댁 나으리는 묘시卯時[89]에 관가로 들어갔습니다."
하기에,

　"몇 시쯤 집으로 돌아오실까?"
하고 물었더니,

　"묘시에 나가셨다가 유시酉時[90]에야 돌아오십니다."
한다. 하인 한 명이 바깥채에서 땀을 좀 들이라고 청하기에 따라 들
어가니 웬 허술하게 생긴 선비가 나와 맞는데 성은 주周가라고 하고
이름은 잊었다.

　당원항이 아들 셋을 두어 다들 잘났단 말을 들었는데, 방금 두 어
린아이가 구들간에서 내려서서 공손히 읍을 하였다. 묻지 않아도 원
항의 아들들인가 보다. 두 아이의 나이를 물었더니 맏이는 열세 살
이요, 둘째는 열한 살이라고 한다. 나는 두 아이를 보고,

　"형은 장우張友요, 아우는 장요張瑤렷다."

했더니, 한목으로,

"옳습니다. 그런데 어르신네는 어데서 우리 이름을 알았습니까?"

대답하기에, 나는,

"도령들이 글공부 잘한다는 이름이 외국까지 소문이 났단다."

라고 해 주었다. 이윽고 이 집 하인이 파초잎 모양의 주석 소반을 들고 나와 더운 차 한 잔과 사과 세 개, 양매탕楊梅湯 한 보시기를 공손스레 권한다. 하인은, 이 댁 큰마님이 전갈을 하여 지난해에는 조선 어른 두 분이 매일같이 우리 집에 오셔서 노셨는데 요즘도 다들 평안하신가 묻고, 가져오신 청심환이 있으면 한두 알 부탁드린다고 청해 왔다. 나는 지금 가진 것이 없으니 다음 날 다시 올 적에 틀림없이 갖다 올리겠다고 했다.

전에, 당씨 집 노부인은 언제나 동락산방東絡山房에 거처하면서 나이가 여든 남짓한데 근력이 아주 좋으시단 말을 들었다고 했더니 하인은 손을 흔들면서,

"노마님은 방금 중문에 나오셔서 따라온 하인들의 의복을 구경하고 계십니다."

한다. 나는 마주 쳐다보기가 좀 언짢아서 못 본 척하고는 붉은 종이로 만든 중머리 부채 두 자루와 각색 시전지詩箋紙 몇 장씩을 장우, 장요 두 아이에게 각각 나누어 주고는 한 열흘 안으로 다시 오겠다는 약조를 하고 그만 일어섰다. 문 밖을 나오면서 돌아다보니 당씨 집 늙은 어머니는 아직도 대문 안에서 두 몸종의 부축을 받은 채 서 있었다. 멀리서 보니 흰 머리가 이마를 덮고 체구가 건장한 채 아직도 분단장을 놓지 않고 있었다. 두 하인의 말이,

"아까는 당씨 댁의 여러 하인들이 달려들어 저희들을 좌우에서

붙들어 뜨락에 내세우고는 노마님이 시켜 옷 만든 법식을 보겠다고 옷을 벗으라 하기에 소인들은 황송하여 감히 바로 쳐다보지를 못하고 날씨가 더워 홑것을 입었다는 핑계로 사양을 했습더니, 돌려 세우고 모로 세우고 또 여러 하인들을 시켜 옷깃을 제치고 구경하시고는 술상까지 한상 차려 멕이십디다. 소인들의 입성이 이렇게 남루하고 보니 부끄러워 아주 죽을 뻔했습니다."

한다. 돌아올 때는 회자관回子館[91]에 들러 구경하고 왔다.

---

91) 회회교回回教 교당.

8월 4일 경술일. 날이 맑았다.
어떻게나 덥든지 삼복 중이나 다름없었다.

    수레를 몰아 정양문을 나서서 유리창을 지나면서 몇 칸이나 되냐
고 물었더니 누가 대답하기를, 도합 27만 칸은 된다고 했다. 대체로
정양문에서 선무문까지 가로 겹쳐 다섯 동리가 다 유리창이라고 하
여 천하의 재화와 보물은 여기 다 몰려 쌓였다는 곳이다.
    나는 어느 다락집에 올라가 난간을 기대고는 한숨을 쉬면서 이렇
게 말했다.
    "세상에 한 사람이라도 자기를 알아주는 사람을 얻는다는 것은
정말 여한이 없을 일이거든!"
    애달프다. 사람들은 늘 제 스스로를 알고자 하나 제대로 알 수가
없다. 그러니 때로는 아주 위대한 백치가 되든지, 그렇지 않으면 짐
짓 미친 행세를 하여 숫제 자기란 것은 없애 버리고 제 몸을 일체 만
물이나 다름없이 처하게 한다. 그래야 비로소 몸 놀리는 데 아무런
거리낌이 없이 여유로우리라.
    성인들은 때로 이런 길을 취하여 세상을 버리고 숨어 살면서도
답답한 줄을 모르고 홀로 나아가도 겁날 것이 없었다. 공자는,

"남이 나를 몰라준다 해도 노여워하지 않으면 또한 군자가 아닐까 보냐."

했고, 노담老聃[92]은 또,

"나를 알아주는 자야말로 드물다."

하였으니, 나란 것이 귀한 존재이기 때문이다. 이것이 다 다른 사람들로 하여금 저를 알도록 하고 싶잖다는 의미다. 이러고 보니 더러는 의복을 변복하기도 하고 더러는 형모를 달리하기도 하고 더러는 성명까지 바꾸었으니 이것이 다 성인이나 부처나 현인, 철인들이 하는 노릇으로서 그들은 세상을 주물러 놀리면서 천하의 제왕으로서도 이들의 취미와는 바꿀 수 없었던 것이다. 그러나 이런 경우에 있어서 혹시 세상에서 자기를 아는 사람이 한 사람이라도 생긴다면 그는 실패라고도 볼 수 있을 것이다. 그러나 미상불 진정에 들어가 본다면 세상에 단 한 사람쯤은 자기를 알아주기를 못내 바라고 있으니, 그렇기 때문에 요 임금은 평복을 하고 큰 거리에 나갔다가 격양가를 부르는 농부를 만났고, 석가는 아난을 만났고, 태백이 몸에 먹침질을 하고 돌아다닐 때에 중옹이가 있었고, 예양은 몸에 옻칠을 하고 다녔지마는 알아보는 친구를 가졌고, 굴원에게는 어부가 있었고, 치이에게는 서자가 있었고, 장록에게는 수가자가 있었고, 자방에게는 황석공이 있었다.[93]

---

92) 노자. 기원전 550년대 주나라 말년의 인물로 '무위주의無爲主義'를 주장한 철인으로 후세에서 도교의 조상으로 삼았다.

93) 역사상 전형적인 자기 친우 관계의 실례를 든 것으로 아난阿難은 석가의 제자요, 태백太伯과 중옹仲雍은 주나라의 어진 임금 문왕의 삼촌들로서 왕위를 피하여 달아난 사람들이요, 굴원屈原은 전국 시대 초나라의 삼려대부三閭大夫란 벼슬을 한 저명한 시인이요,

이제 나는 홀로 유리창에 서 있고 보니 입성이나 갓은 천하가 알 바 없을 것이요, 얼굴 생김새는 세상이 처음 보았을 것이요, 반남 박가는 누구 하나 들었을 바 없을 터로 나는 이참에 성인도 되고 부처도 되고 철인, 현인이 되어 미친 행세는 기자나 접여接輿[94]에 다름이 없다고 하자. 누구와 더불어 이 아깃자깃한 취미를 이야기할 것인가. 어떤 사람은 이렇게 묻기도 했다.

"공자는 송나라로 쫓겨다닐 적에 머리에 무엇을 썼던가?"

나는 한바탕 웃고 대답했다.

"동에 번뜩 서에 번뜩 별의별 차림을 하고 다닌 것을 누가 알 것인가."

그러나 "선생님이 계신데 내가 감히 어떻게 먼저 죽겠습니까?"[95]라고 한 안회顔回야말로 공자를 알아보았고 또 천하에 둘도 없는 지기라 할 수 있을 것이다.

예양豫讓은 전국 시대 지백智伯이란 사람의 신하로 죽은 임금의 원수를 갚기 위하여 변장을 하고 다닐 때 그의 처는 못 알아보았으나 친구는 알아보았다는 사람이요, 치이鴟夷는 전국 시대 월나라 범려范蠡의 변명이요, 서자西子는 월왕의 첩 서시西施의 별명이요, 장록張錄은 위나라 범수范睢의 변명으로서 수가는 그의 예전 상관으로 죽은 줄만 알았던 범수를 알아보았고, 자방子房은 한나라 모사 장량張良으로서 그가 출세 전에 황석공黃石公이란 신선을 우연히 만나 귀중한 병서를 얻어 출세를 하게 되었다는 고사들을 예로 든 것이다.

94) 공자 시대에 살았던 초나라의 은사이다.

95) 공자가 송나라 광匡이란 곳에서 습격을 받았을 때에 공자는 그 제자 안자가 뒤에 떨어진 것을 죽은 줄만 알았더라고 할 때에 안자가 한 대답.

동악묘 견문기[東岳廟記]

　　동악묘東岳廟[96)는 조양문 밖 1리쯤 되는데 있어 건축이 장려하기
가 연도에서는 처음 보는 건물이다. 성경에 있는 궁전들도 어림없이
못 미칠 만했다.

　　묘문을 마주 대하여 한 쌍 패루가 섰는데 푸른 유리 기와와 초록
빛 유리 기와로 이어 번쩍거리고 찬란한 품은 앞서 본 돌로 만든 패
루보다도 훨씬 나아 보였다. 이 묘를 처음 창건한 것은 원나라 연우
(延祐, 1314~1320) 연간인데, 명나라 정통(正統, 1436~1449) 때에
더 넓혀 지었다고 한다.

　　묘 안에는 인성제와 병령공과 사명군과 사승상[97)의 신상들을 만
들어 세웠는데, 모두 원나라 소문관 태학사昭文館太學士 정봉대부
正奉大夫 비서감경秘書監卿 유원劉元이 만든 것으로 유원의 솜씨는

---

96) 동악대제東岳大帝라는 산신을 위하는 사당집.
97) 인성제仁聖帝는 동악대제의 다른 칭호이며, 병령공炳靈公은 동악대제의 셋째 아들 되는
　　귀신이다. 사명군司命君은 목숨을 맡고 있는 귀신이고 사승상四丞相은 귀신의 막하들을
　　이른다.

천하에 둘도 없었던 솜씨라고 한다. 지금 청조에 들어와 강희 경진년(1700) 3월에 불이 나서 전각이고 행랑채고 다 타 버리는 바람에 묘 가운데 세워 놓았던 신상들도 다 타 버리고 다만 좌우편에 있었던 도원道院만 타지 않고 남았다고 한다.

강희 황제는 일부러 내탕금을 내리고 아울러 경향의 대소 관원들에게 연조금을 내도록 하여 유친왕裕親王으로 하여금 건축 공사를 감독하게 한 지 수년 만에야 낙성이 되어 황제가 직접 거둥까지 했다고 했다. 그 후 옹정 황제와 지금 황제는 또다시 내탕금을 내어 지붕을 수리하고 첫째 전각을 불러서 영소화육靈昭化育이라 하여 동악대제가 곤룡포에 면류관을 쓴 신상과 왼쪽에는 문신, 오른쪽에는 무신들로 시위해 모셔 세우고 앞에 놓은 탁자 앞에는 몇 섬들이나 되는 쇠로 만든 큰 항아리에다가 칠을 가득히 담고 심지 네 개를 박아 불을 켜고는 철망으로 뒤집어씌워 두었다. 등 앞에는 한 길 나마 되는 쇠향로에다가 향불을 피웠다. 칠등불은 시퍼런 불길이 늠실늠실하면서 연기는 구불구불 틀어 오른다. 술들과 휘장이 늘어지고 쇠요령 소리가 뎅그렁뎅그렁 나는데, 전각 속이 어둠침침하고 보니 무슨 꿈속만 같았다.

둘째 전각 안에는 여신상 세 개를 세웠는데 역시 구슬 달린 관을 쓰고 좌우 옆에는 선녀들이 모시고 섰다. 셋째 전각에는 무슨 신상인지 알 수 없었고 행랑채에는 72조曹와 36악嶽을 늘어놓아 기기괴괴 천태만상이다. 대 위에는 기명들을 벌여 두었는데 송나라, 원나라 관지款識가 박혀 있었다.

뜨락에는 높다란 비석 백여 개가 총총 섰는데 조맹부의 글씨가 많고 그 아우 세연世延과 우집虞集의 글씨도 있었다. 동서로 제일

첫 줄의 비석들은 누런 기와를 인 비각을 지어 놓았다. 그 윗머리로
는 고루가 섰는데 동편은 별음鼈晉, 서편은 경음鯨晉이라 한다.

북방 여행기[漠北行程錄]

8월 5일 신해일로부터 8월 9일 을묘일까지 5일 동안,
황성에서 열하까지.

머리말

　열하는 황제의 행재소行在所다. 옹정 시절에는 이곳에 승덕주承
德州를 두었고 지금의 건륭은 주를 부로 승격하였으니 황성의 동북
쪽 422리 되는 곳이요, 장성으로부터 2백여 리 떨어진 곳이다.

　지리를 보면 한나라 시대에는 요양要陽, 백단白檀 두 현으로 나뉘
어 어양군漁陽郡에 속했고, 원위元魏 시대에는 밀운密雲, 안락安樂
두 고을의 가장자리가 되었고, 당나라 시대에는 해지奚地였고, 요나
라 시대에는 흥화군興化軍을 두어 중경中京에 속했다가 금나라는
영삭군寧朔軍으로 고쳐 북경에 붙였고, 원나라는 다시 상도로上都路
에 붙였다. 명나라 시대에는 타안위朶顔衛 땅이 되었으니, 이것이
이 땅의 내력이다.

　지금은 청나라가 통일을 한 후 처음으로 '열하' 라고 이름을 붙이
고 만리장성 밖에서는 요해지가 되었다. 강희 황제 시대로부터는 언
제나 여름철이 되면 황제는 이곳에 두류하여 피서지로 삼았다.

　거처하는 궁전은 그리 화려하지를 않고 이름도 '피서산장' 이라고
하여 황제는 이곳에서 독서로 소일을 삼고 산수를 흥취로 여겨 세상

밖에서 한낱 평민의 생활에 취미를 두는 듯했지마는 그 실상인즉, 험악한 지세를 이용하여 몽고의 산먹을 틀어쥐고 국경 밖으로 깊숙하게 자리를 잡아 피서에 이름을 붙이고는 숫제 천자 자신이 오랑캐들을 방비하고 있는 셈이다. 원나라 시대처럼 천자는 풀이 무성한 철에는 어정거리면서 장성 밖으로 나갔다가 풀이 마를 무렵에야 남으로 돌아오는 것이다. 대체로 천자가 북쪽 변방에 두류하면서 자주 사냥질을 돌아다니고 본즉 오랑캐 족속들은 감히 남쪽으로 내려와 방목을 하지 못하기 때문에 천자가 들고 나는 철은 언제나 풀이 무성했다가 마르는 계절인바, 이 행차를 가져다가 '피서'라고 이름을 붙이는 까닭도 이 때문이다.

금년 봄만 해도 황제는 남방을 한 바퀴 돌아서는 줄곧 북쪽으로 열하까지 돌아왔다. 열하의 성지와 궁궐은 해마다 달마다 달라 보일 만큼 사치롭게 증축을 하여 그 화려하고도 우람찬 품은 창춘暢春이나 서산西山의 이궁들보다도 더 낫고 산수나 경치는 연경의 고궁보다도 좋으므로 해마다 천자가 이곳에 와서 두류할 만도 하니, 소위 외적을 막을 뜻으로 되었던 땅이 도리어 놀이터가 된 셈이다.

이번에 우리 사절은 창졸간에 천자의 부름을 받고 밤낮을 가리지 않고 닷새 동안에 열하까지 대었으니 가만히 노정을 꼽아 보면 아무래도 4백 리가 아닌 것만 같았다. 열하까지 와서야 산동도사山東都司 학성郝成과 더불어 노정의 멀고 가까운 이야기를 하게 되었다. 학성도 열하가 처음 길인데 그의 말대로 하면 열하에서 황경은 실상 7백여 리라고 한다. 강희 황제 때부터 해마다 이곳으로 피서를 하고 보니 왕족과 부마와 조정 대신들이 닷새 만에 한 번씩은 조회를 드리는데 도중의 길은 급한 여울과 강물이며 험한 영과 고개가 많아 다들 이런 멀고 험난한 걸음을 싫어하고 보니, 건륭 때 와서는 각 참 이수를 깎아 4백 리로 만들었는데 실상은 7백 리라고 한다.

여러 신하들은 언제나 말을 달려 천자에게 공사를 아뢰는데 이같은 외진 곳을 뜨락문 나들듯 하여 말 등에서 떠날 새가 없다시피 하고 있다고 한다. 이것은 성인들이 말한 소위 "평안해도 위태한 것을 잊지 않는다."는 취지로서 학성의 말은 그럴듯도 하였다.

고염무顧炎武가 쓴 '창평산수기昌平山水記'를 보면 고북구로부터 역참을 두어 북쪽을 나와 56리 청송靑松까지가 한 참이 되고, 다시 50리 와서 고성古城이 한 참이 되고, 60리를 더 와서 회령灰嶺이 한 참이 되고, 또 50리를 더 와 난하가 한 참이 되고, 난하를 건너와 열하까지가 40리인즉 고북구에서 열하까지는 모두 합해 256리다. 이로써 보아도 지리지에 기록된 것보다 56리는 더 많은 폭이다. 장성 밖의 이수가 이같이 틀릴진데 장성 안의 이수는 미루어 알 일이다.

이번 같은 걸음은 우리 사람들로서는 처음 당한 노릇으로 더구나 밤을 낮 삼아 달려 꿈속에 장님걸음이나 다름없이 오고 보니 역참이나 이정표 같은 것도 일행의 아래위 할 것 없이 알 바 없었다. 지리지에 따른다면 420리인즉 이대로 따를 수밖에 없었다.

8월 5일 신해일. 날이 맑고 더웠다.

사시巳時[1]에 사은 겸 진하정사謝恩兼進賀正使[2]를 따라 북경을 출발하여 열하로 떠났다.

부사, 서장관, 역관이 세 사람, 비장이 네 명, 따르는 사람까지 모두 74명이요, 말이 55필로서 나머지는 서관에 떨어져 머물게 했다.

당초 책문을 들어선 후 길에서 여러 차례 비를 만나고 물에 막혀 통원보通遠堡 같은 데서는 대엿새 동안이나 앉아서 날짜를 허비하여 정사는 밤낮없이 걱정을 하였다. 그 당시 나는 구들간을 마주 대하고 누워 자면서 매일 밤 빗소리를 들을 적마다 홀제 촛불을 밝히고 날이 샐 녘까지 휘장을 사이에 두고는 서로 이야기할 때에,

"세상일이란 만일을 모르거든. 만약에 열하로 오라는 명령이 있다면 그럴 날짜가 없는데 어찌할 것인가? 설사 열하 걸음이 없다

---

1) 오전 9시부터 11시까지.
2) 황제의 은혜를 사례하고 그의 탄생일을 축하하는 수석 사신이란 말로, 당시 정사의 공식 명칭이다.

손 치더라도 만수절에는 꼭 황성까지 대어 가야 할 터인데 만약
에 심양이나 요동 등지에서 또 물에 막힌다면 이야말로 속담에
새벽길을 걸어도 대문까지 못 나간다는 격이 되겠는데."
했다. 아침이 되어 물 건널 방책을 공론할 때도 여럿이들 서로 물을
못 건넌다고 말리니 정사는 서슴잖고,

"나는 나라의 사명을 띠고 온 걸음이다. 빠져 죽더라도 내 직책인
데, 다른 도리는 없을 것이다."
하였다. 이러고 난 뒤로부터는 아무도 감히 물이 대단해서 건널 수
없다는 말을 내는 자가 없었다. 철은 한더위 철인 데다가 때로는 비
가 오지 않는데도 가끔 마른 날에 물이 져서 아주 갑자기 바다로 변
할 때도 있었으니 이것은 다 천리 밖에서 폭우가 내린 까닭이다. 물
을 건널 적에는 벌벌 떨면서 제 얼굴빛을 나 잃고는 하느님 이번만
살려 줍시사고 빈 적도 여러 차례다. 맞은편 언덕에 건너와서는 서
로들 쳐다보고 죽었다가 다시 깨어나 만난 듯이 반가워하면서 인사
들을 한다. 또다시 앞에 닥칠 물은 건너온 물보다 더하다는 말을 들
을 때는 모두들 실심 낙담을 하고 맥이 풀린다. 그럴 때마다 정사는
말했다.

"너무들 걱정 마라. 나라가 돌보는 영험이 있느니라."
몇 리도 못 가서 또 물을 만나 때로는 하루에도 일고여덟 차례나
물을 건너고 예정했던 숙참을 지나기도 했다. 말들은 더위에 지쳐
죽고 사람도 더위를 먹고 구토, 설사를 할 때는 모두들 사신을 원망
해서, 열하까지 갈 턱이 만무한데 이 한더위에 예정한 숙참까지 지
레 지난다는 일은 전에 보지 못한 일이라기도 하고, 어떤 사람은 나
랏일이 아무리 소중하다더라도 정사는 늙고 병환까지 있는데 이렇

게도 몸을 가볍게 놀리다가 만약에 병이라도 더치면 도리어 낭패라고 하기도 하고, 어떤 사람은 너무 서두르다가 도리어 늦어지기 쉽다기도 하고, 어떤 사람은 예전에 장계군長溪君이 진향사進香使로 올 때에 책문 밖에까지 와서 물에 막혀 더 가지 못하고 누워서 기다리며 열이레 동안 물을 건너지 못했지마는 예정 숙참을 지나가면서까지 서두른 일은 없었다고들 투덜댔다.

드디어 8월 초하룻날 황성에 들어 사신은 즉시로 예부로 가서 표자를 바치고 서관으로 돌아와 머문 지 나흘째가 되건마는 아무런 동정을 볼 수 없어 다들,

"과연 걱정을 놓았구나. 사신은 매양 우리들을 믿지 않더니만 인제사 볼 일이지. 우리들 추측이 맞았지. 예정한 참대로 들러 왔더라도 열사흗날 만수절에는 넉넉히 대었을 것 아닌가?"

하였다. 이로부터는 더욱이 열하 갈 일은 아주 마음놓고 있었다.

초나흗날이다. 나는 밖에 나가 구경을 하다가 다 저녁때 어둠스레해서 취해 돌아와 곤한 김에 이내 잠이 들어 밤이 깊어서야 잠시 깨 보니 옆 사람들도 벌써 잠이 깊이 들고 있었다. 목이 되게 마르기에 상방으로 올라가 물을 찾는데 방에는 불이 켜져 있었다. 정사는 내 목소리를 듣고서 부르시고는,

"방금 열하에 가는 꿈을 꾸었는데 짐짝들까지도 역력하게 생각나는데!"

하기에, 나는 대답했다.

"도중에서 열하를 너무 마음에 두셔서 시방은 자리에 드셔도 꿈을 꾸신갑습니다."

물을 마시고는 돌아오는 길로 베개를 베고 누우면서 곧 코를 골

며 잤다. 꿈속같이 들리는데 갑자기 박석을 밟는 한 패거리 발자국 소리가 집이라도 무너뜨릴 듯이 우당탕 왁자지껄하게 나기에 나는 언제 일어나 앉은지도 모르게 벌떡 일어나 앉으니 머리가 핑 돌고 가슴이 두근거렸다.

진종일 나가서 구경을 하고는 돌아와 매번 자리에 누우면 대문을 밖으로 채워 두는 것이 무엇보다도 울적해 견딜 수 없어 때로는 이 런저런 당토 않은 생각이 들었다.

옛날 원나라 적 순제順帝가 북쪽으로 달아나면서 고려 사신을 놓아 본국으로 돌려보내자 사신은 사관을 나서고야 비로소 천하에 명나라 군사가 있음을 알았다고 한다. 가정 시대에도 졸지에 황성이 엄답俺答[3]에게 에워싸인 일이 있었다. 간밤에도 나는 변군과 내원이와 함께 이런 이야기를 하면서 서로 농지거리를 하였다. 이런 참에 발자국소리가 탕탕거리고 야단이니 무슨 일인지는 모르겠지마는 아마도 큰 변고가 생긴 것만 같았다. 방금 옷을 주워 입는 판에 시대가 달려와서 허둥지둥 아뢰되 시방 곧 열하로 떠난다고 한다. 내원이와 변군은 깜짝 놀라 깨어나,

"어데 불이 났나?"

하기에, 나는 농담으로,

"황제가 열하에 나가 있고 수도가 빈 틈을 타 몽고 군사 십만 명이 쳐들어왔나 봐."

했더니, 변군 떨거지는 눈이 둥그레지면서,

"그래?"

---

3) 달단족의 추장 이름.

한다. 나는 부리나케 상방으로 뛰어올라간즉 온 관내가 물 끓듯이
뒤집어졌다. 통관 오림포와 박보수와 서종현徐宗顯 들은 헐떡거리
면서 부산하게 설치는데 얼굴빛이 허옇게 질려 가지고 가슴을 치고
발을 동동 구르고 제 뺨을 제가 치고 손으로 목을 끊는 시늉을 내면
서 울며불며,

"아이고! 인제는 목이 날아가는 개개판이다!"

했다. '개개' 란 말은 목을 벤다는 말이다. 이자들은 연거푸 길길이
뛰면서 떠들었다.

"대가리는 떨어진 대가리다!"

사연을 물을 수도 없고 이자들의 노는 거조가 흉패스럽기 짝이
없었다. 사정인즉, 황제는 매일같이 조선 사신이 올 것을 기다리다
가 급기야 사신이 왔다는 보고를 받기는 했으나, 예부가 조선 사신
이 황제의 행재소까지 가야 할지 여부를 물어 아뢰지 않고 다만 표
자만 올리고 말아 그 직책을 다하지 못한 죄책으로써 모두 녹봉을
감소시켰다. 상서尙書 이하 북경 있는 예부 관리들은 겁이 나서 어
쩔 줄 모르고는 대뜸 한다는 짓이 사신 일행을 독촉하여 따르는 권
솔을 간단히 추려서 열하로 빨리 가도록 성화를 대는 것이었다.

그래서 부사와 서장은 모두 상방에 모여 데리고 갈 비장들을 뽑
고 있었다. 정사는 주부 주명신周命新을 비장으로 정하고, 부사는
진사 정창후鄭昌後와 낭청 이서구를 비장으로 정하고, 서장관은 낭
청 조시학을 데리고 가기로 하고, 수역인 첨추僉樞 홍명복洪命福은
판사 조달동과 판사 윤갑종尹甲宗을 데리고 가기로 하였다.

나를 보고는 기어코 같이 동행을 해야 한다고 하지마는 첫째로
먼 길에 와서 안장을 푼 지도 얼마 안 되고 보니 피로가 회복되지 못

했고 둘째로 만약에 열하에서 곧장 조선으로 돌아가라는 명령이 있다면 북경 유람은 적실코 낭패를 볼 터이다. 황제는 전에 비하면 해마다 더 조선 사신을 아껴 생각하여 매양 상례를 벗어나게 빨리 돌아가도록 특별한 은혜를 베풀고 본즉 열하서 곧장 돌려보낼 염려가 십중팔구다. 정사가 나를 보고,

"너의 이번 참 연경 만 리 걸음은 유람 때문이 아닌가? 열하는 전에 왔던 사람들이 아직 누구도 구경을 못한 곳으로 만약에 고국으로 돌아가 누구나 열하를 물을 때는 무어라고 대답할 터인가? 황성은 많은 사람들이 본 데지마는 이번 걸음으로 말한다면 다시 없는 좋은 기회로구나. 꼭 가야 한다."

하며 권했다. 필경 나는 가기로 작정하였다.

정사로부터 시작하여 죽 직위와 성명을 기록한 명단을 만들어 예부로 먼저 보내는 한편 역마편으로 황제에게도 아뢰었다. 나의 성명은 명단에 넣지 않았으니 혹시 황제로부터 별다른 상급이나 있을까 하여 이를 피한 까닭이다.

이윽고 사람과 말들을 점검하니 사람들은 모두 발들이 부르트고 말들도 모두 다리들을 절어 정말 대어 낼 가망이 없어 보였다. 일행에서 마두들은 죄다 뽑아 치우고 다만 견마잡이 한 명씩만 데리고 가게 되어 나 역시 부득이 장복이는 떨어뜨려 두고 창대만 같이 가기로 했다.

변군과 참봉 노이점과 진사 정각鄭珏과 건량판사 조학동과는 관문 밖에서 악수하면서 이별을 하는데, 여러 역관들도 저마끔 달려들어 손목을 마주 잡고는 일로 무사할 것을 빌어 섭섭한 정을 이기지 못했다. 같이 이국에 와서 또다시 이국에서도 이별을 하게 되니 사

람의 정리에 어찌 안 그럴 수 있으랴.

마두들은 저마끔 사과며 배를 사서 바치기에 한 개씩 받아 가면서 다 같이 첨운 패루 앞까지 와서는 말머리에서 작별 절을 하고는 저마끔 눈물을 지으면서 부디 몸조심하라고 당부를 한다. 지안문地安門 안을 들어서니 문 지붕은 누런 유리 기와로 이었는데 문 안에 좌우로 늘어선 점포들은 화려하고 번화하여 소위 바퀴가 부딪치고 어깨를 비비고 땀은 비 오듯, 소매로 장막을 치는 격이다.

문을 나서 다시 북쪽으로 구부려져 자금성을 끼고 7, 8리를 갔다. 자금성의 높이는 두 길이요, 돌 주추에 벽돌로 쌓았는데 누런 기와를 이고 담장 벽은 주홍칠을 하여 먹줄을 쳐 그은 듯하고 어늘어늘하기가 왜칠倭漆만 같았다. 한길 복판에는 대여섯 길 나마 되는 축대를 쌓고 삼첨 누각이 섰는데, 누각 제도는 정양문 같고 누각에는 덧붙여 축대가 있고 아래로는 사면으로 붉은 난간을 두르고 내문들이 있어 채워졌는데 병졸들이 지키고 있었다. 여기를 달리 '종루'라고도 한다. 한 3, 4리 더 가 동직문東直門을 나서니 내원이가 뒤쫓아 와서 서글프게 작별 인사를 하고 간다. 장복이가 말등자를 붙들고 늘어져 목멘 울음으로 나를 차마 못 놓기에 나는 알아듣도록 타일러 돌려보낸즉 이번에는 창대와 손을 서로 붙잡고 둘이 마주 우는데 눈물이 비 오듯 했다. 만리를 동반해 왔다가 한편은 가고, 한편은 남아 처지니 인정상 당연한 일이다.

나는 말 위에서 이런 생각을 했다. 인간으로서 가장 괴로운 노릇은 이별처럼 괴로운 노릇이 없을 터이요, 이별 중에서도 괴로운 이별은 생이별처럼 괴로운 이별이 없구나. 그까짓 죽고 사는 이별쯤이야 괴롭다 말할 거리가 못 될 것이다. 천고로 내려오면서 어진 아버지, 효성 있는 자식, 믿음직한 남편, 알뜰한 지어미, 의로운 임금, 충성된 신하, 피로 맺은 동지, 마음으로 사귄 친구들이 운명을 하는 자리에서 마지막 유언을 주고받을 때나 또 옛날 임금들이 임종할 때 탁자에 기대어 자기가 믿던 신하에게 국사를 부탁하는 자리에서는 누구 없이 손을 붙잡고 눈물을 뿌리면서 있는 정곡을 다하여 애끊는 당부를 하는 법이다.

이것은 세상의 어느 부자, 어느 부부, 어느 군신, 어느 붕우 사이에서라도 언제나 있을 수 있는 일이요, 또 세상에 어질고 효성 있고 알뜰하고 믿음성 있고 의롭고 충성되고 피로 맺고 마음으로 사귀는 사이들에서는 누구 없이 우러나오는 심정들이다. 이런 일이 이미 사람마다 함 직한 일이요, 또 사람마다 우러날 수 있는 심정이라면 이런 일은 세상에 순순한 이치로 될 것이다. 이처럼 누구나 할 수 있는 순순한 이치를 실천만 하고 보면 소위 '3년을 고치지 않는다.'[4]고 쳐줄 것이니, 여기서 무덤에 들어가 죽은 자로서야 땅속에서 다시 또 무슨 할 말이 있을 것인가.

그러나 살아남은 자의 괴로움이란 부모를 따라 죽으려고 한 효자도 있고, 아들이 죽어서 눈이 멀게 된 아비도 있고, 아내가 죽어 너무도 어이가 없어 물동이를 치고 노래를 부른 남편도 있고, 임금의 원수를 갚으려고 숯을 먹고 벙어리가 된 충신도 있고, 남편의 시체를 찾으려다가 성이 무너져 치여 죽은 아내도 있었으니 이런 사람들은 다들 죽은 사람들을 위하여 제 몸을 희생하였을 뿐 이미 죽은 자

---

4) "적어도 3년 동안은 죽은 아버지가 지켜 오던 법도를 고치지 않아야만 효자라 할 수 있다."라는 《논어》의 한 구절.

로서는 아무런 상관이 없었으니 이러고 보면 죽고 사는 이별 마당에서 죽은 자는 아무런 괴로움이 없었다고 할 것이다.

역사에 있어서 임금과 신하 사이에 가장 친근한 본보기를 칠 때는 반드시 부견苻堅[5]과 왕경략王景略[6] 사이와 당 태종과 위 문정魏文貞[7] 사이를 말할 것이다. 그러나 왕경략을 위하여 부견의 눈이 멀었다든가 위 문정을 위하여 태종이 물동이를 치고 노래하였다는 일은 아직 들어보지 못했다. 오히려 무덤 등에 잔디가 자리도 잡기 전에 시체를 파내 매질을 하고 묘 앞에 세운 비석까지 넘어뜨린 일까지 있으니 일이 이쯤 되고 보면 이번에는 또 죽은 사람에게는 오히려 부끄러운 일이 될망정 살아남은 사람으로서는 괴로움이 없었다고 볼 것이다.

세상 사람들은 죽고 사는 것을 누구나 한 번 당하고 말 일로 보고 있다. 죽고 사는 일이 이같이 당연한 이치일진대 여기서 한 사람은 살고 한 사람은 죽는 이별로서는 못내 괴롭다고 말할 거리가 못될 것이다.

세상에 무엇이 괴롭다, 무엇이 괴롭다 해도 한 사람은 가고 한 사람은 남는 생이별보다 더한 괴로움이 또 어디 있을 것인가. 그러나 이별의 괴로움에는 '곳' 과 '때' 가 있음을 알아야 한다. 그러면 대체 어떤 곳이 이별하는 괴로움을 자아낼 만한 곳일까? 집도 아니요, 정자도 아니요, 산도 아니요, 들도 아니다. 그러나 물이란 풍정은 적실

---

5) 동진東晉 시대 전진前秦의 임금. 357~384년.
6) 이름은 맹猛으로서 전진 부견의 승상으로 있으면서 많은 공적을 세운 정치가이다.
7) 당 태종 시대 간의대부諫議大夫였던 위징魏徵을 말한다.

히 이별의 괴로움을 자아냄 직한 '곳'이 될 것이다.

이별 '곳'으로 치는 물이란 대체 어떤 물을 두고 말하는 것인가? 커서 강과 바다요, 작아서 도랑과 개굴창만이 물이 아니다. 크건 작건 간에 되돌아올 길이 없이 흘러가는 모든 것이야말로 물일 것이다. 그러니 옛날부터 이별하는 괴로움을 그려 낼 적에는 흔히들 물이 배경으로 나오는 것이다. 세상에는 이릉과 소무[8]만이 다정다한한 사람이 아니언마는 그네들의 글에 나오는 애끊는 이별들은 유달리 물을 이별 '곳'으로 삼고 있었다. 그러니 그네들의 이별이 가장 애끊는 이별로 보였던 것이다.

물? 물의 정취를 나는 알고 있다. 옅도 않고 깊도 않고 잔잔도 않고 급하지도 않은 물결이 바윗돌을 얼싸안은 채 흐느껴 우는 것이 물이었다. 바람도 없고 비도 없고 그늘도 안 들고 볕도 안 나는 음산한 날, 눈에 보이는 경물들이란, 한 번은 무너지고 말 강 위에 놓인 다리, 필경은 죽고 말라 버릴 강둑에 선 나무, 앉고 서고 뒹굴 수 있는 강가의 모래사장, 솟았다 잠겼다 숨바꼭질하는 강 복판의 물새들! 이런 경물 속에 선 사람인즉, 셋도 아니요, 넷도 아닌 단 두 사람이 소리도 없고 말도 없이 마주 설 때야말로 세상에 이런 괴로운 자리가 또 있을 것인가.

강엄江淹[9]은 "말없이 간장을 녹이면서 갈라질 따름이다."했다. 어쩌면 이렇게도 멋대가리 없는 소리가 있을까? 세상에 이별하는

---

8) 이릉李陵과 소무蘇武는 한나라 무제 때 사람들로 둘이 다 북방 오랑캐 땅에 있다가 소무는 19년 만에 돌아오고 이릉은 못 오게 되었는데, 두 사람의 작별 시에 '휴수상하량携手上河梁'이란 구절이 있어 뒷날 사람들이 '하량'을 이별하는 장소의 대명사로 쓰고 있다.
9) 남북조 시대 유명한 문인이며 관리.

자로서 누가 떠들어 댈 것이며, 누가 간장쯤이야 안 녹을 것이랴. 이야말로 한낱 잔소리에 불과한 것으로 이쯤으로는 괴롭다고 쳐줄 바 못 될 것이다. 이별도 없었는데 이별의 진곡을 안 사람은 시남료市南僚 한 사람을 볼 수 있다.

> 그대를 보내는 이 강두에서 돌아설 제
> 그리운 그대 모습 이로부터 멀어지네.
> 送君者自崖而返, 君自此遠矣.

이야말로 천고에 다시없을 남의 창자를 끊는 소리다. 무슨 까닭일까? 이는 다름 아니라 물에 다다라 이별을 하게 된 까닭이니, 말하자면 이별하는 '곳'이 그럴듯했던 까닭이다.

유우석劉禹錫[10]은 상수湘水에서 유종원柳宗元[11]과 이별한 후 5년 만에 다시 옛 길을 따라 계령桂嶺[12]을 나서서 다시 옛날에 이별하던 그곳에 다다라 시 한 편을 지어 유종원을 조상하였다.

> 예 보던 그 숲 보고 내가 탄 말 울음 울 제
> 그대가 탔던 그 배 산굽이로 사라지네.
> 我馬映林嘶, 君帆轉山滅.

---

10) 당나라 시대의 저명한 문인.
11) 당나라 시대 저명한 문인으로, 당송 팔대가의 한 사람.
12) 광동성에 있는 산 이름.

한 많은 귀양살이 손이라 하자. 무엇 때문에 이토록 괴로웠던가? 이것은 오로지 물의 정취 때문이다. 우리 나라는 워낙 지역이 좁고 보니 그토록 괴로울 만한 먼 길 생이별을 모르고 있지마는 유독 물길로 중국을 갈 때가 생이별의 괴로운 정리를 가장 쉽게 알 만한 때라고 할 수 있을 것이다.

그러니 우리 나라 대악부大樂府에도 '배따라기' 곡이 있다. 우리말로 배가 떠나간다는 말인데 그 곡조가 창자를 에이듯이 구슬프다. 그 법식인즉 꽃배를 만들어 마당에 내놓고 어린 기생을 한 쌍 뽑아 장교 복색으로 꾸며 붉은 옷에 갓을 씌우되 갓에는 자개 갓끈에 범수염과 흰 깃을 단 화살을 꽂고 왼손에는 활을 잡고 오른손에는 채찍을 쥐고는 먼저 군례로 창을 하고, 첫 번째 나팔을 불면 온 마당은 풍악을 잡힌다. 배 좌우에는 기생들이 한 패씩 모두 비단 치마에 수 놓은 옷을 입고 한목으로 '어부사'를 부르면 풍악이 뒤를 따른다. 두 번째, 세 번째도 처음과 같이 창을 부르고 나팔을 불면 다른 어린 기생이 장교 복색을 하고 배 위에서 배가 떠나는 방포 소리 창을 부른다. 그러면 배는 닻을 감아 올리고 떠나게 된다. 이때에 기생패들은 한목으로 노래를 불러 축하를 한다.

닻 감아라 배 떠나간다.

이때 가면 언제 오나.

만경창파에 가는 듯 돌아오소사.

碇擧兮船離, 此時去兮何時來, 萬頃滄波去似回.

이 노래는 우리 나라에서 가장 눈물나는 이별 곡조다.

오늘 장복으로 말한다면 아비와 아들 사이 친분도 아니요, 임금과 신하 사이 의리도 아니요, 남편과 아내 사이 교분도 아니요, 동지나 벗 사이도 아닌 터에 그의 생이별이 이토록 괴로움은 이것이야물을 '곳'으로 삼은 탓이라고도 할 수 없을 것이다. 이국 타향이매 어데가 이별 장소 아닌 '곳'이 있으랴.

슬프다! 소현세자[13]가 심양에 있을 당시, 데리고 있던 신하들이 가끔 떠나고 머물고 할 '때'나 심부름하던 사신들이 혹시는 오가고 할 '때'에 그는 어떤 감상을 가졌을 것인가? 임금이 욕을 보게 되면 신하는 아무 소리 없이 선뜻 죽는 것이 의젓할 일이었지. 대체 누구는 가고 누구는 머물고, 무엇은 참고 무엇은 참지 않을 일이 어데 있겠는가. 그러나 이 당시야말로 우리 나라 역사상 누구나 한번 뼈아픈 통곡을 할 만한 '때'가 아니었던가.

슬프다! 벌레 같은 이 몸이건만 백년이 지난 이날에 와서도 한번 그 당시 일을 돌이켜 생각할 적엔 혼담이 서늘하고 뼈가 녹는 듯 쓰라리거든, 하물며 당시에 있어서 이국에 붙들려 와 있는 그 임과 또다시 작별까지 하는 그 자리일까 보냐. 더구나 굴욕적인 약속의 협박 아래 감시의 눈초리가 날카로운 처지에서 눈물을 잔주리고 소리를 들이삼키면서 설움에 터질 듯한 가슴을 못내 숨겨야만 하는 그 처지일까 보냐. 더더구나 당시의 정경으로 보아 떠나고 처지는 신하들이 서로 작별을 할 때면 멀리 바라보아 요동벌은 망망하여 끝이

---

13) 소현세자는 인조의 맏아들이다. 인조가 청나라의 전신인 후금의 침략으로 굴욕적인 조약을 맺고, 그 아들 소현세자와 세자의 아우이자 뒷날 효종 임금이 된 봉림대군鳳林大君을 볼모로 심양까지 보내게 되어 8년 동안 인질 생활을 한 일이 있다.

없고 심양의 짙은 숲은 까마득한데 가는 사람은 콩낱처럼 아물아물해 보이고 걷는 말은 겨자씨만큼 작아져 갈 때 안력은 다할 대로 다하고 땅 끝과 물시울이 하늘을 맞닿을 뿐 흔적조차 없어지면 해는 저물어 여관으로 돌아와 누울 때, 과연 그들의 가슴속에는 어떤 설움이 북받쳐 올랐을 것인가. 이 같은 이별에야 하필 물역만이 이별 '곳'으로 될 법은 없을 것이니, 정자도 좋고 집도 좋고 산도 좋고 들도 좋다.

또 하필 흐느껴 우는 물결 소리와 음산한 날씨만이 그들의 괴로운 정곡을 자아낼 것이랴. 또 하필 무너지려는 다리와 말라 죽으려는 나무만이 그들의 이별 '곳'이 될 것이랴. 비록 단청한 집이나 화려한 봄날도 모두가 그들에게는 이별할 '곳'이 될 것이요, 통곡할 '때'가 될 것이다. 이런 '때'야말로 비록 돌로 깎은 사람이라도 한번 돌아다볼 것이요, 무쇠 창자라도 녹아내릴 것이니 이것이 바로 우리 나라로서는 상하 없이 통분을 참을 수 없었던 '때'였다.

이렇게 생각하면서 이십여 리 길을 언제 왔는 줄도 모르고 왔다. 대체로 성문 밖은 산천이 툭 터지게 맑지를 못하고 어데고 쓸쓸해 보였다. 날은 이미 저물어 수레바퀴 자국만 따르다가 보니 길을 잘못 들어 서쪽으로 빗나가 수십 리를 돌게 되었다. 좌우는 수수밭이 자욱이 들어서서 하늘과 맞붙었는데 길은 함 속같이 우묵하여 괴어 있는 물은 무릎까지 빠졌다. 때로는 물을 뽑으려고 바닥에는 도랑을 파 두었는데 물이 고였고 보니 어디가 어디인지 알아볼 수 없었다. 조심조심 깊은 데를 피해 걸어 무턱대 놓고 노정만 따라갔더니 밤은 이미 깊어 손가장孫家庄에 와서 묵었다. 동직문을 지름길로 알고 나선 것이 오히려 몇십 리나 돌게 되었다.

8월 6일 임자일. 아침은 맑고 늦게야 몹시 더웠다가 한낮쯤
되어서는 센 바람이 일고 번개가 치고 소낙비가 내렸다.
저녁 나절에야 개었다.

　새벽 일찍 동틀 무렵에 길을 나서서 이정표에 순의현계順義縣界
라고 써 놓은 데까지 왔다. 다시 수십 리를 더 오니 이정표에는 회유
현계懷柔縣界라고 쓰여 있다. 현성은 길에서 10여 리에서 7, 8리쯤
떨어져 있다고 한다.

　수隋나라 개황(開皇, 581~600) 연간에 말갈은 고구려와 싸워 이
기지를 못하자 부장部長 돌지계突地稽가 여덟 부락을 거느리고 부
여성扶餘城에서 한목으로 떨어져 나와 수나라에 붙으므로 순주順州
를 두어 자리를 잡게 되었다. 당 태종 때에는 오류성五柳城을 손에
넣고 돌리가한突利可汗을 우위대장군右衛大將軍으로 삼아 말갈의
부족들을 영솔하도록 하고 순주를 다스리게 하였다. 개원(開元,
713~741) 시대는 탄한주彈汗州를 두었고 천보(天寶, 742~756) 이후
는 다시 귀화현歸化縣으로 고쳤다. 후당後唐 장종莊宗 때 주덕위周
德威[14]가 유수광劉守光[15]을 쳐서 순주를 함락시켰다고 했는데, 순의

---

14) 후당의 용장으로 누차 양나라를 이긴 공적이 있었다.

현과 회유현 두 땅을 말한 것으로 즉 옛날의 순주 땅이다.

우란산牛欄山은 서북쪽으로 30리에 걸쳐 뻗었는데, 옛 늙은이들
이 전하는 말로는 옛날에 금소가 이 산골 속에서 났고, 신선이 소를
타고 이 골 속에 나와 놀았다고 하고, 골 가운데는 구유 모양으로 생
긴 돌이 있어 이름을 '음우지飮牛池'라 한다고 한다. 또 이 산을 '영
적산靈蹟山'이라고도 한다. 이 산 동쪽에서 조하潮河와 백하白河가
합치고, 이 산 동북쪽에는 호노산狐奴山이 있고, 서북에는 도산桃山
의 다섯 봉우리가 손바닥을 펴 세운 듯이 깎여 있다.

수십 리를 더 가서 백하를 건넜다. 백하는 그 근원이 장성 밖에서
시작하여 석당령石塘嶺에서 장성을 뚫고 나와 황화黃花, 진천鎭川,
창평昌平의 유하楡河와 장성 밖 여러 강물과 합하여 밀운성密雲城
아래를 거쳐 지나간다.

원나라 승상 탈탈脫脫은 수리에 밝은 자를 모집하여 이곳에 동둑
을 쌓아 물을 막고 논농사를 시켜 일년에 백만여 석 추수를 했다고
한다. 명나라 태감 조길상曹吉祥은 이 땅을 몰수하여 국유로 만들었
는바, 이로부터 이곳 영세 농민들은 농토를 잃고 백하의 수리는 망
치고 말았다고 한다. 금나라 알리불斡離不[16]이 순주에 들어가서 곽
약사郭藥師[17]를 쳐부순 데가 바로 여기다. 물살은 급하고 누런 흙탕
물이었다.

도대체 이곳 물은 모두가 누런 흙탕물이다. 겨우 배 두 척이 있었

---

15) 후량後梁의 장수로 자칭 '연제燕帝'라고까지 불렀다.
16) 금나라 태조의 둘째 아들로서 일명 '완안종망'이라고 한다.
17) 뒤에 알리불의 부하가 되었지만 이때는 송나라 장수다.

는데 모래벌판에는 서로 먼저 건너려고 덤비는 수레가 수백 대나 되어 사람과 말들은 콩나물 박히듯 서 있었다.

오던 도중에 멜대를 꿴 누런 궤짝 수십 개를 메고 오던 자들이 있었는데 궤짝들은 더러는 좁기도 하고 넓기도 하고 더러는 길기도 하고 높기도 한데 모두 옥기명들을 넣은 것으로 회자回子나라[18]에서 황제에게 조공하는 진상품들이라고 한다. 북경 거리에서 삯짐꾼을 내어 운반을 해 가는데 회회교 나라 사람 네댓 사람이 영솔해 가지고 간다. 그중에 차린 품으로 보아 높은 사람 같아 보이는 자가 회자 나라의 태자라고 한다. 얼굴 생김새가 우락부락하고 흉하게 생겼다.

누런 궤짝들을 배에 싣고는 막 삿대를 찔러 언덕에서 떠나는 판에 우리 일행 부엌 심부름꾼이 댓바람에 뛰어 배 위에 올라 궤짝 포개 놓은 위에 말을 세우자 배는 발 나마 언덕으로부터 떨어졌다. 언덕 위에 있던 회교도는 질색하면서 소리를 치고 발을 구르고 야단이다. 우리 부엌 심부름꾼은 아무런 척도 않고 먼저 건너는 것이 수란 듯이 까딱도 않고 있었다. 내가 수역에게 손가락질을 하니 수역은 깜짝 놀라 빨리 내리도록 호령을 했다. 회회 사람들도 소리쳐 배를 돌려 대도록 하고는 다시 짐을 메어 내렸으나 우리 사람들에게 아무런 실랑이도 하지 않았다.

막 강 복판까지 건널 때 한 조각 검은 구름장이 서남쪽에서 불어오더니 모래와 먼지를 날려 연기인 듯 안개인 듯 삽시간에 사방은 캄캄해 지척을 분변할 수 없었다.

배에서 내려 하늘을 쳐다보니 새까만 구름장이 덮개덮개 주름을

---

18) 중앙 아시아의 근동 회회교 국가들.

잡아 독기가 잔뜩 서려 있었다. 이따금 구름장 틈서리로 번갯불은 번쩍번쩍, 수레 소리, 북소리인 양 뇌성도 야단스러운데 무렁무렁 틀어오르는 구름장은 검은 용이 허공으로 뛰어나는 것만도 같았다.

밀운성을 몇 리 사이에 두고 바라보면서 재빨리 말을 몰다나니 바람은 더욱 세차게 불고 가로 내리치는 빗발은 두 주먹으로 등판을 두드리는 듯 형세가 그냥 견뎌 내기 어렵기에 길가에 있는 옛날 당집으로 뛰어들었다. 동쪽 행랑채 안에는 웬 사람 둘이 책상을 가운데 두고 마주 앉아 바쁘게 무슨 문서장을 꾸미고 있었다. 이들인즉 밀운 역리들로서 역마를 번갈아 태우기 위해 대기해 둔 자들이었다.

한편으로는 글자를 쓰고 한편으로는 만주 글자로 번역을 하고 있는 판인데 마침 '조선'이라고 쓴 글자가 얼핏 눈에 띄기에 자세히 들여다보니, 황제의 칙유를 받들어 북경 있는 병부兵部는 조선 사신들에게 튼튼하고 건장한 말들을 내주고 여로에 불편이 없도록 소청대로 응수를 하여 빈틈없이 접대를 한다고 늘어놓았다. 얼마 안 되어 사신들도 비를 피하여 뒤따라 들어왔기에 나는 수역을 끌어당겨 그 종이쪽을 보라 했더니, 수역은 그 종이를 사신에게 가져다 바치고는 바로 글 쓰던 사람들에게 다우쳐 물으니 그 사람들은 아무것도 모른다고 하면서 저들은 그저 내왕하는 문서를 적어 두고 잘 맞추어 볼 따름이라고 했다.

소위 건장한 말들은 언제 누구에게 주었으며, 또 설사 이런 말을 주었다기로니 이런 말들은 몸집이 덜썩 큰 기치마들로서, 한 시간 3각刻[19] 동안에 70리를 달리는 것이 역마들의 교대 시간으로 되어 있

---

19) 한 시간은 요즘 두 시간이요, 한 각은 15분으로, 한 시간 3각은 두 시간 45분이다.

다. 길에 오면서 역마 달리는 것을 구경했지마는 앞에 내달리는 자가 무슨 노랫소리처럼 창을 부르면 뒤에 좇는 자는 마주 소리를 받아 놀라는 소리같이 질러 이야말로 산골이 저르렁저르렁 울렸다.

역마가 한번 기치를 놓기 시작하면 바윗돌이고 개골창이고 가리지 않고, 나무숲이고 풀떨기고 마구 뛰어넘어 발굽 소리는 북치는 소리나 소낙비 소리처럼 들렸다.

우리 나라 토종말인, 쥐새끼 같은 과하마果下馬 따위도 으레 고삐를 꽉 붙잡고 안아 모시듯 부축을 해도 오히려 나뒹굴 염려가 없잖은 길인데 더구나 이런 역마를 누가 탈 수 있을 것인가. 만약에 황제의 명령이라고 하여 굳이 타란다면 이야말로 도리어 두통거리일 것이다. 황제가 우리 사신을 마중하기 위하여 측근의 신하를 보냈는데, 방금 이곳을 지나갔다고 하니 길이 어긋난 것 같다.

비가 좀 멎기에 즉시 떠나 밀운성 밖을 돌아 7, 8리를 가니 갑자기 웬 허우대가 덜썩 큰 되사람 몇 명이 큼직한 노새들을 타고 오면서 손을 흔들어 이 앞으로 5리를 못 가서 골짝물이 불어 넘쳐 자기들도 되돌아왔다고 한다. 채찍을 정수리 위까지 처들면서,

"이마큼씩이나 물이 불었습니다. 당신네들이 날개나 돋쳤다면 모르겠지마는!"

하였다. 그제야 모두 얼굴빛을 잃고 서로 돌아다보면서 다들 말에서 내려 길바닥에 섰으려니 위로는 비가 내리고 아래로는 땅이 질어 어데로 발을 붙이고 잠시 쉴 곳도 없었다. 통관과 우리 역관을 시켜 앞에 나가 물을 보도록 했더니 돌아와서 하는 말이 물이 두 길이나 불었다고 하는 데야 어쩔 도리가 없었다.

버들숲은 컴컴하게 우거졌는데 선들바람이 제법 차가웠다. 하인

들은 입은·홑옷이 물에 흠뻑 젖어 벌벌 떨었다. 비가 잠깐 멎는데 길 왼쪽으로 선 버드나무 뒤로 새로 지은 자그마한 전각이 있기에 바로 말을 달려 함께 들어가 앉아 청처짐하게 물 빠지기를 기다렸다.

대체로 황성으로부터 연도에 30리마다 반드시 행궁이 하나씩 있는데, 여기는 창고 등속까지도 갖추지 않은 것이 없다. 바로 성 밖에 행궁이 있는데 십 리도 못 되는 곳에 또 이런 전각을 지어 둔 것은 무슨 까닭일까? 굉장하고 사치하고도 으리으리한 품이 사람의 손으로 만든 것 같지 않았다. 그러나 나는 몸은 춥고 배는 고파 두루 돌아볼 경황조차 없었다.

바로 해가 떨어질 무렵이라 홍라산紅螺山의 천야만야 깎아 선 봉우리에는 빨간 맷방석 같은 해가 너울너울 산봉우리에 걸렸고 아계丫髻, 서곡黍谷, 조왕曹王 등 여러 산들은 금빛 구름과 수은빛 연기 속에 휩싸여 있었다.

《삼국지》에서 조조曹操가 백단白檀을 지나 유성柳城에서 오환烏桓[20]을 격파했다는 데가 바로 여기이니, 그래서 산 이름을 '조왕'이라고 붙였다고 한다. 유향劉向[21]의 별록別錄에는, 연나라 지방 서곡이란 땅은 추워서 오곡이 나지를 못했는데 추연鄒衍[22]이가 퉁소를 불어 날씨가 따뜻해졌다고 했다. 《오월춘추》에 "북쪽으로 한곡寒谷을 지나다."라고 한 데가 바로 여기다. 내가 어릴 적에 과거시체科擧

---

20) 북경 종족으로 작은 나라 이름인 동시에 그들이 근거했던 산 이름.

21) 한나라 종실로서 저명한 학자.

22) 전국 시대 제나라 사람으로 연나라에 가서 벼슬을 하다가 왕이 참소를 믿고 추연을 옥에 가두니 여름에 서리가 왔고 북방 서곡이란 땅은 추워서 오곡이 되지 않았는데 추연이 퉁소를 불자 날씨가 따뜻해지면서 오곡이 잘 되었다는 기록이 있다.

詩體를 배우면서 '서곡에서 퉁소를 분다.'는 옛 일을 인용하여 쓴
적이 있었더니 오늘은 내 눈으로 바로 그 산을 바라보게 되었다.

임역任譯과 제독提督과 통관들의 공론이,

"이제는 더 가 봤자 물을 건널 수 없고 되물러서도 끼니를 치를
데가 없는데 그나마 해는 저물고 보니 어쩌면 좋단 말인가?"

하니 오림포가 있다가,

"여기가 밀운에서 5리도 못 되니 형편으로 보아 다시 성 안으로
되돌아가 물이 빠지기를 기다리는 수밖에 없나 보우."

했다. 오림포는 나이가 일흔 남짓하여 누구보다도 기한을 견뎌 내지
못하였다. 대관절 북쪽 국경 지방은 제독 이하가 예전에는 가 보지
못했던 곳이므로 노정도 잘 모를 뿐 아니라 해는 저물고 사람 사는
인가도 드물어 멍멍하여 어찌할 줄을 모르기는 우리들이나 다를 바
가 없었다.

나는 앞질러 밀운성에 갔는데, 도중에 물이 말 배때기까지 올라
왔다. 말을 성문 앞에 세우고 사신 일행과 같이 들어가려고 기다리
고 있는 판에 별안간 웬 쌍초롱불이 우리들을 맞아 주었다.

뒤따라 말 탄 군사 여남은 명이 앞으로 와서 마중하는 동작을 보
여 밀운 지현知縣이 몸소 영접을 하러 나온 것임을 곧 알게 되었다.
통관이 먼저 가서 불과 몇 마디 말을 옮기는 동안에 거행이 이토록
빨랐던 것이다.

청나라 법에는 비록 황족들의 행차라도 여염집 민가에는 유숙하
는 법이 아니기 때문에 묵는 처소란 으레 점포 같은 데가 아니면 묘
당 같은 절집이다. 지금 이 고을에서도 거처로 정해 준 곳이 관묘關
廟인데, 지현은 대문까지 왔다가는 돌아가 버리고 관묘에는 사람,

말 할 것 없이 들게 되어 사신은 쉴 만한 처소가 없었다.

밤은 이미 이슥하여 집집마다 문을 걸어 채워 오림포가 목이 쉬도록 고함을 쳐서 간신히 대문을 열고 나오는 집이 있었는데, 이 집은 소蘇가 성 가진 사람 집이었다. 이 집은 이 고을 관속으로 다니는 자의 집으로 사치한 품이 행궁이나 다름없었다.

관속으로 다니던 주인은 이미 죽고 열여덟 살 난 사내애가 혼자 있는데 얼굴이 깨끗하게 생긴 품이 안방 도련님 티를 벗지 못했다.

정사가 청심환 한 개를 내주니 무수히 절을 하면서 놀라 겁을 집어먹고 벌벌 떠는 기색을 보였다. 그도 그럴 것이 한밤중에 대문을 두드리는 자가 있는가 하면 사람 떠드는 소리, 말 울음소리, 와자지껄하는 소리가 응당 처음 들어본 소리일 터요, 대문을 열고는 벌 떼같이 뜨락이 미어지도록 쓸어든 패가 도대체 어떤 사람들일꼬?

소위 '까오리(조선인)'가 아무런 연통도 없이 예까지 오고 보니, 이곳 북방 사람들로서는 첫 대면이라 응당 안남 사람인지 일본 사람인지 유구 사람인지 섬라 사람인지, 머리에 쓴 모자는 둥근 테가 널찍하고 꼭대기에는 검정 모자처럼 발라 처음 보는 눈에는 이상야릇도 했을 터이니, 이것은 또 무슨 갓일꼬? 걸친 입성이란 소매는 넓디넓어 펄렁펄렁하여 활개춤이라도 출 것 같으니 처음 보는 꼴이라, 이것은 또 무슨 복장일꼬? 그 말하는 소리는 더러는 쨋쨋! 더러는 깍깍! 처음 듣는 소리일 터이니, 이것은 또 무슨 말일꼬? 모두가 이상야릇도 하렸다.

비록 예절로 유명한 주공 같은 양반의 의관이라도 처음 보는 눈에는 안 놀라고는 못 배길 형편이겠거늘 더구나 우리 나라 의관이란 볼품이 덜썩 크고 그 위에다 고풍으로 되었고 보니 놀라는 것도 무방한 일일 것이다.

　게다가 사신 이하 복색은 저마끔 달라서 역관 입성을 입은 패가 한 패, 비장 입성을 입은 패가 한 패, 군뢰 입성을 입은 패가 한 패 있는가 하면 역졸이나 마두들은 아무 없이 맨발에다가 가슴을 풀어 젖히고 상판은 타고 마르고 홑바지는 찢어지고 미어져 궁둥이와 허벅다리를 감추지 못하고는 와자지껄 떠들면서 대답한다는 소리는 엄청나게도 길게 뽑으니 처음으로 이 꼴을 본다면 대체 이것이 무슨 예법일꼬? 이상야릇도 하렷다.

　저들은 반드시 같은 나라에서 같이 온 줄은 모르고 응당 동서남북방 갖은 오랑캐가 떼를 지어 저희들 집으로 몰려든 줄로만 알았을 터이니 어째서 놀라 기겁을 하지 않겠는가? 그나마 백주 대낮이라도 이런 꼴을 당했다면 당황했을 터인데 더구나 오밤중이었으며, 그나마 제정신 가지고 있을 때 말이지 더구나 잠결이겠으며, 하필 열여덟 살밖에 안 된 애송이일 것이랴. 비록 팔십 난 늙은이라도 놀라 기겁할 것은 틀림없는 일이다.

　임역이 아뢰기를, 밀운 지현이 밥 한 자배기와 채소, 과일 등 다섯 쟁반과 돼지고기, 양고기, 거위고기, 닭고기 다섯 쟁반에다 차며 술 다섯 병과 땔나무 등을 가져다 바친다고 했다. 정사는,

　"땔나무쯤은 모르겠다마는 밥이고 고기는 이녁 주방이 있는 이상 폐 끼칠 것이 없으니 받아들이고 않는 것은 다시 부방 삼방들과 상론해 보라."

하였다. 수역이 있다가,

　"연경으로 올 적에는 동팔참東八站에서 이런 공대를 하는 전례가 있으나 그것은 익은 음식이 아니외다. 오늘 이 성 안으로 돌아든 것

은 비록 의외이기는 하지마는 저들이 이곳 주인 된 도리에서 보내
온 것을 무엇이라 하고 돌려세우겠습니까? 좀 난감하오이다."

하는데, 부사와 서장관이 와서,

"황제의 의향을 모르고 어찌 함부로 받겠습니까? 돌려보내는 것
이 지당할까 하오."

했다. 정사는 그럴 일이라 하면서 즉시 받아들이기 어렵다는 의향을
말해 보내라고 시켰다. 십여 명 짐꾼들은 끽소리 없이 한목으로 메
고 나갔다.

이윽고 서장관은 하인들에게 만약에 한 줌 땔나무라도 받는 놈이
있다면 대곤장을 칠 터라고 불호령을 내렸다. 조금 있다가 조달동이
와서, 군기대신軍機大臣 복차산福次山이 당도했다고 아뢴다. 이는
황제가 특별히 군기대신을 보내어 사신을 마중하게 했는데, 군기대
신은 정로正路로 덕승문德勝門으로 들어오고 우리 일행은 동직문으
로 해서 나왔으므로 서로 길이 어긋났던 것이다. 복차산은 밤낮을
헤아리지 않고 뒤쫓아온 터인바, 황제가 고대하고 있으니 꼭 초아흐
렛날 아침 전까지는 열하까지 대야 한다고 재삼 부탁을 하고 갔다.

군기란 벼슬은 한나라 시대의 시중 벼슬이나 마찬가지로서 언제
나 황제 앞에 앉았다가 황제가 무슨 말을 하면 의정대신에게 전한
다. 지위는 의정대신보다 낮지마는 직분이 황제의 측근에 있고 보니
대신이라고까지 하는 것이다.

군기대신은 나이가 스물대여섯이나 되어 보이고 키는 거의 한 길
이나 되어 허리는 휘청휘청하고 눈은 가느스름하여 꽤 곱살스럽게
생겼다. 말을 마친 후 꽃과자 한 개를 씹으면서 즉시 말을 달려서 가
버렸다.

벽돌 박석을 깐 큰 대청에는 큼직하고 멀쑥하게 차린 탁자 위에 반듯반듯하게 자리를 잡아 흰 유리 접시에는 불수감佛手柑[23] 세 개를 담아 놓아 맑은 향내가 코를 찔렀다. 교의交椅들은 모두 무늬 있는 나무들로 여남은 개나 놓였고, 서쪽 바람벽 아래는 등자리를 펴고 꽃무늬 놓은 탄자와 보료와 요를 깔았고, 구들간 위에는 시뻘건 탄자를 길이나 넓이가 구들간에 꼭 맞도록 깔았고 침대 위에는 폭신폭신한 털탄자를 깔았는데 오색으로 쌍룡 무늬를 놓아 짰다.

심부름꾼 두 명이 그 위에서 누워 자고 있기에 시대를 시켜 아무리 흔들어도 깨어나지 않아서 시대는 고함을 쳐 내쫓았다. 나는 하도 곤하기에 잠시 그 위에 드러누웠더니 갑자기 전신이 가려워서 한번 손을 댄즉 굵은 이가 우수수하고 떨어졌다. 나는 곧 일어나 옷을 여미고 밥이 다 되었는지를 물었더니 시대가 빙긋이 웃으면서 당초 밥을 짓지 않았다고 한다. 까닭인즉 이 시각은 벌써 밤이 깊어 닭이 우는 때라 물 한 사발, 나무 한 줌을 구해 낼 재주가 없었다. 비록 쌀은 백설같이 희고 돈은 집더미로 처쌓였더라도 쌀을 익혀 낼 재주는 없었다.

부사의 주방 하인들은 낮에 먼저 비를 맞으면서 강을 건너갔으므로 상방의 건량 고지기인 영돌이가 부방과 삼방 거행을 겸하여 보는데 밥 지을 기약이 까마득했다. 하인들이 춥고 배고프고 곤해 떨어져 자기에 손으로 때려 깨웠으나 일어나다가는 곧 그대로 쓰러진다. 할 수 없이 내 발로 주방까지 들어가 본즉 영돌이가 혼자 고개를 젖히고 한숨만 길게 쉬고 있었다. 남은 자들은 말고삐를 다리에 맨 채한데 코를 드르렁드르렁 골면서 자고 있었다. 간신히 수숫대 한 줌

---

23) 향내를 피우는 귤의 일종.

을 얻어 밥솥에 불을 땐즉 한 가마 쌀과 반 통이나 되는 물이 끓어날 턱이 없었다. 도리어 같잖고 우스운 일이었다. 조금 있다가 밥이 들어왔는데 익기는 고사하고 쌀알이 아직 물에 붇지도 않았다. 한 숟가락도 들 수가 없어 나는 정사와 술 한 잔씩을 마시고 길을 나서니 벌써 닭이 서너 홰나 쳤다.

창대는 어제 백하를 건널 때 맨발을 말발굽에 밟혀 말편자가 살에 깊이 들어가 아파서 다 죽어가게 되어 대신 견마잡이가 없고 보니 일이 아주 낭패 지경이다. 이미 촌보도 떼지 못하니 중도에 떨어뜨려 두려 해도 법이 그럴 수 없고, 보기에 정 참혹하고 딱했건만 어찌할 재주가 없으매 하는 수 없이 기어서라도 따라오라고 일러서 필경 성을 나오면서부터는 말고삐를 손에서 놓게 되었다.

길바닥은 폭우에 깎여 돌들이 삐죽삐죽 톱날처럼 솟은 데다가 등불은 새벽 바람에 꺼져 동북쪽으로 보이는 큼직한 별빛을 따라갔다. 앞 냇물에 닿고 보니 물은 좀 빠졌으나 아직도 말 배때기까지 잠겼다. 창대는 굶주리고 춥고 아프고 졸리고 또 그나마 차가운 골짝물까지 건너자니 참말 걱정스러운 일이다.

8월 7일 계축일. 아침 나절에 비가 뿌리다가 곧 멎었다.

목가곡穆家谷에서 아침을 지어 먹고 남천문南天門을 나섰다. 성은 큰 잿마루턱에 있는데 잿마루가 좀 움푹한 곳에 문이 있었다. 이름을 신성新城이라고 한다. 오호五胡 시대 석호石虎[24]가 단요段遼를 추격할 때 단요가 모용황慕容皝[25)과 함께 석호를 습격하여 그의 장수 마추麻秋를 죽인 데가 바로 여기다.

이로부터는 준령을 연달아 넘으면서 오르막은 많아도 내리막은 적어 지세는 차차 높아지고 강들은 물살이 더욱 거세졌다. 창대는 여기까지 와서 아픈 데가 더 심해져 부사와 서장관의 가마를 붙잡고는 울면서 호소를 했다고 한다. 내가 고북하古北河에 먼저 댔을 적에 부사와 서장관이 뒤쫓아 와서 하는 말이 창대 사정이 참혹해서 차마 볼 수 없더라며 나에게 무슨 조처할 도리를 생각해 보라고 했지마는 나도 어쩔 도리가 없었다. 얼마간 있으니 창대가 기듯이 해 가지

---

24) 오호 십육국의 하나인 후조後趙의 황제가 된 자.
25) 오호 십육국 북연北燕의 왕.

고 왔다. 그간에 탈것이 생겨 이곳까지 온 것이다. 그래서 돈 2백 닢 과 청심환 다섯 개를 따라온 곳까지 노새 삯으로 내 주었다.

바로 냇물을 건넜다. 강 이름은 광형하廣硎河인데, 이곳은 백하의 상류로서 물살은 장성이 가까워질수록 더 급했다. 수레야 말이야 서 로 먼저 건너려고 배를 기다리고 서 있는 자들이 빽빽이 들어섰다. 제독과 예부 낭중은 채찍을 휘둘러서 이미 배에 올라탄 자라도 죄 몰아 내리고 우리 사람부터 먼저 건너도록 했다.

저녁은 석갑성石匣城 밖에서 지어 먹었다. 이 성 서쪽에는 마치 함짝처럼 생긴 돌이 있으므로 역마을 이름으로 붙인 것이다. 유수광 이 달아났다가 붙들린 곳이 바로 여기다.

저녁을 먹은 후 바로 떠나니 해는 이미 어스름할 녘이다. 산길은 구불구불하여 왕 기공王沂公[26]이 거란에 올린 글에 금구전金溝淀에 이르러서부터 산속으로 들어가니 길은 구불구불해서 올라가는데 이 정표도 없이 말 걸음으로 보아 하루 90리씩 고북관古北館까지 왔다 고 썼다. 지금 금구전이란 곳이 어데 있는지 알 길이 없었다. 이 지 방 새북塞北 이정의 멀고 가까운 것은 옛 사람들마저 누구나 자세하 들 못했다.

때는 바로 대추가 반쯤 익어 어느 마을이고 울타리가 되어 있기 도 하고 어떤 데는 꼭 우리 나라 청산靑山, 보은報恩처럼 대추나무 밭이 되어 있었다. 대추는 움큼으로 쥘 만큼 컸다. 밤나무도 숲으로 되어 있었는데 알이 아주 작아 겨우 우리 나라 상주尙州의 밤만씩이 나 했다. 옛날 소진蘇秦이가 연나라 문공文公에게 설명한 소위 '연

---

26) 송나라 시대의 문인인 왕증王曾.

나라 북쪽에는 대추 자원이 있어 이야말로 하늘이 준 보물고' 라고 한 데가 바로 여기 고북구를 두고 말한 것이다.

동리마다 부녀자들이 떼를 지어 구경을 나와 섰는데 자그마한 늙은 여자는 으레 목에 혹이 달렸는데 큰 놈은 거의 바가지만큼씩이나 되고 더러는 더덕더덕 한목 서너 개가 잇달아 붙은 자도 있었다. 여자들로서 열의 일고여덟은 모두 이 모양이다. 젊고 고운 여자들이 얼굴에는 분단장을 하고도 목에 달린 혹은 그대로 예사로 내놓고 있었다. 남자도 늙은이들은 간혹 큼직한 혹이 달렸다. 예로부터 전하는 말로는 진땅나라에 살면 이가 누렇게 되고 땅이 험준한 곳에 살면 혹이 생긴다는 말이 있으니, 안읍安邑은 진나라 지방으로서 땅이 대추 재배에 맞아 안읍 사람들은 단 것을 많이들 먹고는 이가 죄다 누렇다고 한다. 지금 이곳은 대추나무가 밭이 되어 있건마는 여자들의 흰 이빨은 바가지 씨를 세운 것만 같으니 까닭을 알 수 없을 일이다.

의서에는 쓰기를, 산골 물은 절구질하듯 찧고 보니 이 물을 오래 두고 먹으면 혹이 생긴다기도 한다. 지금 이곳에 혹이 많은 것은 사는 땅이 험준한 탓이라고 할까. 그러나 여자들이 유독 심한 것은 알 수 없는 일이다.

잠시 말을 쉬게 하고 성 안으로 들어간즉 거리와 점포와 여염집들이 자못 번화스러웠다. 집집이 문은 채우고 대문에는 모두 접초롱을 달아 놓아 별빛과 더불어 아래위로 마주 섞인 것이 볼 만도 하였다.

밤은 이미 이슥하여 다 돌아다니며 구경을 할 수도 없어서 술을 몇 잔 사 먹고는 곧장 장성으로 나갔다. 캄캄한 속에 수백 명 군졸들이 점검을 하고 있는 것 같아 보였다. 삼중으로 된 관문을 나와서는 이내 말에서 내려 만리장성의 벽면에다가 제명題名을 하고자 칼을 뽑아 벽돌에 낀 이끼를 긁어 버리고 주머니 속에서 붓과 벼루를 끄집어 내어 성 아래 자리를 잡았다.

사방을 돌아보아도 벼루 물을 찾을 길이 없기에 성 안에서 술을 사 먹을 적에 술을 몇 잔 더 사서 새벽 술참 삼아 안장 옆구리에 달아 둔 술병을 한목 따라 부어 별빛 아래서 먹을 갈고는 찬 이슬 짬에 앉아 붓을 들어 먹을 덤뻑 찍었다. 봄도, 여름도, 겨울도 아닌 이 철, 아침도, 점심도, 저녁도 아닌 이때, 태백성 정기가 바로 맞아떨어지는 계절, 판 마을 첫닭이 홰를 치려는 이 무렵, 어째서 이 자리가 우연한 자리일까 보냐.

또다시 한 잿마루턱에 오르니 지새는 달은 이미 기울고 물소리는 어덴지 가까이 들리는데 흐트러진 산봉우리들은 수심을 자아내는 듯, 언덕진 곳을 닥칠 때는 범이나 나오지 않을까, 한 모롱이 돌 때마다 도적이나 나잖을까, 때로는 소슬한 바람이 얼굴을 스쳐 지나칠 적마다 머리카락 끝이 선득선득하였다. 이 대목은 따로 '밤중에 고북구를 빠져서〔夜出古北口記〕' 편에 쓰기로 한다.('산장잡기'에 있다.)

냇가까지 오고 보니 길은 끊어지면서 물은 펑퍼졌는데 어디로 갈 바를 찾기 어렵던 차에 외따로 떨어진 네댓 집이 강을 기대고 서 있었다. 제독은 뒤쫓아와서 말에서 내리면서 손수 대문을 두드려 목이 쉬도록 주인을 찾다가 막 욕을 퍼부으니 이윽고 주인이 나와 대문 맞은편을 가리키면서 똑바로 건너가라고 한다. 돈 5백 닢을 내어 그 주인을 사서 정사의 가마 앞잡이로 내세우고는 물을 건너게 되었다.

대체 이 강은 한 물줄기를 아홉 번 건너는데 물 밑바닥은 돌에 물이끼가 끼어 미끄러운 데다가 물은 말 배때기까지 빠졌다. 무릎은 구부리고 발을 모아 앉아 한 손으로는 고삐를 잡고 한 손으로는 안장을 쥔 채 견마도 없고 부축도 없이 가까스로 떨어지지 않았다.

나는 이때야 처음으로 말을 모는 데도 방법이 있음을 알았다. 도대체 우리 나라 말 모는 법이란 극히 위험하다고 할 수 있으니, 옷소매가 넓고 한삼이 길어 두 손을 묶어 싼 셈이니 고삐를 잡고 채찍질하기에 거추장스럽다. 이것이 첫째가는 위험이다.

형편으로 보아 부득불 사람을 시켜 견마를 잡히게 되고 보니 말이란 말은 모두 병신이 된 셈이다. 견마잡이는 언제나 말의 한쪽 눈을 가려 말은 걸음걸이를 제 맘대로 걷지 못하니, 이것이 둘째 위험이다.

말이 길바닥에 나서게 되면 곁을 살피고 조심하는 버릇은 사람보다도 더한 터인데 이런 뜻이 마부와는 통하지를 못하고 보니, 말꾼은 제가 편한 땅을 디디고 말을 늘 구석진 곳으로 몰아넣는다. 그러니 말이 피하려는 곳은 사람이 굳이 디디게 하고, 말이 디디고 싶어 하는 데는 사람이 억지로 밀어 버리는 셈이다. 그러므로 말이 몸을 흔드는 것은 다름 아니라 늘 모는 사람에게 노기를 품고 있어서이다. 이것이 셋째 위험이다.

말의 한쪽 눈깔은 이미 말몰이꾼에게 가렸고, 다른 한쪽 눈깔은 모는 사람 눈치를 보다나니 말은 길바닥을 온전스럽게 보지 못하게 되어 때로는 발굽을 잘못 디뎌 넘어질 때도 있다. 이것은 말의 잘못도 아닌데 채찍질만 사정 없이 하고 보니, 일러서 넷째 위험이다.

우리 나라 안장과 마구들은 둔하고도 육중한 데다가 더구나 굴레, 가슴걸이 뱃대끈이 성가신데 잔등에 사람 하나를 태우고도 아가리에는 또 한 사람이 매달린 폭이 되어 말 한 필에다가 두 마리 몫의 짐을 지운 셈이니, 말은 언제나 기운이 잦아들어 고꾸라질 판이다.

이것이 다섯째 위험이다.

사람이 몸 쓰는 버릇은 대체로 오른쪽이 왼쪽보다는 들고 보니 말도 역시 마찬가지일 터이다. 그런데 말의 오른쪽 입 아귀를 모는 사람이 자갈로 잡아 눌러 아파 못 배기도록 하고 본즉 말은 부득불 목을 아래로 꺾게 되고 옆걸음을 쳐서 채찍을 피하게 된다. 모는 사람은 말이 목을 아래로 꺾고 옆걸음치는 것을 좋아하건마는 언제나 목을 꼿꼿이 하는 천품을 가진 말로서는 벌써 이것이 고통이다. 일러서 여섯째 위험이다.

언제든지 말은 채찍에 얻어맞는 자리로서 오른쪽 허벅다리 한쪽만이 아프고 보니 탄 사람은 맘놓고 안장에 앉았고 모는 자는 갑자기 후려갈겨 자칫하면 뒹굴어 떨어질 때가 있다. 이럴 적에는 언제나 말의 탓이라고 하지마는 실상은 말이 그러고 싶어 그런 것이 아니다. 이것이 일곱째 위험이다.

문관이나 무관이나 할 것 없이 지위가 높은 이들은 말을 왼쪽으로 모는 법도 없잖아 있다. 그러나 오른쪽으로 모는 것도 신통찮은 터에 더구나 왼쪽 견마란 될 말도 아니요, 짧은 고삐도 안 될 말인데 더구나 긴 고삐[27]란 당찮은 짓이니, 여느 출입에도 기구를 부린다고 긴 고삐를 쓰지마는 임금님 거둥에라도 참렬할 때는 댓 발이나 늘어진 고삐로 기구를 부리니 이것도 안 될 말이다. 문관이면 또 모르겠지마는 무관이 출진할 때 이런 치장을 한다는 것은 더구나 안 될 일이다. 이것이야말로 제 손으로 올가미를 차고 다니는 것이나 다름없

---

27) 옛날 고관들이 말을 탈 때 네댓 발 되는 무색 혁편을 굴레에 따로 달아 땅바닥에 줄줄 끄는 것으로써 호사로 삼았다.

으니 일러서 여덟째 위험이다.

　무관들이 입는 복장을 소위 철릭이라 하여 이것을 군복으로 삼는 터인데 세상에 무슨 놈의 군복이 소매가 중의 장삼처럼 생긴 군복이 있단 말인가? 시방 꼽은 여덟 가지 위험은 어느 것이고 한삼 달린 넓은 소매 입성을 입은 채 당하는 위험이니 한숨이 다 나오는구나. 이러고야 비록 백락伯樂[28]이 오른쪽을 몰고 조보造父[29]가 왼쪽을 몰더라도 만약에 이런 여덟 가지 위험을 가진 채 몰다나면 설령 팔준마八駿馬[30]라고 하더라도 필경 죽고 말 일이다.

　이일李鎰[31] 장군이 상주에 진을 치고 있을 때 멀리 숲속에서 연기가 오르는 것을 보고는 군관 한 사람을 시켜 가 보도록 했더니 그 군관은 좌우로 쌍견마를 잡히고 어깨를 으쓱대면서 가다가 갑자기 다리 밑으로부터 왜놈 두 놈이 튀어나와 칼로 말 복통을 찌르자 군관의 머리는 벌써 달아나고 말았다.(임진 왜란 때 일이다.)

　서애 유성룡은 당시 어진 재상으로 《징비록懲毖錄》을 지으면서 이 사연을 써서 우리 나라의 말 모는 습속을 비웃은 일이 있었으나 이런 폐습을 그 어려운 난리판에서도 고치지 못했으니 풍습이란 좀처럼 고치지 못하는 모양이구나.

　오늘밤에 이 물을 건넌다는 것은 정말 아슬아슬한 노릇이다. 그러나 나는 말을 믿고 말인즉 제 발굽을 믿고 발굽인즉 땅바닥을 믿어 벌써 견마잡이를 세우지 않는 덕이 이만큼이나 되는 셈이다. 수

---

28) 중국의 고사에 나오는 말을 잘 부리는 명인.
29) 주나라 목왕의 말 모는 사람으로 말타기의 명인.
30) 주나라 목왕이 타고, 온 천하를 돌아다녔다는 명마의 이름.
31) 임진 왜란 때 순변사巡邊使로 분투한 명장.

역이 주 주부에게,

"옛말에 위태로운 짓을 비겨 말할 적에는 장님이 눈먼 말을 타고 밤중에 물을 들어선다고 했지! 이야말로 바로 오늘 밤 우리들을 두고 한 말일세."

하기에, 나는 말했다.

"이것도 위태롭기는 위태로운 일이지마는 정말 위태한 것을 알아맞히지는 못했는걸!"

두 사람이 있다가 한목으로 묻는다.

"어째서 그렇단 말인가?"

"장님을 보는 사람은 결국 눈이 성한 사람일 것이네. 장님의 위험은 눈이 성한 사람이 보다나니 위험으로 생각되는 것이지, 장님 된 자야 위험을 위험인 줄 알 재주가 없을 것 아닌가. 장님이야 보지를 못하는데 위험이고 뭐고 있을 것이 무엇이람."

서로들 한참 웃었다. 이 대목은 따로 '하룻밤에 아홉 번 강을 건너〔一夜九渡河記〕'에 쓰기로 한다. ('산장잡기'에 있다.)

8월 8일 갑인일. 개었다.

새벽에 반 칸 방에서 밥을 지어 먹고 세 칸 방에 와서 잠시 쉬었다. 이따금 산기슭에는 장하게 치장을 한 당집과 절집들이 있고 어떤 데는 99층 되는 흰 탑도 있었다. 이러한 절집이나 탑을 세운 자리를 보면 대개 경치 같은 것도 대수롭지 않은 데로서 더러는 산등성이에다가 짓기도 하고 더러는 물가 언덕에 자리를 잡기도 하여 누거만 경비를 들여 놓았으니 대체 무슨 꿍꿍이속인지 모를 일이다. 이런 곳은 이루 다 꼽을 수 없는 데다가 건축이 우람찬 품이라든가 조각이 정교한 품이라든가 단청이 으리으리한 품이 한 틀에 뽑아 놓은 듯, 한 군데만 보면 백 군데를 짐작할 만큼 되었으니 여기서 일일이 기록해 늘어놓을 것도 없다.

차츰 열하가 가까워지니 사방에서 몰려드는 진상품들이 처밀려 모여 짐 실은 수레와 약대 바리는 밤낮을 그칠 줄 몰라 바퀴 굴러가는 소리가 풍우를 몰아치는 듯 야단스러웠다.

창대가 갑자기 말머리 앞에 와서 절을 한다. 이런 다행이 또 없구나. 창대가 뒤에 떨어져 오면서 잿마루턱에서 울고 있는 것을 부사와 서장관이 오다가 불쌍히 여겨 말을 멈추고 주방 짐 실은 수레 가운데 가벼운 짐 실은 수레에 같이 타도록 말해 보았으나 그럴 만한 수레가 없다 해서 할 수 없이 그대로 왔던 터에 제독이 뒤미처 이르자 창대는 또 한바탕 울었다고 한다. 제독은 이 꼴을 보고 말에서 내려서까지 위로를 해 주고 앉은자리에서 기다려 가면서 지나가는 수레 하나를 변통하여 태워 왔다고 한다. 어제도 입맛이 떨어져 아무것도 못 먹는 것을 제독은 손수 밥을 권하고 창대가 탔던 수레를 자기가 타고 자기 탔던 노새를 내주어 이곳까지 따라오게 되었다고 한다. 그 노새가 덜썩 커서 한번 타기만 하면 귀에 휘파람소리가 날 만큼 날쌔다고 한다. 노새는 어데 있느냐고 물었더니 창대의 말이,

"제독님이 말씀하기를, '너는 먼저 가서 너의 서방님을 뒤따라 가거라. 만약에 도중에 내리고 싶거든 노새는 지나가는 어느 수레 뒤에나 비끄러매 두어라. 내가 뒤쫓아갈 터이니 염려할 일은 없다.'고 하십디다. 그래서 노새를 탔더니 삽시간에 오십 리를 달려 잿마루턱까지 와서 수레 수십 대를 만났습지요. 그래서 이내 내려서는 노새를 제일 뒤 수레 꼬리에다 매어 붙였더니 수레 임자가 묻습디다. 그래 재 남쪽에서 온다고 가리켜 보였더니 수레 임자는 고개를 끄덕일 뿐입디다."

한다. 제독의 마음씨가 어찌나 인후하던지 참말 감복할 만하였다. 그의 관직은 회동사역관會同四譯館, 예부정찬사낭중禮部精饌司郎中, 홍려시소경鴻臚寺少卿이요, 위품은 정4위요, 품계는 중헌대부中憲大夫요, 나이로 말한다면 근 예순이다. 하찮은 외국 사람 하인 나부랭이 한 사람을 위해서 이다지도 마음을 쓰는 것은 그가 아무리 일행을 보호하는 직책을 맡았다손 치더라도 그의 직책에 충실한 것

으로 보아 큰 나라의 풍도를 넉넉히 알 수 있었다.

창대는 발 아픈 자리가 좀 나아서 말을 몰 만큼 되었으니 이런 다행이 또 없구나.

삼도량三道梁에서 잠시 쉬고 합라하哈喇河를 건넜다. 어스름 녘에 큰 재 하나를 넘으니 진상 짐을 실은 수없는 수레들이 저마끔 앞을 다투어 빨리들 몰고 있었다. 나는 서장관과 고삐를 나란히 하고 가던 길인데 뜻밖에 골 속에서 범 우는 소리가 두서너 번 들렸다. 수없는 수레들은 한목으로 걸음을 멈추고 일제히 아우성을 치니 소리가 천지를 진동할 듯만 같았다. 이 대목 사연은 따로 '만국 진공기萬國進貢記'에 쓰겠다. ('산장잡기'에 있다.)

여기까지 오는 데는 밤낮없이 나흘 동안 눈 한번 못 붙이고 하인들은 걸을 때나 머무를 때나 모두 선 채로 잠을 잤다. 나 역시 졸음을 견디다 못해서 눈꺼풀은 구름 드리우듯 무겁고 하품은 조수 밀듯 와서 때로는 눈을 뻔히 뜨고 보는데도 꿈결 같기만 하고 때로는 남더러는 말에서 떨어질라 조심시키다가 정작 내 몸은 안장에서 스스로 기울어지기도 하고 때로는 눈에 보이는 것들이 다 하느적하느적 아물아물거리고 몸이 짜릿짜릿하게 좋기도 하고 때로는 눈이 게슴츠레해서 보이는 듯 만 듯하여 아기자기한 미묘한 경지 속에 들게 되어 언제고 이른바 취중의 세상, 꿈속의 산천만 같았다.

가을매미 소리가 길게 흐늘어지게 들릴 때 공중에는 허깨비가 펄펄 날고 정신이 멍청하기는 선가仙家가 묵상할 적 같고 소스라쳐 깰 적에는 참선하는 사람이 견성見性을 하듯 팔일난八一難[32]이 삽시간

---

32) 불교에서 말하는 어려운 난관.

에 지나가고 사백사병四百四病[33]이 씻은 듯이 나은 듯하다는 것이 바로 이럴 때를 두고 말함인 듯하다.

비록 고래등 같은 기와집, 분통같이 꾸민 방에 수백 명 미인이 시중을 드는 생활이라 하더라도 바꾸어 주기 아까운 심경이다. 차지도 않고 덥지도 않은 구들 위에 높지도 않고 낮지도 않은 베개를 베고 두텁지도 않고 얇지도 않은 이불에 깊지도 않고 얕지도 않은 술 몇 잔에 취한 채 장주莊周도 아니요, 나비도 아닌 몽롱한 꿈을 꾸는 심경이다.

나는 길가에 돌을 두고 맹세해서 만약에 내가 사는 연암 산중으로 돌아가는 날은 꼭 천 일하고도 하루 동안 잠을 자서 희이 선생希夷先生[34]보다도 하루 더 자면서 천둥같이 코를 골아 영웅의 젓가락을 떨어뜨리도록 하리라[35]고 생각했다. 만약에 그렇지 못할 때는 맹세대로 "나는 돌이다." 하면서 한번 꾸벅하고 깨다나니, 이것도 역시 꿈이었다.

창대가 걸으면서 나에게 말하는 것과 수작하는 것을 가만히 보니 잠꼬대같이 나오는 헛소리인 것이 분명했다. 그도 그럴 것이 여러 날을 두고 배를 주린 데다가 추위로 학질 앓는 놈처럼 떨고 보니 제정신을 못 차리고, 아주 말이 아니다.

시각은 벌써 밤 2경 때쯤 되었는데 마침 수역과 동행을 하던 차에 수역의 마부가 역시 추위 떨면서 아파 못 배기는 모양이다. 할 수 없

---

33) 오장에 81가지 병이 있다 하여 405병에 죽는 병 한 가지를 빼고 404가지라는 불교의 말.
34) 송나라 초기 진박陳搏이란 은사가 한 번 잠을 자면 천 날씩 잤다는 고사를 말한다.
35) 삼국 시대 촉나라의 유비가 조조와 음식을 먹으면서 이야기하던 중에 천둥 소리를 듣고는 일부러 자기가 손에 쥐었던 젓가락을 떨어뜨린 고사.

이 수역과 같이 내리니 다음 참이 불과 5리밖에 안 된다 하여 병든 하인 두 명을 몰던 말에 각각 태워서 흰 담요를 내어 창대의 전신을 둘러 싸 주고 띠로써 꽁꽁 동여 수역의 마두를 시켜 부축을 해서 먼저 보냈다.

이윽고 수역과 함께 다음 참에 이르니 밤은 이미 이슥한데 여기는 행궁도 있고 여염집들과 점포와 시가가 꽤 번화하였다. 역참 이름은 잊어버렸는데 아마도 '화유구樺楡溝'라고 하는 것 같기도 했다. 여점에 들려 밥을 먹으려니 몸은 녹초가 되어 손에 잡은 숟가락 무게는 천 근만 같고 혀 놀리는 것도 백 근 무게는 되는 것만 같은데 상에 가득한 진수성찬이 모두 잠이다. 촛불빛은 무지개만 같고 뻗어난 불빛이 혜성 꼬리처럼 가닥이 져 보였다. 이윽고 청심환 한 개로 소주를 바꾸어 와 한 잔 실컷 먹다나니 술맛도 좋을 뿐 아니라 몇 잔 안 들어 즉시로 푸근하게 취하기에 인차 자리에 나넘어졌다.

8월 9일 을묘일. 개었다.
사시쯤 열하에 도착하여 태학에 들어 묵었다.

닭 울 녘에 먼저 떠나 수역과 동행하였다. 길에서 난하를 건너기 어렵다는 말을 듣고 수역은 마주 오는 사람들을 만날 적마다 난하 소식을 물었다. 모두들 대답이 한 6, 7일은 걸려야 건널 수 있을 것이라고 한다. 강가에 닿아 보니 수레며 말들은 구름같이 모여 뭉쳐 천인지 만인지 모르겠다. 강물은 넓고도 물살은 세어 누런 흙탕물이 굽이쳐 내려가고 있었다. 행궁 앞까지 오니 물살은 더욱 세다.

강은 독석구獨石口에서 고흥주古興州 지경을 거쳐 북례北隷로 든다. 《수경水經》의 주석에 보면 유수濡水는 어융진禦戎鎭에서 시작하여 사야沙野를 거쳐 구불구불 돌아 1,500리를 흘러 장성으로 든다고 했다.

강가에는 작은 배 네댓 척이 있었는데 사람은 많고 배는 적어 건너기 어렵다는 말도 이 까닭이다. 말 탄 사람들은 다들 얕은 여울을 따라 뒤법석을 하면서 건너가고 수레들만은 건너지 못하고 있었다.

석갑에서 말 탄 사람 십여 명이 따르는 가마 한 채를 만났는데 네 사람이 어깨 위로 메고 가는 가마로서 5리만큼 한 번씩 말 탄 사람들이 내려 번갈아 메었다. 때로는 우리 앞에 섰다가 때로는 우리 뒤에 섰다가 하면서 왔는데 병부시랑이 탄 가마라고 한다. 가마의 삼면은 초록빛 우단으로 두르고 유리를 붙여 창구멍을 냈고, 안에 든 사람은 언제나 깊숙하게 들어앉아 얼굴을 볼 수 없었고, 모자를 벗어 창문 구석에 걸어 둔 것이 보였을 뿐 종일 책 한 권을 손에 들고 있었다.

어제도 부리는 사람을 불러 함 속으로부터 책 한 권을 받아 들었다. 책 제목은 《오자연원록五子淵源錄》이라 쓰여 있다. 창 안에서 손을 내밀어 받는데 손목과 손가락이 옥으로 깎은 듯했다. 다시 창 안에서 《이아익爾雅翼》한 권을 내 주는데, 음성이나 팔목 살결이 여자만 같았다. 이곳에 이르자 그는 가마에서 내리는데 가마 속에 있던 책들은 수종꾼들이 갈라서들 품속에 건사한다. 그 사람이 말을 잡아 타는데 참말 미장부였다. 눈썹은 성글고 몇 오라기 흰 털이 났다. 가마를 둘러쳤던 휘장은 걷어 말아 개어 수종꾼들이 가진 채 말을 타고 다들 물속으로 들어서 건넜다.

모자에 푸른 깃을 꽂은 자가 강 언덕에 서서 손에 채찍을 들고 지휘하면서 먼저 우리 사람들을 건너게 하는데 비록 짐짝들로 진상품이란 깃발과 '상용上用'[36]이란 글자를 써 붙인 깃발을 꽂은 자들도 감히 먼저 건너지를 못할 뿐 아니라 혹시 배에 뛰어 들어간 자로서 차림차림으로 보아 벼슬깨나 해 보이는 자들까지도 채찍으로 마구 후려갈겨 죄다 몰아 쫓아 내려 보낸다. 이 사람은 행재낭중行在郎中으로 황제의 명령을 받고 나와 이 나루를 감시하고 있던 자이다. 다

---

36) 황제의 어용품이란 뜻.

만 쌍가마 네 채만, 크기가 거의 정각만큼씩 한 가마를 어깨에 멘 채 배 가운데로 곧장 들어서는데 그 위세가 산을 무너뜨릴 듯하였다. 아까 낭중 따위도 채찍을 거두고 서슬 퍼런 그들의 위세를 피해서 옆으로 비켜 선다. 이 가마를 멘 자들 눈에는 하늘도 없고 땅도 없고 물도 없고 사람도 없고 외국 양반도 안중에 없이 둘러멘 가마만 아는 모양이다. 대체 이놈의 가마 속에는 무슨 소중한 보물이 들었기에 교군꾼들이 이토록 세도를 부리는지 모를 일이다.

강물을 건너 10여 리를 가니 환관 세 명이 달려와서 통관 박보수를 찾아 말 위에서 서로 몇 마디 수군거리고는 즉시 채찍질을 하여 돌아서 달린다. 한 환관은 오림포와 함께 고삐를 나란히 하고 가면서 무슨 말을 했던지 오림포는 몇 번이나 얼굴빛을 변하면서 놀라는 기색을 보였다. 박보수와 서종현은 말을 다두쳐 몰아 그들 곁에 대어 서니 오림포는 손짓을 하여 가까이 못 오도록 하였다. 다름이 아니라 그들은 밀담을 하고 있었기 때문이다. 이 환관도 역시 말을 달려 돌아가 버리고 한 산모퉁이를 지나가노라니 펀펀한 둔덕 위에는 바윗돌로 된 봉우리가 천연으로 이상야릇하게 생겨 무슨 탑처럼 마주 솟았는데 높이가 백여 길이나 되었다. 이 때문에 이 산을 '쌍탑산'이라고 부른다.

잇달아 내시들이 줄달음으로 와서 사신 일행이 방금 어데 도착했는지를 알아보고는 간다. 예부로부터는 우리가 태학에 유숙할 것을 미리 기별해 왔다.

산골짝 속으로 들어서면서 벌써 열하에 닿았다. 궁궐들은 웅장 화려하고 길 양쪽으로 점포들은 10리에 뻗쳤는데, 장성 밖에서는 첫손 꼽는 대처다. 서쪽으로 바로 봉추산捧捶山 봉우리가 방아고처럼 오똑 섰는데 높이가 백여 길이나 되어 하늘을 기대고 곧추 솟아 석양 햇발이 가로 비껴 금색이 찬란했다. 이 산을 강희 황제는 '경추산磬捶山'이라고 고쳐 불렀다고 한다.

열하성의 높이는 세 길쯤 되고 주위는 30리다. 강희 52년(1713)에 다듬지 않은 잡석으로 얼음 터진 무늬처럼 어썩비썩 맞추어 쌓아, 소위 이것을 가요문哥窯紋이라 하여 민가의 담장은 어데나 이 법식으로 쌓는다. 성 위에는 성가퀴를 쌓았으나 어느 담장이나 다름없이 지나오는 길에서 본 여러 고을 성곽들보다도 나을 것이 없었다.

부근 지역에는 서른여섯 경치가 있다. 열하는 옛날 한나라 적 요양要陽, 백단白檀, 활염현滑鹽縣 들의 지역이다. 한나라 경제景帝가 이광李廣[37]에게 명령하기를, "군사를 거느리고 백단으로 가서 주둔하라." 한 데가 바로 여기요, 거란의 아보기阿保機[38]가 폐허가 된 활염성을 다시 쌓은 뒤에는 세상에서 '대홍주大興州'라고 했고, "명나라의 상우춘常遇春이 원나라의 야속也速을 추격하여 전녕全寧에서 이기고 대홍주까지 밀고 나갔다."는 곳이 바로 여기다.

지난 해 태학을 신설하였는데 제도는 황성에 있는 태학이나 다름없이 대성전과 대성문은 다들 겹처마에 누런 유리 기와를 이었고 명륜당은 대성전의 오른쪽 담장 밖에 있고, 명륜당 앞 행랑 전각에는 '일수재日修齋'와 '시습재時習齋'라는 편액을 붙였고, 오른편에는 진덕재進德齋와 수업재修業齋가 있다. 명륜당 뒤에는 벽돌 박석을 깐 대청이 있고 좌우에는 자그마한 서재가 있었는데 오른쪽 채에는

---

37) 북방 만족과 70여 회를 싸워 이겼다는 한나라 명장.
38) 성은 야율耶律이요, 이름은 억億으로, 요나라 태조.

정사가 들고 왼쪽 채에는 부사가 들었다. 서장은 딴 채에 비장과 역관들과 같이 들었다. 또 다른 채에는 두 주방이 갈라 들었다. 진덕재와 대성전 뒤와 좌우 양측으로는 별당과 딴 채들이 수없이 있었는데 이루 다 쓸 수 없다. 집들은 모두들 어떻다고 말할 수 없을 만큼 사치 화려한데 우리네 주방이 들어 마구 내를 피우고 집들을 그슬려 더럽히니 애석한 일이다. 이 대목 사연은 따로 '승덕태학기承德太學記'에 쓰기로 한다.

부록

中國圖

이 지도는 18세기 후반에 그려진 천하도天下圖의 부분입니다.
지금의 중국 지도와 차이가 있지만, 연암이 여행하던 때와 비슷한
시기에 그려진 지도입니다.

막북행정록
8월 5일 ~ 8월 9일

태학유관록
8월 9일 ~ 8월 14일

열하

환연도중록
8월 15일 ~ 8월 20일

관내정사
7월 24일 ~ 8월 4일

성경잡지
7월 10일 ~ 7월 14일

북경

산해관

심양

광녕

일신수필
7월 15일 ~ 7월 23일

압록강

도강록
1780년 6월 24일 ~ 7월 9일

열하 여행 지도

여행 일정

압록강을 건너서

6월 24일

오후에 다섯 척 배에 나눠 타고 압록강을 건넜다. 강 기슭인 줄 알고, 섬에 내렸다가 다시 떠나는 우여곡절을 겪으면서 10리를 가서 애자하에 도착했다. 되사람에게 업혀서 애자하를 건넜다. 20리를 더 가 구련성에 도착했다. 장막을 치고 풀밭에서 노숙했다. 병이 중한 역관 김진하는 함께 가지 못하고 뒤떨어졌다.

6월 25일

간밤 비에 젖은 옷과 이불을 내다 말리고 낚시를 했다. 방물이 도착하지 않아 구련성에서 또 노숙했다.

6월 26일

구련성을 출발하여 금석산에서 점심을 먹고 30리 더 가 총수에서 노숙했다. 상관사 마두 득룡이가 강세작 이야기를 한참 했다.

6월 27일

날이 새기 전에 길을 떠나 30리를 더 가 책문에 이르렀다. 장복이가 부담 주머니의 왼쪽 자물쇠를 잃어버렸다. 중국 동쪽 끝 벽지인 책문의 문물들을 보고, 선진 문물에 대한 질투심에 몸이 후끈해졌다. 악가 성 가진 사람 집에서 묵었다.

압록강에서 책문까지 모두 120리였다.

6월 28일

봉황성까지 가서 강영태 집에서 점심을 먹었다. 벽돌 쌓는 법, 기와 이는 법을 유심히 살펴보았다. 봉황성 새로 쌓는 것을 보면서, 평양과 패수의 자리를 놓고 설명한 뒤, 세간에서 이 성을 안시성이라 하는 것에 동의할 수 없다고 했다. 정 진사와 성 쌓는 법을 두고 얘기하다가 벽돌이 나으니, 돌이 나으니 논쟁을 하다 보니 정 진사는 말 탄 채 졸고 있었다.

모두 70리를 가서 송점에서 묵었다.

6월 29일

배를 타고 삼가하를 건넜다. 말은 모두 헤엄쳐 건넜다. 또다시 배로 유가하를 건너 황하장에서 점심을 먹었다. 전당포에서 차 한 잔을 마셨다. 이날 50리를 가 통원보에서 묵었다.

7월 1일

비가 많이 와서 통원보에서 또 묵었다. 정 진사, 주 주부, 변군, 내원, 조학동 들이 술내기 투전을 하는데 끼지 못하고 있다가 우연히 만족 여자를 살펴볼 기회를 얻었다.

7월 2일

냇물이 불어서 건너지 못하고 또 머물렀다. 뗏목 얽을 이야기로 이러쿵저러쿵하다가 낮에는 가마 제도를 구경했다. 저녁에는 투전에 끼어들어 백여 닢을 따서 술을 사 먹었다.

7월 3일

비가 많이 내려 또 머물렀다. 결혼 행렬을 구경하고, 서당에서 아이들을 가르친다는 부 선생에게 보잘것없는 책 목록을 빌려 베끼고 청심환을 주었다.

7월 4일

역시 비 때문에 발이 묶였다. 《양승암집》을 읽거나 투전을 하면서 소일했다.

7월 5일

날은 개었으나 물이 불어서 여전히 건너지 못했다. 중국의 '캉' 제도를 유심히 살펴보고, 변계함과 우리 나라 온돌의 여섯 가지 단점을 이야기했다.

7월 6일

냇물이 줄어서 정사의 가마를 같이 타고 건넜다. 초하구에서 점심을 먹고 분수령, 고가령, 유가령을 넘어 연산관에 와서 잤다. 꿈에 형님 댁까지 다녀왔다.

이날 모두 60리를 왔다.

7월 7일

말을 탄 채로 물을 건너는데, 물살이 급해서 떨어질 뻔했다. 마운령을 넘어 천수참에 와 점심을 먹고, 청석령을 넘었다. 우대령을 넘어 전부 80리를 갔다. 낭자산에서 잤다.

7월 8일

정사와 한 가마를 타고 삼류하를 건너 냉정에서 아침을 먹고, 요동벌에 이르러 '한바탕 울 만한 자리'라고 감탄을 하였다. 고려총, 아미장을 지나 구요양에 들었다. 구요양을 보고 감탄한 내용은 '구요동 견문기'에 자세히 썼다. 태자하를 지나 신요양 영수사에서 묵었다.

이날 전부 70리를 왔다.

7월 9일

새벽같이 길을 떠났다. 장가대, 삼도파를 지나 난니보에서 점심을 먹었다. 처음으로 한족 여자들을 보았다. 만보교, 연대하, 산요포를 지나 십리하에서 묵었다.

이날 50리를 왔다.

성경의 이모저모

7월 10일

십리하에서 일찌감치 떠나 판교보, 장성점, 사하보, 포교와자, 전장포, 화소교를 지나 백탑보까지 40리를 와서 점심을 먹었다. 일소대, 홍화포를 지나 배로 혼하를 건너 심양에 들어갔다. 이날 모두 합해 60리를 와서 심양에서 묵었다.

심양 행궁을 둘러보고, 술집에서 술 한잔 걸치고는 골동품 가게 예속재와 비단 가게 가상루에 들렀다. 저녁을 먹고 달밤에 가상루에 가서 여러 사람들과 머물다 예속재에 와서 날이 밝도록 놀았다. 사람들과 나눈 이야기는 '속재필담'에 담았다.

7월 11일

일어나자마자 다시 예속재로 갔다. 도중에 내원이 일행을 만나 돌아왔다가 밤이 되어 다시 가상루에 가려는데 수역이 펄펄 뛰어 함께 가지는 못하고, 장복이에게 "혹시나 누가 나를 찾거든 뒷간에 갔다고 대답을 해라." 하고 당부해 놓고 몰래 나갔다. 가상루에서 밤을 새고, 새벽에 들어갔다. 가상루에서 나눈 이야기는 '상루필담'에 담았다.

7월 12일

아침 일찍 전사가에게 골동 목록을 받아 들고 심양을 떠났다. 심양에서 원당, 탑원, 방사촌, 장원교, 영안교, 쌍가자를 거쳐 대방신까지 45리를 갔다. 대방신에서 점심을 먹고 마도교, 변성, 홍륭점, 고가자까지 또 40리를 가 모두 85리를 갔다. 고가자에서 묵었다.

이틀 동안 제대로 잠을 못 자서 가는 내내 말 위에서 잠을 잤다. 자느라 약대를 보지 못해서 아주 아쉬웠다.

7월 13일

꼭두새벽에 일어나 출발했다. 세수하고 머리 빗는 것이 말할 수 없이 귀찮아졌다.

고가자에서 새벽에 출발하여 거류하, 거류하보, 비점자, 오도하, 사방대, 곽가둔, 신민둔을 지나 소황기보에서 점심을 먹었다. 대황기보, 유하구, 석사자, 영방을 거쳐 백기보까지 왔다. 이날은 모두 82리를 갔다.

신민둔의 전당포 주인에게 '기상새설'을 써 주어 망신살이 뻗쳤다.

늙다리 참외 장수가 일행이 훔치지도 않은 참외 값을 달라 하여 백 푼 돈을 빼앗겼다.

7월 14일

소백기보, 평방, 일판문, 고산둔을 지나 이도정에서 점심을 먹었다. 은적사, 고가포, 고정자, 십강자, 연대를 지나 소흑산까지 모두 100리를 갔다.

십강자에서 잠시 쉴 때 상갓집 구경을 갔다가 난데없이 문상객 대접을 받아 당황했다.

소흑산에서 부인네 머리꽂이 파는 집에 들어가 다시 '기상새설' 넉 자를 썼다가, 그제서 야 밀가루 파는 집에서나 쓰는 말임을 알았다.

일신수필

7월 15일

신새벽에 떠나 중안포에서 점심을 먹고, 일행보다 앞서 떠나 구광녕을 거쳐서 북진묘 를 구경했다. 달밤에 길을 가서 신광녕에 도착했다. 북진묘까지 왕복 20리 다녀온 것까 지 합해 이날 여정은 모두 90리였다.

중국에 와서 본 것 가운데 깨진 기와 조각과 냄새나는 똥거름이 최고 장관이었다.

7월 16일

변 주부, 내원과 함께 새벽에 먼저 떠났다. 길에서 해돋이를 보았다. 신광녕, 흥룡점, 쌍하보, 장진보, 상흥점, 삼대자를 지나 여양역에서 장 구경을 하고 점심을 먹었다. 여기 서부터 용마루 없는 집들이 보이기 시작했다. 두대자, 이대자, 삼대자, 사대자, 왕삼포를 지나 십삼산에 이르니 이날은 모두 80리를 왔다.

아홉 살 된 사효수를 보았으나 길이 바빠 그 집에 못 가 본 것이 애석했다.

7월 17일

아침에 십삼산을 떠나 독로포에서 배로 대릉하를 건넜다. 대릉하에서 묵었다. 이날은 30리밖에 못 왔다.

호행통관 쌍림이 여러 번 말을 걸었으나 상대를 하지 않다가 역관들이 좋은 꾀가 아니 라 하여 쌍림의 수레를 함께 탔다. 대릉하까지 오는 동안 쌍림은 되지 않는 조선말로, 장 복이는 어수룩한 중국말로 서로 이야기하는 소리를 들으며 갔다.

7월 18일

새벽녘에 대릉하점을 떠나 사동비, 쌍양점, 소릉하를 거쳐 송산보에서 점심을 먹고, 다시 행산보, 십리하점, 고교보까지 모두 86리를 왔다.

먼지 때문에 잠시 피해 있는 사이 수백 마리 약대가 쌀을 지고 가는 광경을 또 놓치고 말았다. 명나라와 청나라 군사들이 격렬하게 싸웠던 송행에서 당시를 회고해 보며 슬퍼했다. 고교보에서 잤는데, 전에 조선 사신 일행이 잃은 돈 천 냥 때문에 여럿이 죽은 사건이 있어서 대접이 좋지 않았다.

7월 19일

새벽에 고교보를 떠나 탑산에 해돋이 구경을 갔으나 조금 늦어서 해가 떠 버린 뒤에야 도착했다. 주사하, 조라산점, 이대자를 지나 연산역에서 점심을 치르고, 오리하자, 노화상대, 쌍수포, 건시령, 다팽암을 거쳐 영원위에 도착했다. 이날 모두 62리를 왔다. 영원성 밖에서 묵었다.

조대수 패루와 조대락 패루를 구경했다.

7월 20일

새벽에 영원을 출발하여 청돈대, 조장역, 칠리파, 오리교를 지나 사하소에서 점심을 먹었다. 점심을 먹은 뒤에 갑자기 큰비가 쏟아져 비를 맞으면서 길을 갔다. 건구대, 연대하, 반납점, 망하점, 곡척하, 삼리교를 지나 동관역까지, 모두 60리를 왔다.

부사와 서장관이 해돋이를 보러 청돈대로 가는 것을 보고, 총석정에서 해돋이 구경할 때를 새삼 떠올렸다.

7월 21일

냇물이 불어 건너지 못하고 동관역에서 묵었다. 바로 이웃집에 있는 점술이 용하다는 이 선생이란 자가 조선 사람을 만나고 싶다고 사람을 보내 왔으므로 저녁 식사를 마친 후 찾아갔다. 점은 보지 않고 목화 무역하는 축가 노인과 여인들의 의복과 머리 꾸미는 제도 이야기를 나눴다. 옛날 사람들의 생년월일을 적어 놓은 책을 베끼다가 이 선생이 천기누설이라고 노발대발하기에 웃고 일어났다.

7월 22일

이정자, 육도하교를 지나 중후소에서 점심을 먹고 일대자, 이대자, 삼대자, 사하점, 섭가분, 구어하둔, 어하교를 지나 정사의 가마를 타고 석교하를 건너 전둔위에 이르렀다.

이날은 모두 64리를 왔다.

　배로 중후소 물을 건너서 털모자점을 둘러보았다. 우리는 양을 치지 않으니 우리 나라의 은을 털모자점에 다 갖다 바치는 것 같아 안타까웠다.

7월 23일

　왕가대, 왕제구, 고령역, 송령구, 소송령을 지나 중전소에서 점심을 먹었다. 대석교, 양수호, 노군점, 왕가점, 망부석, 이리점을 거쳐 산해관에 도착했다. 심하를 지나 배로 홍화포를 건너 이날은 홍화포에서 묵었다. 이날 모두 84리를 왔다.

　장대와 강녀묘를 구경하고, 명나라 대장군 서달이 다섯 겹으로 쌓은 산해관을 둘러보았다. 지금껏 오는 동안 보고 놀랐던 장관들이 다 산해관을 본뜬 것임을 알았다.

관내에서 본 이야기

7월 24일

　범가장에서 점심을 치르고 양하제, 대리영, 왕가령, 봉황점, 망해점, 심하역, 고포대, 왕가포, 마팽포를 거쳐 유관에 이르렀다. 이날 모두 68리를 왔다.

7월 25일

　영가장, 상백석포, 하백석포, 오가장, 무녕현, 양장하, 오리포, 노가장, 시리포, 노봉구, 다팽암, 음마하를 거쳐 배음보에서 점심을 먹었다. 쌍망점, 요참, 달자영, 부락령, 노룡새, 여조, 누택원을 지나 영평부에서 묵었다. 이날 모두 89리를 왔다.

　진사 서학년의 집에서 골동들을 구경했다. 평생 꿈꿨던 한 문공의 사당에는 함께 갈 이가 없어 가 보지 못해 애석하였다. 동악묘를 둘러보았다. 저녁을 먹고 이리저리 거닐다가 우연히 만난 호응권이 화첩을 보여 주기에 그림 목록을 '열상화보'에 정리했다.

7월 26일

　배로 청룡하를 건너고 남허장, 압자하, 범가점을 지나 다시 배로 난하를 건넜다. 이제묘에서 점심을 먹고, 망부대, 안하점, 적홍포, 야계타, 사하보, 조장, 사하역까지 이르렀다. 이날은 모두 61리를 왔다. 사하역 성 밖에서 묵었다. 아침에 영평부에서는 장 구경을 했다. 야계타 가는 길에 큰비를 만나 놀랐다.

이날 이야기는 '이제묘 견문기'와 '난하에 배 띄우고'에 썼다.

7월 27일

홍묘, 마포영, 칠가령, 신점포, 건초하, 왕가점, 장가장, 연화지를 지나 진자점에서 점심을 먹었다. 아침 나절에는 어제 이제묘에서 먹은 고비 나물 때문에 속이 불편해 고생을 했다. 점심을 먹고는 재봉이와 상삼이를 따라 기녀 셋과 어울렸다. 술집에서 만난 왕용표가 여러 노래를 가르쳐 주었다.

연돈산, 백초와, 철성감, 우란산포, 판교를 거쳐 풍윤현에 도착했다. 이날은 모두 100리를 와서 풍윤성 밖에서 묵었다. 호형항의 집에서 박제가가 써 놓은 이덕무의 시를 보았다.

7월 28일

새벽에 길을 떠나 조선 사람들이 사는 고려보에 도착했다. 그곳 조선 사람들과 조선서 온 사신 행차는 서로 원수 보듯이 하였다. 사하포, 조가장, 장가장, 환향하, 민가포, 노고장, 이가장을 지나 사류하에서 점심을 먹고, 양수교, 양가장, 이십리포, 십오리둔, 동팔리포, 용읍암을 거쳐 옥전현에 이르렀다. 이날 모두 80리를 와서 옥전성 밖에서 묵었다.

소나기를 피해 들어간 점방 주인이 자기 딸의 수양아버지가 되어 달라 떼를 써서 사양하느라 애를 먹었다.

옥전현 심유붕의 집에 걸려 있던 '범의 꾸중'을 정 진사와 나누어 베껴 썼다.

7월 29일

서팔리보, 오리둔, 채정교, 대고수점, 소고수점, 봉산점, 별산점을 지나 송가장에서 점심을 먹었다. 이리점, 현교, 삼가방, 동오리교, 용지하, 계주성, 서오리교를 거쳐 방균점까지, 이날은 모두 97리를 왔다.

7월 30일

별산장, 곡가장, 용만자, 일류하, 현곡자, 호리장, 백간점, 단가점, 호타하, 삼하현을 지나 조림까지 와서 점심을 먹었다. 삼하현을 지날 때 홍대용에게 부탁받은 편지와 선물을 전해 주려고 손유의의 집을 찾았으나, 마침 산서에 가 있어서 보지 못했다.

백부도장, 신점, 황천점, 하점, 유하점, 마이핍을 거쳐 연교보까지 와서 묵었다. 이날 모두 83리를 왔다.

8월 1일

드디어 북경에 도착한 날이다. 사고장, 등가장, 호가장, 습가장, 노하, 통주, 영통교, 양가갑을 지나 관가장에서 점심을 먹고, 삼간방, 정부장, 대왕장, 태평장, 홍문, 시리보, 파리보, 신교, 동악묘, 조양문을 거쳐 서관에 들어갔다. 모두 63리를 왔다.

압록강에서 북경까지, 모두 33참에 2,030리였다.

8월 2일

북경에서 맞는 첫날.

예부, 호부의 낭중들과 광록시 관원들이 먹을거리를 나누어 주었다.

8월 3일

북경에서 맞는 둘째 날. 도옥 책방에도 가고, 이덕무가 중국에 있을 때 만났다는 당원 항네 집에도 갔다. 새벽에 관가에 가고 없어서 만나지는 못했다.

옥동에 이르러 월중 사람 능야를 만나 함께 오룡정에 갔다.

8월 4일

북경에서 맞는 셋째 날. 유리창을 구경하고, 한 사람이라도 자기를 알아주는 사람을 얻는다면 여한이 없을 것이라는 생각을 했다.

북방 여행기

8월 5일

열하로 와서 황제의 만수절 행사에 참여하라는 명을 새벽에 받고, 삼사를 위시한 사행의 일부가 열하를 향해 떠나게 되었다. 마두들을 다 남겨 두고 견마잡이 한 명씩만 데려

가기로 하여 장복이는 북경에 남았다. 장복이와 헤어지면서, 이별 중에 가장 괴로운 이별은 생이별일 것이라 생각했다. 이별하는 '곳' 과 '때' 에 대해 여러 가지로 썼다.

자금성을 끼고 열하로 출발해 손가장에 와서 묵었다. 동직문으로 잘못 들어서 수십 리를 돌았다.

8월 6일

열하로 향한 지 이틀째. 동틀 무렵에 길을 나서서 순의현계를 지나 회유현계까지 왔다. 조공 드리러 가는 회회 사람들과 함께 백하를 건넜는데, 이때 창대가 말발굽에 밟혀 제대로 걷지 못하게 되었다.

밀운성을 지나 계속 달리는데 골짝 물이 불어 넘쳐서 지현의 배웅을 받으며 밀운성으로 되돌아가 소씨네 집에 들었다. 밀운 지현이 준 밥이며 고기들은 되돌려보냈다. 황제가 보낸 군기대신 복차산이 와서 9일 아침 전까지는 열하에 꼭 와야 한다고 말했다.

수숫대 한 줌을 얻어 밥을 했으나, 쌀알이 물에 붙지도 않았기에 술 한 잔만 마셨는데 벌써 새벽이었다.

8월 7일

열하를 향해 달린 지 사흘째. 목가곡에서 아침을 지어 먹고 남천문을 나섰다. 광형하를 건너 석갑성에서 저녁을 지어 먹었다. 어스름할 녘에 다시 길을 떠나 고북구에서 술 한 잔을 사 먹고, 새벽 술참으로 샀던 술로 먹을 갈아서는 별빛 아래서 만리장성 벽에다 이름을 새겼다. 이때 이야기는 '밤중에 고북구를 빠져서' 에 자세히 썼다.

다시 재를 넘고, 아슬아슬하게 물줄기를 아홉 번이나 건넜다. 이때 이야기는 '하룻밤에 아홉 번 강을 건너' 에 자세히 썼다.

8월 8일

열하를 향해 달린 지 나흘째. 눈 한번 못 붙인 채 쉬지 못하고 말을 달렸다. 발에 부상을 입었던 창대가 제독의 호의로 노새를 얻어 타고 와서 일행과 합류했다.

삼도량에서 잠시 쉬었다가 합라하를 건넜다. 밤에는 역참 화유구에서 머물렀다.

8월 9일 오전

난하를 건너 10여 리 가니, 내시들이 와서 사신 일행이 어디쯤 왔나를 보고 돌아갔다. 드디어 열하에 도착했다.

태학관에 머물면서

8월 9일 오후

열하에 들어, 태학에 머물렀다.

대리시경 윤가전, 귀주안찰사 기풍액, 거인 왕민호를 처음 만났다. 윤가전이 정사 박명원을 보시겠다 하여 모시고 갔으나 만나지 않겠다는 답을 들었다. 군기장경 소림이 와서 2품 끝자리에 서라는 황제의 조서를 읽었다. 예부가 정사에게 감사의 글을 올리라 독촉하였다.

닷새 만에 처음으로 제대로 자리에 누워 잠이 들었다.

8월 10일

날이 새기 전에 피서산장에 들어갔다. 황제가 내리는 음식을 먹고, 먼저 밖으로 나와 황제의 여섯째 아들과 몽고 왕을 보고 숙소로 돌아왔다. 산동도사 학성과 이야기를 나누었다.

황제가 초청해 찰십륜포에 머무르던 반선 라마를 예방하라는 황명을 받고 논란이 벌어졌다. 가야 하나 말아야 하나 의논하다가 날이 늦어 다음으로 미루었다.

8월 11일

술집에서 몽고 사람, 회회교 사람들과 찬 술을 호기롭게 들이켰다.

피서산장에서 황제를 알현한 뒤, 찰십륜포에서 반선 라마를 예방하고, 금불을 하사받았다.

8월 12일

황제가 피서산장의 권아승경전에서 반선 라마를 위해 베푼 연회를 담 너머로 구경하였다.

8월 13일

만수절 당일이다. 피서산장의 담박경성전에서 하례식에 참석한 후, 황제가 내린 여지즙을 술인 줄 알고 먹었다. 기풍액과 달을 보면서 지구가 둥글다는 것에 관한 이야기를 나누다가 기풍액의 처소에서 늦게까지 황교 이야기를 나누었다. 나눈 이야기는 '황교문답'과 '반선시말', '망양록'에 자세히 썼다.

8월 14일

왕곡정과 시습재에서 악기 구경을 하고 나오다가 수백 필 말 떼를 만났다. 광동안찰사가 보낸 사람이 다녀갔고, 이제 그만 북경으로 돌아가라는 황제의 명령이 떨어졌다. 기풍액, 왕곡정, 학지정 들과 눈물로 이별하였다.

북경으로 돌아오는 도중에

8월 15일

열하를 떠났다.

광인점, 삼분구를 지나 쌍탑산에 이르렀다. 난하를 건너 하둔에서 묵었다. 이날 40리를 왔다.

8월 16일

왕가영에서 점심을 먹고 황포령을 지나가 황제의 친조카 예왕을 만났다.

마권자에서 묵었다. 이날 80리를 왔다.

8월 17일

청석령을 지나 삼간방에서 아침을 먹었다. 아침 먹던 여관에서 술 취한 예왕을 만났다. 예왕과 황제의 손자들이 사냥하는 모습을 보았다. 고북구에 도착하여 관내 여관에서 점심을 먹었다. 세 번째 관에서 절에 들렀는데, 오미자 때문에 봉변을 당했다.

열하로 갈 때에는 조느라 보지 못했던 약대 여러 마리를 보았다. 이날 80리를 왔다.

8월 18일

동틀 녘에 떠나 거화장과 사자교를 지나 목가곡에서 점심을 먹었다. 석자령을 지나 백하 나루터에서 강을 건넜다. 반선 라마를 곱게 보지 않았다 하여 군기대신의 배웅도 없고, 낭중의 호송도 없고, 황제의 인사말도 없었다.

부마장에 이르러 성 밑 관에서 묵었다. 이날 65리를 왔다.

8월 19일

새벽에 회유현을 지나 남석교에서 점심을 먹었다.

임구를 지나 청하에서 묵었다.

8월 20일

북경으로 돌아온 날이다. 덕승문을 지나 남아 있던 일행들과 다시 만났다. 먼저 마중 나간 내원이만 바로 만나지 못했고, 창대와 장복이와 더불어 반가움을 나누었다. 황제를 보았다거니, 상금을 천 냥이나 받았다거니 하는 창대의 허풍에 장복이는 홀랑 속아넘어 갔다.

저녁을 먹고 주부 조명회의 골동을 구경했다.

*박지원은 1780년 5월 25일에 임금에게 하직 인사를 올리고 길을 떠났다.《열하일기》는 압록강을 건너는 6월 24일부터 시작해서 열하에서 북경으로 돌아온 8월 20일까지 여정에 집중해서 쓴 글이다. 박지원은 그 뒤 9월 17일까지 북경에서 머물렀고, 10월 27일에 한양에 도착했다. 한양에서 압록강까지와, 북경에서 한양까지 돌아오는 여정은 적지 않았다.

박지원 연보

1737년 음력 2월 5일

반남 박씨 박사유와 함평 이씨 사이 2남 2녀 중 막내로 태어났다.
휘는 지원, 자는 중미, 호는 연암이었다.

1752년(16세)

관례를 올리고 유안재 이보천의 딸과 혼인했다. 장인 유안재에게 《맹자》를 배우고, 처숙인 홍문관 교리 이양천에게 문장 짓는 법을 배웠다. 연암이 '항우본기'를 모방하여 '이충무전'을 지었는데, 반고와 사마천과 같은 글 솜씨가 있다고 크게 칭찬받았다.

1754년(18세)

우울증으로 고생했다. 사람들을 청해 재미있는 이야기를 들으면서 우울증을 고쳐 보고자 했다. '민옹전'에 나오는 민유신을 만난 것도 이 무렵이다.
거지 광문의 이야기로 '광문자전'을 썼다.

1755년(19세)

연암의 학문을 지도했던 영목당 이양천이 40세로 별세했다. 연암은 그이의 죽음을 애도하여 '제영목당이공문祭榮木堂李公文'을 지었다.

1756년(20세)

김이소, 황승원, 홍문영, 이희천, 한문홍 들과 북한산 봉원사 등을 찾아다니며 공부했다. 봉원사에서 윤영을 만나서 허생의 이야기를 전해 들었다.

1757년(21세)

시정의 기이한 인물이나 사건을 듣고 '방경각외전'을 썼다. 떠돌이 거지, 몰락한 무반, 농부 따위 이름 없는 하층민을 주요 대상으로 삼았다. 아홉 편 가운데, '봉산학자전'과 '역학대도전' 두 편은 스스로 없애 버렸고 '양반전', '광문자전', '예덕 선생전', '김 신선전', '우상전', '말거간전', '민 노인전' 일곱 편만 남아 전한다.

1759년(23세)

어머니 함평 이씨가 59세로 돌아가셨다.

큰딸이 태어났다.

1760년(24세)

할아버지 박필균이 76세로 돌아가셨다. 조부는 노론을 지지했던 선비로, 사간원정언, 경기관찰사, 예조참판, 공조참판 들을 지내고 지돈녕부사에까지 이르렀다. 조부의 신중한 처신과 청렴한 생활은 연암에게도 큰 영향을 끼쳤다.

1764년(28세)

효종이 북벌 때 쓰라고 송시열에게 하사했다는 초구를 구경하고, '초구기貂裘記'를 썼다.

1765년(29세)

가을에는 유언호, 신광온 들과 금강산을 유람하였다. 삼일포, 사선정 등 금강산 일대를 두루 돌아보고, '총석정 해돋이〔叢石亭觀日出〕'를 썼다. 판서 홍상한이 이 작품을 격찬했고, 《열하일기》에도 되풀이 수록했다.

1766년(30세)

장남 종의가 태어났다.

홍대용이 중국 문인들과 나눈 필담을 정리해 '건정동회우록乾淨衕會友錄'을 냈는데, 박지원이 거기에 서문을 썼다. 홍대용과 중국 사람들의 우정을 예찬하고, 청을 무조건 배격하는 사람들을 비판하는 글이었다. 보리가 펴낸 박지원 작품집 《나는 껄껄 선생이라오》에 '중국에서 마음 맞는 벗을 사귀다〔會友錄序〕'라는 제목으로 실려 있다.

1767년(31세)

아버지 박사유가 65세로 돌아가셨다. 부친상을 당하고, 장지 문제로 녹천 이유 집안과 시비가 벌어졌다. 이 일로 상대방의 편을 들어 상소를 올렸던 이상지가 스스로 관직에서 물러난 것을 보고 이때부터 연암도 스스로 벼슬길을 단념하였다.

삼청동에 있는 무신 이장오의 별장에 세를 얻어 살기 시작했다.

1768년(32세)

백탑 근처로 이사해 이덕무, 이서구, 서상수, 유금, 유득공 들과 가까이 지냈다.

1769년(33세)

이서구가 쓴 문집의 서문 '옛 사람을 모방해서야〔綠天館集序〕'를 썼다.

1770년(34세)

감시의 양장에서 모두 일등으로 뽑혔다. 입궐하여 영조에게 극찬을 받았다. 많은 이들이 박지원을 급제시켜 공을 세우려 했으나 회시에 응하지 않거나, 응시한다 하더라도 시권을 제출하지 않거나, 제출하더라고 노송과 괴석을 그린 그림을 제출하여 벼슬할 뜻이 없음을 밝혔다.

벗들과 북한산의 대은암에 놀러가 시와 문장을 주고받은 것을 기록한 '의인과 소인배〔大隱菴唱酬詩序〕'를 썼다.

1771년(35세)

큰누님 박씨가 43세로 돌아가셨다. 누님의 죽음을 슬퍼하면서 '백자증정부인박씨묘지명伯姉贈貞夫人朴氏墓誌銘'을 썼다.

이덕무, 백동수 들과 송도, 평양을 거쳐 천마산, 묘향산, 속리산, 가야산, 단양 등 명승지를 두루 유람했고, 황해도 금천 연암골을 보고는 몹시 좋아했다.

1772년(36세)

식솔들을 처가로 보내고 서울 전의감동에 혼자 살기 시작했다. 가까이 지내던 홍대용, 정철조, 이서구, 이덕무, 박제가, 유득공 등 여러 벗들과 더욱 친하게 사귀었다.

이서구가 '하야방우기夏夜訪友記'를 쓰자 '사흘째 끼니를 거르고〔醺素玩亭夏夜訪友記〕'를 써서, 소탈하게 지내던 자신의 생활을 그려 보였다.

삼종질 박종덕의 아들 수수가 29세로 죽자, '족손증홍문정자박군묘지명族孫贈 弘文正字朴君墓誌銘'을 썼다.

벗들에게 보낸 편지를 모아 '영대정잉묵映帶亭賸墨'을 펴고, 스스로 서문을 썼다.

박제가가 문집《초정집楚亭集》을 펴내자, 법고창신의 문학론을 담아 서문을 썼다. 보리의《나는 껄껄 선생이라오》에 '옛것을 배우랴 새것을 만들랴〔楚亭集序〕'라는 제목으로 실려 있다.

1773년(37세)

유득공, 이덕무와 서도를 유람했다. 허생의 이야기를 해 주었던 윤영을 또 만났다.

1774년(38세)

송나라 이당李唐의 그림 '장하강사長夏江寺'가 우리 나라에 들어온 내력을 기록한 '제이당화題李唐畵'를 썼다.

1777년(41세)

장인 이보천이 64세로 돌아가셨다. 장인을 추모하는 글 '제외구처사유안재이공문祭外舅處士遺安齋李公文'을 썼다.

1778년(42세)

사은진주사 일원으로 북경으로 떠나는 이덕무와 박제가를 전송했다.

가난한 집안 살림을 도맡아 왔던 형수 이씨가 55세로 돌아가셨다.

서울 생활을 청산하고 홍국영의 견제를 피해 연암골에 은둔하였다. 초가삼간을 장만하고 손수 뽕나무도 심었다. 형수의 유해를 연암으로 옮기고 '백수공인이씨묘지명伯嫂恭人李氏墓誌銘'을 썼다.

유언호가 연암에 왔다가 만나지 못하고 그냥 돌아간 뒤 유언호에게 편지 '웃음의 말[答兪士京書]'을 썼고, 왕이 내린 귤첩을 보내준 데 대한 감사로 '사유수송혜내선이귤첩謝留守送惠內宣二橘帖'을 써서 보냈다.

유언호의 도움으로 개성 금학동에 있는 양호맹의 별장에 머물면서 이행작, 이현겸, 양상회, 한석호 들을 가르쳤다. 이 무렵 연암을 찾아온 유언호와 젊은 날 금강산을 유람한 일을 두고 나눈 이야기를 기록하여 '내가 하나 더 있어서[琴鶴洞別墅小集記]'를 썼다. 금학동 별장 안에 있는 만휴당에 붙인 글 '늘그막에 휴식하는 즐거움[晩休堂記]'을 썼다.

다시 연암골로 돌아왔다. 개성에서 만난 유생들이 따라와서 글을 배웠다. 이 무렵의 생활은 '산중지일서시이생山中至日書示李生'에 잘 담겨 있다.

1779년(43세)

이덕무, 박제가, 유득공이 규장각 검서로 발탁되었다. 이 무렵에 쓴 '답홍덕보서答洪德保書' 세 통은 홍대용에게 연암골 생활을 전하고, 세 사람이 기용된 것을 축하한 편지들이다.(보리의 《나는 껄껄 선생이라오》에 '평생 객기를 못 다스리더니', '돼지 치는 이도 내 벗이라', '출세한 벗에게 이르노니'라는 제목으로 실려 있다.)

1780년(44세)

홍국영이 실각하자 서울로 돌아와 처남 이재성의 집에 머물렀다. 삼종형인 금성도위 박명원을 따라 북경으로 갔다. 5월에 떠나 6월에 압록강을 건넜고, 8월에 북경에 들어갔다가 열하에 들러 다시 북경으로 돌아와 10월에 귀국하였다. 돌아오자마자 《열하일기》를 쓰기 시작했다.

둘째 아들 종채가 태어났다.

1781년(45세)

박제가가 쓴 《북학의北學議》에 서문을 썼다.(보리의 《나는 껄껄 선생이라오》에

'사흘 읽어도 지루하지 않은 북학의〔北學議序〕'라는 제목으로 실려 있다.)

1783년(47세)
연암에게 글을 배우던 박경유의 처가 남편을 따라 죽자, '열부이씨정려음기烈婦李氏旌閭陰記'를 썼다.

벗이었던 담헌 홍대용이 53세로 죽었다. 손수 염을 하고, 담헌이 중국에서 만난 벗 손유의에게 부고를 전했다. '나의 벗 홍대용〔洪德保墓誌銘〕'을 썼다.

《열하일기》의 첫 편 '압록강을 건너서〔渡江錄〕'의 머리말을 썼다.

1786년(50세)
7월 유언호가 천거하여 선공감역에 임명되었다.

1787년(51세)
부인 전주 이씨가 51세로 죽었다. 박지원은 그 뒤로 죽 혼자 지냈다.

큰형 희원이 58세로 죽었다. 연암골에 있는 형수의 무덤에 합장했다. 형을 보내면서 쓴 시 '연암에서 돌아간 형님을 생각하고〔燕巖億先兄〕'를 보고, 이덕무가 눈물을 흘렸다 한다.

1788년(52세)
부인이 죽은 지 1년 만에 맏며느리 덕수 이씨가 죽었다. 끼니를 끊여 줄 사람이 없어 주위에서 다시 처를 얻으라고 했으나, 듣지 않았다.

종제 박수원이 선산부사로 나가 있는 동안 계산동 집을 빌렸다.

선공감 제조인 서유린이 자문감 일을 함께 하면서 대궐의 춘장대를 보수해야 했는데, 연암이 벽돌을 구워 쓰는 것이 견고하고 비용도 줄일 수 있다고 제안하여 중국 제도에 따라 가마를 제작하고, 벽돌 크기도 중국의 제도를 따랐다. 《열하일기》에 쓴 그대로 하여 비용을 절감했으나 그때는 쓰지 못했고, 후에 수원성을 축조할 때 이 방법을 사용해 성을 쌓았다.

1789년(53세)
평시서주부로 승진했다.

문하생 최진관의 아버지가 돌아가시자 '치암최옹묘갈명癡菴崔翁墓碣銘'을 지어 주었고, 개성의 선비 김형백이 죽자 '취묵와김군묘갈명醉默窩金君墓碣銘'을 써서 죽음을 애도하였다.

1790년(54세)

삼종형 박명원이 66세로 돌아가셨다. 누구보다 연암의 뛰어난 재질을 아끼고 사랑했던 형이었다. 박지원은 '삼종형금성위증시충희공묘지명三從兄錦城尉贈諡忠僖公墓誌銘'을 썼다.

제릉령에 임명되자 한가로운 곳에서 마음대로 독서하고 저술할 수 있게 된 것을 기뻐했다. 연암골 가까이에서 일하게 되어 일에서 벗어나면 연암골에서 하루 이틀 소요하였다. 말단 벼슬아치로 유유자적 지내는 모습을 '재거齋居'란 시로 썼다.

사복시주부로 전보되었으나, 사퇴하였다.

사헌부감찰로 전보되었으나, 사퇴하였다.

1791년(55세)

한성부판관에 임명되었다.

겨울에는 안의현감으로 부임했다.

1792년(56세)

함양군 둑 공사에 장정들을 징발할 때, 관아에서 식량을 대고 고을별로 장정을 나누게 해서 대엿새 걸리던 일을 하루 만에 끝내게 했고, 그 뒤 5년 동안 둑 공사 부역으로 힘든 일이 없었다.

현감으로 있는 동안 현풍 사람 유복재를 죽인 범인에 대해 논한 '답순사논현풍현살옥원범오록서答巡使論玄風縣殺獄元犯誤錄書'와 밀양 사람 김귀삼 살인 사건을 논한 '김귀삼의 살인 사건〔答巡使論密陽金貴三疑獄書〕'과 함양 사람 장수원의 살인 사건을 논한 '장수원의 강간 미수 사건〔答巡使論咸陽張水元疑獄書〕'과 밀양 사람 윤양준의 살인 사건을 논한 '답순사논밀양의옥서答巡使論密陽疑獄書'와 함양 사람 조판열의 죽음을 논한 '답순사논함양옥서答巡使論咸陽獄書'들을 썼다.

삼종질 박종악이 우의정에 임명되자 취임을 축하하면서 '천하 사람의 근심을 앞질러 근심하시오〔賀三從姪宗岳拜相因論寺奴書〕'를 썼고, 벗 김이소가 우의정에

임명되자 '화폐가 흔한가 귀한가〔賀金右相履素書〕'를 써서 축하했다. 이 편지에는
화폐 유통을 바로잡고 은이 나라 밖으로 나가는 것을 막는 것에 대한 의견을 썼다.

1793년(57세)

《열하일기》로 잘못된 문체를 퍼뜨린 잘못을 속죄하라는 정조의 하교를 받고,
'답남직각공철서答南直閣公轍書'를 썼다. 임금의 문책을 받은 처지로 새로 글을
지어 잘못을 덮으려 하는 것은 오히려 누가 되는 일이라는 내용이었다.

벗 이덕무가 53세로 죽었다. 정조가 이덕무의 행장을 짓도록 하여 '형암 행장炯
菴行狀'을 썼다.

흉년이 들자 자기 녹봉을 덜어 백성을 구했다. 공진 설치를 거절하는 '답순사론
진정서答巡使論賑政書'와 다른 고을 수령들과 굶주린 백성을 구하는 길에 대해 의
논한 '굶주린 백성이 살 길〔答丹城縣監李侯論賑政書〕'와 '나는 껄껄 선생이라오
〔答大邱判官李侯論賑政書〕'를 썼다.

벽돌을 구워 관아에 새로 정각들을 지었다. 이때 '백척오동각을 지어 놓고〔百尺
梧桐閣記〕', '연암의 제비가 중국에서 공작새를 보았다〔孔雀館記〕', '아침 연꽃,
새벽 댓잎〔荷風竹露堂記〕'들을 지었다. 고을 아전들이 전에 있던 현감 곽준의 제
사를 지내는 일을 칭찬한 '곽공을 제사 지내며〔安義縣縣司祀郭侯記〕', 거창읍 이
술원에게 정려가 내린 일을 기록한 '충신증대사헌이공술원정려음기忠臣贈大司憲
李公述原旌閭陰記'들도 이 무렵에 썼다.

지나친 수절 풍습을 비판한 '열녀 함양 박씨전 병서烈女咸陽朴氏傳幷序'를 썼다.

1794년(58세)

아전들이 포탈한 곡식을 원래대로 채워, 창고에 곡식을 10만 휘나 쌓아 두게 되
었는데, 호조판서가 그것을 팔 것을 제안하나 수입이 생길 것을 꺼려 곡식을 다른
고을로 옮겨 버렸다.

함양군수의 부탁으로 학사루를 수축한 전말을 기록한 '천년 전의 최치원을 기
리며〔咸陽郡學士樓記〕'를 썼고, 함양군에 새로 지은 학교 흥학재에 부치는 '흥학
재를 지은 뜻〔咸陽郡興學齋記〕'도 썼다.

1795년(59세)

'보름날 해인사에서 기다릴 것이니[海印寺唱酬詩序]'를 썼고, 장편시 '해인사海印寺'도 썼다.

전라감사 이서구가 천주교를 비호한다고 유배를 가자 '답이감사적중서答李監司謫中書'를 보내 위로했다.

1796년(60세)

안의현 백성들이 송덕비를 세우려 하자 자기 뜻을 몰라서 하는 일이라며 크게 꾸짖고, 세우지 못하게 했다.

안의현감 임기가 끝나 서울로 돌아왔다. 종로구 계동에 벽돌을 사용하여 계산초당을 지었다. 아들 박종채가 머물렀고, 손자 박규수가 이곳에서 태어났다.

제용감주부에 임명되었다가 의금부도사로 전보되었다.

벗 유언호가 67세로 죽었다.

1797년(61세)

7월, 면천군수에 임명되자 임금을 알현하게 되었고, 이때 문체에 대한 이야기를 다시 나누었다. 정조의 명령으로 '서이방익사書李邦翼事'라는 글을 쓰게 됐다.

충청감사와 불화를 겪고 있을 때 '답공주판관김응지서答公州判官金應之書'(보리의 《나는 껄껄 선생이라오》에 '혼자 억측하지 마십시오'와 '머무르고 떠나는 일' 두 편이 실려 있다.)를 썼다.

1798년(62세)

연암이 있던 면천군에 천주교가 성행했으나, 천주교도들을 크게 벌하지 않고 기회를 주어 방면했다.

1799년(63세)

봄에 흉년이 들자, 안의에서 했던 것처럼 봉록을 덜어 백성을 구휼했다.

농서 《과농소초課農小抄》를 썼다. '부자들의 토지를 나누어 주어라[限民名田議]'가 부록으로 붙어 있는데, 중국에 갔을 때 본 것들과 우리 나라에 시행할 수 있는 것들을 묶어 14권의 책으로 엮었다. 정조가 이 책을 보고 농서대전을 박지원에게 편찬케 해야겠다는 말을 하였다.

1800년(64세)
6월에 정조가 승하했다.
8월에 양양부사로 승진했다.

1801년(65세)
봄에 양양부사를 그만두고 서울로 왔다.

1802년(66세)
겨울, 아버지의 묘를 포천으로 이장하려다가 유한준이 방해하여 좌절되었다. 유한준은 평소 연암에게 유감을 갖고 있어 《열하일기》에 대해 '오랑캐의 연호를 쓴 책'이라며 비방을 일삼았던 사람이다.(《나는 껄껄 선생이라오》에 이 사람에게 쓴 '이름을 숨기지 말고〔答蒼厓 之一〕'와 '도로 네 눈을 감아라〔答蒼厓 之二〕'가 있다.

1805년(69세)
박지원은 10월 20일, 가회방 재동 집의 사랑에서 69세 나이에 죽었다. 홍대용이 그랬던 것처럼 반함하지 말고, 다만 깨끗하게 씻어 달라고만 유언을 남겼다.

1826년
둘째 아들 박종채가 부친의 언행을 기록한 《과정록》을 완성했다.
(1831년에는 《과정록》을 보완하였다.)

1900년
김택영이 편찬한 〈연암집〉이 간행되었다.

1901년
김택영이 편찬한 〈연암속집〉이 간행되었다.

1911년

조선광문회에서 편찬한 〈연암외집 열하일기 전쥬〉이 간행되었다. 《열하일기》가 따로 출판된 것은 이것이 처음이었다.

1917년

김택영이 망명지 중국에서 〈연암집〉과 〈연암속집〉을 합해서 〈중편 박연암 선생 문집〉을 간행했다.

1921년

김택영이 조선 시대 한문학자들의 좋은 글을 묶어서 《여한십가문초》를 냈는데, 그 안에 박지원의 글이 많이 들어 있었다.

1932년

박영철이 돈을 대어 〈연암집〉이 간행되었다. 전부 17권 6책을 대동 인쇄소에서 인간하였다.

1955년

북의 국립출판사에서 《열하일기 상》을 출판했다. 중권은 1956년, 하권은 1957년에 간행했다.

1959년

북의 국립문학예술서적출판사에서 《열하일기 상》을 출판했다. 하권은 1960년에 간행했다.

1967년

남의 민족문화추진회가 이가원이 옮긴 《열하일기》를 펴냈다. 1987년에 한 번 더 인쇄했다.

1983년

남의 박영사가 윤재영이 옮긴 《열하일기》를 펴냈다.

1991년

북의 문예출판사에서《박지원 작품집 1》을 〈조선고전문학선집〉 제66권으로 간행했다. 이 책은 보리 출판사가《나는 껄껄 선생이라오》(겨레고전문학선집 4)라는 제목으로 펴낸다.

1995년

북의 문예출판사에서《박지원 작품집 2》가 〈조선고전문학선집〉 제67권으로 나왔다. 이 책은 보리 출판사가《열하일기 상》(겨레고전문학선집 1)으로 펴낸다.

* 이 연보는 박지원의 작품을 오랫동안 연구해 온 성균관대학교 한문학과 김명호 선생님의 도움을 받아서 정리한 것입니다. 김명호 선생님이 쓰신《열하일기 연구》(창비)를 참조했습니다.

박지원 작품에 대하여

김하명[■]

　18세기 조선이 낳은 저명한 사실주의 작가 연암 박지원은 사상가로서나 문학가로서 우리 나라 고대 중세의 전 시기를 통하여도 가장 높이 솟아 있는 봉우리의 하나이다.

　박지원의 문학과 떼어 놓고 18세기 봉건 조선에서 일어난 사상 예술 분야에서의 전변에 대하여 말할 수 없다. '양반전'을 비롯하여 〈방경각외전〉에 실려 있는 단편 소설들이나, 구성의 독창성과 내용의 풍부성에 있어서 세계적으로도 그 유례를 찾아볼 수 없는 장편 기행문《열하일기》는 말할 것도 없고 '좌소산인에게〔贈左蘇山人〕'와 같은 시 작품들, '글은 뜻을 나타내면 그만이다〔孔雀館文稿自序〕', '무관의 시는 현재의 시다〔嬰處稿序〕'와 같은 길지 않은 서문에 이르기까지 박지원의 예술 문학 작품들과 평론 저술들에는 당시 우리 나라에서 일어나고 있던 심각한 사회 경제적 변동과 문화 예술 분야에서의 첨예한 신구 투쟁

■ 김하명은 1923년 평안도 영변에서 태어나 1994년까지 산 것으로 알려져 있다. 서울 대학교를 다녔고, 월북한 뒤 1948년에 김일성 종합 대학을 졸업했다. 문학 박사이자 교수로, 북의 고전 연구와 문예 이론 정립에 큰 역할을 했으며, 사회과학원 주체문학연구소장들을 지냈다.
　고전 문학 연구 논문으로, '연암 박지원의 풍자 작품들과 그 예술적 특성', '문학 유산 연구에 대한 의견', 책으로《연암 박지원》,《시조 선집》,《우리 나라 고전 문학》,《조선 문학사 (15~19세기)》등 업적이 많다. 북의 문예 이론과 정책을 밝힌 글도 많이 썼다.

이 반영되어 있으며 시대의 선진 사상 조류를 대표하는 작가 박지원의 사상 미학 견해와 예술 기량이 구현되어 있다.

1

연암 박지원은 1737년 영조 13년 3월 5일(음력 2월 5일)에 서울 안국방에 사는 반남 박씨 사유師愈의 둘째아들로 태어났다. 자를 중미仲美라 했고, 여러 가지 호를 썼으나 연암으로 많이 알려졌다.

연암의 집안은 세상에서 관면대족冠冕大族으로 치는 명문거족에 속했다. 그의 6대조 충익공忠翼公 동량東亮은 임진왜란 때의 공신이며, 그 후의 선조들도 대대로 정계에서 대사헌, 판서, 참판 등의 요직에 있었다.

실학의 선구자들인 반계 유형원, 성호 이익이 관계에서 밀려나는 야당파로 남인에 속했던 것과는 달리, 연암의 가문은 당시 집권파였던 서인 노론에 속했다. 그러므로 만약 연암이 원하기만 한다면 그에게는 광활한 출셋길이 열려 있었다. 그러나 연암은 당시의 양반 출신 청년들이 일반적으로 과거를 보고 벼슬길로 나서는 것과는 다른 길을 택했다. 그는 벌써 젊어서 벼슬길을 버리고 과거를 보지 않기로 결심했으며 일생 동안 한 번도 과거에 응시하지 않았다.

그러면 연암 박지원으로 하여금 자기를 낳아 기른 계급과 사상적 관계를 끊고 시대의 선진적 지향을 대변하여 나서게 한 요인은 무엇인가?

첫째, 그가 나서 자라고 사상 문화 활동을 전개한 당시의 사회 문화적 환경을 들어야 할 것이다.

임진 왜란(1592~1598)과 거듭되는 여진족의 침입(1627, 1636)으로 심중한 상처를 입은 조선 봉건 사회는 자기 발전의 하강기에 들어서게 되었다. 거듭되는 전쟁에서 자기의 무능성, 반인민성을 더욱 노골적으로 드러내 놓은 양반 통치 계급은 전후에 와서 경제의 복구 발전을 위해서도 무위무능한 자기 정체를 감출 수 없었다. 그러나 백성들의 피땀 어린 노력으로 경제는 점차 복구되었다. 농업 생산량이 증대되었을 뿐 아니라 새로운 영농법이 실시되고 인삼, 담배 등 공예

작물의 새로운 품종이 처음으로 재배되기 시작했다.

종래의 공물 제도를 폐지하고 대동법을 실시했으며 1678년에는 금속 화폐인 상평통보가 전국에 유통되었다. 이러한 사회 경제적 변동은 민간 수공업의 발전을 촉진시키고 상품 화폐 경제의 장성을 가져왔다.

그럼에도 백성들의 생활은 조금도 나아질 수 없었다. 양반 지주들과 관료들은 전후의 재정 궁핍과 화폐 경제의 발전에 따르는 부의 증대를 오로지 백성들을 수탈하여 보충하려 들었다. 이리하여 농업 생산력은 장성했음에도 백성들의 생활은 오히려 악화되었다. 농촌에서는 급속한 계급 분화가 진행되었다.

당시 문헌에는 '돈이 쓰이게 된 이래로 부자는 더욱 부해지고 빈자는 더욱 가난해져 백 가지 폐해가 뒤엉켜 생겨나 참으로 경시할 수 없게 되었다.'(《증보문헌비고》, 숙종 21년)고 쓰여 있다. 이러한 사회 경제적 변동은 백성들의 정신 생활의 변동을 규정했다. 백성들은 거듭되는 전쟁의 시련 속에서 민족적으로나 계급적으로 더욱 각성되었다.

그들은 나날이 악화되는 처지를 더는 참을 수 없었다. 그들은 곳곳에서 봉건 양반들의 전횡을 반대하여 무장을 들고 일어났다. 이 시기의 연대기는 18세기 전반기에 연암의 '허생전'에서 정당하게 반영된 변산 반도의 '군도群盜' 농민군과 같이 전국 도처에서 일어났던 농민 봉기에 대하여 전해 주고 있다.

한편 지배 계급 내부의 모순과 알력도 더욱 노골화되었다. 16세기에 시작된 사색당쟁은 숙종, 영조 대에 와서 더욱 추악한 양상을 보여 주었다.

수다한 양반들이 직업을 얻지 못하고 빈궁으로 허덕였다. 우리는 연암의 '양반전', '허생전' 들에서 그러한 양반의 몰락상을 생생한 화폭으로 보고 있다. 이리하여 당쟁의 패배자들, 서얼들, 서북도 출신들, 이른바 몰락 양반들 사이에서도 현존 봉건 제도에 대한 불평 불만이 조장되어 갔다. 그 가운데 선진 인물들은 시대의 요구를 대변하는 새로운 사상가로 출현하였다.

이 시기 백성들의 해방 운동은 외부적 요인에 의해서도 조장되었다. 당시 봉건 관료 정부가 쇄국 정책을 쓰고 있었으나 이 시기에 와서 조선 사람들은 서유럽의 과학 문화와 비로소 접촉할 수 있게 되었다. 네덜란드, 포르투갈 등 당시

구라파의 강대한 해운국 상선들이 황해를 항해하다가 우리 나라의 제주도나 서해안에 가끔 표착하여 발전된 과학 기술을 소개하기도 하였다. 또 해마다 연경(베이징)에 드나드는 사절단에 의하여 이미 중국에 소개되어 있는 서유럽의 과학 기술—망원경, 자명종, 천문학, 지리 서적 들이 전해졌다.

이로 말미암아 조선 사람들의 사회 정치적 시야는 더욱 확대되었다. 조선 백성은 자기 나라가 경제나 과학 기술에 있어서 낙후하다는 것을 심각히 느끼게 되었으며 봉건 제도에 대한 반감이 더욱 조장되어 갔다. 봉건 관료 제도의 철폐에 관한 문제가 사회 발전의 현실적 요구로서 제기되었으며 우리 나라 정치 생활의 주요 내용을 이루게 되었다. 시대는 이러한 사회 모순의 해결을 촉진시키는 새로운 사상과 학설을 요구했다.

바로 이러한 시대적 요구에 따라서 이미 17세기에 새로 발생하기 시작하여 점차 발전해 온 실학 사상이 이 시기에 와서 더욱 그 내용이 풍부해지고 체계가 잡혔다. 연암은 이러한 시대 사조를 외면할 수 없었다.

둘째로, 연암의 가정 환경은 양반 가문임에도 그로 하여금 역사 발전의 길을 따라 나가도록 만들어 주었다.

이 시기에 사색당쟁은 아주 심각하고 첨예한 성격을 띠고 전개되었다. 양반 계층은 모두 그 어느 한 당파에 가담해야 했다. 양반들은 반대파에 대하여 갖은 악랄한 수단을 다했다. 이 시기 일부 양반들은 자기 계급의 위기를 감촉하면서 이러한 사태가 극복되어야 한다고 주장하며 나섰다. 연암의 조부도 바로 그런 양반 중의 한 사람이었다.

연암의 조부 박필균은 더러운 당쟁의 탁류에 휩쓸릴까 봐 정치 문제에는 아예 관여하지 않으려고 젊어서 과거도 보지 않았으며 벼슬길에 나가지 않았다. 당파쟁이들은 이를 또한 못마땅하다고 헐뜯었다. 그는 마흔이 넘어서 과거를 보고 벼슬길에 나서긴 했으나 관료배들의 매관매직과 백성들에 대한 토색질을 미워했으며, 정의롭지 못한 것들과 타협하지 않았다. 그리하여 그는 늘 직위는 높으나 실속은 없는 벼슬로만 돌았다. 이러한 조건은 연암의 집안 살림이 늘 가난에 쪼들리게 했다. 연암은 후에 자기 조부에 대하여 이야기하면서 다음과 같이 썼다.

"부군(연암의 조부 필균)은 용모와 성품이 우아하고 청렴하여 평생에 한 번도 마음에 거리끼는 일을 한 적이 없다. …… 30년이나 벼슬자리에 있으면서도 백 냥어치도 못 되는 전지의 소산물과 서울 안에 한 30냥짜리 낡은 집 한채가 있을 뿐이었다. 그는 세상을 떠날 때까지 늙은 하인 하나를 두고 겨죽도 오히려 부족했으나 원망하는 빛이 전혀 없었다."(대고 자헌대부 지돈녕부사 증시 장간공 부군 가장 大考資憲大夫知敦寧府事贈諡章簡公府君家狀)

그런데 연암은 일찍이 부모를 모두 여의고 형과 형수 이씨를 아버지와 어머니처럼 여기며 조부 슬하에서 자랐다. 게다가 건강이 좋지 않아 조부는 연암에게 서당의 엄한 글공부를 강요하지 않았다. 연암은 집에 드나드는 옛 하인에게서 세상의 재미나는 이야기를 즐겨 들었다. 연암은 외롭고 가난한 가운데 점차 판이한 두 세계를 알아보게 되었다. 한편에는 백성의 고혈을 빨아 호의호식하는 무리들이 있어 마치 도적과 다름없이 약탈과 당파 싸움을 함부로 했다. 이리하여 연암은 그의 초기 작품에 반영된 것과 같이 양반의 정체를 깨닫게 되었다. 다른 한편에는 백성들이 헐벗고 굶주리고 있었다. 그들은 부지런하고 정직한 사람들이었으나 양반 봉건 제도는 그들의 초보적인 생활 근거까지 빼앗아 갔다. 연암은 벌써 초기에 이 정형들을 무심히 보지 않았다.

연암은 열여섯에 유안遺安 처사處士 이보천李輔天의 딸과 결혼했다. 이 결혼은 연암의 사상 발전에 새로운 계기를 만들어 주었다. 이보천은 학자로서 일정하게 알려지고 있었으나 역시 일찍부터 벼슬에 뜻이 없어 고향에서 농사에만 힘썼다. 연암은 결혼하면서 농촌에 왕래하게 되었고 농민들의 생활을 배울 수 있게 되었다.

다른 한편으로 연암은 결혼하면서 본격적으로 학문 연구에 들어서게 되었으며, 특히 실학에 접촉하게 되었다. 이보천은 연암이 아직 본격적인 학문을 하고 있지 않다는 것을 알고 자기 동생인 영목당榮木堂 이양천李亮天의 지도를 받도록 권고했다. 영목당은 당시 홍문관 교리로서 마치 어버이와 같은 사랑으로 연암을 친절히 지도하여 주었다. 아마도 연암은 그에게서 실학 사상의 영향을 직접 받게 된 듯싶다.

이때에 연암은 건강이 좋지 못해 별로 바깥 출입을 하지 않았다. 연암은 종래의 관습에 따라 유교 경전을 읽고 글도 지었으며 한편 음악과 서화도 감상하며 예로부터 전해 오는 무기와 그릇들을 사랑했다. 이리하여 그는 점차 현실의 모순을 눈여겨보고 이에 대하여 깊은 생각을 돌리게 되었으며 조국의 과거 역사와 문화에서 배우면서 나라를 사랑하는 마음을 키워 갔다.

연암은 1754년 열여덟에 옛 하인에게서 들은 재미나는 이야기를 소재로 하여 처녀작 '광문자전廣文子傳'을 썼다. 연암은 계속하여 1757년에 '민 노인전〔閔翁傳〕'을, 1765~1766년경에 '김 신선전金神仙傳', 1767년에 '우상전虞裳傳'을 창작했으며 대체로 서른에 이르기까지, 그의 아들 박종간朴宗侃의 표현을 빌리면 연암의 약관 때에 단편집 '방경각외전放璚閣外傳'에 수록되어 있는 아홉 편의 단편을 썼다. 박종간의 기록에 의하면 그 아홉 편 중에서 '역학대도전易學大盜傳'은 양반들에 대한 예리한 비판으로 인하여 작가 자신의 손으로 태워 버렸으며 같은 책에 수록되었던 '봉산학자전'도 이때에 소실되었다고 한다.

단편집 '방경각외전'은 이 시기 조선 문학의 선진적 경향을 대표하는 새로운 문학 현상이었다. 연암은 이 작품들을 통하여 확고히 봉건 제도의 모순을 폭로하는 이로 등장했으며 조선 문학 발전의 새 길을 따라 나가는 선진 작가로서 면모를 뚜렷이 했다. 청년들은 그를 사모하여 찾아왔으며 그로부터 배울 것을 원했다. '우상전'이 말해 주는 바와 같이 우상 이언진은 연암에게 자기의 시고를 보냈으며, 백성을 위하는 성격 때문에 양반 사대부들로부터는 오히려 비난을 받고 있는 자기 작품에 대하여 정당한 평가를 줄 것을 기대했다.

연암은 서른 살을 전후하여 그에게서 지도를 받은 청년들 중에서 특출한 인재들이 많이 배출되었다. '사시가四詩家'로 국내외에 이름을 떨친 이덕무(李德懋, 1741~1793), 유득공(柳得恭, 1748~?), 박제가(朴齊家, 1750~1805), 이서구(李書九, 1754~1825) 들을 비롯하여 남공철南公轍, 박남수朴南壽 등 당시의 쟁쟁한 문사들이 모두 연암에게서 배웠다. 그중에서도 서얼 출신인 이덕무, 유득공, 박제가는 그의 실학 사상의 직접적인 후계자들이었다. 이들은 각각 조선의 역사, 지리, 기타 문화에 관한 실학적 경향의 저술들을 남겼다.

연암의 가장 가까운 선배요, 벗이었던 담헌 홍대용(洪大容, 1731~1783)과 더불어 이들은 당시 반동들과 가열한 사상 투쟁을 통하여 하나의 목적을 위한 학문을 지향하여 굳은 우의로 단합되어 있었다. 그들은 성격도 달랐고 학문 연구에서도 각각 독자적인 분야가 있었으나 애국적 사상과 실사구시적인 학문 연구의 경향은 일치했다.

연암은 1765년 29세 때 금강산을 중심으로 동해안을 여행했다. 이때에 그는 명승지인 총석정에 올라 장시 '총석정 해돋이〔叢石亭觀日出〕'를 썼다. 이 시 역시 연암의 사실주의적 시풍을 보여 주며 대상의 본질에 깊이 침투하고, 높은 낭만적 이상이 배합하여 약동하는 시적 형상을 창조했으며 이 시기 우리 나라 한자 시 문학의 절정을 이루었다.

연암은 여행을 즐겨 자주 길을 떠났다. 묘향산, 약산, 금강산, 속리산, 가야산, 천마산 등 전국 각지의 명산을 찾았으며 이로써 각 지방 사람들의 생활과 풍습을 직접 관찰하고 연구할 기회도 얻었다.

연암은 조선의 역사와 문화에 대한 깊은 연구와 시대적 요구에 대한 민감성, 그리고 열렬한 애국주의와 실사구시적인 방법론적 우월성으로 하여 인민들의 지향과 염원을 반영하면서 당시의 기본 생산자이면서도 노예처럼 사는 농민의 해방이 없이는 조국의 부강과 발전이 있을 수 없다는 결론을 얻었다. 그리고 그는 나라와 겨레의 행복을 좀먹는 원수들은 노력과 떨어져 있는 통치배들과 사대부들이라는 것을 간파했다.

연암은 유교 도학자들의 공리공담을 반대하여 더욱 적극적으로 진출했으며 민족의 자주적 발전을 저해하고 있는 사대주의 사상에 대한 공격을 강화했다. 연암의 창작과 저술들은 자주 양반 통치배들의 물의를 일으켰다. 반동 통치배들은 음으로 양으로 연암에게 압력을 가하고 음해했다.

연암은 양반 통치배들과 물질적으로나 사상적으로 완전히 관계를 끊는 것이 필요하다고 생각했다. 그는 한편으로 당시 세도가였던 홍국영 들의 집요한 추구를 피할 것도 염두에 두면서 시골에 가서 직접 농사를 지으면서 백성들과 함께 살며 백성들의 생산에 도움이 되는 실사구시적인 학문, 실학을 직접 실천에 옮기기 위하여 1769년과 1770년경에 황해도 금천군 금천협에 약간의 농지를 장만하여 그리로 옮겨갔다. 이로부터 연암의 새로운 생활이 시작되며 그 활동의 둘째 시기에 들어선다.

금천협(혹은 연암협이라고도 한다.)은 아주 궁벽한 산속이었다. 연암은 이곳의 자연 조건을 이용하여 뽕나무를 심고 밤나무, 배나무 등 과수를 가꾸고 벌을 치는 등 다각적 영농법을 시도했다.

연암은 부지런히 고래로 전해 오는 영농법에 관한 저서들을 광범히 수집, 연구하고 농사일에 능한 농민들의 경험을 직접 일반화하면서 유명한 농정서인 《과농소초課農小抄》의 저술을 준비했다.

연암은 1780년에 팔촌형 박명원으로부터 청나라 건륭 황제의 탄생 70주년을 경축하러 가는 사절단과 동행하자는 권고를 받았다. 일찍부터 꼭 한번 구경하리라고 말해 오던 터라 쾌히 그 청을 수락했다.

이 시기에 정조 정부는 국내의 첨예화된 모순을 완화시키고 봉건 정부의 유지, 공고화를 기도하면서 한편으로는 극반동인 보수적 양반들의 극단적인 진출을 견제하면서, 다른 한편으로 진보적인 실학자들의 활동을 일정한 범위 내에서 보호하는 정책을 썼다. 봉건 왕조 정부는 탕평책을 써서 당쟁의 조정을 시도하기도 하고, 일변 농업을 장려하며 균역법을 실시하며 악형을 없애며, 또 미신을 물리치고 사치를 금하는 등 일련의 개선책을 실시했다. 그리고 정조는 이미 세상에 알려진 실학자들을 등용하여 인입하는 정책을 썼다.

이러한 봉건 왕조의 정책은 한편으로는 선진 실학자들이 일정하게 합법적으로 활동할 수 있는 길을 열어 주었다. 그러나 동시에 일부 학자들에게 왕권이 초당파적인 어떤 존재인 듯한 환상을 조성케 하고 그 사상의 혁명성을 거세하는 방향에서 작용했다. 이 시기에 이덕무, 유득공, 박제가 들이 모두 규장각 검서로 있었고 벌써 중국에 한두 차례씩 다녀왔다.

연암의 중국 여행은 그의 사상 발전에서 새로운 계기로 되었다. 그는 이제껏 말로만 들어오던 중국의 면모를 직접 보고 들으면서 중국으로부터 많이 배우며 빨리 따라 앞서야겠다는 종래의 견해를 더욱 확고히 했다. 여행에서 돌아오자 그는 여행 기간의 견문을 사람들에게 소개, 선전할 목적으로 붓을 들었다. 4년 동안 심혈을 기울여 탈고한 《열하일기》는 압록강을 건너 북경을 거쳐 열하에 이르는 수천 리 장정의 여행기이다.

《열하일기》는 대번에 사회에 거대한 반향을 일으켰다. 전편을 관통하는 열렬한 애국적 지향, 해박하고 풍부한 내용, 활달 경건한 필치는 그 이전의 어느 여행기에서도 찾아볼 수 없는 새로운 경지를 보여 주었다. 다만 선진 인사들만이 그것을 탐독한 것이 아니라 지배 계급들도 이것을 읽었다. 그들은 이 책이 저네들에 대한 날카로운 공격의 날창이라는 것을 모를 수 없었다.

연암은 지금껏 자기를 박해하는 선두에 서 있던 홍국영이 이미 죽었고 또 정조의 인재를 등용하는 정책을 고려하면서 자기의 사회 정치적 구상을 실천해 볼 생각으로 1786년에 나이 쉰으로 선공감역의 벼슬자리에 나갔다.

이 점은 역시 연암의 사상의 제한성, 그의 계몽적 성격을 말해 주는 것이다. 그의 사상은 폭력에 의한 혁명에 의해서만 자기들의 이상이 실현될 수 있다는 데까지는 이르지 못했고 선량한 사람들을 계몽하는 방법에 의거하려고 했다. 연암은 1791년에 한성부판관을 지내고 같은 해 겨울에 안의현감으로 지방에 나갔다. 그 후 그는 면천군수, 양양부사 등을 전전하면서 '갓난애기를 다루는 어머니의 정성'으로 민정을 보살폈다.

연암은 이 시기에 자기의 사회 경제적 이상을 직접 실천해 볼 생각으로 주로 정론을 썼다. 그는 적서 차별을 폐지할 데 대하여(서자는 부끄러운 자식입니까〔擬請疏通疏〕), 사노 신분을 해방시킬 데 대하여(천하 사람의 근심을 앞질러 근심하시오〔賀三從姪宗岳拜相因論寺奴書〕), 화폐 개혁의 실시(화폐가 흔한가 귀한가〔賀金右相履素書〕), 빈민의 구제(굶주린 백성이 살 길〔答丹城縣鑑李侯論賑政書〕) 등에 대한 사회 정치적 문제들을 가지고 논진을 폈으며 정부에 건의했다. 특히 1799년에 농업 개혁에 대한 방안을 제출할 데 대한 정조의 청에 의하여 《과농소초》

와 '부자들의 토지를 나누어 주어라[限民名田議]'(개인의 토지 소유를 제한하자는 건의)를 내놓았는데 이는 영농법과 토지 문제에 대한 다년간의 연구 성과를 집대성한 것이다.

연암은 《과농소초》에서 '선비들이 혹은 성명을 지껄이면서 경제는 본 체도 않고 혹은 부질없이 아름다운 문장을 숭상하면서 정사를 베푸는 것이 없는' 결과 사람들이 농업을 하찮게 생각하도록 만들었다는 것을 지적하고 이러한 사태를 바로잡는 데서 학자들이 농사의 이치를 밝히고 인민들을 깨우쳐 주는 것이 급선무라는 것을 강조했다.

《과농소초》에는 기후 관측, 농기구, 밭갈이, 거름 주기, 관개 수리, 종자 선택, 각종 곡물의 파종, 곡물의 여러 가지 품종들, 김매기, 해충 구제, 수확, 소 기르는 법과 소 병의 치료법 등에 걸쳐 여러 가지 방법들을 소개하고 그 과학성에 따르는 우열을 논하고 있다. 이 저술에서 연암은 일관하여 그 농작물의 특성에 맞게 자연 조건을 조절할 수 있고 또 자연 재해는 인간의 노력에 의하여 능히 극복할 수 있다는 것을 강조하고 있다. 그는 이에서 "수로가 정비되어 있다면 물은 재해가 될 수 없으며, 호차물 푸는 기구가 갖추어져 있다면 가물은 해가 될 수 없다."고 썼다. 또한 연암은 모범 농장을 설치하며 생산에 직접 군대를 인입할 것도 제기했다. 이러한 주장은 봉건 생산 관계의 혁명적 폐절 없이는 실현될 수 없는 것임에도 당시의 조건에서는 애족적이며 진보적인 의의를 가졌다.

1800년에 정조가 죽고 어린 순조가 즉위하면서 정치 정세는 급변했다. 반동적 양반 계층은 어떤 사소한 선진적 요소도 일거에 말살하려고 광분했다. 극우익 보수파들에 의하여 1801년에 '사교 천주교 금압'이란 명목 아래 선진 인사들에 대한 대탄압 사건이 조작되었다. 많은 선진 인사들이 학살되고 유배되었으며 지하로 들어갔다. 사실상 실학자들의 공개적 활동은 일체 금지되었다.

연암은 천주교 신자가 아니었고 그의 가문이 서인이었던 관계로 직접적인 화는 면했다. 그러나 극단한 반동기에 처하여 양양부사를 사임하고 돌아와 독서와 저작과 요양으로 날을 보내다가 1805년 12월 10일(음력 10월 20일)에 69세로 서거했다.

연암은 평생에 자기 소신을 피력한 시, 소설, 정론, 실화, 수필 등 다양한 형태의 작품을 남겼는바, 이는 조선의 선진 사상과 문학 발전에 거대한 기여를 했다.

진실한 백성의 목소리를 두려워하는 반동 통치배들은 연암의 저술들이 공개되는 것을 두려워하여 그의 사후 거의 백 년 간이나 소위 '금서'로서 출판을 허가하지 않았다. 그러나 어떤 가혹한 탄압도 진리의 목소리를 막을 수는 없다. 연암의 작품들은 전사되어 날이 갈수록 널리 읽혔고, 계몽기 이후에 비로소 전집 형식으로 〈연암집〉이 간행되었다. 그러나 그의 선진적 사상과 예술도 일제 통치 아래에서는 인민의 재산이 되지 못했다.

2

연암은 당시 백성들 앞에 제기된 사회 정치적 문제들과 예술적 과업의 해결에 헌신하면서 문학의 사상 예술성의 제고를 위한 투쟁의 선두에 서 있었다. 그는 뛰어난 작가, 시인이었고 평론가로서도 제일인자였다.

연암은 자기의 평론 활동에서 문학은 생활 반영의 특수한 수단이며 사상 투쟁과 애국주의 교양의 강력한 무기라는 것을 힘있게 주장했다.

그는 당시에 있어서 문학 발전의 가장 주된 적은 양반 사대부들의 모방주의임을 옳게 간파했으며 이를 반대하여 정력적인 투쟁을 전개했다. 양반 사대부들의 모방주의와 의고주의가 지닌 반동성을 풍자적으로 폭로, 비판하고 참다운 예술의 과업이 무엇인가를 이야기한 '좌소산인에게〔贈左蘇山人〕'를 비롯하여 '방경각외전 머리말', '글은 뜻을 나타내면 그만이다〔孔雀館文稿自序〕', '멀리 보이는 산에는 나무가 보이지 않고〔鍾北小選自序〕', '무관의 시는 현재의 시다〔嬰處稿序〕', '옛것을 배우랴 새것을 만들랴〔楚亭集序〕'을 비롯하여 많은 서문들과 편지들에서 당시의 문학 창작에서 제기되는 주요한 실천적 문제들에 대한 옳은 해답을 주었다. 뿐만 아니라 연암은 자기의 평론 활동을 통하여 미학의 기본 문제들에 대한 새로운 이론적 성과들을 달성했다.

그는 문학과 현실의 관계에 대하여, 예술적 전형화에 대한 문제, 전통과 혁신에 대한 문제 들에 대하여 유물론적 입장에서 정당한 해답을 주었다. 그의 평론 활동의 기본 지향은 현실의 진실한 묘사 즉 사실주의 정신이며, 그것은 현실에 대한 실사구시 정신에 토대하고 있다. 연암은 사실주의 묘사 원칙을 '모사진경模寫眞境, 절근정리切近情理'란 말로 표현했다. 현실 생활 속에 깊이 침투하여 그의 참된 경지[眞境] 즉 그 본질을 그려 내며 인간들의 내면 세계 정리情理를 절실하게, 근사하게 그리는 것이 연암의 예술적 신조였던 것이다.

연암은 모방주의, 형식주의를 반대하면서 예술의 묘사 대상은 항상 변화 발전 속에 있는 구체적인 현실 생활, 그의 표현에 의하면 '새와 짐승과 초목' 즉 자연 현상들, '여항 남녀의 언행' 즉 사회 생활이다. 그렇기 때문에 서로 나라가 다르고 시대가 다른 당시 조선의 문학가가 옛 중국의 문학 작품을 흉내내는 것으로는 예술이 될 수 없다는 것이다.

연암의 미학은 현실, 바로 보통 사람들이 살고 일하며 싸우고 있는 실재적 현실에 관심을 돌렸다. "우리가 때때로 보고 듣는 사실 속에 참된 진리가 있거늘 하필 먼 데서 취할 게 무엇이랴."고 썼다.

그리하여 연암은 내용과 형식과의 관계 문제에서도 내용의 우위성에 대한 견해를 견지했다. 글 잘 쓰는 것을 전술을 잘 아는 것에 비유하면서 기교의 숙련의 필요성을 주장했으나 문장의 우열을 결정하는 제일차적 요인은 '문장에 있어서 지휘관 격인 뜻[意]'이라고 했다. 때문에 그는 어떤 문장을 표현할 때에 자구가 우아하느니, 비속하느니를 따질 것이 아니라 그 말이 과연 전달하려는 내용을 선명하고 정확하게 표현했는가가 기준이 되어야 한다고 보았다. 그는 다음과 같이 썼다.

"적어도 그 이치를 얻는다면 집사람들의 일상적인 담화도 오히려 학관學官에 비길 만하고 동요나 이언도 또한 《이아爾雅》(13경 중의 하나, 옛 중국의 훈고를 적은 책)에 속할 만하다."('몇백 번 싸워 승리한 글[騷壇赤幟引]')

이로부터 연암은 중국의 옛 시나 문장을 모방하지 않고는 글을 쓸 수 없다고 생각하는 양반 사대부들을 '달음질 흉내내는 앉은뱅이'로, 옷 입고 갓 쓰고서 사람 행세하려는 원숭이로, 귀신 터를 의세依勢하는 쥐와 같은 자들로서 비판, 조소했다. 내용과 관계 없이 남의 글귀만을 흉내내어 쓰는 자들을, 고추를 통으로 삼키는 자와 맛에 대하여 이야기할 수 없고 남의 털옷이 부러워서 한여름에 빌려 입고 나온 자와 계절에 대하여 이야기할 수 없듯이 참된 문학의 아름다움에 대하여 같이 논할 수 없다고 했고('무관의 시는 현재의 시다〔嬰處稿序〕'), 모방주의자들의 글은 마치도 나무 장수가 "소금 사려." 하고 외치고 다녀서는 나무를 팔 수 없는 것과 같이 아무런 인식, 교양적 기능도 수행할 수 없다고 썼다.('이름을 숨기지 말고〔答蒼厓 之一〕')

연암은 현실에 대한 예술의 관계에 있어서 사람의 의식 밖에 객관적으로 존재하는 현실 생활이 선차적이며 바로 예술의 원천이라는 것을 강조했다. 그리고 연암은 예술은 그 묘사 대상인 자연과 사회 생활이 변화하는 만큼 한자리에 머물러 있을 수 없다는 견지에 서 있었으며 문학 예술 현상들을 역사주의적 견지에서 고찰했다. 바로 이로부터 전통과 혁신에 대한 그의 옳은 견해가 도출되었다. 연암은 '옛것을 배우랴 새것을 만들랴〔楚亭集序〕'에서 다음과 같이 썼다.

"옛것을 본따는 자는 그에 빠져 버리는 것이 병집이요, 새것을 만든다는 사람은 규범이 없는 것이 탈이다. 적어도 옛것을 받아들이면서도 능히 그 변화를 알며 새것을 만들면서도 능히 규범이 있다면 지금의 글도 오히려 옛 글만 못지 않을 것이다."

이 법고(法古, 옛것을 본따는 것, 즉 전통 계승)와 창신(創新, 새것을 창조하는 것, 즉 혁신) 간의 호상 관계에 대한 문제의 올바른 설정은 사물 현상에 대한 그의 변증법적 견해를 토대로 하고 있다.

그리하여 연암의 평론은 원칙적인 비판 정신, 예리한 시대 감각, 논리의 명료성과 그의 형상적 표현의 배합으로서 특징적이다. 그의 평론은 당시의 수다한 청년들을 선진 사상으로 교양했으며 우리 나라 문학 이론 사상 발전에 거대한 기여를 했다.

3

'방경각외전'은 연암이 창작 활동 초기부터 자기 시대의 인민 앞에 제기된 과업을 옳게 이해하고 그 과업을 해결하기 위하여 자기 창작을 목적 의식적으로 복무시켰다는 것을 보여 주고 있다.

그의 문학의 혁신성은 이에 의하여 규정되었는바 그것은 주제의 선택에서, 그 사상적 경향에서, 그리고 백성들에 대한 깊은 이해와 동정에서 표현되고 있다. 연암은 이 작품들에서 사상적으로나 예술적으로나 혁신자적 면모를 뚜렷이 했다.

연암은 생활 경험에 튼튼히 의거하면서 양반 사대부들의 도덕적 위선성과 이중성을 폭로, 비판하고 이에 대한 백성들의 정치 도덕적 우월성을 주제로 한 작품을 적지 않게 썼다. 처녀작 '광문자전'을 비롯하여 '예덕 선생전', '말거간전' 등이 모두 이러한 주제의 작품이다.

'광문자전'의 주인공 광문은 어려서 쪽박을 들고 종로 거리로 다니면서 빌어먹던 거지이다. 연암은 광문을 중심한 거지 아이들의 관계를 묘사하면서 그들이 비록 헐벗고 굶주리고 있으며 세상에서 버림받은 가엾은 존재들이지만 양반 통치배들이 따를 수 없는 의리와 인정을 간직하고 있다는 것을 보여 주고 있다. 연암은 그들이 아무런 이해타산도 없이 참으로 깨끗한 동기로부터 서로 돕고 사랑하고 있는 것을 보여 준다.

일기가 춥고 눈이 퍼붓는 어느날 모두 동냥하러 나가고 광문만이 앓아 누운 거지 아이를 돌보며 집에 남았다. 이때 광문이 몸을 떨며 신음하는 거지 아이를 가엾이 여겨 밥을 빌어다 먹일 생각으로 잠깐 거리에 나간 사이에 그 아이는 그만 죽고 말았다. 여러 아이들이 돌아와서는 광문이 그 아이를 죽인 줄로 의심하고 오히려 그를 때려 내쫓았다. 앓아 누운 벗을 가엾이 생각하여 밥을 얻으러 거리로 나서는 광문이나 밖에서 돌아온 여러 아이들이 이미 죽고 만 벗을 눈앞에 보면서 광문을 의심하여 때려 내쫓는 것이 마찬가지의 우정으로부터 출발하고 있다. 광문은 벗들 앞에서 자기를 변명할 기회를 가지지 못한 채 쫓겨난다. 그러나 누구 하나 원망하지 않고, 거지 아이들이 수표교 아래 끌어다 버린 시체를 거적에 싸서 짊어지고 서문밖 언덕 위에 갖다 묻으면서 소리 내어 울었다. 이 이야기가 퍼져서 그는 서울 장안에 소문이 났다.

연암은 작품 후반에서 광문의 정직성을 칭찬하면서 실상 자기를 내세우려고 하는 돈 있고 권세 있는 자들의 위선성을 대치시켰다. 연암은 광문이 이름이 나고 사람들의 대접을 받게 된 후에도 명예나 잇속을 아랑곳하지 않는 그의 품성을 강조했다. 연암이 자기 서문에서 밝히고 있는 바와 같이 이 작품은 '명성을 도적질하며 그것을 빌려서 사리사욕을 취하는 자'들을 경계한 것이다. 그러나 이 작품은 아직 연암의 비판적 기백도 그렇게 뚜렷하지 못했을 뿐 아니라 예술적 구성도 그렇게 짜임새가 있지 못했다.

'말거간전'에서 연암은 소유자 사회의 도덕의 위선성, 백성의 정치 도덕적 우월성의 주제를 한층 더 심화시켰다. 연암은 양반들, 상인들의 도덕이 얼마만큼 위선적인가에 대해, 그리고 그것은 그들의 사회적 처지에 의하여 불가피하게 규정되는 것임을 보여 주고 있다. 이 작품은 '광문자전'에 비하여 비판의 목적 지향성이 더욱 뚜렷하다.

연암은 작품의 첫머리에서 '사람들이란 각각 제 처지에 맞추어 버릇이 드는 법'인데 말거간, 집주릅, 남의 첩 등은 그 처지로 말미암아 정직할 수 없다는 것을 자신의 말로써 설명하고 간사한 첩의 일화 하나를 삽입했다.

그리고 송욱, 조탑타, 장덕홍 세 사람이 광통교 위에서 만나 벗에 대한 이야기를 주고받는 것을 통하여 상인들, 양반들의 도덕의 정체를 폭로하고 있다. 이 작품의 주인공들도 새 사회 건설의 실제 역량은 아니다.

송욱과 조탑타는 마을에서 빌어먹고 다녔고, 장덕홍은 미처 저잣거리로 노래 부르며 다녔다. 그런데 이들은 다만 소유자 사회의 모순, 그 도덕의 위선상을 감득만 하는 것이 아니라 그 사회악의 근원도 알아 내며 '차라리 이 세상에서 벗 없이 지낼 망정 소위 점잖은 사람들의 그런 벗은 될 수 없다.'는 태도를 분명히 하는 것이다.

소위 군자라는 사람들은 입만 벌리면 신의요 도리요 떠드나 실상 마음은 그것에 있지 않다. 송욱은 벗 사귀는 묘리에 대하여 이야기를 시작한다.

"천하 사람이 따르는 것이 권세요, 누구나 얻으려고 애쓰는 것이 명예와 잇속일세. …… 대체 좋은 벼슬도 잇속이란 말이지. 그러나 따르는 놈이 많아지면 권세가 나뉘고 애쓰는 놈이 여럿이고 보면 명예나 잇속도 실속이 없을 것이라, 군자가 이 세 가지를 말하기 꺼린 지 오랠세."

결국은 그 권세와 잇속과 명예를 독차지하기 위하여 남더러는 그것을 더럽다고 하는 것이 소위 군자들의 도덕이다. 마치 도적질한 자가 '도적이야!' 하는 것과 마찬가지다. 연암은 이렇게 교묘하게 분장한 그들의 도덕적 설교의 본질을 여지없이 폭로하면서 그들의 언행이 일치할 수 없는 사회적 근원도 밝혀 보여 준다.

잇속으로 얽혀 있는 소유자 사회에서는 그 '승냥이 법칙'으로 하여 '진심을 가지고 벗을 사귀고 의리로써 친구를 얻을' 수는 없다. 이 사회에서는 모두가 거꾸로 서 있다. 송욱의 표현을 빈다면 '칭찬하려면 드러내놓고 책망하는 것이 좋으며, 호의를 보이려면 골을 내서 표시해야 하며 친하게 굴려면 박은 듯이 정신을 모으고 부끄러운 듯이 몸을 돌이켜야 하며, 남이 나를 믿게끔 하려면 의심될 구멍을 만들어 놓고 기다려야' 한다. 이렇게 연암은 자기의 주제를 발전시키면서 소유자 사회에서 개성의 파멸, 성격 파산의 불가피성에 대한 문제도 제기한다. 주요한 것은 연암이 이러한 도덕 문제를 그 사회적 근원과의 연관 속에서 고찰했다는 데 있다.

연암은 이렇게 이 작품에서 인간들의 교양, 인간들의 성격 형성이 그의 사회적 처지에 의하여 규정된다는 것을 명확히 밝혔다. 그리하여 당시 양반들의 도덕적 규범을 정반대로 뒤집어엎으면서 인민적 입장에서 이 문제에 대한 해답을 주고 있다. 양반들은 그들의 사회적 처지로 말미암아 '진심을 가지고 벗을 사귀고 의리로써 친구를 얻을' 수는 없다. 그러나 백성들은 바로 그 사회적 처지로 말미암아 그렇게 할 수 있다. 덕홍은 송욱의 말을 보충하면서 다음과 같이 이야기한다.

"자네 좀 듣게나. 대관절 가난한 사람이라야 바라는 것이 많으니까 의리를 끝없이 사모하게 되는 것일세. …… 대관절 재산을 지니고 있는 사람은 인색하단 소문도 부끄럽게 여기지 않네. 그건 남들이 제게 바라는 것을 단념시켜 주는 까닭일세. 천한 사람이라야 아끼는 것이 없으니까 어려운 것도 헤아리지 않고 덤벼드는 것일세.

왜 그런고 하니 물을 건너는데 옷을 걷지 않는 것은 헌 바지란 말일세. 수레를 타는 사람은 신 위에 덧신을 신고도 오히려 진흙이 묻을까 염려하네그려. 신바닥도 이처럼 아끼거든 하물며 제 몸이겠나! 그렇기 때문에 충성이라거나 의리라거나 하는 것은 가난하고 천한 사람들이 할 일이지 부하고 귀한 사람에게는 의논할 것이 못 되네."

보는 바와 같이 연암은 현상의 외피에 의해서가 아니라, 특히는 그들 자신의 말에 의해서가 아니라, 그들의 행동에 의해서 그 계급 자체의 추악한 본질을 정확하게 규정하고 있다. 연암은 각각 다른 계급들의 사회 생활, 특히는 물질적 부의 생산에서 그들의 역할, 사회 발전에 기여하는 그들의 공로에 기초하여 그들을 평가하고 있다.

바로 충성이나 의리는 양반 통치배들과는 의논할 것도 못 되며 그들이 멸시해 마지않는 가난하고 미천한 사람들만이 할 수 있다는 견해 속에 양반 통치배들에 대한 백성들의 정치 도덕적 우월성의 신념이 확고히 반영되어 있으며 그의 민주주의적이며 백성을 위하는 입장이 드러나 있다.

덕홍의 말을 들은 탑타는 슬픈 표정을 지으면서 "내 차라리 이 세상에서 벗을 가지지 못할망정 군자의 벗이 될 수는 없다." 하고 이에 갓을 부수고 웃옷을 찢고 새끼로 허리를 동여매고 때묻은 얼굴과 헙수룩한 머리를 한 채 노래를 부르면서 거리를 돌아다녔다.

'말거간전'의 주인공들은 '광문자전'의 광문보다 사상적으로 한 걸음 발전하고 있다. 광문이 다만 현존 질서의 모순을 감촉하는 데만 그쳤다면 이제 송욱, 조탑타, 장덕홍은 그 사회악의 근원이 생산 수단의 사적 소유에 있다는 것을 깨닫고 의식적으로 그 사회를 버린 사람들이다. 그러나 이들은 투쟁하는 대중의 해방 운동과 직접 연결되지 못했으며 당시의 시대 및 작자의 세계관상 제약성으로 말미암아 그 위기로부터 출구를 볼 수는 없었다.

연암은 이 주제를 발전시키면서 그의 다른 단편 '예덕 선생전'에서 인간 노동의 유용성, 고귀성에 대한 주제와 배합시켰다. '예덕 선생전'에서는 양반 통치배들의 도덕에 대하여 노력하며 일하는 백성의 도덕이 대치되어 있으며 진실하고 근면하고 참으로 의리에 맞는 일하는 백성의 도덕적 품성의 찬양에 기본 지향이 돌려져 있다.

작품의 주인공 선귤자는 이 시기의 선진적인 지식 분자의 형상이다. 그의 형상을 통하여 연암은 반동 지배 계급의 도덕적 규범을 직접적으로 부정하고 있으며 그의 민주주의적 견해를 대변시키고 있다. 선귤자는 학덕이 높은 선비로서 세상에 이름 있는 양반들 중에서도 그와 사귀고 싶어하는 사람이 많건만도 아예 이들을 상대도 하지 않고 양반 사대부들이 천한 사람이요, 상일꾼으로 천시하면서 사귀는 것을 치욕으로 생각하는 노력자 엄행수를 오히려 선생으로 부르고 사귀기를 원하고 있다. 선귤자는 잇속으로 사귀는 장사판의 우도(友道, 벗 사귀는 도리)와 아첨으로 사귀는 군자들의 우도를 결정적으로 배격했다. 연암은 자기의 다른 저술들에서나 작품들에서 상업 일반을 부정하지 않았으나 양반 통치배들의 위선적 도덕과 함께 사기와 기만에 입각하고 있는 상인들의 도덕도 배격했다.

연암은 선귤자의 입을 통하여 진실하고 소박하고 오직 사회적 부의 생산을 위하여 부지런히 일하고 있는 엄행수를 가장 고귀한 존재로 내세우고 있다. '광문자전'이나 '말거간전'에서는 그 주인공들의 진실성, 도덕적 신의를 내세우면서도 주로 사회의 부정한 면을 비판하였다면 이 작품에선 엄행수를 더 찬양하는 긍정의 기백이 전면에 나서고 있다.

동네 안의 거름을 퍼내는 것을 업으로 삼고 있는 엄행수는 잇속과 아첨을 알지 못하며 또 그럴 필요가 없는 사람이다. 그는 자기 노력에 의하여 살아갈 뿐 아니라 사회 발전에 기여하는 노력자이기 때문이다. 때문에 군이 남의 노력을 착취할 필요가 없으며 안면을 보지 않고 친분을 따지지 않고 오직 마음으로부터 '덕'으로써 벗을 사귀고 있다.

연암은 사회적 부를 생산하는 엄행수의 생활을 양반 사대부들의 기생충적 생활에 대립시키면서 세상에서 가장 고상하고 아름다운 존재로 뜨거운 사랑을 가지고 이야기하고 있다.

엄행수의 형상은 흥부나 심청, 콩쥐의 형상 등과 함께 우리 중세 문학에서 작자에 의하여 긍정된 노력하는 백성의 형상으로서 특수한 자리를 차지한다.

"의리에 틀린다면 설사 높은 벼슬도 깨끗하지 못하게 되고 제 힘으로 번 것이 아니라면 거부, 졸부도 더러운 것일세. …… 저 엄행수가 똥을 지고 거름을 메어서 먹고 사니까 아주 더럽다고 보겠지마는 먹고 사는 길은 대단히 향기로우며, 몸을 굴리기는 지극히 천하지마는 의리를 지킴에 있어서는 아주 높단 말일세. …… 이로 보아 깨끗하다고 하는데 깨끗하지 못한 것이 있으며, 더럽다고 하는 속에 더럽지 않은 것이 있네."

연암은 이렇게 양반 사회의 도덕에다 백성들의 새로운 도덕을 대치시키고 있다. 봉건 양반들이 깨끗하다고 떠벌리는 것은 본질에 있어서는 더러운 것이다. 그것은 사기와 위선, 아첨과 중상에 의하여 얻어진 것이기 때문이다. 양반 사대부들은 엄행수와 같은 노동하는 백성을 천한 사람으로 업신여겼다. 그러나 이들이야말로 깨끗하고 향기로우며 세상에서 가장 고귀한 사람들이다.

연암은 중옥仲玉에게 보낸 편지에서 "세상에서 말하는 쓸 만한 사람이란 반드시 쓸모 없는 사람이며, 세상에서 말하는 쓸모 없는 사람이란 반드시 쓸모 있는 사람"이라고 썼다.

엄행수는 견뎌 내지 못할 것이 없는 사람이요, 세상 사람들이 이를 본받아 그와 같이 된다면 마음속의 도적놈, 위선과 기만이 없어질 것이며 성인이란 별 것이 아니라 바로 엄행수와 같은 사람이다. 그러므로 선귤자는 먹는 데나 입는데 아주 견디기 어려운 고비에는 그를 생각했고 벗으로도 사귀지 않고 별호를 지어서 예덕 선생이라 하는 것이다.

연암은 자목子牧의 형상을 통하여 당시 양반 사대부들의 도덕의 위선성을 신랄하게 규탄했다. 그는 벗 사이에는 신의가 있어야 한다고 생각하고 있다. 그러나 그는 엄행수와 같은 백성은 벗으로 될 수 없고 그들과 사귀는 것은 욕스러운일로 생각한다. 연암은 그자들의 신의의 정체를 폭로하고 세상에서 가장 더러운 것으로 타기했다.

작품들은 연암의 계몽자적 지향을 명백히 보여 주고 있다. 특히 '말거간전'과 '예덕 선생전'에서 그러한바, 사건 발단의 구체적인 계기가 없지 않으나 등장 인물들의 대화를 통해서 도덕 문제를 추상적으로 설정하고 해답을 준 일종의 논문과 같은 성격을 띠고 있다. 아직 인물들은 형상이 빈약하다.

그럼에도 이 작품들은 우리 나라 선진 사상과 문학의 발전 역사에서 거대한 의의를 가진다. 이 작품들은 당시 사회의 가장 본질적 모순을 적발하여 백성의 입장에서 해답을 주고 있다. 이 작품들에는 그 후 연암의 작품들에서 더욱 발전된 주제들이 포함되어 있다.

'방경각외전'의 일련의 작품들은 봉건 제도가 인간의 개성을 파멸케 하며 그의 발전에 적대적이라는 것을 보여 주고 있다. 물론 이 주제는 앞에서 고찰한 작품들의 주제와 동떨어져 있는 것은 아니다. 이 주제의 작품들로서는 '민 노인전', '김 신선전', '우상전' 등을 들 수 있다. 연암은 이 작품들에서 재능도 능력도 있으나, 그들의 애국적 지향으로 하여 오히려 그 재능과 힘을 발휘하지 못하고 세상을 등지고 살아가는 사람들을 보여 주고 있다.

'민 노인전'은 그 정치적 목적 지향성이 뚜렷하며 그 예술적 형상성도 그의 초기 작품 중에서 비교적 높은 작품이다. 연암은 이 작품에서 양반들의 착취자적 본질, 그 도덕의 비개화주의와 그들의 미신을 폭로하고 있으며 그의 실사구시적 사상을 더욱 뚜렷이 하고 있다. 작자는 민 노인의 형상을 통하여 18세기 봉건 사회의 정치 경제적 위기에 의하여 초래된 귀족 계급의 내부 모순을 적발하고 있다. 연암은 양반 출신으로서 자기 계급과 사상적 관계를 끊고 그를 반대하는 세력으로 전환하게 되는 요인들과 과정을 정당하게 해명하고 있다.

민 노인은 어릴 때부터 총명하고 재치가 있었으며 옛 사람의 뛰어난 절개와 거룩한 행적을 사모하여 항상 감격, 분발하는 마음을 가졌다. 그는 1728년, 이른바 '무신란戊申亂'에 종군하여 군공을 세워 첨사가 되었으나 집에 돌아온 뒤로는 다시 벼슬자리에 나가지 않았다. 그는 무신란의 평정에 참가하여 백성들의 지향을 똑똑히 알았으며 봉건 관료 정부의 반인민성을 깨달았기 때문이다.

이 작품도 주로 주인공의 이야기를 통하여 작품의 사상이 전개되고 있으나 전기 작품들에 비하여 주인공의 형상은 훨씬 개성화되어 있다. 연암은 간결한 필치로 주인공의 특징적 성격을 부각시켜 보여 주고 있으며 그 언사는 그의 성격을 밝히는 데 복종하고 있다.

이 작품에서도 연암은 인민들의 정치 도덕적 우월성을 양반들, 부자들의 추악한 욕망과 행위에 대치시키고 있다.

민 노인은 주위 사람들의 어떠한 물음에 대해서도 즉석에서 명쾌하게 대답한다. 그 대답은 흔히 기상천외의 것이로되 그 해학 속에는 심각한 진리가 포함되어 있다. 온갖 편견과 구속으로부터 해방된 그 기지는 그의 주요한 성격적 특성을 이루고 있다.

연암은 이 주인공의 기지에 빛나는 언변을 통하여 귀신이요, 신선이요, 장수약이요 하는 등의 소유자 사회의 환상적 산물의 정체를 밝히고 있다. 작자는 아주 사소한 계기를 가지고도 부자들과 가난한 사람들의 화해할 수 없는 적대적 모순을 폭로하고 있으며 소유자들의 허망한 욕심을 조소하고 있다. 신선을 보았느냐는 물음에 대하여 '그것은 곧 가난한 사람'이라고 대답하면서 '부자는 항상 세상을 좋다고 하나 가난한 사람은 항상 세상을 싫어하는' 까닭이라고 했다. 그의 견해에 의하면 장수자란 생리적 연령을 가리킬 것이 아니라 독서와 견문을 통한 체험에 의하여 세상일을 많이 아는 사람이어야 한다. 이에서는 무위도식하는 통치배들의 장수에 대한 허욕을 조소하고 있다.

불사약을 얻어서 부질없는 생을 오래 누려 보겠다는 그들에 대하여도 연암은 조소를 퍼부었다. 작품은 이야기 줄거리 발전을 따라 점차 작품의 기본 사상을 제시하고 있다. 그는 황해도에 황충이 발생하여 관가에서 황충 잡기에 백성을 독려한다는 말을 듣자 그것보다도 더 무서운 황충이 세상을 좀먹고 있다는 사실을 상기시킨다. 작자는 종루 앞길에 꽉 차 있는 무위도식자들을 '농사를 방해하고 곡식을 손상시키는 것'으로서 이 세상에 다시 없을 무서운 '황충'에 비기었다.

연암은 민 노인의 입을 통하여 이러한 자들의 소탕의 필요성과 그 희망을 표시했다. 민 노인은 기발한 재변을 가지고 현실 사회의 악덕의 원천을 적발하고 있다. 끊임없이 터뜨리는 그의 신선한 해학과 신랄한 풍자는 명리에 얽매인 양반 관료배들의 위선과 탐욕에 대한 인민의 도덕적 우월성의 감정을 표시하고 있다. 민 노인은 《주역》에 밝고 읽어 보지 못한 책이 별로 없을 만큼 박식한 사람이다. 그러나 그는 정직하고 착한 일을 좋아하는 품성으로 하여 봉건 착취자들에게 용납될 수 없었다. 연암은 이 현상을 통하여 당대 봉건 제도의 불합리성을 까발리고 있다.

'김 신선전'의 김 신선, 김홍기 역시 봉건 사회 제도의 희생자다. 그는 세상에 뜻이 없어 정처 없이 떠다니며 항간에 이러저러한 풍문을 유포시켰다. 연암은 주인공의 직접적 행동이나 말을 전혀 보여 주지 않고 '나'의 기억을 더듬는 회상기의 형식을 통하여 마치 전설상의 신선과도 같이 정체를 붙잡을 수 없는 김홍기의 성격을 강조하고 있다. 연암은 작품을 끝맺으면서 '벽곡하는 자가 반드시 신선이 아니고 세상에 뜻을 얻지 못하여 울울한 자일 것'이라고 함으로써 작품의 사회적 성격을 암시했다.

1767년에 쓴 '우상전'에는 연암의 일층 성숙된 사회 정치적 미학 견해들이 반영되어 있다. 작품은 주인공 우상의 비극적 생애에 대하여 이야기하면서 참된 애국주의에 대하여 말했으며 또 개성의 개화 발전을 억누르며 인간을 파멸로 이끄는 봉건 신분 제도의 비개화성을 비판하고 이를 철폐할 것을 제기한다. '우상전'은 '민 노인전'이나 '김 신선전'에 비하여 현실 생활을 보다 넓게 포괄

하고 있으며 정치 문제에 직접으로 저촉하고 있다. 작품은 기본 주제를 추구하면서 선린 외교, 평화 애호 사상을 피력하고 있으며 역관배들의 소시민적 이기주의도 비판했다. 이 작품에서도 연암은 하층 신분 백성들의 힘에 대한 신념을 명백히 표시했다.

우상은 중국말과 서법에 능통했으며 뛰어난 시재를 가진 실학 사상의 공명자였다. 그의 시는 양반 사대부들의 형식주의적 시와는 대치되는 사실주의적 경향을 띠었다.

그러나 그의 가문은 대대로 역관을 지내는 중인 신분이기 때문에 나라 안의 양반 사대부들로부터 천시를 받았다. 특히 그의 선진적 사상과 사실주의적 시 작품들은 양반 사대부들에게 용납될 수 없었다. 그는 역관으로 사절단을 따라 일본에 갔을 때에 비로소 신분적 멍에에서 벗어나 자기의 시적 재능을 힘껏 발휘할 기회를 얻었다. 그의 뛰어난 시에 감탄하여 마지않으면서 일본 사람들은 우상을 운아雲我 선생으로 모셨으며 으뜸가는 국사國士라고 칭찬했다.

연암은 열렬한 찬양의 감정으로 그의 시의 사상 예술성을 높이 평가하고 있다. 우상이 일본에서 지은 '바다 위를 유람하면서〔海覽篇〕', '승본해勝本海', '매남 선생의 말씀을 생각하면서〔病痔舟中臥念梅南老師言〕' 등은 그의 선진적인 사상적 지향과 사실주의적인 미학 견해를 명백히 보여 주고 있다. 그의 시들에는 현실 생활에서 얻은 참다운 체험과 감정이 그의 선진적 입장으로 하여 진실하게 표현되어 있다.

시인 자신의 말과 같이 '말은 속되나 뜻은 심히 참답다.' 할 수 있다. 그는 '해람편'에서 일본의 자연 묘사로부터 붓을 일으켜 인정 세태를 묘사하고 이웃 나라와의 친선의 필요성을 호소하면서 끝마치고 있는바, 연암이 말한 바와 같이 그는 이 시 한 편으로써 능히 나라의 영예를 빛낸 공로자로 되었다. 우상은 한 사람의 역관으로서만이 아니라 조선의 자랑스러운 공민으로서, 조국의 융성과 안전을 염원하는 애국자로서 처신하고 있다.

작자는 우상의 형상을 통하여 현실적 입장에서 선린 외교와 평화 유지의 불가피성에 대한 문제를 제기하고 있으며, 남의 좋은 것을 배워 자기의 뒤떨어진 것을 고쳐야 한다는 것을 주장했다. 연암은 우상의 형상에서 자기의 시와 문장으로 조국의 영예를 해외에 떨쳤을 뿐 아니라 '도성에서 나무가 마르고 냇물이 다할 만큼 그 정화를 섭취'해 가지고 돌아온 참다운 애국자를 보여 주었다. 연암은 이렇듯 애국적인 시인 우상에 대한 양반 통치배들의 멸시와 천대를 분노에 찬 목소리로 규탄했으며 그의 불행한 최후를 깊이 동정하여 이야기했다.

"무릇 선비란 것은 자기를 알아주는 것보다 더 다행함이 없고 자기를 알아줌이 없는 것보다 더 불행함이 없다. …… 우상은 병들어 죽을 때에 자기 작품의 초고를 죄다 불살라 버리면서 이 세상에 누가 다시 알아줄 사람이 있겠느냐 했으니 그의 뜻이 어찌 슬프지 아니하랴!"

연암은 우상의 형상을 통하여 봉건 제도의 반인민성을 적발했으며 바로 이와 같은 소유자 사회는 그 자체의 본성으로 말미암아 개성을 불구화하며 파멸시킨다는 것을 폭로했으며 특히 참다운 문학은 인민들 속에만 있다는 것을 강조했다. 연암은 양반 사대부들이 비속하다고 천시하는 우상의 시에서 '족히 뒷세상에 전할 만한 가치'를 보았다. 연암은 시인의 자랑찬 사회적 의무까지도 노래한 우상의 시야말로 참다운 시의 길이라는 것을 강조했다.

이 작품의 끝부분은 남아 있지 않다. 남아 있는 마지막 구절로 보아 우상의 아우에 대한 이야기거나 혹은 그 아우와의 관계에 대한 이야기인 듯하다. 그러나 그 구성으로 볼 때에 현존 작품으로서 이미 완결되었다고 말할 수 있다.

연암은 이 작품들보다 한 걸음 나아가 양반 생활 전면에 대한 정면적인 폭로와 비판을 가한 일련의 작품을 창작했다. '양반전'과 '역학대도전'은 바로 양반들의 위선성과 약탈성을 규탄했으며 양반들을 도적으로 낙인 찍은 작품들이다.

'양반전'은 연암의 창작 과정에서 특별한 위치를 차지한다. 이 작품은 연암의 사상적 지향도, 그의 예술적 높이도 뚜렷이 보여 주고 있으며 작은 형식에 풍부한 내용을 담는 단편의 명수로서, 사회의 본질적인 부정면을 벽력 같은 웃음으로 규탄하는 뛰어난 풍자 작가로서의 그의 면모가 확연히 드러나 있다.

'양반전'은 '한갓 문벌을 재물로 하며 조상 덕만 팔아먹는' 선비들의 모든 생활의 종말에 대한 문제를 기본 주제로 하고 있다. 연암은 양반의 권리와 칭호의 매매라는 기이한 사건을 이야기 줄거리로 하여 사멸에 직면한 봉건 사회 생활의 전모를 생동한 화폭으로 재현했다. 만일 전자의 작품들에서 추상적 정론성이 일정하게 그 예술성을 제한했다면 이 작품에서는 훨씬 사실적 묘사가 강화되고 있다. 주인공들은 아주 정제된 단편적인 구성 조직의 호상 연계와 발전 속에서 생동한 전형적 성격으로 형상화되고 있다.

이 작품의 주인공 정선군의 한 양반은 선량하고 현명하며 독서도 좋아한다. 새로 도임하는 군수마다 으레 그를 찾아와 인사를 했고 양반들 모두가 그를 존경했다. 그러나 그는 벼슬자리를 얻지 못하여 늘 가난했고 고을 환자를 꾸어서 근근이 살아갔다.

이렇게 작품의 사건은 첫 장면부터 심각한 사회적 모순을 갈등으로 하여 극적 긴장성을 띠고 전개된다. 작자는 이 형상에다 사멸에 직면한 봉건 사회의 온갖 창조적 역량이 고갈된 무능한 몰락 양반의 처지와 성격적 특질을 체현시켰다.

그는 해마다 환자를 갚지 못하여 어느덧 천 석의 빚을 졌다. 이때 마침 순행하던 관찰사의 검열에 의하여 진상이 발각된다. 관찰사는 나라의 곡식을 축낸 자를 곧 잡아 가두라고 엄명을 내리고 가 버린다. 양반은 어쩔 바를 모르고 한숨과 눈물로 나날을 보낼 뿐 속수무책으로 있는데, 동네의 상사람 부자가 환자천 석을 갚아 줄 테니 양반의 칭호와 권리를 팔라고 제의해 왔다. 그는 대번에 이를 수락하여 신분의 매매가 성립된다. 사회 정치적으로 민감한 연암은 이에서 봉건 말기의 본질적 현상을 포착하여 예술적 일반화에 성공하고 있다.

앞에서 이야기한 바와 같이 이 시기에 양반들 속에서는 심각한 계급 분화가 진행되었다. 많은 양반들이 벼슬에 오를 수 없어 생활난에 허덕였으나 그들은 양반의 체면과 낡은 인습으로 인하여 생산적 노력에 참가할 수 없었다. 노력으로부터 이탈은 그들이 파멸하는 것을 어쩔 수 없는 일로 만들었다.

이와 반면에 이 시기 상품 화폐 경제의 발전은 미천한 신분층인 상사람 속에서 점차 부를 축적하면서 은연중 무시할 수 없는 세력으로 장성하고 있었다. 서울의 변승업이란 부자는 은 50만을 가지고 있었다고 하며, 홍경래 농민 전쟁 때에 홍경래를 도왔던 이희저李禧著가 역리의 신분으로서 자기의 재부를 믿고 가산嘉山 향안(鄕案, 양반 명부)에 이름을 올렸다가 군수의 추궁을 받고 제명된 사실 등은 저간의 사정을 말해 주는 것이다. 사실주의 작가인 연암은 바로 사회 생활에서 이렇듯 심각한 사회 경제적 변동을 자기 작품에서 진실하게 반영했던 것이다.

이때에 연암은 확고히 발전하는 역사의 편에 서서 사멸하는 낡은 것을 웃음으로 매질하고 전송했다. 그리하여 사멸에 직면하여 허덕이는 양반의 풍자적 형상이 창조되었다.

그 양반은 양반들의 관과 옷을 상사람 부자에게 넘겨주고 스스로 상사람의 옷차림을 한다. 마침 이때에 군수가 나타난다. 양반을 잡아 가두라는 관찰사의 명령을 그대로 집행하지도 못하고 또 내버려 둘 수도 없어 망설이던 차에 천만 뜻밖에 환자쌀 천 석이 반납되었기 때문에 치사도 할 겸 경위도 알아볼 생각으로 찾아온 것이다.

그러나 군수는 여기서 의외의 장면에 부닥친다. 그 양반이 전립을 쓰고 돔방옷을 입고 꿇어 엎드려 감히 쳐다보지도 못하고 스스로 '소인'이라 하는 것이다. 의식적으로 과장되고 예리화된 이 형상은 연암의 비범한 전형화의 솜씨를 과시하고 있다. 연암의 풍자의 불길은 모든 낡은 것에 향해진다.

정선군수의 성격은 그 양반과는 다르나 그 역시 백성들과 떨어져 사멸은 불가피하다는 것을 보여 주면서 풍자적으로 묘사되어 있다. 이 군수 역시 전후간에 모순되게 행동하는 위선자이다. 연암은 간결한 필치로 그 정신의 굴곡과 복잡성을 재현하면서 이에 대하여 비판을 가하고 있다.

군수는 그 양반을 존경했고 곤란한 처지를 동정도 했다. 실상 이번에도 양반을 치사할 생각으로 찾아왔던 것이다.

그러나 양반을 사고 판 경위를 듣고 나자 그것을 대번에 승인할 뿐 아니라 오히려 종래에 그처럼 멸시하던 상사람 부자를 '가멸고도 인색하지 않은 의로운 사람'으로서, '남의 곤란을 제 일처럼 펴 주며', '낮음을 싫어하고 높음을 사고자 하는' 어질고 지혜로운 사람으로서 찬양해 마지않았다. 역시 이 형상도 부력 앞에서 양반 신분의 굴복을 보여 준다. 그가 거드름을 부리고 위풍을 보이려고 하면 할수록 그의 위선적 면모는 더욱 명백히 드러나며 독자의 웃음을 자아낸다.

그가 주선해 만든 두 개의 양반 매매 문서는 양반들의 모든 죄행을 집약적으로 일반화하고 그것을 단죄하는 인민의 논고장이다. 연암 박지원은 이 문서 작성 장면을 통하여 작품의 사상 주제적 기초를 한층 더 심화하고 발전시키고 있다. 군수는 물건을 사사로이 사고 팔고서 매매 문서를 만들어 두지 않으면 뒷날 소송이 일어날 단서가 될 수 있으니 자기의 입회 하에 문서를 만들라고 권고한다.

군내 사람들이 모인 가운데서 첫 번째 문서가 작성된다. 이에는 양반을 매매하는 사실과 조건을 밝히고 양반 행세를 하기 위하여 반드시 지켜야 할 조목들을 제시했다. 손에 돈을 지녀서는 안 되며, 쌀값을 받지 말아야 하며, 더워도 버선을 벗지 말고 상투바람으로 밥상을 대하지 말아야 한다는 등 양반들의 일상적인 생활 규범을 제시한 이 조목들은 그들이 생산과 유리되고 그것을 기피하고 기생충적 생활을 하면서 얼마나 형식주의적인 도덕을 만들어 내고 있는가를 규탄하고 있다. 연암은 상사람 부자로 하여금 그처럼 거북스러운 규율에 놀라 그것을 거부하고 자신에게 이롭게 문서를 고쳐 달라고 청해 나서게 함으로써 그러한 양반 도덕을 부정하고 비난하는 입장을 명백히 했다.

상사람 부자의 제의로 다시 작성된 문서에는 양반의 약탈적이며 향락적인 생활이 집약적으로 일반화되어 있다. 이에서는 우선 '농사도 아니 짓고 장사도 아니 하고 글줄이나 적으며 책권이나 읽은 다음에는 잘하면 문과 하고 못해도 진사는 할 수 있는' 그들 벼슬아치들의 약탈적이며 호화방탕한 생활을 보여 주었다. '문과 홍패문과에 합격한 증서는 두 자 길이에 불과하나 온갖 물건이 그 가운데에 구비되어 돈주머니라고 한다.' (방점은 인용자)는 구절에 이 문서의 기본 사상이 제시되어 있으며 작자의 날카로운 비판의 기백이 울리고 있다.

그리고 궁한 시골 선비도 '자기 시골서는 마음대로 세력을 부려서 이웃집 소를 가지고 제 밭을 먼저 갈게 하며 마을 상놈들을 시켜 김을 매게 하며' 듣지 않는 경우에는 그 '콧구멍에 재를 퍼 넣으며 상투를 잡아 휘두르고 귀쌈을 때려' 도 감히 아무도 원망하지 못하는 소위 '양반의 이익'이 적혀 있다.

연암은 양반 생활의 두 측면을 대조적으로 보여 줌으로써 그들 생활의 반인민성, 그들의 위선과 약탈 본성을 더욱 명확히 적발하고 그에 대한 멸시의 감정을 강화하고 있다. 작자는 이에서 양반들이 근엄하고 점잖은 듯이 가장하기 위하여 얼마나 부질없는 허례허식에 사로잡혀 있는가, 그리고 그 가면 밑에서 얼마나 백성들을 혹사하며 착취하는가, 그들이 어떻게 그렇듯 호사스러운 생활을 할 수 있는가에 대하여 생생한 화폭으로 보여 주며 상사람 부자의 입을 통하여 양반을 도적으로 낙인했다.

상사람 부자는 두 번째 문서의 내용을 다 듣기도 전에 "그만두시오, 그만두시오. 맹랑한 일이외다. 저더러 도적이 되라는 거요." 하고 머리를 저으며 그 자리에서 물러나간다. 이 상사람 부자의 말에서는 양반 사회의 멸망에 대한 최종적 선언이 높이 울리고 있다.

작자는 상사람 부자의 형상에다 봉건 사회 말기에 상품 화폐 경제의 발전과 함께 상업이나 고리대로 부유해진 일부 상사람들의 지향과 사상 감정을 체현시키고 있다. 그들은 이미 경제 생활에서는 남부러울 것이 없을 만큼 부유해졌지만 신분적으로 상사람이기 때문에 말을 타고 다닐 수 없으며 양반 앞에서는 늘 쩔쩔매며 기어가서 감히 마루에는 오르지도 못하고 뜨락에서 절을 해야 했다. 그리하여 비록 부유하나 항상 비천한 그들은, 아무리 가난하여도 항상 존귀한 양반의 신분을 동경했다.

연암은 당시 봉건 사회에서 주요한 사회 경제적 변동을 옳게 인식하고 새 세력의 장성을 예술적으로 확인하면서도 양반이 되고 싶어하는 그 염원의 반시대성을 풍자적으로 비판했다. 연암의 풍자는 아주 날카로운 사회 정치적 성격을 띠었다.

'양반전'에서 풍자적 전형화, 그 단편적 구성의 솜씨는 이 작품을 형식면에서도 우리 나라 소설 문학 발전의 새로운 지표가 되게 했다.

처음에 양반 통치배들의 '교양 있고 견실한' 대표자로 소개하고 나서 하나씩 하나씩 그 가면을 벗겨나가는 구성 조직의 특징은 후에 '범의 꾸중〔虎叱〕'에서 새로운 발전을 보여 주고 있다. 연암은 그 주인공들의 사회적 처지에 의하여 규정된 언행의 불일치를 강조하면서 이들에 대한 조소와 멸시의 감정을 강화한다. 이 작품은 짧은 단편 소설이지만 실로 18세기 사회적 격동기의 심각한 사회적 모순을 하나의 화폭 속에다 숨씨 있게 담고 있는 시대의 거울로 되었다.

그의 다른 작품 '역학대도전'은 오늘 본문이 남아 있지 않다. 연암의 아들 종간이 밝힌 바에 의하면 이 작품은 원래 '당시 선비의 명의에 의탁하여 권세와 이욕과 영화를 남모르게 파는 자가 있으므로' 이 글을 지어 비난한 것인데, 그 후에 그 사람이 패한 때문에 작자 자신이 그것을 태워 버렸던 것이다.

그리고 '봉산학자전'은 이 '역학대도전'과 한 책으로 매어 있었던 때문에 함께 소실되었다고 한다. '역학대도전'은 종간의 해제와 연암 자신의 서문으로 보건대 '조상의 썩은 뼈를 밑천으로' 스스로 역학자易學者로 자처하면서 백성들의 눈을 속이여 명리만을 탐하는 양반 사대부의 이면 생활을 폭로한 작품이었을 것으로 짐작된다.

이 시기에 연암은 시인으로서도 확고한 지위를 차지하고 있었다. 연암이 남긴 시들은 정론시보다도 자연을 노래한 작품이 많다. 그러나 그 시들은 단순한 풍물시가 아니다. 연암의 시들은 격동적인 시대 정신으로 일관되고 있으며 사실주의 시 문학의 새 경지를 개척한 걸작들이다. 이 시기 연암의 대표작은 '총석정 해돋이'(29살에 지었다.)이다.

시는 해돋이를 맞기 위하여 첫닭도 울지 않는 어두운 밤길을 걸어가면서 오늘은 꼭 해돋이를 보아야겠다는 서정적 주인공의 안타까운 심정 묘사로부터 시작되고 있다. 높은 격조로써 어둠을 뚫고 성난 파도를 헤치며 힘차게 솟아오르는 해돋이를 노래했으며 그것을 마치 그림과도 같이 선명한 형상으로 재현했다. 시인이 '그림을 모르는 사람은 시를 모른다.' 한 것은 우연치 않다.

시에는 어두운 장막을 뚫고 힘차게 솟아오르는 붉은 태양에 의하여 훤히 밝아 가는 아름다운 동해 바다와 착취와 압박의 멍에를 박차면서 싸워 나가는 광명에 찬 미래의 행복한 조국의 표상이 합류되어 있다. 시인의 열렬한 애국주의와 자연 현상에의 깊은 침투로 하여 그 자연의 변화 무쌍한 운동의 진실한 묘사와 이에 의하여 환기되는 시인의 주정 토로는 하나의 시적 형상 속에 유기적으로 통일되어 있으며 이것이 바로 시의 힘찬 격조와 그 낭만적 기백을 규정했다. 적절한 형용어나 비유의 선택과 고사, 고어의 자유로운 구사는 시인의 높은 재능과 기교를 과시하고 있다. 시인은 결코 자연 현상의 외피를 기록하는 데 그치지 않고 그 자연 속에 깃든 사색과 철학을 탐색하며 그것을 뚜렷한 형상으로써 밝혀 준다. 시인은 아직 어둠이 깃든 바다의 몸부림을 다음과 같이 묘사했다.

뿌리째 산을 뽑고
바윗더미 무너지듯.
거센 폭풍 몰려들어
바닷물을 뒤엎는 듯.

고래 곤어 싸우다가
뭍으로 튀어나왔나.
대붕새가 뒹굴면서
바다를 옮겼을까.

해돋이를 기다리는 나그네의 마음은 덜컥 겁이 난다. 시인은 서정적 주인공의 깊은 심장의 고동도 전달한다.

이 밤이 오래도록
새잖으면 어쩔거나.
앞으로의 북새질을
뉘라서 증거하리.

아마도 까막나라

큰 난리가 났나 보다.
해 나드는 땅 밑창에
구멍이 막혔는가.
하늘을 비끄러맨
동아줄이 끊어졌나.
세 발 가진 까마귀의
발 하나를 누가 맸지?

시인은 항상 어둠에 대한 미움과 광명을 기다리는 안타까운 마음으로 격정에 차 있다. 어두움은 차차 맥이 풀리고 성난 파도도 잦아든다. 어둠을 헤치고 잔잔한 물결을 찬란히 물들이면서 태양은 솟아오른다. 이에 따라 시의 색조도 밝아지며 리듬은 가벼워진다.

어느덧 물바닥엔
작은 멍울 돋아났네.
용님 발톱 조심하소,
건드리면 터진다오.
빛 멍울은 점점 커져
가도 끝도 없이 퍼져
물결 위에 금티 은티
펑 가슴팍 무늬인 듯

어둠 속에 하늘땅은
붉은 줄로 금을 그어
아래위 두 층대로
뚜렷하게 갈라졌네.

시는 점차 자기의 위엄 있는 자태를 나타내고 있는 태양을 맞이하기에 가슴 들썩이며 설레는 마음을 가늠하지 못하는 세상 만물의 표정을 통하여 광명에 대한 만사람의 갈망과 지향을 전달한다.

> 붉은 기운 잦아들고
> 오색빛깔 서리더니
> 멀리 솟은 파도머리
> 맨 먼저 툭 터졌네.

> 바다 위에 갖은 괴물
> 다 어디로 사라지고
> 해님 타신 수레 모는
> 말꾼님만 남았구나.

> 과보는 헐떡이며
> 뒤를 따라 쫓아오고
> 육룡은 신이 나서
> 앞장서서 끄덕대네.

> 하늘 끝은 암암하여
> 얼굴을 찡그리며
> 제 힘껏 용을 써서
> 바퀴 끌어 어기여차.

시는 동해 바다의 서로 부딪치는 성난 파도를 뚫고 어둠을 헤치며 솟아오른 태양에 대한 다함 없는 기쁨을 전달하면서 끝나고 있는바, 시인은 이에 의탁하여 반동 통치배들의 억압과 착취를 박차고 일어서는 백성의 힘, 그 승리의 필연성을 노래했다. 이 시는 연암의 대표작일 뿐 아니라 이 시기 사실주의 시 문학의 대표작이다. 그 진실한 묘사, 격동적인 서정과 힘찬 호소성은 선명한 시적 형상 속에 융합되어 있다.

연암의 시 가운데 적지 않은 작품이 그 창작 연대를 명백히 확정할 수 없으므로 여기서는 시 전반에 대하여 간단히 개괄하고자 한다. 연암은 자연을 노래한 시를 많이 썼으나 다른 주제의 시도 적지 않게 썼다. '수산해도가搜山海圖歌' 와 같이 그림을 평하기도 했고, '좌소산인에게' 와 같이 시와 문장의 본성과 과업을 논하기도 했으며, 밭갈이하는 농부와 수확에 바쁜 농가도 노래했다.

연암 시의 특성 가운데 하나는 그가 결코 자연이나 사회 현상을 관조적으로 묘사하지 않는 점이다. 이에 대하여는 '총석정 해돋이' 를 분석하면서 강조한 바이다. 연암의 다른 시 '농가〔田家〕' 한 편을 더 보기로 하자.

　　새 쫓는 할아범 밭둑에 앉았고
　　개 꼬리 조 이삭에 참새 달리네.
　　큰아이 작은아이 들에 나가고
　　외딴 집 해종일 사립 닫혔네.

　　병아리 채려던 소리개 멀찍이 돌고
　　울 밑의 뭇 닭은 야단만 치네.
　　광주리 인 새아씨 내 못 건너 하는데
　　어린애 누렁이 함께 따랐네.

이 시에는 수확에 바쁜 조선 농촌의 한 화폭이 담겨져 있다. 시인은 곧잘 자연을 자연 그대로가 아니라 그것을 인간화한다. 자연은 숨쉬며 인간의 사상과 감정을 전달한다. 이 시도 예외가 아니다. 시인은 먼저 높은 하늘 아래 무르익은 곡식이 물결치는 풍요한 가을의 농촌을 보여 준다. 들에는 누런 개 꼬리마냥 늘어진 조 이삭이 흐늘거린다. 이른 새벽부터 온 집안 식구들은 들로 나가고 집집마다 사립이 닫혀 있다. 그러나 시인은 결코 일면적으로 미화하지 않는다. 참새는 조 이삭을 노리며 소리개는 병아리를 채려고 멀찍이 돌고 있다. 새를 쫓는 할아버지와 조 이삭에 달려드는 참새, 꼬댁꼬댁 구원을 청하는 어미닭과 그 새끼를 노리는 소리개의 대조적인 묘사는 조용한 흐름 속에서의 두 힘의 완강한 싸움을 전달한다.

연암은 사물 현상의 전형적 특성을 붙잡아 내어 그것을 간결하면서 뚜렷한 형상으로 재현하는 뛰어난 재능을 지닌 시인이었다. 흰구름과 맞닿은 듯 강파른 산꼭대기를 갈고 있는 화전민의 밭갈이 풍경을 시화한 '산길을 가다가〔山行〕', 달 밝은 밤 지붕 위에 흰 박꽃을 이고 돌처럼 묵묵히 서 있는 오막살이의 가난한 정경을 그려 낸 '새벽에 길 가다가〔曉行〕' 등이 모두 짧은 서정시이면서 당시의 사회상을 진실하게 보여 주고 있다.

시인의 표현의 묘미를 보여 주는 실례를 '요동벌의 새벽길〔遼野曉行〕'에서 들어 보자.

요동벌 가이 없어
한 열흘에 산 못 보네.
샛별은 말 앞에 지고
아침해 밭가에 뜨네.

가도 가도 끝없이 광막한 요동벌이 눈앞에 보이지 않는가? 우리는 그의 시의 특성으로서 애국적 열정, 묘사 대상에의 시정의 깊은 침투, 그림에서와 같은 구체적 묘사를 들 수 있을 것이다. 보는 바와 같이 연암은 시 분야에서도 자기의 독특한 세계를 가지고 새로운 경지를 개척했다. 그러나 연암은 역시 시인으로서보다는 작가로서 더 많은 업적을 남겼다.

이상에서 본 바와 같이 연암은 초기 창작에서 이미 그 사상적 지향의 명확성과 풍부한 인민성, 본질적인 사회적 모순의 적발과 날카로운 비판의 기백, 심각한 정치적 성격과 사실주의적 전형화의 높은 솜씨로 하여 작가로서의 확고한 지위를 쌓아올렸다.

4

그러나 연암은 한자리에 머물러 있지 않았다. 나라와 백성에 대한 깊은 사랑은 그로 하여금 부단히 현실 속에 들어가며 백성과 함께 전진하도록 추동했다. 연암이 금천협에서 지낸 시기에 창작한 대표적 작품인《열하일기》는 바로 이 사실을 명백히 말해 주고 있다.

《열하일기》는 그의 제1기 작품에 비하여 연암이 사상적 면에 있어서나 예술적 면에 있어서나 한층 더 원숙해졌다는 것을 말해 준다. 농민 생활과 더욱 밀접한 접근과 그에 대한 깊은 연구, 반동들과의 가열한 사상 투쟁, 이 시기 과학 분야에서의 새로운 성과들은 연암의 세계관과 이 시기 작품들의 새로운 발전을 규정한 것이다. 연암은 다만 현존 질서의 모순을 인식하는 데만 그치지 않았다. 연암은 백성들의 창조적 능력을 옳게 평가했으며 그 모순을 제거하고 봉건 사회를 개혁할 데 대한 구상을 제시했다.

《열하일기》는 전편을 통틀어 여행기 또는 외국 기행문이라고 할 것이다. 그러나 연암은 여행 행정에 따라 견문을 순차적으로 기록하는 수법을 취하지 않았다.《열하일기》의 첫 장을 이루는 '압록강을 건너서'는 일반적인 기행문 형식을 취했다. 그러나 연암은 묘사 대상의 성격에 따라 그에 알맞은 문학 양식을 이용했다. '수레 만든 법식' 같은 정론적 문체도, '일신수필'의 여러 장들과 같은 수필 형식도, '허생전', '범의 꾸중'과 같은 소설 형식도, '피서록'과 같은 종전의 시화 형식도 취했다.

그런데 이 작품은 전편을 통하여 하나의 사상, 염원과 지향으로 일관되어 있다. 연암은 단순한 유람객으로 간 것이 아니다. 바로 '사흘 읽어도 지루하지 않은 북학의[北學議序]'에서도 연암이 쓰고 있는 바와 같이, 오랜 세월을 두고 연구해 온 것을 '한번 눈으로 증험한 것'이다. 그는 중국에서 보고 들은 좋은 것을 조선 백성에게 알리며 그것을 실천에 옮길 것을 염원하면서 이 글을 썼다.

연암은 《열하일기》의 '일신수필'에서 만주족이 통치하는 중국에서 배울 것이 없다고 떠벌리는 사대부들의 주장의 반동성을 폭로하면서 다음과 같이 썼다.

"천하를 위한다는 사람은 적어도 그것이 인민에게 이롭고 나라를 부강하게 할 것이라면 그 법이 혹은 오랑캐로부터 나온 것일지라도 마땅히 이를 본받아야 한다. ⋯⋯ 지금 사람들이 참으로 오랑캐를 배척하려거든 중국의 발달된 법제를 알뜰하게 배울 것이요, 자기 나라의 무딘 습속을 바꿔 버리고 밭 갈고 누에 치고 질그릇 굽고 쇠 녹이는 야장이 일로부터 비롯하여 공업을 고루 보급하고 장사의 혜택을 넓게 하는 데 이르기까지 잘 배워야 한다. 남이 열 번 하면 우리는 백 번 하여 우선 우리 백성을 이롭게 해야 할 것이다."

그리하여 《열하일기》에는 철학, 정치, 경제, 천문, 지리, 풍속, 제도, 역사, 고적, 문화 등 사회 생활 전 영역에 걸친 문제들이 취급되어 있으며 연암의 세계관, 그의 사회 정치적이고 미학적인 견해와 인민적 입장이 명백히 반영되어 있다. 이것은 그의 사상의 계몽적 성격과 관련되어 있다.

연암은 이 시기에 홍대용과 더불어 종래의 하늘은 둥글고 땅은 네모진 평면이라는 '천원지방설'을 반대하고, 땅은 구형으로서 스스로 돌고 있다는 '지구지전설'을 주장했는바, 이를 《열하일기》의 '곡정필담'에서 피력했다.

다 아는 바와 같이 16세기 초에 유럽에서 발명되고 체계를 세운 지구지전설은 17세기 초에 벌써 그의 일단이 우리 나라에 소개되었다. 그러나 선교사들은 이 학설을 그 체계대로 소개하지 않았다. 다만 지구는 구형이라는 것과 태양은 지구보다 크며 지구는 달보다 크다는 사실만이 소개되고 태양을 중심으로 지구가 돌고 있다는 사실은 알리지 않았다. 문헌에 의하면 연암이 중국 여행을 떠나기 백여 년 전에 김석문 金錫文이란 사람이 벌써 세 개의 큰 환丸이 공중에 떠 있다는 학설을 내놓았다고 한다. 우리는 《성호사설》에서도 서양의 천문학과 역법을 소개하면서 '하늘이 운행하며 땅은 고정해 있다.'고 하는 종래의 설에 의문을 표시하고 '마치 배를 타고 돌 때 언덕이 도는 것 같고 제 몸이 돈다는 것을 깨닫지 못하는 것'으로 보아 '하늘이 고정해 있고 땅이 운행하는 것일 수 있다.'는 것을 시사했다.

연암은 《열하일기》에서 홍담헌이 자기의 저서 《의산문답醫山問答》에서 설명한 지구지전설에 대한 학설을 확신을 갖고 설명했다. 그러나 그것은 지구가 태양을 중심으로 하여 도는 것으로서가 아니라 제자리에서 도는 것으로 이해했다. 그럼에도 이것은 거대한 철학적 의의를 가진다. 이들은 지구지전설에 대한 이해로부터 하늘과 땅이 모두 하나의 법칙에 의하여 움직이며 세계는 유일하다는 새로운 사상을 획득했다. 연암은 달이 햇빛을 반사하여 빛을 내는 것이며, 그 역시 지구와 같이 미세한 '먼지'의 퇴적일 것이라고 하여 세계의 기본 요소를 미세한 먼지로써 설명했다. 연암의 견해에 의하면 이 세상의 모든 것은 '먼지'의 다른 운동의 표현 형태이다.

흙이나 돌이나 나무는 말할 것도 없고 모든 생물도 이 '먼지'가 증발한 기운이 엉켜서 된 것이며 사람 역시 그 벌레 중의 한 종족일 뿐이다. 연암은 우주에 차 있는 별들의 호상 관계에 대하여도 상당히 심오한 과학적인 이해를 가지고 있었다. 이로써 그는 신이 우주를 창조했고 세계는 그의 의사에 의하여 움직인다고 하는 낡은 관념 철학의 목적론적 사상 체계에 결정적 타격을 가했다.

연암의 견해는 당시 자연 과학 발전의 수준으로 말미암아 소박한 성격을 띠고 있으나 유물론, 무신론 입장에 서 있으며 그것은 그의 저술에 관통하고 있다. 그는 《열하일기》 중의 '코끼리 이야기〔象記〕'와 다른 논설 '담연정기澹然亭記'에서 하늘이니 하늘의 뜻, 신 등을 부정하고 우주 자연은 자기의 본래적인 필연성을 가지고 자기 운동을 하는 것이라고 확언했다. 그는 또 불교나 기독교의 종교, 사주팔자 등 미신을 결정적으로 배격했다.

당시 적지 않은 실학자들이 서유럽에서 선교사들의 전교적 목적을 가지고 단편적으로 끌어들이는 과학을 종교와 분리해서 고찰하지 못하고 모두 다 어떤 새것처럼 보아 천주교에 많은 관심을 돌렸으나 연암은 예수교란 본래 허탄하고 황당한 불교 이론의 찌꺼기에 불과하다고 타기했다. 그는 《열하일기》의 '황교문답' 중에서 부패한 유학자들의 공리공담을 규탄하면서 특히 종교를 자기의 통치적 사상 도구로 이용하는 청나라 귀족들의 반인민성과 반동성을 조소했다.

연암은 물질 세계가 영원한 운동과 변화 상태에 있다는 것을 옳게 인식하고 있었다. 그의 견해에 의하면 자연 세계도, 풍속이나 윤리, 문화적 제현상도 환경과 조건의 변화에 따라서 변화하는 것이다.

연암은 《열하일기》의 '망양록'에서 형산 윤가전과 곡정 왕민호와 음악에 대하여 논하면서 모든 사물의 변화 발전에 대해서 곡정의 입을 통하여 다음과 같이 말하고 있다.

"성인도 어쩔 도리가 없는 것은 운입니다. 차고, 이지러지고, 없어지고, 자라고 하는 것은 하늘의 운이요, 외롭고 허하고 왕성하고 서로 돕는 것은 땅의 운입니다. 오래되면 변화를 생각하고 묵으면 새것을 생각하고 극도에 도달하여 막히면 통할 것을 생각하는 것은 운에 있어서 한 개의 즈음[際]이 될 것입니다."

여기서 '운'이라고 한 것은 운동, 변화, 발전의 필연성을 말하는 것이다. 그렇기 때문에 연암은 '아무리 좋은 음악이라도 다시 예로 돌아가서는 안 된다.'고 말했던 것이다. 우리는 연암의 '옛것을 배우랴 새것을 만들랴[楚亭集序]'에서도 이러한 변증법적 견해의 직접적 서술을 보고 있다.

"천지가 비록 오래다고 하나 부단히 생성, 변화하며 일월이 비록 오래다고 하나 그 빛이 날로 새로우며 서적이 비록 많다고 해도 그 뜻이 서로 다르다.

그러므로 온갖 동물은 혹은 이름을 나타내지 못한 것이 있고, 산천초목에는 반드시 숨겨진 비밀이 있으며, 썩은 흙에서 잔디가 우거지며 썩은 풀 속에서 반딧불이가 생겨난다. 예禮에도 송사가 있으며, 음악에도 의논이 있으며, 글은 말을 다하지 못하며, 그림도 뜻을 다하지 못한다."

바로 이러한 연암의 유물론적, 변증법적 입장으로 해서 그는 운동하는 현실 생활의 진실을 전형화할 수 있었으며 사실주의 작가가 될 수 있었다.

연암에게는 철학 문제를 직접적으로 고찰한 논문은 많지 않고 '임형오에 대답하여 원도를 논하는 글〔答任亨五論原道書〕'이 있을 뿐이다.

자연과 사회에 대한 연암의 견해에는 이상과 같이 선진적인 면이 풍부함에도 당시 봉건 사회의 경제적 토대와 자연 과학의 낙후성으로 하여 그것은 철저한 전투적, 실천적 성격을 띨 수 없었다. 연암은 유물론과 변증법을 통일시키지 못했으며 변증법에 있어서 대립물의 모순 투쟁과 그 변증법적 통일에 관한 이해에까지 도달하지 못했다.

연암은 지주와 농민 간의 계급 투쟁이 격화된 당시에 아직 사회 발전에 있어서 계급 투쟁의 결정적 역할에 대한 명확한 견해를 가지지 못했으나 그는 사회가 적대적인 계급으로 갈라져 있으며 그들간의 압박과 피압박의 제도상 병폐가 양반 사대부들이 지껄이는 것과 같이 결코 운명적이 아니라는 확신을 갖고 있었다. 특히 연암은 사회 생활에서 물질 생활이 가지는 의의를 옳게 이해하고 있었다.

종래로 유교 도학자들은 '수신제가'와 '치심양성(治心養性, 정신적인 것의 수양)'이 사회 개선의 근본 방법으로 된다고 하면서 인민들을 현실적 문제로부터 떼어 내려고 책동했다. 이에 반하여 연암은 선배 실학자들과 더불어 '이용利用이 있은 후에야 비로소 후생厚生이 있으며 후생 곧 생활을 넉넉히 한 후에야 그 덕을 바로 할 수 있다.'고 하는 실천적 방법을 대치시켰던 것이다. 그리고 앞에서 이야기한 바와 같이 이러한 이용후생의 사상은 그의 애국주의 사상에 안받침되어 있는 것이며《열하일기》를 일관하는 기본 사상으로 되어 있다. 연암은 바로 이러한 사상적 입장에서 중국 인민의 이용후생을 깊은 관심을 가지고 살폈으며 그들의 좋은 점을 배울 것에 대하여 썼다. 연암은 우리 나라의 그것과는 모양이 다른 성벽이나 그릇 굽는 가마 하나도 무심히 보아 넘기지 않았다.

연암은 보고 듣는 중국 인민의 생활 풍습과 제도를 이용후생의 견지에서 평가했으며 어떤 점을 버리고 무엇을 배울 것인가에 대하여 생각했다.《열하일기》에는 활차를 이용한 두레박, 벽돌로 쌓은 규모 정연한 주택, 퇴비 쌓기, 깨진 기왓장을 이용한 민가의 담, 사통팔달한 교통, 갖가지의 편리한 수레, 번창한 상품 유통 등에 대하여 쓰고 있으며 이것을 본받을 것을 역설하고 있다. 이 때문에 그의 여행기에는 일관하여 정론적 기백이 흐르고 있다.

연암은 자기가 보고자 한바, 거기서 배우고저 한 바가 무엇인가에 대하여 직접 다음과 같이 썼다.

"나는 맨 밑자리의 선비다. 볼 만한 구경거리는 바로 기와 부스러기에 있고 똥거름에 있다고 대답할 것이다. 저 깨진 기왓장은 천하에서 버린 물건이다. 그런데 민가의 돌담은 어깨노리 위로 깨진 기와를 가지고 양면을 서로 어긋놓아 물결무늬를 이루고 넷을 안으로 잇대어 동그라미 모양을 이루고 넷을 등으로 맞대어 돈의 구멍(옛 돈은 가운데 네모진 구멍이 있었다. 인용자) 모양을 이룬다. 기와 조각들은 서로 맞물며 알송달송 뚫어진 구멍들이 안과 밖으로 마주 비치어 별별 무늬가 다 놓이고 보니 한 번 깨진 기와쪽을 내버리지 않으매 천하의 문채는 바로 여기에 있다.

가난한 민가에서는 뜰에 벽돌을 깔 수 없어 여러 빛깔의 유리와 기와 부스러기, 개울가의 동그란 자갈들을 모아다 꽃과 나무, 새와 짐승의 모양으로 깔아 이로써 길을 질지 않게 할 뿐만 아니라 또 기와 부스러기와 자갈을 버리지 않으니 천하의 그림이 여기에 있다고 할 것이다."

우리는 《열하일기》를 읽으면서 그의 열렬한 탐구심, 나라와 백성에 대한 사랑으로 하여 그의 해박한 지식과 설득력 있는 서술과 묘사로 하여 감동을 금하지 못한다.

연암은 중국의 좋은 것과 아직 우리에게서 부족한 것을 대비하면서 그 원인이 전적으로 무위 무능한 양반 사대부들 때문임을 분노에 찬 목소리로 항의했다.

그리하여 《열하일기》에는 조선의 모든 낡은 것을 버리고 새것을 창조하며 더 좋은 새 나라로 개혁하려는 작자의 일관된 지향이 관통되어 있다.

연암은 중국에서 발전한 사람 타는 수레, 짐 싣는 수레, 물 긷는 수레 등 각종 수레의 구조와 사용법을 자세히 해설하고 그 좋은 점을 역설하면서 '조선은 산협 지대라 수레를 쓰기에 적당치 못하다.'는 사대부들의 주장을 논박했다.('수레 만든 법식[車制]' 참조) 문제는 길이 험하여 수레를 쓸 수 없는 것이 아니라 "나라에서 수레를 사용하지 않기 때문에 길을 닦지 않고 있는 것이요 수레만 쓰게 된다면 길은 절로 닦아질 것"이라고 했다.

연암은 수레를 쓰지 않는 국내에서의 폐해에 대하여 다음과 같이 썼다.

"영남 지방 아이들은 새우젓을 모르고 관동강원도 지방 사람들은 주두나무 열매를 담아 간장을 대신하고 서북 사람들은 감과 귤을 분간 못 하고 바닷가 사람들은 멸치를 거름 삼아 쓰되 어찌다가 한번 이것이 서울까지만 오면 한 움큼에 한 닢 값이니 얼마나 이것이 귀물인가!

이제 보아 육진 지방의 삼베와 관서 지방의 명주와 삼남 지방의 딱종이와 해서 지방의 솜과 쇠, 내포(충청 남도에 있다.)의 생선과 소금이 모두 백성들의 살림살이에 없어서는 안 될 물건들이요, 청산, 보은(이상 충청도의 고을) 지방의 무진장한 대추나무숲과 황주, 봉산(이상 황해도)의 무진장한 배나무와 홍양전라도, 남해(경상도)의 무진장한 귤나무, 임천, 한산충청도의 숱한 모시밭, 관동 지방의 수없는 벌통들은 모두 다 사람들의 생활에 필요한 자원들로서 유무상통을 하고자 하는 것을 누가 싫다고 할 것인가.

그러나 이 지방에는 흔한 것이 저 지방에는 귀하고 이름만 들었을 뿐 물건을 볼 수 없는 까닭은 대체 무엇 때문일까? 이는 곧 가져올 힘이 없는 까닭이다. 그래도 넓이가 수천 리나 되는 나라에서 백성들의 살림살이가 이토록 가난한 까닭은 대체 무엇이겠는가? 한마디로 말하자면 국내에 수레가 다니지 못하는 까닭이라 할 수 있을 것이다. 그러면 다시 한 번 물어 보자. 수레는 왜 못 다니는가? 이것도 한 마디로 대답한다면 모두가 선비와 벼슬아치들의 죄다."(방점은 인용자)

이로부터 연암은 양반들이 평생에 글을 읽는다고 하면서 실천과는 동떨어져 공리공담만 일삼는 것을 '한심하고 기막힌 일'이라고 개탄했다.

연암은 중국에서 논에 물을 대는 수레, 불을 끄는 수레, 각종 전차에 대하여 자세히 해설한 《기기도》와 《경직도》를 보고서, "뜻 있는 사람이 있어 이 책을 한 번 얻어 자세히 연구해 본다면 우리 백성들같이 가난하고 말라빠져 다 죽어가는 판에도 무슨 변통수가 생길 법하다."고 쓰고, "이제 나는 내 눈으로 본, 불 끄는 수레의 만든 법식을 대강이라도 기록하여 장차 고국으로 돌아가 이것을 여러 사람에게 일러 줄까 한다."고 자기 의도를 피력했다.

　이 작품에서 연암은 이민족인 만주족 통치하에 있는 당시 중국의 정치 정세에 대한 날카로운 분석을 가했다. 앞에서 말한 바와 같이 연암을 비롯한 그의 동료 실학자들은 중국의 발전된 과학 기술을 배워야 한다고 열렬히 주장했다. 그러나 그것은 그곳의 정치적 현실에 대한 긍정을 의미하는 것은 아니다. 《열하일기》의 '속재필담', '상루필담' 등과 그가 열하에서 묵으면서 그곳의 학자들과 담화한 기록들인 '망양록', '곡정필담' 과 기타에는 그의 민주주의적인 정치적 견해가 직접 또는 간접적 서술 형태로 표현되어 있다. 이에서 연암은 신분 제도의 불합리성을 비난하고 있으며 이민족에 대한 침략 행위를 규탄하고 있다.

　연암은 '심세편'에서 청조가 봉건 지배 체제를 유지, 확보하기 위하여 취하고 있는 교활한 대내외 정책을 폭로하고 있으며 이민족 통치하에서 중국의 지식 계급이 처해 있는 딱한 처지에 대하여, 특히 청조의 교활한 회유 정책에 속아 넘어가고 있는 것을 은근히 비난했다.

　연암은 '곡정필담'에서 주로 곡정의 말을 빌어서 '성인'들의 교리에 비판을 가했으며, 으레 초대 집권자를 무조건 구가 찬송하는 어용 학자들의 비굴성을 비판했으며, 주자 성리학의 공리 공담성과 그 허위성을 폭로했다. 그리고 옛 문헌에 대한 맹종을 강요하는 자들을 규탄했으며, 왕조의 창건자들의 부패한 이면 생활을 무자비하게 폭로했다.

　《열하일기》는 참으로 백과전서적 성격을 띤 방대한 저술이다. 이에는 18세기 후반기 중국의 정치, 경제, 문화뿐만 아니라 조선의 정치, 경제, 문화의 제 형편과 조선 백성의 사상적 지향도 반영했다. 그러므로 이에 대하여 짧은 글에서 논진하기는 아주 어려운 일이다.

여기서는 그의 작가적 측면에 중심을 두면서 주로 두 편의 소설 '범의 꾸중' 과 '허생전'을 보기로 한다. 연암은 《열하일기》의 여행기적 구성을 깨뜨리지 않으면서 소설적 구성을 가진 이 두 작품을 솜씨 있게 삽입했다.

'범의 꾸중'은 《열하일기》 '관내에서 본 이야기〔關內程史〕'에 수록되어 있다. 연암은 마치 이 작품이 중국 옥전현 어느 점포의 벽에 걸려 있는 것을 베껴 온 듯이 그 서두에다 쓰고 있다. 그러나 연암 자신이 그것을 가지고 돌아와 보니 정 진사가 베낀 부분은 '잘못 베낀 것이 하도 많고 자구를 빼먹어 전혀 문리를 이루지 못하기 때문에 내 뜻을 가지고 엮어 한 편을 이루었다.'고 그 진상을 고백하고 있는바, 그것은 당시 검열 제도의 눈을 피하기 위한 수단에 지나지 않았다.

양반 통치배들과 사대부들의 위선성, 포학성, 권력에 대한 아첨의 주제는 이 작품에 와서 한층 더 예리화된 형상을 보여 주고 있다. 작품에서는 봉건 제도의 본질적 모순에 대하여 날카롭게 비판하면서 광명한 미래에 대한 지향을 뚜렷이 구현했다. 작품의 주인공들의 형상 창조에서는 그 사실성이 훨씬 더 강화되었다.

작자는 북곽 선생의 형상 속에 양반 사대부들의 전형적 성격들을 선명하게 구현했으며, 언행이 일치하지 않는 위선성을 강조하면서 그를 지조도 양심도 없는 도덕적 파산자로 낙인했다. 연암의 날카로운 풍자적 기백은 예리화된 이 야기 줄거리 발전과 의식적으로 과장된 형상을 통하여 구현되어 있다. 주인공 북곽 선생, 동리자, 범의 형상화의 수법상 특징은 '양반전'의 그것과 많이 유사하다. 연암은 먼저 북곽 선생이나 동리자를 양반 통치배들의 존경과 사랑을 받는 존재로서 소개해 놓고 그 가면을 하나씩 벗겨 나가고 있다.

북곽 선생은 벼슬살이를 즐기지 않는, 학덕을 겸비한 선비다. 나이 마흔에 손수 책을 교열한 것이 1만 권이요, 여러 경서의 취지를 펴서 다시 책을 저술한 것이 1만 5천 권이다. 이로써 천자는 그의 의리를 가상히 여기고 제후는 그 이름을 사모한다.

이 고을 동쪽에 동리자란 어여쁘고 젊은 과부가 사는데 천자는 그의 정절을 가상히 여기고 제후는 그의 현숙함을 사모하여 그 고을의 몇 리 둘레를 떼어서 '동리 과부의 마을'로 만들어 주었다. 동리자가 과부의 절개를 잘 지켰는데 그에게는 아들이 다섯이고, 그 성이 각각 다르다.

연암은 이렇듯 지배 계급이 존경하고 사모하는 그 사회의 대표적 인물들인 북곽 선생과 동리자가 그들의 평소의 근엄하고 점잖은 떠벌림과는 대치되게 남 몰래 은근히 만나 정을 통하는 장면을 보여 준다. 동리자의 각성받이 다섯 아들이 이 장면을 보고 현자인 북곽 선생이 과부의 방에 올 리는 없은즉 필연코 여우란 놈일 게라 하여 이를 에워싸고 쳐들어간다. 바빠난 북곽 선생이 줄행랑을 치는데 남이 저를 알까 두려워하여 다리를 들어 목덜미에 얹고 귀신을 흉내내어 춤추며 웃으면서 도망치다가 들판의 거름 구덩이에 빠진다. 애써서 간신히 기어오르니 난데없이 범이 앞을 가로막는다. 그는 범 앞에서 온갖 감언이설로 목숨만 살려 달라고 애걸복걸한다.

연암은 외형상의 위엄과 점잖음에다 비겁하고 저속한 내면 세계를 대치함으로써 그의 위선성, 허약성을 조소하고 있다. 여기서는 연암의 초기 작품들에서 나타나던 추상적인 논의는 자취를 감추고 사상은 생동한 성격을 통하여 구현되고 있다. 북곽 선생의 형상에는 당시 공리공담을 일삼으면서 권세에 아부하고 무위도식하던 사대부들의 성격적 특질이 진실하게 반영되어 있다. 작자는 범의 입을 통하여 북곽 선생에 의하여 대표되는 양반들을 '천하의 거도, 인의의 대적'으로 낙인했다.

범의 형상은 그 성격적 특질에 있어서 당시 압박받고 착취받으나 점차 자기 힘을 깨닫고 투쟁에 궐기하고 있던 농민들을 대변하고 있다. 범은 까닭 없이 인민들의 '코를 깎고 발가락을 자르고 얼굴에 먹칠을 아로새기는 것'과 같은 반동 통치배들의 야수적 만행을 규탄하면서 이에다 평화 애호적인 인민들의 사상과 지향을 대치시키고 있다. 연암은 반동 통치배들이 의리를 펴느니, 덕을 위하느니, 이러저러한 구실로 전쟁을 일으켜 인민을 도탄에서 헤매게 하는 통치배들의 죄행을 신랄하게 규탄했으며 인민들은 그 사회적 처지로 말미암아 필연적으로 평화를 애호하지 않을 수 없다는 것을 밝혔다.

"저 생긴 대로 살고 제 성품대로 나가기 때문에 잇속에 병들 일이 없으니 범이 명철하고 거룩한 바며, 한 얼룩이만 엿보아서도 넉넉히 문채를 천하에 보일 수 있는 바며 꼬물만한 연장의 힘도 입지 않고 발톱과 이빨의 날카로움을 가져 충분히 위풍을 천하에 빛낸다."고 한 범의 말은, 작자가 이 작품의 후기에서 "가령 어리석은 백성이라도 한번 그 모자를 벗어 땅바닥에 동댕이친다면 청나라 황제는 앉아서 벌써 천하를 잃는 격"이라고 한 사상의 다른 표현이다.

연암은 "문화의 경륜과 굳센 무력으로써도 끝내 임금들의 잦아들어 가는 형세를 구원해 낼 수 없으며" 오직 그 정책이 인민들의 염원과 지향에 부합될 때에야만 인민들의 적극적인 지지가 있는 경우에라야만 그 국가는 유지되며 강해질 수 있다고 보았다.

풍자 작가로서 연암의 기교는 이 작품에서 더욱 높은 경지에 발전하고 있다. 연암은 우선 자기 작품의 주인공들을 천자와 제후를 비롯한 반동 통치 계급에게서 존경과 찬양을 받는 건실하고 교양 있고 점잖은 인물들로 소개한다.

작자는 곧 뒤이어 바로 이 두 사람의 밀회 장면을 보여 줌으로써 그들의 언행이 일치하지 않으며 그들의 학덕이나 정절이 저네들의 추악한 이면 생활을 손쉽게 감추기 위한 가면에 지나지 않는다는 것을 폭로한다. 달아나던 북곽 선생이 범 앞에 꿇어앉아서 아첨하는 장면에서 권세 앞에서는 평소의 허장성세는 간 데 없고 지조도 체면도 없는 비굴한 아첨쟁이라는 것이 판명되며 두 번째 가면이 벗겨진다. 그러나 이런 자들은 좀체로 제 스스로는 자기 정체를 드러내 보이려고 하지 않는다.

연암은 '양반전'에서와 같이 종말에서 작품의 기본 사상을 확인하며 최종적 선언을 내리고 있다. 작자는 주인공의 성격의 논리에 맞게 사실주의적으로 이야기 줄거리의 종말을 처리하고 있다.

"북곽 선생은 범이 있는 줄만 알고 제 혼자 지껄이다가 아무런 분부가 없어서 가만히 머리를 들어 보니 동이 훤히 트기 시작하는데, 범은 간 데 없고 일찍부터 들에 나온 농부들이 아침 인사를 한다.

"선생님 무슨 일로 일찍부터 들에 나와 경례를 하십니까?"

북곽 선생은 시침을 떼고,

"하늘이 높다고 하지만 옹송거리지 않을 수 없고 땅이 두텁다고 하지만 발을 제겨 디디지 않을 수 없다고 하느니."

라고 한다."

연암은 이 주인공이 농민 앞에서 부리는 거드름과 점잖음을 통하여 이네들의 위선은 다만 그 성격상 결함인 것이 아니라 그들 계층의 사회적 처지로 말미암아 형성된 일반적 경향이라는 것을 확인하고 있으며 이들과의 투쟁의 불가피성을 강조했다.

연암은 주인공들의 언행의 불일치를 강조하면서 시종일관 강한 풍자적 웃음으로 그들의 부정면에 대한 조소와 멸시의 감정을 환기하고 있다. 앞에서 언급한 바와 같이 작자는 양반 통치 사회의 추악한 모든 것을 강한 풍자의 불길로 불살라 버리면서 환히 동터 오는 이른 아침에 일찍부터 들에 나와 밭을 가꾸는 농민의 형상을 이에 대치시켰다. 이로써 연암은 나라의 어두운 어제와 결별하고 광명에 찬 미래를 맞으려는 조국에 대한 사랑, 미래와 연결되어 있는 백성들의 이상의 낭만성을 구현했다. 이 글의 후기에서 연암은, "이 글에는 본래 제목이 없어서 이제 이 글 가운데서 '범의 꾸중'을 떼어 제목을 삼으면서 중국이 맑아지기를 기다린다."고 썼다. 이 말이 어찌 중국이 맑아지기만을 기다리는 염원의 표현이겠는가? 이 말 속에 이 작품의 기본 사상과 지향이 집약적으로 표현되어 있다.

'허생전'은 연암이 중국 옥갑이란 곳에서 여러 비장들과 차례로 재미나는 이야기를 해 가는 중에 자기 차례에 들려준 이야기 형식으로서 '옥갑야화' 속에 엮어 넣은 것이다.

'허생전'은 연암이 자기의 이상을 직접적으로 구현시킨 작품이라고 말할 수 있다. 연암은 이 작품에서 참다운 조국의 아들이 나라와 백성을 위하여 무엇을 할 것인가에 대한 물음에 대답하려고 했다. 이 작품에는 언제나 현실 생활의 운동에 뛰어들어 인민과 함께 나가면서 구상한, 더 행복하고 자유로운 부강한 조국에 대한 표상이 구체적으로 묘사되어 있다. 연암은 이 작품에서 조국이 침체

와 빈궁으로부터 벗어나는 길은 농민이 봉건적 예속으로부터 해방되는 데 있다는 사상에까지 도달하고 있다. 이 작품에는 18세기 봉건 조선 사회에서의 가장 민주주의적 계층의 기분과 지향이 반영되어 있다.

연암은 당시 조선 사회가 나가야 할 새로운 생활의 길을 보여 주면서, 낡은 농노제 봉건 사회의 대표자들과 대비해 민주주의적 이상의 실현을 위하여 투쟁하는 선진적 지식인으로서의 허생의 형상을 창조했다.

작품의 허두에서 묘사된 허생의 가정, 새 생활로 전환하는 계기는 '양반전'에 나오는 정선군의 '한 양반'의 경우와 유사하다. 그는 10년 기한으로 공부를 시작했으나 집이 하도 가난하여 7년 만에 그것을 버리게 된다. 그러나 그는 '양반전'의 한 '양반'과는 다르게 행동한다.

정선군의 한 '양반'은 무능력하여 환자쌀 천 석에 양반의 권리와 칭호를 팔아 버리고 상사람이 된다. 작품에서는 물론 그 뒤의 양반에 대하여 보여 주지 않았지만 그는 절망적 처지에서 자기의 새 길을 개척할 능력이 없는 봉건 사회의 유물임에 틀림없다. 이에 반하여 허생은 새 사회에 대한 열렬한 지향을 가지고 그것을 설계하며 그 실현을 위하여 적극적으로 활동하고 투쟁하는 선각자의 형상이다.

작품은 첫 부분에서 허생이 새 생활에 들어서는 계기와 그의 초기 활동을 보여 주고 있다. 작품은 첫 부분부터 심각한 사회적 성격을 띠고 전개되고 있다. 허생은 안해의 권고를 받아들여서 장삿길에 나서는데, 서울서 제일 가는 변 부자에게서 돈 만 냥을 꾸어 가지고 안성으로 간다. 그는 이곳에서 대추, 밤, 감, 배 등의 과실을 매점하여 열 배의 이익을 얻으며 다시 농기구를 사 가지고 제주도로 가서 말갈기를 모두 사 거두어서 막대한 이익을 얻는다.

보는 바와 같이 허생의 모든 행동은 한낱 추상적인 도덕적 의무나 심리적 충동에 의해서가 아니라 당시 사회가 직면한 가장 현실적인 조건들에 의하여 규정되어 있다. 이렇게 연암은 선비인 허생이 상인으로 나서는 그의 실천 행동의 첫 단계를 통하여 모든 사람은 노력에 참가해야 한다는 경제 실용 사상과 신분 제도 타파의 필요성을 주장했다.

허생은 독점적인 상업술로 거대한 재부를 얻는다. 당시의 심각한 사회 경제적 변동, 국내의 상품 유통과 대외 무역의 장성, 은과 같은 귀금속의 기능이 커지고 따라서 금속 화폐의 축적이 일반적으로 증진되고 있던 사회적 현실을 그의 행동에서 예술적으로 구현시켰다.

연암의 선진적 세계관과 사실주의적 창작 방법의 배합은 이 시기의 가장 기본적인 모순을 예술적으로 확인할 수 있었으며 봉건 제도를 반대하여 손에 무기를 들고 싸우는 농민의 형상을 창조하게 했다. 허생은 거대한 이익을 얻은 후에 변산 반도에 집결하여 정부군과 싸우고 있던 변산 군도 2천 명을 무인도에 데려다가 착취도 압박도 없는 평등 사회를 건설한다. 여기에서 연암은 반동 통치배들과는 완전히 대립되는 입장에서 '군도'의 사회적 성격을 규정했으며 그들의 해방을 위한 투쟁의 정당성을 확인했다.

허생이 이들 2천 명을 데리고 무인도로 가서 새로 건설한 사회에는 밭갈이하는 법과 하루라도 먼저 난 사람이면 사양하여 먼저 먹게 하는 예절 외에는 계급이나 문벌이 없다. 작자는 이 평등 사회의 묘사를 통하여 조선 백성의 해방에 대한 사상을 제기하고 있다.

연암은 1기 작품 '예덕 선생전'에서 노동의 고귀한 가치, 그 유용성에 대하여 주장했으나 아직 그의 해방에 대한 사상은 제기하지 못했다. 인민은 모든 물질적 및 정신적 부의 창조자인만큼 우선 노동 인민의 해방이 없이는 사회적 정의도 그 발전도 있을 수 없다. 연암은 고통스럽고 가난한 봉건 사회와 대비해 노동이 해방된 이 새 사회를 '원래 건 땅이라 모든 씨앗이 잘 크고 무성하여 거친 밭, 묵은 밭이 없이 한 줄기에 아홉 이삭씩이나 패는' 풍요하고 행복한 나라로 묘사하고 있다. 그러나 이 평등 사회는 그 실현의 물질적 조건을 가지고 있지 못한 관계로 공상적임을 면할 수 없었다.

우리는 17세기 초 허균의 《홍길동전》에서 또 하나 작자의 이상적인 국가를 보았다. 허균도 율도국에서 빈궁과 고통이 근절된 행복한 사회의 건설을 의도했다. 그러나 허균은 당시의 시대적 제약성으로 말미암아 실질적으로는 봉건 국가 기구를 재현시키는 것으로 그쳤다. 이에서는 홍길동 자신이 왕으로 즉위

할 뿐 아니라 홍길동의 일가 친척들이 모두 벼슬을 받고 있다.

연암은 자기의 이상 사회를 구상하면서 어떠한 지배자도 인정하지 않았을 뿐 아니라 세상에서 가장 고통과 가난 속에 헤매던 농민들, 변산 군도 2천 명으로써 기본 성원을 이루었다.

그러나 당시에는 이러한 사회를 실현할 수 있는 현실적 조건이 없었던 만큼 허생 자신도 그 이상 사회 건설을 '조그만 시험'으로 간주하고 있으며, 일단 질서가 잡힌 후에 시험은 끝났다며 도로 본국으로 돌아오고 있다. 이때에 허생은 배를 모조리 태워 버리며 은 50만 냥을 바다에 집어던지며 글 아는 사람을 모두 데리고 나온다. 이에 대해서 일부 사람들은 연암이 마치 화폐 경제나 지식, 문화 일반을 부정하는 것으로 보고 있으나 이것은 전적으로 부당하다.

이는 허생의 말 그대로 이 새로운 사회가 계급 사회의 영향을 받지 않게 하며 은의 유입으로 말미암아 본국 안에 화폐 과잉 현상이 일어나지 않게 하며 낡은 사회의 사상적 침습을 막기 위한 것이었다. 허생은 애초에 무인도에 들어갔을 때에 먼저 생활을 풍족케 한 다음에 글자를 새로 만들어서 그들을 가르치고 의관도 새로 만들 계획을 가지고 있었다. 이에서도 명백한 바와 같이 연암은 결코 지식이나 문화 일반을 부인하는 것이 아니라 다만 낡은 사회에서 그것을 악용하는 것을 반대했으며 새 사회에서는 마땅히 새로운 문화, 새로운 도덕이 요구된다는 사상을 가지고 있었던 것이다.

작자는 작품의 셋째 부분에서 허생의 선각자적 면모를 더욱 뚜렷이 했다. 허생은 본국으로 돌아오자 무역으로 얻은 돈으로 나라 안의 가난하고 의지할 데 없는 사람들을 구제한다. 허생은 이기주의적 상인 근성과는 타협할 수 없는 것으로 생각하기 때문에 변 부자가 장사꾼과 같이 대하는 것을 참을 수 없는 모욕으로 간주한다. 허생은 정직하며 신의 있고 청렴한 성격의 소유자이다. 그는 또 진취적이며 의지가 강한 인간이다. 그의 형상에는 연암의 초기 형상들인 선귤자나 민 노인의 우수한 자질들을 계승하면서 새 시대 선각자들의 성격적 특성들이 보다 명확하게 구현되어 있다.

허생과 이완 대장의 회담 장면은 이 작품의 가장 극적인 장면이며 이 두 인물의 호상 관계의 묘사를 통하여 연암이 백성을 사랑하는 입장이 명시되어 있다. 이완 대장은 당시 어영대장을 지낸 실재 인물로서 양반 사대부들이나 그 후 부르주아 역사학자들이 마치 유능한 정치가, 애국자인 듯이 선전하였다. 연암은 양반 통치 계급의 위신 있는 대표자인 이완의 애국적 언사의 허위성을 신랄한 풍자적 필치로써 폭로했다.

이 시기에 양반 통치배들은 청나라를 쳐서 명나라의 원수를 갚아야 한다고 떠벌려 왔다. 그러나 그들은 이렇게 국외 문제에다 인민들의 눈을 쏠리게 함으로써 국내의 심각한 사회적 모순에 대한 옳은 인식을 가로막으려고 했던 것이다. 연암은 현실 생활로부터 특히 양반 통치배들의 사대 사상과 그들의 착취 제도를 반대하는 사상 운동의 실천 경험으로부터 자기 주인공들의 성격적 특성들을 붙잡아 내어 일반화하고 풍부화시켰다.

이완 대장은 허생에게 정계에 출마하여 청나라를 치는 일에 협력할 것을 청했다. 이에 멸시의 눈으로 그를 대하던 허생은 몇 가지 요구 조건을 제기한다. 와룡 선생을 천거할 테니 그를 모셔 오겠는가, 망명한 명나라 장군들의 후손에게 생활 조건을 보장해 주겠는가, 중국에 유학생을 보내며 통상 교역을 진행하겠는가 따위를 물었는데 이완은 '사대부들이 모두 예의를 지키고 있기 때문'에 어렵다고 대답한다. 연암은 낡은 보수 세력과 선진 사상의 체현자의 직접적 충돌을 통하여 낡은 것의 비애국적 정체를 폭로하고 '죽일 놈'으로 낙인하고 있다.

허생의 형상은 나라와 백성에 대한 헌신적인 사랑, 사상과 행동의 목적 지향성과 명확성, 대담성과 확고불발한 의지로써 후대의 선진 인사들에게 적지 않은 사상적 영향을 주었다.

변 부자의 형상은 당시 상품 화폐 경제의 일정한 발전, 특히 고리대 자본의 장성을 반영하고 있다. 이 작품의 줄거리 발전에 있어서나 허생의 성격에 있어서의 전기적 측면은 이 작품이 구전 설화를 토대로 한다는 실정과 관련된다.

연암은 다른 인민적 작가들이 그러한 바와 같이 백성들의 생활에 깊은 관심을 가지고 연구하는 동시에 백성의 입에서 입으로 전해진 창작을 높이 평가했으며 깊이 연구했다. 연암은 처녀작 '광문자전'으로부터 창작에서 적지 않은 경우에 거리의 재미나는 이야기를 소재로 했으며 자신이 직접 관계를 가졌던 실재하는 인물, 사건을 이용했다. 그러나 연암은 실제 사건의 기록이나 복사에 머물러 있지 않았다. 그 인물 형상을 의식적으로 예리화하고 과장했으며 대담한 예술적 허구에 의하여 시대의 본질적 특성을 개성화된 성격 속에 체현시켰다.

연암은 언제나 사물 현상의 외피를 보고 평가하지 않았다. 다 아는 바와 같이 우리 나라에서 영조, 정조의 통치 시대는 양반 사대부들과 그 후 부르주아 학자들에 의하여 태평 시대로 구가되었다.

적지 않은 사람들은 사회적 모순을 감촉하면서도 그 사회적 근원을 깨닫지 못하고 다만 일부 개인의 성격 즉 포학하거나 우매한 지배자의 폭정에서 그 원인을 찾았다. 연암은 언제나 동요 없이 당시 사회악의 근원이 바로 봉건 제도 자체에, 노력으로부터 이탈된 양반 통치배들의 인민에 대한 무제한적인 수탈과 압박에 있다는 것을 폭로했으며 인민의 이름으로 항의 규탄했다.

연암 이전의 어느 누구도 양반 생활의 종말에 대하여 구체적으로 제기하지 못했으며 싸우는 농민의 형상을 인민의 입장에서 직접 묘사하지 못했다. 연암에게 있어서 양반 통치배들은 '황충이' 따위의 기생충이요, 무서운 '도적'들인데, 노력하는 백성은 바로 '성인'과도 같이 그 뜻과 행동을 본받을 만한 사람들이다.

연암은 '허생전'에서 이미 붕괴기에 들어선 조선 봉건 사회의 착취하고 착취받는 두 세력의 대립 투쟁, 낡은 것을 반대하여 싸우는 새 세력의 진출을 보여 주었다. 연암은 이 작품에서 비록 불철저하고 환상적인 외피를 쓰고 있기는 하지만 18세기 봉건 조선 사회가 봉착한 전 민족적 의의를 가지는 기본 문제들, 전망적으로는 농민의 해방, 봉건 제도의 철폐, 당면하여서는 국내에서의 상품 유통의 촉진, 중국과의 경제적 및 문화적 교류 등을 제기하고 있다. 이 작품에는 18세기 조선 사람들의 생활의 넓이와 사상의 깊이가 여실히 반영되어 있다.

5

연암은 창작 활동의 제3기에 들어서면서 목전에 제기된 제반 사회 정치 문제들에 대하여 구체적인 해답을 주기 위한 정론을 많이 썼다는 데 대하여 이미 앞에서 언급했다. 이 시기에 와서 연암의 애국주의와 인도주의 사상은 그의 정론들에서 더욱 구체적 형태로 표현되었다.

토지는 봉건 사회의 기본 생산 수단이며 따라서 봉건 사회의 주요 모순은 우선 토지 소유 관계의 위기로서 나타난다. 그리하여 실학 사상가들 모두가 토지 문제에 주된 관심을 돌렸다.

연암은 '부자들의 토지를 나누어 주어라〔限民名田議〕'에서 당시 농민들의 비참한 생활 정형을 구체적으로 서술하고 양반 통치배들의 수탈과 무위무책을 분노로 규탄하면서 개인의 토지 소유를 일정한 기준량으로 제한하고 그 이상의 소유를 법적으로 엄금할 것을 예견한 '한전제'를 내놓았다.

그는 면천군 한 군을 예로 들어 설혹 인구수에 따라 후박의 차이가 없이 경작지가 차례지는 경우에조차 농사 이치에 밝은 사람이 아무리 부지런히 일하여도 봉건 제도하에서는 각종 가렴 잡세와 소작료와 그 밖의 이러저러한 가용 잡비들을 제하고 나면 아무것도 남는 것이 없게 되어 끝내는 부모 처자를 양육할 길이 없고 굶어 죽기를 면할 수 없게 된다는 것을 구체적인 숫자로써 논증했다.

연암은 이러한 사태를 빚어 내는 주요한 원인을 '부호들의 겸병'과 또 '이 겸병을 방임하는 법제상 결함'에서 찾았으며 이러한 사태를 방지하기 위하여 개인의 토지 소유량을 법적으로 제한하는 데 대한 방안을 내놓게 된다. 연암은 다음과 같이 이 글을 끝맺고 있다.

"토지를 한정한 후에 겸병은 멎을 것이요. 겸병이 멎은 후에야 산업이 고르게 되고, 산업이 고르게 된 후에야 백성들이 모두 토착하여 제 땅에서 농사를 짓게 되어 부지런하고 게으른 자가 드러날 것이며 그런 후에야 농사를 권할 수 있으며 백성을 가르칠 수 있을 것입니다."

연암의 전제 개혁안은 농민 소유지의 소규모성, 일정한 한계 내에서의 매매의 허용, 점차적 개혁의 주장 등으로 보아 산업 발전도 고려하면서 농촌 소생산자의 이해 관계를 반영한 것으로서 직지 않은 제한성을 내포하고 있다.

연암은 이 시기에 우상으로 임명된 김이소金履素를 축하하면서 화폐 정책에 대하여 논한 '천폐의泉幣議'를 함께 보냈다. 그는 이 편지에서 '공사가 모두 마르고 상하가 한 가지로 곤궁한' 국내 경제 형편을 지적하고, '그것은 재부를 다스리는 정책이 그 길을 얻지 못하고 있기 때문'이라고 정당하게 지적했다. 연암은 화폐 안정을 위한 조절과 대책의 필요성을 주장하면서 소위 화폐의 폐해는 전적으로 정부의 자의적인 화폐 남발에 있다는 것을 명백히 했다.

이로부터 연암은 화폐 개혁을 실시하여 화폐의 전국적 통일을 기하며 그 남발을 엄금하여 그 질을 보장하며 특히 엽전만이 아니라 은화 사용이 유리하다는 것을 강조했다. 이로부터 연암은 은화가 국외로 통제 없이 유출되는 현상을 근절해야 한다고 의견을 제기했다. 이와 함께 입연 사절단의 성원을 대대적으로 줄여 그 여비를 축감함으로써 국가 재정의 안정을 도모할 방책도 제의했다. 연암은 언제나 국가와 백성의 이해 관계의 입장에서 문제를 제기하고 있으며 위정자의 무위무능을 규탄했다.

인도주의자인 연암은 이 시기에 봉건 신분 제도의 타파에 대하여 구체적 방식들도 제기했다. 그는 '서자는 부끄러운 자식입니까[擬請疏通疏]'에서 적서 차별의 부당성을 지적하고 이를 전면적으로 철폐할 것을 역설했다. 연암은 사람이란 원체 출생 당시에는 아무런 빈부귀천의 차별이 없다는 데로부터 출발하여 적서 차별은 고금동서에 유례를 볼 수 없는 '천리에 거슬리고 인정에 어긋나는' 악법이라는 것을 논단했다.

연암은 삼종질 박종악이 정승이 되었을 때에 사노(寺奴. 관청에 속해 있던 종)을 해방시키고 그 폐를 없앨 데 대하여 직접 제의했다. 이 시기에 있어서 사노의 폐는 극심했다. 그들에 대한 야수적 착취와 학대로 말미암아 그들은 자주 주인의 눈을 피하여 다른 지방으로 도망쳤는데 정권 당국은 이를 보충하기 위하여 '두 목이 이르는 곳마다 호통치고 윽박지르고 간악한 짓'을 했다. '혹은 죽은 사람이 다시 살아나고 혹은 계집이 사내로 되고 혹은 시집도 안 갔는데 그 소생을 매기고 혹은 가짜 이름인데 진짜 사람을 내놓으라고 독촉'이 심했던 것이다. 연암은 "나라를 위하여 화기를 돕고 덕을 펴는 데는 빨리 이 폐단을 없애는 것보다 더 나은 것이 없다."고 썼다.

연암은 이 시기에 공정한 재판을 실시할 데 대하여, 난민들을 구제할 데 대하여, 수다한 '의옥 사건에 대한 변론'과 '진휼 정책에 대한 논문'을 썼던 것이다.

그렇기 때문에 이 시기에 와서도 양반 통치배들은 연암을 박해하기 위하여 갖은 음모를 다했다. 그러나 연암은 번번이 이를 단호하게 반박했다. 반동파들은 연암의 《열하일기》가 '순정하지 못하며 춘추의리에 배반되는 오랑캐 이름을 가진 글'이라고 까박을 붙이기 시작했다. 심지어 연암은 문둥이라고 터무니없는 낭설을 퍼뜨리고 또 중국 옷을 입는다고 중상했다. 연암은 도무지 이치에 가당치 않은 허튼소리들을 혹은 묵살하고, 《열하일기》에 대한 중상의 경우와 같이 도리어 그자들의 춘추의리의 정체를 폭로하기도 했다.

이 시기에 연암이 쓴 예술적 산문은 거의 전해지지 않고 있다. 오직 그가 전기 형식으로 쓴 '열녀 함양 박씨전' 한 편이 있을 뿐이다.

이 작품은 '열녀는 두 지아비를 섬기지 않는다.'는 봉건 도덕의 비인도성을 비판한 작품이다. 연암은 작품의 주인공 함양 박씨의 죽음을, 봉건 윤리의 희생자로서 깊은 동정을 가지고 이야기하고 있다. 함양 박씨는 부모가 정해 준 사람이 초례만 지내고 죽고 말았으나 예절대로 모든 것을 다하고 시부모를 잘 섬겨 오다가 3년 거상이 지나자 스스로 목숨을 끊고 말았다. 사람들은 그의 행동을 열녀로서 찬양해 마지않았으나 연암은 젊은 몸으로서 죽음의 길을 택하지 않을 수 없게 한 것이 무엇인가에 대하여 문제를 제기하고 스스로 대답하고 있다. 그것은 '나이 어린 과부로서 오래 세상에 살아 있어서 두고두고 친척들의 동정을 받고 이웃간의 공연한 뒷공론을 듣게 되느니보다 차라리 이 몸이 없어지는 것만 같지 못하다.' 생각했기 때문이라고 연암은 썼다. 이 작품은 이 주인공의 이야기와는 직접적 관련이 없는, 수절하면서 두 아들을 키워 낸 한 과부의 괴롭던 지난날에 대한 일화를 삽입하면서 연암의 기본 사상을 강조하는 수법을 쓰고 있다. 작품은 박씨 부인의 죽음이 '열렬하기는 하나 과한 것'이며 무의미한 일이라는 사상을 강조하고 있다.

봉건 사회에 있어서 청춘 과부의 재가 문제는 심각한 사회 도덕 문제로 제기되고 있었다. 이는 개성의 옹호와 직접 관련되는 사상이었는바, 갑오 농민 전쟁 시기 농민군의 기본 구호의 하나였던 것은 우연치 않다.

이상에서 본 바와 같이 연암은 이 시기 우리 나라의 선진 사상과 문학 발전에 거대한 기여를 했다. 그러나 연암 박지원의 사상과 예술에는 그가 살고 활동한 시대의 역사적 제한성과 그 자신의 세계관상 제한성이 반영되어 있다. 그의 철학적, 사회 정치적 견해들은 많은 경우 유교 교리에 기초하여 전개되고 있으며 봉건 양반들의 무위도식을 신랄하게 비판하고 있음에도 봉건 국왕을 비롯한 양반 사대부의 존재를 부정하지 않았으며 봉건 신분 제도 그 자체는 있어야 하는 것으로 보았다.

그는 착취받는 근로 인민의 봉기를 양반 통치배들의 수탈과 압박으로 말미암은 정당한 행위로 인정하면서도 사회 경제적 개혁은 위정자들을 계몽하는 방법에 의해서만 이루어질 수 있다고 생각했다. 연암이 그처럼 비천한 신분 계층에 있는 사람들의 정치, 도덕적 우월성을 주장했음에도 자기의 작품을 모국어, 국문으로가 아니라 한자로 쓴 것은 바로 연암 자신의 세계관의 제한성의 하나로 보아야 한다. 연암의 소설 작품들은 당대 봉건 사회 현실의 본질적 측면들을 반영하고 우리 나라 사실주의 문학 발전에 크게 이바지했으나 풍부한 생활 묘사에 의한 생동한 성격을 창조하지는 못했다.

이러한 제한성이 있음에도 불구하고 열렬한 애국주의와 나라를 좀먹는 양반 사대부들에 대한 불타는 증오, 당대 봉건 사회 현실에 대한 예리한 비판, 뛰어난 사실주의적 일반화의 힘으로 하여 연암의 예술은 오랜 세월의 시련을 이겨내면서 우리 인민의 귀중한 문화 유산으로 빛나고 있다.

1991년 1월
조선민주주의인민공화국, 김하명

■ 일러두기

1. 리상호 선생은 광문회본 열하일기(1911년)와 박영철본 연암집(1932년)을 대본으로 삼았다. 보리 편집부는 원문 판독에 어려움이 있을 때 충남대본 열하일기(연대 미상, 필사본)와 전남대본 열하일기(연대 미상, 필사본)를 참고했다.

2. 북에서 출판한 《열하일기》 원문에는 모두 띄어쓰기가 되어 있지 않아 독자들이 쉽게 이용할 수 있도록 띄어쓰기를 하였으며, 글 차례는 번역문 차례를 따랐다.

* 띄어쓰기와 교정은 연세대학교 대학원 국어국문학과에서 《열하일기》를 연구하고 있는 서현경씨가 맡아 해 주었다.

渡江錄

起辛未止乙酉 自鴨綠江至遼陽十五日

曷爲後三庚子 記行程陰晴 將年以係月日也 曷稱後 崇禎紀元後也 曷三庚子 崇禎紀元後三周庚子也 曷不稱崇禎 將渡江 故諱之也 曷諱之 江以外淸人也 天下皆奉淸正朔 故不敢稱崇禎也 曷私稱崇禎 皇明中華也 吾初受命之上國也 崇禎十七年 毅宗烈皇帝 殉社稷明室亡 于今百三十餘年 曷至今稱之 淸人入主 中國 而先王之制度 變而爲胡 環東土數千里 畫江而爲國 獨守先王之制度 是 明 明室猶存於鴨水以東也 雖力不足以攘除戎狄 肅淸中原 以光復先王之舊 然 皆能尊崇禎 以存中國也 崇禎百五十六年癸卯 洌上外史題

後三庚子 我聖上四年(淸乾隆四十五年) 六月二十四日辛未 朝小雨終日乍灑 乍止 午後渡鴨綠江行三十里 露宿九連城 夜大雨卽止

初留龍灣(義州館)十日 方物盡到 行期甚促 而一雨成霖 兩江通漲 中間快 晴 亦已四日 而水勢益盛 木石俱轉 濁浪連空 蓋鴨綠江發源最遠故耳 按唐書 高麗馬訾水 出靺鞨之白山 色若鴨頭 故號鴨綠江 所謂白山者 卽長白山也 山 海經稱不咸山 我國稱白頭山 白頭山爲諸江發源之祖 西南流者爲鴨綠江 皇輿 考云 天下有三大水 黃河長江鴨綠江也 兩山墨談(陳霆著)云 自淮以北 爲北 條 凡水皆宗大河 未有以江名者 而北之在高麗曰鴨綠江 蓋是江也 天下之大 水也 其發源之地 方旱方潦 難度於千里之外也 以今漲勢觀之 白山長霖 可以 推知 況且非尋常津涉之地乎 今當盛潦 汀涉艤泊 皆失故處 中流礁沙 亦所難 審 操舟者少失其勢 則有非人力所可回旋 一行譯員迭援故事 固請退期灣尹 (李在學)亦送親裨 爲挽數日 而正使堅以是日爲渡江之期 狀啓已書塡日時矣 朝起開窓 濃雲密布 雨意彌山 盥櫛已罷 整頓行李 手封家書 及諸處答札 出 付撥便 於是略啜早粥 徐往館所 諸裨已着軍服戰笠矣 頂起銀花雲月 懸孔雀 羽 腰繫藍方紗紬纏帶 珮環刀 手握短鞭 相視而笑曰 貌樣何如 盧叅奉(以漸

上房裨將)視帖裏時更加豪健矣(帖裏 方言千翼 裨將 我境 則着帖裏 渡江 則換着狹袖) 鄭進士(珏 上房裨將)笑迎曰 今日眞得渡江矣 盧從傍曰 乃今將渡江矣 余皆應曰 唯唯 蓋一旬留館 舉懷支離之意 皆畜奮飛之氣 加以霖雨江漲 益生躁鬱 及此期日悠屆 則雖欲無渡不可得也 遙瞻前途 溽暑蒸人 回想家鄉 雲山渺漠 人情到此 安得無憮然追悔 所謂平生壯遊 恒言曰不可不一觀云者 眞屬第二義 其曰今日渡江云者 非快暢得意之語 乃無可奈何之意耳 譯官金震夏(二堂上)以年老病重 落後而去 辭別鄭重 不覺悵然

朝飯後 余獨先一騎而出 馬紫騮而白額 脛瘦而蹄高 頭銳而腰短 竦其雙耳 眞有萬里之想矣 昌大前控 張福後囑 鞍掛雙囊 左硯右鏡 筆二墨一 小空冊四卷 程里錄一軸 行裝至輕 搜撿雖嚴 可以無虞矣 未及城門而驟雨一陣 從東而至 遂促鞭而行 下馬城闉 獨步上樓 俯視城底 獨昌大持馬而立 不見張福 少焉 張福出立道傍小角門 望上望下 欹笠遮雨 手提烏甆小盜 颯颯而來 蓋兩人者 自檢其囊中 得廿六文 而東錢有禁 不可出境 棄之道則可惜 故沽酒云 問汝輩能飲幾何 皆對不能近口 余罵曰 豎子惡能飲乎 又自慰曰 遠道一助 於是悄然獨酌 東望龍鐵諸山 皆入萬里雲矣 滿酌一盞 酹第一柱 自祈利涉 又斟一盃 酹第二柱 爲張福昌大祈 搖壺則猶餘數盃 使昌大 酹地禱馬 倚墙東望 蒸雲乍騰 白馬山城西邊一峯 忽露半面 其色深靑 恰似吾燕巖書堂 望見佛日後峯矣 紅粉樓中別莫愁 秋風數騎出邊頭 畫船簫鼓無消息 腸斷淸南第一州 此柳惠風 入瀋陽時作也 余朗吟數曲回 獨自大笑曰 此出疆人 漫作無聊語爾 安得有畫船簫鼓哉 昔荊卿將渡易水 頃之未發 太子疑其改悔 請先遣秦舞陽 荊軻怒叱曰 僕所以留者 待吾客與俱 此荊卿漫作無聊語耳 若疑荊卿改悔 則可謂淺之知荊卿 而荊卿所待之客 亦未必有姓名其人也 夫提一匕首 入不測之强秦 已多一秦舞陽 復安用他客耶 寒風歌筑 聊盡今日之歡而已 然而作者曰 其人居遠未來 巧哉其居遠也 其人者 天下之至交也 是期也 天下之大信也 以天下之至交 臨一往不返之期 夫豈日暮而不至哉 故其人所居 未必楚吳三晉之遠 亦未必以是日 爲入秦之期 而有握手丁寧之約也 只在荊卿意中 忽待是客 作之者 乃就荊卿意中之客 而演之曰 其人 其人者 所不知何人也 以所不知何人 而日居遠 爲荊卿慰之 又恐其人之或來也 則曰未來 爲荊卿幸之耳 誠若天下眞有其人 吾且見之矣 其人身長七尺二寸 濃眉綠鬢 下豐上銳 何以知其然也

吾讀惠風此詩知之矣(惠風 名得恭 號泠齋)

正使前排 拂拂出城(旗幟棍棒之屬 排立於前 故謂之前排) 來源與周主簿雙行矣(來源 余三徒弟 周主簿 名命新 俱上房裨將) 鞭鞘仗脇 聳身據鞍 肩高項長 非不驍勇 而坐下衾袋太厖龐 僕夫藁鞋 遍掛鞍後 來源軍服 靑苧也 舊件新浣 鬅騰郭索 可謂太崇儉矣 稍俟副使之出城 乃按轡徐行 最後至九龍亭 卽發船所也 灣尹已設幕出待 而書狀淸晨先出 與灣尹眼同搜檢 例也 方校閱人馬 人籍姓名居住年甲瘢疤有無身材短長 馬錄其毛色 立三旗爲門 搜其禁物 大者如黃金眞珠人蔘貂皮 及包外濫銀 小者新舊名目 不下數十種 瑣雜難悉 厮隸則披衣摸袴 裨譯則解視行裝 衾袋衣裸 披猖江岸 皮箱紙匣 狼藉草莽 爭自收拾 眄眄相顧 大抵不檢則無以防姦 搜之則有傷體貌 而其實 文具而已 灣賈之先期潛越 有誰禁之 禁物之現捉於初旗者 重棍而公屬其物 入中旗者刑配 入第三旗者梟首示衆 其立法則嚴矣 今行 原包猶未及半 多空包者 其濫銀奚論 茶喷草草 乍進旋退 蓋急於渡江 無人下箸

船只五隻 如京江之津船而其制稍大 先濟方物及人馬 正使所乘 載表咨文及首譯以下 上房帶率同船 副使書狀並其帶率合乘一船 於是龍灣吏校 房妓通引 及平壤陪行營吏啓書等 皆於船頭 次弟拜辭 上房馬頭(順安奴 名時大)唱謁未了 篙師擧杖一刺 水勢迅疾 棹歌齊唱 努刀奏功 星奔電邁 悅若隔晨 統軍亭楹楯欄檻 八面爭轉 辭別者猶立沙頭 而渺渺如荳 余謂洪君命福(首譯)曰 君知道乎 洪拱曰 惡是何言也 余曰 道不難知 惟在彼岸 洪曰 所謂誕先登岸耶 余曰 非此之謂也 此江乃彼我交界處也 非岸則水 凡天下民彝物則 如水之際岸 道不他求 卽在其際 洪曰 敢問何謂也 余曰 人心惟危 道心惟微 泰西人辨幾何一畫 以一線論之 不足以盡其微 則有光無光之際 乃佛氏臨之日 不卽不離 故善處其際 惟知道者能之 鄭之子産 船已泊岸 蘆荻如織 下不見地 下隸輩 爭下岸折蘆荻 忙授船上茵席 欲爲鋪設 而蘆根如戟 黑土泥濃 自正使以下 茫然露立於蘆荻中矣 問人馬先渡者何去 左右對曰 不知 又問 方物安在 又對曰 不知 遙指九龍亭沙岸曰 一行人馬太半未濟 彼蟻屯者是也 遙望龍灣一片孤城 如晒匹練 城門如針孔 漏出天光 如一點晨星 有大筏乘漲而下 時大遙呼曰 位 蓋呼聲也 位者 尊稱也 有一人 起立應聲曰 爾們的 不時節 緣何朝貢入大國 暑天裏長途辛苦 時大又問 爾們的那地人民 往何處斫木 答曰 俺

等 俱鳳城居住 往長白山斫來 說猶未了 筏已杳然去矣 時兩江合漲 而中間爲
孤島 人馬先濟者 誤爲下此 相距雖五里 無船復渡 遂嚴勅兩船篙工 速濟人馬
則對以逆漲行船非時日可及 使臣皆躁怒 欲治領船灣校 而無軍牢 軍牢亦先渡
誤下於中島故耳 副房裨將李瑞龜 不勝憤忿 叱副房馬頭 捽入灣校 而無可覆
之地 於是半開其臀 以馬鞭略扣四五 喝令拿出 斯速擧行 灣校一手着笠 一手
係袴 連聲唱喏 驅下兩船篙工 入水曳船 而水勢悍急 進寸退尺 威令無所施
少焉一隻船 沿岸飛下 軍牢 領三房轎馬而來 張福呼昌大曰 汝亦來乎 蓋幸之
也 使兩漢 點視行裝則俱得無差矣 裨譯所騎 或來或否 於是正使先發 軍牢一
雙 騎而吹角引路 一雙步而前導 颷颭穿蘆荻而行 余於馬上 拔佩刀斬蘆一竿
皮堅肉厚 而不堪作箭 只合筆柄矣 一鹿驚起 超越蘆荻如麥際飛鳥 一行皆驚
行十里 至三江 江清如練 名愛剌河 而不知何處發源 與鴨綠江相去 不過十里
而獨無潦漲之意 其各地發源可知也 有兩隻船 類我國上遊船 而長廣皆不及
制甚堅緻 刺船者 皆鳳城人 待此三日 糧盡告飢云 蓋此河 彼我不得往來之地
而我國譯學及大國移咨 不時有交關之事 故鳳城將軍 爲置船隻云 船泊處 甚
沮洳 余呼一胡曰位 蓋俄者纔學于時大也 其人欣然捨槳而來 余騰身載其背
其人笑嘻嘻 入船出氣長息曰 黑旋風 媽媽 這樣沈挑時 巴不得上了沂風嶺 趙
主簿明會大笑 余曰彼鹵漢 不知江革 但知李達 趙君曰 彼語中帶意無限 其語
本謂李達母如此其重 則雖李達神力 亦不得背負踰嶺 且李達母 爲虎所噉故
其意則以爲如此好肉 可卑餒虎 余大笑曰 彼安能開口 成許多文義 趙君曰 所
謂目不識丁 正道此輩 而稗官奇書 皆其牙頰間常用例語 所謂官話者 是也 河
廣 似我國臨津

　　卽向九連城 綠蕪列幕 周羅虎網 義州鎗軍 處處伐木 聲震原野 獨立高阜 擧
目四望 山明水清 開局平遠 樹木連天 隱隱有大村落 如聞雞犬之聲 土地肥沃
可以耕墾 浿江以西鴨綠以東 無與此比 合置巨鎭雄府 彼我兩棄 遂成閑區 或
云高句麗時 亦嘗都此 所謂國內城 皇明時 爲鎭江府 今淸陷遼則鎭江民人 不
肯剃頭 或投毛文龍 或投我國 其後投我者 盡爲淸人所刷還 投文龍者 多死于
劉海之亂矣 其爲空地且將百餘年 漠然徒見山高而水清者 是也 行視諸露屯處
譯官或三人一幕 或五人同帳 譯卒及刷馬驅人 伍伍什什 靠溪搆木 炊烟相連
人喧馬嘶 儼成村閭 灣商一隊 自爲一屯 臨溪洗數十鷄 張網獵魚 烹羹煮蔬 飯

顆明潤 最爲豐腴 良久副使書狀 次第來到 日既黃昏設燎三十餘處 皆鉅截連抱巨木 達曙通明 軍牢吹角一聲 則三百餘人齊聲吶喊 所以警虎也 竟夜如此 軍牢 自灣府選待最健者 一行皀隸中 最多事而亦最多食云 其打扮 令人絶倒 藍雲紋緞上裡 氈笠鬉結 高頂雲月 懸茜紅毦毛 帽前鏤金 着一個勇字 鴉青麻布狹袖戰服 木紅綿布褙子 腰繫藍方紗紬纏帶 肩掛朱紅綿絲大絨 足穿多耳麻鞋 觀其身手 果然是一對健兒也 但所坐馬 所謂牛騎擔 不鞍而駄 非騎而踞 背揷着正藍色小令旗 一手持軍令版 一手執筆硯蠅拂 及一條如腕大馬家木短鞭 口吹吶叭 坐下斜揷十餘朱漆木棍 各房 少有號令 則輒呼軍牢 軍牢陽若未聞 連呼十數次 則口中剌剌的誶責 始乃高聲應喏 若初聞呼聲然 一躍下馬 豕犇牛喘 而吶叭及軍令版筆硯等物 都掛一肩 曳了一棍而去矣

夜未半 大雨暴霪 帳幕上漏 草氣下濕 無處可避 少焉開霽 天星四垂 若可捫也

二十五日壬申 朝小雨午晴 各房及譯員等諸屯 處處出晒衣衾 見濕於夜雨故也 刷馬驅人中 有負酒而來 戴宗(宣川奴 御醫卞主簿馬頭)沽獻一瓶 遂相携臨溪命酌 渡江後 望絶東酒 而今忽得之 非但酒味大佳 暇日臨流 趣不可勝 馬頭輩 爭投竿釣魚 余醉奪一緡投之 卽得二小魚 蓋魚未慣釣故也 以方物未及到 又露宿九連城

二十六日癸酉 朝霧晩晴 發九連城 行三十里 到金石山下 中火 又行三十里 露宿葱秀

既曉 冒霧發行上判事馬頭得龍 與刷馬驅人輩 談說康世爵事 霧中遙指金石山曰 此荊州人康世爵所隱處 其說津津可聽 蓋世爵祖霖 從楊鎬東援我國 死於平山 父國泰 官青州通判 萬曆丁巳 坐事謫遼陽 世爵年十八 隨父在遼陽明年 清人陷撫順 遊擊將軍李永芳降 經略楊鎬 分遣諸將 摠兵杜松 出開原摠兵王尙乾 出撫順 摠兵李如栢 出清河 都督劉綎 出毛嶺 國泰父子 從劉綎清伏兵 從陜中出 大軍前後不相救 劉綎自燒死 國泰中流矢仆 世爵 日暮 得

父屍埋谷中 聚石以識之 時朝鮮都元帥姜弘立 副元帥金景瑞 陣山上 朝鮮左右營將 陣山下 世爵投元帥陣 明日淸兵擊朝鮮左營 無一人得脫 山下軍 望見皆股栗 弘立不戰而降 淸人圍弘立軍數匝 搜明兵之竄入者 反縛驅出 皆劍斬之 世爵被縛坐大石下 主者忽忘而去 世爵 目朝鮮兵 乞解其縛 朝鮮兵相睥睨莫敢動 世爵自以背磨之石楞 縛繩斷 遂起 脫朝鮮死者 衣換着之 攙入朝鮮兵中以得免 於是走還遼陽 及熊廷弼 鎭遼陽 招世爵 使復父讎 是年 淸人 連陷開原鐵嶺 則逮廷弼 以薛國用代之 世爵仍留薛軍中 及瀋陽陷 世爵晝伏夜行抵鳳凰城 與廣寧人劉光漢 收遼陽散卒共守之 未幾 光漢戰死 世爵亦被十餘鎗 自念中原路絶 不如東出朝鮮 猶得免薙髮左袵 遂走穿塞隱金石山 燎羊裘裏木葉以咽之 數月得不死 遂渡鴨綠江 遍歷關西諸郡 轉入會寧 遂娶東婦 生二子 世爵年八十餘 卒 子孫蕃衍 至百餘人 而猶同居云 得龍嘉山人也 自十四歲 出入燕中 今三十餘次 最善華語 行中大小事例 非得龍 莫可當此任者已經本郡及龍鈙等諸府中軍 階得嘉善 而每使行 則預關本郡 囚其次知(家屬謂之次知) 以防其逃避 其爲人之幹能可知 方世爵初出時 客得龍家 與得龍祖善 互學華東語 得龍之善漢語 乃其家學云

日旣暮 抵葱莠 恰似瑞興葱秀 想我國人所名 抑瑞興葱秀 以類爲名否

二十七日甲戌 朝霧晚晴 平明發行 路逢五六胡人 皆騎小驢 帽服襤縷 容貌疲殘 皆鳳城甲軍 往戌愛刺河 而雇人倩往云 東方則誠無慮矣 然中國邊備 可謂疎矣 馬頭及刷馬驅人輩 喝令下驢 前行兩胡 下驢側行 後來三胡 不肯下驢馬頭輩齊聲叱下 則怒目直視曰 爾們的大人 干我甚事 馬頭直前奪其鞭 擊其赤脚曰 吾們的大人陪奉 是何等物件 賚來是何等文書 黃旗上 明明的寫着萬歲爺御前上用 爾們好不患瞎 還不認該過了皇上御用的 其人下驢 伏地稱死罪 一人起抱咨文馬頭腰 滿面歡笑曰 老爺息怒 小人們該死的 馬頭輩 皆大笑 叱令叩頭謝罪 皆跪伏于泥中 以首頓地 黃泥滿額 一行皆大笑 叱令退去 余曰聞汝輩 入中國多惹鬧端云 吾今目覩 果驗前聞 俄者亦涉不緊 此後切勿因戲起鬧 皆對曰不如此 長途永日 無以消遣

望見鳳凰山 恰是純石造成 拔地特起 如劈掌立指 如半開芙蓉 如天末夏雲

秀峭戍削 不可名狀 而但欠淸潤之氣 嘗謂我京道峯三角 勝於金剛 何則 金剛
卽其洞府 所謂萬二千峯 非不奇峻雄深 獸挐禽翔 仙騰佛趺而陰森渺冥 如入鬼
窟 余嘗與申元發 登斷髮嶺 望見金剛山 時方秋天深碧 夕陽斜映 無干霄秀色
出身潤態 未嘗不爲金剛一歎 及自上流 舟下出頭尾江口 西望漢陽三角諸山 摩
霄出靑 微嵐淡靄 明媚婀娜 又嘗坐南漢南門 北望漢陽 如水花鏡月 或曰光氣
浮空 乃旺氣也 旺氣者 王氣也 爲我京億萬載龍盤虎踞之勢 其靈明之氣 宜異
乎他山也 今此山勢之奇峭峻拔 雖過道峯三角 而其浮空光氣 大不及漢陽諸山
矣 原野平濶 雖不耕墾 而處處斫柴 根梯狼藉 牛蹄轍跡 縱橫草間 已知其近柵
而居民之尋常出柵 亦可驗矣

　疾驅行七八里抵柵外 羊豕彌山 朝煙繚靑 刳木樹柵 略識經界 可謂折柳樊圃
矣 柵門覆以苫草 板扉深鎖 離柵數十步 設三使幕次 少憩方物齊到 露積柵外
羣胡觀光者 列立柵內 無不口含烟竹 光頭搖扇 或黑貢緞衣 或秀花紬衣 或生
布生苧 或三升布 或野繭絲 袴亦如之 所佩緖纷 或繡囊三四 小佩刀 皆挿雙牙
着 烟袋如胡蘆樣 或繡刺花草禽鳥 又古人名句 譯官及諸馬頭輩 爭立柵外 兩
相握手 股勤勞問 羣胡問 爾在王京 那日起程 在途時免得天水麼 家裡都是太
平麼 充得包銀麼 人人酬酢 如出一口 又爭問韓相公安相公來麼 此數人者俱義
州人 歲歲販燕 皆巨猾 習知燕中事 所謂相公者 商賈相尊之稱也 使行時 例給
正官八包 正官者 裨譯共二十員 八包者 舊時官給正官 人人蔘幾斤 謂之八包
今不官給 令自備銀 只限包數 堂上包銀三千兩 堂下二千兩 自帶入燕 貿易諸
貨 爲奇羨貧不能自帶則賣其包窠 松都平壤安州等處燕商 買其包窠 充銀以去
然諸處燕商 法不得身自入燕 將包交付灣人貿易以來 如韓林諸賈 連歲入燕 視
燕如門庭 與燕市裨販 連膓互肚 兌發低仰 都在其手 燕貨之日增厥價 寔由此
輩 擧國都不理會 專責譯官 譯官 失權於灣賈 拱手而已 諸處燕商雖知爲灣賈
之所操縱 而事非目覩 則敢怒而不敢言 其來已久 今者灣賈之暫爲隱身 不卽
相見 亦一鉤引小數也

　朝飯於柵外 整頓行裝 則雙囊左鑰 不知去處 遍覓草中 終未得 責張福曰
汝不存心行裝 常常游目 纔及柵門 已有闕失 諺所謂三日程 一日未行 若復行
二千里 比至皇城 還恐失爾五臟 吾聞舊遼東及東岳廟 素號姦細人出沒處 汝復
賣眼 又未知幾物見失 張福憮然搔首曰 小人已知之 兩處觀光時 小人當雙手護

眼 誰能拔之 余不覺寒心 乃應之曰 善哉 蓋福也年少初行 性又至迷 同行馬
頭輩 多以戲語証之 則福也 眞箇信聽 每事所認 皆此類也遠途所仗 噫嘻痛矣
可謂寒心 復至柵外 望見柵內 閭閻皆高起五樑 苫草覆蓋 而屋脊穹崇 門戶整
齊 街衢平直 兩沿若引繩然 墻垣皆甎築乘車及載車 縱橫道中擺列器皿 皆畫
瓷 已見其制度絶無村野氣 往者洪友德保 嘗言其大規模細心法 柵門天下之東
盡頭 而猶尙如此 前道遊覽忽然意沮 直欲自此逕還 不覺腹背沸烘 余猛省曰
此妒心也 余素性淡泊 慕羡猜妒 本絶于中 今一涉他境 所見不過萬分之一 乃
復浮妄若是何也 此直所見者小故耳 若以如來慧眼 遍觀十方世界 無非平等
萬事平等 自無妒羡 顧張福曰 使汝往生中國何如 對曰中國胡也 小人不願 俄
有一盲人 肩掛錦囊 手彈月琴而行 余大悟曰 彼豈非平等眼耶 少焉 大開柵門
鳳城將軍及柵門御史 方來坐店房云 羣胡闖門而出 爭閱視方物及私卜輕重 蓋
自此雇車而連也 來觀使臣坐處 含烟睥睨 指點相謂曰 王子麽 宗室正使 稱王
子故也 有認之者曰 不是這箇班白的駙馬大人 頃歲來的 指副使曰 這聲的 雙
鶴補子 乃是乙大人 指書狀曰 山大人 翰林出身的 乙者 二也 山者 三也 翰
林出身者 文官也 溪邊有喧嘩爭辨之聲 而語音啁啾 莫識一句 急往觀之 得龍
方與羣胡 爭禮單物 多寡也 禮單贈遺時 考例分給 而鳳城姦胡 必增名目 加
數要責 其善否都係上判事馬頭 若値生手 不嫺漢語 則不能爭詰 都依所要 今
歲如此 則明年已成前例 故必爭之 使臣不知此理 常急於入柵 必促任譯 任譯
又促馬頭 其弊原久矣 象三(上判事馬頭) 方分傳禮單 羣胡環立者 百餘人 衆
中一胡 忽高聲罵象三 得龍奮髥張目 直前揪其胸 揮拳欲打 顧謂衆胡曰 這個
潑皮好無禮 往年大膽 偸老爺皮鼠項子 又去歲 欺老爺睡了 拔俺腰刀 割取了
鞘綬 又割了俺所佩的囊子 爲俺所覺 送與他一副老拳 作知面禮 這個萬端哀
乞 喚俺再生的爺孃 今來年久 還欺老爺不記面皮 好大膽高聲大叫 如此鼠子
輩 拿首的鳳城將軍 衆胡齊聲勸解 有一老胡 美鬚髥 衣服鮮麗 前抱得龍腰曰
請大哥息怒 得龍回怒作哂曰 若不看賢弟面皮時 這部截簡鼻 一拳歪在鳳凰山
外 其舉措怔攘可笑 趙判事達東 來立余傍 余爲說俄間光景 可惜獨觀 趙君笑
曰 這是殺威捧法 趙君促得龍曰 使道今將入柵 禮單火速分給 得龍連聲唱喏
故作遑遽之色 余故久立詳觀 所給物伴名目 極爲怪雜 柵門守直甫古二名 甲
軍八名 各白紙十卷 小煙竹十個 火刀十個 封草十封 鳳城將軍二員 主客司一

員 稅官一員 御史一員 滿洲章京八人 加出章京二人 蒙古章京二人 迎送官三人 帶子八人 博氏八人 加出博氏一人 稅官博氏一人 外郎一人 衙譯二人 筆貼式二人 甫古十七人 加出甫古七人 稅官甫古二人 分頭甫古九人 甲軍五十名 加出甲軍三十六名 稅官甲軍十六名 合一百二人 分給壯紙一百五十六卷 白紙四百六十九卷 青黍皮一百四十張 小匣草五百八十匣 封草八百封 細烟竹七十四個 八面銀項烟竹七十四個 錫粧刀三十七柄 鞘刀二百八十四柄 扇子二百八十八柄 大口魚七十四尾 月乃(革障泥)七部 環刀七把 銀粧刀七柄 銀烟竹七個 錫長烟竹四十二個 筆四十枝 墨四十丁 火刀二百六十二個 青靑月乃二部 別烟竹三十五個 油單二部 羣胡不做一聲 肅然受去 趙君曰 得龍能則能矣 彼往歲元無失揮項項 刀囊等事 公然執頉 罵折一人 衆人自沮 皆面面相顧無聊却立 若不如此 雖三日不決 無入柵之期矣

已而軍牢跪告曰 門上御史鳳城將軍 出坐收稅廳 於是三使次第入柵 狀啓例付義州鎗軍而回矣 一入此門 則中土也 鄉園消息 從此絶矣 悵然東面而立 良久轉身 緩步入柵 路右有草廳三間 自御史將軍 下至衙譯 分班列椅而坐 首譯以下 拱手前立 使臣至此 馬頭叱隷停轎 乍脫前騶 若將卸駕者 因旣疾驅而過 副三房 亦如之 有若相效者 令人捧腹 裨將譯官 皆下馬步過 獨卞季涵 騎馬突過 末坐一胡 忽以東話 高聲大罵曰 無禮無禮 幾位大人坐此 外國從官 焉敢唐突 遄告使臣 打臀可也 聲雖嘶哮 舌强喉澁 如乳孩弄嬌 醉客使痴 此卽護行通官雙林云 首譯對曰 這是敝邦太醫官 初行未諳事體 且太醫 奉國命 隨護大大人 大大人亦不敢擅勘 諸老爺 仰體皇上字小之念 免其深究 則益見大國寬恕之量 諸人皆點頭微笑曰 是也是也 獨雙林 䀹猛聲高 怒氣未解 首譯目余使去 道逢卞君 卞君曰 大辱逢之 余曰 臀字可慮 相與大笑 遂聯袂行翫 不覺讚歎 柵內人家 不過二三十戶 莫不雄深軒豫 柳陰中挑出一竿青帘 相携而入 東人已彌滿其中矣 赤脚突鬢 騎椅呼呶 見余皆奔避出去 主人大怒 指着卞君道 不解事的官人 好妨人賣買 戴宗撫其背曰 哥哥不必饒舌 兩位老爺 略飮一兩盃 便當起身 這等䰩魁 那敢橫椅 暫相回避 卽當復來 已飮的計還酒錢 未飮的暢襟快飮 哥哥放心 先斟四兩酒 主人堆著笑臉 道賢弟 往歲不會瞧瞧麽 這等䰩魁於閙攘裏 都白喫 一道烟走了罷 那地覔酒錢 戴宗曰 哥哥 勿慮兩位老爺 飮後卽起 弟當盡驅這厮回店賣買 店主曰 是也 兩位都斟四兩麽 各

斟四兩麼 戴宗道 每位四兩 卞君罵曰 四兩酒誰盡飲之 戴宗笑曰 四兩非酒錢
也 乃酒重也 其卓上列置斟器 自一兩至十兩 各有其器 皆以鍮鑞造觶 出色似
銀 喚四兩酒 則以四兩觶斟來 沽酒者更不較量多少 其簡便若此 酒皆白燒露
味不甚佳 立醉旋醒 周視鋪置 皆整飭端方 無一事苟且彌縫之法 無一物委頓
雜亂之形 雖牛欄豚柵 莫不疏直有度 柴堆糞序 亦皆精麗如畫 嗟乎如此然後
始可謂之利用矣 利用然後 可以厚生 厚生然後 正其德矣 不能利其用 而能厚
其生 鮮矣 生既不足以自厚 則亦惡能正其德乎 正使已入鄂姓家 主人身長七
尺 豪健鷙悍 其母年近七旬 滿頭挿花 眉眼韶雅 可想青春光景矣

點心後 與來源及鄭進士 出行觀覘 鳳凰山離此六七里 看其前面 益眞覺奇峭
山中有安市城舊址 遺堞尙存云 非也 三面皆絶險 飛鳥莫能上 惟正南一面稍
平 周不過數百步 卽此彈丸小城 非久淹大軍之地 似是句驪時小小疊堡耳 相
携至大柳樹下納涼 有井甃甓 又磨治全石爲覆蓋 穿其兩傍 劣容汲器 所以防
人墮溺 且郤塵土 又水性本陰 故使蔽陽養活水也 井蓋上設轆轤 下垂雙綆 結
柳爲桊 其形如瓠而深 一上一下 終日汲 不勞人力 水桶皆銕 籋以細釘 緊約
絶勝於縮竹爲經 歲久則朽斷 且桶身乾曝 則竹籋自然寬脫 所以銕籋爲得也
汲水皆肩擔而行 謂之扁擔 其法削一條木如臂膊大 其長一丈 兩頭懸桶 去地
尺餘 水窊窰不溢 惟平壤有此法 然不肩擔而背負之 故甚妨於窄路隘巷 其擔
法 又此爲得之 昔鮑宣妻 提甕出汲 余嘗疑何不頭戴而手提之 乃今見之 婦人
皆高髻 不可戴矣 西南廣濶 作平遠山淡沱水 千柳陰濃 茅簷疎籬 時露林間
平堤綠蕪牛羊散牧 遠橋行人 有擔有攜 立而望之 頓忘問者行役之憊 兩人者
爲觀新創佛堂 棄我而去 有十餘騎 揚鞭馳過 皆繡鞍駿馬 意氣揚揚 見余獨立
滾鞍下馬 爭執余手致殷勤之意 其中一人美少年 余畫地爲字以語之 皆俯首熟
視 但點頭而已 似不識爲何語也 有兩碑皆靑石 一門上御史善政碑 一稅官某
善政碑 俱滿州人四字名 撰書者亦俱滿洲人 文與筆俱拙 但碑制極佳 功費甚
省 此可爲法 碑之兩傍 不磨滑 甎築夾碑爲墻 沒碑頂 因瓦覆爲屋 碑在龕中
以備風雨 勝於建閣韜碑 碑趺贔屭 及碑文兩邊所鐫霜夐 可數毫髮 此不過窮
邊民家所建 然其精緻古雅 不可當也 向夕暑氣益熾 急還所寓 高揭北牕 脫衣
而臥 北庭平廣 葱畦蒜塍 端方正直 苽棚匏架 磊落蔭庭 籬邊紅白蜀葵及玉簪
花 方盛開 簷外有石榴數盆 及繡毬一盆 秋海棠二盆 鄂之妻 手提竹籃 次第

摘花 將爲夕粧也 昌大得酒一觶 卵炒一盤而來餉曰 何處去耶 幾想殺我也 其
故作癡態 以納忠款 可憎可笑 然酒我所嗜也 況卵炒亦我所欲乎

是日行三十里 自鴨錄江至此 該有一百二十里 我人曰柵門 本處人曰架子門
內地人曰邊門

二十八日乙亥 朝霧晚晴 早與卞君 先爲發行 戴宗遙指一所大庄院曰 此通官
徐宗孟家也 皇城亦有家 更勝於此 孟宗貪婪多不法 吮朝鮮膏血 大致富厚 旣
老 爲禮部所覺 家之在皇城者被籍 而此猶存 又指一所曰 雙林家也 其對門曰
文通官家也 舌本瀏利 如誦熟文 戴宗宣川人也 已六七入燕云 比至鳳城三十里
衣服盡濕 行人髭鬚 結露如秧針貫珠 西邊天際 重霧忽透 片碧纔露 嵌空玲瓏
如窓眼小琉璃 須臾霧氣盡化祥雲 光景無限 回看東方 一輪紅日 已高三竿矣
中火於康永太家 永太年二十三 自稱民家(漢人稱民家 滿人稱旗下) 白皙美
麗 能鼓西洋琴 問讀書否 對曰 已誦四書 尙未講義 所謂誦書講義有兩道 非
如我東初學之兼通音義 中原初學者 只學四書章句 口誦而已 誦熟然後 更就
師受旨曰 講義 設令終身未講義 所習章句 爲日用官話 所以萬國方言 惟漢語
最易 且有理也 永太所居 精洒華侈 種種位置 莫非初見 炕上鋪陳 皆龍鳳氍
毹 椅榻所藉 皆以錦緞爲褥 庭中設架 以細簹遮日 四垂緗簾 前列石榴五六盆
就中白色石榴盛開 又有異樹一盆 葉類冬栢 果似枳實 問其名曰 無花果 果皆
雙雙並蔕 不花結實 故名 書狀來見(趙鼎鎭) 各敍年甲 長余五歲 副使繼又來
訪(鄭元始) 爲敍萬里同若之誼 金子仁(文淳)爲道兄此行 而我境冗擾 未及相
訪 余曰定交於他國 可謂異域親舊 副使書狀 皆大笑曰 未知誰爲異域也 副使
長余二歲 余祖父與副使祖父 嘗同總治功令 有同硏錄 余祖父 爲京兆堂上 時
副使祖父 以京兆郞投刺 各道舊日同硏事 余時八九歲在傍 知有舊誼 書狀指
白石榴曰 曾見此否 余對不曾見 書狀曰 吾童子時 家有此榴 國中更無 蓋此
榴華而不實云 略敍閑話 皆起去 渡江日 雖相識面於蘆荻叢中 未嘗敍話 又兩
日柵外 連幕露宿 亦未相晤 故今以異域相戲者 此也 點心尙遠云 不堪遲待
遂忍飢行酏 初由右邊小門而入 故不知其家之雄侈若此 今由前門而出 則外庭
數十百間 三使帶率 都入此家 而不知着在何處 非但我行區處綽綽有餘 來商

去旅絡繹不絕 又有車二十餘輛 闢門而入 一車所駕馬騾 必五六頭 而不聞喧
聲 深藏若虛 蓋其妥置凡百 自有規模 不相妨礙 觀此外貌 其他細節 不須盡
說矣 緩步出門 繁華富麗 雖到皇京 想不更加 不意中國之若是其盛也 左右市
廛連亘輝耀 皆雕窓綺戶 畫棟朱欄 碧榜金扁 所居物 皆內地奇貨 邊門僻粵之
地 乃有精鑑雅識也 又入一宅 其壯麗 更勝於康家 而其制度大約皆同

凡室屋之制 必除地數百步 長廣相適 剗削平正 可以測土圭安針盤 然後築臺
臺皆石址 或一級或二級三級 皆甄築而磨石爲甃 臺上建屋 皆一字 更無曲折
附麗 第一屋爲內室 第二屋爲中堂 第三屋爲前堂 第四屋爲外室 外室前臨大
道爲店房 爲市廛 每堂前 有左右翼室 是爲廊廡寮廂 大約一屋 長必六楹八楹
十楹十二楹 兩楹之間 甚廣 幾我國平屋二間 未嘗隨材短長 亦不任意濶狹 必
準尺度 爲間架 屋皆五梁或七梁 從地至屋脊 測其高下 簷爲居中 故瓦溝如建
瓴 屋左右及後面 無冗簷 以甄築墻 直埋椽頭 盡屋之高 東西兩墻 各穿圓窓
面南皆戶 正中一間 爲出入之間 必前後直對 屋三重四重 則門爲六重八重洞
開 則自內室門 至外室門 一望貫通 其直如矢 所謂洞開重門我心 如此者 以
喩其正直也 路逢李同知惠迪(譯官 三堂上) 李君笑曰 窮邊村野 何足掛眼 吾
言雖至皇城 未必勝此 李君曰然 雖有大小奢儉之別 其規模大率相同耳 爲室
屋專靠於甃 甃者 甄也 長一尺廣五寸 比兩甄則正方 厚二寸 一匡楷成 忌角
缺 忌楞刓 忌體翻 一甄犯忌 則全屋之功 左矣 是故既一匡印楷 而猶患叅差
必以曲尺見矩 斤削礪磨 務令整勻齊 萬甄一影 其築法 一縱一橫 自成坎離
隔灰如紙 僅取膠貼 縫痕如線 其和灰之法 不雜麤沙 亦忌黏土 沙太麤則不黏
土過黏則易坼 故必取黑土之細膩者 和灰同泥 其色黛黲如新燔之瓦 蓋取其性
之不黏不沙 而又取其色質純也 又雜以龍絲 細到如毛 如我東坊土 用馬矢
同泥 欲其靭而無龜 又調以桐油 濃滑如乳 欲其膠而無龝 其蓋瓦之法 尤爲可
效 瓦之體 如正圓之竹 而四破之 其一瓦之大 恰比兩掌 民家不用鴛鴦瓦 椽
上不搆撒子木 直鋪數重蘆葦 然後覆瓦 簞上不藉泥土 一仰一覆 相爲雌雄 縫
瓦亦以石灰之泥 鱗級膠貼 自無雀鼠之穿屋 最忌上重下虛 我東蓋瓦之法 與
此全異 屋上厚鋪泥土 故上重 墙壁不甄築灰縫 四柱無椅 故下虛 瓦體過大
故過彎 過彎故自多空處 不得不補以泥土 泥土壓重 已有棟撓之患 泥土一乾
則瓦底自浮 鱗級流退 乃生罅隙 已不禁風透雨漏 雀穿鼠竄 蛇蟉猫翻之患 大

約立屋 甎功居多 非但竟高築墻 室內室外 罔不鋪甎 盡庭之廣 麗目井井 如畫碁道 屋倚於壁 上輕下完 柱入於墻 不經風雨 於是不畏延燒 不畏穿窬 尤絕雀鼠蛇猫之患 一閉正中一門 則自成壁壘城堡 室中之物 都似櫃藏 由是觀之 不須許多上木 不煩鍊治塓工 豎一燔而屋已成矣

方新築鳳凰城 或曰此卽安市城也 高句麗方言 稱大鳥曰安市 今鄙語 往往有訓鳳凰曰安市 稱蛇曰白巖 隋唐時 就國語以鳳凰城爲安市城 以蛇城爲白巖城 其說頗似有理 又世傳安市城主楊萬春 射帝中目 帝耀兵城下 賜絹百匹 以賞其爲主堅守 三淵金公昌翕 送其弟老稼齊昌業入燕詩曰 千秋大膽楊萬春 箭射虯髥落眸子 牧隱李公穡 貞觀吟曰 爲是囊中一物爾 那知玄花落白羽 玄花言其目 白羽言其箭 二老所詠 當出於吾東流傳之舊 唐太宗 動天下之兵 不得志於彈丸小城 蒼黃旋師 其跡可疑 金富軾 只惜其史失姓名 蓋富軾爲三國史 只就中國史書 鈔謄一番 以作事實 至引柳公權小說 以證駐驆之被圍 而唐書及司馬通鑑 皆不見錄 則疑其爲中國諱之 然至若本土舊聞 不敢略載一句 傳信傳疑之間 蓋闕如也 余曰唐太宗 失目於安市 雖不可考 蓋以此城爲安市 愚以爲非也 按唐書 安市城去平壤五百里 鳳凰城亦稱王儉城 地志 又以鳳凰城稱平壤 未知此何以名焉 又地志古安布城 在蓋平縣東北七十里 自蓋平東至秀巖河三百里 自秀巖河至二百里 爲鳳[凰]城 若以此爲古平壤 則與唐所稱五百里相合 然吾東之士 只知今平壤 言箕子都平壤 則信 言平壤有井田則信 言平壤有箕子墓則信 若復言鳳凰城爲平壤 則大驚 若曰遼東 復有平壤 則叱爲怪駭 獨不知遼東 本朝鮮故地 肅愼穢貊 東夷雜種(諸國) 盡服屬衛滿朝鮮 又不知烏刺寧古塔後春等地 本高句麗疆 嗟乎後世不詳地界 則妄把漢四郡地 盡局之於鴨綠江內 牽合事實 區區分排 又復覓浿水於其中 或指鴨綠江爲浿水 或指淸川江爲浿水 或指大同江爲浿水 是朝鮮舊疆 不戰自蹙矣 此其故何也 定平壤於一處 而浿水前却 常隨事跡 吾嘗以爲漢四郡地 非特遼東 當入女眞 何以知其然也 漢書地理志 有玄菟 樂浪而眞蕃臨屯 無見焉 蓋昭帝始元五年 合四郡爲二府 元鳳元年 又改二府爲二郡 玄菟三縣 有高句麗 樂浪二十五縣 有朝鮮遼東十八縣 有安市 獨眞蕃 去長安七千里 臨屯去長安六千一百里 金崙所謂我國界內不可得 當在今寧古塔等地者 是也 由是論之 眞蕃臨屯 漢末卽入於扶餘 挹婁沃沮 扶餘五而沃沮四 或變而爲勿吉 變而爲靺鞨 變而爲渤海 變而

爲女眞 按渤海武王大武藝 荅日本聖武王書 有曰復高麗之舊居 有扶餘之遺俗
以此推之 漢之四郡 半在遼東 半在女眞 跨踞包絡 本我幅員 益可驗矣 然而
自漢以來 中國所稱浿水 不定厥居 又吾東之士 必以今平壤立準 而紛然尋浿
水之跡 此無他 中國人 凡稱遼左之水 率號爲浿 所以程里不合 事實多舛者
爲由此也 故欲知古朝鮮高句麗之舊域 先合女眞於境內 次尋浿水於遼東 浿水
定 然後疆域明 疆域明 然後古今事實合矣 然則鳳城 果爲平壤乎 曰此亦或箕
氏 衛氏高氏 所都則爲一平壤也 唐書裴矩傳 言高麗 本孤竹國 周以封箕子
漢分四郡 所謂孤竹地 在今永平府 又廣寧縣 舊有箕子廟 戴冔冠塑像 皇明嘉
靖時燬於兵火 廣寧人或稱平壤 金史及文獻通考 俱言廣寧咸平 皆箕子封地
以此推之 永平廣寧之間 爲一平壤也 遼史 渤海顯德府 本朝鮮地箕子所封平
壤城 遼破渤海 改爲東京 卽今之遼陽縣是也 以此推之 遼陽縣爲一平壤也 愚
以爲箕氏 初居永廣之間 後爲燕將秦開所逐 失地二千里 漸東益徙 如中國晉
宋之南渡 所止皆稱平壤 今我大同江上平壤 卽其一也 浿水亦類此 高句麗封
域 時有嬴縮 則浿水之名 亦隨而遷徙 如中國南北朝時 州郡之號 互相僑置
然而以今平壤 爲平壤者 指大同江曰 此浿水也 指平生咸鏡兩界間山曰 此蓋
馬大山也 以遼陽爲平壤者 指軒芋濼水曰 此浿水也 指蓋平縣山曰此蓋馬大山
也 雖未詳孰是 然必以今大同江爲浿水者 自小之論耳 唐儀鳳二年 以高麗王
臧(高句麗寶藏王 高臧)爲遼東州都督 封朝鮮王 遣歸遼東 仍移安東都護府於
新城以統之 由是觀之 高氏境土之在遼東者 唐雖得之 不能有而復歸之高氏
則平壤本在遼東 或爲寄名與浿水 時有前却耳 漢樂浪郡治 在遼東者 非今平
壤 乃遼陽之平壤 及勝國時(王氏高麗) 遼東及渤海一境 盡入契丹 則謹畫慈錄
兩嶺而守之 並棄先春鴨綠而不復顧焉 而況以外一步地乎 雖內並三國 其境土
武力 遠不及高氏之强大 後世拘泥之士 戀慕平壤之舊號 徒憑中國之史傳 津
津隋唐之舊蹟曰 此浿水也 此平壤也 已不勝其逕庭 此城之爲安市 爲鳳凰惡
足辨哉 城周不過三里 而甎築數十重 制度雄侈 四隅正方 若置斗然 今裁半築
則其高低 雖未可測 門上建樓處 設雲梯 浮空駕起 工役雖似浩大 器械便利
運覽輸土 皆機動輪轉 或自上汲引 或自推自行 不一其法 皆事半功倍之術 莫
非足法 而非但行忙 難以遍觀 雖終日熟視 非造次可學 良可歎也
　食後 與卞季涵鄭進士先行 康永泰 出門揖送 頗有惜別之意 且囑歸時 當値

冬節 願賚賜一件時憲 余解給一丸清心 過一鋪 掛一面金書當字牌 旁書惟軍器
不當五字 此典當鋪也 有數三美少年 走出鋪中 遮馬請少刻納涼 遂相與下馬
隨入 其凡百位置 更勝康家 庭中有二大盆 種三五柄蓮子 養得五色鮒魚 少年
手持掌大紗罾 向小瓮邊 舀了幾顆紅蟲 浮沈盆中 蟲細如蟹卵 皆蠕蠕 少年更
以扇敲響那盆郭 念念招魚 魚皆出水呷沫 日方午天 火傘下曝 悶塞不可久居
遂行與鄭進士 或先或後 余謂鄭曰 城制何如 鄭曰甓不如石也 余曰君不知也
我國城制 不甎而石 非計也 夫甎 一函出矩則萬甎同樣 更無費力磨琢之功 一
窯燒成 萬甎坐得 更無募人運致之勞 齊勻方正 力省功倍 運之輕而築之易 莫
甎若也 今夫石劚之於山 當用匠幾人 輦運之時 當用夫幾人 旣運之後 當用匠
幾人以琢治之 其琢治之功 又當再費幾日 築之之時 安排一石之功 又當再用夫
幾人 於是削岸而被之 是土肉而石衣也 外似峻整 內實鞬脆 石旣參差不齊 則
恒以小石 撑其尻跗 岸與城之間 實以碎礫 雜以泥土 一經潦雨 腸虛腹漲 一石
疎脫 萬石爭潰 此易見之勢也 且石灰之性 能黏於甎 而不能貼石 余賞與次修
論城制 或曰 甓之堅剛 安能當石 次修大聲曰 甓之勝於石 豈較一甓一石之謂
哉 此可爲銕論 大約石灰不能貼石 則用灰彌多 而彌自鞬坼 背石卷起 故石常
各自一石 而附土爲固而已 甎得灰縫 如魚膘之合水 鵬砂之續金 萬甓凝合 膠
成一城 故一甎之堅 誠不如石 而一石之堅 又不及萬甎之膠 此其甓與石之利
害便否 所以易辨也 鄭於馬上 傴僂欲墮 蓋睡已久矣 余以扇搠其脅 大罵曰
長者爲語 何睡不聽也 鄭笑曰 吾已盡聽之 甓不如石 石不如睡也 余忿欲毆之
相與大笑 至河邊得柳陰 納涼五渡河 五里之間一臺子 所謂頭臺子二臺子三臺
子 皆烽堡也 甎築如城 高五六丈 正圓如筆筒 上施垛堞 多毀壞而不修葺何也
道傍 或有柩 累石壓之 年久露置 木頭朽敗 蓋待其骨枯 擧而焚之云 沿道多
有墳塋 其封高銳 亦不被莎 多樹白楊 排行正直 行旅步走者絕少 步走者必肩
擔鋪蓋(寢具謂鋪蓋) 無鋪蓋者 店房不許留接 疑其姦宄也 掛鏡而行者 短視
者也 乘馬者 皆着黑緞靴子 步行者 皆着靑布靴子 其底皆衲布數十重 絕不見
麻鞋藁屨

　宿松站 一名雪裏站 又號薜劉站 是日行七十里 或曰 此舊鎭東堡也

二十九日丙子 晴 舟渡三家河 舟如馬槽 全木刳成 無櫓槳 兩岸立丫木 橫截
大繩 緣繩而行則舟自來往 馬皆浮渡 又舟渡劉家河 中火黃河庄 午極熱 馬渡
金家河 所謂八渡河也 林家臺 范家臺 大小方身五里十里之間 村閭相望 桑麻
宛然 時方早黍黃熟 蜀黍發穗 而皆刈去其葉 以飼馬騾 亦所以爲黍柄養其全
氣也 到處有關廟 數家相聚 必有一座大竈 以燒甎 范印晒曝 新舊燔燒 處處
山積 蓋甓爲日用先務也 小憩 典當鋪主人 引至中堂 動一椀熱茶 位置多異玩
設架齊梁 整置所典之物 皆衣服也 裸裏付紙籤 書物主姓名別號 相標居住 再
書某年月日典當某件 子某字號鋪親手交付云云 其利殖之法 無過什二 過期一
朔 許賣 典當鋪著金字柱聯曰 洪範九疇 先言富 大學十章半論財 以蜀黍柄巧
搆樓閣 置草蟲一枚 以聽鳴聲 簷端懸雕籠 養一異鳥

是日行五十里 宿通遠堡 卽鎭夷堡也

七月初一日丁丑 曉大雨 留行 與鄭進士 周主簿 卞君 來源 趙主簿學東(上
房乾粮判事)賭紙牌以遣閑 且博飲資也 諸君以余手劣黜之座 但囑安坐飲酒 諺
所謂觀光但喫餠也 尤爲忿恨 亦復奈何 坐觀成敗 酒則先他 也非惡事 時聞間
壁婦人語聲嫩囀嬌懇 燕燕鸎鸎 意謂主家婆娘 必是絕代佳人 余故托熱烟粧草
入廚 一婦人五旬以上年紀 當戶據狀而坐 貌極悍醜 道了叔叔千福 余答道托主
人洪福 余故久撥灰 流眼傍睨那婦人 滿髻插花 金釧寶璫 略施朱粉 身着一領
黑色長衣 遍鎖銀紐 足下穿一對靴子 繡得草花蜂蝶 蓋滿女不纏脚不着弓鞋
簾中轉出一處女 年貌似是廿歲以上 處女髻髮中分綰上 以此爲辨 貌亦傑悍
但肥肉白淨 把鑄鏃子 傾綠色瓦盆 滿勻了蜀黍飯 盛得一椀 和鏃瀝水 坐西壁
下交椅 以箸吸飯 更拿數尺葱根 連葉蘸醬 一飯一佐 項附鷄子大瘦瘤 噉飯啜
茶 略無羞容 蓋歲閫東人 尋常親熟故也 庭廣數百間 久雨泥淖 河邊水磨小石
如碁子大黃雀卵者 本無用之物 而揀其形色相類者 當門處 錯成九苞飛鳳 以
禦泥淖 其無棄物推此可知 鷄皆尾羽脫落 一如抽鏑 往往肉鷄蹣跚 其形醜惡
不忍見

初二日戊寅 曉大雨晚晴 前溪大漲 不可渡 遂留行 正使命來源及周主簿 前往視水 余亦隨行 不數里 巨浸當前 不見涯涘 使善泅者入水 測其淺深 不十步而肩已沒矣 還報水勢 正使愁悶 盡招譯官及各房裨將 使各陳渡水之策 副使書狀亦來會 副使曰 多貫門扇及車輿 作筏以渡何如 周主簿曰 此計大妙 首譯曰 門扇車輿 難可多得 此間造屋 現有十餘間材木 可以貫用 但患葛絞難得 諸議紛然 余曰安用縛筏 我有一兩隻舴艋 櫓槳都具 但欠一事 周問所欠甚事 余曰只乏個副手梢公 一座哄笑

主人龐鹵 目不識丁 而几上 猶有楊升庵集 四聲猿 有尺餘正藍瓷瓶 斜插趙南星銅如意 臘茶色小香爐 雲間胡文明製 椅卓屏部 俱有雅致 不似窮邊村野氣 余問爾家計粗足否 對曰終歲勤苦 未免飢寒 若非貴國使行時 都沒了生涯 有男女幾個 曰 只有一盜 尚未招壻 余問何謂一盜 曰盜不過五女之門 豈不是家之蟊賊 午後出門間行散悶 蜀黍田中 急響了一聲鳥銃 主人忙出門看 那田中 跳出一個漢子 一手把銃 一手曳豬後脚 猛視店主 怒道何故放這牲口入田中 店主面帶惶愧 遜謝不已 其人 血淋淋拕豬而去 店主 佇立悵然 再三惋歎 余問那漢所獲誰家牧的 店主曰 俺家牧的 余問雖然 這畜 逸入他人田中 不會傷害了一柄蜀黍 奈何枉殺了這個牲口 爾們應須追徵豬價麼 店主曰 那敢追徵 不謹護牢 是我的不是處 蓋康熙 甚重稼穡 制牛馬踐穀者 倍徵 故放者杖六十 羊豕入田中 田主登時捕獲 放牧者不敢認主 但不得遮車道 阻泥則引出田間 故田主常常治道 以護田云 村邊有二窰 一恰裁燒畢 塗泥竈門 擔水數十桶 連灌窰頂 窰頂略坎 受水不溢 窰身方爛 得水卽乾 似當注水不焦爲候耳 一窰先已燒冷 方取甓出窰 大約窰制 與我東之窰 判異 先言我窰之誤 然後窰制可得 我窰直一臥竈 非窰也 初無造窰之甌 故支木而泥築 薪以大松 燒堅其窰 其燒堅之費 先已多矣 窰長而不能高 故火不炎上 火不能炎上 故火氣無力 火氣無力 故必熱松取猛 熱松取猛 故火候不齊 火候不齊 故瓦之近火者 常患苦窳 遠火者 又恨不熱 無論燔瓷燒瓮 凡爲陶之家 窰皆如此 其熱松之法 又同松膏 烈勝他薪也 松一剪則非再蘖之樹 而一遇陶戶 四山童濯 百年養之 一朝盡之 乃復鳥散 逐松而去 此緣一窰失法 而國中之良材 日盡 陶戶亦日困矣 今觀此窰 甌築灰封 初無燒堅之費 任意高大 形如覆鍾甀 頂爲池容水數斛 旁穿烟門四五 火能炎上也 置甌其中 相支爲火道 大約其妙在積 今使我手能爲之至易

也 然口實難形 正使問其積 類品字乎 余曰似是而非也 卞主簿問 其積類疊冊
匣乎 余曰 似是而非也 甓不平置 皆隅立爲十餘行 若埃塍 再於其上 斜駕排
立 次次架積 以抵窯頂 孔穴自然疎通如鹿眼 火氣上達相爲咽喉 引焰如吸 萬
喉遞吞 火氣常猛 雖蜀稭黍柄 能句燔齊熟 自無擘翻龜坼之患 今我東陶戶 不
先究窯制 而自非大松林不得設窯陶非可禁之事 而松是有限之物則 莫如先改
窯制 以兩利之 鰲城(李公恒福)老稼齋 皆說甓利 而不詳窯制 甚可恨也 或云
蜀稭三百握 爲一窯之薪 得甎八千 蜀稭長一丈半 拇指大 則一握僅四五柄耳
然則蜀稭爲薪 不過千餘柄 可得近萬之甎耳

日長如年 向夕尤暑 不堪昏睡 聞傍炕 方會紙牌 叫呶爭闌 余遂躍然投座
連勝五次 得錢百餘 沽酒痛飲 可雪前恥 問今復不服否 趙卞曰 偶然耳 相與
大笑 卞君及來源 不勝忿冤 要余更設 余辭曰 得意之地 勿再往 知足不殆

初三日己卯 曉大雨 朝晝快晴 夜又大雨達曙 又留 朝起開牕 積雨快霽 光
風時轉 日色清明 可占午炎 榴花滿地 銷作紅泥 繡毯浥露 玉簪抽雪 門前有
簫笳鐃鉦之聲 急出觀之 乃迎親禮也 綵畫紗燈六對 靑蓋一對 紅蓋一對 簫一
雙 笳一雙 觱篥二雙 疊鉦一雙 中央四人 肩擔一座 靑屋轎 四面傳玻瓈爲牕
四角彈 綵絲流蘇 轎正腰爲杠 以靑絲大繩 橫絞杠之 前後再以短杠 當中貴絞
兩頭肩荷 四人八蹄 一行接武 不動不搖 懸空而行 此法大妙 轎後有兩車 皆
以黑布爲屋 駕一驢而行 一車共載兩個老婆 面俱老醜 而不廢朱粉 頭髮盡禿
光赭如匏 寸髻北指 猶滿挿花朵 兩耳垂璫 黑衣黃裳 一車共載三少婦 朱袴或
綠袴 都不繫裳 其中一少女 頗有姿色 蓋老是粧婆 乳媼 少的是丫鬟也 三十
餘騎 簇擁着一個胖大莽漢 口旁頤邊 黑髭鬆鬆 權着九瓜蟒袍 白馬金鞍 穩踏
銀鐙 堆着笑臉 後有三兩車 滿載衣欌 余問店主 此村裏可有秀才塾師麼 店主
曰 村僻少去處 那有學究先生 去年秋間 偶有一個秀才 從稅京官裏來的 一路
上染得暑痢 落留此間 多賴此處人 一力調治 經冬徂春 快得痊可 那先生文章
出世 兼得會寫滿洲字 情願暫住此間 開了一兩年饔堂 教授些此村少孩們 以
酬救療大恩 現今坐在了關聖廟堂裏 余曰 可得主人暫勞鄉導 店主曰 不必仰
人指導 舉手指之曰 這個屋頭出首的大廟堂是也 余問這個先生姓甚名誰 店主

曰 一村坊 都叫他富先生 余問富先生多少年紀 店主曰 公子 儞自去問他 店
主因走入炕裏 手拿紅紙數十片 拈示道 此乃那富先生親手墨蹟 那紅紙左沿
細書某位舍親尊台 某年月日 恭請台駕 電莅敝筵 店主道 俺門兄弟 前春招壻
時 倩他請席刺紙 大約僅能成字 而數十紙所寫字樣 無大無小 如珠貫絲 如印
一板 意其秀才爲富鄭公苗裔 卽喚時大同去

尋那廟堂裏來 寂無人聲 周回觀玩 右箱裏 有小兒讀書聲 俄有一兒 開戶探
頭一張 因走出不顧而去 余追問童子 儞們的師父 坐那裏麼 童子道甚麼 余曰
富先生 童子略不採聽 口裏喃喃 拂袖而去 余謂時大曰 那先生必在這裏 遂直
向右廂 一推開戶 有四五副空椅 並無人跡 余闔戶恰裁轉身 那童子引一老者
而來 想是富也 適繞閑走比鄰 那童子忙去報客而回也 乍觀面目 全乏文雅氣
余向前肅揖 那老者 不意抱余腰脊 盡力舂杵 又把手顚顫 滿堆笑臉 余初則大
驚 次不甚喜 問尊是富公麼 那老者大喜道 儞老果從識俺賤姓 余曰 吾久聞先
生大名 如雷灌耳 富曰 願聞尊姓大名 余書示之 富自書其名曰 富圖三格 號
曰松齋 字曰德齋 余問甚麼三格 富曰 是吾姓名也 余問貴鄉華貫在何地方 富
曰 俺滿洲鑲藍旗人 富問 爾老此去 當面駕麼 余曰甚麼話 富曰 萬歲爺 要當
接見儞們 余曰 皇上萬一接見時 吾當保奏爾老 得添微祿麼 富曰 儞得如此時
朴公大德 結草難報 余曰 吾阻水留此 已數日 眞此永日難消 儞老豈有可觀書
冊 爲借數日否 富曰 無有 往在京裏時 舍親折公 新開刻鋪 起號鳴盛堂 其羣
書目錄 適在橐中 如欲遣閑時 不難奉借 但願爾老 此刻暫廻 携得眞眞的丸子
(清心元) 高麗扇子 揀得精好的作面幣 方見儞老 眞誠結識 借這書目未晚也
余察其容辭志意 鄙悖庸陋 無足與語 不耐久坐 卽辭起 富臨門揖送 且言貴邦
明紬 可得賣買麼 余不否而歸 正使問有何可觀 恐中暑 余對俄逢一老學究 非
但滿人 鄙陋無足語 正使曰 彼既有求 何可嗇一丸一筆耶 第不妨借看書目 遂
使時大 送淸心元一丸 魚頭扇一柄 時大卽回 持掌大幾葉小冊而來 皆空紙所
錄書目 盡是淸人小品七十餘種 此不過數頁所錄 而要索厚價 其無恥甚矣 然
旣爲借來 且新眼目 遂謄而還之 尺牘新語共六冊 汪淇澹漪箋牋書 共六冊 藏
書共十八冊 續藏書共九冊 李贄卓吾著 宮閨小名錄 長洲雜說 西堂雜組 尤侗
展成著 筠廊偶筆 宋犖 牧仲著 同書字觸 閩小記 因樹屋書影 周亮工 元亮著
四禮撮要 甘京著 說林 西河詩話 毛奇齡著 韻白匡林 韻學通指 渼書 毛先舒

稚黃著 西山紀游 周金然著 日知錄 北平古今記 顧炎武著 不知姓名錄 李淸
映碧著 蔣說 蔣虎臣著 影梅菴憶語 冒襄 辟疆著 古今書字辨訛 東山談苑 秋
雪叢談 余懷 淡心著 冬夜箋記 王崇簡著 皇華記聞 池北偶談 香祖筆記 王士
禎 貽上著 毛角陽秋 羣書頭屑 閨閣語林 朱鳥逸史 王士祿著 笠翁通譜 無聲
戲 小說鬼輪錢故事 李漁 笠翁著 天外談 石龐著 奏對機緣 弘覺著 十九種
柴虎臣著 橘譜 諸虎男著 日下舊聞 共二十冊 朱彝尊 錫鬯著 虞初新志 張潮
山來著 寄園 奇所寄 共八冊 趙吉士著 說鈴 汪琬著 說郛 吳震芳 靑壇著 檀
几叢書 王晫著 三魚堂日記 陸隴其著 亦禪錄 幽夢影 張潮著 粉墨春秋 朱彝
尊著 兩京求舊錄 朱茂曙著 燕舟客話 周在浚著 崇禎遺錄 王世德著 入海記
查嗣璉著 琉球雜錄 汪楫著 博物典彙 黃道周著 觀海記行 施閏章著 柝津日
記 周篔著 與鄭進士分錄 以爲書肆考求之資 卽送時大還傳 且令語之曰 此書
皆我國所有 故吾老爺不覽此書目云爾 時大歸言 富也聽渠所傳 頗有憮然之色
贈渠手巾云 手巾長二尺餘 新件黑色縐紗也

初四日庚辰 自昨夜達曙大霪 留行 看楊升菴集 或紙牌消閑 副使書狀來會上
房 又招行中 廣詢渡水之策 良久盡罷去 似無善策也

初五日辛巳 晴 阻水留行 店主 開其內炕煙溝 持長柄鍬子 扱灰 余於是 略
觀炕制 大約先築炕基 高尺有咫 爲地平 然後以碎甋碁置 爲支足而鋪甋其上
而已 甋厚本齊 故破爲支足 而自無蠿蠥 甋體本勻 故相比排鋪 而目無罅隙
烟溝高下 劣容伸手出納支足者 遞相爲火喉 火遇喉則必蹴若抽引 然火焰驅灰
闌駢而入 衆喉遞呑迭傳 無暇逆吐 達于煙門 煙門一溝 深丈餘 我東方言犬座
也 灰常爲火所驅 落滿阬中 則三歲一開 烟炕一帶 扱除其灰 竈門 坎地一丈
仰開炊口 爇薪倒揷 竈傍闕地 如大瓮 上覆石蓋 爲平地 其中空洞生風 所以
驅納火頭於煙喉而點煙不漏也 又烟門之制 闕地如大瓮 甋築狀如浮圖 高與屋
齊 烟落瓮中 如吸如吮 此法尤妙 大約煙門有隙 則一線之風 能滅一竈之火
故我東房堗 常患吐火 不能遍溫者 責在煙門 或枇籠塗紙 或木板爲桶 而初竪

處土築有隙 或紙塗弊落 或木桶有闊 則不禁漏煙 大風一射 則煙桶爲虛位矣
我念吾東家貧 好讀書百千兄弟等 鼻端六月 恒垂晶珠 願究此法 以免三冬之
苦 卞季涵曰 炕法終是怪異 不如我國房法 余問所以不如者何等 卞君曰 何如
鋪得四張附油單 色似火齊 滑如水骨耶 余曰 炕不如房 則是也 其造堗之法
但效此而施之於房 鋪得油單有誰禁之 東方堗制 有六失而無人講解 吾試論之
君靜聽無譁 泥築爲膣 架石爲堗 石之大小厚薄 本自不齊 必疊小礫 以支四角
禁其蹩躄 而石焦土乾 常患潰脫 一失也 石面凹缺處 補以厚土 塗泥取平 故
炊不遍溫 二失也 火溝高濶 熖不相接 三失也 墻壁疎薄 常若有隙 風透火逆
漏烟滿室 四失也 火項之下 不爲遞喉 火不遠蹴 盤旋薪頭 五失也 其乾爆之
功 必費薪百束 一旬之內 猝難入處 六失也 何如與君 共鋪數十輛 談笑之間
已造數間溫堗 寢臥乎其上耶

夜與諸君 略飲數盃 更皷已深 扶醉歸臥 與正使對炕而中隔布幔 正使已熟寝
余方含烟朦朧枕邊 忽有跫音 余驚問汝是誰也 荅曰 都爾老音伊吾 語音殊爲不
類 余再喝汝是誰也 高聲對曰 小人都爾老音伊吾 時大及上方厮隷 一齊驚起
有批頰之聲 推背擁出門 外蓋甲軍 每夜巡檢一行所宿處 自使臣以下點數而去
每值夜深睡熟 故不覺也 甲軍之自稱都爾老音 殊爲絶倒 我國方言 稱胡虜戎
狄曰 都爾老音 甲軍則多年迎送 學語於我人 但慣聽都爾之稱故耳 一場惹鬧
以致失睡 繼又萬蚤跳跟 正使亦失睡 遂明燭達曙

初六日壬午 晴 溪漲少減 故遂發行 余入正使轎中同渡 下隷三十餘人 赤身
撐轎 至中流湍急處 轎忽左傾幾墮 危哉危哉 與正使兩相抱持 僅免墊溺 渡在
彼岸 望見渡水者 或騎人項 或左右相扶 或編木爲扉而乘之 使四人肩擡而渡
其乘馬浮渡者 莫不仰首視天 或緊閉雙目 或強顏嬉笑 厮隷皆解鞍肩荷而渡
意其恐濕也 旣渡者 又肩荷而返 怪而問之 蓋空手入水則身輕易漂 故必以重
物壓肩也 數次往返者 莫不戰慄 山間水氣 甚冷故也 中火草河口 所謂畓洞
以其長時沮洳 故我人所名云(畓 本無字 我東吏簿 水田 二字合書作 會意偕
音畓) 踰分水嶺 高家嶺 劉家嶺 宿連山關 是日 行六十里
夜小醉微睡 身忽在瀋陽城中 宮闕城池 閭閻市井 繁華壯麗 余自謂壯觀 不

意其若此 吾當歸詫家中 遂翩翩而行 萬山千水 皆在履底 迅若飛鳶 頃刻至治
谷舊宅 坐內房南牕下 家兄問瀋陽如何 余恭對所見勝於所聞 誇美亹娓 望見南
牆外隣家 槐樹陰陰 上有大星一顆 炫爛搖光 余奉稟伯氏曰 識此星乎 伯氏曰
不識其名 余曰 此老人星 遂起拜伯氏曰 吾暫回家中 備說瀋陽 今復追程耳 出
戶經堂 推開外廊一門 回首北望 屋頭歷歷 認鞍峴諸峯 忽自大悟曰 迂闊迂闊
吾將何以獨自入柵 自此至柵門千餘里 誰復待我停行乎 遂大聲叫喚 不勝悔懊
開門欲出 戶樞甚緊 大叫張福 而聲不出喉 排戶力猛 一推而覺 正使方呼燕巖
余猶恍惚應之 問曰此卽何地 正使曰 俄者夢魘頗久矣 遂起坐敲齒彈腦 收召
魂神 頓覺爽豁 而一悵一喜 久難爲悰 遂不能更睡 轉輾思想 不覺達曙 連山
關 一名鴉鶻關

初七日癸未 晴 行二里 乘馬渡水 水雖不廣 而悍急尤猛於前日所渡 攣膝聚
足 竦坐鞍上 昌大堅擁馬首 張福力扶余尻 相依爲命 以祈沒央 其囑馬之聲
正是嗚呼(囑馬聲 本好護 而東音與嗚呼相近) 馬至中流 忽側身左傾 蓋水沒
馬腹則四蹄自浮 故臥而游渡也 余不意右傾 幾乎墜水 前行馬尾散浮水面
余急持其尾 整身一坐 以免傾墜 余亦不自意踴捷之如此 昌大亦幾爲馬脚所揮
危在俄頃 馬忽擧頭正立 可知其水淺著脚矣 踰摩云嶺 中火千水站
　午後極熱 又踰靑石嶺 嶺上有一所關廟 極其靈驗 驛夫馬頭輩 爭至供卓前叩
頭 或買供靑苽 譯官亦有焚香抽籤 占驗平生休咎者 有道士敲鉢丐錢 獨不剃髮
爲椎髻 如我東優婆僧 頭戴藤笠 身披一領野繭紗道袍 恰似我東儒士所着 而但
黑色方領少異耳 又一道士 賣眞苽及鷄卵 苽味甚惉 且多水 鷄卵淡醎 夜宿狼
子山
　是日踰兩大嶺 通行八十里 摩雲嶺一名會寧嶺 其高峻嶮絶 不減我國北關摩
天嶺云

初八日甲申 晴 與正使同輣 渡三流河 朝飯於冷井 行十餘里 轉出一派山脚
泰卜忽鞠躬趂過馬首 伏地高聲曰 白塔現身謁矣 泰卜者 鄭進士馬頭也 山脚猶

遮不見白塔 趣鞭行不數十步 纔脫山脚 眼光勒勒 忽有一團黑氈七升八落 吾今
日 始知人生 本無依附 只得頂天踏地而行矣 立馬四顧 不覺舉手加額曰 好哭
場 可以哭矣 鄭進士曰 遇此天地間大眼界 忽復思哭何也 余曰唯唯否否 千古
英雄善泣 美人多淚 然不過數行無聲 眼水轉行落襟前 未聞聲滿天地 若出金石
人但知七情之中 惟哀發哭 不知七情 都可以哭 喜極則可以哭矣 怒極則可以哭
矣 樂極則可以哭矣 愛極則可以哭矣 惡極則可以哭矣 欲極則可以哭矣 宣暢壹
鬱 莫疾於聲 哭在天地可比雷霆 至情所發發能中理 與笑何異 人生情會 未嘗
經此極至之處 而巧排七情 配哀以哭 由是死喪之際 始乃勉強叫喚唉苦等字
而眞個七情所感 至誠眞音按住忍抑 蘊鬱於天地之間而莫之敢宣也 彼賈生者
未得其場 忍住不耐 忽向宣室一聲長號 安得無致人驚怪哉 鄭曰 今此哭場如
彼其廣 吾亦當從君一慟 未知所哭 求之七情所感何居 余曰 問之赤子 赤子初
生 所感何情 初見日月 次見父母 親戚滿前 莫不懽悅 如此喜樂 至老無雙 理
無哀怒 情應樂笑 乃反無限啼叫 忿恨弸中 將謂人生神聖愚凡 一例崩殂中間
尤各 患憂百端 兒悔其生 先自哭吊 此大非赤子本情 兒胞居胎處 蒙冥沌塞
纏科逼窄 一朝进出寥廓 展手伸脚 心意空濶 如何不發出眞聲 盡情一洩哉 故
當法嬰兒 聲無假做 登毗盧絶頂 望見東海 可作一場 行長淵金沙 可作一場
今臨遼野 自此至山海關一千二百里 四面都無一點山 乾端坤倪 如黏膠線縫
古雨今雲只是蒼蒼 可作一場

亭午極熱 趣馬歷高麗叢 阿彌庄 分路與趙主簿達東 及卜君來源 鄭進士 李
傔鶴齡 入售遼陽 其繁華富麗 十倍鳳城 別有遼東記 出西門 見白塔 其制造工
麗雄偉 可敵遼野 別有白塔記 還遼陽城 車馬轟殷 聚觀者到處成羣 酒樓紅欄
高臨大道 颭出一面 金字酒旗 書着 聞名應駐馬 尋香且停車 吾可以飲矣 環觀
者 彌衆 人肩相磨 雅聞此處 姦宄極多 初行者 專心遊覽 不善省察 必有所失
往歲一使行 多率無賴爲伴當 上下數十人 皆初行 衣裝鞍具 頗爲華侈 入遼陽
遊覽之際 或失鞍甲 或失鐙子 無不狼貝云 張福忽頭冒鞍甲 腰佩雙鐙 立待于
前 全無愧色 余笑叱曰 何不掩爾雙目 見者皆大笑

還至太子河 河方潦漲 無船可渡 沿河上下正爾彷徨 俄有蘆葦叢中 蕩出豆穀
漁艇 又有一小艇 隱於汀洲 使張福泰卜輩 齊聲喚舟 一對漁人 兩頭垂竿而坐
柳樹陰濃 斜陽縋金 蜻蜓點水 燕子蹴波 千呼萬喚 終不回頭 久立汀沙 暖氣薫

煮 脣焦頭汗 腸虛氣餒 生平喜游賞 今日眞得了其債矣 鄭君輩 爭相嘲謔曰 日
暮道窮 上下飢困 哭之外無他策矣 先生何爲忍住不哭 相與大笑 余曰 彼漁人
不肯救人 其人心可知 雖陸魯望先生 正合一拳打倒 泰卜益爲焦躁曰 今野日
垂地欲墮 他處有山 已將昏黑矣 蓋泰卜 雖年少 已七次燕行 凡百慣熟 少焉
舟子罷釣收艇底魚籃 短槳蕩到 柳陰邊 爭出五六小航 見漁艇蕩來 亦爭先來
到 要索高價 其待人竭急 然後始肯來濟 其情狀可惡 一船只許載三人 每人賞
一鈔 艇皆全木刳成 所謂野航恰受兩三人者 是也 共計一行上下恰是十七 馬
六疋皆浮河 艇頭執鞚順河而下七八里 其危有甚於通遠諸渡時也
　　宿新遼陽 映水寺 是日 通行七十里 夜極熱 睡中單衾自脫 微有感氣

　　初九日乙酉 晴 極熱 乘曉涼先發 歷張家臺 三道巴 中火爛泥堡 自入遼東以
來 村閭不絶 路廣數白步 沿路兩旁 皆種垂楊 閭閻櫛比 處處對門中間 潦水不
洩 往往自成大池 家養鵝鴨千百浮泳 兩邊村舍 盡成臨水樓臺 紅欄翠檻 映帶
左右 渺然有江湖之想 軍牢三吹後 必先數里前行前排軍官 亦隨軍牢先詣 余行
止自由 每與卞君 乘涼曉發 行不十里 則且遇前排 必幷轡談謔 每日若此 每近
村閭 輒令軍牢 吹起吶叭 四個馬頭 合唱勸馬聲 家家走出婦女 闔門觀光 無老
無少 裝束皆同 粧花垂璫 略施朱粉 口皆含竹 手持靴底 所衲連針帶線 騈肩簇
立 指點嬌笑 始見漢女 漢女皆纏足着弓鞋 姿色不及滿女 滿女多花容月態
　　歷萬寶橋 烟臺河 山腰鋪 宿十里河 是日 通行五十里 裨譯輩 於馬上各定一
妾 所見滿漢女 若他人先占則不敢疊定 相避之法甚嚴 謂之口妾 往往猜妬怒罵
詼嘲 亦一長程消遣訣也 明日將入瀋陽

舊遼東記[1]

1) 충남대본, 전남대본, 조선광복회본에서는 이 글이 요동백탑기遼東白塔記, 광우사기廣祐寺
記, 구요동기舊遼東記의 순서로 성경잡지盛京雜識의 고동록古董錄 뒤에 있다.

遼東舊城 在漢襄平 遼陽二縣地 秦曰遼東 後入衛滿朝鮮 漢末爲公孫度所據
隋唐時 屬高句麗契丹稱南京 金稱東京 元置行省 皇明置定遼衛 今陞爲遼 陽
州 移城距二十里 爲新遼陽 此廢 稱舊遼東 城周二十里 或謂熊廷弼所築也

城故卑狹 廷弼 聞敵騎入境 令夷城 清人怪之 不敢逼 及諜知改築 引兵至城
下 新城峨峨 一夜而成 後廷弼去而遼陷 清人忿其城堅難拔 毀其城 以方輿得
勝之兵 十日而毀 猶未盡云 皇明天啓元年三月 清人旣得瀋 又移兵向遼 經略
袁應泰 方議三路出師 以復撫順 未行而聞虜陷瀋陽 又將向遼 遂開太子河 注
水於壕 環兵登埤 清人陷瀋五日 至遼陽城下 奴兒哈赤者 所謂清太祖也 自統
左翼兵先至 皇明摠兵李懷信等 率兵五萬 出城五里而營 奴兒哈赤 以左翼四旗
擊其左 清太宗 我東所謂汗 其名曰洪台時(我國丙丁錄雜載紅打時 或稱洪他詩
以其音似而各載如英阿兒臺曰 龍骨大馬伏塔曰 馬夫大 是也) 引精銳請戰 奴
兒哈赤不許 洪台時堅意行 遂留二紅旗 伏兵傍 覘視 奴兒哈赤 遣正黃旗 鑲黃
旗 助洪台時 衝明營之左 四旗兵繼至 天兵大亂 洪台時 乘勝追擊六十里 至鞍
山 方其戰時 天兵自遼陽西門出 拔淸人所留城旁二紅旗 伏起邀擊 天兵奔回入
城 自相蹂踐 摠兵賀世賢 副將戚金等 皆戰死 詰朝 奴兒哈赤 率貝勒左四旗兵
掘城西閘口 以洩湖水 且令右四旗兵 塞城東進水口 自引右翼 布楯車堪列城邊
橐土運石以壅水 天兵步騎三萬出東門列營相距 清人方欲奪橋 會水口遏將涸
四旗前隊渡濠 大呼掩擊 東門外天兵 方力戰 清紅甲二百 白旗千 進擊天兵 死
者濠塹皆滿 奪武靖門橋 分擊守濠天兵 城上發火器聯線不絶 淸人奮勇衝突 樹
梯登城 遂奪西城一面 驅斬民衆 城中擾亂 是夜城內天兵 列炬拒戰 牛維曜等
繕城亂遁 翼朝天兵 復列楯大戰 清四旗兵 亦登城 經略袁應泰 登城北鎮遠樓
督戰 見城破 擧火焚樓而死 分守道何廷魁 率妻子投井死 監軍道崔儒秀 自經
總兵朱萬良 副將梁仲善 參將王孝 房承勳 游擊李尙義 張繩武都 司徐國全 王
宗盛 守備李廷幹等 皆戰死 生擒御史張銓 不屈 奴兒哈赤 命賜死以遂其志 洪
台時惜銓欲生之 婉諭再三 終不可奪 不得已縊而葬之 皇帝於昨年己亥 爲全韻
詩 詳載陷城始末 且曰 明臣之不降者 我祖宗 尙加恩 而燕京君臣 漠不相關
功罪不明 欲其不亡得乎 按明史 廷弼之不救廣寧也 三司王紀 鄒元標 周應秋
勘廷弼曰廷弼才識氣魄 睥睨一世 往歲鎮遼而遼存 去遼而遼亡 獨其驕悍之性
牢不可破 今日一疏 明日一揭 比之楊鎬 更多一逃 比之袁應泰 反欠一死 若誅

渡江錄 | 575

王化貞而寬廷弼 則罪同而罰異也 今其土壁周遭 而輜痕猶在 誦當日三司之勘
足可以想見其爲人 鳴呼當皇明末運 用捨顛倒 功罪不明 其視熊廷弼 袁崇煥之
死 可謂自壞其長城矣 惡可免後代之譏哉

引太子河爲濠 濠中有數三漁艇 城下釣者 數十人皆美衣服 貌似遊閒公子 俱
城裏市鋪人 余巡濠 爲觀其設閘蓄洩之制 釣者一哄持竿而來 向余開語 余畫地
爲字 皆熟視笑而去

遼東白塔記

出關廟 行不半里 有塔白色八面 十三層 高七十仞云 世傳唐尉遲敬德 率師
伐高句麗時 所築也 或云仙人丁令威 乘鶴而歸 見遼東城郭人民已改 悲鳴作
歌 此其令威所止華表柱 非也 華表柱 在遼陽城外 不十里而近 亦不高大 所
稱白塔者 我東皀隷順口所名也 遼東 左挾滄海 前臨大野 無所障礙 千里茫茫
而白塔 乃得野勢三分之一 塔頂置銅鼓三 每層簷稜懸鐸大如汲桶 風動鐸鳴
聲震遼野

塔下逢兩人 俱滿州人 方往寧古塔買藥 劃地問答 一人問 古本尙書 又問有
顏夫子書 子夏所著樂經否 皆余所刱聞也 以無爲答 兩人者 俱少年 初經此地
爲觀塔來也 行忙未及問其名 蓋秀才也

關帝廟記[2]

出舊遼東城門外 有石橋 橋邊石欄 制極精巧 康熙五十七年所築也 對橋百餘
步 有牌樓 刻雲龍水仙 畫皆隱起 入牌樓而東 有大樓 其下爲門而扁之曰摘錦

---

2) 충남대본, 전남대본, 조선광복회본에서는 이 글이 성경잡지盛京雜識의 산천기략山川記略
뒤에 있다.

左有鍾樓曰龍吟 右有鼓樓曰虎嘯 廟堂壯麗 複殿重閣 金碧璀璨 正殿安關公像
東應張飛 西應趙雲 又設蜀將軍嚴顏不屈之狀 庭中列數笏穹碑 皆記修刱始末
新建一碑記山西商人重修事也

　廟中無賴遊子數千人 鬧熱如場屋 或習槍棒 或試拳脚 或像盲騎瞎馬爲戲 有
坐讀水滸傳者 衆人環坐聽之 擺頭掀鼻 旁若無人看其讀處則火燒瓦官寺 而所
誦者 乃西廂記也 目不知字而口角溜滑 亦如我東假家中 口誦林將軍傳 讀者乍
止 則兩人彈琵琶 一人響疊征

廣祐寺記

　塔南有古刹曰廣祐寺 滿洲秀才云 漢時所創 而唐太宗伐遼時 駐蹕首山 使鄂
公尉遲敬德重修 世傳古有一邨夫 往廣寧 路遇一童子曰 負我至廣祐寺 寺右十
步古樹下 有藏金十萬 可以相報 村夫負其童子 數百里不終朝而至 旣至視之
乃一座金佛也 寺僧異之 掘寺右十步 果得十萬金 村夫以其金 重修此寺 及讀
寺碑 則乃康熙二十七年 太皇太后發帑所建也 康熙皇帝 亦嘗臨幸 賜居僧織金
袈裟 今廢無僧

盛京雜識

起丙戌止庚寅 凡五日 自十里河至小黑山 共三百二十七里

秋七月初十日 丙戌雨卽晴 自十里河 早行至板橋堡五里 長盛店五里 沙河堡十里 暴姑蛙子五里 氈匠鋪五里 火燒橋三里 白塔堡七里 共四十里 中火於白塔堡 又自白塔堡 至一所臺五里 紅火鋪五里 渾河一里 舟渡渾河 入瀋陽九里 共二十里 是日通行六十里 宿瀋陽

是日極熱 回望遼陽城外 林樹蒼茫 萬點曉鴉 飛散野中 一帶朝煙 橫抹天際 瑞旭初昇 祥霧霏靄 四顧漭蕩 無所罥礙 噫此英雄白戰之地也 所謂虎步龍驤 高下在心 然天下安危 常係遼野 遼野安 則海內風塵不動 遼野一擾 則天下金鼓互鳴 何也 誠以平原曠野 一望千里 守之則難爲力 棄之則胡虜長驅 曾無門庭之限 此所以爲中國必爭之地 而雖殫天下之力 守之 然後天下可安也 今其天下 所以百年無事者 豈爲德教政術 遠過前代哉 瀋陽乃其始興之地 則東接寧古塔 北控熱河 南撫朝鮮 西向而天下不敢動 所以壯其根本之術 非歷代所比故也 入遼以來 桑麻翳菀 鷄狗相聞 百年無事 不得不爲淸室一攢眉矣

蒙古車數千乘 載甀入瀋陽 每車引三牛 牛多白色 間有靑牛 暑天引重 牛鼻流血 蒙古皆鼻高目深 猙獰驚悍 殊不類人 且其衣帽襤縷 塵垕滿面 而猶不脫襪 見我隸之赤脚行走 意似怪之 我國刷驅 歲見蒙古 習其性情 常與之狎行 以鞭末挑其帽 棄擲道傍 或毬踢爲戲 蒙古笑而不怒 但張其兩手巽語丐還 刷驅或從後脫帽 走入田中 佯爲蒙古所逐 急轉身抱蒙古腰 以足打足 蒙古無不顚翻者 遂騎其胸 以塵納口 群胡停車齊笑 被翻者亦笑而起 拭觜着帽 不復角勝 行逢一車 共載七人 皆衣紅 以鐵索籠肩絡背 交鎖於項 復以一端鎖手 一端鎖脚 錦州衛盜賊 減死戍配黑龍江云 牙眼危怖猶於車上 自相戲笑若無苦色 馬群數百匹 掠路而過 最後一人 跨一匹善馬 手持一稕高粱 殿趕馬群 不羈不紲 而只顧行走

至塔鋪 塔在村中 高二十餘丈 十三級 八面空中 每級通四圓門 騎馬入其中 仰面而看 忽生眩暈 回轡還出 使行已入站矣 進至後堂 主人鬚下 忽作數聲犬

嗥 余大驚却立 主人微笑請坐 主人長鬚斑白 兀自炕上踞短脚床 炕下對椅坐一
老嫗 頭上挿朶紅白葵花衣一領 鴉青桃花繡裙 老嫗胸前又作犬嗥益猛 主人徐
自懷中 捧出一箇猲狗 大如兔子 毫長一寸 絲絲雪白 脊上淡青色 眼黄嘴紅 老
嫗又披襟拿出猲兒 遞與余看 毛色一樣 老嫗笑曰 客官休怪 吾們翁嫗 兩口兒
閒住家裏 眞實永日難消 在家抱弄這口雪狗兒 還惹了外人恥笑 余問主人家無
有兒孫麽 主人答曰 抱得三男一孫 長男三十一歲 做箇盛京将軍親隨的章京 仲
男十九歲 季男十六歲 幷去學堂裏讀書 九歲孫兒 柳樹上捕蟬去了 盡日面目難
見 少焉 主人之小孫 手提吶叭 氣息喘喘 走入堂裏 抱老公項 要買吶叭 老公
慈意滿面曰 這箇不中用 小兒着眼清明 披一領杏子黃紋紗襖子 弄嬌呈癡 東跳
西梁 老公囑小孫 向余叩頭 軍牢張目趕入堂裏 奪其吶叭 大聲索鬧 老公起身
謝曰 慚愧 小孩們頑要了 不曾傷損那物件 余亦責軍牢索去好矣 何必若是無聊
人 余問這狗子那地所産 主人答曰 雲南所産 蜀中亦有這樣的小狗 此名玉兔兒
那箇叫做雪獅子 幷是雲南産 主人叫玉兔兒叩頭 狗子起立 雙拱前足 為拜揖狀
便據地叩頭 張福來請飯 余卽起身 主人曰 客官既然愛玩此微物時 情願拜送準
貢回還時 客官不妨携去 余答曰 那敢生受 急轉身出 使行已初吹 臨發 不知吾
去向 張福遍索不得 飯久已硬 心忙不下咽 遂給張福與昌大共食 自入鋪子裏
買喫一椀麪 一觶燒酒 三箇熟鷄卵 一箇青瓜 計還了四十二文 使行纔過鋪門前
卽與卞君 幷轡隨行 肚裏甚飽 堪行二十里矣
　日已向已 天氣暴烘 而自遼陽 沿路植柳 萬樹陰陰 不知甚暑 或柳下水涯處
往往成坑 不得已迤出路上 則爀炎下煮 土氣上蒸 胸膈頃刻悶塞 遙望柳陰下
車馬雲屯 促鞭行 下馬少憩 客商數百人 卸擔納涼 或踞柳根 脫衣搖扇 或啜茶
飲酒 或沐髮剃頭 或骰牌 或猜拳 擔中皆畫瓷 更有以高粱幹 去皮 結成小小樓
閣之形 各置一枚響蟲 或鳴蟬 為十餘擔 或盆貯紅蟲綠藻 紅蟲浮動水面 微如
鰕卵 為供魚兒食料 車三十餘乘 皆滿載石煤 賣酒賣茶賣餅果諸般飲食者 皆聚
柳陰下 列椅而坐 余以六文 沽楊梅茶半椀 解渴 味甘酸類醍醐湯 一輛太平車
載二婦人 駕一驢而行 驢見水桶引車就桶 婦人一老一少 褰簾納涼 皆衣鶯哥綠
襖 朱黃色袴 以玉簪花石竹石榴花 為頭上繁飾 似是漢女 卞君要飲 遂各飲一
盃 卽行不數里 遙見數處浮圖 皓然入望 計是瀋陽漸近也 所謂漁人為指江城近
一塔船頭看漸長 不知畫者不知詩 畫家有濃淡法 有遠近勢 今看塔形益覺古人

作詩 必須畫意 蓋城遠城近 只看一塔短長 渾河一名阿利江 一名小遼水 源出長白山 合沙河 繞出盛京城東南 與太子河會 又西流合遼河 爲三叉河入海 渡河行數里 有土城不甚高 土城外 有烏牛數百頭 其色正黑如漆 大池百頃瀲灩 紅蓮盛開 鵝鴨無數 浮泳池邊 白羊千餘頭 方飲水 見人皆矯首立 入外郭門 郭內民物之繁華 市肆之侈盛 十倍遼陽矣

入關廟少憩 三使具冠服 有一老者 披秀花紬單衫 光頭垂辮 就余長揖曰 辛苦 余答揖 老者熟視余所着泥鞋 意似詳觀制作 余卽脫示一隻 廟中走出一箇道士 身披一領野繭紗道袍 項戴藤笠 足穿貢緞黑靴 脫笠自撫其鬢曰 與相公一樣 老者自脫其履 換着我鞋 問此鞋子甚皮造成 余曰 驢兒皮 問履底甚皮 余答曰牛皮加油 能踏泥不濕 老者及道士 齊聲稱佳 又問這履子 衝泥雖便 還恐旱道足繭 余答曰 儘然 老者 引余入廟堂裏 道士手注兩椀茶各勸 老者書示姓名 福寧滿洲人 見任盛京兵部郎中 年六十三 避暑城外 大池荷花盛開 閒走一遭 方纔回來 因問相公官居幾品 年紀多少 余答姓名 身是秀才 爲觀光上國來 賤降丁巳 問日月生時 余答二月初五日丑時 問蝦 答不是蝦 福寧問 這位上首坐的 前年來京 俺自京師還時 到玉田 數日同站 這是翰林出身麼 余答不是翰林 駙馬都尉 與俺爲三從兄弟 問副使書狀 各以姓名官品 爲對 使行改服臨發 余辭起 福寧前執手曰 行李保重 時方秋暑盆熾 切戒生蓏冷飲 俺家住西門內騾馬場南邊 門首題着兵部郎中 又有金字題 癸酉文科 尋訪容易 公子回期 可在何時 余曰似於九月中還到盛京 福寧曰 自無公幹 時當倒屣逢迎 旣識貴庚日時 靜當推籌 以俟尊駕 辭氣殷勤 頗有惜別之意 道士尖鼻會睛 動止輕佻 全沒款曲 福寧爲人魁特磅礴

三使次第乘馬去 蓋文武成班入城 城周十里 甎築入門 樓皆三簷 護以甕城 甕城左右 亦有東西大門 通衢築臺爲三簷高樓 樓下出十字路 轂擊肩磨 熱鬧如海 市廛夾道 彩閣雕楹 金扁碧牓 貨寶財賄 充牣其中 坐市者 皆面皮白淨 衣帽鮮麗 瀋陽本朝鮮地 或云漢置四郡 爲樂浪治所 元魏隋唐時 屬高句麗 今稱盛京 奉天府尹治民 奉天將軍副都統 管轄八旗 又有承德知縣 設各部佐貳衙門 對門有響墻 門前皆以漆木 又立爲欄 將軍府前 立一座大牌樓 路中望見諸色琉璃瓦 遂與來源 季涵同往行宮前 逢一官人 手持短鞭 行步甚忙 來源馬頭光祿善官話 走向官人 跪一膝磕頭 官人忙扶光祿 請大哥任便 光祿叩頭曰 小人是

朝鮮帡子 俺老爺們 爲觀皇都帝居 如望天上 敢是大官人 肯許麼 官人笑曰 第
不妨跟俺來也 余卽追去欲與之揖 官人行步如飛 不可及 望見路窮處 周設硃紅
木柵 官人入柵顧施 以鞭指之曰 可於此地張望 因轉身而去 來源以爲旣不得入
內遍觀 則久立此不緊 如是一觀足矣 遂携季涵向酒樓而去 余獨與光祿 進入柵
裏 正門曰太淸 遂進步入門 光祿曰 俄逢官人 正是守直章京 前年隨侍河恩君
徧觀行宮 無人阻擋 請放心觀玩 設令逢人 不過逐出 余曰汝言是也 遂走至前
殿 扁曰崇政 又有扁曰 正大光明殿 左曰飛龍閣 右曰翔鳳閣 殿後有三簷高樓
曰鳳凰樓 有左右翊門 門內有甲軍數十八攔路 遂於門外遙望 層樓複殿疊榭廻
廊 皆覆以五色琉璃瓦 兩簷八角屋曰 太政殿 太淸門東 有神祐宮 安三淸塑像
康熙皇帝 御筆題曰昭格 雍正皇帝 御筆題曰 玉虛眞帝 遂還出尋來源 入一酒
肆 望旗金字 寫曰天上已多星一顆 人間空聞郡雙名 酒肆朱欄翠戶 粉壁畫棟
層架上列置一樣鍮鐵大壺 紅紙寫着酒名 不可勝記 趙主簿學東 方在其中 與人
飲酒 笑起迎入 共有五六十好交椅 二三十副卓子 花盆數十坐 方灌夕水 秋海
棠 繡毬方盛開 他花盡是初見 趙君 勸余三盃佛手露 問季涵輩去向 答不知 余
遂先起 道中又逢趙主簿明會 大喜要共暢飲 余回身指俄坐酒樓 更去飲也 趙曰
不必彼樓 箇箇若是 遂相携入一酒樓 其宏深奢麗 更勝於前 買得一盤卵炒 一
瓶史國公 暢飲而罷 入一收賣古董鋪子 鋪名藝粟齋 有秀才五人 伴居開鋪 皆
年少美姿容 約更來齋中夜話 俱載藝粟筆談 又入一鋪 皆遠地士人 新開錦緞鋪
鋪名歌商樓 共有六人 衣帽鮮華 動止視瞻 俱是端吉 又約同會藝粟夜話 行過
刑部 大開衙門 門前周設叉木爲欄 而無人妄入 余自恃外國人 無所畏忌 諸衙
門 惟此開門 故欲觀官府制度 進入門裏 無人攔阻 一官人臺上踞床而坐 背後
立侍一人 手持筆紙 臺下跪一罪人 左右一對公人 拄竹棍而立 無分付行下等許
多聲喝 官人平臨罪者 究詰諄諄 已而高聲喝打 做公者放其手中棍 走至罪人面
前 以掌批頰者四五 還拄棍立 治法雖簡 批頰之刑 古所未聞

　夕飯後 步月至歌商樓 携諸人同至藝粟齋 盡夜而罷

十一日丁亥 晴極熱 留瀋陽 平明滿城砲聲如雷 市廛朝起開鋪門 例放紙砲
急起往歌商樓 諸人又集穩話 歸寓飯後 又携諸人遊賞 大街上 行逢兩人 結臂

同去 貌俱秀雅 意其爲文人詞客也 余乃前揖 兩人解臂答揖甚恭 因入藥鋪 余遂跟入 兩人俱買檳榔二箇 刀劈爲四 各以半顆 勸余嚼之 又各自嚼吞 余書問姓名居住 兩人俱諦視茫然 若不解者 因長揖而去 每歲自皇京 需給瀋陽各佝八旗俸祿 又自瀋陽派及興京 船廠 寧古塔等地 該銀爲一百二十五萬兩云

夕月色益明 欲與卞季涵 同訪歌商諸齋 卞君枉與首譯議可否 首譯瞠然駭之曰 盛京無異皇城 豈可夜行 卞君意遂大沮 首譯實不知昨夜事也 若知之 則恐并吾見阻 故諱之 遂潛身獨步 出 留張福 囑以或有索我者 對以如厠

粟齋筆談

田仕可 字代耕 一字輔廷 號抱關 無終人也 自言田疇之後 家住山海關 與太原人楊登 開鋪於此 年二十九 身長七尺 額闊鼻長 丰彩燁然 多識古器來歷 與人款洽

李龜蒙 字東野 號麟齋 蜀綿竹人也 年三十九 身長七尺 方口闊頤 面似傅粉 朗然讀書 聲出金石

穆春 字繡寰 號韶亭 蜀人也 年二十四 眉眼如畫 但目不知書

溫伯高 字鶩軒 蜀成都人也 年三十一 目不知書

吳復 字天根 杭州人 號一齋 年四十 頗短於文墨 而爲人溫重

費穉 字下榻 號抱月樓 又號芝洲 又號稼齋 大梁人也 年三十五 有八子 工書畫 善雕刻 亦能談說經義 而家貧好濟人 爲其多子養福也 爲穆繡寰溫鶩軒夥計 朝日 纔自蜀歸

裴寬 字褐夫 盧龍縣人也 年四十七 身長七尺餘 美鬚髯 善飲酒 筆翰如飛 休休然有長者風 自刻其藹亭集二卷 又有青梅詩話二卷 妻杜氏十九卒 有臨湘軒集一卷 屬余爲序 餘數人 皆碌碌不足錄 且無穆溫之風骨 眞裨販之徒 故兩夜周旋而失其名

余問穆韶亭 眉眼如畫 少年離鄉 若是之遠 何也 與麟齋溫公 俱是蜀人 未知俱係親戚否 麟齋曰 不須問他 他雖美如冠玉 其中未必有也 余曰 殿最太嚴 麟齋曰 溫兄與繡寰 爲從母兄弟 與僕不相干 吾三人 舟載蜀錦 丙申春仲 離蜀

舟下三峽 轉販吳中 逐利口外 開鋪此中 亦已三年 余甚愛穆春 欲與筆談 李生
搖手曰 溫穆兩公 口能咏鳳目不辨豕 余曰 豈有是理 裴寬曰 非爲謊話 耳藏二
酉 眼無一丁 天上無不識字神仙 世間還有能言之鸚鵡 余曰 若果如是 雖使陳
琳作檄 未可頭痛便瘳 裴寬曰 滔滔皆是 聽漢立六國後 便驚此法當失 是所謂
口耳之學 現今黌塾之間 慣是念書 不曾講義 故耳聞了了 目視茫茫 口宣則百
家洋洋 手寫則一字憂憂 李生曰 貴國如何 余曰 臨文訓讀 音義兼講 裴生打圈
曰 此法儘是 余曰 費公幾時離蜀 費生曰 春初 余曰 自蜀距此幾里 費曰 該有
五千餘里 余曰 費氏八龍 都是一母所乳否 費微笑 裴曰 還有兩小夫人 左右夾
助 吾不羨他八龍 慕渠一姦 滿堂鬨笑 余曰 來時經鈆閣棧道否 曰然 鳥道一千
里 猿聲十二時 裴寬曰 眞是蜀道 水陸俱難 所謂難於上天 俺辛卯年 溯江入蜀
七十四日 始抵白帝 舟中時值季春天氣 兩岸花樹 最是蓬窻旅榻 獨夜難曉 鵑
啼猿鳴 鶴唳鶗笑 此江空月明時景也 崖上大石崩落 江中兩石相觸 自生電火
此夏天霖雨時景也 雖百鎰黃金 錦繡千純 爭奈頭白心灰 余曰 雖然苦景如此
每讀陸放翁入蜀記 未嘗不偓儸欲舞 裴生曰 未必然

　是夜月明如晝 田仕可 爲辦酒食 二更始回 觔觔兩盤 羊肚羹一盆 熟鵝一盤
雞蒸三首 燕豚一首 時新菓品兩盤 臨安酒三壺 薊州酒二壺 鯉魚一尾 白飯二
鍋 菜二盤 該價眞銀十二兩 田生進前恭謝曰 略具地主薄儀 有失良宵陪話 余下
椅謝曰 有勞尊體 還愧生受 諸人齊起稱謝曰 遠客眞臨 倒愧生受 於是齊起 下
閉鋪門 梁上掛一對扇式紗燈 皆畫花鳥 更有名人詩句 一對琉璃方燈 晃朗如晝
諸人各勸一兩盃 雞鵝皆存嘴脚 羊羹朦甚 不堪胃性 惟啖餅果 田生徧閱談草 連
稱好好 田生曰 先生晡刻要買古董未知何樣眞品 余曰 非但古董 更要文房四友
稀奇古雅 不限價本 田生曰 先生非久入都 倘訪廠中 不患不得 但患眞贗難卜
未知先生鑑賞如何 余曰 海陬鄙人 鑑識固陋 那免桅蠟見欺 田生曰 此中雖稱
行都 中國一隅 賣買只仰蒙古 寧古塔 船廠等地 番俗椎魯 不喜雅賞 諸秘色古
窯 亦罕到此 何況殷敦周彝乎 貴邦珍尙 亦異內地 嘗見賣買人 雖如干茶藥 不
揀丁品 只取價廉 何論眞假 非但茶藥如此 諸般器物 爲其載重難輸 例於邊門
貿回 故京裏褉販 預收內地笨伯 轉輸邊門 互相騙詐 以爲機利 今先生所須 逈
出流俗 萍水片語 已成知己 雖不得中心覘之 亦安可造次相負 余曰 先生此語
流出肝膈 可謂旣醉以酒 又飽以德 田生曰 錯愛 第於明朝再枉 徧賞鋪中所有

裴生曰 不必預講來朝事 且畢尊前此夜歡 諸人皆曰 是也 田生曰 子欲居九夷 又曰 君子居之何陋之有 相公 雖生偏邦 氣宇軒昂 文能識孔孟之書 禮能達周公之道 卽一君子也 但恨人居兩地 天各一方 寸心未盡 轉眼卽別 奈何奈何 李龜蒙 無數打圈曰 纏綿悱惻 實獲我心 酒又數行 李生問酒味較似貴邦 余答臨安酒太淡 薊州酒過香 似非本分淸香 敝邦法釀都有 田生問 亦有燒酒麼 答有 田生 起身取下壁間琵琶 爲弄數操 余曰 古稱燕趙多悲歌之士 諸公必能善歌 願聞一闋 裴生曰 無善唱者 李生曰 古云燕趙悲歌 乃偏伯之國 士不得志 今四海一家 聖天子在上 四民樂業 賢者羽儀明廷 賡載是歌 愚者烟月康衢 耕鑿是歌 都無不平安有悲歌 余曰 聖天子在上 可以出而仕矣 諸公皆當世之英傑 才全學優 何不出身需世 而磈磊浮沈於市井之間 裴生曰 此事獨有田公當之 一座皆大笑 李生曰 還有時命不可强干 李生抽架上選文一卷 請余一讀 余讀後出師表 不爲諺吐句讀也 高聲一讀 諸人環坐聽之 莫不擊節稱好 李生俟余讀畢 拈讀庾亮辭中書監表 乍高乍低 音節分明 雖未能逐字曉聽 亦足以知其讀到某句 聲韻淸亮 如聽絲竹

時月落夜深 戶外人跡不絕 余問盛京無邏禁否 田生曰有 余曰 路上行人不絕何也 田生曰 他應有事 余曰 他雖有事 那得夜行 田生曰 如何不夜行 無燈者不敢行 巷首街端 皆有軍鋪甲軍守之 槍棒都有 所以謫姦 無晝無夜 豈得禁人夜行 余曰 夜深思睡 持燈歸寓無妨否 裴田皆曰 不便不便去不得 必爲守鋪所詰 如何深夜裏 闌出獨行 必究驗往來處所 恐致紛紜 先生旣然思睡 則暫於草榻上 欹枕穆春 起拂榻上氊席爲余設寢也 余曰 此刻睡思頓淸 恐諸公爲緣待客失了一夜睡 諸人曰 都無睡意 陪奉高賓 打了一宵佳話 眞是畢生難得之良緣 如此度世 雖十旬秉燭 有甚倦意 諸人俱興勃勃 更命煖酒 重整蔬果 余曰 不必煖酒 諸人曰 生酒功肺 酒毒入齒 吳復 終夜端坐 視瞻非常 余曰 一齋先生 離吳中幾年 吳生曰 十一年 余曰 緣何離鄉棲棲 吳生曰 爲賣買做生涯 余曰 未知寶眷 隨在此中否 吳生曰 年雖不惑 未委羔鴈 余曰 吳西林先生諱穎芳 杭之高士 未知與君爲宗族否 吳曰 否也 余曰 陸解元飛 嚴鐵橋誠 潘香祖庭筠 俱西湖高人 君知之乎 吳生曰 都未嘗與他聞名 俺離鄉久 但一見陸飛手畫牧丹 他是湖州人 少焉隣鷄互動 余亦倦甚 且爲酒困 椅上乍筊卽鼾 直睡到天明驚起 諸人者 亦相枕藉榻上 或椅上坐睡 余獨斟兩盃酒 搖起裴生告退 卽還寓 日已

暾矣 張福熟睡 一行上下 都不覺也 蹙起張福 問有誰訪我否 對無矣 因促持盥
水來 裹巾 忙往上房 諸神譯方齊謁矣 無人覺得 心裏暗喜 更囑張福 慎勿出口
略啜早粥 卽往藝粟齋 諸人皆已起去 田生與李麟齋 擺列古器 見余至 皆驚
喜曰 先生夜來能不倦否 余曰 夙夜匪懈 田生曰 且喫一椀茶 少坐有一美少年
自外入來 卽捧茶來勸 問其姓名 曰傅友樺 家住山海關 年十九歲云 田生 擺列
畢 請余鑑賞 壺觚鼎彝 共有十一坐 小大圓方 製各不同 鏤刻光色 件件古雅
攷其款識 皆周漢物 田生曰 不必攷文 此皆近時金陵河南等地新鑄 花紋款識
雖法古式 形旣不質 色又未純 若置眞正古銅之間 史野立判 僕雖身居市塵 心
委學校 旣見君子 如獲百朋 豈可造次相瞞 百年負心 余於諸器中 持戟耳彝爐
石榴足者 細翫臘茶色 製頗精美 捧視爐底 陽印大明宣德年製 余問此鑄頗佳否
田生曰 實不相瞞 亦非宣爐 宣爐以臘茶水銀浸擦入肉 更以金鑠爲泥 火久成赤
豈民間所可彷彿 余問古銅靑綠珠斑 入土年遠 所貴墓中物 是也 今此諸器 若
云新鑄 則何能發出這樣光色 田生曰 此不可不知 大約古銅入土則靑 入水則綠
墓中殉器多發水銀色 或謂尸氣漬染者非也 上古多以水銀爲殮 或出於帝王陵墓
水銀沾染 年久入骨 大約新舊眞贋易辨 古器 非但銅肉質厚 本身發光 類能天
然瑩潤 而水銀色 亦非全體純發 或半面 或耳 或脚 時有漸染 其於靑綠硃斑亦
然 半深半淺 半淨半濁 濁不爲穢 堆重透鬆 淨不爲燥 津潤如濕 時有硃砂點子
深銹透骨 最重褐色 入土年久 靑綠翠朱 點點成斑 如芝菌斑 如雲頭暈 如濃雪
片 此非入土千年 不能若是 是爲上品 前明宣宗 喜傚褐色 所以宣爐多褐色也
近歲陝西新鑄 輒傚宣德 而殊不識宣銅 初無花紋爲花紋者 皆近日僞鑄也 其傚
出顏色者 例於鑄成後 刀刻紋理 鏨畫款識 掘地坑 傾鹽汁數盆 俟涸 仍置銅其
中 埋藏數年 頗有古意 此下品劣法也 巧手以鵬砂 寒水石 碙砂 膽礬 金砂礬
爲末 鹽水調和 蘸筆均刷 候乾更洗 洗又蘸刷 若是者日三四度 坎地爲深坑 熾
炭其中 坑烘如圍爐 因將釅醋潑下 坑內沸爛卽涸 乃置器其中 更以醋糟厚罨
覆土加厚 無空缺處 三五日出看 便生各色古斑 又燒竹葉 用薰其烟 色更深靑
以蠟擦之 要發水銀色者 乃以鋼針爲末摩擦 更以白蠟揩摩 卽成古色 或有故墮
一耳 或缺傷器體 以爲商周秦漢之物 尤爲可厭 他日廠中 俱是遠地駔儈 收買
之際 不可糊塗取笑 余曰 可感先生如此披誠 僕明日早朝 發向皇都 願先生開
錄文房書畫 鼎彝諸器 古今同異 號名眞僞 以爲冥途指南 田生曰 先生 若不見

外時 不難爲此 當於西淸古鑑 博古圖中 參以陋見 淸單仰報 遂約以乘月更來

起還站寓 已報朝飯矣 暫歷上房 忙飯復出 鄭進士與季涵來源 亦出行遊覽 誚余曰 獨行遊賞 有何滋味 來源曰 實無可觀 譬如廣州生員 初入京 左右顧眄 應接不暇 輒爲京人所唾 今吾輩亦何異於此 吾則再來 尤爲無味也 路逢費穉 引余入氈子鋪 囑以夜會歌商樓 余辭以已與田抱關 約會藝粟齋 昨夜諸公更勞 齊會 費生曰 俄刻 已與抱關熟講 今先生歌鹿上都 勻是爲賓 詠駒空谷 各求爲 情 裴公已與蜀中溫公 料理薄具 未可爽約 余曰 昨夜過被諸公盛眷 供張太費 今又若前 未敢更勞執事 費生曰 山有嘉木 惟工所度 振鷺斯容 彼此無斁 十二 行窩 元無定約 四海同胞 孰爲厚薄 來源輩 徘徊街上 尋余入鋪中 余忙收談草 首肯爲諾 費生亦會余意 含笑頤可 季涵 索紙欲與問答 余起出曰 無足與語 季 涵笑而起 費生臨門握余手以諭意 余點頭而去

商樓筆談

是夕 暑氣猶熾 天末赤暈四垂 余促飯喫訖 暫往上房 少坐卽起 獨自語曰 困 暑特甚 當早宿 遂下庭徘徊 爲乘間出門之計 而來源 周主簿 盧參奉 飯後步庭 捫腹噫噫 時月影漸生 塵喧暫息 周隨影步巵 誦傳副使遼陽所題七律 又誦其所 次 余忙步上堂去 出語盧君曰 兄主太忔㐵 盧君曰 使道寂寞矣 卽向堂裏去 周 君憂形于色曰 近來恐生病患 卽向堂裏去 來源亦隨而去 余遂忙步出門 且囑張 福曰 善彌縫如昨日 季涵自外入來 問余奚往 余密語曰 乘月偕往好處夜話否 季涵曰 何處 余曰 毋論某處 季涵方停武趄 趑首譯入來 季涵問乘月夜行無傷 否 首譯大駭云云 季涵笑曰 事當若是 余亦漫應曰 似然矣 卽後先還入 首譯與 季涵上堂 不顧 余仍自後潛出

既出大街上 始浩然矣 暑氣乍退 月色布地 先往藝粟齋 已掩鋪門 田生出他 獨有李麟齋 李請少坐喫茶 田公少頃當還也 余言商樓諸公 想已畢集苦等也 李生曰 商樓佳約已知道了 弟亦當陪往 田生 手持紅色羊角燈 入來促余偕行 遂與李生 含烟出門 大道如天 月色如水 田生 懸手中燈於門首 余問手不拿燈 無傷麼 李生曰 尙未向夜 遂緩步街中 左右市鋪 皆已掩門 門外皆懸羊角燈

間有青紅諸色 商樓諸人 方列立欄下 見余至 皆喜溢於貌 迎入鋪中 裴寬褐夫 李龜蒙東野 費穉下榻 田仕可抱關 溫伯高鷥齋 穆春繡賓 吳復天根 俱會矣 裴生曰 朴公可謂信士 堂中懸一對扇式紗燈 卓上點兩枝燭 久已排設魚肉蔬果 北墻下 亦有一卓供張 諸人勸食 余曰 夕飯未下 費生 手注一椀熱茶以勸 坐有生客 余問姓名 答馬鑅 字耀如 山海關人 來此做賣買 年二十三 略會書字

費生曰 五十讀易 或以爲正卜 讀易卜字 添內一畫 先生以爲如何 余曰 五十讀易 雖有卒字之疑 今謂正卜之誤則 恐是鑿空 易雖卜筮之書 繫辭言占言筮 不見卜字 且卜字丨外加點 元非一畫可添 費生曰 或謂無若丹朱傲之傲字 乃奡字之誤 看下文罔水行舟 當作兩人 余曰 奡能陸地行舟 如罔水行舟 義似妙合 而但傲奡 音雖相似 字形懸殊 且奡浞 乃是夏太康時人 上距虞舜時遼闊 李東野曰 先生辨之極是 余問田抱關曰 古董名目已爲開錄否 田生曰 午刻緣些他冗 謄寫未半 未免擱置 明曉台駕歷路 暫於鋪前停轡 恭當親手交付從者 誓不遲誤 余曰 有勞先生如此費心 田生曰 此朋友常事 還愧宿命 余問諸公 曾遊千山否 曰 離此百餘里 無人往遊 余問兵部郞中福寧知之乎 田生曰 不曾 諸敝友亦無知者 他是朝士 僕輩做賣買 如何去謁他 東野曰 先生此去 當爲面駕麼 余曰 使臣有時近光 我是從人 未保參班 東野曰 往歲鑾駕朝陵時 貴國從官 皆得接駕恭瞻 吾曹倒羡他 余問諸公如何不恭瞻 裴褐夫曰 那敢唐突 只得閉戶屛息 余曰 皇上臨此時 想應黃童白叟 顚倒野次 爭瞻羽旄曰 不敢不敢 余曰 當今閣老中 山斗宿望誰也 東野曰 俱載滿漢搢紳榮案 一經稽查 便可知也 余曰 雖覽榮案 何知事業 東野曰 吾輩俱是草萊疎逖 殊不識當朝誰爲周召 孰膺夢卜 余曰 瀋陽城裏 經術文章之士 可得幾人 裴生曰 碌碌無聞 田生曰 瀋陽書院 有三五輩擧人 爲趁科期京師去了 余曰 自此至京師千五百里 聞人高士 沿路必多 願得姓名 以便尋訪 田生曰 關外係是邊鄙 地氣高寒 人士勁武 沿路皆乾沒如我輩人 無足道者 且薦人最難 不過擧其所知 未免阿其所好 一經高眼 苟不槪心 在我爲爽口 在人爲失望 如今甚風吹到 覿面飽德 剪燭論心 此豈夢想所到 莫非天緣巧湊 天下得一知己 足以不恨 足下行將自得 豈由他人按排鋪置

酒行數巡 費生磨墨展紙曰 穆繡賓 願得先生筆蹟爲上珍 余爲書潘香祖 送金養虛七絶一首 東野問潘香祖 貴邦名士麼 余曰 非敝邦人 這是錢塘人 名廷筠 卽今中書舍人 香祖其字也 裴生 又出空帖請書 墨濃毫柔 字畫大佳 余亦不自

意如此 諸人大加稱賞 一觴一紙 筆態恣橫 下方數頁 以焦墨畫古松怪石 諸人益喜 爭出紙筆 環立求書 又畫一條墨龍 彈筆作濃雲急雨 但鬐鬣梗直 鱗鬣無倫 瓜大於面 鼻長於角 諸人大笑稱奇 田生 與馬鑣持燈先歸 余問話方濃矣 足下緣何早罷 田生曰 非欲徑還 但爲踐誠明日臨門 自當敍別 余持所畫墨龍 就燭欲燒 溫鶩軒 急起接手奪之 摺藏懷中 裴生大笑曰 關東千里 恐値大旱 余問何以致旱 裴生曰 若化火龍去時 齊叫得苦 一坐都笑 裴生曰 龍有善惡 火龍最毒 乾隆八年癸亥三月 關外閭陽野中 墮了一條龍身 無雲有雷 不雨恒電 關外暮春天氣 忽變六月炎暑 龍傍百里內 都作洪爐世界 人畜暍死 不計其數 商旅不行 居人晝夜渾脫 手不停扇 皇上敕發關內凌藏數千車 遍與關外散悶 大約近龍處 樹木土石 倍添烘焙 井泉皆沸 龍臥十日 忽大雷以風 潑雨如豆 大陵河廬舍 雨中自火 獨不傷害了人畜 龍去時人爭出看 方其離身欲騰 初甚遲懶 仰首拖尾 如駝馬立 長纏三四尺 口噴火焰 以尾貼地 動身一蜿 鱗鱗耀電 輒發雷聲 空裏雨傾 及掛身古柳上 從首至尾 兩樹間十餘丈 暴雨翻河 俄頃卽止 已看天衢矯矯 東雲霧角 西雲霧爪 爪角之間 不審數里 龍之既去 風日清美 還是三月天氣 龍臥處 滙成數丈清池 池傍木石俱焦 多有半體牛馬 毛骨燒燦 魚類巨細 堆積成邱 臭穢難近 獨怪龍掛柳樹 不墜一葉 是歲關東大旱 至九月不雨 吾恐此龍 去作此患也 一坐復大笑 余自酌大椀 痛飲曰 賴有此大下酒物 諸人曰 是也 皆於此次 椀兒行酒 爲朴公佐歡 余曰 諸公知此龍何名 或曰應龍 或曰旱魃 余曰否也 此名罡鐵 我東鄙諺云 罡鐵去處 秋亦爲春 謂其致旱歲歉也 故貧人謀事違心 稱罡鐵之秋 裴生曰 龍名古奇 我生之初 乃丁是辰 罡鐵之秋 如何不貧 乃長吟曰 罡處 余呼曰 罡鐵 裴生復呼曰 罡賤 余笑曰 非音賤也 如饕餮之鐵 東野大笑 仍大呼曰 罡青 一坐都笑 蓋華音曷月諸韻 不能轉聲也

余曰 諸公俱是吳蜀客商 遠地經歲 能無鄉思否 吳復曰 正思得苦 東野曰 每一念至 魂神飄蕩 天涯地角 所爭錐毫 而暮閭空倚 春閨獨掩 鴈書久斷 驛夢不到 如何不令人頭白 更値月白風淸 木落花發 尤難爲情 奈何奈何 余曰 若此時 何不永還本鄉 躬耕隴畝 仰事俯育 而專逐末利 遠別家鄉 雖富埒猗頓 名如陶朱 有何樂哉 東野曰 此還有不然者 吾鄉之士 亦多囊螢錐股 朝虀暮鹽 天可憐見時 雖得澇微祿 遊宦萬里 等是離鄉或丁憂論罷 一般苦景 有官守者

死於職下　或不謹持　追贓覆業　雖歎黃犬　復何益哉　吾輩學殖荒落　望絕鴻漸
而亦不能血指汗顏　黃耳枯項　粒粒辛苦　斷送百年　生老病死　不離鄉井　守諒溝
瀆　不可語冰　似此百年　不如死之久也　開鋪貨居　雖云下流所歸　天開一部極樂
世　地設這座快活林　泛朱公之扁舟　連端木之車騎　悠悠四方　都無管鈐　通都大
邑　樂處是家　長檐華屋　身閒心逸　嚴霜烈日　自在方便　以此父母敎遣妻子不怨
進退兩裕寵辱雙忘　其視農宦兩業　苦樂何如　吾輩俱有友朋至性　三人行　必有
我師　二人同心　其利斷金　天下至樂　無透於此　人生百年　苟無友朋　一事都沒
佳趣　褒布噉飯的　摠不識此味　世間多少面目可憎　言語無味者　眼中只有些衣
飯椀　胸裏全乏個友朋樂　余曰　中國四民　雖各分業　卻無貴賤　婚嫁仕宦　不相
拘礙否　東野曰　我朝有禁　仕宦家不得與商工通婚　以淸仕路　所以貴道賤利　崇
本抑末　吾輩　俱是家世做賣買的　未得士家爲婚　雖納貲輸米　權補生員　亦不許
鄉貢爲擧人　費生曰　此法只施於本貫　離鄉則未必然　余曰　一爲諸生則　許以士
類否　李曰然　諸生亦有許多名目　有廩生　監生　貢生　以生員陞補　一爲生員　九
族生輝　四隣蒙害　把持官府　武斷鄉曲　此乃生員之專門伎倆　士流亦有三等　上
等仕而仰祿　中等就館聚徒　最下干求假貸　諺所謂做個求人面不成　生涯都絕
不得不做個假貸人　奔忙道路　不擇寒暑　向人囁嚅情狀先露　不謂當年高談之士
化作世間可厭之人　諺所稱求人不如求己　所以做賣買的　自無此惡況苦景也　余
曰　中國觴政　必爲妙令　今兩夜群飮　不爲酒令何也　裵褐夫曰　此中古觴政也
今時看車掌櫃的　都會了　非爲風流雅事也　費生曰　笠翁笑史　錄龍子猶高麗僧
令云　朝使出高麗　高麗使一僧陪宴　行一令曰　項羽張良爭一傘　羽曰雨傘　良曰
涼傘　朝使倉卒對曰　許由龜錯爭一胡盧　由曰油胡盧　錯曰醋胡盧　麗僧何名
余曰　此令全沒理致　僧名無傳也

　鷄鳴少睡　戶外人喧　遂起還寅　猶未快曙　遂脫衣就寢　報飯方醒

　十二日戊子　小雨卽晴　自瀋陽至願堂三里　塔院十里　方士村二里　壯元橋一里
永安橋十四里　築路自橋始　雙家子五里　大方身十里　共行四十五里　中火　自大
方身　至磨刀橋五里　邊城十里　興隆店十二里　孤家子十三里　共四十里　是日通
行八十五里　宿孤家子

早發瀋陽　至歇商樓　獨裴寬出迎　溫伯高方熟睡　余舉手作別　又轉至藝粟齋
田仕可與費穉出迎　田生出二封書　拆一封以示　卽抵余書　錄古董名目　一卦外付
紅籤　書許太史台村先生手啓　田生曰　此僕若心　幷無客氣　朝鮮館　與庶吉士館
比門　先生至都之日　爲傳此書這箇許太史　一表非俗兼得好文章　定然善遇足下
書中俱有先生大名表德　庶不致誤這一路也　余曰　諸公不能面面敍別殊深悵缺
足下爲道此意　田生點頭　余方欲起身　田生曰　穆繡寰來也　穆春　携一少年　手持
一籃葡萄　蓋少年爲見余　持葡萄作面幣也　少年　向余肅捐　前執余手　如舊交　但
緣行忙　因舉手作別　出鋪乘馬　少年至馬首　雙手捧過葡萄籃子　余於馬上　爲執
一朵　舉手致謝而行　回頭看時　諸人者　猶立鋪前望余行也　可惜行忙　未問少年
姓名

連夜失睡　日出後困憊特甚　令昌大放鞭　與張福左右堅擁而行　穩睡一頓　精神
始清　物色倍新　張福曰　俄有蒙古　牽兩匹橐駝而過　余罵曰　何不告余　昌大曰
是時鼾聲如雷　呼之不應奈何　小人等　亦初見不知是何物　意以爲橐駝也　余問其
形何如　昌大曰　難實形容　以爲馬也　則蹄是兩跲而尾如牛　以爲牛也　則頭無雙
角　而面似羊　以爲羊也　則毛不卷曲　而背有二峯　仰首如鵝　開目如盲　余曰　果
是橐駝　其大如何　指一丈頹垣曰　其高如彼　勒是後若逢初見之物　雖値眠値食
必爲提告　落日荒荒　正在馬首　河邊驢羣數百頭　方飮河　有一老村婆　手持高梁
鞦來驅驢　七八歲小童　隨婆往來　那村婆　身披靑布短裙　足穿一對黑靴子　頭髮
盡秃　光光如瓠　而腦邊小結　纔得一寸　猶盛飾各樣花朵　向張福丐東烟　余問這
箇牲口都是爾們一戶之所畜麼　老婆點頭而去　未知能會聽否也

古董錄

文王鼎　召父鼎　亞虎父鼎　此商周上賞　周王伯鼎　單徒鼎　周豐鼎　皆唐天寶中
局鑄　體小　最宜書齋薰燎　商父乙鼎　父巳鼎　父癸鼎　商子鼎　秉仲鼎　饕餮鼎
李婦鼎　商魚鼎　周益鼎　商乙毛鼎　父甲鼎　此皆元時姜娘子倣鑄　周大叔鼎　周
戀鼎　俱堪入書室淸供　鼎爐之環耳傲口　瓜腹雞腿　皆爲下品　不堪入玩　勿取可

也　周師望敦　兕敦　翼敦　商母乙鬲　周葂敄鬲　商虎首彝　周辛彝　已上　俱載博古圖中　近日新刻西清古鑑　製式尤精　先於書肆中　索見西清古鑑　按名審圖　先講其式樣　精雅入賞者　次於廠中　或隆福報國寺市日　索之俱有不爽　觚尊觶　此三器　皆酒具　亦可揷花　以供燕居清賞　官窯法式品格　大約與哥窯相同　色取粉青　或卵白　卜水瑩厚　如凝脂　爲上品　其次淡灰　油灰色愼勿取之　紋取氷裂　鱔血爲上　細碎紋　紋之下品　勿取可也　其製亦多　博古圖中取式者　無論鼎彝瓶壺觚尊諸式　但短矮肥腹　俗惡無足入玩　勿取可也

僕於去年冬初入都　春仲乃還　在都時　日至廠中　觸目瑰奇　不可名狀　河伯知醜　不幡已降　第是金閶浮薄之徒　叒緣叒跳　闒處廠間　濫呼湧價不翅十倍　甘言利口　鎔人鐵腸　僕這一路　係是初　塘眩轉慌惑　三官迸迮　五內顚倒　毫無見德於彼　只得陪愚而還　靜思此事　髮輒指冠　何也　生長邊鄙　愿愨沖虛　固其土性也　燕石自珍　魚目難辨　其勢則然　所可恨者　兼輪買笑之直　是所謂重利盜跖也　今迮足下入都　所以眷眷貢愚者　誠爲異邦君子　他日東還　庶不都誣大國無人也　并布赤心

古書古畫　鑑旣未到　癖又不深　不敢強其所不知　卒爾臆對　大約俱非前賢手蹟　亦係名筆善摹　雖無老成　可見典刑　光蔡蘇黃俱宜按名

足下前日不以僕鄙卑　猥托求賢之心　而沿路立談　未可造次輸誠　亦非枉路屈駕　所宜容易　僕在都時　得與許太史諱兆黨　數日周旋　結爲知己之友　字台村　係是湖北人　此有一封候札　足下入都之日　倘尋翰林院　訪那許台村　爲叱賤名　交傳此書　若知足下與僕如此密友時　必不見外　竝囑台村爲人磊落　一見可契　庶無誤薦之辜　竝希朴公老爺照心　不具　田仕可頓首

十三日己丑　晴　大風　自孤家子　曉發　至巨流河八里　一名周流河　巨流河堡七里　泌店子三里　五渡河二里　四方臺五里　郭家屯三里　新民屯三里　小黃旗堡四里　中火　共三十五里　自小黃旗堡　至大黃旗堡八里　柳河溝十二里　石獅子十二里　營房十里　白旗堡五里　共四十七里　是日　通行八十二里　宿白旗堡

曉起盥櫛　厭莫甚焉　月初落矣　滿天星顆互瞬　村鷄迭鳴　行不數里　白霧漫漫

大野浸成水銀海　一隊灣商相語而行　朦朧如夢中讀奇書　不甚了了　而靈幻則極
矣　少焉　天色向曙　萬柳秋蟬　一時發響　非渠來報　已知午天酷炎矣　野霧漸收
遠村廟堂前　旗竿如帆檣　回看東天　火雲瀚滿　盪出一輪紅日　半湧半沈於蜀黍
田中　遲遲冉冉　圓滿遼東　而野地上去馬來車　靜樹止屋　森如秋毫　皆入火輪中
矣　新民屯　市肆閭閻　不減遼東　入一典當鋪　滿庭葡萄架　綠陰玲瓏　庭中堆纍
諸色怪石　成一座假山　山前丈大甕裡　開得四五柄蓮花　坎地安一間木槽　養一
對鸂鶒兒　繞山棕櫚　秋海棠　安石榴　共有十餘盆　珠帳下　列椅坐着五六籌莽漢
見余起揖請坐　勸了一椀涼茶　鋪主出紅紙二張紙　面乳金細畫兩條螭龍　請書柱
聯　余書鴛鴦對浴能飛繡　菡萏初開不語仙　觀者齊聲稱好筆法　鋪主請客官坐一
坐等　俺更覓佳紙來也　卽起身去　小頃左手持紙　右手捧着一鍾濃墨而來　刀剪
一張白鷺紙　爲三尺來卷子　要書門鋪首幾字佳題　余於沿路上市鋪　每見欺霜賽
雪四個字　揭在門楣上　意內以爲做個賣買的自衒其本分心地　皎潔與秋霜一般
乃復壓過他白白的雪色　又想數日前　過爛泥堡時　一鋪門楣上這個四字　筆法甚
奇　余立馬一玩　霜雪　兩字該是米海嶽體　今可倣出這樣字來　蘸毫低昂　墨光騰
紫　濃淡正勻　於是臨紙從左而右　先書一個雪字　雖未得較似米元章　何遽不若
董太史　觀者越添　齊道書字狼好　次書賽字　則或稱好樣賽字　但鋪主氣色頗異
末若雪字時叫絕　余默念賽字不恒書　未慣於手　上賽太密　下貝過長以此不愜
又筆頭濃墨　誤墮賽字左點傍　漸染得一斑豹文　這個鹵漢　想以此爲病也　遂一
腕連寫霜欺二字　拋筆順讀合是爲欺霜賽雪四個大字　鋪主搖着頭道　不相干　余
遂道再看兒　起身出　默罵道小去處做賣買的　惡能及瀋陽諸人　這個鹵莽漢　那
知書字好否

　是日日出後　大風掀動八表　午後風止　天無一點氛埃　暴炎蒸歊　自永安橋　以
連抱大木編成爲梁　梁高數丈　廣五丈　兩沿木頭齊整如一刀裁劃　梁下溝澮　綠水
無際　靑泥潤爛　若關此爲萬區水田　不知歲收得幾億萬石紅稻香粳　或曰　康熙皇
帝　爲耕織圖　農政全書　今皇帝實是老農家子弟　非不知關外靑黧土　爲上上田
第以關外之地　爲自家根本之鄉　水稻腴香　飯顆潤爛　使民恒服　則筋解骨軟　難
以用武　不如常食黍粱　早稻　敎民善耐飢　壯血氣而忘口腹也　寧棄千里膏沃之野
令作瘠土向義之民　此其深長慮也

　沿路二里三里之間　閭井斷續　車馬連絡　左右市鋪　無非可觀　而自鳳城以來

雖奢儉不同 摠是一樣規模 有時薈騰過眼者 可驚可喜 而未可殫記 日暮遠地烟
鋪 促鞭趕站 瓜田裏走出一個老者 跪了馬前 指着三五間獨戶老屋道 俺老身一
口兒 路傍賣些甛瓜資生 儞們高麗人三五十 俄刻過去時 暫停此中 初則出價買
喫 臨起一個個 各手執菰 閙堂都走了 余曰儞何不遮訴大人們 老者落淚道 往
訴時 儞們的大人 粧啞粧聾 俺一個身 怎生抵當他三五十個生力的帮子 如今往
趕時 一個帮子 欄絕了去路 將那菰子 還擲俺面上 眼起雙電 菰汁未乾 因要清
心元 以無爲答則緊抱昌大之腰 强要買菰 因將五顆甘菰 來置面前 余亦欲解渴
遂削喫一菰 則香甛異常 令張福帶去四菰 爲夜供 渠輩各喫兩菰 共是九個 老
者堅討八十文 張福計給五十 則大怒不受 兩隷探囊共計七十一文 以給之 余先
上馬 使張福加給 張福披囊示之 然後乃已 始見其垂淚而哀之 末乃勒賣九菰
堅討近百高價 殊可痛歎 然我隷沿路行劫 尤可恨也 昏後抵站 出菰與淸如 季
涵輩 爲飯後鎭口 爲道遞馬時下隷劫菰事 諸馬頭 皆言元無是 事獨戶賣菰的老
漢 元來姦巧無雙 見書房主 落後獨行 粧出謊話 故作可憐之態 要得淸心元丸
也 余始覺其兒賣 念其賣瓜菰事尤可絕痛 況其副急淚何從得來 時大曰 此漢卽
漢人也 滿人無似此妖惡事云

十四日庚寅 晴 自白旗堡至小白旗堡十二里 平房六里 一半拉門 一名一板門
十二里 靠山屯八里 二道井十二里 共五十里 中火 又自二道井至隱寂寺八里
古家鋪二十二里 梁路止此 古井子一里 十扛子九里 烟臺六里 小黑山四里 共
五十里 是日通行百里 宿小黑山
今日乃末伏也 晚炎尤當甚酷 而站程又遠 故一行曉發 余與鄭裨將 卞主簿
先行 路中語昨日日出時光景 兩人銳意一觀 而日出時 東天雲霧未消 光景大
不如昨日 日旣離地丈餘 而日下層雲化作萬道金蛟 跳騰震盪 神出鬼沒 不定
一色 日馭徐驅 只顧上天去矣 自遼陽以來 多經小小城池 而不可殫記 所謂三
里之城五里之郭 而未必皆郡邑治所 不過是鄉井保聚 然其制度無異大城也 一
板門 二道井 地勢污下小雨泥濘 方春解氷時 誤入泥中 則連人帶馬 頃刻不見
咫尺難救 昨年春 山西賈客二十餘人 皆乘健騾 至一板門 一時陷沒 我國驅人
亦陷失二名云 唐書太宗 征高句麗 不得志而還 至渤錯水 阻淖八十里 車騎不

得通 長孫無忌 與楊師道等 率萬人斬樵築道 聯車爲梁 帝於馬上 自負薪以助
役 雪甚 詔屬燎以濟 今未知渤錯水 在於何處 而遼野千里 土細如麵 遇雨黏
濃如糖之融 沒人腰膝 纔拔一脚 則一脚漸深 若不努力抽足 則地中若有吸引
者 全身都沒 不見陷痕 今淸家 數幸盛京故自永安橋 編木爲梁 以禦潦淖 而
至古家鋪前始止 二百餘里之間 一梁爲路 非但物力之富壯 木頭無一參差 二
百里兩沿如引一繩 可見其制作之精一矣 故民間尋常制作 能相視效 規模大同
德保所稱大國心法 最不可當者 正在此等也 今此梁路 三歲一改云 唐書渤錯
水 似在一板二井之間也

自鴉鶻關 每見閭里中 高設白色牌樓者 皆初喪之家也 以蘆簟結構 瓦溝鴟吻
無異木石 高四五丈 離立喪家門十步之間 其下列立鼓吹 疊鉦一對 篳篥一對
嗩吶一對 晝夜不離 吊客臨門 則大吹大打 上食祭尊內有哭聲 則外輒以鼓吹相
和 余至十扺子小憩 與鄭卞閒行街市 至一蘆簟牌樓 方欲詳翫結構 而大動鼓吹
兩人不覺掩耳而走 余亦兩耳響塞 搖手止聲 而全不採聽 只顧吹打 余欲見喪家
制度 方移步進至大門前 門裡走出一個喪人 號哭突至面前 放了竹杖 再伏再起
伏則以頭頓地 起則以足踊地 淚如雨下 無數哀號 變起倉卒 罔知攸措 喪人背
後隨著五六人 皆白巾 雙擁余臂 進入門裡 喪人亦止哭跟後 適逢乾粮馬頭二同
自內步出 余喜甚忙間曰 此將奈何 二同曰 小人與亡者同甲 素相親善 俄者入
吊其妻 余問吊禮如何 二同曰 執喪人手曰 爾父歸天 二同亦隨余還入曰 不可
給與白紙卷 小人當周旋 堂前以蘆簟架起大屋 結構奇異 滿庭白布幔 區處內
外服人 二同曰 主人當待以酒果 第小遲待 未可徑起 若不食時 大爲羞恥 余曰
旣爲入來 此亦觀光 但主人受吊則苦矣 二同曰 俄已吊矣 不必更吊 指簟屋曰
此其殯所 男女皆空堂室 移處殯屋 布幔中 各爲碁功處所 葬後各歸云 帳裡有
一女子 頻頻出首而視 白布纏首 頗有姿色(上加麻絰) 二同曰 此亡者之少女 嫁
爲山海關富商之妻 良久喪人 自簟屋出坐椅上 白巾數人 持兩椀麵 一盤菓品
一盤豆腐 一盤菜蔬 兩椀茶 一罐酒 桌子上擺列 面前置三箇空盞 對桌又置空
椅 列着三盞 請二同坐 二同固辭曰 俺們老爺在上 不敢對頭坐著 因出外持白
紙一卷錢一鈔而來 置主人面前 爲道余致賻之意 主人下椅叩頭恭謝 余略喫蔬
菓 因起出 主人送至門外 門傍兩廂裡 方造竹散馬以紙塗之 少頃使至此遞馬
副使亦繼至 卸轎 路中 余爲言俄刻吊喪之禮 皆大笑 二道井 村閭頗盛 隱寂寺

宏大而頗破敗 碑有朝鮮人施主姓名 似皆灣商也

自此始見醫巫閭山 橫亘西北天際 如垂翠帳而峯巒猶未明見 渾河以後五渡河
皆以舟濟 烟臺自此始 五里一臺 圓徑十餘丈 高五六丈 築同城制 上設炮穴女
墻 戚南宮繼光所設八百望是也 小黑山 野中平坡稍阜而有拳大小山 故名闆闆
櫛比 市鋪繁華 不減新民屯 綠蕪中 馬騾牛羊千百爲羣 亦可謂大去處矣 一行
下隸 例於小黑山 烹猪相犒云 張福昌大 告夜往得喫

是夕月色如晝 暑氣已退 飯後卽出 瞭望遠野 蒼烟鋪地牛羊各歸 市鋪未及盡
閉 遂獨入一鋪 庭中設高架 覆以蘆簟 自下引繩而撒之 以納月光也 奇花異草
交映月中 道上遊子 見余入此 隨來盈庭 入一角門 庭廣如前堂 欄干下有數本
綠蕉 四人圍桌而坐 就中一人 方據桌寫新秋慶賞四字 紙紅墨紫 白月臨之 雖
未仔細 運筆甚艱 僅成字樣 余心裡暗忖道 看渠筆法若是其拙 正吾得意之秋
也 諸人爭看 卽貼之堂前正中門楣上 蓋賞月賀榜也 皆起向堂前 負手瞻覜 桌
上更有他紙 余因坐椅 濃蘸餘墨 不顧是非 大書特書曰 新秋慶賞 一人回顧
見余書字 疾呼諸人 趁至桌前 叫唫謹笑曰 高麗好字written 或曰 東國書字同 或
曰字同音不同 余鏗然擲筆起 諸人爭挽余手曰 更勞客官坐一坐 尊姓大名 余
書示之 諸人益大喜 余之初至也 不以爲悅 視若尋常 及見余書 察其氣色 大
喜過望 忙進一椀茶 又熱烟相勸 轉眄之間 溫冷頓異 諸人者 皆太原汾晉人也
去歲 來此新開首飾鋪 收買釵釧 簪珥 彄環等物 起號晚翠堂 三人俱姓崔 一
柳一霍 皆文筆極短 無可足語 而霍生最優 五人者俱年三十餘 豪健如騾子 雖
面皮白淨 眉目媚嫵 俱無十分淸雅之氣 絶異於吳蜀諸人 四方風土之不同 足
可見矣 山西出將 果非虛語也 余問霍生曰 君居太原 貴鄉郭泰峯 號錦衲 知
之乎 霍生曰 不知遂點霍郭兩字曰 這是郭太祖之郭 吾是霍去病之霍 余笑曰
何不引汾陽博陸 而乃證周祖嫪姚乎 霍生諦視無語 想彼認吾 以霍郭同用 如
滿人 故分曉如此也 霍生曰 登州下陸 緣何到此余曰 吾非航海來也 旱路三千
里 直抵皇京 霍生曰 高麗是日本否 一人持紅紙來請書 招朋引類 來者漸多
余曰 紅紙寫字非佳 更持卵白的來也 一人忙去 卽覓數張粉紙而來 余遂剪作
柱聯 書之曰 翁之樂者山林也 客亦知夫水月乎 於是諸人 俱大歡樂 爭爲磨墨
來去紛紜 皆覓紙故也 余遂隨展隨寫 手不停筆 如題訟牒 一人問客官飲酒麼
余曰 厄酒安足辭 諸人皆大笑 卽持一罈湯酒而來 連勸三盃 余曰 主人何不飮

乎 曰無一人飲者 於是來觀者 爭以蘋菓沙菓葡萄等物 勸食 余曰 月色雖明 猶妨寫字 不如點燭 霍生曰 天上高縣一片鏡 人間勝似萬枝燈 一人曰 相公眼昏麼 余曰然 遂點上四枝燈 余念昨日當鋪所書欺霜賽雪四字 鋪主怎地不悅 吾當爲前日雪恥也 遂謂鋪主曰 主人家 要得鋪首佳題麼 鋪主們齊道 此時尤好 余遂寫出欺霜賽雪四字 諸人俱面面相覷 與當鋪氣色一般的 殊常 余胸裡念道又是怪事 余道不相干麼 鋪主道是也 霍生曰 俺鋪 專一收賣婦人的首飾 不是麵家 余始覺其誤 可謂羞前之爲 遂曰 我已知道了 聊試閒筆耳 前日遼陽市中 鷄鳴副珈金字題驀然入想 似是與此一般鋪子 遂書副珈堂三字 諸人尤叫歡不絕 霍生問此號何義 余曰 今貴鋪 是收賣婦人的首飾 詩所稱副笄六珈者是也 霍生謝曰 厰鋪榮輝 何以報德 明日將觀北鎮廟 故早還 語行中諸人以此刻光景 莫不絕倒 是後每遇鋪首欺霜賽雪 是必麵家 非言其心地之皎潔 正誇其麵與霜爭纖 與雪勝白 麵者我東所謂眞末也 約淸如 季涵趙主簿達東 同遊北鎮廟

盛京伽藍記

聖慈寺 崇德二年戊寅建 殿宇深嚴宏麗 法堂 臺高一丈 周設石欄 殿上籠罩罘罳 有三株古松 交柯互枝 蒼翠滿庭 窈冥陰森 一碑大學士剛林撰 後面滿洲書 一碑 前後皆蒙古西番字 守僧有哪庥數人 殿中有八百羅漢 長纔數寸 箇箇精妙 康熙皇帝 手造小塔數百 大如雙陸刻縷之工 奇巧入神 浮圖高十餘丈 上圓下方 通刻獅子

萬壽寺 康熙五十五年丙戌重修 寺前 有一座大牌樓 扁曰萬壽無疆 殿宇壯麗 過於聖慈寺 而但無滿庭松陰 有二碑 正殿 康熙皇帝書額曰 遼海慈雲 香鼎 寶爐 及他寶玩不可殫記 有哪庥十餘人 皆黃衣黃帽 鷙悍魁梧

寶勝寺 扁曰蓮花淨土 崇德三年建 殿屋 皆覆以靑黃琉璃瓦 淸太宗願堂也

山川記略

駐蹕山 在遼陽西南 初名首山 唐太宗征高句麗時 駐蹕於上數日 勒石紀功 改爲駐蹕山

開運山 在奉天府西北 萬峯環拱 衆水祖宗 卽淸之永陵也

鋠背山 在奉天府西北 上有界蕃二城云

天柱山 在承德縣東 卽淸之福陵所在 晉史東牟山是也

隆業山 在承德縣西北 卽淸之昭陵所在云

十三山 在錦州府東 峯有十三 蔡珪詩 閭山盡處十三山 溪曲人家畫幅間

渤海 在奉天府南 盛京通志云 海之旁出者爲渤 遼東延袤二千里 其南渤海

遼 在承德西 卽句驪河也 一作枸柳河 漢書 水經 俱作大遼水 遼水左右 卽遼東遼西所由分 唐太宗 征高句麗 泥淖二百餘里 布土作橋 乃濟

渾河 在承德南 一名小遼水 一名阿利江 一名蕲芋瀝水 發源長白山 與太子河會 又合遼水入于海

太子河 在遼陽北 源出邊外永吉州 入邊 滙渾河遼河 爲三汉河 世傳燕太子丹 出亡至此 遂得斬之以獻秦 後人哀之 名其水曰 太子河云

小瀋水 在承德南 自東關觀音閣發源 入渾河 水北曰陽 瀋陽之名蓋以此云

余今所經山河 只憑土人口傳 行旅指點 或我隸之屢行者 率以臆對 皆未可詳 華表柱 此遼東古蹟而或云在城內 或云在城外十里 則他可推此

馹汛隨筆

起辛卯止己亥凡九日　自新廣寧至山海關內　共五百六十二里

馹汛隨筆序[3]

徒憑口耳者　不足與語學問也　況平生情量之所未到乎　言聖人登泰山而小天下
則心不然而口應之　言佛視十方世界　則斥爲幻妄　言泰西人乘巨舶　遠出地球之
外　叱爲怪誕　吾誰與語天地之大觀哉　噫聖人筆削二百四十年之間　而名之曰春
秋　是二百四十年之頃　玉帛兵車之事　直一花開木落耳　嗚呼　吾今疾書　至此而
一墨之頃　不過瞬息　一瞬一息之頃　奄成小古小今　則一古一今　亦可謂大瞬大息
矣　乃欲立名立事於其間　豈不哀哉　余嘗登妙香山　宿上元菴　盡夜月明如晝　拓
囱東望　菴前白霧漫漫　上承月光　如水銀海　海底殷殷　有聲如鼻鼾　寺僧相語曰
下界方大雷雨矣　旣數日　出山至安州　前夜果暴雨震電　平地永行一丈　漂民盧舍
余攬轡慨然曰　曩夜　吾在雲雨之外　抱明月而宿矣　妙香之於泰山　纔岭嶁耳　其
高下異界　如此　而況聖人之觀天下哉　彼雪山苦行者　非能逆覩於孔門之三黜　伯
魚之早歿　魯衛之削跡而爲此出世也　誠以地水風火轉眼都空　此可寒心　彼又謂
聖人與佛氏之觀　猶未離地　則按球步天　捫星而行　自以其觀勝於二氏　然異方學
語　白頭習文　以圖不朽者何也　蓋以耳聞目見　而屬之過境　境過而不已　則昔之
所憑以爲學問者　亦無所取徵故耳　今吾此行(未卒編)

七月十五日辛卯　晴　與來源及卞太醫　觀海　趙主簿達東　乘曉發小黑山　至中
安浦三十里中火　又先行由舊廣寧觀北鎭廟　乘月行四十里　宿新廣寧　北鎭往返

---

3) 충남대본과 전남대본, 조선광문회본에는 "일신수필馹汛隨筆"이라는 표제 앞에 "일신수필서
馹汛隨筆序"가 붙어 있으나, 박영철본에는 "일신수필馹汛隨筆"이라는 표제 뒤에 "일신수필서
馹汛隨筆序"가 붙어 있다.

當迁二十里 通計則九十里 程里錄所載 白臺子 蟒牛臺 沙河子 屈家屯 三義廟
北鎮堡 羊腸河 于家屯 侯家屯 二臺子 小古家子 大古家子等 地名里數 多相
錯謬 若以此通計 則將爲一百八十里 今不可考矣

是日極熱 我東人士 初逢自燕還者 必問曰 君行第一壯觀 何物也 第爲拈出
其第一壯觀而道之也 人則各以所見 率口而對 遼東千里大野 壯觀曰 舊遼東
白塔壯觀 曰沿路市鋪壯觀 曰薊門烟樹壯觀 曰蘆溝橋壯觀 曰山海關壯觀 曰角
山寺壯觀 曰望海亭壯觀 曰祖家牌樓壯觀 曰琉璃廠壯觀 曰通州舟楫壯觀 曰錦
州衛牧畜壯觀 曰西山樓臺壯觀 曰四天主堂壯觀 曰虎圈壯觀 曰象房壯觀 曰南
海子壯觀 曰東岳廟壯觀 曰北鎮廟壯觀 紛紛然指不可勝屈 上士則愀然變色 易
容而言 曰都無可觀 何謂都無可觀 曰皇帝也薙髮 將相大臣百執事也薙髮 士庶
人也薙髮 雖功德侔殷周 富强邁秦漢 自生民以來 未有薙髮之天子也 雖有陸隴
其李光地之學問 魏禧汪琬王士澂之文章 顧炎武朱彝尊之博識 一薙髮則胡虜也
胡虜則犬羊也 吾於犬羊也 何觀焉 此乃第一等義理也 談者默然 四座肅穆 中
士則曰 城郭長城之餘也 宮室阿房之遺也 士庶則魏晉之浮華也 風俗則大業天
寶之侈靡也 神州陸沈 則山川變作腥羶之鄕 聖緒湮晦 則言語化爲侏儒之俗 何
足觀也 誠得十萬之衆 長驅入關 掃淸函夏 然後壯觀可論 此善讀春秋者也 一
部春秋 乃尊華攘夷之書 我東服事皇明二百餘年 忠誠劀摰 雖稱屬國 無異內服
壬辰倭奴之亂 神宗皇帝 提天下之兵 以救之 東民之踵頂毛髮 莫非再造之恩也
崇禎丙子 淸兵之來也 烈宗皇帝 聞我東被兵 急命總兵陳洪範 調全鎭舟師以赴援
洪範奏 官兵出海 而山東巡撫顔繼祖奏 屬國失守 江華已破 帝以繼祖不能協力
匡救 下詔切責之 當是時 天子內不能救福楚襄唐之急 而外切屬國之憂 其救焚
拯溺之意 有加於骨肉之邦也 及四海値天崩地坼之運 薙天下之髮而盡胡之 一
隅海東 雖免斯恥 其爲中國 復讎刷恥之心 豈可一日而忘之哉 我東士大夫之爲
春秋尊攘之論者 磊落相望 百年如一日 可謂盛矣 然而尊周自尊周也 夷狄自夷
狄也 中華之城郭宮室人民 固自在也 正德利用厚生之具 固自如也 崔盧王謝之
氏族 固不廢也 周張程朱之學問 固未泯也 三代以降 聖帝明王漢唐宋明之良法
美制 固不變也 彼胡虜者 誠知中國之可利而足以久享 則至於奪而據之 若固有
之 爲天下者 苟利於民而厚於國 雖其法之或出於夷狄 固將取而則之 而況三代
以降 聖帝明王漢唐宋明固有之故常哉 聖人之作春秋 固爲尊華而攘夷 然未聞

憤夷狄之猾夏　並與中華可尊之實而攘之也　故今之人　誠欲攘夷也　莫如盡學中
華之遺法　先變我俗之椎魯　自耕蠶陶冶　以至通工惠商　莫不學焉　人十己百　先
利吾民　使吾民制挺　而足以撻彼之堅甲利兵　然後謂中國無可觀可也　余下士也
曰壯觀在瓦礫　曰壯觀在糞壤　夫斷瓦　天下之棄物也　然而民舍繚垣　肩以上　更
以斷瓦　兩兩相配　爲波濤之紋　四合而成連環之形　四背而成古魯錢　嵌空玲瓏
外內交映　不棄斷瓦而天下之文章斯在矣　民家門庭　貧不能鋪甎　則聚諸色琉璃
碎瓦　及水邊小礫之磨圓者　錯成花樹鳥獸之形　以禦泥淖　不棄碎礫而天下之畫
圖斯在矣　糞溷至穢之物也　爲其糞田也　則惜之如金　道無遺灰　拾馬矢者　奉畚
而尾隨　積庤方正　或八角或六楞　或爲樓臺之形　觀乎糞壤而天下之制度斯立矣
故曰　瓦礫糞壤　都是壯觀　不必城池　宮室樓臺市鋪寺觀牧畜原野之曠漠　烟樹之
奇幻　然後爲壯觀也

　舊廣寧城　在醫巫閭山下　前臨大野　引河爲濠　雙塔湧空　未及城數里　有一座
大廟堂　新塗金碧　眼目閃爍　廣寧東門外　橋頭蚖蝮　雄特巧奇　入兩重門　穿過
市鋪　其繁華不減遼東　寧遠伯李成樑牌樓　在城北　或云廣寧箕子國　古有箕子
冠帠塑像　嘉靖間　燬於兵　兩重　內城完而外郭多頹　城裡士女　家家出看　市
井遊子　千百爲羣　圍遶馬首不得行　城外關廟壯麗　伯仲遼陽　廟門外戲臺　高深
華侈　方羣聚演劇　而行忙不得觀　明天啓中　王化貞　爲李永芳所瞞　其驍將孫得
功　迎敵入城　廣寧失而天下大勢去矣

北鎭廟記

　北鎭廟　在醫巫閭山下　背後千峯　如展屏障　前臨大野　右環滄海　廣寧城撫在
膝下　萬戶浮烟　繚青一對　層塔逈白　測其地形平坡　暫成數丈圓皐　而俯迎天地
無所畔岸　日月出沒　風雲變化　皆在其中　東面而視　尺吳寸齊　在我指端　而但恨
目力有窮耳　廟貌雄深魁傑　不若是　無以鎭海嶽　祠北方玄冥帝君　並其從神　皆
袞冕佩玉捧圭而立　嚴威儼愨　格人非心香鼎高六尺餘　雕刻神姦鬼怪　青翠入骨
前置漆缸　可容十石　爲四炷晝夜長燎　舜封十有二山　以醫巫閭爲幽州之鎭　夏商
周秦皆因之　禮視嶽瀆　雖未知廟剙何代　而唐開元時　封醫巫閭山神爲廣寧公　遼

金時始加王號 元大德中 封貞德廣寧王 皇明洪武初 止稱北鎭醫巫閭山之神 歲時降香祝 有天子姓諱 國有大典 遣官告祭 今清肇基東北 故崇奉之典 尤有加焉 或云雍止皇帝爲諸王時 奉勅降香 既祭之夕 宿齋盧夢 神人予帝一大珠 珠化爲日 歸登大位 遂大修廟宇 以報神賜 廟前有五門牌樓 純石架 起棟椽甍簷 不資一木 高四五丈 結構之工 鏤刻之巧 殆非人力所及 樓左右石獅 高二丈 自廟門設白石層階 門左有寺 庭有兩碑 一曰萬壽禪林 一曰萬古流芳 寺坐五大金佛 寺右有一門 左鼓樓右鍾樓 兩樓之間 又設三門 前立三碑 皆黃瓦閣 二碑康熙帝撰並書 一碑雍正撰並書 正殿碧琉璃瓦 北壁題鬱蔥佳氣 雍正筆 階上東西對設石爐 高各丈餘 東西設廊廡數百間 殿後有空殿 制如前殿 金碧璀璨而空無一物 後又有一殿 制如前殿 有二像 晃琉玉笏曰文昌星君 鳳冠珠帶曰玉妃娘娘 左右兩童子侍立 扁曰乾始靈區 今皇帝筆 自外門層階繚以白石之欄 瑩膩似玉 刻以螭蛟 圍繞廊廡階城至于前殿 自前殿連延曲折至于後殿 望之浩然 一塵不動 殿前後對列歷代穹碑 簇立如蔥畦 所載祭文皆爲國祈祥之詞也 元延祐碑最久 出西角門有數丈蒼壁 曰補天石 明巡撫張學顏筆 又離一間 刻翠屏石

出東門數百步有大石 穹窿如龜曝 刻曰呂公石 又曰會仙亭 登其上 醫巫閭扶輿磅礴之勢 一舉目而盡得之 忽有一間小亭倚在巖下 土階二等 茅茨略剪 蕭灑幽夐 怡然心樂 相與少坐 卞君曰 譬如監司巡省郡邑 朝夕供張 無非山珍海錯 腸薰胃腐 厭飫嘔逆 偶值一器野蔬 欣然接味 余笑曰 此眞醫者之言也 趙君曰 每於紅粉隊中莫辨嫫威 村畦野扉忽逢荊釵布裙 不覺心目開霽 余曰 此好色者之言也 設如君等言 今此土階茅茨 導天子兩種眼胃爾 還坐廊廡下 守廟有道士三人 以三柄扇 三卷紙 三丸淸心元爲幣 道士皆喜 庭前桃子方熟 道士爲摘一盤以餽 衆隸爭趁樹下 披枝亂摘 余呵止莫能禁 道士曰 何必費氣 飽則自止 又謂衆隸曰 任君摘取莫傷枝 留待明年再到時 道士姓名 李鵬 號逍遙館 又稱餐霞道人 廟庭有半枯古松 皇帝甲戌東巡時有詩畫 並刻置巖間

車制

乘車曰太平車 輪高及肘 三十輻共一轂 棗木團成 銕片銕釘圍遍輪身 上爲圓屋 可容三人 屋以青布 或綾緞 或羽緞爲帳 或垂緗簾 用銀鈕開閉 左右傳玻瓈爲窓 屋前設橫板以坐御者 屋後亦坐從者 駕一驢而行 遠道則益馬與騾

載物曰大車 輪高稍異於太平車 輻爲卄字形 載準八百斤 駕兩馬 八百斤以外量物加馬 載上以篅爲屋 如船篷 坐臥其中 大率駕用六匹 車下懸大鐸 馬項環數百小鈴 郎當警夜 太平車輪轉 大車軸轉 雙輪正圓 故能勻轉而行疾 轅下所駕必擇壯馬健騾 不用衡軛 爲小木鞍 再以革條套索 互斂轅頭而駕之 餘馬皆以牛革爲鞅鞦 繫繩而引之 載重者駕出輪外 高或數丈 引馬多至十餘匹 御者號稱看車的 高坐載上 手執一條長鞭 係兩條 長可二丈 揮條打中不用力者 中耳中脅 手慣妙中 鞭打之響 震動如雷

獨輪車 自後一人腋轅而推之 當中爲輪 輪之半旣出輿上 則左右爲箱 載物毋得偏重 當輪處爲半鼓形 夾輪以隔離之 使輪與物不相碍 腋轅下有短棒雙垂 行則與轅俱擧 止則與輪俱停 所以支吾撑柱 使不傾翻也 沿路賣餅餌菓苽者皆用獨輪車 尤便於田中輪糞 嘗見兩村婦分坐兩箱 各抱一子 載水者左右各五六桶 載物重且阜 則一人繫繩而曳之 或二人三人 如船之牽纜

大凡車者 出乎天而行于地 用旱之舟而能行之屋也 有國之大用莫如車 故周禮問國君之富 數車以對 車非獨載且乘也 有戎車役車水車砲車 千百其制 而今不可蒼卒俱悉 然至於乘車 載車尤係生民先務 不可不急講也 吾嘗與洪湛軒德保 李參奉聖載講車制 車制莫先於同軌 所謂同軌者何 軸之距 兩輪之間也 兩輪之間 不違恒式 則萬車一轍 所謂車同軌者是也 若使兩輪之間 恣意濶狹 則路中轍迹何以入軌 今見沿道千里 日閱萬車 而前車後車同循一跡 故稱不謀而同者一轍 後之視前者曰前轍 城門當轍處凹然成筧 所謂城門之軌者是也 我東未嘗無車 而輪未正圓 轍不入軌 是猶無車也 然而人有恒言曰 我東巖邑 不可用車 是何言也 國不用車 故道不治耳 車行則道自治 何患乎街巷之狹隘 嶺阨之險峻哉 傳曰 舟車所至 霜露所墜 是稱車之無遠不屆也 中國固有劍閣九折之險 大行羊腸之危 而亦莫不叱馭而過之 是以關陝川蜀江淛閩廣之遠 鉅商大賈及挈眷赴官者 車轂相擊 如履門庭 匈匈轟轟 白日常聞雷霆之聲 今此摩天青石

之嶺 獐項馬轉之坂 豈下於我東哉 其巖阻險峻 皆我人之所目擊 亦有廢車而不
行者乎 所以中國之貨財殷富 不滯一方 流行貿遷 皆用車之利也 今以近效論之
我使之行 除却百樊 我車我載 直達燕京 何憚而不爲也 嶺南之兒不識蝦醢 關
東之民沈樞代醬 西北之人不辨柿柑 沿海之地以鯖鰌糞田 而一或至京 一掬一
文 又何其貴也 今夫六鎭之麻布 關西之名紬 兩南之楮紙 海西之綿鐵 內浦之
魚鹽 俱民生日用而不可闕者也 青山報恩之間千樹棗 黃州鳳山之間千樹梨 興
陽海南之間千樹橘柚 林川韓山千畦芌菜 關東之千筩蜂蜜 爲民生日用而莫不欲
相資而相生也 然而此賤而彼貴 聞名而不見者 何也 職由無力而致之耳 方數千
里之國 民氓産業若是其貧 一言而蔽之 曰車不行域中 請問其故 車奚不行 一
言而蔽之 曰士大夫之過也 平生讀書則曰周禮聖人之作也 曰輪人 曰輿人 曰車
人 曰輈人 然竟不講造之之法如何 行之之術如何 是所謂徒讀 何補於學哉 嗚
呼嘻噫 自黃帝造車而稱軒轅氏 經千百載 幾聖人竭其心思目力手技 而又經幾
工倕 又經商鞅李斯 一制度 信縣官之學術 將幾百輩也 其講之熟而行之要 豈
徒然哉 誠以利生民之日用 而有國之大器也 今吾日見而可驚可喜者 推此車制
而萬事可徵也 亦可以少識千載羣聖人之若心也夫
　灌田曰龍尾車龍骨車恒升車玉衡車 救火有虹吸鶴飲之制 戰車有砲車衝車火
車 俱載西洋奇器圖 康熙所造耕織圖 其文則 天工開物 農政全書 有心人可取
而細考焉 則吾東生民之貧瘁欲死 庶幾有瘳耳 今以吾所目見救火之車 略錄其
制 將歸譣我東 自北鎭廟乘月還新廣寧 城外民舍夕日失火 方纔救息 路中有三
座水車 方欲收去 余令小停而先問其名 曰水銃車 次閱其制 四輪車上置一床大
木槽 槽中置大銅器 銅器中置兩座銅筒 銅筒中間立乙頸水銃 水銃爲兩股 通于
左右兩筒 兩筒有短脚而底有暗戶 以銅葉爲扉 令隨水開闔 兩筒之口有銅盤爲
蓋 圓徑緊適筒口 盤之正中串鑄柱 架木以壓盤 亦以擧盤 盤之出入升降隨木架
焉 乃灌水銅盆中 數人互踏木架 則筒口銅盤一陷一湧 大約納水之妙在於銅盤
銅盤湧齊筒口 則筒底暗戶倐翕自開 以吸外水 銅盤陷入筒裏則筒底暗戶弸盈自
闔 於是筒裏之水膨漲無所歸 乃自銃脚走入乙頸 忿薄上衝而噴之 直射爲十餘
仞 橫噀可三四十步 其制肖笙簧 汲水者連注於木槽而已 傍兩車制頗異而尤有
曲折 未可造次詳看 然此其吸噀之術大同耳
　轉磨爲大牙輪二層 以鐵軸串之 立于屋中 設機而旋之 牙輪者 如自鳴鍾 齟

齟互當也 屋中四隅亦以兩層置磨盤 盤沿亦爲齟齬 以互當大輪之牙 大輪一旋
八盤爭轉 頃刻之間 麵如積雪 此法肖問時鍾 沿道民家皆一碓一驢 脫穀者恒用
碌碡 亦驢鞁以代舂杵

篩麵之法 密室中置三輪搖車 其輪前兩而後一 車上立四柱 危置兩層大篩 可
容數石 上篩注麵 下篩空置 以承上篩更繹細粉 搖車之前直架一木 木之一頭
攬車一頭穿出屋外 屋外立一柱以繫木頭 柱底坎地置大木板以承柱根 板底正中
爲枕以泛之 如鼓冶之法 椅坐板上 微動其足 則板之兩頭互相低仰 板上之柱不
勝搖蕩 於是柱頭橫架猛加推排 而屋中之車一前一却 屋中四壁十層設架 置器
其上以承飛粉 屋外坐椅者看書寫字 對客酬談 無所不宜 但聞背後擾夏之響而
不知孰所使然也 蓋其動足甚微而收功甚鉅 我東婦女一篩數斗之麵 則一朝鬢眉
皓白 手腕疲軟 其勞逸得失 比諸此法何如也

繅車尤妙 宜可效也 爲大牙輪如轉磨之法 繅車兩頭亦爲牙輪齟齬互當 不息
自轉 繅車者 大簆之盈數抱者 烹繭於數十步之外 而中間設數十層架 漸次爲高
下之勢 每架頭豎銅片 穿孔僅如針耳 納絲其孔 機動而輪旋 輪旋而簆轉 交牙
互齒 不疾不徐 慢慢抽引 不激不觸 任其自然 故無精矗 並進之患 繅之出釜入
簆之頃遍歷銅孔 刊毛落芒 未及入簆 體已燥曬 光潔明潤 不勞灰練 而直入機
杼 我東抽繅之法 惟知手汲 不識用車 人之運手 已失天機自然之勢 而徐疾不
適 觸激有時 則怒絲驚繭騰跳駢進 抽積繅板棼雜無緒 凝乾成塊 既失光澤 沙
壓核纏 且斷且續 除矗理精 口指並勞 我視繅車 功用敏鈍又何如也 問繭能經
夏不蠧之術 曰微炒則不蛾 溫炕焙乾則不蠧 雖冬可繅也

沿道日逢喪輿 不一其制 而太質鈍 輿之大幾如二問屋子 以五色錦緞爲帷帳
雜畫雲物雉雀 亭頂或爛銀 或結五色絲爲紐 雙轅長幾七八丈 紅漆飾以黃銅 鍍
金出色 橫杠前後各五 亦長三四丈 更以短杠兩肩擔 擔夫不下數百人 銘旌
皆紅緞 金字書寫 旌竿三丈 黑漆畫金龍 竿下有跗 亦架雙杠 必九人擔之 紅
蓋一雙 青蓋一雙 黑蓋一雙 幡幢五六對 繼之笙簫鼓吹 僧徒道流各具其服 誦
唄念呪 以隨輿後中國萬事莫不簡便而無一冗費 此最不可曉 非可取法也

戲臺

寺觀及廟堂對門必有一座戲臺 皆架七梁 或架九梁 高深雄傑 非店舍所比 不若是深廣 難容萬衆 凳卓椅兀 凡係坐其動以千計 丹雘精侈 沿道千里 往往設蘆簟爲高臺 像樓閣宮殿之狀 而結構之工更勝瓦甍 或扁以仲秋慶賞 或扁以中元佳節 小小村坊無廟堂處 則必趁上元 中元設此簟臺 以演諸戲 嘗於古家鋪道中 車乘連絡不絶 女子共載一車 不下七八 皆凝粧盛飾 閱數百車 皆村婦之觀小黑山場戲 日暮罷歸者

市肆

今行千餘里之間所經市鋪 若鳳城遼東盛京新民屯小黑山廣寧等處 不無大小奢儉之別 而盛京爲最 皆文牕繡戶 夾路酒肆 金碧尤盛 而獨怪其金欄綠檻架出簷外 新經夏潦 丹碧不渝 鳳城乃東盡 頭邊門僻奧 更無進步之地 而不特椅卓簾帷氊毺器什花艸俱刱睹 其招牌認榜競侈爭華 即其觀美 浪費不啻千金 蓋不若是則賣買不旺 財神不佑 其所敬財神多關公像 供桌香火 晨夕叩拜 有過家廟 推此 則山海關以內可以預想矣

小賈之行于道路者 或高聲叫買 而如賣靑布者搖手中小鼗 爲人開剃者彈手中鉹箭 賣油者敲鉢 或有持金鉦竹箆木柝而行者 周廻街坊 不撤敲響 則人家門裏走出小孩子叫之 未嘗見大聲叫賣者 但聞敲響 則已辨其貨物

店舍

店舍庭廣必不下數百步 不如此 難容車馬人衆 故入門必疾驅一場 然後始至前堂 其廣濶可知也 廊廡間椅桌三五十副 廐中石槽 長或二三間 廣半間 非石槽則甎築爲槽 如石制 庭中亦列置木槽數十座 兩頭叉木而支之 器皿專用畫瓷

不見白銅鍮錫等器　雖荒僻去處　破敗屋中　其日用飯湌之器皆金碧彩畫之碗楪
非其尙侈而然也　陶工窯家之事功本自如此　雖欲用麤瓷惡窯　不可得矣　瓷之破
缺者不棄　皆外施銕釘爲完器　但所未曉者　釘不透內而緊含不退　補帖無痕
其數尺諸色瓢盎　挿花翠之壺罇　到處皆有　由此觀之　我東分院諸燔當不得入市
噫　燔燒之法一不善　而通國之萬事萬物盡肖其器　遂以成俗　豈不冤哉

橋梁

橋梁皆虹霓　如城門　大可揚帆　小者亦可以通舠艓　石欄鐫刻雲物　蚖蜒蛟螭木
欄亦施丹綠　橋之兩頭入陸處　皆爲八字翼墻以護之　所經萬寶橋　火燒橋　壯元
橋　磨刀橋最大

十六日壬辰　晴　與鄭進士卞主簿來源又約乘涼先行　自新廣寧至興隆店五里
雙河堡七里　壯鎭堡五里　常興店五里　三臺子三里　閭陽驛十五里　共四十里　中
火　無眷屋始此　自閭陽又行至頭臺子十里　二臺子五里　三臺子五里　四臺子五里
王三鋪七里　十三山八里　是日通行八十里　宿十三山
　曉發　落月去地數尺　蒼涼完完　桂影扶疎　玉兔銀蟾　如可撫弄　而姮娥氷紈　旖
旎映膚　余顧鄭曰　怪事　今日自西而昇　鄭初未覺其月也　隨荅曰　每自宿站初發
實難辨東西南北也　諸人皆大笑　少焉　月輪垂墜　正在坤倪　鄭亦大笑　霞光澹蕩
橫抹野樹　忽化作千萬奇峯　扶輿磅礡　龍盤鳳舞　延袤千里　余顧鄭曰　長白山皓
然一望　不惟鄭君然　諸君莫不叫絕　俄而雲霧盡消　日高三竿　天無一點埃墲　忽
見遠村樹木間　透光如積水空明　非烟非霧　不高不低　常護樹根　洞澈如立水中
而其氣漸廣　橫抹遠際　似白似玄　如大玻瓈鏡　五色之外　別有一種光氣　設譬者
每擧江光湖色　而其空洞透映　不足以形似也　村舍車馬皆倒影寫照　太卜曰　此
薊門烟樹也　余曰　薊州距此尙有千里　則烟樹之在此　何也　灣商林景贊曰　薊門
雖遠　統稱薊門烟樹　天氣晴朗　無纖風點氛　則遼野千里常有此氣　雖到薊州　若
値風日陰霾　則不可見矣　大抵冬天靜日　氣候溫美　關內外日日常見云

適值閭陽市日 百貨湊集 車馬填咽 而雕籠中各置一禽 有名梅花兒 有名幺鳳兒 有名梧桐鳥 靑雀兒 畫眉鳥 形形色色 賣鳥車六 載鳴蟲者車二 啾喞遍市 如入山林 沽喫菊茶一椀 餺飥二塊 逢趙譯明會 入酒肆 方燒酒取露 故移何他肆 則店小二大怒 搶入趙懷中 以頭拄胸 不得轉動 趙不得已笑而還坐 買一盤猪炒 一盤卵炒 二觶酒 飽喫而行

望見十三山 無微砂斷麓之爲過脉 忽於大野中飛落十三堆石峯 縹緲奇拔 如夏天雲頭 有一老者 白鬚持小竿 竿頭爲環 坐一瓦雀 綵絲繫脚 遊行路中 其馴弄鳥雀多類此 頗困暑思睡 下馬步行 有七八歲童子 頭戴一頂猩紅絲涼帽 身披一領醬色雲紋杭紗袍 足穿貢緞烏靴 跰步娉婷 顔色白雪 眉眼如畫 余故爲攔道而立 兒不驚不怖 至前恭拜 跪地磕頭 余忙手扶抱 最後一老者遠遠跟來 含笑曰 他是老僕之小孫 老爺愛弄這小孩子時 慚愧 老僕何福而致之 余問兒 年方幾歲 兒屈指對曰 該有九 問其姓名 對曰賤姓謝 遂自靴中 出小銕箆 畫地曰孝者 百行之源 壽者五福之首 俺祖公發願孩兒爲人子止於孝 更呪兒一曰壽 將孝連壽 做了二字幼名 曰孝壽 余不覺驚異問 兒方讀何書 孝壽曰二書已念過了方讀學而篇 余問二書是甚題目 曰大學中庸 余問已講義麽 曰二書只念 論語方講 問老爺尊姓 余曰吾姓朴 孝壽曰 百家源無有 老者看吾愛賞其小孫 滿面痴笑曰 高麗老爺 有佛性的長者 合是膝下有幾個鳳雛麟孫 念到這個 都是及人之幼 余曰 吾年紀老大 尙未抱孫 因問貴庚 答曰 虛過了五十八 余給兒手中扇 老者自解腰間鑲銕連環瑣 連總紗手巾幷帶火鐮以謝之 問老者家住何處 謝生曰離此不遠 王三鋪是也 余曰令孫夙慧 不愧王謝家風流 謝生曰 祖系遼絶 安敢望江左風流 行忙遂分手 兒長揖曰 大老爺行李保重 路中常念謝童絶妙 眉目動止森在眼中 謝生劃地數語 足與談討 而可惜行忙 不得尋其所居

十七日癸巳 晴 朝自十三山 至禿老鋪十二里 舟渡大凌河十四里 宿大凌河店四里 是日只行三十里

大凌河源出長城外 穿九官臺邊門 經廣寧城 東出斗山 入錦州衛界 至占魚塘東入于海

護行通官雙林者 朝鮮首通官烏林哺之子也 家在鳳城 雖云護行 而渠則乘太

平車趣後而來 行止非我行所管 帶率有四僕 一姓鄂 專管沿路索飯馬料等事 一
姓李 臂鷹 專一沿路獵雉 一姓徐 自云與義州府尹徐某同宗 一姓甘 俱稱朝鮮
人 皆年方十九歲 眉目可愛 雙林之行眷云 但我東無姓甘者 是可疑也 吾入柵
十餘日 未見雙林面目 及渡通遠堡溪水 既登岸 曰水勢可怕 岸上有一胡 衣帽
俱鮮麗 與我譯同立 忽作東語曰 水怕也 水怕 善渡 既至連山關 問首譯曰 朝
日渡水時 狀貌雄偉者 誰也 首譯曰 大大人之兄弟有好文章爲觀光來也 雙林曰
四點麼 首譯曰 不是四點 乃是大大人之嫡親三從兄弟 雙林曰 伊兩虞天的 伊
兩虞天者 漢音一兩五錢也 一兩五錢爲兩半 東方士族稱兩班 兩半與兩班同音
故 雙林以一兩五錢爲隱語也 四點者庶子也 東方庶孽之廋辭也 每行任譯持公
費銀四千兩 而五百兩例給護行章京 七百兩給護行通官 爲雇車及盤纏之資 而
其實未嘗費一錢銀子 自上副廚房輪饋兩人耳 雙林爲人狡猾 善東語云 前者小
黃旗堡中火時 與諸裨譯共坐閑話 雙林自外入來 諸譯莫不款迎 雙林與副房裨
將李聖濟致款 又向來源作話 蓋兩人再作此行 故有宿面也 來源謂雙林曰 吾
於令監有慨然者 雙林笑曰 有甚慨然 來源曰 上使道雖小國使臣 卽吾邦之正
一品內大臣 皇上亦各別禮接 令監雖大國人 係是朝鮮通官 則於俺們使道當存
體貌 而每値兩使道遞馬時 卸轎路中 令監輩停車留待可也 不此之爲 輒驅車
夏過 晏然不動 是甚麼道理 由此章京亦敢視效令監 尤爲慨然 雙林勃然作色
曰 你不知也 大國體貌與你國絶異也 大國出勅 則你國議政大臣 與俺們 平等
作禮 言語相敬 今你刱出體貌 令我回避耶 趙譯學東曰來源使勿復爭 來源高
聲曰 令監奴子 亦安敢臂鷹揚揚馳過乎 極爲駭然 復見若此時 吾當拿棍 今
監須勿見怪 雙林曰 未曾瞧瞭了 我若看見時 一頓棒結果了 所謂善東話 太不了
了 急則還似官話 公然乾沒七百兩銀子 誠爲可惜 余時擦紙爲鼻針 雙林自解
其鼻烟壺曰 欲爲嚊乎 余不受 蓋不欲與語 且未曉其法也 雙林向余欲語者 數
余益莊竦而坐 雙林因起去 其後聞諸譯語 則雙林以余之不爲接談無聊而起 大
爲慍怒云 且渠父常坐衙門 若致憾於雙林 則出入遊觀之際 必然見阻 諺所謂
笑臉不唾 向日冷待雙林非計也云云 余亦心然之 及其使行先發 余困睡晏起
方罷飯檢裝而雙林入來 余笑迎曰 令監久未相逢 近日無恙否 雙林大樂就坐
求三登草 又求渠家好柱聯 又求大人所喫眞眞的淸心元 端午油帖扇 余首肯曰
車卜來時 都承應了 余曰 吾長路鞍馬頗苦 願共君一站車 雙林快許曰 公子與

俺共載時 道路榮輝 遂同出 雙林虛左坐我 渠自御而行 又招張福坐之右轅 雙
林約張福曰 我以朝鮮話問之 你以官話應之 聽兩人酬酢 不覺絶倒 一個東話
的 三歲兒索飯似覓栗 一個漢語的 半啞子稱名常疊艾 可恨無人參見 雙林東
話大不及張福之漢語 語訓處全不識尊卑 且不能轉節 其謂張福曰 你見吾父主
麼 張福曰 出勅時 吾瞧瞧了大監好鬍子 吾爲步從 連爲勸馬聲 大監滿臉堆笑
道 你聲好 不住的連唱 吾不住的唱 大監連道 好好 行倒郭山 親手掇賜了茶
啖 雙林曰 吾父主眼孔裏狀惡 張福大笑道 如拿雉之鷹眼 雙林曰 是也 雙休
曰 你入丈否 張福曰 家貧未聘 雙林連道不祥 不祥者 東話傷歎之辭也 雙林
曰 義州妓生幾個 張福曰 也有三五十個 雙林曰 多有美的麼 張福曰 奢遮的
道甚麼 有楊貴妃等物 也有西施等物 有名柳色的 也有羞花惹月的態 有名
春雲的 也有停雲斷腸的唱 雙林大笑曰 有如此妓生 而出勅時何不現身 張福
曰 若一看見時 大監們魂飛九霄雲外 手裏自丟萬兩紋銀子 渡不得這鴨綠江來
哩 雙林拍掌胡盧道 吾前頭隨勅時 你能悄悄地引來了 張福掉頭曰 不完了 有
人覺時開頭也 兩人俱大笑 如此問答 而行三十里 蓋兩人欲試其彼此話頭 而
張福不過入柵後沿路所學 然大勝於雙林平生之所學 始知漢語易於東話也 車
三面以綠氈爲帳而卷之 東西垂縅簾 前面以貢緞爲遮日 車中置鋪蓋 有東諺劉
氏三代錄數卷 非但諺書鼆荒 卷本破敗 余使雙林讀之 雙林搖身高聲而全未屬
句 混淪讀去 口棘脣凍 咄出無數衍聲 吾良久聽之 茫然不識爲何語 渠雖終身
讀之 似無益矣 路中值使行遞馬 雙林躍下 走入鋪子裏隱身 使行離發後 徐徐
乘車而行 向日來源誚責時 彼雖目下抵賴 蓋少屈矣

十八日甲午晴 曉發大凌河店 至四同碑十二里 雙陽店八里 小凌河十里 小凌
河橋二里 松山堡十八里 共五十里 中火 又自松山至杏山堡十八里 十里河店十
里 高橋堡八里 共三十六里 是日通行八十六里而宿

行到四同碑邊 路傍有穹碑四笏而制度相同 故名云 其一 萬曆十五年八月二
十九日勅以王盛宗爲遼東前屯遊擊將軍 上印廣運之寶 碑文中虜酋二字 皆琢去
之 其二 萬曆十五年十一月四日勅以王盛宗爲遼東都指揮體統行事 守修金州地
方 其三 萬曆二十年九月三日勅以王平爲遼東遊擊將軍 上印勅命之寶 其四 萬

曆二十二年十月十日勅以王平爲遊擊將軍 錦州統轄 上印廣運之寶 王平似是盛
宗之子侄 而神宗天子爲其善備虜酋 故降勅嘉獎 則乃磨穹石以勒其勳諭及告身
以侈觀耸瞻焉爾 盛宗若遼右世將 則壬辰征倭之役不與 何也 使行先來 裨將每
到此碑 書某日某時出關 某日某時過此云 牧馬處處成羣 一隊幾千餘匹 皆白色
再渡小凌河 數千車載米而過 塵土漲天 自海州運入錦州 大風暴起 余先疾馳入
鋪中小睡 正使追至 爲言橐馳數百頭戴銕入錦州云 余巧未之見者再矣 河邊居
民數百戶 去歲爲蒙古所掠 盡失其妻 撤移數里地 今其路傍頹垣周遭 四壁徒
立 沿河上下設白幀戍守 蓋蒙境距河五十里也 數日前 蒙古數百騎猝至河邊
見有守備而遁去云

松杏高塔之間百餘里 雖有村閭市鋪 貧儉凋殘 頓無樂業之意 嗚呼 此崇禎庚
辰 辛巳之際魚肉之場也 至今百餘年間尙未蘇息 足想當時龍爭虎鬪之跡矣 按
今皇帝全韻詩註曰 崇禎六年八月 明總兵洪承疇集援兵十三萬於松山 太宗卽統
軍啓行 時適鼻衄 因行急 衄益甚 三日方止 諸王貝勒請徐行 諭曰 行軍制勝
利在神速 疾馳六日 抵松山 陳師於松山 杏山之間 橫截大路 明總兵八員犯前
鋒 擊敗之 獲其筆架山積粟 浚壕斷松杏路 是夜 明諸將撤七營步兵 近松山城
而營 太宗諭諸將曰 今夜敵兵必遁 命護軍鼇拜等率四旗騎兵前鋒 蒙古兵俱比
翼排列 直抵海邊 又命蒙古固山額眞庫魯克等於杏山路 設伏遮擊 又命睿郡王
往錦州 至塔山大路橫擊之 是夜初更 明總兵吳三桂等 沿海潛遁 相繼追擊 又
命巴布海等截塔山路 又命武英郡王阿濟格 亦往塔山截擊之 又命貝子博洛 率
兵往桑噶爾寨截擊之 又命固山額眞譚泰往小凌河 直抵海濱 絕其歸路 又命
梅勒章京多濟里追擊敗兵 又命固山額眞伊拜等 於杏山四面擊明兵之奔入杏山
者 又命蒙古固山額眞思格圖等 追擊逃兵 又命國舅阿什達爾漢等 往視杏山駐
營處 如其地未善 卽擇善地移營 翌日 命睿郡王 武英郡王圍塔山四臺 以紅衣
炮攻克之 明總兵吳三桂 王樸奔入杏山 是日 太宗移營至松山 欲浚壕圍之 其
夜 總兵曹變蛟棄寨 欲突圍而出者數四 又命內大臣錫翰等及四子部落都爾拜
各率精兵二百五十 伏於高橋及桑噶爾堡 太宗親率軍 至高橋東 令貝勒多鐸設
伏 吳三桂王樸敗 奔至高橋 伏兵四起 僅以身免 是役也 殺明兵五萬三千七百
獲馬七千四百 馳六十 甲胄九千三百 自杏山南至塔山 赴海死者甚衆 漂蕩如
鴈鶩 淸軍誤傷者只八人 餘無挫衄云 嗚呼 此所稱松杏之戰也 覺羅關外之自

成 自成關內之覺羅 明雖欲不亡 得乎 當時以十三萬之衆爲覺羅數千所圍 指顧之間如摧枯拉朽 如洪承疇 吳三桂智略雄猛 天下無敵 而一得當覺羅則魂飛魄散 所將十三萬如草菅漚泡 到此地頭 不得不歸之氣數而已 嘗見麟坪大君所著松溪集 淸兵之進圍松山也 我孝廟在藩邸 時被質 駐淸陣中 幕次纔移他所 而寧遠總兵吳三桂率所部萬騎潰圍馳出 幕次初設之地乃其奔衝之路 此豈非王靈所在 天地同力之明驗乎

夕宿高橋堡 此往歲使行失銀處也 地方官因此革職 而附近站鋪有刑死者 故甲軍竟夜巡警而嚴防我人無異盜賊 聞下處庫子言 則其視東人有若仇讎 到處閉門不接 曰高麗 高麗怖殺了 居停主人一千兩銀子 怎償得四五個人命 吾們的固多夕人 你行中那無奸細 其走藏避匿 無異蒙古云 余詢之譯官曰 向於丙申告訃行時 回還到此站 失公費銀一千兩 使臣議爲 此銀乃公貨 苟無明白用處 則照數還納 乃國法也 今旣公然見失 又將何辭還報乎 其見失 人孰信之 其準納 人孰當之 於是 呈文于所在地方官 則轉報中後所參將 中後所轉報錦州衛 錦州轉報山海關守備 數日之間 轉報禮部 而皇帝批下不一日而至 勅以所在地方以官銀 備償該使所失 該地方不能常時着意巡緝 致有遠人負屈鳴冤 俱革職聽勘 店主及切隣可疑人俱捕治 死者四五人 使行未及到瀋陽而皇旨已下 其擧行之神速如此 是後高橋堡人之仇視我人 無足怪也 大抵 義州刷駄輩太半夕人 專以燕行資生 年年赴行如履門庭 灣府所以給資者 不過人給六十卷白紙 百餘刷駄 除非沿道偸竊 無以往返 自渡江以後 不洗面 不裹巾 頭髮髮鬆 塵汗相凝 櫛風沐雨 衣笠破壞 非鬼非人 魑魅可笑 此輩中有十五歲童子已三次出入 初至九連城 頗愛其妍好 未到半程 烈日焦面 緇塵銹肌 只有兩孔白眼 單袴弊落 兩臀全露 此童如此 則他尤無足道也 全沒羞恥 公行剽掠 每夕入店 百計穿窬 故店主所以防警之術 亦無所不至 去年 冬至使行時 有一灣賈潛越銀貨爲刷駄所殺 兩馬皆縱鞍還渡 各入其家 則以馬爲驗 乃得抵法云 其凶險若此 今此失銀 安知非此輩所爲乎 此猶細事 萬一有丙丁之患 則龍銕以西非我有也 守邊者 亦不可以不知

是夜大風 達宵掀天

十九日乙未 晴 曉發高橋堡 至塔山十二里 朱獅河五里 罩羅山店五里 二臺子三里 連山驛七里 共三十二里 中火 又自連山驛至五里河子五里 老和尚臺五里 雙樹鋪五里 乾柴嶺五里 茶棚菴五里 寧遠衛五里 共三十里 是日通行六十二里 宿寧遠城外

昨與副使書狀約 曉至塔山觀日出 皆晚發 旣至塔山 日高三竿矣 東南大海連天數萬 商船爲夜風所駈 入倚小島 方一時擧帆而去 泛若鳧鴈 永寧寺 崇禎間祖大壽所刱云 佛寺關廟於遼東初見 其壯麗略有所記 其後沿道雖有大小之異而其制度則大同 不惟不可殫記 亦頗倦於觀翫 不復歷覽焉 路傍有十數丈高峯名嘔血臺 世傳淸太宗登此峯俯瞰寧遠城中 爲明巡撫袁崇煥所敗 嘔血而殂 故稱之 寧遠城中 大街上對立祖家牌樓 兩樓之間俱數百步 兩樓皆三門 每柱前坐數丈石獅子 一祖大樂牌樓 一祖大壽牌樓 高皆六七丈 而大壽樓高少巽 皆以白石之瑩澤如玉理者 層層架起 榱桷棵椽 甍簷窓楹不資寸木 大樂樓以五色文石架起 兩樓締起之功 鏤刻之工 殆非人力之所能 大樂樓列書三代誥贈 曾祖祖鎭祖祖仁 父祖承敎 前面書元勳初錫 後面書 登壇峻烈 最上層書 玉音 刻柱聯曰 松檟如初 慶善培于四世 琳琅有赫 貢永譽于千秋 後面柱聯曰 桓赳與歌 國倚干城之重 絲綸錫寵 朝隆銘鼎之褒 大壽樓又列書四代誥贈 會祖及祖與大樂同 父承訓 我國萬曆壬辰被倭寇時 承訓以遼東副摠兵領三千騎 最先赴援者也 上層書廓淸之烈 下層書四代元戎 其前後柱聯及所鏤禽獸兵馬戰鬪之狀皆陽刻 柱聯忙未之記 祖家遼薊世將也 崇禎二年十一月 虜兵薄皇城 十二月 督帥袁崇煥率祖大壽何可剛 入援所過諸城 留兵守之 帝聞其至甚喜 令盡統援軍 淸人設問使其將高鴻中於所獲明兩太監前故作耳語曰 今日 撤兵意者 袁巡撫有密約 頃見二人來見汗 語良久而去 楊太監佯臥竊聽之 旋縱之歸 遂以告于帝 帝遂執崇煥磔之大壽大驚 與可剛擁衆東走 毀山海關出 後錦州松山之戰 祖大樂祖大成祖大明 皆被擒 大壽守大凌河城 被圍粮盡 擧城降 今其牌樓崢嶸而隴西之家聲隳矣 徒爲後人之嗤點 有何益哉 大壽城內 所居稱文坊 城外所居稱武堂 今爲別人所占 而西邊數仞墻開一小角門 門墻制作 頗似牌樓之奇巧 墻內猶存數楹精舍 土人至今指謂大壽暇日讀書之堂云

是夜大雷雨達曉

二十日丙申 朝晴晚雨 曉發寧遠 至青墩臺七里 曹庄驛六里 七里坡七里 五里橋五里 沙河所五里 共三十里 中火沙河所 即中右所也 中火後 暴炎釀雨 至乾溝臺三里 大雨 冒雨行 烟臺河五里 半拉店五里 望河店二里 曲尺河五里 三里橋七里 東關驛三里 共三十里 是日通行六十里

青墩臺 觀日出所也 副使書狀將於鷄鳴先發 爲觀日 俾要同行 而余辭以穩睡晚發 蓋觀日出亦有數存 余嘗東遊海上 叢石亭觀日 甕遷觀日 石門觀日俱未得意 或晚到 日已離海 或竟夜不寐 早至觀所 竟爲雲霧晦翳 大抵日出時天無一點雲氣則似若善觀 而此最無味 只是一團赤銅盤出自海中來 有何可觀 日君象也 其贊堯曰 望之如雲 就之如日 故日之未噭 必有許多雲氣湊集外辦 若將前導 若將後殿 若將儀衛 如千乘萬騎 陪扈衛擁 羽旄旌旆 龍蛇震蕩 然後始爲壯觀 若要許多雲氣 則乃反晦冥鄣蔽 無復可觀 蓋曉夜純陰之氣爲太陽所激射 於是巖岫出雲 川澤出霧 各相照應 方皦未皦之際 如愁如愁 沈霾無光 余於叢石觀日 有詩曰 行旅夜半相叫噟 遠鷄其鳴鳴未應 遠鷄先鳴是何處 只在意中微角如蠅 村裡一犬吠仍靜 靜極寒生心兢兢 是時有聲若耳鳴 纔欲審聽簷鷄仍 此去叢石只十里 正臨滄溟觀日昇 天水涸洞無兆朕 洪濤打岸霹靂興 常疑黑風倒海來 連根拔山萬石崩 無怪鯨鯢鬪出陸 不虞海運値搏鵬 但愁此夜久未曙 從今混沌誰復徵 無乃玄冥劇用武 九幽早閉虞淵氷 恐是乾紐旋幹久 遂傾西北隳環絙 三足之烏太迅飛 誰呪一足繫之繩 海若衣帶玄滴滴 水妃鬟鬢寒凌凌 巨魚放蕩行如馬 紅鬐翠鬣何觺觺 天造草昧誰參差 大叫發狂欲點燈 攙搶擁彗火垂角 禿樹啼鵲尤可憎 斯須水面若小癭 誤觸龍爪毒可瘮 其色漸大通萬里 波上逶迤如雌膺 天地茫茫始有界 以朱畫一爲二層 梅澀新愖大染局 千純濕色轂與綾 作炭誰伐珊瑚樹 繼以扶桑益熾蒸 炎帝呵噓口應嗃 祝融揮扇疲右肱 鯤鬐最長最易熱 蠣房逾固逾自僜 寸雲片霧盡東輳 呈祥獻瑞各效能 紫宸未朝方委裘 陳扆設黼仍虛凭 纖月猶賓太白前 頗能爭長群與滕 赤氣漸淡方五色 遠處波頭先自澄 海上百怪皆遁藏 獨留羲和將驂乘 圓來六萬四千年 今朝改規或四楞 萬丈海深誰汲引 始信天有階可陞 鄧林秋實丹一顆 東公綵毬毱半登 夸父殿來喘不定 六龍前道頗誇矜 天際黵慘忽霅霅 努力推轂氣欲增 團未如輪長如甕 出沒若聞聲砯砯 萬物咸覩如眃日 有誰雙擎一躍騰 蓋日出千變萬化 人人所見各不同 而亦不必臨海觀之 余於遼野日觀日出 天晴無雲則日輪不

甚大 一旬之間 日日不同矣 副三房今日亦以雲陰未見云

　午後暴熱 大雨霈沱 油衣蒸鬱 肚裡飽滿 似飲暑矣 臨臥時 磨大蒜頭 燒酒和服 腹始平 穩睡蓬曉 大雨

　二十一日丁酉 午雨午晴 阻河漲 留東關驛 聞隣舍有登州客李先生者 善推數且使人要觀朝鮮人云 故飯後往尋焉 推命之術爲太乙數云 余問 此紫微斗數否李生曰 所謂紫微 小數也 太乙一星在紫微宮 屬天一生水 故曰太乙 乙者一也水爲造化之根 六壬亦水也 遁甲亦太乙也 吳越春秋等書多著明驗 六十四卦都不出此書 爲將者不通六壬遁甲 則不識奇變云 余性不喜觀相推命 故平生未曉其法 且其所稱六壬遁甲 言涉妄誕 故不言四柱 蓋其人亦欲誇衒其術 要售厚幣 而察余氣色頗冷淡 亦不復言也

　對炕有一老者 掛鏡抄書 余移向其前 觀其所抄 皆近世詩話也 老者弛筆停鏡曰 尊客遠臨 沿道奚囊必富 願留一二佳句 所抄筆法雖拙而詩話略有妙語 老者亦韶雅可喜 而所居供玩精灑 余遂上炕而坐 各通姓名 老者亦登州人也 姓祝而忘其名 問我國婦人髻服之制 余曰 皆放中華上古 祝稱好好 余問貴鄉女服何如祝曰 大同俗 女子出嫁時有髻無笄 無論貧富 民婦無冠 惟命婦有冠 各隨夫職簪釵有品 如帽頂之制 雙鳳釵爲頂品 而亦有飛鳳立鳳坐鳳戢鳳之別 以至翡翠簪 俱有品職 處子穿襖裙 已嫁則穿衫 大袖長裙飄帶 余曰 登州距此幾里 緣何到此 祝曰 登州古齊境 所謂負海之國 旱路距皇京一千五百里 今俺們舟往金州買綿花 住此 其所抄有羅洪先 吉水人 明嘉靖己丑科壯元 周延儒 直隸人 萬曆癸丑科壯元 魏藻德 通州人 崇禎庚辰科壯元 延儒大壤明室 藻德降賊被殺而羅從祀孔子 二十年學道之功 纔於胸中忘去壯元二字云 又列近世儒林 曰陸稼書先生 諡淸獻 從祀文廟 湯荊峴先生 諱斌 諡文正 字孔伯 號潛庵 從祀文廟 李榕村先生 光地云云 魏象樞 皆稱大儒 徐澹圃諱乾學云云 祝老又停話忙抄 傍有五卷冊 列書古人生年月日時 夏禹氏項羽張良英布關聖俱有四柱 余借得數葉紙 同研略錄 時所謂推數者不在炕裡 余方抄錄百餘 而李也自外入來 見之大怒奪而裂之曰 漏泄天機 余大笑而起 遂還寓 手中猶餘半紙 王舒公 辛酉十一月十一日辰時生 富鄭公 甲辰正月二十日巳時生 蘇子容 庚申二月二十二日巳時

生 王正仲 癸亥正月十一日申時生 韓莊敏 己未七月初九日寅時生 蔡京 丁亥
壬寅壬辰辛亥生 曾布 乙亥丁亥辛亥己亥生 韓莊敏王正仲不知是何代人 而要
之皆貴人也 李也所謂漏洩天機 陋甚陋甚矣

午後 雨乍晴 閑玩 入一鋪 中庭班竹欄干茶蘼架下 立一丈太湖石 石色正綠
石後有丈餘芭蕉 雨餘物色倍新 欄邊獨有一人 倚坐卓上 筆研俱佳 余就坐 書
問姓名 搖手不答 卽起出門而去 余意謂其非其主人也 爲玩太湖石未卽出 其
人携一少年含笑而來 少年揖余就坐 忙書一紙滿洲字 余言不憧 兩人皆笑 蓋
主人不識一字 忙邀對鋪少年而來 少年雖善滿書 不識漢字 遂略以言語酬酢
而彼此糊塗聽瑩 眞所謂不聾 不聾而聾 不啞而啞矣 三人鼎坐 集天下之廢疾
而互以大笑彌縫 方少年之書滿字也 主人曰 有朋自遠方來不亦樂乎 余曰吾不
會滿字 少年曰 學而時習之不亦悅乎 余曰君輩能誦論語 何爲不識字 主人曰
人不知而不慍 不亦君子乎 余試書其所誦三章以示之 則俱瞪目直視 茫然不辨
爲何語也 旣已大雨暴霪 傍無他喧 政合穩譚 而兩人者旣不識一字 余又官話
極疎 無可奈何 尺地阻雨 踉菀無聊 少年起去 少選 冒大雨 手持一籃蘋果 一
盤卵炒 一甌水卵而來 甌七圍 肉厚一寸 高三四寸 上鏤綠琉璃 兩頰爲饕餮
口含大環 正合盥盆而重不可遠致 問其價 爲一鈔 一鈔爲一百六十三分 爲銀
不過三錢矣 象三言 此在皇京 不過售銀 二錢而肉重難輸 明知其出境爲希寶
而無可奈何云矣 日夕 雨快霽 又至一鋪 亦有三個登州客商爲柞綿繅繭 船往
金州 蓋州牛家庄 距登州水程二百餘里 對岸 一帆風來往云 三人具略解書字
而但剽悍 全不識禮義 頗加凌諑 故卽還

二十二日戊戌 晴 自東關驛至二亭子五里 六渡河橋十一里 中後所二里 共十
八里 中火 自中後所至一臺子五里 二臺子三里 三臺子四里 沙河站八里 葉家
墳七里 口魚河屯三里 魚河橋一里 石橋河九里 前屯衛六里 共四十八里 宿前
屯衛 是日通行六十六里
舟渡中後所河 舊有城 中毀 今方修築 市鋪闔井亞於瀋陽 有關帝廟 壯麗勝
於遼東 甚有靈驗 一行皆奠幣叩頭 抽籤祝吉凶 昌大奠一顆掯瓜 無數磕頭 又
自啖其瓜於塑像前 未知默禱者何等 而可謂所持者狹而所欲者奢矣 門內照墻所

畫青獅可觀 似倣甘露寺吳道子所畫 而東坡所贊 威見齒 喜見尾 可謂善形容矣
我國所着氆帽皆出此中 共有三鋪 一鋪爲三五十間 鋪中所造工人不下百人 灣
商已充斥其中 爲約帽 回還時輸去也 造帽之法甚易 有羊毛則吾可爲之 而我東
不畜羊 民生終歲不識肉味 一域男女不下數百萬口 人着一帽然後爲禦冬之資
計冬至使行 黃曆賫咨所帶銀貨不下十萬兩 通計十年則爲百萬兩 帽爲一人三冬
之資 春後獘落則棄之耳 以千年不壞之銀 易三冬獘棄之帽 以採山有限之物 輸
一往不返之地 何其不思之甚也 造帽者皆脫衣工作 手若風雨 我東銀貨半消此
鋪 則鋪人各定主顧 灣商之來必大治酒食以接云 路中有道士三人結伴行丐 周
歷市廛 一人頭戴烏紗畫雲方冠 身被一領玉色綈紗闊袖長袍 下擊綠杭羅裳 腰
束紅錦飄帶 足穿赤色飛雲方履 背負一口斬魔古釖 手持竹簡子 面皮白淨 三角
鬚疎眉目 一人頭上雙角結子 紅繪總角 身穿窄袖綠緞襖子 肩披薛荔 兩腋上繫
虎皮 腰束紅緞廣帶 足穿青鞋 背負錦軸五岳圖 腰佩金胡盧 手捧道書一匣 顏
色白晢媚嫵 一人卷髮披肩 以金環籠頭 身披黑貢緞闊袖長衫 洗足而行 手持紅
胡蘆 赤面環眼 口中念呪 觀市人氣色 皆帶厭苦之意

　至石橋河 河水大漲 不見涘岸 水不甚深而頗悍急 皆言及今不渡則水當益出
云 遂入正使轎中同濟 旣至彼岸 見乘馬浮河者皆仰天 面色青黃 書狀裨將趙時
學墮水幾死 驚極 灣商有溺其銀貨者 臨河呼母而哭云 前屯衛市中設場戲 臨罷
村婦數百 皆老婆 猶能盛粧 方罷去 演劇者蟒袍象笏皮笠棕笠藤笠氈笠絲笠紗
帽幞頭之屬 宛然我國風俗 道袍或有紫色而方領黑緣 此似古唐制也 嗚呼 神州
之陸沈百有餘年 而衣冠之制猶存 彷彿於俳優雜劇之間 天若有意於斯焉 戲臺
皆書如是觀三字 亦可以見其微意所寓爾 有一知縣過去 大扇書正堂者 一雙
紅蓋一對 黑蓋一對 紅繖一柄 旗二雙 竹棍一雙 皮鞭一雙 知縣乘轎 隨後佩
弓矢者五六騎

　二十三日己亥 小雨 卽晴 是日處暑 自前屯衛朝發 至王家臺十里　王濟溝五
里 高嶺驛五里 松嶺溝五里 小松嶺四里 中前所十里 共三十九里 中火 自中前
所至大石橋七里 兩水湖三里 老君店二里 王家店三里 望夫石十里 二里店八里
山海關二里 入關行三里至深河舟渡 紅花鋪七里 共四十七里 是日通行八十八

里 宿紅花鋪

沿道墳墓必繚以墻垣 周數百步 植以松栢楊柳 列行必整排 墓前皆有華表而象設者 皆前朝貴人之墳也 門或三 或爲牌樓 制雖不及祖家之樓 亦多宏侈者 門前爲石橋 虹空有欄 如寧遠西門外祖大壽先塋 沙河店葉家墳 最其雄侈者也 有女子三個 皆騎駿馬 爲馬上才 其中十三歲女子尤踴捷善馳 皆頭戴草笠 其左右七步 倒掛 尸掛等法 如飄雪舞蝶 漢女無以資生 非行乞則類爲此等云

原上擺著一座軍陣 四角上各插一旗 無釰戟戈矛之屬 每人前置箭筒 大如篩輪 皆滿插數百箭 陣圖正方 騎兵皆下馬散處陣外 余下馬一匝 只兩兩排立 無中權旗鼓 又無設幕 或云盛京將軍明日巡操 或云盛京兵部侍郎遞還 午站當到 故中前所參將迎候於此 參將姑不來 故爲散陣方聚汛地云

野池紅蓮盛開 立馬一賞 至王家站 山上長城遙遙入望 與副使書狀及卜主簿鄭進士李傔鶴齡 偕往姜女廟 又歷上關外將臺 遂入山海關 暮抵紅花鋪 夜微有感氣 失睡

姜女廟記

姜女姓許氏 名孟姜 陝西同官人也 嫁范七郎 秦將軍蒙恬築長城 范郎隸役死於六螺山下 夢感其妻 孟姜手製衣 獨行千里探其存沒 歷憩于此 望長城而泣 因化爲石 或曰孟姜聞其夫死 獨行收骨 負而入海 數日 有石出于海中 潮至不沒 庭中有三碑 所記各異而語多荒誕 廟爲塑像 左右列童男童女 皇帝置行宮 去歲幸瀋陽時 所歷行宮皆重修 故金碧所在炫輝 廟有文文山手題柱聯 望夫石刻皇帝舊題詩 石傍有振衣亭 唐王建望夫石詩非詠此石 而地志望夫石一在武昌 一在太平亦未知王建所詠端在何地也 且秦地未嘗稱陝 姜者齊女之稱 則謂許氏陝西同官人 尤爲非是 自行宮階上至姜女廟 繚以石欄 芳流遼海 今皇帝筆也

將臺記

不見萬里長城 不識中國之大 不見山海關 不識中國之制度 不見關外將臺 不
識將帥之威尊矣 未及山海關一里 東何有一座方城 高十餘丈 周數百步 一面皆
七堞 堞下爲圭竇 可藏數十人 圭竇共二十四 城之下體又穿四圭竇 以藏兵器
下爲隧道 以通長城之內 譯輩皆稱汗所築 非也 或稱吳王臺 吳三桂守關時 從
地道不時登此臺 出號砲 則關內數萬兵一時吶喊 聲動天地 關外諸墩戍兵皆響
應 數時間號令遍千里矣 與一行諸人憑堞縱目 長城北走 滄溟南盈 東臨大野
西矙關裡 周覽之雄 無知此臺 關裡數萬戶 街市樓臺歷歷 如觀掌紋 無所隱蔽
海上一峯尖秀挿霄者 昌黎縣文筆峯也 眺望良久 欲下而無敢先下者 甌級岌業
俯視莫不戰掉 下隷扶擁 無回旋之地 勢甚狼狽

余從西級下 立於平地 仰視臺上諸人 皆兢兢莫知所爲 蓋上臺時拾級而登
故不知其危 欲還下 則一舉目而臨不測 所以生眩 其崇在目也 仕宦者亦若是
也 方其推遷也 一階半級恐後於人 或擠排爭先 及致身崇高 惴心孤危 進無一
步 退有千仞 望絶攀援 欲下不能 千古皆然

山海關記

山海關 古楡關 王應麟地理通釋云 虞之下陽 趙之上黨 魏之安邑 燕之楡關
吳之西陵 蜀之漢樂 地有所必據 城有所必守 皇明洪武十七年 大將軍徐達移楡
關於此 築五重城 名之曰山海關 太行山北走 爲醫巫閭山 舜封十二山 以醫巫
閭爲幽州之鎮 橫部東北 爲戎夏之界 至關而大斷 爲平地 前臨遼野 右挾滄海
禹貢所稱挾右碣石是也 長城從醫巫閭山委蛇而下 至角山寺 峯巒皆有墩臺 入
平地而置關 緣長城行十五里 南入于海 錔鐵爲扯而城焉 上置三簷大樓 曰望海
亭 皆徐中山所築也 初 關爲甕城而無樓 甕城穿南北東爲門 銕關扉 虹楣刻 威
鎮華夷 第二關爲四層敵樓 虹楣刻 山海關 第三關爲三簷樓 立扁曰天下第一關
三使皆去蓋 文武成班 如入瀋陽時 稅官及守備坐關內翼廊 點閱人馬 照準鳳

城淸單　大凡中國商旅亦皆簿錄姓名居住　物貨名數　詰姦防僞　極爲嚴肅　守備皆

滿人　打紅傘蕉扇　前列軍卒百餘　佩釰　十字街爲城　四面爲虹門　上有三簷樓　扁

曰祥靄槫桑　雍正帝筆也　帥府門外坐石獅二　高各數丈　閭舍市井勝於盛京　車

馬最盛　士女尤爲都冶　其繁華富麗沿道莫比　蓋此爲天下雄關　而關以西漸近皇

都故也　自鳳城千餘里之間　曰堡　曰屯　曰所　曰驛　曰經　數城而今驗之長城　其

設施建置莫不效法於此關　然皆兒孫耳　嗚呼　蒙恬築長城以防胡　而亡秦之胡養

於蕭墻之內　中山設此關以備胡　而吳三桂開關迎入之不暇也　當天下無事之日

徒爲商旅之譏征　則吾於關亦奚足云

關內程史

起庚子止庚戌 凡十一日 自山海關內至皇京 共六百四十里

聖上四年庚子(淸乾隆四十五年) 秋七月二十四日庚子 晴 是日處暑 自紅花
鋪至范家庄二十里 中火 范家庄至湯河堤三里 大理營七里 王家嶺三里 鳳凰店
二里 望海店八里 深河驛五里 高鋪臺八里 王家鋪二里 馬棚鋪七里 楡關三里
共四十八里 是日通行六十八里 宿楡關 或稱渝關 今臨渝縣

關內風氣絶異關東 山川明媚 曲曲堪畫 自紅花鋪始有墩臺 五里一墩 或十里
一墩 制皆正方 高五丈 上置屋三間 傍堅三丈旗竿 臺下置屋五間 牆上列畫弓
韔矢服燻鎗火砲 屋前列挿刀鎗劍戟 凡擧燧望烟事目 列書貼壁

二十五日辛丑 晴 自楡關至榮家庄三里 上白石鋪二里 下白石鋪三里 吳家塋
三里 撫寧縣九里 羊腸河二里 午哩鋪三里 蘆家庄二里 時哩鋪三里 蘆峯口五
里 茶棚庵五里 飮馬河三里 背陰堡三里 共四十六里 中火 自背陰堡至雙望店
八里 要站五里 猻子營三里 部落嶺六里 蘆龍塞三里 驢槽十三里 漏澤園三里
永平府二里 共四十三里 是日通行八十九里 宿永平府

行過撫寧縣 山川漸益開朗 城裏街坊 家家金扁玉 牓牌樓處處輝映 路右一門
下 副三房下隷持轎留屯 乃徐進士鶴年家也 副使書狀方在此觀玩云 余遂下馬
進去 其家舍僭侈 器玩瑰奇 誠如前聞 鶴年十數年前歿 而有兩子 長苕芬次苕
信 苕信頗有文筆 選入四庫全書繕寫之役 方在皇京 獨有苕芬在家 文筆極短
滿堂刻揭果親王 阿克敦 于敏中 鄂爾泰 皇三子 皇五子詩 俱以興京祭官道出
此中 多歷宿留詩而去 于敏中 阿克敦 俱稱海內名筆 而視果親王不啻巽下 其
寢室楣上刻揭白下尹判書淳七絶一首 戶外楣上刻揭曹參判命采次尹詩 尹公 我
東名筆也 一點一畫 無非古法 而天才華娟 如雲行水流 穠纖間出 肥瘦相稱 而
今在諸筆不無間然者 何也 大抵我東習字者未見古人墨蹟 平生所臨只是金石
金石但可想像古人典刑 而其筆墨之間無限神情 已屬先天 雖能髣髴體勢 而觔

骨强梁都無筆意 濃爲墨猪 焦爲枯藤 此無他 石刻銕畫 習與性成 又紙筆尤異
中國 古稱高麗白硾紙狼尾筆 特爲異邦故實而名之 非爲其能佳於書畫也 紙以
洽受墨光 善容筆態爲貴 不必以堅靱不裂爲德 徐渭謂高麗紙不宜畫 惟錢厚者
稍佳 其不見可如此 不硾則毛荒難寫 揭練則紙面太硬 滑不留筆 堅不受墨 所
以紙不如中國也 筆以柔婉調馴 隨腕同力爲良 不可以勁剛尖銳爲賢 所以中國
良筆必稱湖州 皆用羊毫 不雜他毛 羊比他毛最柔 最柔故不禿 入紙則弄墨隨意
如孝子之先意承奉 所謂狼尾尤爲訛謬 吾不識狼爲何獸 又安得其尾哉 此禮鼠
俗名獷 去其犬傍且省厂頭 所謂黃筆者 是也 常含强悍怒磔之意 如恣意東西之
頑僮 所以筆不如中國也 紙筆既如此 乃研安東馬肝之石 磨海州厚漆之墨 臨羲
之筆陣之序 三過折筆 瘦骨㟏硞 童習白紛 亦復何哉 其後堂僻静瀟灑 頓忘塵
嚚 有降眞香臥榻 榻上所鋪 有非匹夫可居 架上所置書畫 錦卷玉軸 秩然排揷
兩房裨將 哄堂亂抽 環立爭展 如觀朝報 如度匹練 裵摺摧拉 飛騰梟敢 有崩城
陷陣 斬將搴旗之勢 加以心忙意促 難竟其長 則悔其始展 反咎匠手曰 似此長
軖 用之何處 不可作屏風 不可作簇子 或曰 吾不識畫 畫則莫如硃紅烏 桓玄之
不設寒具 盡是名士 西壁下忽聞介馬金鼓之聲 大驚回顧 乃羣閱鼎彝尊壺也 余
不勝惶恐 忙步出門

　其上下家皆爲金字扁額 獨與張福歷入諸家 而皆無主人 轉至一宅 牆下有數
十竿紫竹 當堦一樹碧梧桐 梧桐西畔有數畝方塘 環池爲白玉石欄干 池中有五
六柄蓮房 欄邊有三個鵝雛 堂中緗簾垂地 簾内衆人喧笑 余進至池邊 暫倚欄干
而立 堂寂然屏息 隱映從簾隙偸看 余徘徊 連向堂裏警咳 俄有一小童迤從堂後
而來 遙立作揖 高聲曰 你老來此做甚麼 張福曰 你們大主人那裏坐地 何不接
應了遠客 小童曰 俄刻家父與舍親李公同去高麗人處 要訪貴國太醫官 未回 余
曰 你家尋醫時 想應宅裏有患 我是太醫官 既爲到此 不妨診視 更有眞眞淸心
元 你此刻去尋爾父公回家 小童更不答應 張衣驅鵝雛入籠 取欄邊釣竿鉤引池
中敗荷葉 軒軒作傘而去 簾内人影可揣有七八人 啾啾密語 復有掩口忍笑之聲
徘徊久之 遂轉身出門 顧視張福 其鬢下黑子近日稍大 與趙主簿(明會)聯轡行
爲語撫寧風俗不佳 趙曰 撫寧人方以朝鮮人爲苦客 徐鶴年性本喜客 初逢白下
尹公 開襟款接 多出所有書畫以示之 自此撫寧縣徐進士之名膾炙東韓 每歲使
行必爲歷訪 遂成舊例 然其寶邑中他家多勝徐宅主人喜客 遍是鶴年 特尹公偶

先見此 有非東國宰相所可比擬 則津津艷稱 是後譯輩因以徐宅爲歸者 不欲更
煩他家 添一事役也 我使傔帶數十 雖數丈門戶 出入之際必齊聲警上 一擁陞堂
不識退待者 以其無板廳故也 其所接待浸不如初 及鶴年歿而諸子尤苦東客 每
値我使 屏藏器玩 略擺頑樸下劣之品 以存舊規而已 今其隣舍避匿 蓋以徐家
爲戒也 相與大笑 尹公之還 以鬻技胡雛遭彈 蓋指此詩也 言之無倫若是哉

幽冀山勢扶輿磅礴 太行西來 環擁燕都 醫巫東馳 以作後鎭 龍飛鳳舞 至於
角山而大斷 爲山海關 入關以來 諸山益脫大漠麤壯之氣 向南開面 清秀明嫩
至昌黎諸濱海之縣 山氣尤佳 禹貢碣石近在縣西二十里 曹操詩 東臨碣石以觀
滄海者 是也 昌黎縣有韓文公廟 又有韓湘廟 唐書本傳公爲鄧州南陽人 廣興
記以爲昌黎人 宋元豐間封公爲昌黎伯 及元至元時始立廟於此 有文公塑像云
吾平生夢想文公 遂遍約諸人爲伴遊計而無肯行者 蓋迂行二十里也 有難獨往
可歎 行歷東岳廟 庭有五碑 殿上金字題曰 東岳大帝 殿中坐二位金神 皆短拱
整笏 後殿制如前殿 坐三位女像 稱娘娘廟 而皆頭戴冕旒

到永平府 城外長河抱城迤邐 地形甚似平壤而昭曠倍之 而但無大同 清江耳
世傳 金學士(黃元) 登浮碧樓 得句曰 長城一面溶溶水 大野東頭點點山 因苦
吟意涸 痛哭下樓 說者謂平壤之勝兩句盡之 千載無更添一句者 余常以此謂非
佳句 溶溶 非大江之勢 東頭點點之山 遠不過四十里耳 烏得稱大野哉 今以此
句爲練光亭柱聯 若勅使登亭一覽 則必笑大野二字 今永平城樓可謂大野東頭點
點山 或曰 永平亦箕子封地 非也 永平卽漢之右北平 唐之盧龍塞 昔之窮邊 而
自遼金以來久作畿輔之地 廬舍市鋪繁富倍他 進士牌額比撫寧尤盛 府前轅門題
曰 古之右北平

昏後與鄭進士閑行 偶入一宅 方張燈刻高麗進貢圖 沿路店壁多帖此畫 而皆
劣畫粗拓 詭怪可笑 紅袍者 書狀也(數十年前 堂下官着紅袍 今變綠) 黑笠者
譯官也 貌似優婆塞 口含烟竹者 前排裨將也 卷鬚環眼者 軍牢也 今此所刻尤
爲粗惡 面目盡似猿猴 堂中共有三人 而無可語者 卓上硏屏高二尺餘 廣一尺
餘 花班石鏤畫江山樹木 樓臺人物 各從石紋 天然爲彩 微妙入神 以降眞香爲
附 立之硯北 有蘇州人胡應權持一畫帖而來 帖衣胡草 墨鱗成堆 破敗荒陋 不
直一錢 第觀胡生擧措 眞若絶世奇寶 洞屬擎跽 開掩惟謹 而鄭君眼昏 兩手牢
執 飜閱之際疾若風雨 胡生齁呻不寧 鄭君竟卷 耆然擲地曰 謙齋玄齋 乃胡人

之號也　余笑應曰　不見是圖　問胡生曰　足下得此何處　曰晡刻貴國金相公來弊
鋪賣此　金相公老實人　與俺情同嫡親兄弟　俺以三兩五分紋銀收買改裝　時直不
下七兩　但無畫者款識　願得老爺一一認題　因自懷中出硃碇一笏爲幣　懇求畫者
小傳　主人亦設酒果　大約我國書畫器什無年號　又不肯書名字　詩軸所題多是江
湖散人　而不識何代何地何姓何人　今此卷中雖有二字別號　依俙不辨爲誰某　則
鄭君之以謙玄爲胡人　無足怪也　鄭君漢語甚艱　且齒豁　偏嗜炒卵　入柵以後　所
肄漢語只是炒卵　猶患出口齟齬　入耳聽瑩　故到處向人輒呼炒卵二字　以試其舌
頭利澁　因此號鄭爲炒卵公(我東優戲爲假面　稱俏亂　方音與炒卵相似)　主人卽
去　爲炒一盤而來　迹涉討食　相與大笑　備說其由　欲贈其價　主人大慚曰　此非
酒飯店　頗有怒色　余遂略按畫傍別號　錄其姓名以謝之

洌上畫譜

二鳥和鳴圖 冲菴(金淨 字元冲 明嘉靖時人)

寒林臥牛圖(金埴)

石上焚香圖(李慶胤 鶴林正)

綠竹圖 灘隱(李霆 字仲燮 石陽正 鶴林子也)

黑竹圖(上仝)

蘆鴈圖(李澄 字子涵 號虛舟齋 鶴林子也)

老仙結蓁圖 蓮潭(金明國明天啓間人)

烟江曉天圖

臨紙寫字圖 恭齋(尹斗緖 字孝彦 康熙中人)

春山登臨圖 謙齋(鄭歚 字元伯 康熙乾隆間人 年八十餘 眼掛數重鏡 燭下作
細畫 不錯毫髮)

山水圖(幅 謙齋)

四時圖(八幅 謙齋)

大隱巖圖(謙齋以上 並有鄭歚元伯小印)

扶杖臨水圖 宗甫(趙榮祐 字宗甫 號觀我齋 康熙乾隆間人也)

渡頭喚舟圖 眞宰(金允謙 字克讓 康熙乾隆間人)

金剛山圖 玄齋(沈師正 字頤叔 康熙乾隆間人)

草蟲花鳥圖 八幅(玄齋 並有姓名字私印 玄齋小印)

深樹老屋圖 駱西(尹德熙 字敬伯 恭齋子)

白馬圖

羣馬圖

八駿圖

春池洗馬圖

刷馬圖(以上並有駱西姓名私印及駱西小印)

霧中睡竹圖 岫雲(柳德章 有峀雲私印)

雪竹圖(有峀雲字並有峀雲印)

釣仙圖 鱗祥(李麟祥 字元靈 號凌壺觀 有姓名印)

松石圖 元靈(有麟祥印 己未三月三日 小識)

蘭竹圖 豹菴(姜世晃 字光之 有豹菴光之印)

黑竹圖(上仝)

秋江晚泛圖烟客(許佖 字汝正 有烟客小印)

二十六日壬寅 晴 午後大風 雷雨卽止 自永平府至靑龍河一里 南壚庄二里 鴨子河七里 范家店三里 灤河二里 夷齊廟一里 共十六里 中火 自夷齊廟至望夫臺五里 安河店八里 赤紅鋪七里 野鷄坨五里 沙河堡八里 棗庄十里 沙河驛二里 共四十五里 是日通行六十一里 宿驛城外

朝發永平府 朝氣微涼 城外臨水開市 百貨塡咽 車馬縱橫 自入市中買兩個蘋果 傍有擔籠者開籠出水晶盒五個 各貯一蛇 蛇皆盤結正中 出頭如鼎蓋之有鈕 兩目光瑩 烏蛇一 白蛇一 綠蛇二 赤蛇一 皆從盒外透看而難辨其蠢活 問之則所對模糊 大抵用之惡瘡則奇效云 又有弄鼠弄兔弄熊諸戲 皆丐子也 熊大如狗 舞釖鎗舞 人立而行 拜跪叩頭 隨人指使 而形甚醜惡 其蹻捷亦不能如猿 兔鼠之戲尤巧 曲解人意 而行忙 不得詳觀 道士二人道童一人 行乞于市 雲冠霞帶 眉目雅麗 而手搖鈴杵 口誦呪籙 擧止怪妄 人鬼之間 三女方束裝跑馬

舟渡青龍河灤河 別有夷齊廟記 灤河泛舟記 孤竹城記

自夷齊廟先發 未及野鷄坨數里 天氣暴烘 無一點氛埃 與盧鄭周卞後先行語 手背忽落一鍾冷水 心骨俱凄 四顧無撥水者 又有拳大水塊下 打昌大帽簷 其 聲宕 又墮盧笠 皆擡頭視天 日傍有片雲小如碁子 殷殷作碾磨聲 俄頃 四面野 際 各起小雲如烏頭 其色甚毒 日傍黑雲已掩半輪 一條白光閃過柳樹 少焉 日 隱雲中 雲中迭響如推碁局 如裂帛 萬柳沈沈 葉葉縈電 一齊促鞭而行 背後萬 車爭驅 山狂野顛 樹怒木酗 從者手脚忙亂 急出油具 堅不脫袋 雨師風伯 雷 公電母 橫馳並騖 不辨咫尺 馬皆股栗 人皆氣急 遂聚馬首 環圍而立 從者皆 匿面馬鬣下 時於電光中見盧君 寒戰搐搦 堅閉兩目 氣息將絕 少焉 風雨小歇 面面相視 皆無人色 始見兩沿廬舍不過四五十步 而方其雨時不知避焉 諸人曰 差遲半刻 則幾乎窒死 遂入店中小憩 雨快霽 風日清麗 小飲卽發 路值副使 問避雨何處 副使曰 轎窓爲風所落 雨脚橫打 無異露立 雨點之大幾如酒鉢 大 國雨點 亦可畏也 余謂季涵曰 吾今日益不信史傳也 鄭進士鞭馬出前而問曰 何謂也 余頃羽暗啞叱咤 何如雷霆之聲 史記言赤泉侯人馬辟易數里 此妄也 項羽雖瞋目不如電光 則呂馬童墮馬尤非傳 信皆大笑

夷齊廟記

灤河之上有小阜曰首陽山 山之北有小郭曰孤竹城城 門之題曰 賢人舊里 門 之右碑曰 孝子忠臣 左碑曰 至今稱聖 廟門有碑 天地綱常 門之南有碑曰 古 今師表 門上有扁曰 上古逸民 門內有三碑 庭中有二碑 階上左右有四碑 皆明 清御製也 庭有古松數十株 繚階白石 欄 中有大殿曰 古賢人殿 殿中袞冕正圭 而立者 伯夷叔齊也 殿門題曰 百世之師 殿內大書萬世標準者 康熙帝筆也 又 曰 倫常師範者 雍正帝 筆也 殿中寶器多萬曆時物也 柱聯曰 求仁得仁 萬古淸 風孤竹國 以暴易暴 千秋高節首陽山 中庭有兩門 東曰廉頑 西曰立懦 有兩小 門 左曰盥薦 右曰齊明 出其門 有堂揖遜 有碑乃成化中所建也 碑後有臺曰 淸風 有兩門 一題曰高蹈風塵 一題曰大觀寶宇 臺上有閣曰在水之湄 柱聯曰 山如仁者靜 風似聖之淸 又曰 佳水佳山孤竹國 難兄難弟古聖人 臺上有兩門

一題曰百代山斗 一題曰萬古雲霄 皇明憲宗純皇帝時 贈伯夷曰昭義淸惠公 贈
叔齊曰崇讓仁惠公 中國之稱首陽山有五處 河東蒲坂 華山之北 河曲之中有山
曰首陽 或云在隴西 或云在洛陽東北 又偃師西北有夷齊廟 或云遼陽有首陽山
雜出於傳記 而孟子曰 伯夷避紂 居北海之濱 我國海州亦有首陽山以祠夷齊 而
天下之所不識也 余謂箕子東出朝鮮者 不欲居周五服之內 而伯夷義不食周粟
則或隨箕子而來 箕子都平壤 夷齊居海州歟 我東野言稱大連小連海州人 此何
所攷焉 門牆列刻唐宋歷代致祭之文 廟之在永平久矣 或曰洪武初移建于府城東
北阿 景泰時復建于此云 有行宮 制如姜女北鎮諸宮 而守者禁之 不可見矣

灤河泛舟記

灤河出長城北開平 東南流經遷安縣界 至盧龍塞 合漆河 又南至樂亭縣 入于
海 遼東西以河名者皆濁 獨灤河至孤竹祠下淳濇爲湖 其色如鏡 孤竹城在永平
府南十餘里 後漢郡國志曰 右北平令支有孤竹城 註曰伯夷叔齊本國也 河之南
岸削壁斗起 其上有淸風樓 樓下河水益淸 河中有小嶼 嶼中疊石如屛 屛前有孤
竹君之祠 泛舟祠下 水明沙白 野濶樹遠 臨河數十戶皆影寫湖中 漁艇三四 方
設網祠下 溯河而上 中流有五六丈石峯名砥 柱奇巖怪石環柱攢立 鶵鶘鸕鷀數
十輩 列坐沙中 方刷羽 同舟者顧而樂之曰 江山如畫 余曰君不知江山 亦不知
畫圖 江山出於畫圖乎 畫圖出於江山乎 故凡言似如類肖若者 謠同之辭也 然而
以似諭似者 似似而非似也 昔人稱江瑤柱似荔枝西湖似西子 有愚人者復曰淡菜
似龍眼 錢塘似飛燕 何如爾哉

射虎石記

永平府南行十數里 斷隴露石 睨而視之 其色白 其下有碑曰 漢飛將軍射虎處
淸乾隆四十五年秋七月二十六日 朝鮮人某某觀

二十七日癸卯 晴 朝乍涼 午極熱 自沙河驛至紅廟五里 馬鋪營五里 七家嶺五里 新店鋪五里 乾草河五里 王家店五里 張家庄五里 蓮花池十里 榛子店五里 共五十里 中火 自榛子店至煙燉山十里 白草窪六里 銕城坎四里 牛欄山鋪四里 板橋六里 豐潤縣二十里 共五十里 是日通行百里 宿豐潤城外

昨日夷齊廟中火時 爲供薇雞之蒸 味甚佳 沿道失口者久矣 忽逢佳味 欣然適口 爲之一飽 不識其舊例也 路値急雨 外寒內壅 所食未化 滯在胸間 一噫則薇臭衝喉 遂服薑茶 中猶未平 問 方秋非時 廚房薇蕨何從生得 左右曰 夷齊廟例爲中火站 必供薇蕨 無論四時 廚房自我國持乾薇而來 至此爲羹 以供一行 此故事也 十數年前 乾糧廳忘未持來 至此關供 其時乾糧官爲書狀所棍 臨河痛哭曰 伯夷叔齊 伯夷叔齊 與我何讎 與我何讎 以小人愚見 薇不如魚肉 聞伯夷等採薇而食乃餓死云 薇蕨眞殺人之毒物也 諸人者皆大笑 太輝者 盧參奉馬頭也 初行 爲人輕妄 行過棗庄 棗樹爲風雨所折 倒垂牆外 太輝摘啖其靑實 腹痛暴泄不止 方虛煩悶渴 及聞薇毒殺人 乃大聲號慟曰 伯夷熟菜殺人 伯夷熟菜殺人 叔齊與熟菜音相近 一堂哄笑 余居白門時 爲崇禎紀元後一百三十七年 三周甲申也 三月十九日 乃懷宗烈皇帝殉社之日 鄉先生與同閈冠童數十人 詣城西宋氏之僦屋 拜尤菴宋先生之遺像 出貂裘撫之 慷慨有流涕者 還至城下 扼腕西向而呼曰 胡 鄉先生爲旅廚 設薇蕨之菜 時禁酒 以蜜水代酒 盛畫瓷盆 盆之款識曰 大明成化年製 旅酬者必俯首視盆中 爲不忘春秋之義也 遂相與賦詩 一童子題之曰 武王若敗崩 千載爲紂賊 望乃扶夷去 何不爲護逆 今日春秋義 胡看爲胡賊 坐者皆大笑 鄉先生憮然 爲間曰 兒不可使不早讀春秋 惟其不早辨 故乃爲此怪談也 可賦卽景 又有一童子題之曰 採薇不眞飽 伯夷終餓死 薇水甘過酒 飲此亡則冤 鄉先生皺眉曰 又一怪談 一坐皆大笑 至今已十七年 遺老盡矣 復以伯夷之薇致此紛紜 異鄉風燈 爲記故事 因失睡

曉發 路逢喪車 柩上置白雄雞 雞搏翼而鳴 連逢喪車皆置雞 以導魂云 道傍有池 方數百畝 蓮花已落 居人各乘小艇 採藻芡蘋藕之物 有驅豬數千頭而去者 其驅策之法如牧馬牛 百餘里間 連抱柳樹拔倒無數 爲昨日風雨所拔也 行至榛子店 此店素號畜娼 康熙嚴禁天下娼妓 如楊子江 板橋等處娼樓妓館鞠爲茂草 獨此不絶種 謂之養閑的 略有首面 又會彈吹 再鳳與象三進入後堂 見余微笑而去 余亦會其意 遂潛踵其後 從戶隙窺之 象三已摟抱一女而坐 蓋有宿

面也 有兩少年 對椅彈琵琶 又有一女 □□□横鳳笛 鳳味唧金環 環垂紅色流
蘇 再鳳立椅下 手捫流蘇 又有一女捲簾而出 手持檀板 扶再鳳請坐 再鳳不應
簾裏有一老漢 披簾而立 向再鳳道好 余遂一聲大咳而唾 堂中皆大驚 象三再
鳳相視而笑 卽起出戶 迎余入看 余闔戶道好 老漢及兩少年齊起含笑答好 三
個養閑的皆稱千福 再鳳指黃襖赤袴女曰 彼名柳絲絲 丙申年過此時 年廿四
一色 今五年之間 顏色頓改 無可觀 象三曰 柳絲絲擅名自十四歲 能唱 指黑
衣朱袜女曰 彼名幺靑 年今廿五 自昨年來此 山東女子也 余指黑衣綠袴最少
者 象三曰 彼則初見 不知其名字年齒 三妓雖無十分姿色 大約唐畫美人圖中
所見也 老漢乃館主 兩少年皆山東客商 余目象三 請其彈吹 象三向少年云云
一少年唱 獨幺靑扣檀板 和聲同唱 他妓皆停吹 側耳而聽之 一少年移坐謂余
曰 會否 余曰 不知 少年書示曰 此詞曲喚做鷄生草 其詞曰 前朝出了英雄將
桃園結義劉關張 他三人請了君師諸葛亮 火燒新野博望屯 炮打上陽城 怨老天
旣生瑜又生亮 少年頗解文字 而面目可憎 自言身是新城人 姓王名龍標 余問
君豈非王西樵士祿先生後孫否 答曰 否也 俺是民家 做賣買 少年又唱一詞 諸
妓或鼓檀板 或彈琵琶 或吹鳳笛以和之 王龍標問曰 公子會否 余曰 不會也
此名何詞 龍標書示曰 此曲喚做踏莎行 其詞曰 日月隙駒 塵埃野馬 東流不盡
江河瀉 向來爭奪名利人 百年幾個長存者 柳絲絲繼唱曰 漁樵冷話 是非不在
春秋下 自斟自飲自長吟 不湏贊歎知音寡 其聲凄絕 黯然銷魂 眞是樑塵自飄
象三復請續唱 絲絲流眼曰 賣菜乎 求益也 其少年自鼓琵琶 勸絲絲續唱 其音
尤宛轉窈娜 龍標又書曰 此曲西江月 詞曰 蟭蟟匆匆甲子 蚊蛑擾擾山河 疾風
暴雨夜來過 轉眼都無一個 幺靑繼唱曰 且盡尊中美酒 閑聽月下高歌 功名富
貴竟如何 莫問牧場結果 音聲頗廣 不如絲絲幽怨 余卽起出 再鳳亦隨起 再鳳
言 象三給館主銀二兩 大口魚一尾 扇一柄云 尋息菴金公所觀季文蘭題詩 而
不可見矣(事見避暑錄) 沿路數千里間 婦女語音盡是燕鶯 絶不聞儱侗之聲 所
謂不識佳人何處在 隔簾疑是畫眉聲 常欲一聽其嬌唱 今其所唱詞曲雖有文理
旣不辨其聲音 又不識其腔調 反不如未聞時爲有餘韻

夕抵豐潤城下 主家後門臨濠而開 門前數株弱柳 正使丁酉春使還時曾宿此家
與書狀申亭仲(思運)坐柳下穩談云 下轎 卽命設席于後門外 因與諸裨小酌 濠
廣十餘步 柳樹陰濃 窣地蘸波 城上有三簷高樓 縹緲雲霄 遂與諸人同入城登覽

樓名文昌 爲祠文昌星君云 路逢楚人林皋 同往胡逈恒宅 張燈觀次修所書懸官
詩 約飯後更來 問 閉城否 答云 即閉 未消半更旋開 飯後持燈更往 城門不閉
我人蓬頭不笠 嗔咽來往 索馬料紫草 胡林兩人欣然出迎 堂中已設酒果 問李烱
菴朴楚亭安好 余答皆安 林生稱朴李淸曠高妙之士 余曰 是皆吾之門生 雕蟲小
技 安足道哉 林生曰 相門出相 將門出將 果非虛語也 烱楚兩人於戊戌皇太后
進香時 過此一宿而去云 林胡開誠款接 而全乏文翰 胡生面貌不雅 多市井氣
林生長髥休休 有長者風 但酬酢之際 不離賣買 胡生爲贈松下仙人圖 林生亦贈
畫扇一柄 各以一扇一丸答之 略飲數盃 其一對琉璃燈頗佳 值夜 不得觀他器玩
余卽辭退 約以回還更訪 林生臨門送別 頗有悵缺之意 歸寓 出胡生所饋閩薑菊
茶橘餅 使張福爛煎 和燒酒數盃而飲 其味絶佳

　城外有四聖廟 甕城內有白衣菴 正街上有二牌樓 譙樓坐關公塑像

　二十八日甲辰 朝晴 午後風雷大作 雨勢不如野鷄坨所値 自豐潤曉發 至高麗
堡十里 沙河鋪十里 趙家庄二里 蔣家庄一里 還香河一里 一名漁河橋 閔家鋪
一里 盧姑庄四里 李家庄三里 沙流河四里 中火 共四十里 又自沙流河至亮水
橋十里 良家庄五里 卅里鋪五里 十五里屯五里 東八里鋪七里 龍泣菴一里 玉
田縣七里 共四十里 是日通行八十里 宿玉田城外

　玉田古稱幽州 古無終國 召公所封地 正義言召公初封無終 後徒薊 詩序曰扶
風雍縣南有召公亭 卽召公采邑 未知孰是 行至高麗堡 廬舍皆茅茨 最寒儉 不
問可知爲高麗堡也 丁丑被擄人自成一村 關東千餘里無水田 而獨此地水種 其
餠飴之物 多本國風 古時使价之來 下隸所沽酒食或不收其直 婦女亦不回避 語
到故國 多有流涕者 馹卒輩因以爲利 多白喫酒食 或別討酒服 主人以本國舊誼
不甚防閑 則乘間偸竊 以此益厭我人 每値使行則閉藏酒食 不肯賣買 懇要然後
乃賣而必討厚價 或先捧其價 馹卒必百計欺詐 以爲雪憤 互相乖激 視若深讎
過此時必齊聲大罵曰 你是高麗子孫 你之祖公來了 何不出拜 堡人亦大罵 我人
反以此堡風俗爲極惡 足爲寒心

　路逢急雨 避雨入一鋪中 鋪中進茶善待 雨久不止 雷霆亦壯 鋪之前堂頗廣
中庭百餘步 前堂婦女老少五人 方染紅扇曬簷下 刷騾一人赤身突入 頭上只覆

破敗氈笠 腰下僅掩一片布幅 非人非鬼 貌樣凶惡 堂中婦女哄堂喝啾 抛紅都走 鋪主傾身視之 面發赤氣 一躍下椅 奮臂出去 一掌批頰 刷騾曰 吾馬方虛氣 要 買麥屑 你何故打人 鋪主曰 你們不識禮義 豈可赤身唐突 刷騾走出門外 鋪主 憤猶未止 冒雨疾追 刷騾轉身大罵 摵胸一撲 鋪主麤橫泥中 乃復一脚踏胸而走 鋪主動轉不得 宛其死矣 久而起立 負疼蹣跚而行 渾身黃泥 無所發怒 還入鋪 中 怒目祖余 口雖無聲 頭勢不好 余視益下而色益莊 凜然爲不可犯之形 久後 和顏謂鋪主曰 小人無禮 甚是衝撞 再休掛意 鋪主回怒作笑曰 慚愧 老爺休題 雨勢益猛 久坐殊鬱 鋪主走入前堂換着新衣 携八九歲女子而出 囑女叩頭 女之 面貌悍惡 鋪主笑曰 此俺第三女 俺無有男子兒 老爺寬厚長者 情願以此女拜老 爺認爲義父 余笑曰 實感主人厚義 然此事還有不然者 俺外國人 此次一去 不 可復來 造次結緣 他日相思之苦 還是冤業 鋪主堅要認爲義女 余牢辭 若一認 義 則回還時必以京貨給與作爲情禮 此馬頭輩例事云 可若且可笑也 雨少霽 涼 風乍動 遂起出門 鋪主臨門揖別 頗有怊悵之意 遂解給一丸淸心 鋪主再三稱 謝 女子足穿鳥靴 蓋旗下也

行至龍泣菴 菴前大樹下十餘閑漢納京 有弄兔者 又有彈吹 方演西遊記 夕抵 玉田縣 有無終山 或云燕昭王墓在此 入城裏閑玩 一鋪中方咽笙歌 遂與鄭進士 尋聲入觀 廊無下列坐五六少年 或吹笙簧 或彈絃子 轉入堂中 有一人端坐椅上 見客起揖 容貌頗雅 年可五十餘 鬚髯斑白 以名帖示之 點頭而已 問其姓名 不 應 四壁遍揭名人書畫 主人起開小龕 龕中坐拏大玉佛 佛後掛小障 畫觀音像 題泰昌元春三月 滁陽邱琛寫 主人焚香佛前 叩頭 起掩龕扇 還就椅 書其姓名 曰沈有朋 蘇州人 字箕霞 號巨川 年四十六 簡默整暇 余辭起 方出戶 卓上有 鑄銅爲鹿 靑翠入骨 高一尺餘 又數尺硏屏 畫菊 外傅玻瓈 制甚奇巧 西牆下置 碧色花尊 挿一枝碧桃 坐一黑色大蝴蝶 初謂假造 細玩則乳金石翠 果是眞蝶 膠脚花上 枯已久矣 壁上懸一篇奇文 鸞紙細書爲格子 塗之橫竟一壁 筆又精 工 就壁一讀 可謂絶世奇文 余因還座 問 壁上所揭誰人所作 主人曰 不知誰 人所作也 鄭君問 此似是近世文 無乃主人先生所題耶 沈有朋曰 主人不解文 字 旣無作者姓名 不知有漢 何論魏晉 余曰 然則何從得此 沈曰 曩於薊州市 日收買 余曰 可許謄去否 沈首肯曰 不妨 約持紙更來 飯後與鄭君更往 堂中 已點兩燭矣 余就壁欲解下格子 沈招侍者捧下 余復問 此先生所作否 沈掉頭

曰 有如明燭 俺長齋奉佛 懺誠懺妄 余囑鄭君自中間起筆 余從頭寫下 沈問
先生膽此何爲 余曰 歸令國人一讀 當捧腹軒渠 嘔噦絶倒 噴飯如飛蜂 絶纓如
拉朽 及還寓點燈閱視 鄭之所膽無數誤書 漏落字句 全不成文理 故略以己意
點綴爲篇焉

虎叱

虎 睿聖文武 慈孝智仁 雄勇壯猛 天下無敵 然狒胃食虎 竹牛食虎 駮食虎
五色獅子食虎於巨木之岊 茲白食虎 鷇犬飛食虎豹 黃要取虎豹心而食之 猾(無
骨)爲虎豹所吞 內食虎豹之肝 酋耳遇虎則裂而啖之 虎遇猛㺝則閉目而不敢視
人不畏猛㺝而畏虎 虎之威其嚴乎 虎食狗則醉 食人則神 虎一食人 其倀爲屈閣
在虎之腋 導虎入廚 舐其鼎耳 主人思饑 命妻夜炊 虎再食人 其倀爲彞兀 在虎
之輔 升高視虞 若谷穽弩 先行釋機 虎三食人 其倀爲鬻渾 在虎之頤 多贊其所
識朋友之名 虎詔倀曰 日之將夕 于何取食 屈閣曰 我昔占之 匪角匪羽 黔首之
物 雪中有跡 歬行疎武 瞻尾在腦 莫掩其尻 彞兀曰 東門有食 其名曰醫 口含
百草 肌肉馨香 西門有食 其名曰巫 求媚百神 日沐齋潔 請爲擇肉於此二者 虎
奮髯作色曰 醫者疑也 以其所疑而試諸人 歲所殺常數萬 巫者誣也 誣神以惑民
歲所殺常數萬 衆怒入骨 化爲金蠶 毒不可食 鬻渾曰 有肉在林 仁肝義膽 抱忠
懷潔 戴樂履禮 口誦百家之言 心通萬物之理 名曰碩德之儒 背盎體胖 五味俱
存 虎軒眉垂涎 仰天而笑曰 朕聞如何 倀交薦虎曰 一陰一陽之謂道 儒貫之 五
行相生 六氣相宣 儒導之 食之美者無大於此 虎愀然變色易容而不悅曰 陰陽者
一氣之消息也 而兩之 其肉雜也 五行定位 未始相生 乃今强爲子母 分配鹹酸
其味未純也 六氣自行 不待宣導 乃今妄稱財相 私顯己功 其爲食也 無其硬强
滯逆而不順化乎

鄭之邑有不屑宦之士曰北郭先生 行年四十 手自校書者萬卷 敷衍九經之義
更著書一萬五千卷 天子嘉其義 諸侯慕其名 邑之東有美而早寡者曰東里子 天
子嘉其節 諸侯慕其賢 環其邑數里而封之 曰東里寡婦之閭 東里子善守寡 然有
子五人 各有其姓 五子相謂曰 水北鷄鳴 水南明星 室中有聲 何其甚似北郭先

生也　兄弟五人迭窺戶隙　東里子請於北郭先生曰　久慕先生之德　今夜願聞先生
讀書之聲　北郭先生整襟危坐而爲詩曰　鴛鴦在屛　耿耿流螢　維鬵維錡　云誰之型
興也　五子相謂曰　禮不入寡婦之門　北郭先生　賢者也　吾聞鄭之城門　壞而有狐
穴焉　吾聞狐老千年能幻而像人　是其像北郭先生乎　相與謀曰　吾聞得狐之冠者
家致千金之富　得狐之履者　能匿影於白日　得狐之尾者　善媚而人悅之　何不殺是
狐而分之　於是五子共圍而擊之　北郭先生大驚遁逃　恐人之識己也　以股加頸　鬼
舞鬼笑　出門而跑　乃陷野窖　穢滿其中　攀援出首而望　有虎當徑

　虎顰蹙嘔哇　掩鼻左首而噫曰　儒(句)臭矣　北郭先生頓首匍匐而前　三拜以跪
仰首而言曰　虎之德　其至矣乎　大人效其變　帝王學其步　人子法其孝　將帥取其
威　名並神龍　一風一雲　下土賤臣　敢在下風　虎叱曰　毋近前　曩也吾聞之　儒者
諛也　果然　汝平居集天下之惡名　妄加諸我　今也急而面諛　將誰信之耶　夫天下
之理一也　虎誠惡　人性亦惡　人性善則虎之性亦善也　汝千言萬語不離五常
戒之勸之恒在四綱　然都邑之間　無鼻無趾　文面而行者　皆不遜五品之人也　然
而徽墨斧鉅　日不暇給　莫能止其惡焉　而虎之家自無是刑　由是觀之　虎之性不
亦賢於人乎　虎不食草木　不食蟲魚　不嗜麴蘗悖亂之物　不忍食伏細瑣之物　入
山獵麕鹿　在野畋馬牛　未嘗爲口腹之累　飲食之訟　虎之道豈不光明正大矣乎
虎之食麕鹿而汝不疾虎　虎之食馬牛而人爲之讐焉　豈非麕鹿之無恩於人　而馬
牛之有功於汝乎　然而不有其乘服之勞　戀效之誠　日充庖廚　角鬣不遺　而乃復
侵我之麕鹿　使我乏食於山　缺餉於野　使天南平其政　汝在所食乎　所捨乎　夫非
其有而取之謂之盜　殘生而害物者謂之賊　汝之所以日夜遑遑　揚臂努目　挐攫而
不恥　甚者呼錢爲兄　求將殺妻　則不可復論於倫常之道矣　又復攘食於蝗　奪衣
於蠶　禦蜂而剽甘　甚者醢蟻之子以羞其祖考　其殘忍薄行孰甚於汝乎　汝談理論
性　動輒稱天　自天所命而視之　則虎與人乃物之一也　自天地生物之仁而論之
則虎與蝗蠶　蜂蟻與人　並育而不可相悖也　自其善惡而辨之　則公行剽刦於蜂蟻
之室者　獨不爲天地之巨盜乎　肆然攘竊於蝗蠶之資者　獨不爲仁義之大賊乎　虎
未嘗食豹者　誠爲不忍於其類也　然而計虎之食麕鹿　不若人之食麕鹿之多也　計
虎之食馬牛　不若人之食馬牛之多也　計虎之食人　不若人之相食之多也　去年關
中大旱　民之相食者數萬　往歲山東大水　民之相食者數萬　雖然　其相食之多　又
何如春秋之世也　春秋之世　樹德之兵十七　報仇之兵三十　流血千里　伏屍百萬

而虎之家 水旱不識 故無怨乎天 譽德兩忘 故無忤於物 知命而處順 故不惑于巫醫之姦 踐形而盡性 故不疚乎世俗之利 此虎之所以睿聖也 窺其一斑 足以示文於天下也 不藉尺寸之兵而獨任瓜牙之利 所以耀武於天下也 彝卣蜼尊 所以廣孝於天下也 一日一舉而烏鳶螻螘共分其餕 仁不可勝用也 讒人不食 廢疾者不食 衰服者不食 義不可勝用也 不仁哉 汝之爲食也 機穽之不足以爲罝也 罦也 罠也 罾也 罜也 罛也 始結網罟者 哀然首禍於天下矣 有鈹者 戟者 殳者 斨者 戈者 矟者 鍛者 銼者 矛者 有炮發焉 聲隤華岳 火洩陰陽 暴於震霆 是猶不足以逞其虐焉 則乃吮柔毫 合膠爲鋒 體如棗心 長不盈寸 淬以烏賊之沫 縱橫擊刺 曲者如矛 銛者如刀 銳者如釗 歧者如戟 直者如矢 彀者如弓 此兵一動 百鬼夜哭 其相食之酷 孰甚於汝乎

北郭先生離席俯伏 逡巡再拜 頓首頓首 曰 傳有之 雖有惡人 齋戒沐浴則可以事上帝 下土賤臣 敢在下風 屏息潛聽 久無所命 誠惶誠恐 拜手稽首 仰而視之 東方明矣 虎則已去 農夫有朝菑者 問先生何早敬於野 北郭先生曰 吾聞之謂天蓋高 不敢不局 謂地蓋厚 不敢不蹐

燕巖氏曰 篇雖無作者姓名 而蓋近世華人悲憤之作也 世運入於長夜而夷狄之禍甚於猛獸 士之無恥者綴拾章句以狐媚當世 豈非發塚之儒而豺虎之所不食者乎 今讀其文 言多悖理 與胠篋盜跖同旨 然天下有志之士 豈可一日而忘中國哉 今清之御宇纔四世 而莫不文武壽考 昇平百年 四海寧謐 此漢唐之所無也 觀其全安扶植之意 殆亦上天所置之命吏也 昔人嘗疑於諄諄之天而有質於聖人者 聖人丁寧 體天之意曰 天不言 以行與事示之 小子嘗讀之至此 其惑滋甚 敢問以行與事示之 則用夷變夏 天下之大辱也 百姓之冤酷如何 馨香腥膻 各類其德 百神之所饗何臭 故自人所處而視之 則華夏夷狄誠有分焉 自天所命而視之 則殷冔周冕各從時制 何必獨疑於清人之紅帽哉 於是天定人衆之說行於其間 而人天相與之理乃反退聽於氣 驗之前聖之言而不符 則輒曰 天地之氣數如此 嗚呼 是豈眞氣數然耶 噫 明之王澤已渴矣 中州之士 自循其髮於百年之久 而寤寐摽擗 輒思明室者 何也 所以不忍忘中國也 清之自爲謀亦疎矣 懲前代胡主之未效華而衰者 勒銘碑 埋之箭亭 其言未嘗不自恥其衣帽而猶復眷眷於强弱之勢 何其愚也 文謨武烈尙不能救末主之陵夷 況區區自强於衣帽之

未哉　衣帽誠便於用武　則北狄西戎獨非用武之衣帽耶　力能使西北之他胡反襲
中州之舊俗　然後始能獨强於天下也　圉天下於僇辱之地而號之曰　姑忍汝羞恥
而從我爲强　吾未知其强也　未必新市綠林之間　赤其眉黃其巾以自異也　假令愚
民一脱其帽而抵之地　淸皇帝已坐失其天下矣　向之所以自恃而爲强者　乃反救
亡之不暇也　其埋碑垂訓於後　豈非過歟　篇本無題　今就篇中有虎叱二字爲目
以俟中州之淸焉

　　二十九日乙巳　晴　自玉田曉發　至西八里堡八里　五里屯七里　采亭橋五里　大
枯樹店十里　小枯樹店二里　峯山店三里　鱉山店十二里　歷見宋家庄　共四十七里
中火　又自鱉山至二里店二里　現橋五里　三家坊二里　東五里橋十六里　一名龍池
河漁陽橋　薊州城五里　西五里橋五里　邦囷店一十五里　共五十里　是日通行九十
七里　宿邦囷店

　　山凹中有大樹　不葉者數百年　枝幹不朽　相傳枯樹宋家庄　城周二里　皇明天啓
間宋家所築也　所謂外郞　乃胥吏之別稱　而宋爲此地大姓　宗族數百　人家富饒
當明淸之際　築私城　合宗族爲守備　城中建三臺　高各十餘丈　門上建樓　家後建
四簷高樓　最上層坐金佛　凭欄遙望　眼界極潤　淸人之入也　率家衆保城　天下旣
定　不卽出降　淸人惡之　歲罰銀千兩　康熙末　代輸馬草十束　城中十餘大戶皆宋
氏　奴婢尙有五百餘人云

　　薊州城邑民物雄富　卽京東巨鎭也　山上有安祿山廟　城中有三坐石牌樓　一樓
以金字題大司成　下層列書國子祭酒　三代誥贈　薊州酒味甲於關東　入一酒樓與
諸人暢襟一醉　入獨樂寺　正殿額曰　慈悲　寺後建二簷樓　中立九丈金佛　頭上坐
數十小金佛　樓下有臥佛　覆以錦衾　樓扁曰　觀音之閣　左方小書曰　太白　或曰
覆衾而臥者非佛也　乃李白醉眠之像也　有行宮　牢鎖不許觀

　　還寓館　則門外賈客雲集　持馬驢　携書冊　書畫　器玩　亦有弄態諸戲　而弄蛇弄
虎者已罷去　未及觀　可歎　有賣鸚鵡者　日已昏　不得詳看其毛色　方覓燈之際　賣
者已去　尤爲可恨

三十日丙午　晴　自邦囷至別山庄二里　曲家庄二里　龍灣子四里　一柳河二里
現曲子二里　胡李庄十里　白斡店二里　段家店二里　滹沱河五里　三河縣五里　東
西棗林五里　共四十六里　中火　自棗林至白浮屠庄六里　新店六里　皇親店六里
夏店六里　柳河店五里　馬已乏六里　烟郊堡七里　共四十一里　是日通行八十四里
宿烟郊堡

薊州　古漁陽　北有盤山　危峯削立　皆上豐下纖　類盤形　故名盤山　一名五龍山
嘗讀袁中郎盤山記　多奇勝　必欲一登　而無伴遊者　勢無奈何　山雖峭嶢而雄蟠數
百里　外骨內膚　果樹極多　皇城日用棗栗柿梨皆出其中　行至漁陽橋　路左有楊妃
廟　與峯頭祿山祠相對　天下有錢者何限　而何乃設此淫穢之祠以祈冥佑耶　詩云
求福不回　此可謂浪費錢矣　或曰　聖人不黜鄭衛之淫詩　以存鑑誡　薊州錦屏山石
壁刻楊雄斬潘巧雲像云　白澗店有遊觀秀才　相與胡盧曰　安祿山儘是名士　其詠
櫻桃詩曰　櫻桃一籃子　半青一半黃　一半寄懷王　一半寄周摯　或請以周摯句易懷
王爲協韻　祿山大怒曰　肯使周摯壓我兒耶　如此詩人　寧可乏祠　相與大笑　歷入
香林寺　佛殿題曰　香林菴　殿上金字題曰　香林法界　康熙皇帝筆也　順治之妹早
寡爲尼　居此菴　壽逾九十而歿云　奄中所居皆比邱尼也　庭中有白斡松二株　高數
十丈　鱗甲蒼立　菴東有小浮圖五坐　浮圖左右有白斡松三株　翠滿一庭　濤聲送涼
店名曰澗　似因白斡松而稱焉

皇都漸近　車馬之聲可謂白日雷霆　沿道左右皆富貴家墳墓　連牆如閭閻　牆外
引河爲濠　門前石橋皆爲虹空　往往爲石牌樓　濠邊蘆荻中時繫荳殼小艇　橋下處
處設魚罾　牆內樹木森陰　時露甍簷　或湧出葫蘆頂　小憩店中　欄外有數十美童結
隊行歌　錦袍繡袴　玉貌雪膚　或鼓檀板　或吹笙簧　或彈琵琶　聯袂緩唱　妍好都冶
此等皆皇城丐兒　遊市肆中求媚遠地客商　一宵共枕　或給數百兩銀子云　道連傍
簟蔽陽　處處設戲　有演三國誌者　有演水滸傳者　有演西廂記者　高聲唱詞　彈吹
並作　千百玩戲之物　擺列賣買　皆爲孩提片時供玩之資　而非但物料稀奇　其製作
莫不精巧　或觸手破碎而工費不下數兩紋銀　桌上列數萬關公像　橫刀立馬　其大
纔數寸　皆紙造而巧妙入神　此是小兒戲具　而其多如此　則他可推知　眩慌駭惑
三官並勞

舟渡滹沱河　入三河縣　城中尋孫蓉洲有義宅　蓉洲已於月前往山西未還　宅在
城東關廟傍　五六間草屋　可念其貧寒(無)應門之童　隔簾有婦人之聲　燕鶯嬌囀

縶言其家夫爲人館師 迎往山西地 獨與一女在家 高麗老爺儼臨敝庄 有失迎肅
又有喚人之聲 余出湛軒書幣 置之簾前而去 墻缺處立一女子 年可十五六 皓面
素項 可念孫蓉洲女也 三河縣 古臨昫

八月初一日丁未 朝晴 極熱 午後乍雨乍止 夜大雷雨 自烟郊堡曉發 至師姑
庄五里 鄧家庄三里 胡家庄四里 習家庄三里 潞河四里 通州二里 永通橋八里
楊家閘三里 管家庄三里 共三十五里 中火 又行至三間房三里 定府庄三里 大
王庄三里 太平庄三里 紅門三里 是里堡三里 巴里堡二里 新橋六里 東岳廟一
里 朝陽門一里 入西館 共二十七里 是日通行六十二里 自鴨綠江至皇城統計三
十三站 爲二千三十里
　曉發烟郊堡 與鄭卞諸人先行 行未數里 已平明 忽聞震雷轟天 潞河舟中萬砲
聲云 朝霞澹蕩 遙看檣頭簇立如茶 柳樹上多掛浮槎草根 一旬前京師大雨 潞河
漲溢 壞民廬舍數萬戶 人畜漂溺不計其數 今於馬上以烟竹伸臂仰指柳上水痕
距平地可爲數丈 至河邊 河廣且清 舟楫之盛可敵長城之雄 巨舶十萬艘皆畫龍
湖北轉運使昨日領到湖北粟三百萬石 試登一船 略玩其制度 船皆長十餘丈 以
鐵釘裝造 船上鋪板 建層屋 穀物皆直寫于艙艎中 屋皆飾以雕欄畫棟 文窓繡戶
制如陸宅 下庫上樓 牌額柱聯 帷帟書畫 渺若仙居 屋上建雙檣 帆則以細籐簟
聯幅 渾船以鉛粉和油厚塗 上加黃漆 所以點水不滲 上雨亦無所憂也 船旗大書
浙江山東等號 沿河百里之間密若竹林 南通直沽海 自天津衛會于張家灣 天下
船運之物 皆湊集於通州 不見潞河之舟楫 則不識帝都之壯也 又與三使齊登一
船 左右設彩欄 屋前設帷帳爲榮門 左右竪儀仗旗幟 刀鎗釖戟 鋒刃皆木造 屋
中置一柩 前設椅桌 擺列奠具 喪人據椅碧紗窓下 身披一領錦布衣 頭髮不剃
長得數寸 如頭陀形 不肯與人酬酢 前置儀禮一卷 副使前爲之揖 喪人答揖 稽
顙 起伏頓首 復坐椅 副使要余筆譚 余遂書示副使姓名 官啣 喪人頓首書曰 賤
姓秦名璟 系是湖北之人 亡父遊宦京師 官居翰林修撰 本年七月初九日身故 皇
上欽賜土地 歸船返骸故鄉 衰痲在身 有失主儀 副使書問年甲 秦璟不答 副使
書問 中國皆行三年之制否 秦璟曰 聖人緣情制禮 不肖者跂而及之 副使曰 喪
制皆遵朱子否 秦璟曰 一遵文公 窗外斑竹欄干映紗玲瓏 隣船鼓樂喧咽 鷗鳥烟

雲 樓臺之勝 透窓映帶 沙堤浩渺 風帆出沒 悠然忘其爲浮家泛宅 若寓身闤闠
華堂之間 而兼有江湖景物之樂 副使回身作哂曰 可謂月波亭喪人 余亦隱笑 正
使使人忙邀 謂有可觀 遂與副使同起 背後投地響 顧視 則副房裨將李瑞龜跌
顚 視人而笑 蓋船上鋪板氷滑 不堪着足 副使方兢兢扶擁 顧囑未了 帶左連右
一瀏同顚 帳裏四人方投紙牌 余就視之 皆滿書 不可知矣 或曰此名馬吊也 深
奧處列桌擺器 其尊壺觚罐皆瑰奇 出一門 正使與書狀據鋪板 俯瞰艙艎中 此
是廚房 二個老婦人髻裹白布 方鼎熟菜荳芽 菁根 水芹之屬 更浴冷水 有一個
處女 年可二八 佳麗無雙 見客少無羞澁之態 窈窕幽閒 執事天然 而綿縠如霧
皓腕若蘸 似是秦家又鬟爲具朝饍也 船左右遍挿蕉葉扇 書翰林 知州正堂 布
政使 皆亡者履歷也 江中處處船遊小艇 或張紅幟 或設青幔 三三五五 各踞短
脚椅 或坐凳子 牀上擺列書卷畫軸 香鼎茶鎗 或吹鳳笙龍管 或據牀作書畫 或
飮酒賦詩 未必盡高人韻士 而閑雅有趣矣

下船登岸 車馬塞路不可行 既入東門 至西門五里之間 獨輪車數萬 塡塞無回
旋處 遂下馬 入一鋪中 其瑰麗繁富 已非盛京山海關之比矣 艱穿絛路 寸寸前
進 市門之扁曰 萬艘雲集 大街上建二簷高樓 題曰 聲聞九天 城外有三所倉廠
制如城郭 上覆瓦屋 屋上建疎窓小閣 以洩積氣 墻壁間垂穿傍穴 以疎濕氣 引
河環倉爲濠 行至永通橋 一名八里橋也 長數百丈 廣十餘丈 虹空高十餘丈 左
右設欄 欄頭坐數百狻猊 雕刻之工 類圖章細鈕 橋下舟楫直達朝陽門外 復以小
船開閘運漕 以入太倉云 自通州至皇城四十里間 鋪石爲梁 鑄輪相搏 車聲益壯
令人心神震蕩不寧 沿道左右盡是墳塋 而垣墻相連 樹木茂密 不見冢形

至大王庄小憩 又行 路左有三間石牌樓 立馬牌樓下觀其制作 乃佟國維塋域
也 牌樓列刻官誥 上層刻襃寵詔勅 遂渡橋入其門 左右堅八楞華表 上置石獅
中庭築路 城高一丈 路左右有古松數十株 築三層石臺 列堅十三穹碑 皆勅獎佟
氏三世勳伐 國維一名隆科多 其妻阿箸禮氏 北墻下有六塋 一行入葬 不封莎草
下圓上銳 以石灰塗滑 有黃瓦屋數十間 丹靑昧黗 階級夷倒 畫簾朽墮 滿堂蝙
蝠矢 寂無一物 亦不見守者 類深山廢刹 甚可怪也 似是勳戚隆赫之家 今焉無
子孫而然歟 至東岳廟 三使改服整班 如入瀋陽時 通官烏林哺 徐宗顯朴寶秀等
已來候廟中 皆蟒袍繡補 項掛朝珠 乘馬先導 至朝陽門 其制度一如山海關 但
目不暇視 緇塵漲天 車載水桶 處處洒道 使臣直往禮部呈表咨而去 余分路與趙

明會先詣館所 順治初 設朝鮮使邸于玉河西畔 稱玉河館 後爲鄂羅斯所占 鄂羅
斯 所謂大鼻㺚之 最凶悍 淸人不能制 遂設會同館于乾魚胡同 都統滿丕之宅也
丕之被戮也 家人多自裁 故館多鬼魅 或我國別使與冬行相値 則分寓西館 年前
別使先寓乾魚胡同 錦城尉以冬至使寓於西館 去歲乾魚胡同會同館失火 未及改
建 故今行又爲移寓於西館 噫 古史稱書契以前年代 國部不可考 然自有書契以
來二十一代 三千餘年 治天下將以何術也 豈非所謂惟精惟一之心法乎 故治天
下者吾知其有堯舜氏 治水吾知其有夏禹氏 井田吾知其有周公氏 學問吾知其有
孔子氏 財賦吾知其有管仲氏 吾未知復有幾聖人竭其心思焉 幾聖人竭其目力焉
幾聖人竭其耳力焉 幾聖人草刱之 幾聖人潤色之 幾聖人修飾之於二十一代三千
餘年書契未造之前耶 羣聖人之所以竭其心思耳目草刱潤色修飾者 將以自利乎
抑欲與萬世共享其福耶 一有心術不同 事業各殊 則目之爲愚人而未始不凶國害
家也 然而其所以竭心思之淫 耳目之巧 反有過於聖人 則尤爲後世之所喜 顯斥
其身而暗收其功 陽怒其人而陰享其利 天下之奇技淫巧由是而日滋矣 夫瓊其宮
而瑤其臺者 豈非所謂桀紂乎 夫塹山堙谷 築城萬里者 豈非所謂蒙恬乎 除天下
之直道者 豈非所謂始皇乎 天下之事非法不立 於是立法於徙木棄灰而以一其制
度者 豈非所謂商鞅乎 夫此四五諸公者 其力量才智 精神氣魄 鋪排施設 莫不
震天動地 而未始不欲與羣聖人對頭並立乎宇宙之間矣 不幸首出於書契旣造之
後 功利之享獨歸後人而身爲禍首 長蒙愚夫之名 豈不哀哉 吾又未知二十一代
三千餘年之間 幾桀紂 幾蒙恬 幾始皇 幾商鞅 效尤於書契旣造之後耶 書契旣
造之後如此 則書契未造之前 其所損益可知也 何以知其然也 昔秦皇帝傲寫六
國 大治阿房前殿 傲寫者 畫史之爲傳摹也 六國之士遊說其君 未始不叱桀罵紂
而所謂瓊其宮而瑤其臺者 適足爲章華金臺之副本 則章華金臺未始非阿房之白
描耳 項羽一炬而燒之 蕩爲粉地 足爲後世土木之鑑 而其心以爲 身旣不居 猶
恐他人之來占 則彭城之都又將一阿房 但未及耳 蕭何大治未央宮 漢高帝有耳
有目而佯若不知 及宮旣成乃反罵何 罵誠是也 何不以何徇諸市朝而一炬以焚燒
之 由是觀之 向之所以傲寫六國 大治阿房前殿者 未始不爲未央宮起草耳 吾入
朝陽門 而可以見夫堯舜精一之心如此也 夏禹之治水如此也 周公之井田如此也
孔子之學問如此也 管仲之理財如此也 桀紂之瓊宮 瑤臺不過是法 蒙恬之塹山
堙谷不過是法 始皇之除直道不過是法 商鞅之一其制度不過是法 何以知其然也

聖人嘗同其律度量衡矣　圓者欲其中規　方者欲其中矩　直者欲其從繩　則放諸四海而四海準　放諸桀紂而桀紂準　聖人嘗治懷山襄陵之水矣　其畚鍤之多　斧鑿之利　工倕之巧　役夫之衆　豈特塹山堙谷　築城萬里而止哉　聖人嘗畫天下之田而至勻百畝之制矣　其溝滄畎隧之間　所謂行車幾乘則其矩方繩止豈特除道千里之直哉　聖人嘗笞門人以爲邦之道矣　是特設於其辭而未能躬行之　然後世繼天立極之君　未必其學問勝於聖人　而一朝能擧而行之　亦奚特中華之族如此哉　夷狄之主函夏者　未嘗不襲其道而有之矣　衣食足而知禮節　則後世之欲富其國而强其兵者寧冒刻薄少恩之名　豈適私利於其身哉　論其心術於危微之際　辨其事業於公私之間　則精一之法非彼之謂也　然若其功利之享　雖其法之出乎夷狄　集其衆長　莫不以精一爲師也　故向所謂才智力量震天動地者　所以成中國之大　而二十一代三千餘年之間成法遺制可得以考焉

　其建國之號曰淸　其設都之府曰順天　在天之文曰箕尾之分　在地之志曰禹貢冀州之域　高陽氏謂之幽陵　陶唐曰幽都　虞曰幽州　夏殷曰冀州　秦爲上谷漁陽　漢初爲燕國　後分爲涿郡　又改爲廣陽　晉唐曰范陽　遼爲南京　後改爲析津府　宋改名燕山府　金稱燕京　尋改號中都　元爲大都　明初爲北平府　太宗皇帝徙都焉　改稱順天府　今淸因而都之　城之周四十里　左環滄海　石擁太行　北枕居庸　南襟河濟　城門之正南曰正陽　右曰崇文　左曰宣武　東南曰齊化　東北曰朝陽　西南曰平澤　西北曰西直　北東曰德勝　北西曰安定　外城之門有七　紫禁城之門有三　宮城十七里　其門有四　前殿曰太和　一人居焉　其姓曰愛新覺羅　其種曰女眞滿洲部其位則天子也　其號則皇帝也　其職則代天莅物也　其自稱曰朕　萬國尊之曰陛下出言曰詔　發號曰勅　其冠曰紅帽　其服曰馬蹄袖　其傳世維四　其建元曰乾隆　記之者誰　朝鮮朴趾源也　記之時維何　乾隆四十五年秋八月初一日也

　初二日戊申　晴　昨夜大雷雨震電　未及修理所寓　窓紙破落　曉又風寒　微有外感　不能飲食　朝日　衙門齊會　禮部戶部郞中　光祿寺官員也　米豆五六車　猪羊鷄鵝菜蔬充物外庭　該部官列椅而坐　肅然無敢宣譁者

　正使每日館餼鵝一雙　鷄三首　猪肉五斤　魚三尾　牛乳一鏇　豆腐三觔　白麵二斤　黃酒六壺　醃菜三觔　茶葉四兩　醬瓜四兩　監二兩　淸醬六兩　甘醬八兩　醋十

兩 香油一兩 花椒一錢 燈油三鏃 蠟燭三枝 奶酥油三兩 細粉一勀半 生薑五兩
蒜十頭 蘋果十五箇 黃梨十五箇 柿子十五箇 晒棗一勀 葡萄一勀 沙果十五個
燒酒一瓶 米二升 柴三十勀 每三日給蒙古羊一雙 副使書狀每日給羊共一雙 鵝
各一隻 雞各一隻 魚各一尾 牛乳共一鏃 肉共三勀 白麵各二勀 豆腐各二勀 醃
菜各三勀 花椒各一錢 茶葉各一兩 鹽一兩 清醬各六兩 甘醬各六兩 酷各十兩
黃酒各六壺 醬瓜各四兩 香油各一兩 燈油各一鍾 米各二升 蘋果共十五個 沙
果共十五個 黃梨共十五個 葡萄共五勀 晒棗共五勀 果物則每 五日一給 副使
每日給柴十七勀 書狀每日給柴十五勀 大通官三員 押物官二十四員 每日給雞
一隻 肉二勀 白麵一勀 酥菜一勀 豆腐一勀 黃酒二壺 花椒五分 茶葉五錢 清
醬二兩 甘醬四兩 香油四錢 燈油一鍾 鹽一兩 米一升 柴一勀 得賞從人三十名
每日給肉一勀半 白麵半勀 醃菜二兩 鹽一兩 燈油共六鍾 黃酒共六壺 米一升
柴四勀 無賞從人二百二十一名 每日給肉半勀 醃菜四兩 酷二兩 鹽一兩 米一
升 柴四勀

初三日己酉 晴 日出後始開舘門 遂與時大 張福出舘 步至瞻雲牌樓下 雇一
兩太平車 駕一驢而行 廚房為給一日之資 使時大換錢置車前 銀二兩為錢二千
二百葉 時大為車右 張福坐車後 疾驅至宣武門 制如朝陽門 左象房 右天主堂
出門右轉 入琉璃廠 初街有五柳居三字題 此屠鈺冊肆也 前歲懋官輩多貿此肆
津津說五柳居 今過此中 如逢故人 懋官臨別又言 若尋唐鴛港(樂宇號) 先至先
月樓 其南轉小胡同第二門卽唐宅云 驅車至楊梅書街 偶上六一樓 逢兪黃圃(世
琦)小話 徐文圃(璜)陳立齋(庭訓)在座 皆佳士 約選日會此

回車入北條 路傍金字先月樓忽映車前 此亦冊肆也 遂下車 與兩隸步至唐宅
若慣踏者 門首有三僕迎謂曰 老爺卯刻上衙 余問 幾時回家 答曰 卯去西還 一
僕請外舘暫坐納汗 遂隨入 有一疎拙學究出迎 姓周 忘其名 曩聞鴛港有三子
箇箇麒麟兒云 今兩小童下炕肅楫 不問可知為鴛港子也 余問兩兒年齒 長十三
次十一 余曰 長名張友 次各張瑤否 兩兒俱對曰 是也 大人何從知之 余曰 童
子善讀書 名聞海外 少焉 唐家蒼頭擎蕉葉鐵盤而出 慇懃來餉熱茶一椀 蘋果三
個 楊梅湯一碗 蒼頭傳唐家太夫人之言曰 往歲朝鮮兩老爺常常來遊獒庄 今無

恙否　如有帶來淸心元　願得一二丸　余答　現今無隨身者　後日再來時當持獻也
舊聞唐家老夫人常居東絡山房　年八十餘　筋力尙健云　蒼頭遙指曰　太夫人今方
出立中門　看貴國從者衣服也　余嫌於直望　若不見者　以紅紙僧頭扇二柄及各色
詩箋紙分給張友張瑤　約旬前再來　遂辭起出門　回看唐家老母猶立門中　兩丫鬟
在傍扶侍　遙見其鶴髮覆頂　體幹雄健　而尙不廢鉛粉珠翠也　兩隷云　俄刻唐家諸
僕左右挾持　立之庭中　老夫人使之脫衣　欲觀其制樣云　小人等惺恐不敢仰視　辭
以日熱　所着只是單衫云爾　則使之背立偶立　更令衆僕披拂襟裾而視之　出酒食
饋之　小人等衣服若是破落　可爲羞耻幾死　歸時歷觀回子觀

　初四日庚戌　晴　極熱　無異三伏　驅車出正陽門　過琉璃廠　問廠幾間矣　有對
者曰　共有二十七萬間　蓋自正陽橫亙至宣武門有五巷　而皆琉璃廠　海內外貨寶
之所居積也　余登一樓　憑欄而歎曰　天下得一知己　足以不恨　噫　人情常欲自視
而不可得　則有時乎爲大癡猖狂　乃以非我觀我　而我遂與萬物無異　其於遊身
恢恢乎有餘地矣　聖人用是道焉　遯世而無悶　獨立而弗懼　孔子曰　人不知而不
慍　不亦君子乎　老聃亦云　知我者希　我其貴矣　其不欲使人知我也如此　或變其
衣服　或變其形貌　或變其名姓　此聖佛賢豪之所以大玩於世　而王天下無與易其
樂也　當此之時　天下或有一人知我　則其迹敗矣　然乃若其情　則未嘗不待天下
獨有一人知之　故堯微服康衢　厥有擊壤　釋迦變相　厥有阿難　太伯文身　厥有仲
雍　豫讓漆身　厥有其友　三閭枯槁　厥有漁父　鴟夷五湖　厥有西子　張祿間步旅
邸　厥有須賈　子房從容圮上　厥有黃石　今吾獨立於琉璃廠中　而其衣笠　天下之
所不識也　其鬚眉　天下之所初覯也　潘南之朴　天下之所未聞也　吾於是爲聖　爲
佛　爲賢豪　其狂如箕子接輿　而將誰與論其至樂乎　或問　孔子過宋　所着何冠
余大笑曰　井廩牀琴　瞻前忽後　魚服豹蔚　孰粲其故　故曰　子在　回安敢死　論天
下知己者　唯顏子已矣

東岳廟記

東岳廟在朝陽門外一里 土木之壯麗 沿道初見 盛京宮殿殆不及此遠甚也 對廟門有雙牌樓 以碧色琉璃甋及正綠琉璃甋築成 其璀璨照耀反勝於前所見石制也 廟始建于元延祐中 皇明正統時益拓之 廟中仁聖帝炳靈公司命君四丞相像皆元昭文館大學士正奉大夫秘書監卿劉元所塑 元最善搏換之法 天下無雙 今清康熙庚辰三月 廟災 殿廡皆燼 廟中諸像盡燬于火 獨左右道院不焚 康熙特發內帑 並令京外大小官員捐助 以裕親王監視之 閱數歲始成 帝臨幸 雍正及今皇帝又發帑修葺

第一殿曰靈昭化育 東岳大帝具袞冕 侍衞諸神 左文右武 榻前設數石金缸 貯漆 爇四炷 罩以銕網 燈前置一丈金爐 爇沈香 漆燈靑熒 篆烟繚翠 流蘇寶帳 金鈴互動 殿宇沈沈 如夢中也 第二殿坐三位女像 亦垂珠旒 左右侍立者皆女仙 第三殿不識像何神 而廊廡列七十二曹三十六獄 奇奇怪怪 千態萬狀 臺上所設金寶諸器 多宋元款識 庭中穹碑百餘笏 多趙孟頫所書 亦有其弟世延及虞集筆 東西第一行碑皆建黃瓦閣 上設鼓樓 東曰鼉音 西曰鯨音

漠北行程錄

起辛亥止乙卯　凡五日　自皇城至熱河

　　熱河　皇帝行在所　雍正時置承德州　今乾隆昇州爲府　在皇城東北四百二十里
出長城二百餘里　按志　漢時要陽白檀二縣屬漁陽郡　元魏時爲密雲安樂二郡邊
界　唐時爲奚地　遼時爲興化軍屬中京　金改寧朔軍屬北京　元改屬上都路　皇明
時爲朶顏衛地　此其古今沿革也　今淸一統則始名熱河　爲長城外要害之地　自康
熙皇帝時　常於夏月駐驛于此　爲淸暑之所　所居宮殿只爲采斲　謂之避暑山莊
帝居此　書籍自娛　逍遙林泉　遺外天下　常有布素之意　而其實地據險要　扼蒙古
之咽喉　爲塞北奧區　名雖避暑　而實天子身自防胡　如元世草靑出迤都　草枯南
還　大抵天子近北居住　數出巡獵　則諸胡虜不敢南下放牧　故天子往還常以草之
靑枯爲期　所以名避暑者此也　今年春　皇帝自南巡直北還熱河　熱河城池宮殿歲
增月加　侈麗竆壯勝於暢春　西山諸苑　且其山水勝景逾於燕京故　所以年來駐
于此　其所控禦之地反成荒樂之場　今我使倉卒被詔　晝夜兼行　五日始達　默計
途程　已非四百餘里　及入熱河　與山東都司郝成論程里遠近　成亦初至熱河者
成言大約口外去京師七百餘里　自聖祖年年淸暑口外　碩王額附　閣部大臣五日
一朝　道多惡湍悍河　崇嶺峻坂　皆憚險遠跋涉之勞　聖祖特爲剪站爲四百餘里
其實七百里　諸臣常得馳馬奏事　視漠北如門庭　身不離鞍　此聖人安不忘危之意
云　成之言似爲近之　按顧炎武昌平山水記　自古北口驛置北出五十六里曰靑松
爲一站　又五十里曰古城　爲一站　又六十里曰灰嶺　爲一站　又五十里曰灤河　爲
一站　今渡灤河至熱河爲四十里　則自古北口至此摠計二百五十六里　由是觀之
五十六里已多于志所記矣　口外計程其相違左如此　則長城之內從可推知　今此
役　我人從古未嘗有也　況其晝夜馳走　瞥行夢過　其郵籤亭堠　一行上下俱所未
詳　然今按志爲四百二十里　則今從志

乾隆四十五年庚子八月初五日辛亥　晴熱　巳時　從謝恩兼進賀正使自燕京發熱

河之行 副使書狀官譯官三員 裨將四員 幷從人共計七十四人 馬共計五十五匹
餘皆落留西館

初 入柵之後 道數遇雨 阻水通遠堡 坐費五六日 正使日夜憂念 時余對炕而
宿 每夜聞雨聲 則輒明燭達曉 隔幔相語曰 天下事有不可知 萬一有如命使臣前
赴熱河 則日計不足矣 將奈何 設無熱河之役 當趂萬壽節入皇城 若又阻水於瀋
遼之間 是諺所謂曉夜行不及門 旣朝 百方設渡水之策 而衆人交諫 則輒曰 吾
爲王事來 溺死職耳 亦復奈何 自是莫敢有復言水盛不可渡者 時方極暑 此雖不
雨 往往旱地立成江海 皆千里外暴雨也 其渡水之際 莫不震掉 嘔眩失色 仰天
潛禱其須臾之命者數矣 旣至彼岸 方相顧慰賀 如逢再生之人 而又報前水尤大
於此河 則相顧已索然意沮 正使則曰 諸君無慮也 莫非王靈也 行不過數里 又
輒遇水 或一日中七八渡遂 破站兼行 馬多暍死 人皆中暑嘔泄 則輒咎使臣曰
萬無熱河之慮 而極暑破站 前所未有也 或曰 王事雖重 正使老且病 輕身若是
而萬一添症 反以債事 或曰 欲速不達也 或曰 昔長溪君進香使時 阻水柵門外
至騈臥林而炊 留十七日不得渡 猶無破站之舉云 遂以八月初一日入皇城 使臣
直往禮部呈表咨 留西館四日 寂無動靜 僉曰 果無他慮矣 使臣每不信吾輩 今
果何如也 吾輩計熟矣 按站而來 可趂十三日萬壽節矣 自此益以熱河置之慮外
使臣始弛熱河之虞矣

初四日 余出遊覽 薄暮醉還 因困睡 夜深乍覺 傍人已熱寐 喉渴轉甚 往上房
索水 堂中燭明 正使聞余聲 呼謂曰 俄乍眠 夢赴熱河 行李歷歷 余對曰 在道
時 熱河憧憧在念 故今雖安居 猶發夢寐 飲水歸次 抵枕卽鼾睡 夢中忽聽衆靴
踏軯 如墻壞屋塌 不覺蹶然起坐 頭眩胸搗 余晝日出遊 夜歸而臥 每思館門牢
鎖 鬱鬱有妄念 昔元順帝之北遁也 始放高麗使東還 麗使出館 然後始知天下
有大明兵也 嘉靖時 俺答猝圍皇城 昨夜余擧此事以語卞君及來弟 相笑譃矣
(卞君 名觀海 以御醫奉命隨護正使 來源 庶三從弟 上房裨將 皆與余同炕)
及此急足橐橐 莫知何事 而第有大事變矣 方披衣之際 時大(上房馬頭名順安
人)急來告曰 卽今赴熱河矣 來弟卞君方驚覺曰 館中失火耶 余戲曰 皇帝在熱
河 京城空虛 蒙古十萬騎入 卞君輩驚曰 訝 余忙赴上房 則一館鼎沸 通官烏
林哺朴寶樹徐宗顯等犇趁惶擾 面失人色 或推胸擗踊 或自擊其頰 或自劃其頸
號泣曰 乃今將開開也 開開者 斬斷也 又跳躍曰 好顆頭砍下 莫詰其故而擧措

凶且悖矣　蓋以皇帝日待東使　及覽遞奏　以禮部之不稟朝鮮使臣前赴行在當否
而只達表咨爲不職　皆越俸　尙書以下在京禮部官惶懼不知所爲　只得催督行李
省簡兼帶　於是副使書狀皆會上房　募裨將帶去者　正使定周主薄命新　副使定鄭
進士昌後　李郎廳瑞龜　書狀自帶趙郎廳時學　首譯洪僉樞命福　趙判事達東　尹
判事甲宗隨行　余極欲同赴　而一則卸鞍屬耳　餘儘未蘇　又作遠役　誠所難堪　二
則若自熱河直令東還　於皇京遊覽實爲狼狽　比年皇帝軫念我東　每出常格　以速
令撥回爲特恩　則其直還之慮十之八九　正使謂余曰　汝萬里赴燕爲遊覽　今此熱
河　前輩之所未見　若東還之日　有問熱河者　何以對之　皇城人所其見　至於此行
千載一時　不可不往　余遂定行　自正使以下開錄職姓名送禮部　先付遞騎奏知皇
帝　余姓名不入單子中　慮其有別賞而嫌之也　於是點閱人馬　人皆繭痛　馬盡尫
羸　實無得達之望　行中皆除馬頭　只帶控卒　余亦不得已　落留張福　獨與昌大行
(張福　余馬頭　郭山人　昌大　余馬夫　宣川人　錦南君鄭忠信曾孫也)　卞君及盧
叅奉以漸　鄭進士珏　乾糧判事趙君學東握手相別於館門外　諸譯竟來握手　祈囑
行李　去留之際　不禁悽然　同來異國　又作異國之別　人情安得不然也　馬頭輩爭
買獻蘋菓梨子爲各取一個　皆至瞻雲牌樓前辭拜馬首　各囑保重　莫不落淚　入地
安門　屋瓦黃琉璃　門內左右市廛繁華壯麗　所謂轂擊肩磨　汗雨袂幕　出門又折
而北　循紫禁城行七八里　紫禁城高二丈　石臺甎築　覆以黃瓦　塗以朱灰　壁面如
繩削　光潤如倭漆　路中有五六丈高臺　有三重簷樓　制視正陽門樓有加　臺下四
圍紅欄　有扉皆鎖　兵卒守之　或曰此鍾樓也　行三四里　出東直門　來源追至　黯
然辭別而去　張福執鐙　悲咽不忍捨　吾喩令辭還　則又執昌大手　兩相悲泣　淚如
雨下

　萬里作伴　一行一留　情所固然　因於馬上　念人間最苦之事莫苦於別離　別離之
苦莫苦於生別離　彼訣別於一生一死之際者　無足言苦　千古慈父孝子　信男宣婦
義主忠臣　血朋心友　奉訓於易簀之時　受命於憑几之際　握手揮涕　遺托丁寧　此
天下父子男婦主臣友朋所同有也　此天下慈孝宜信義忠血心所同出也　此旣人人
之所同有　所同出　則此事也天下之順理也　以行其順理則不過曰三年無改　九原
可作　以言乎生者之苦　則性可滅　明可喪　盆可鼓　弦可斷　炭可呑　城可崩　至於
鞫躬盡瘁　死而後已　而無關死者　則死者無苦也　千古之言君臣之際者　必曰符堅
之於王景略　唐宗之於魏文貞　而亦未聞爲景略喪明　爲文貞斷弦　然而墓草未宿

投鞭仆碑 有愧九原 則有時乎 生者無若也 天下之人寬譬於死生之際者 不過曰
理遣理 遣者順其理之謂也 順其理則天下已無苦矣 故曰 訣別於一生一死之際
者 無足言苦 苦莫苦於一行一留之時 其別離之時 地得其苦 其地也 非亭非閣
非山非野 遇水爲地 其水也 不獨大而江海 小而溝瀆 逝者皆水也 故千古別離
者何限 而獨言河梁者何也 非蘇李獨爲天下有情人也 特河梁別得其地也 別得
其地 故爲情最苦 彼河梁我知之矣 不淺不深 不穩不急之波 抱石而嗚咽 不風
不雨 不陰不暘之皋 轉地而曀霾 河上有橋 可久而將崩 河畔有樹 可老而欲禿
河上有沙 可坐可立 河中有禽 可沈可浮 于斯有人 非四非三 無語無言 此天下
之至苦也 故別賦曰 黯然銷魂 唯別而已 何其爲言之無情 天下之爲別也 孰
不黯然 孰不銷魂 此別之箋註也 無足爲苦 無別事而有別心者 千古唯市南僚一
人耳 曰送君者自崖而返 君自此遠矣 此千古斷腸語也 何則 此臨水爲別 故別
得其地有 劉禹錫臨湘水別柳宗元 後五年禹錫從古道出桂嶺 復出前別處而爲
詩吊柳曰 我馬映林嘶 君帆轉山滅 千古遷客何限 而此最爲苦者 臨水爲情故
耳 我東壤地狹小 無生離遠別 不甚知苦 獨有水路朝天時最得苦情耳 故我東
大樂府有所謂排打羅打曲 方言如曰船離也 其曲凄愴欲絶 置畫船於筵上 選童
妓一雙扮小校 衣紅衣 朱笠貝纓 揷虎鬚白羽箭 左執弓弭 右握鞭鞴 前作軍禮
唱初吹 則庭中動鼓角 船左右羣妓皆羅裳繡裙 齊唱漁父辭 樂隨而作 又唱二
吹三吹 如初禮 又有童妓扮小校 立船上唱發船砲 因收碇擧颿 羣妓齊歌且祝
其歌曰 碇擧兮船離 此時去兮何時來 萬頃蒼波去似回 此吾東第一墮淚時也 今
張福親非父子 義非主臣 情非男婦 交非朋友 而其生離之苦如此 則亦非獨江海
河梁爲之地也 異國異鄉 無非別地 嗚呼痛哉 昭顯世子之在瀋陽邸第也 當時臣
僚去留之際 使价往來之時 何以爲懷 主辱臣死 猶屬從容 何留何去 何忍何捨
此吾東第一痛哭時也 嗚呼痛哉 蟻風微臣試一念之於百年之後 猶令魂冷如烟 骨
酸欲摧 而況當時畫筵拜辭之際乎 而況當時畏約無窮 嫌疑旣深 忍淚吞聲 貌藏
慘沮者乎 而況當時從留諸臣之遙望行者 遼野茫茫 瀋樹杳杳 人行如荳 馬去如
芥 眼力旣窮 地端水倪 接天無垠 日暮掩館 何以爲心于斯別也 亦奚必水爲之
地 亭可也 閣可也 山可也 野可也 亦何必嗚咽之河波 曀霾之日光爲吾之苦情
乎 亦奚必將崩之危橋 欲禿之老樹爲吾之別地乎 雖畫棟繡闥 春靑日白 盡爲吾
別離之地 盡爲吾痛哭之時 于斯時也 雖有石人回頭 銕腸盡銷 此吾東第一情死

時也 如此以思 不覺行二十餘里 蓋門外頗蕭條 山川無甚開眼也

日旣暮 迷失道 誤追車跡 迤西益行 已迂數十里矣 左右唐黍接天迷茫 路如函中 而停水沒膝 水往往洄洑 鑿爲坑坎而水被其上 不可見也 束心淵谷 追程盲進 夜已深矣 炊宿孫家庄 東直門爲其捷路 而猶迂數十里

初六日壬子 朝晴 晚後大炎熱 晌午大風 雷雨震電 夕霽 昧爽發行 亭堠書順義縣界 又行數十里 亭堠書懷柔縣界 縣城距路旁或十餘里 或七八里云 隋開皇中 靺鞨與高麗戰 不勝 部長突地稽率其八部 自扶餘城擧落內附 置順州以處之 唐太宗時治五柳城 以突利可汗爲右衛大將軍 以領其衆 都督順州 開元置彈汗州 天寶後改歸化縣 後唐莊宗時 周德威攻劉守光 拔其順州 意者 順義懷柔二縣之地 卽古之順州也 牛欄山連亘西北三十里 古老傳言 古有金牛出洞中 仙人騎牛來遊洞中 有石如槽 名飮牛池 亦名靈蹟山云 山之東 潮河合白河 東北有狐奴山 又西北桃山 五峯削前立如擘掌

行數十里 渡白河 白河源出塞外 自石塘嶺穿長城 會黃花鎭川 昌平之楡河諸塞外水 經密雲城下 元丞相脫脫募能水利者圍堰水種 歲收穀可百餘萬石 明太監曹吉祥抄沒之地 撥爲官庄 小民由是失業 白河水利遂廢 金幹离不入順州 敗郭藥師於白河 卽此地也 水勢悍急黃濁 大抵塞外之水皆黃河也 只有小船二隻 沙邊爭渡者 車數百兩 人馬爭渡者簇立 來時道中聯杠黃櫃數十輩 或扁或黃 或長或高 皆儲玉器 回子國所貢也 雇京坊脚夫以運 而有回子四五人領率而去 貌類官長 其中一人乃回子太子云 狀貌雄健獰醜 擔置黃櫃於船中 方刺篙離岸之際 廚旁驅人一躍登船 立馬疊櫃上 船橫離丈餘 岸上回子驚號頓足 廚人則全無懼怯 方以先渡爲得計 余指示首譯 首譯大驚喝令趣下 回子亦亂嚷回泊 遂盡昇下其櫃 而無一言與我人爭哄也 方渡至中流 忽有一片烏雲裏黑風 自西南漂轉而來 飛沙揚塵 如烟如霧 頃刻晝晦 莫卞咫尺 旣下船 仰視天色 黝碧紺黛而層雲褰摺 亭毒彌怒 電縈其間 如滕金線爲千朶萬葉 霆車雷鼓旋輾鬱疊 疑有黑龍跳出也 望密雲城 纔近數里 促鞭疾馳 望城而行 風雷益急 雨脚斜擲 猛如拳搗 勢不能支 疾入路傍古廟 其東寮有兩人對卓椅坐 忙修文牒 蓋密雲驛吏錄置往來遞騎者也 一書漢字 一翻滿字 方書之際 余適見有朝鮮字 諦視之 乃有

奉上旨勅諭在京兵部 給與朝鮮使臣等壯健馬匹 俾濟艱險 行李需求接應無缺云云 已而使臣避雨 相繼而入 余引首譯視其紙 首譯持呈使臣 於是審問其人則對以不知也 俺等只得簿錄往來文書 勘合而已云 所謂壯健馬匹 無處可覓而設令備給 其騎皆驍壯騰驤 一時三刻行七十里 此飛遞法也 在道見遞騎之馳突 前者唱聲若歌 後者應號如警虎者 響震崖谷 馬乃一時散蹄 不擇巖壑磎磵林木叢薄 超躍騰踏 如鼓聲雨點 我東果下殘鬣 必須牽控扶擁 猶患翻墜 況此飛遞 有誰乘之 若以皇命强要騎此 反爲憂患 蓋皇帝遣近臣迎護我使 方纔過此而道路相違也

雨少歇卽發 循密雲城外行七八里 忽有健胡數人皆騎駿騾而來 搖手曰 勿去也 前去五里所溪水大漲 吾們還來也 擧鞭過頂曰 這樣高也 你有雙翼乎 於是相顧失色 皆下馬立路中 上雨下淤 無地少憩 使通官及我譯前視水 還言水高二丈 無可奈何 萬柳陰陰 涼風甚緊 下隷單衣盡濕 莫不寒戰 雨乍霽 始見路左柳外有新構小行殿 遂馳馬齊入 遲待水退 蓋自皇城沿道三十里間 必有一行宮倉廩府庫莫不備具 此城外旣有行宮 則相距十里之地又置此殿 何也 其宏侈炫耀不類匠造 但吾體寒腸飢 周覽無悰 時方日落 紅螺山千嶂疊翠 一輪盪紅 而丫髻 黍谷 曹王諸山 周遭環擁於金雲汞烟之間 三國志曹操歷白檀 破烏桓於柳城 至今名其山曰曹王者是也 劉向別錄 燕有黍谷 寒不生五谷 鄒衍吹律而溫氣至 吳越春秋北過寒谷是也 余年少時做科體詩 用黍谷吹律爲古實 今乃能目望其山也 任譯與提督通官相與議曰 今旣前不得渡水 退無炊飯之店 日且暮矣 將奈何 烏林哺曰 此去密雲不過五里 勢將還入其城 以俟水退 林哺年七十餘 尤不勝飢寒 大抵北塞 提督以下會所未行 故不諳程道 日暮人稀 其茫然昧所向 無異我人 余乃先至密雲城 道中水已沒馬腹矣 立馬城門 俟使行同入 忽有雙燈來接 又有十餘騎前來 若接應之狀 乃知密雲知縣身自來接也 通官之先去周旋 不過數語之頃 而其擧行之迅速如是也 大國之法 雖和碩之行不得停宿民舍 故其所下處非店房則必廟堂也 今本縣所定乃關廟 而知縣及門 乃自回去關廟則區處人馬 而使臣無停憩之所 時夜已深矣 家家關門 烏林哺百叩千喚始有開門出應者 乃蘇姓家也 本縣吏目 而家舍侈麗無異行宮 縣吏已歿 獨有十八歲男子 眉目淸秀 類不風露者 正使招給一丸淸心 則無數叩拜 有驚怖戰掉之狀 蓋方其睡際 有叩門者 人喧馬鳴 想應初聞之異聲 及其開門 則蜂擁盈

庭者 是何等人也 所謂高麗無因而至此 則北路之所初見也 相應莫辨安南 日
本 琉球 暹羅 第其所着帽子圓簷太廣 頂張黑傘 初見矣 是何冠也 異哉 所服
袍子袖袂廣濶 翩翩欲舞 初見矣 是何衣也 異哉 其聲或喃喃 或妮妮 或閣閣
初聞矣 是何語也 異哉 令人初見 則雖周公之衣冠 勢所驚異 況我東之制甚偉
且古乎 然而自使臣以下 服着各殊 有譯官一隊服着 有裨將一隊服着 有軍牢
一隊服着 而譯卒馬頭輩無不跣足袒胸 面貌焦枯 布袴綻裂 不掩臀腿 喧譁擾
攘 聲諾太長 初見矣 是何禮也 異哉異哉 彼必不識同國來 想應分視南蠻北
狄東夷西戎都入渠家 安得不驚怖戰掉 雖白晝惝悗矣 況深夜乎 雖惺坐駭惑矣
況睡際乎 奚特十八歲弱冠穉男也 雖八十歲飽閱老翁 定然驚怖而顚顇以卒矣

任譯告曰 密雲知縣致饋飯一大盆 蔬果共五盤 猪羊鵝鴨五盤 茶酒幷五瓶 柴
草亦爲進排矣 正使曰 柴草無不可受之義 而飯肉則自有廚房 不必貽獘 辭受當
否 且議 副三房可也 首譯曰 入燕時 自東八站有例供 而特不熟餉如是耳 今者
還入此城雖出意外 彼以地主之義致饋 亦將何辭而却之乎 副使書狀來言 未見
皇旨 安可受餉 事當退却 正使曰 然 卽令諭其難受之義 十餘擔夫不出一聲 回
擔都走 於是書狀嚴飭下隷 若受一握柴草 當施重棍 少焉 趙達東來告曰 軍機
大臣福次山來到矣 蓋皇帝特遣軍機大臣來迎使臣 彼則由正路入德勝門 而我
行已由東直門 所以互違也 次山晝夜追到 言皇帝苦待使臣 必趁初九日朝前達
熱河 再三囑托而去 軍機如漢時侍中 坐皇帝前 皇帝語軍機則軍機以次傳議政
大臣 位雖卑而職近 故稱大臣 年可二十五六 身長幾一丈 腰纖眼細 極有標致
語後嚼一花糕卽馳馬去 覔大廳宏敞 桌上位置整雅 白琉璃楪盛三個佛手柑 淸
香觸鼻 椅皆文木 有十餘坐 西壁下設籐席花氍毹 毺毯裀褥 炕上鋪猩猩氈 長
廣齊炕 臥榻鋪鬃氈 五色織雙龍 二家丁宿臥其上 使時大搖惺 不卽起 時大吡
而逐之 余不勝困倦 少臥其上 忽覺遍體痒躁 一捫則飢蝨磊落 卽起振衣 問飯
已炊未 時大哂曰 元不炊矣 蓋是時夜將鷄鳴 椀水握薪無處可買 雖米白獅牙
銀積馬蹄 無計炊熟 副使廚房晝已先雨渡溪 故永突(上房乾糧庫直)方兼供副
三房而杳無炊期 下隷飢寒 莫不困睡 余手鞭惺之 乍起旋倒 不得已 自往廚房
視之 則獨水突(上房乾糧庫直)仰天長歎而坐 餘皆繫轡其脚 露臥雷軒 艱得一
握黍柄炊飯 而一釜米 半桶水 決無沸熟之理 還可笑也 少焉飯至 生熟姑置
水不漬粒矣 初不擧一匙 與正使對飮一盃而發行 鷄已三四唱矣

昌大昨渡白河時 赤足爲馬所踐 蹄鐵深入 腫痛乞死 無代控者 事極狼狽 旣不能運動寸步 而中路落置 法所不可 見雖殘忍而不知爲計 筋以匍匐隨來 遂縱輜出城 道皆暴水嚙破 亂石齒立 手持一燈 又爲曉風所吹 只望東北一大星光而行 行到前溪 則水已退而猶沒馬腹 昌大又飢又寒 又病又睡 又涉寒溪 極可慮也

初七日癸丑 朝洒雨 卽晴 朝炊穆家谷 出南天門 城在大嶺上 嶺凹處爲門 名曰新城 五胡時 石虎追段遼 遼與慕容皇襲殺石虎將麻秋 卽此地也 自此連踰峻嶺 多昇少降 地勢漸高 河流益悍 昌大至此 痛勢尤篤 攀副使轎泣訴 又訴書狀 時余先至古北河 副使書狀追到 爲言昌大事慘愍不忍見 勸余思區處善策 而實無奈何 久之 昌大匍匐而來 其間得騎 故能到此也 於是給錢二百 淸心元五丸 以爲貰驢趕來之地 遂渡河 一名廣硎河 此白河上流也 水勢近塞益急 而車馬爭渡者 簇立待船矣 提督及禮部郞中手自揮鞭 雖已上船者 必盡驅下而先濟我人 夕炊石匣城外 其城西有石如匣 故以名其驛云 劉守光出犇被擒 卽此地也

飯後卽發 已初昏矣 山路詰曲盤紆 王沂公上契丹書曰 至金溝淀入山 詰屈登陟 無復里堠 以馬行計 日約九十里 至古北館 今不知金溝淀在於何處 而塞北程道遠近 古人亦所不詳也 時方棗子半熟 村村成籬 或棗田如我東靑山報恩棗子 大皆盈握 栗亦成林而實麤小 纔如我東尙州之栗 昔蘇秦說燕文公曰 燕北有棗栗之利 謂之天府 意者古北口也 處處村坊 士女聚觀 而女之稍老者 必瘿附於頸 大者幾如匏 或聯懸三四 女子十之七八皆如此 少女美婦 面施粉白 頸不掩匏 男女老者間有大瘿 右有言 齒居晉而黃 頸處險而瘿 安邑晉地而土宜棗 故安邑人食甘而齒皆黃 今此土棗樹成田 而女皆皓齒如劈立匏子 是未可曉也 醫方云 峽水春撞 故久服則瘿 今其多瘿 處險之效而獨女子偏多 又未可曉也

暫歇馬城內 市廛閭里頗有繁華 而家家關門 戶外皆懸羊角燈 錯落如星光上下 時已夜深 不能周覽 沽酒小飮 卽出長城 黑暗中有軍卒數百 似爲點閱 出三重關 遂下馬 欲題名于長城 而拔佩刀 刮去甎上蘚花 出筆硯於囊中 陣之城下 四顧無覓水之處 關內小飮時又沽數盃 懸于鞍邊爲達曙之資 於是盡瀉之 磨墨於星光之下 蘸筆於涼露之中 大書此數十字於不春不夏不冬 不朝不午不夕 金

神正中之節 關鷄欲動之時 豈偶然也哉 又登一嶺 殘月已墜 河鳴益近 亂山愁鬱 岸岸疑虎 隈隈堪盜 時有長風蕭然 毛髮灑淅 別有夜出古北口記(在山莊雜記) 旣至河邊 路斷水濶 茫無去向 有四五殘戶靠河而住 提督追至 下馬 手自叩門 千呼百喚 主人誶嚷 乃應出門 指示其門前直渡 以錢五百雇主人 導正使轎前 遂渡河 凡一水九渡

水中石多苦滑 水沒馬腹 攣膝聚足 一手按轡 一手握鞍 無牽無扶 猶免墜跌 吾於是知御馬有術 蓋我東御馬之法極危 衣袖旣濶 汗衫又長 裹纏兩手 按轡揚鞭俱所妨礙 第一危也 其勢不得不代人牽控而行 一國之馬已病矣 牽者常蔽馬一目 而馬之步驟不得自由 其危二也 馬之上道 其所審愼有甚於人而不相通志 牽者自就便地 馬蹄常置逼側 馬所欲避人必强就 馬所欲就人必强牽 馬之撓攘非他也 於人常懷怒心 其危三也 馬之一目旣蔽於人 又以一目察人氣色 不能專心視道 以致顚躓 非馬之罪而鞭捶亂加 其危四也 我東鞍轡之制旣鈍且重 加以纓帶太繁 馬旣背載一人 口又懸人 是一馬而任兩馬之力也 力竭而仆 其危五也 人之體用右利於左 則馬亦宜然也 然而馬之右呵爲人掣抑 不禁苛痛 則其勢不得不折頸與人而側步避鞭 人方喜其折頸側步 爲馬驕駿之態 非馬之情也 其危六也 其受鞭策 右腿備苦 乘者放心據鞍 牽者猝然施策 以致翻墜 而反以責馬 非馬之情也 其危七也 無論文武而官高則又有左牽 此何法也 右牽已不可 況左牽乎 短鞚猶不可 況長鞚乎 私門出入尙可作威儀 至於陪扈之班 以五丈長鞚作爲威儀則不可矣 文官尙不可 況武將之上陣乎 是所謂自佩絆牽 其危八也 武將所服謂之帖裏 是爲戎服 世安有名爲戎服而袖若僧衫乎 今此八危皆由濶袖汗衫 而猶安其危 噫 雖使伯樂右控 造父左牽 若以八危臨之 則八駿死矣 昔李鎰之陣尙州也 遙望林莽間有烟氣 令軍官一人往視 則軍官左右雙牽 舞肩而去 不意橋下二倭突出 刀劃馬腹 軍官之首已割去矣(萬曆壬辰倭寇時事) 西崖柳公成龍 賢相也 爲懲毖錄也 記此以嗤之 而亦莫能革其獘俗 於亂離艱屯之際 則甚矣習俗之難變也 余今夜渡此河 天下之至危也 然而我則信馬 馬則信蹄 蹄則信地 而乃收不控之效如是哉 首譯語周主簿曰 古有爲危語者 謂盲人騎瞎馬 夜半臨深池 眞吾輩今夜事也 余曰 此危則危矣 非工於知危也 二人曰 何謂其然也 余曰 視盲者 有目者也 視盲者而自危於其心 非盲者知危也 盲者不見所危 何危之有 相與大笑 別有一夜九渡河記(在山莊雜記)

初八日甲寅 晴 曉炊半間房 又至三間房 小憩 往往山脚盛飾廟堂寺觀 或有九十九層白塔 察其建塔置廟之地 無甚景槩 或走山之脊 衝水之眉 經費鉅萬 抑何意也 如是者指不勝屈 而其制作之雄傑 雕鐫之工巧 丹艧之璀璨 只是一法 見一則知百 亦不足記也

漸近熱河 四方貢獻輻湊幷集 車馬橐駝晝夜不絕 殷殷轟轟 勢如風雨 昌大忽拜馬前 不勝奇幸矣 渠方其落後也 痛哭嶺上 副使書狀行見之 慘然停驂 問 廚房或有輕卜可以幷載者乎 下隸對以無有 則憮然而行 提督至 又大哭 益悲痛 提督下馬慰勞 因坐守 雇過去車爲載之來 昨日口味苦 不能食 提督親爲勸食 今日提督自乘其車 以所騎騾授之 故能追至 其騾甚駿 但聞耳邊風嘯 問 騾何在 曰 提督囑曰 汝先去追公子 若道中欲下 須繫之過去車後 我可自趕得 無慮也 片時間約行五十里 至嶺上 逢車數十乘 遂下騾 繫之最後車尾 車人問之 遙指嶺南來路 車人笑而點頭 提督之意甚厚可感也 其官則會同四譯館禮部精饍司郎中 鴻臚寺少卿 其品則正四 其階則中憲大夫 顧其年則近六十矣 爲外國一賤隸如此其費心周全 護此一行雖其職責 其行已簡略 奉職誠勤 可見大國之風也 昌大足疾少瘳 能牽鞚而行 又可幸也

少歇三道梁 渡哈喇河 黃昏時踰一大嶺 進貢萬車爭道催趕 余與書狀幷轡而行 崖谷中忽有二三聲虎唬 萬車停軸 共發吶喊 聲動天地 壯哉 別有萬方進貢記(在山莊雜記) 至此共四日 通晝夜未得交睫 下隸行且停足者 皆立睡也 余亦不勝睡意 睫重若垂雲 欠來如納潮 或眼開視物而已圓奇夢 或警人墜馬而身自欹鞍 或旖旎婀娜至樂存焉 或廉纖巧慧妙境無比 所謂醉裡乾坤 夢中山河 秋蟬曳緒 空花亂落 其冥心如丹家內觀 其驚惺如禪狀頓悟 八十一難頃刻而過 四百四病倏忽以經 當是時也 雖榱題數尺 食前方丈 侍妾數百 不與易不冷不溫之堗 不高不低之枕 不厚不薄之衾 不深不淺之盃 不周不蝶之間矣 指道旁石誓之曰 吾且歸吾之燕巖山中 當作一千一日睡 要勝希夷先生 一日鼾聲若雷 使英雄失箸 美人衆車 不者 有如石 一倘而覺 是亦夢也 昌大行且語 吾初與酬酢 細察之 譫囈鄭重也 蓋其屢日飢乏 復大寒戰 似瘧氣 不省人事 時夜已二更時分矣 適與首譯同行 首譯馬夫亦寒戰大痛 遂相與下騎 前站不過五里云 故使二病隸各乘其馬 出白氈圍裹昌大全體 以帶緊束 令首譯馬頭扶護先送 遂與首譯步至站中 夜已深矣 有行宮而閭井廛市極繁華 忘其站名 似是樺楡溝也 卸鞍卽進

食 而身倦神疲 舉匙若千斤 運舌如百年 滿盤蔬炙 無非睡也 燭焰如虹 芒角
四字 於是以一清心元易燒酒痛飲 酒味亦佳 飲輒醺 頹然抵枕矣

初九日乙卯 晴 巳時入熱河 寓太學 鷄鳴先發 與首譯同行 道聞灤河難渡 首
譯連問來人灤河消息 則皆對以須六七日乃得一渡 既至河邊 車馬雲屯無慮千萬
河廣且悍 黃濁洶湧 至行宮前尤急 河出獨古口 經右興州界入北隸 水經注 濡
水出禦戎鎮 經沙野 水流回曲 約行千五百里 入長城 只有小船四五隻 人多舟
小 所以難渡者此也 衆騎皆從淺灘亂渡 而惟車莫能涉 自石匣逢一乘轎者 從十
餘騎 四人肩杠 五里一遞 騎者下而互相遞擔也 或先或後而行 兵部侍郎云 轎
以綠羽緞爲障 三面付玻瓈爲牕 其人常深坐 故未見其面 而脫帽掛之牕隅 終日
手一卷 昨日呼從者 從者自匣中出獻一冊 題五子淵源錄 牕內出手接之 腕脂
如玉 又自牕內出于爾雅翼一卷 聲音手腕皆類婦人 至此下轎 出轎中書冊 從
者分納之懷中 其人乘馬 眞美男子也 疎眉目 有數莖白髭 轎皆卷其障 從者疊
騎 皆浮河而渡 有帽懸翠羽者 立於河岸舉鞭指揮 先濟我人 而雖器物之挿進
貢及上用字旗者莫敢先渡 或有躍入舟中者 貌類朝紳 而必舉鞭亂捶 盡爲駈下
乃行在郎中 奉皇旨看護津渡者也 獨有四個雙轎 其大幾如亭閣 直舉入船中
勢如摧山壓卵 郎中輩亦斂鞭卻立以避其鋒 其舁轎者不有天不有地 不有水不
有人 亦不有他國人 只有其所舁轎而已 未知其中所重者何許寶物 而舁夫恃勢
若是耶 渡河行十餘里 有三宦來探 與朴寶樹交馬數語卽回鞭馳去 一宦與烏林
哺幷轡行 未知所語何事 而林哺屢色變 若驚恐之狀 寶樹及徐宗顯拍馬往叅
林哺麾之 使不得近 蓋密語也 其宦亦馳去 轉過一山 坡上石峯對峙如塔 奇巧
天成 高百餘丈 以故名雙塔山 連有閣人來探使行方到何處而去 禮部以入寓太
學之意先通
　累日行山谷間 既入熱河 宮闕壯麗 左右市廛連亘十里 塞北一大都會也 直西
有捧捶山 一峯矗立 狀如砧杵 高百餘丈 直聳倚天 夕陽斜映作爛金色 康熙帝
改名磬捶山 熱河城高三丈餘 周三十里 康熙五十二年 雜石氷絞鞂築 所謂哥窯
絞 人家墻垣盡爲此法 城上雖施堞 無異墻垣 不及所經郡縣城郭 有三十六景
漢故要陽白檀滑塩縣地 漢景帝詔李廣曰 將軍其率師東轅 弭節白檀 是也 契丹

阿保機治滑鹽廢城 俗謂之大與州 明常遇春追敗也速於全寧 進次大與州 卽此
地也 去歲新刱太學 制如皇京 大成殿及大成門皆重簷 黃琉璃瓦 明倫堂在大成
殿右墻外 堂前行閣扁以日修齋 時習齋 右有進德齋 修業齋 堂後有讀大廳 左
右有小齋 右齋正使處焉 左齋副使處焉 書狀處行閣別齋 裨譯同處一齋 兩廚房
分入進德齋 大成殿後及左右 別堂別齋不可殫記 皆窮極奢麗 而我人廚房多煤
汚之 可惜也 別有承德太學記

글쓴이 박지원은

1737년에 나서 1805년까지 살았다.

노론 명문가인 반남 박씨 집안에서 태어났으나, 벼슬에 뜻이 없어 과거를 보지 않았다. 신분을 가리지 않고 사람을 사귀며 학문을 닦았다. 홍국영의 세도 정치를 피해 황해도 금천의 연암골로 들어가 살며, '연암'이라는 호를 가지게 되었다. 쉰 살 넘어 정조의 부름을 받고 선공감역, 안의현감 들을 지냈다.

홍대용과 깊이 사귀었고, 박제가, 이덕무, 유득공, 이서구 들의 스승이자 벗이었다. 문학, 철학, 사회 사상, 행정, 과학, 음악 따위 두루 학식이 깊어 뛰어난 글을 많이 써 당대 사람들뿐 아니라 후대에까지 큰 영향을 미쳤다. '양반전', '범의 꾸중'을 비롯한 단편 소설 십여 편, 시 사십여 수, 농업과 토지 문제를 개혁하려는 사상을 쓴 '과농소초', 여러 가지 문학론과 사회 개혁 사상, 편지글 들이 《열하일기》와 《연암집》에 수록되어 있다.

옮긴이 리상호는

북에서 한 활동 일부만 알려져 있다.

1955년에 《열하일기》 국역을 마쳤고, 1959년에는 《삼국유사》를 국역했다. 북녘의 고전 출간 사업은 모든 대중이 고전을 읽도록 한다는 원칙에 따른다. 리상호는 그러한 원칙에 따라 쉬운 우리말로 번역을 한 것 위에, 토박이 우리말을 잘 살려 쓰고 운율감이 배어 있게 하여, 《열하일기》가 빼어난 국역 문학으로 새로 태어나게 하였다.

겨레고전문학선집 1

열하일기 上

2004년 11월 15일 1판 1쇄 펴냄 | 2023년 8월 17일 1판 15쇄 펴냄 | **글쓴이** 박지원 | **옮긴이** 리상호 | **편집** 김성재, 김은주, 남우희, 서혜영, 심명숙, 윤은주 | **표지 디자인** 비마인bemine | **영업마케팅** 나길훈, 양병희 | **영업관리** 안명선 | **새사업부** 조서연 | **경영지원실** 신종호, 임혜정, 한선희 | **제작** 심준엽 | **인쇄** (주)천일문화사 | **제본** (주)상지사P&B | **펴낸이** 유문숙 | **펴낸곳** (주)도서출판 보리 | **출판 등록** 1991년 8월 6일 제 9-279호 | **주소** (10881)경기도 파주시 직지길 492 | **전화** (031) 955-3535 | **전송** (031) 950-9501 | **누리집** www.boribook.com | **전자 우편** bori@boribook.com

ⓒ 보리, 2004 | 이 책의 내용을 쓰고자 할 때는, 보리 출판사의 허락을 받아야 합니다. | 잘못된 책은 바꾸어 드립니다. | 값 25,000원

ISBN 978-89-8428-187-5 04810
      978-89-8428-185-1 04810(세트)

이 책의 국립중앙도서관 출판시도서목록(CIP)은 서지정보유통지원시스템 홈페이지(http://seoji.nl.go.kr)와 국가자료공동목록시스템(http://www.nl.go.kr/kolisnet)에서 이용하실 수 있습니다.
(CIP 제어 번호: CIP2004001866)

이 책은 한국문화예술위원회의 문예진흥기금 지원을 받았습니다.